ସୁଧାଂଶୁବାଲା ପଣ୍ଡା
ନିର୍ବାଚିତ ଗଳ୍ପ

ସଂକଳନ

ଡ. ତନ୍ମୟ ପଣ୍ଡା

VIDYA
PUBLISHING INC.

ବିଦ୍ୟା ପବ୍ଲିଶିଙ୍ଗ

ଟରୋଣ୍ଟୋ, କାନାଡ଼ା ।। ଭୁବନେଶ୍ୱର, ଓଡ଼ିଶା

ସୁଧାଂଶୁବାଲା ପଣ୍ଡା
ନିର୍ବାଚିତ ଗଳ୍ପ

Compilation : **Dr. Tanmay Panda**

ପ୍ରକାଶକ : ଡ. ତନ୍ମୟ ପଣ୍ଡା, ଡ. ସୁନନ୍ଦା ମିଶ୍ର ପଣ୍ଡା
ବିଦ୍ୟା ପବ୍ଲିଶିଙ୍ଗ୍ ଇଙ୍କ, ଟରୋଣ୍ଟୋ, କାନାଡ଼ା

ପ୍ରଥମ ସଂସ୍କରଣ : ମାର୍ଚ ୨୦୨୫

....

Sudhanshubala Panda Nirbachita Galpa

(A Stories Collection by Dr. Tanmay Panda)

ISBN : 978-1-998475-53-7

New Edition : March 2025

Published by : Dr. Tanmay Panda & Dr. Sunanda Mishra Panda
Vidya Publishing Inc., Toronto, Canada
Website : www.vidyapublishing.com
Email : vidyapublishinginc@gmail.com
Cell : +1 6478389884

Odisha Contact : Nirmalya Garden, Plot 516/1719, House 10,
KIIT Post Office, Patia,
Bhubaneswar - 751024
Cell : +91 7008666787

Cover Design : Dr. Tanmay Panda and Srushti Panda
Printed in India

Price : ₹300/-

ସୂଚୀପତ୍ର

ବୋଉ ପାଇଁ ପଦେ...

ବୋଉ.... ଏ ବୋଉ, ତୁ ରାଗିଛୁ ।

ଗୋଟିଏ ବୋଲି ପୁଅ, ତା' ଉପରେ କ'ଣ ରାଗିଛୁ । ଟିକିଏ ଡେରି ହେଇଗଲା । କେମିତି ହେଲା ଓ କିପରି ହେଲା ସେଗୁଡ଼ା ଭାବିନି । ମରୁ ମରୁ ବଞ୍ଚିଲି, ବୋଧେ ତୋ' କାମ କରିବା ପାଇଁ । ଏବେ ସବୁ କାମ ଭଲରେ ହେବ । ଏଇଟା ତୋର ଗଳ୍ପ ସଂକଳନ, ତା' ପରେ ହବ କବିତା, ଉପନ୍ୟାସ, ନାଟକ ଏବଂ ଏମିତି ତା'ପରେ ଚାଲିବ । ମୋର ଆଶା ଯେ ତୋର ଏ ବହି ସମସ୍ତଙ୍କୁ ଭଲ ଲାଗିବ । ଏମିତି ବହି ଦବା, ଯାହା ସମସ୍ତଙ୍କୁ ଖୁବ୍ ଭଲ ଲାଗିବ ।

'ବାପି'

ଜହ୍ନ ଓ ମୁଁ

ପ୍ଲେନ୍‌ରୁ ଓହ୍ଲାଇ ପଡ଼ି, ମୁଁ ପ୍ରାୟ ପାଦ ଗଣି ଗଣି ଗୋଟିଏ ଗୋଟିଏ ବାଟ ଚାଲୁଥିଲି ... ...

ଏହାର ଉଦ୍ଦେଶ୍ୟ, ମୁଁ ମନୋଜକୁ ଜଣାଇ ଦେବାକୁ ଚାହୁଁଛି ଯେ, ମୁଁ ଆଉ ଆଗ ଭଳି ଚପଳମତି ଛୋଟ ଝିଅ ହୋଇନାହିଁ, ତତେ ଦେଖିବାର ଏଇ ଅଛ ଉକ୍ରଣ୍ଠାରେ ମୁଁ ପ୍ରଗଲ୍‌ଭ ହୋଇ ଉଠିବି !

ବିଦେଶରେ ଏକାକୀ ରହି, ଦୀର୍ଘ ପାଞ୍ଚ ବର୍ଷର ପାଠ ପଢ଼ା ଜୀବନ ମୋର !

ଏକାକୀ ନିଜକୁ ଚଲାଇ ନେବାର ଅଭିଜ୍ଞତା, ସାଇକେଲ ଚଲାଇ ଜାଣୁ ନଥିବା ଝିଅ, ସବୁଠାରୁ ବଡ଼ 'ମାଜ୍‌ଦା' ଗାଡ଼ି ଚଲାଇ ଅନ୍ୟୂନ ଦୁଇଶହ କିଲୋମିଟର ରାସ୍ତା ଅତିକ୍ରମି ପାଠପଢ଼ି ଯାଉଥିବାର ସାହସ, ସମୟ ପ୍ରତି ସଚେତନତା, ଏବଂ ନିଜେ ପାକ ପ୍ରସ୍ତୁତ କରି ଛୋଟ ଘରୋଇ ଆସରରେ ଭଦ୍ରବ୍ୟକ୍ତି ଭଦ୍ରମହିଳାଙ୍କୁ ଅପ୍ୟାୟିତ କରିବାର ପ୍ରଚେଷ୍ଟା, ମୋତେ ଯେ ଧୀର, ନମ୍ର, ସମ୍ଭ୍ରମ ଓ ସଂଯତ କରି ପାରିଛି – ଗୋଟିଏ ନମୁନା ସଦୃଶ ବାଟ ଚାଲୁଥିଲି ମୁଁ।

ମାତ୍ର ଇଚ୍ଛାକୃତ ମୋର ଏ ବିଲମ୍ବକୁ ମନୋଜ କ'ଣ କେବେ ବରଦାସ୍ତ କରି ପାରିବ ?

ତା' ମନରେ ମୋ ଭଳି ସମ୍ଭ୍ରମତା କାଇଁ ?

ସେଇ ଗୋଟିଏ ପରିବେଶରେ ରହି, ଯେତେ ଉଚ୍ଚମାନର ଡିଗ୍ରୀ ହାସଲ କଲେ ବି ବୟସ ବଢ଼ି ଚାଲେ ସିନା, ଅଭିଜ୍ଞତା ବୃଦ୍ଧି ପାଏନି।

ମନୋଜଠାରୁ ମୁଁ ଯେତେ ଥର ଚିଠି ପାଇଛି, ସେଇ ଚିରାଚରିତ ରୀତିରେ। ସାମାନ୍ୟ ଟିକିଏ ବି ନୂତନତ୍ୱ ନଥାଏ।

ଅବଶ୍ୟ ବର୍ଷେ ହେଲା ମନୋଜ ମତେ କିଛି ଚିଠି ଫିଟି ଆଉ ଲେଖିନି । କିନ୍ତୁ ମୋ ଚିଠିର ନିୟମିତତାକୁ ତା'ରିଫ୍ କରିଥିବାର ଖବର ମୁଁ ଅବଗତ ହୋଇଛି, ତଥାପି ମନୋଜ ବଦଳି ପାରିନାହିଁ କିଛି ।

ଉଭୟ ପାଠ ପଢୁଥିବା ବେଳେ, ମତେ ଚିଠି ଲେଖିବାକୁ ସମୟ ମିଳେ, ଅଥଚ ମନୋଜକୁ ମିଳେନାହିଁ...? ମୁଁ ଚେଷ୍ଟା କରି ବି ଭାବିପାରେ ନାହିଁ । ପରିଶେଷରେ ପୂର୍ବ ପରିଚିତ ଚଳଣିକୁ ଆଖି ଆଗରେ ମୋର ରଖି, ମୋତେ ମୁଁ ବୁଝାଇବା ପାଇଁ ବାଧ୍ୟ ହୁଏ ଯେ, ଆମ ଦେଶର ଛାତ୍ରଛାତ୍ରୀମାନେ ଅଧିକ ପାଠ ପଢୁଥିବାର ପ୍ରମାଣ ଦିଅନ୍ତି, ଚିଠି ପତ୍ର ନ ଦେଇ ... ।

ମନୋଜ ଭାବେ ମୁଁ ବୋଧେ ପଢ଼େନାହିଁ ।

ବିଦେଶରେ ପାଠ ପଢ଼ିବାଟା ଆମ ଦେଶ ତୁଳନାରେ ଖୁବ୍ ସହଜ ସାଧ ବୋଲି ପ୍ରାୟ ସଚରାଚର ସମସ୍ତଙ୍କ ଧାରଣା ... । କିନ୍ତୁ ଚିଠିରେ ମୋର, ମୁଁ ତାକୁ କେତେଥର ବୁଝାଇ ଲେଖିଛି ଯେ; ମୋତେ ଦିନ ଭିତରେ ଅନ୍ତତଃ ବାର ଚଉଦ ଘଣ୍ଟା ପଢ଼ିବାକୁ ପଡୁଛି । ଏବଂ ଏବେ ବି ମୁଁ ତୃତୀୟ ଚତୁର୍ଥ ଶ୍ରେଣୀ ପିଲାଙ୍କ ପରି ହୋମ୍ ୱର୍କ କରୁଛି । ସେଇ ହୋମ୍ ୱର୍କ ଉପରେ ଆମ ପରୀକ୍ଷା ଫଳ ଗ୍ରେଡିଂ ହୁଏ ବୋଲି !

ପାଠପଢ଼ା ସେଠି ଡିଗ୍ରୀ ଲୋଭରେ ନୁହେଁ ... । ସମ୍ପୂର୍ଣ୍ଣ ଜ୍ଞାନ ଆହରଣ ଉପରେ ନିର୍ଭର କରେ । ଆମର ଏଠିକା ଛାତ୍ରମାନେ ବର୍ଷସାରା ବୁଲାବୁଲି କରି ପରୀକ୍ଷା ବେଳକୁ ମାସେ ଦି' ମାସ ପଢ଼ିଦେଇ ଯେମିତି ପରୀକ୍ଷା ଦିଅନ୍ତି, ସେଠି ତାହା କଳ୍ପନାର ଅତୀତ । ପାଠପଢ଼ା ମାନେ, ସେଇ ପଢ଼ା ଭିତରେ ନିଜକୁ ହଜାଇ ଦେବାକୁ ହୁଏ ।

ସେଇ ହଜିବା ଭିତରେ ବି ନିଜକୁ ବଞ୍ଚାଇ ରଖିବାର ଦାୟିତ୍ୱ ନିଜ ଉପରେ । ରାନ୍ଧିବାଢ଼ି ଖାଇବା ଠାରୁ ଆରମ୍ଭ କରି ଘର ସଫା ଲୁଗା କଚା ଆଦି ପ୍ରତିଟି କାର୍ଯ୍ୟ ନିଜେ ତୁଲାଇବାକୁ ହୋଇଥାଏ । ଖୁବ୍ ବଡ଼ ବଡ଼ ସ୍କଲାରମାନେ ନିଜେ ରାନ୍ଧି ଖାଇ ସାଥିରେ ଲଞ୍ଚ ପ୍ୟାକେଟ୍ ଧରି ଯେମିତି ପଢ଼ିବା ପାଇଁ ଆସନ୍ତି, ସମଗ୍ର ଭାରତ ବର୍ଷରେ ଛାତ୍ରମାନଙ୍କ ପାଇଁ ତାହା ନିର୍ଣ୍ଣିତ ଭାବରେ ବିସ୍ମୟ !

ମୁଁ ଯେ ବିସ୍ମିତ ନ ହୋଇଛି, ଏମିତି ନୁହେଁ ।

ହେବନି ? ଭଲକରି ଇଂରାଜୀ ପଦେ କହି ଆସୁନି ... ବୁଝି ହେଉନି ... ଚେଷ୍ଟା କଲେ ବି କଥା ଶେଷରେ 'ଆଛା ଆଛା'କୁ ବାଦ୍‍ଦେଇ ପାରୁନି ... । ଏମ୍.ବି.ବି.ଏସର ଡିଗ୍ରୀ ଧରି ସେଠି ପହଞ୍ଚିଲା ବେଳେ ଅନୁଭବ କରିଛି, ମୁଁ ଯେମିତି ମାଇନର ପଢୁଆ ଛାତ୍ରୀଟିଏ ।

କିଛି କିଛି ପାରୁ ନଥିବା ଆମ୍ଳାନି ମଧ ମୋତେ ଆହୁରି ଅପମାନିତ କରିଛି । ନୂଆ ନୂଆ ରାସ୍ତାରେ ଗାଡ଼ି ଚଲାଇ କଲେଜରେ ପହଞ୍ଚିଲା ବେଳେ ଏତେ ନର୍ଭସ ହୋଇଥାଏ ଯେ, କଥା କହି ପାରେନା । ସେମାନଙ୍କ ସହିତ ନିଜକୁ ମିଶାଇ ନପାରି ଖାଲି ଅପମାନ ଆଉ ଦୁଃଖରେ କାନ୍ଦୁଛି ... ଖାଲି କାନ୍ଦୁଛି ... ।

ପଢ଼ା କଥା ତଦନୁରୂପ ତିକ୍ତ । ଅବୋଧତା'ରୁ ଝରି ପଡୁଥିବା ଲୁହକୁ ମୋର ଦେଖି ମୋ ଶିକ୍ଷକ ବହୁବାର ମୋତେ ବୁଝାଇଛନ୍ତି । ନ କାନ୍ଦିବା ପାଇଁ ବାରଣ କରି ଧୈର୍ଯ୍ୟ ଦେଇଛନ୍ତି । ସେଇ ଏକା ପାଠକୁ ବାରମ୍ବାର ଘରେ କରି ଆଣି ତାଙ୍କୁ ଦେଖାଇ ମନରୁ ସନ୍ଦେହ ମୋଚନ କରିବା ପାଇଁ ସାନ୍ତ୍ବନା ବାଣୀ ଶୁଣାଇଛନ୍ତି ।

ସେତେବେଳେ ମୋତେ ଆହୁରି କାନ୍ଦ ମାଡ଼ିଛି ଯେ, ଆ ... ମୋ ଦେଶର ଶିକ୍ଷକମାନେ ଏମିତି କାହିଁକି ନୁହନ୍ତି ?

ଖାଲି ସେତିକି ନୁହେଁ, ବୋନ୍‍ଲେସ୍ ଚିକେନ୍ ସ୍ଲାଇସକୁ ପାଉଁରୁଟି ସ୍ଲାଇସ ଭିତରେ ପୂରାଇ ସ୍ୟାଣ୍ଡୱିଚ ପ୍ରସ୍ତୁତ କରୁଥିଲା ବେଳେ ଆଖି ମୋର ଲୁହରେ ଫାଟି ଫାଟି ପଡ଼େ ... । ଆମ ପାଇଁ ଏହା ଆମ ଦେଶରେ କେଡ଼େ ଦୁଲ୍ଲଭ ସତେ ! ଆଉ ଫଳରସ ପିଇ ମଧାହ୍ନ ଭୋଜନ ସମାପନ କରୁଥିଲା ବେଳେ ଭାବେ, ରୋଗ ନ ହେଲେ କି ଆମ ଦେଶର ମଣିଷ ଫଳ ଖାଏ ..?

ବେଶୀ ଦୁଃଖ ଲାଗେ, ତେର ଚଉଦ ବର୍ଷର ପିଲାମାନେ ସେଠି ଗାଡ଼ିଧରି ବୁଲିଲା ବେଳେ, ପରିବା ମୁଣିଧରି ଉଦୁଉଦିଆ ଖରାରେ କ୍ଲାନ୍ତଶ୍ରାନ୍ତ ହୋଇ ବାପା କେମିତି ବଜାରରୁ ଚାଲି ଚାଲି ଫେରୁଥାଆନ୍ତି !

ଆଉ ସିଜିନ୍ ଅନୁଯାୟୀ ନୂଆ ନୂଆ ପୋଷାକ ପିନ୍ଧା ସ୍ତ୍ରୀଲୋକମାନଙ୍କୁ ଦେଖିଲେ ମୋ ବୋଉ କଥା ମନେ ପଡ଼ିଯାଇ ଅନ୍ତର ଦହନ ହୁଏ ! ଆ ! କୋଉ

କାଳର ଚିରା ମଇଳା ଶାଢ଼ି ଖଣ୍ଡେ ପିନ୍ଧି ବୋଉ କେମିତି ନଳା ସଫା କରୁଥାଏ, ବିନା ଚପଲରେ ଚାଲି ଚାଲି ବୈଶାଖର ମଧ୍ୟାହ୍ନରେ ଯାଇ ହାଜର ହୁଏ, କେମିତି ମା ଜାଗୁଳାଇଙ୍କ ପାଖରେ ... । ଭାବି ହୁଏନି ଆମେମାନେ କେତେ ଦରିଦ୍ର! ଭାବିଲେ ମନରେ ଅବସାଦ ଆସେ ... । ଆଖିରେ ଲୁହ ଜମେ ।

ସେଇ ବିଶ୍ୱ ଉଉମ ଦେଶରେ ମୋ ପାଠ ପଢ଼ା ସାରି, ସୁଉଚ ଡିଗ୍ରୀଧରି ମୁଁ ଫେରି ଆସୁଛି, କେବଳ ମନୋଜକୁ ପାଇବା ଆଶାରେ । ନାଁ – ଆଉ ମନୋଜ ପ୍ରତି ବିଲମ୍ବ କରାଯାଇ ପାରେନା ... ।

ଏସବୁ ସୁଖ ପଛରେ ଆଉ ଗୋଟିଏ ସୁଖ ଅଛି, ନିଜକୁ ଅନ୍ୟ ଗୋଟିଏ ମଣିଷ ପାଖରେ ନିଃଶେଷ କରି ଦେବାର ସୁଖ ! ସେଇ ସୁଖ ପାଖରେ ନିଜର ଶିକ୍ଷା, ସମ୍ଭ୍ରମ ସବୁ ମୂଲ୍ୟହୀନ !

ଆଜି ମୋର ଠିକ୍ ମନେ ଅଛି, ବାପା ମୋତେ ଯେଉଁଦିନ କଟକ ମେଡ଼ିକାଲ କଲେଜ ହଷ୍ଟେଲରେ ଛାଡ଼ି ଦେଇଗଲେ, ସେଦିନ ସେ ମୋ ମୁଣ୍ଡରେ ତାଙ୍କ କଅଁଳ ହାତର ସ୍ପର୍ଶଦେଇ କହିଥିଲେ, "ମା, ପ୍ରବାଦ ଅଛି, ଝିଅମାନେ ଡାକ୍ତରୀ ପାଠ ପଢ଼ିଲେ କେହି ସଚ୍ଚରିତ୍ରା ହୋଇ ରହନ୍ତି ନାହିଁ । ଏକଥା ଜାଣି ମଧ୍ୟ, ତୋ ମନରେ ମୁଁ ଆଘାତ ଦେଇ ପାରିଲି ନାହିଁ ... । ଜାଣି ଜାଣି କୁପଥରେ ଗୋଡ଼ ଥୋଇଛି । ତେଣିକି ତୋ'ର ଇଚ୍ଛା" ।

ମୁଁ କାନ୍ଦି ପକେଇ ଥିଲି । ଶପଥ କଲା ସ୍ୱରରେ କହିଥିଲି, "ମୋତେ ବିଶ୍ୱାସ କର ବାପା ।"

କିନ୍ତୁ... ଜମା ଛଅ ମାସର ଅନୁଭୂତି ଭିତରେ ମୁଁ ଅନୁଭବ କରିଥିଲି, ବାପା ଯାହା କହିଥିଲେ ଅକ୍ଷରେ ଅକ୍ଷରେ ସତ୍ୟ । ସଚ୍ଚରିତ୍ରା ହୋଇ ରହିବା ପାଇଁ ଆମ୍ଭମାନଙ୍କର ଉପାୟ ନାହିଁ । ପୁଅ ଝିଅ ଏକାଠି ମିଶି ଶରୀର ତତ୍ତ୍ୱ ଉପରେ ପାଠ ପଢ଼ୁଥିବାର ପ୍ରଭାବ ଆମକୁ ବେଶୀ ପ୍ରଭାବିତ କରାଏନି । କରାଏ ଆମ ମିଳାମିଶା ... ଫ୍ରି ମିକ୍ସିଂ... । ସବୁ ପାଇଯିବାର ଅଦମ୍ୟ ଲାଳସା କ୍ରମାଗତ ଆମକୁ ବିପଥଗାମୀ କରାଏ, ଏକ ଅବୋଧ ମାଦକତାରେ ... । ତାହାର ଶେଷ ପରିଣତି ଘଟେ, ନାଇଟ୍ ଡ୍ୟୁଟି କଲେ ... । ଗୋଟିଏ ନୀଡ଼ର ପ୍ରିୟ ଓ ପ୍ରିୟା ପରି ସେଇ ନିଶି,

ଯାମିନୀରେ ଆମେ ଏକ ହୋଇଯାଉ ଗ୍ରନ୍ଥ ଓ ଗ୍ରନ୍ଥାରେ । ଘନିଷ୍ଟତା, ଆଉ କଥାବାର୍ତ୍ତାରେ ସୀମିତ ନ ରହି ଊର୍ଦ୍ଧ୍ୱଗାମୀ ହୋଇପଡ଼େ ... ।

ଥାର୍ଡଇୟର ବେଳକୁ ସବୁ ଛାତ୍ରଛାତ୍ରୀ ବାହା ହେବାପାଇଁ ପ୍ରାୟ ସଜଲି ହୋଇ ପଡ଼ନ୍ତି... କେହି କେହି ପାରିବାରିକ ମର୍ଯ୍ୟାଦା ଦୃଷ୍ଟିରୁ ପଢ଼ା ଶେଷ ପର୍ଯ୍ୟନ୍ତ ଅପେକ୍ଷା କରନ୍ତି । ଆଉ କେହି କେହି ସର୍ବସ୍ୱ ଭୁଲି ସେଇ ପଢ଼ିବା ସମୟରେ ବାହା ହୋଇ ପଡ଼ନ୍ତି... । ଆମ ଭିତରୁ ସେମାନେ ଅଲଗା ହୋଇଯାଇ ଅନ୍ୟ ଏକ ଘରେ ଏକତ୍ରୀତ ବାସ କଲାବେଳେ, ଏକତ୍ର ରହିବାର ବାସନା ସମସ୍ତଙ୍କ ମନରେ ଜାଗରିତ ହୁଏ... ।

ଅବଶ୍ୟ ଏ ବାସନା କାହାର ନିଜସ୍ୱ ନୁହେଁ । ବୟସର ମଧ! ସୃଷ୍ଟିର ବିଚାର !

ମାତ୍ର ଏ କାମନା ମୋ ମନ ଭିତରେ ଜାଗରିତ ହେଲାବେଳେ, ଆଖି ଆଗରେ ଉଭା ହୁଅନ୍ତି ବାପା । ତାଙ୍କ କପାଳରେ ବିସ୍ମୟ ସୂଚକ କୁଞ୍ଚିତ ରେଖା, ହତାଶିଆ 'ହଁ' 'ନାହିଁ' ବାକ୍ୟାଳାପ ମୋ ମନକୁ ନିବୁକ କରିଦିଏ । ଅବସନ୍ନ ହୋଇପଡ଼େ... । ଭାବନା ହୁଏ ବିପନ୍ନ... । ଆକାଶର ମହାଶୂନ୍ୟ ଭିତରେ ଚନ୍ଦ୍ର ନିଃସହାୟ ଗତି ପରି ମୁଁ ନିଃସହାୟ ହୋଇପଡ଼େ ମୋ ଚଳାପଥରେ ।

ଛୁଟିରେ ଘରକୁ ଯାଇ ଶୁଣେ ବୋଉ ଚଉଁରାମୂଳେ ସନ୍ଧ୍ୟା ଦେଉଦେଉ, ଆଲମିରାରୁ ଟଙ୍କା କାଢ଼ୁ କାଢ଼ୁ, ବାପାଙ୍କ ପାଇଁ ଭାତ, ବାବୁ ବାବୁ, କହୁଛି ମିନିକି ଆମେରିକା ପଠାଉଥିଲ ପରା ?

ବାପା କଣ୍ଠରେ ଶ୍ଳେଷ ଭରି କହନ୍ତି – ହଁ ପଠାନ୍ତି ଯେ, ହେଲେ ଟଙ୍କା ?

ବୋଉ ଓଢ଼ଣାକୁ ଆଉ ଟିକିଏ ଆଗକୁ ଟାଣିଦେଇ ଦରଜି ସ୍ୱରରେ କୁହେ – ପିଲା ବୋଲିତ ସେଇ ବକଟକ ! ତା'ରି ଲାଗି ଯାହା ଆମର ଖର୍ଚ୍ଚ ! କର୍ମବାଡ଼ି ଖଣ୍ଡେ ନହେଲେ କାଚ ଖଟୁ ବନ୍ଧା ପକାଇ... ।

ନିର୍ଲିପ୍ତ ମହାପୁରୁଷ ପରି ବସିରହି ଥିବା ବାପାଙ୍କ ପାଟିରୁ ଅଚାନକ ବାହାରି ପଡ଼େ – "ସେତିକି ଟଙ୍କାରେ କି ଆମେରିକା ଯାଇହୁଏ... ? ସ୍କଲାରସିପ ନମିଲିଲେ ବି ମୁଁ ଟଙ୍କା ଯୋଗାଡ଼ କରି ରଖିଛି, କିନ୍ତୁ ସେଠାକୁ ଯିବାକୁ ହେଲେ,

ପ୍ରଥମେ ଗୋଟେ ଟ୍ୟେଫଲ ପରୀକ୍ଷା ଦେଇଯିବାକୁ ହୁଏ । ମିନିର ପଢ଼ା ସରିଗଲେ, ସେ ପରୀକ୍ଷାଟା ଦେଇ ଦେବାପାଇଁ କହିବି । ଦେଇଦେଲେ ସେ ଚାଲିଯିବ... । ଏଠି ରହି ସେ କରିବ ବା କଣ ? ଅନ୍ୟ ପାଞ୍ଚଜଣଙ୍କ ଭଳି ସାଧାରଣ ହୋଇଯିବ ସିନା । ତା'ରି ପାଠ ପଢ଼ା ପାଇଁ ତ ଆମ ବଞ୍ଚିବା ଜୀବନ ।

ବୋଉ ଅତ୍ୟଧିକ ଆନନ୍ଦରେ ଉତ୍ତର ଦେଇ ପାରେନି... । ସେହି ଆନନ୍ଦର ଓଜନ ମୁଣ୍ଡାଇ ସ୍ୱସ୍ତିରେ ଘୁମେଇ ପଡ଼େ... । ବୋଉର ଘୁମନ୍ତ ଆଶ୍ୱସ୍ତି ଆଉ ବାପାଙ୍କ ଉସ୍ସାହ, ମୋତେ ବୟସର ବର୍ଷବୋଧ ଭୁଲିବାକୁ ବାଧ୍ୟ କରାଏ... । ପାଠପଢ଼ି ବଡ଼ମଣିଷ ହେବାର ଆକାଂକ୍ଷା ବଳବତ୍ତର ହୁଏ... । ଆଶା ଆଉ ଉସ୍ସାହର ଏକ ସ୍ୱଚ୍ଛ ସୁନ୍ଦର ଉସ୍ ମୋ ମନ ତଳର ସବୁ ଆବିଲତାକୁ ଧୋଇ ଦେଉ ଦେଉ ଭାବେ ମୁଁ - ଏତେ ଅଭାବ ଭିତରେ ବଞ୍ଚିବି, ଭାରତୀୟ ପିତାମାତାଙ୍କର ସନ୍ତାନକୁ ଉଚ୍ଚ ଶିକ୍ଷା ଦେବାପାଇଁ କି ପ୍ରଚଣ୍ଡ ଆଗ୍ରହ ! କି ଆଦର୍ଶ ମନୋଭାବ ।

ମନୋଜ କିନ୍ତୁ ଏ ଆଦର୍ଶ ମନୋଭବକୁ ପସନ୍ଦ କରେନା । ମୋ ସଙ୍ଗେ ସେ ଯୁକ୍ତି କରେ - ଏଭଳି ଆଦର୍ଶମନାର ମୁଁ ଘୋର ବିରୋଧୀ... । ବୟସ ବେଳେ ବିବାହର ଯୋଜନା ନ ରଖି କେବଳ ପାଠପଢ଼ାର ଉତ୍କଣ୍ଠା ଭରି ଆମମାନଙ୍କ ଜୀବନକୁ ବରବାଦ କରି ଦିଅନ୍ତି ଆମ ବାପାମାଆମାନେ... ।

"ଚୁ... ଚୁ..." ମନୋଜ ପାଟିରେ ହାତ ଦେଇ ଦିଏ ମୁଁ - ଏମିତି ତୁମେ କୁହନା ମନୋଜ ! ଏଇ ବାପା ମାଆମାନଙ୍କ ଉଚ୍ଚାଶା ଯୋଗୁଁ ତୁମର ମୋର ସମ୍ପର୍କ ପ୍ରତିଷ୍ଠା । ନଚେତ୍ ତୁମେ କିଏ...? ମୁଁ କିଏ ? ଏତେ ବେଳକୁ ଗୁଡ଼ାଏ ପିଲାର ମାଆ ହୋଇ ମୁଁ କୋଉ କାଳୁ ବୁଢ଼ୀ ହୋଇ ଜୀବନକୁ ତିକ୍ତ ମଣୁ ଥାଆନ୍ତି । ଆଉ ତୁମେ! ତୁମେ ତ ସଂସାର ହୋଇ ଚିଡ଼ିଚିଡ଼ା ବୁଢ଼ା ପାଲଟି ଯାଆନ୍ତଣି... ବାପା ମାଆମାନେ ବିବାହର ଯୋଜନା ରଖିଥିଲେ, ଏ ବୟସରେ ଆମେ ସଂସାର ଗଢ଼ିବାର ସ୍ୱପ୍ନ ଦେଖୁ ଥାଆନ୍ତେ କି ?

କହିଲି ତ ମୁଁ, ତୁମେ ପି.ଜି. ସାରି ସ୍ପେସାଲାଇଜ କରୁଥିବ, ମୁଁ ମୋର ପାଠପଢ଼ା ସାରି ଆମେରିକାରୁ ଫେରିଆସିବି । ତା'ପରେ ବାହାଘର : କି ମଜା ହେବ କୁହନା ! ଏ ପୃଥିବୀ ଆମ ପାଇଁ ଆହୁରି ସୁନ୍ଦର, ଆହୁରି ବୈଭବମୟ ହୋଇ ଉଠିବ !

ମୋ କଥାର କୌଣସି ଉତ୍ତର ଦେଇ ନ ଥିଲା ମନୋଜ । କିନ୍ତୁ ତା ମୁହଁର ରଙ୍ଗ ସମ୍ମତିର ସ୍ପଷ୍ଟ ସୂଚନା ଦେଇଥିଲା । ମନର ଦ୍ୱନ୍ଦ୍ୱ କଟିଯାଇ ଗୋଟିଏ ଉଜ୍ଜ୍ୱଳ ସମ୍ଭାବନା ବିଚଳିତ କରି ପକାଉ ପକାଉ ଯାଇ ପହଞ୍ଚିଲି ଆମେରିକାରେ... ।

ମୋ Air Mail ଲଫାପା ଚିଠି ପାଇ ଖୁସି ହୁଏ ମନୋଜ । ଉତ୍ତର ଲେଖେ ସେ ମୋତେ ରୀତିମତ... ।

ମୁଁ ଖାଲି ସମୟକୁ ଅପେକ୍ଷା କରି ରହିଛି ମିନି ! ସମୟ ଚାଲିଗଲେ ତୁମେ ଯେ ଚାଲିଆସିବ... ।

ମିନି ! ପ୍ରିୟାକୁ ବନ୍ଧୁ ରୂପେ ପାଇବା ଠାରୁ ଆଉ କିଏ ସୁଖୀ ମଣିଷ ଅଛି କହିଲ... ? ତୁମରି ପଣତ ଭିତରେ ନିଜକୁ ଲୁଚାଇ ରଖିବାର ଉତ୍କଣ୍ଠା ମତେ ଅଧୀର କଲାଣି... । ଓଃ ଆସନା ଶୀଘ୍ର !

ଖୁବ ଛୋଟ କରି ସଂକୀର୍ଣ୍ଣ ଅବସ୍ଥାରେ ମୁଁ ପାଇଥିଲି ତୁମକୁ । ତୁମ ଚିଠି ପଢ଼ି, ତୁମ କୃତକାର୍ଯ୍ୟତା ଶୁଣି, ଆଜି ମୁଁ ଜାଣୁଛି, ତୁମେ ଆଜି ପ୍ରସ୍ତୁତିତା... । ତୁମକୁ ଏଭଳି ବଡ଼କରି ପାଇବି ଭାବିଲେ, ମୋ ଆନନ୍ଦର ସୀମା ରହୁନି ! ମିନି ! ତୁମରି ଅପେକ୍ଷାରେ... 'ମୁଁ' ।

ଚିଠିଗୁଡ଼ିକ ପଢ଼ି, ଭାବାବେଗରେ ପୂରାତନ ଅନୁଭୂତିକୁ ରୋମନ୍ଥନ କରୁ କରୁ କେତେବେଳେ ଖୁସି ହୋଇ ଉଠେ । ଆଉ କେତେବେଳେ ଦୁଃଖରେ ଆଖିରୁ ଲୁହ ଝରିପଡ଼େ... । ମୋ ଅଶ୍ରୁପାତ ଦେଖି ମୋ ପ୍ରଫେସର ମୋତେ ଶଂଖୋଳନ୍ତି - କ'ଣ ପ୍ରେମପତ୍ର ? ବିବାହ ? ବ୍ୟଥା... ?

ମୋ ନିରୂପଣା ଦେଖି ହସନ୍ତି ପ୍ରଫେସର - "ତୁମର ଏ ସୌନ୍ଦର୍ଯ୍ୟ, ଏ ଯୋଗ୍ୟତା ଥାଇ ତୁମକୁ କ'ଣ ପାର୍ଟନର ଅଭାବ ହେବେ ମିସ୍ ଦାସ୍ । କ'ଣ ଭାବୁଛ... ଫେରିଯିବ ନିଜ ଦେଶକୁ ?"

କଣ୍ଠରେ ମୋର ହତାଶାର ସୁର - ମହାଶୟ ! ଆପଣଙ୍କ କଥା ଅବଶ୍ୟ ସତ୍ୟ... । କିନ୍ତୁ ଆମ ଦେଶର ଭଲପାଇବା, ବା ପ୍ରେମ, ଆପଣଙ୍କ ଦେଶର ପ୍ରେମ ଭଲି ଭଙ୍ଗାରୁଜାର ପ୍ରେମ ନୁହେଁ । ଆମ ପ୍ରେମ ନିର୍ମଳ... । ଅତୁଟ... । ଯେତେ ବାଧା ଆସିଲେ ବି ତାହା ଭାଙ୍ଗେନା, ଭାଙ୍ଗି ପାରେନା । କି ସୌନ୍ଦର୍ଯ୍ୟ ଆଉ ଯୋଗ୍ୟତାରେ ତାକୁ କଳନା କରାଯାଏନା ।

ସେ କ'ଣ ବୁଝିଲେ କେଜାଣି (ଆମମାନଙ୍କୁ ମନସ୍ତତ୍ତ୍ୱ ବୁଝିବା ପାଇଁ ତାଙ୍କର ଦିନ ବା କାଇଁ) ମୃଦୁ ହସରେ କାନ୍ଧ ଉପରକୁ ଉଠାଇ ସମର୍ଥନର ସମ୍ଭାଷଣ ଜଣାଇଲା ପରି କହିଲେ – "ଓ..."

ଭାବନାରେ ଭାବନାରେ ଲାଉଞ୍ଜର ପାଖାପାଖି ହୋଇଗଲିଣି ମୁଁ ।

କିନ୍ତୁ କାଇଁ... ? ମନୋଜ ତ ଦିଶୁନାହିଁ । ତା'ର ଆବେଗ ଜଡ଼ିତ ଉକ୍ଣ୍ଠାର ହାତ କାଇଁ ଦୋହୁଲୁ ନାହିଁ ତ –

ହେ ଭଗବାନ, ମନୋଜ କାଇଁ ?

ମୋ ଉକ୍ଣ୍ଠା ମରିଯାଇ ଅସ୍ଥିରତା ବଢ଼ିବାକୁ ଲାଗିଲା ।

ଲାଉଞ୍ଜର ସମସ୍ତ ଭିଡ଼ ଠେଲି ମୁଁ ଖାଲି ଖୋଜି ଚାଲିଲି ମନୋଜକୁ... । କିନ୍ତୁ କାଇଁ ମନୋଜ ? ବିଷଣ୍ଣତା ଭଳି ଏକ ଅନୁଭବ ଛାଇ ହୋଇ ଯାଉଥିଲା ମୋ ଅନ୍ତରରେ । ତଥାପି ମୋ ଖୋଜିବାର ଶେଷ ନାହିଁ ।

ହଠାତ୍ ବାଁ କୁ ବୁଲିପଡ଼ି କ୍ଷିପ୍ର ଲଘୁପଦରେ ଆଗେଇ ଯାଉ ଯାଉ ସଫାରି ପିନ୍ଧା ଜଣେ ଭଦ୍ରବ୍ୟକ୍ତିଙ୍କୁ ମତେ ମନୋଜ ପରି ମନେ ହେଲା... ।

ନିଜର ଅଜାଣତରେ ଭଦ୍ରବ୍ୟକ୍ତିଙ୍କ ପାଖକୁ ଯାଇ କେତେବେଲେ ପଚାରି ଦେଲିଣି – ଆପଣ ମନୋଜ ନାଁ ?

ଭଦ୍ର ବ୍ୟକ୍ତି ତଟସ୍ଥ । କିନ୍ତୁ ପରେ ପରେ ମୁଁ ଲକ୍ଷ୍ୟକଲି, ଭଦ୍ରବ୍ୟକ୍ତି ନାସ୍ତିସୂଚକ ବାଣୀ ନ ଶୁଣାଇ କୌତୂହଲ କଣ୍ଠରେ କହୁଛନ୍ତି – "ହଁ ମୋ ନାଁ ମନୋଜ ! କିନ୍ତୁ ଆପଣ କୋଉ ମନୋଜକୁ ଖୋଜୁଛନ୍ତି ? ମୁଁ ତ ଆପଣଙ୍କୁ ଚିହ୍ନି ପାରୁନି ।"

ପ୍ରଖର ଉତ୍ତେଜନାରେ ଭଦ୍ରବ୍ୟକ୍ତିଙ୍କୁ ଆଉ ଥରେ ଚାହିଁ ଭାବିଲି କି ଆଶ୍ଚର୍ଯ୍ୟ ! ଏକା ଶରୀର ଏକା ନାଁରେ କ'ଣ ଦୁଇଟି ମଣିଷ ଥାଇପାରନ୍ତି ? କିଛି ପ୍ରକାଶ କରି ନ ପାରି ଅନୁଭବ କରୁଥିଲି, ଯେମିତି ମୋ ମସ୍ତିଷ୍କ ଭିତରେ ରକ୍ତର ସ୍ଫୁରଣ !

ଇତ୍ୟବସରରେ ଜଣେ ତରୁଣୀ ଟଏଲେଟରୁ ବାହାରି ଆସି ସେ ଭଦ୍ରବ୍ୟକ୍ତିଙ୍କ ହାତ ଧରି ଚାଲ ଚାଲ ହୋଇ ଚାଲିଗଲେ । ଗଭୀର ସନ୍ଦେହ ସୃଷ୍ଟି

ହେଲା ତଥାପି ମୋ ମନରେ... । ଏଇଟା କ'ଣ ତେବେ ମୋ ଆଖିର ଭୁଲ ? ମାନି ନେଇ ପାରିଲି ନାହିଁ । ତାଙ୍କ ଅଜାଣତରେ ତାଙ୍କୁ ଅନୁସରଣ କଲି ।

ଭଦ୍ରବ୍ୟକ୍ତି ତରୁଣୀଙ୍କ ସହିତ ଯେତେବେଳେ ଗୋଟିଏ ଫିଆଟ ଭିତରେ ପଶିଲେ, ମୁଁ ମୋର ଭ୍ରମ ଭାଙ୍ଗି ଆଶ୍ୱସ୍ତ ହେଲି ଯେ, ନାଁ – ଇଏ ମନୋଜ ନୁହଁନ୍ତି । ଫିଆଟ ଆଉ ତରୁଣୀ – ମନୋଜ ପକ୍ଷେ ନିହାତି ଅପ୍ରାସଙ୍ଗିକ ।

ମୁଁ ମୋର ପୁନଃ ଅନୁସନ୍ଧାନ ଚଳାଇଲି...

କିନ୍ତୁ ନାଁ... ସବୁ ଚେଷ୍ଟା ମୋର ବିଫଳ । ଖୋଜିବି ଆଉ କାହାକୁ ?

ଜଣ ଜଣ ହୋଇ ସମସ୍ତେ ଚାଲି ଗଲେଣି ପ୍ରାୟ... । ଲାଉଞ୍ଜ ସମ୍ପୂର୍ଣ୍ଣ ଖାଲି... । ଦରଶୋଷିତ କେତୋଟି ସିଗାରେଟ୍‌ର ଧୂମ୍ର କୁଣ୍ଡଳି ଲୋକ ଅନୁପସ୍ଥିତିର ସ୍ପଷ୍ଟ ସୂଚନା ଦେଉଛି ।

ମୁଁ ନର୍ମାଲ ହେବାକୁ ଚେଷ୍ଟା କରି ବି ପାରୁନି... । ଅଜଣା ଅବସାଦରେ ଲୁହ ଟଳମଳ ହୋଇ ଉଠୁଛି । ତେବେ ସତରେ କ'ଣ ମନୋଜ ମୋ ଚିଠି ପାଇନାହିଁ ?

ଅବଶ୍ୟ ପୋଷ୍ଟାଲ ଗଣ୍ଡଗୋଳ ଆମ ଦେଶର ଅତି ମାମୁଲି ବ୍ୟାପାର... । କିନ୍ତୁ ଖଣ୍ଡ ଖଣ୍ଡ ହୋଇ ତିନି ଖଣ୍ଡଯାକ ଚିଠି ଗାୟବ୍... ? ମୋ ଅବିଶ୍ୱାସର ସୀମା ନାହିଁ ।

ଅଗତ୍ୟା କାଳ ବିଳମ୍ୱ ନ କରି ଲାଉଞ୍ଜରୁ ମୁଁ ବାହାରି ଆସିଲି ବାହାରକୁ... । ଛୋଟ ଏ ଏରୋଡ୍ରମ୍‌ରେ ଅଧିକ ବିଳମ୍ୱ ହୋଇଗଲେ ଟ୍ୟାକ୍‌ସି ଖଣ୍ଡିଏ ମିଳିବା ମୁସ୍କିଲ ହୋଇ ପଡ଼ିବ ।

ଯାହା ହେଉ ଭଗବାନଙ୍କ ଅପାର କରୁଣାରୁ ଶେଷ ଟ୍ୟାକ୍‌ସିଟି ମୋତେ ଦେଖ ଅଟକି ଗଲା... । ମୃଦୁ ହସରେ ମୋ ଯିବାର ଇଙ୍ଗିତ ଦେଇ ପାଦ କ୍ଷିପ୍ର କଲି ।

ଗାଡ଼ି ଚାଲିଛି ।

ବାରମ୍ୱାର ମନକୁ ମୋର ଦୁଃସହ ବେଦନା ପୀଡ଼ିତ କରୁଥିଲେ ବି, ମୁଁ ତାଙ୍କୁ ଠେଲି ଦେଲି । ରାସ୍ତା କଡ଼ର ଗଛ, ଫରେଷ୍ଟ ପାର୍କରେ ଗଢ଼ି ଉଠିଥିବା ନୂଆ ନୂଆ ପ୍ରାସାଦ ଉପରେ ମନୋନିବେଶ କରୁଥିଲି । ତଥାପି ସମୟ ମୋତେ ଅତିରିକ୍ତ

ମନେ ହେଉଥିଲା... । ତା'ର ଗୁରୁ ଭାର ସମ୍ଭାଳିବା ଅବସ୍ଥାରେ ମୁଁ ନ ଥିଲି...
ଆଉ ।

ଯାହା ହେଉ ଟ୍ୟାକ୍ସି ଭୁବନେଶ୍ୱର ରାସ୍ତା ଟପି ଯେତେବେଳେ କଟକ
ରାସ୍ତା ଧରିଲେ ମୁଁ ସାମାନ୍ୟ ଆଶ୍ୱସ୍ତ ହେଲି, କିନ୍ତୁ ଟ୍ୟାକ୍ସି ଯେତିକି ଯେତିକି
ଆଗେଇ ଚାଲିଛି, କଟକର ସେହି ବିରକ୍ତିକର ରିକ୍ସା ଗାଡ଼ିର ଗହଳି ବଡ଼ି ଦୁର୍ବିଷହ
ମନେ ହେଉଛି । ଇସ୍ କି ବିରକ୍ତିକର ଜୀବନଯାପନର ପ୍ରଣାଳୀ! ଲାଗୁଛି, ପ୍ରତି
ମୁହୂର୍ତ୍ତରେ ଯେମିତି ଆକ୍ସିଡେଣ୍ଟ ହୋଇଯିବ!

ଅଥଚ ଦିନ ଥିଲା, ଏ ଗହଳି କେତେ ସାଧାରଣ ଥିଲା ମୋ ପାଇଁ! ଏଇ
ହେଲି ଠେଲି ସିନେମା ଯିବା, ଏ ହେଲି କାଟି ରିକ୍ସାରେ ଚୌଧୁରୀ ବଜାର
କଲେଜ ଛକରୁ ଶାଢ଼ି ବାଛି କିଣିବା, କେତେ ପ୍ଲିଜାଣ୍ଟ ଥିଲା ମୋ ପାଇଁ! ଛି...
ଆଜି ଏ ସହର କେତେ ଅସହ୍ୟ ଲାଗୁଛି!

ହସପିଟାଲ ଭିତରେ ପଶି ପି.ଜି. ହଷ୍ଟେଲକୁ ଯିବା ବାଟରେ ଭାରି ଇଚ୍ଛା
ହେଲା ପ୍ରିନ୍‌ସିପାଲଙ୍କୁ ଟିକିଏ ଦେଖା କରନ୍ତି! ତାଙ୍କ ବ୍ୟକ୍ତିତ୍ୱ, ତାଙ୍କ ବାଙ୍ମୟତା
ପ୍ରତି ମୁଁ ଏତେ ଆକୃଷ୍ଟ ଯେ, ତାଙ୍କୁ ଯେତିକି ଜୟ କରୁଥିଲି, ସେତିକି ଭଲ
ପାଉଥିଲି... ।

“ଆରେ ମିନତୀ! ତୁମେ! ତୁମେ କ'ଣ ଆମେରିକା ଫାମେରିକା ଯାଇ
ଖୁବ୍ ନାଁ କଲଣ...! ଆମକୁ ମନେ ରଖିଛ ନା କ'ଣ... କେମିତି ଲାଗୁଛି ସେଠିକା
ପାଠପଢ଼ା...”

ମୁଁ ଲାଜେଇ ଗଲି ।

ଯ୍ଯା'ର କି ଉତ୍ତର ବା ଦେଇଥାନ୍ତି ମୁଁ । ଯାହାଙ୍କ ଜୀବନର ଅର୍ଦ୍ଧେକ ପ୍ରାୟ
ସେଇ ପାଣି ପବନରେ ଗଢ଼ା, ଯିଏ ସେଇ ଦେଶର ଆଦର୍ଶରେ ଅନୁପ୍ରାଣିତ, ଶିକ୍ଷା
ସମାପ୍ତ କରିଛନ୍ତି ଯିଏ ସେଇ ଦେଶରେ, ମୋର କି ବା ଉତ୍ତର ଅଛି ତାଙ୍କ ପାଇଁ ।

ତଥାପି ଭାରି ଭଲ ଲାଗିଲା ତାଙ୍କ ସମ୍ଭାଷଣ! ଏତେ ଆଦରରେ ଉଷ୍ଣ-
ନିବିଡ଼ ଯେ ଅନୁଭବ ଛଡ଼ା ପ୍ରକାଶ କରିବା ସମ୍ଭବ ନୁହେଁ । ...ତାଙ୍କଠାରୁ ବିଦାୟ
ନେଲି ।

ଆସିବା ବାଟରେ ଭାବୁଥିଲି, ମତେ ଯେତେବେଳେ ମନେ ରଖିଛନ୍ତି, ମନୋଜ ଖବର ନିଶ୍ଚୟ ଜାଣି ଥିବେ ସିଏ... । କିନ୍ତୁ ଫେରିଯାଇ ମନୋଜ ବିଷୟରେ ପଚାରି ପାରିଲି ନାହିଁ... । ଯେତେ ଉଚ୍ଚଶିକ୍ଷା ପାଆ, ଯେତେ ବୟସ ବଢ଼ୁ, ଶିକ୍ଷକ ପାଖରେ ଛାତ୍ରୀ କେବେ ଏତେ ସ୍ୱଚ୍ଛନ୍ଦ ହୋଇପାରିବ ନାହିଁ ।

ହଷ୍ଟେଲ ଭିତରେ ମୋ ହାଇହିଲର ଠକ୍ ଠକ୍ ଆବାଜ, ମନୋଜର ରୁମ୍ ନମ୍ବର ଅଠରେ ସ୍ଥିର ହୋଇଗଲା... । ବନ୍ଦ କବାଟରେ ଆସ୍ତେ ନକ୍ କଲି... । କବାଟ ଭିତର ପଟୁ ଖୋଲିଲି...କିନ୍ତୁ ମନୋଜ ପରିବର୍ତ୍ତେ ଆଉ ଜଣେ ଯୁବକ ! ପଚାରିଲି... ମନୋଜ... ?

'ମନୋଜ' ? ...ବିସ୍ମିତରେ ମୋତେ ଓଲଟା ପ୍ରଶ୍ନ ସେ କଲେ ।

'ହଁ, ହଁ ମନୋଜ ମିଶ୍ର । ଏଇ ରୁମ୍ରେ ରହି ସେ (Eye) ଆଇରେ ସ୍ପେସାଲାଇଜ୍ କରୁଥିଲେ ।'

'କିନ୍ତୁ କାଇଁ ମୁଁ... ତ ଜାଣିନି । ବୋଧହୁଏ କରୁଥିବେ । ମାତ୍ର ମୋ ଉପସ୍ଥିତିରେ ନୁହେଁ । ମୁଁ ତ ଏଠି ରହିବାର ପାଖାପାଖି ବର୍ଷେ ହୋଇଗଲାଣି... ।'

ଏଥର ମୋ ଧୈର୍ଯ୍ୟ ବନ୍ଧ ଭାଙ୍ଗିଗଲା । ବାକ୍ ଶକ୍ତି ରୁହ... । ମାତ୍ର ମୋତେ କିଛି କହିବାକୁ ପଡ଼ିବ । ସେଇ ରୁଦ୍ଧ ଗଳାରେ କହିଲି... ମନୋଜ ନାହିଁ । ଅଥଚ ଏଇ ରୁମ୍ ଠିକଣାରେ ମୁଁ ତିନିଖଣ୍ଡ ଚିଠି ଦେଇଛି । Air Mail ଚିଠି ।

'ଚିଠି'... ? ଚିଠି କଥା ଶୁଣି ଯୁବକ ଜଣକ ଦଉଡ଼ି ଗଲେ ତାଙ୍କ ଟେବୁଲ ପାଖକୁ । ...'ହଁ ହଁ ଚିଠି । ତିନିଖଣ୍ଡ ଯାକ ଏଠି ଅଛି । ପୋଷ୍ଟମ୍ୟାନ୍ ରୁମ୍ ଭିତରକୁ ଫିଙ୍ଗିଦେଇ ଚାଲିଯାଏ ତ । ଏଇ ଦେଖନ୍ତୁ ଆପଣଙ୍କ ଚିଠି ନାଁ ଇଏ ?'

ହଁ ହଁ ଏଇ ଚିଠି'... । ପିଲାବେଳ ହୋଇଥିଲେ ସେଇଠି ଭେଁ କିନା କାନ୍ଦି ଉଠି ଥାଆନ୍ତା... । ମାତ୍ର ବନ୍ଧୁ ମୋର ବାଷ୍ପାଚ୍ଛନ୍ନ ହୋଇ ଉଠିଥିଲା । ଛାତ୍ର ଜଣକ ଗେଟ୍ ପାଖକୁ ବଳେଇ ଦବାକୁ ଆସିଲେ । କିନ୍ତୁ ମୁଁ ମୁହଁ ବୁଲେଇ ତରତରରେ ଚିଠି ଗୁଡ଼ିକୁ ମୁଠେଇ ଧରି ଚାଲି ଆସିଲି ।

ଟାକ୍ସି ଭିତରେ ପଶିଯାଇ ଭାବୁଛି ମୋ ଗତି କୁଆଡ଼େ ? ...ମନୋଜକୁ ଆଉ ଖୋଜି ପାଇବା ମୋ ପକ୍ଷେ ସମ୍ଭବ ନୁହେଁ । ମନୋଜ ବିନା ଏକାକୀ ଯାଇ

ଘରେ ପହଞ୍ଚିଲେ, ବାପା ବୋଉ ନିଶ୍ଚୟ ପଚାରିବେ ମନୋଜ କାହିଁ ? କି ଉତ୍ତର ଦେବି ମୁଁ ? ମୋ ପାଖରେ ମନୋଜର କୌଣସି ଖବର ବି ନାହିଁ ଯାହାକି ତାଙ୍କୁ ଭୂତେଇ ଦେଇ ହେବ ! ...ଚିଠିରେ ମନୋଜ କଥାଟା ଲେଖି ନଥିଲେ ଖୁବ୍ ଭଲ ହୋଇ ଥାଆନ୍ତା ସତରେ !

ଶୋଚନା ଦଗ୍ଧ କଣ୍ଠରେ ବସି ରହିଛି । ଭାବିଲି ମନୋଜ ଗାଁକୁ ଯାଇ ପଚାରି ବୁଝି ଆସିଲେ କେମିତି ହୁଅନ୍ତା ?

ସେତେବେଳେ ଅପରାହ୍ନ ମଳିନ ପଡ଼ି ଆସିଲାଣି ।

ଗାଁ ତା'ର ଅଳ୍ପ ଦୂର ହେଲେବି ସେଇ ଅପରିଚିତ ଗାଁକୁ ଟ୍ୟାକ୍ସି ବାଲାଟା ସଙ୍ଗେ ଏକାକୀ ଯିବାକୁ କୁଣ୍ଠାବୋଧ ହେଲା... । ଯେତେ ସଭ୍ୟ ଶିକ୍ଷିତ ହୋଇ ଆମେରିକାରେ କଟାଇ ଥିଲେ ବି, ମୁଁ ସେଇ ଓଡ଼ିଆ ଝିଅ ପାଦେ ପାଦେ ପ୍ରତି ପାଦେ ଆମର ଭୟ ! ତଥାପି ସାହସର ସୀମା ନାହିଁ । ଯାହାକୁ ମଣିଷ ଭଲପାଏ, ତା ଲାଗି ଜୀବନ ଦେବାରେ ବି କି ଗୌରବ !

ଗାଁ ରାସ୍ତା ଖାଁ ଖାଁ ନିର୍ଜନ । ପିଲାଦିନୁ ନିର୍ଜନତାକୁ ମୋର ଭାରି ଭୟ । ବରଂ କୋଲାହଲ ପ୍ରିୟ ମୁଁ । ତଥାପି ଗୋଟେ ଦି'ଟା ଗାଉଁଆଲ ଟୋକାଙ୍କର ବେତାଲ ରାଗିଣୀ ବେଶ ଆନନ୍ଦ ଦେଉଥିଲା... ।

ରାସ୍ତା ସରି ଆସିଲାଣି... । ମୁହଁସଞ୍ଚର ମଳିନ ଆଲୋକ, ସାରା ଗାଁଟାକୁ ଅସ୍ପଷ୍ଟ କରି ଦେଇଛି । ମୁଁ ମନୋଜର ଘର ଚିହ୍ନି ପାରୁନି । ଥରେ ଅଧେ ମନୋଜ ସଙ୍ଗେ ଯେଉଁ ଆସିଥିଲି ଗାଁକୁ, ସେ ମାନଚିତ୍ର ମୋର ବିସ୍ମୃତ । ଉପାୟ କ'ଣ ।

ଗାଡ଼ି ଲଣ୍ଠନଟିଏ ଜାଲି ଛୋଟ କାଠ କ୍ୟାବିନ ଭିତରେ ବସିଥିବା ପାନ ଦୋକାନୀର ପାଖକୁ ଯାଇ ପଚାରିଲି – ଦୟାକରି ଡାକ୍ତର ମନୋଜ ମିଶ୍ରଙ୍କ ଘରଟା କେଉଁଠି କହିବେ କି ?

ଦୋକାନୀଟି ମୋତେ ଦେଖି ସାମାନ୍ୟ ଅପ୍ରତିଭ ହୋଇଉଠିଲା... । ପରେ ପରେ କେମିତି ବିସ୍ମୟ – ଅସ୍ୱସ୍ତି ଗଳାରେ କହିଲା – ସେ କ'ଣ ଆଉ ଡାକ୍ତର ହୋଇଅଛନ୍ତି ? କି ଗୋଟିଏ ବଡ଼ ଅଫିସର ହୋଇଗଲାଣି ପରା ସିଏ ! ଆପଣ ଯାଆନ୍ତୁ ଆଗରେ ଚଉପାଡ଼ି ଥିବା ଘରକୁ । ଥିବେ ତ ଏଇଲେ ସିଏ ଘରେ, ଛୁଟିରେ ଆସିଛନ୍ତି ।

ଘରେ ମନୋଜ ଥିବା ଜାଣି, ଏତେ ଆନନ୍ଦିତ ହୋଇଉଠିଲେ ଯେ, ମନେ ହେଲା ସ୍ୱର୍ଗ ଯେମିତି ଆଉ ଦି' ଆଙ୍ଗୁଳି ମୋ ପାଇଁ...।

କିନ୍ତୁ ଏ କ'ଣ ?

ଡ୍ରାଇଭର ଡାକରାରେ ଯେଉଁ ମନୋଜ ଆସି ମୋ ସାମ୍ନାରେ ଠିଆହେଲେ, ସେ ଯେ ଏରୋଡ୍ରମରେ ଦେଖିଥିବା ସେଇ ଭଦ୍ରବ୍ୟକ୍ତି... ବଜ୍ରପାତରେ ମୋ ସମସ୍ତ ଶରୀର ଚୁରମାର ହୋଇଗଲା, ଯେମିତି !

କେଇ ମୁହୂର୍ତ୍ତ ନିରବତାରେ କଟିଗଲା...। ମନୋଜ ନାମକ ସେଇ ଭଦ୍ରବ୍ୟକ୍ତି, ଜଣେ ଅପରିଚିତା ଭଦ୍ରମହିଳାଙ୍କ ପୁନଃ ପୁନଃ ଅନୁଧାବନ ପ୍ରତି ବିସ୍ମିତ ହୋଇ ସାମାନ୍ୟ ବିରକ୍ତି ମିଶ୍ରିତ ଗଲାରେ କହିଲେ – ଆପଣଙ୍କ ସହିତ ଏରୋଡ୍ରମରେ ଦେଖା ହୋଇଥିଲା ପରା ! ! ଆପଣ କାହାକୁ ଖୋଜୁଛନ୍ତି... ? କିଏ ଆପଣ ?

'ମନୋଜ ! ମୁଁ ମିନି ! ମିନି ମୁଁ, ମନୋଜ ! ଚିହ୍ନିପାରୁନା ମୋତେ ?' – ଉଚ୍ଛୁଳା କୋହରେ କଥା ଗୁଡ଼ାକ କୁଆଡ଼େ ଉଭେଇ ଯାଇଥିଲା ଯେମିତି ! ପାଦତଳୁ ମାଟିଗୁଡ଼ା ଉଭେଇ ଯିବାର ଅନୁଭବରେ ମୁଁ ପଡ଼ି ଯାଉଯାଉ ଅଟକି ଗଲି...।

"ମିନି" !

ଶତ ବୃଶ୍ଚିକର ଦଂଶନର ଆଘାତ ପାଇଲା ପରି ଚିହିଁକି ଉଠିଲା ମନୋଜ...। ସାମ୍ନାରେ ଶୂନ୍ୟତା ଭିତରକୁ ଓଜାଡ଼ି ହୋଇ ପଡ଼ି କହିଲା – "କେମିତି ମୁଁ ତୁମକୁ ଚିହ୍ନିବି କହିଲ ? ପାଞ୍ଚବର୍ଷ ତଳେ ଯେଉଁ ମିନିକି ମୁଁ ଦେଖିଥିଲି, ସେ କ'ଣ ଏଇ ମିନି ? କେଡ଼େ ପାତଳ ହୋଇ ଓଲି ବୋଲି ଝଁଅଟିଏ ଥିଲା ! କହୁଣି ପର୍ଯ୍ୟନ୍ତ ଲମ୍ବା ହାତର ବ୍ଲାଉଜ୍ ପିନ୍ଧି, ଚିପି ଚିପି ଛୋଟ ବେଣୀଟିଏ ପକାଇ ସରଳ ଉଦାସିଆ ଦୃଷ୍ଟିରେ ବାଟରେ ଚାଲି ଜାଣୁ ନଥିବା ଝିଅ କ'ଣ ଏଇ ମିନି ?"

×   ×   × ସେଇ ମିନିକି ଚିହ୍ନିବି କେମିତି ମୁଁ ଏ ଅପୂର୍ବ ଅଭିନବ ବେଶରେ ! ବବ୍ ହେୟାର, ସ୍ଲିଭଲେସ ଗାଉନ, ସୁନ୍ଦର ସ୍ୱାସ୍ଥ୍ୟ, ରଙ୍ଗିନ ଓଠ, ଆଉ ସବୁଠାରୁ ଆଶ୍ଚର୍ଯ୍ୟ ତୁମ ଦୃଷ୍ଟିରେ ବିଜ୍ଞଜନ ସୁଲଭ ଜ୍ୟୋତି ଭିତରେ କେମିତି ଖୋଜି ପାଇବି ସେ ପୂର୍ବ ମିନିକି...

ମନୋଜର ତାରିଫକୁ ଶୁଣିବାର ଅବସ୍ଥାରେ ନଥିଲି ମୁଁ। ତା'ର ସେଇ ତାରିଫ ମୋ କଲିଜାରେ ଛୁରୀ ଚଲାଇ ଯାଉଥିଲା... ଆଃ କି କଷ୍ଟ...! କି କଷ୍ଟ!

ତଥାପି ଧୈର୍ଯ୍ୟ ଧରି ସୁଟ୍‌କେଶ୍ ଖୋଲିଲି । ତା'ପାଇଁ ଆଶିଥିବା ମୂଲ୍ୟବାନ (Eye lens) ଟିକୁ ହାତକୁ ତା'ର ବଢ଼ାଇ ଦେଇ କହିଲି - ତୁମ ସଫାରି ପିନ୍ଧା ଭଦ୍ରଲୋକ ବନିଯାଇଥିବା ଚେହେରାକୁ ଦେଖି ଚିହ୍ନିଲି ତ ମୁଁ... । ହଉ ରଖ ଏ ଲେନ୍‌ସଟିକୁ - ତୁମ ପାଇଁ ଆଣିଥିଲି ତୁମ ପ୍ରାକ୍‌ଟିସ୍‌ରେ ସାହାଯ୍ୟ କରିବି ବୋଲି ।

ମନୋଜ ଚାହିଁ ରହିଥିଲା ମୋତେ ଶୂନ୍ୟଦୃଷ୍ଟିରେ ।

ମୁଁ ଗାଡ଼ିର ଡୋର ଖୋଲି ବସିବାକୁ ଯାଉଛି, ମନୋଜର ମୁହଁର ରଙ୍ଗ ବଦଲି ଗଲା । ସେ ରଙ୍ଗ ଅନୁଶୋଚନାର ସୂଚନା । ଫାଙ୍କି ଦେବାର ଉପାୟ ନାହିଁ, ଗାଁ ଗହୀରର ନିର୍ମଳ ଜ୍ୟୋସ୍ନାରେ ସେ ମୁହଁ ପ୍ରତିବିମ୍ବିତ ହୋଇଉଠୁଛି ।

ଗୋଟିଏ ଭଗ୍ନଜାନୁ ଦେଇତପରି ଘୋଷାରି ହୋଇ ଆସିଲା ମନୋଜ ମୋ ପାଖକୁ । କ୍ଷମା ମାଗିବା ଭଙ୍ଗିରେ କହିଲା - ମୋର ଲେନ୍‌ସ ଆଉ ଦରକାର ନାହିଁ ମିନି ! ସ୍ୱେସାଲାଇଜ କରୁଥିବା ବେଳେ ହଠାତ୍ ମନକୁ ଗୋଟେ ଝୁଙ୍କ୍ ଆସିଲା, କମ୍ପିଟେଟିଭ୍ ଦେଇ ଦେବା ପାଇଁ । ତା'ର ପୂର୍ବ ବର୍ଷ ଜଣେ ଇଞ୍ଜିନିୟର ଆଇ.ଏ.ଏସ୍. ପାଇଯିବା ପରେ, ଜଣେ ଡାକ୍ତର କାହିଁକି ପାରିବନି ଭାବି କମ୍ପିଟେଟିଭ୍ ଦେଇ ଦେଲି । ଆଶାତୀତ ଭାବେ ସଫଳ ହୋଇ ତୁମକୁ ଏ ଖବର ଜଣାଇବା ପାଇଁ ଉଦ୍ୟତ ହେଲାବେଳେ, ବାହାଘର ପାଇଁ ଦୁଆରେ ଲାଇନ୍ ଗାଡ଼ି । ତୁମେ ତ ଜାଣ, ଓଡ଼ିଶାର କନ୍ୟା ପିତାମାତାମାନଙ୍କର ଆଇ.ଏ.ଏସ୍. ଜ୍ୱାଇଁ କରିବାର କି ପ୍ରଚଣ୍ଡ ଦୁର୍ବଲତା ! ସହରରେ କୋଠା, ଫିଆଟ୍ କାର୍, ନଗଦ କ୍ୟାସକୁ ପ୍ରତ୍ୟାଖ୍ୟାନ କରି, ତୁମକୁ ଅପେକ୍ଷା କରିବା ମୋ ପକ୍ଷେ ସମ୍ଭବ ହେଲା ନାହିଁ ।

ସ୍ୱଭାବତଃ କୈଫିୟତ୍ ମୋର ରୁଚି ବିରୁଦ୍ଧ । ମନୋଜର କୈଫିୟତ୍ ତଥାପି ଶୁଣି ଥାଆନ୍ତି । କିନ୍ତୁ ସେ କ'ଣ ଆଉ ସେଇ ମନୋଜ ହୋଇଅଛି ? ଗୋଟେ ଲୋକ କ୍ଷମତା ପାଇଁ ଏତେ ପାଗଲ ? ନିଜର ପ୍ରଫେସନ ଭଲି ଆଇ.ଏ.ଏସକୁ ଏତେ ବଡ଼ କଲା ! ମୋତେ ଅପେକ୍ଷା ନ କରି ସେ ବିବାହ କରି ଯାଇଥିଲେ ମୁଁ ଏତେ ଦୁଃଖିତ ହୋଇ ନ ଥାନ୍ତି, ଯଦି ସେ ସେଇ ଡାକ୍ତର ହୋଇଥାଆନ୍ତା !

ଗୋଟାଏ ନିରବ ଭର୍ସନାର ଦୃଷ୍ଟି ହାଣି ଗାଡ଼ିର ଡୋର ସଶବ୍ଦେ ବନ୍ଦ କରି ଦେଲି । ମନେ ପଡ଼ିଗଲା ପାନ ଦୋକାନୀର କଥା - ସେ କ'ଣ ଆଉ ଡାକ୍ତର ହୋଇ ଅଛନ୍ତି ।

ମନରେ ମୋର କୌଣସି ଦୁଃଖ, କ୍ରୋଧ ଅଭିମାନ କି ଉତ୍ତେଜନା ନାହିଁ । କେବଳ ଏକ ବିକଳ ଦୀର୍ଘଶ୍ୱାସ ନରମ ପବନରେ ହଜି ଯାଉ ଯାଉ ବିଦାୟ ନେଇ କହିଲି – 'ହଉ ଯାଉଛି । ଯଦି କେବେ ସରକାରୀ ଗସ୍ତରେ ଆମେରିକା ଆସ, ତେବେ ନିଶ୍ଚୟ ମୋର ଅତିଥି ହେବ ।'

ଏକ ବିଷାଦ ସ୍ୱପ୍ନ ଭିତରେ ବୁଡ଼ିରହି ଟ୍ୟାକ୍ସି ଡ୍ରାଇଭରକୁ ନିର୍ଦ୍ଦେଶ ଦେଲି ପୁଣି ସେଇ ଏରୋଡ୍ରମ୍‍କୁ ଫେରି ଯିବାପାଇଁ । କୌଣସି ପ୍ରକାର ଛାତ୍ରଟି କଟିଗଲେ, ସକାଳ ଫ୍ଲାଇଟ୍‍ରେ ମୁଁ ପୁଣି ଫେରିଯିବି ମୋ ପୁରୁଣା ସଂସାରକୁ ।

ଗଭୀର କୃତଜ୍ଞତା ଜଣାଇ ଡ୍ରାଇଭରକୁ ତା'ର ପ୍ରାପ୍ୟ ବଢ଼ାଇଦେଲି ।

ରାତି ବେଶ୍ ଚୁପ୍ ଚାପ୍ ହୋଇଗଲାଣି । ମନର କ୍ଷୁଧା ବଢ଼ି ଉଠିଲାଣି । ବୋଉର ପଖାଳ ଗଣ୍ଡାକୁ ମନ ବିକଳ ହେଉଥିଲା । କିନ୍ତୁ ବ୍ରେଡ଼ କି କୌଣସି ସସ୍ତର ଅନୁସନ୍ଧାନ ପାଇଁ ଆଖି ବୁଲାଇ ଦେଖିଲି, ଡ୍ରାଇଭରଟି ମୋ ପାଖରେ ସେମିତି ଠିଆ ହୋଇ ରହିଛି ।

ଭାବିଲି, ପ୍ରାପ୍ୟ ବୋଧେ କମିଗଲା । ଓଡ଼ିଆ ତ! ଅଳ୍ପ କାମ କରି ବେଶୀ ରୋଜଗାରର ଲୋଭ ।

ଆଉ କିଛି ଟଙ୍କା ବ୍ୟାଗ୍ ଭିତରୁ କାଢ଼ି, ହାତକୁ ତା'ର ବଢ଼ାଇ ଦଉ ଦଉ କହିଲି – ହେବ ଏତିକି ନାଁ ଆଉ ଦେବି?

ଉତ୍ତରରେ ଚାହିଁଲା ସେ ମୋତେ । ଯେପରି ଘନେଇ ଆସୁଛି ଖଣ୍ଡେ କଳା ମେଘ... ଟିକିଏ ପବନ ବହିଗଲେ, କୁଢ଼େଇ ପକାଇବ ବର୍ଷା ।

ପଚାରିଲି – କଣ ହେଲା?

ସଦ୍ୟ ନିଦଭଙ୍ଗା ଭୋର ବେଳାର ଛୋଟ ପକ୍ଷୀ ପରି ତରଳ ଗଳାରେ ସେ କହିଲା – 'ଘରକୁ ଯିବନି ମିନି ନାନୀ'?

ମୋର ମେରୁଦଣ୍ଡ ଦେଇ ହଠାତ୍ ଯେମିତି ଖେଳିଗଲା ଗୋଟାଏ ବିଦ୍ୟୁତ୍ ତରଙ୍ଗ... । ତଥାପି ନିଜକୁ ସଂଯତ କରିଦେଇ ପଚାରିଲି – କିଏ ତୁମେ?

ମୁଁ ଧନୁ! ଧନୁ ପରା! ଧନୁର୍ଦ୍ଧର !!

ଘର ପାଖ ହେଡ଼ମାଷ୍ଟ୍ରଙ୍କ ପୁଅ!

'ଧନୁ ? ଆସ୍ତେ ଆସ୍ତେ ଦୃଷ୍ଟିଶକ୍ତି ମୋର ପ୍ରଖର ହୋଇଉଠିଲା ପରି ଅନୁଭବ କଲି... । ଯେଉଁ ଧନୁ ଆମ ସାହିରେ ପ୍ରଥମ କରି ମ୍ୟାଟ୍ରିକ୍‌ରେ ପ୍ରଥମ ଶ୍ରେଣୀ ପାଇଥିଲା । ଯାହାର ଗୋଟିଏ ଉଜ୍ଜ୍ୱଳ ଭବିଷ୍ୟତର ସମ୍ଭାବନା ଥିଲା, ସେଇ ଧନୁ ଟ୍ୟାକ୍ସି ଚଲାଉଛି ?

'ତୁ ଏଠି ?'

ଧନୁର ଚକ୍ଷୁ ଲୋତକ ପୂର୍ଣ୍ଣ... । କହିଲା ତା'ର ନିଜ କଥା – 'ଆଇ.ଏ. ପାଶ୍ କଲି । ପଢ଼ିଲି ବି.ଏ । ଫେଲ୍ ହୋଇଗଲି । ଦ୍ୱିତୀୟଥର ପରୀକ୍ଷା ଦେବାପାଇଁ ଘୋର ଅର୍ଥାଭାବ... । ବାପା ଚାଲି ଯାଇଥିଲେ । ଟିକି, କୁନିଙ୍କ ଦାୟିତ୍ୱ ମୋ ଉପରେ । ଆଉ ପଢ଼ିବି କ'ଣ... ? ଧନ୍ଦି ହେଲି ରୋଜଗାର ଆଶାରେ... । ଟ୍ୟୁସନ ମିଳିଲାନି (ସମସ୍ତେ ସ୍କୁଲ ଶିକ୍ଷକ ପାଖରେ ଟ୍ୟୁସନ ହେବାପାଇଁ ଇଚ୍ଛୁକ) । କିରାଣି ଚାକିରି ପାଇଁ ଆଶାତୀତ ହାତଗୁଞ୍ଜା... । ଟିକିର ଏହି ଅବସରରେ ନିର୍ବନ୍ଧ ସରିଗଲା । ହେବ ବାହାଘର । କାଇଁ ଟଙ୍କା ? ଚଲାଇଲି ଟ୍ୟାକ୍ସି... ମିଳୁଛି କିଛି କିଛି ।

ସକାଳୁ ସକାଳୁ ରୁମ୍‌କୁ ବାପା ଆସି କହିଲେ, 'ମିନି ଆଜି ଆସିବ ଆମେରିକାରୁ... ସେ ଲେଖିଛି, ନିଜେ ଆସିବ । ତଥାପି ତୁ ଟିକିଏ ଗାଡ଼ି ନେଇ ଥା' । ଗାଡ଼ି ନେଇଗଲି । ପ୍ଲେନ୍ ଆସିଲା । ତୁମେ ଆସିଲ କି ନାହିଁ ଜାଣି ପାରିଲି ନାହିଁ... । ହତାଶ ମନରେ ଫେରି ଯାଉଥିଲି ତୁମେ ଅଟକାଇଲ (କିନ୍ତୁ ତୁମକୁ ମୁଁ ତୁମେ ବୋଲି ଜାଣି ନାହିଁ) କେମିତି ଜାଣି ଥାଆନ୍ତି ? ମନୋଜ ବାବୁଙ୍କ ଗାଁରେ ତୁମେ ତାଙ୍କୁ ତୁମ ପରିଚୟ ନ ଦେଇଥିଲେ ମୁଁ ବି ଜାଣିପାରି ନଥାନ୍ତି ।'

ଏକା ନିଃଶ୍ୱାସକେ, ଗୋଟିଏ ଆବେଗ ନେଇ କହି ପକାଇଲା ଧନୁ । କିନ୍ତୁ ମୋ ପାଟିରୁ କଥା ବାହାରୁନି । ମୋତେ କିଏ ଯେମିତି ମୂକ କରି ପକାଇଛି ! ଜଡ଼ ପାଲଟି ଯାଇଛି ମୁଁ !

ମୋ ନିରବତାରେ ଧନୁର ଚକ୍ଷୁ ଲୁହ ଛଳ ଛଳ – 'କିଛି କହୁନା ଯେ ? ଯିବନି ଘରକୁ ? ମଉସା ମାଉସୀ କେଡେ଼ ବିକଳ ହେବେ କହିଲ ! ପୁଣି କ'ଣ ଫେରିଯିବ ସେଇ ଦେଶକୁ ?'

ଲୁହର ବନ୍ୟାରେ ଭାସିଗଲା ମୋ ଛୋଟ ମନଟା । ହଁ ଧନୁ, ମୁଁ ପୁଣି ଫେରିଯିବି ସେଇ ଦେଶକୁ । ଚିଠି ଖଣ୍ଡିକ ଲେଖି ଦେଉଛି । ଯାଇ ଦେଇଦେବୁ ଘରେ... । କହିବୁ ମିନି ନାନୀ ଦେଇଛନ୍ତି..

ବ୍ୟାଗ୍‌ରୁ ପ୍ୟାଡ୍‌ ବାହାର କରି ଚିଠି ଲେଖିବାର ଉପକ୍ରମ କରୁଛି, ସେତିକା ପ୍ରଫେସରଙ୍କ ମୁହଁ ଉଦ୍‌ଭାସିତ ହୋଇଉଠିଲା... ଏକ ବିକଳ ହତାଶିଆ ସ୍ୱରରେ ମୋ ଭୁଲ୍‌କୁ ସ୍ୱୀକାର କରିବା ଗଳାରେ କହିବାର ଅନୁଭବ କଲି – ମହାଶୟ ! ଆପଣଙ୍କ ଦେଶର ଭଙ୍ଗାରୁଜାର ଜୀବନ, ଏ ବିଶ୍ୱାସଘାତକତା ଜୀବନଠାରୁ ଢେର ଭଲ... । – କଲମ ଧରି ସ୍ୱାଣ୍ଡୁ ପାଲଟି ଯାଇଛି ମୁଁ । କାହା ପାଖକୁ ଲେଖିବି ? ବାପାଙ୍କ ପାଖକୁ ଲେଖିବା ପାଇଁ ସାହସ ହେଲାନି... । ଲେଖିଲି ବୋଉ ପାଖକୁ...

"ଯେଉଁଠି ଯଶ କିମ୍ଵା ପ୍ରତିଷ୍ଠା ଉପରେ ଲୋଭ ଥିଲେ ବି, ଏ ସବୁ ପାଇଁ ମଣିଷ ଯେଉଁଠି ଛୋଟ ହୋଇ ଯାଏନା, ଏବଂ ଯେଉଁଠି ମଣିଷ ପରି ବଞ୍ଚେ, ମୁଁ ସେଇ ଦେଶକୁ ପୁଣି ଥରେ ଫେରି ଯାଉଛି ବୋଉ... ମତେ ଭୁଲ ବୁଝିବୁ ନାହିଁ... । ମୁଁ କିଛି ଭୁଲ କରିନାହିଁ । ଠିକ୍‌ କରୁଥିବାର ଗୌରବ ନେଇ, ଯେଉଁ ବିଶ୍ୱାସରେ ମୁଁ ଆସିଥିଲି ସେଇ ବିଶ୍ୱାସର ବଟାସଟି ହଠାତ୍‌ ଯନ୍ତ୍ରଣାରେ ଭର୍ତ୍ତି ହୋଇଗଲା... ।

×   ×   × ଆଉ କାହା ଉପରେ ମୋର ଭରସା ନାହିଁ... । ବିଶ୍ୱାସ ନାହିଁ । ଏଠି ଈଶ୍ୱର ଅଛନ୍ତି ସତ, କିନ୍ତୁ ମଣିଷଙ୍କ ପାଇଁ ନାହାନ୍ତି । ଅଛନ୍ତି କେବଳ ଟାଙ୍କରି ପାଇଁ...

ଯାଉଛି ବୋଉ... । ଯେବେ ଡକାଇଲେ ବି ଆସିବି ନିଶ୍ଚୟ ।

ଚିଠିଟିକୁ ଚଉତା ଚଉତି କରି ଧନୁ ହାତକୁ ବଢ଼ାଇ ଦେଉଛି, ସାମ୍ନାରେ ମୋର ବାପା ଆଉ ବୋଉ !

ମୁଁ ସ୍ତମ୍ଭୀଭୂତ । ଗୋଟିଏ ମୂର୍ତ୍ତିମାନ ଆତଙ୍କର ଜ୍ୱଳନ୍ତ ନମୁନା ପରି... ।

ବାପା ତଥାପି ମୋ ଉପସ୍ଥିତିକୁ ବିଶ୍ୱାସ କରି ପାରୁ ନାହାନ୍ତି । ତାଙ୍କ ଉଦାର ଆଖି ମେଲି ଚାହିଁ ରହିଛନ୍ତି କେବଳ... ।

କିନ୍ତୁ ବୋଉ ! ତା ସରଳିଆ ପ୍ରାଣରେ ଉଚ୍ଛଳତା ଭରି କହି ଉଠିଲା – ଦେଖିଲ ମୁଁ ଯାହା କହୁଥିଲି ସେୟା ହେଲା କି ନାଁ ? ଦିନେ ଦିନେ ଏମିତି ଡେରି କରି ଉଡ଼ାଜାହାଜ ଆସେ ପରା... ।

ବୋଉ ଯୁକ୍ତିଟାକୁ ମନେ ମନେ ବିଶ୍ଳେଷଣ କରି, ଯିବା ବାଟରେ ବାପା କହିଲେ, "ୟା ବୋଲି ଏତିକି ଡେରି" ।

ବିଭିନ୍ନ ପରିବେଷ୍ଟନୀକୁ ଆୟତ୍ତ କରି ପାରୁଥିବା ଜୀବର ନାମ ମନୁଷ୍ୟ । ମୁଁ ସେହି ଜାତିର ହୋଇଥିବାରୁ, ବିନା ପ୍ରତିବାଦରେ ବାପାବୋଉଙ୍କ ସଙ୍ଗେ ଘରକୁ ଫେରିଲି...

ତଥାପି ଅବସ୍ଥା ଅସମ୍ଭାଳ ହେବାରୁ, ହତାଶିଆ ଆଖିରେ ଆକାଶକୁ ଚାହିଁଛି, ଦେଖିଲି – ଖଣ୍ଡେ କଳା ବାଦଲ ଭିତରେ ଜହ୍ନଟା ଛଟପଟ ହୋଇ ଉଠୁଛି – ଠିକ୍ ମୋରି ପରି...

୦୦

ଅଭ୍ୟନ୍ତରର ଉସ୍

ଶ୍ମଶାନର ଅନ୍ୟ କେତୋଟି ନାମ ମଧରୁ "ସ୍ୱର୍ଗଦ୍ୱାର" ଓ "ମୁକ୍ତିଧାମ" ଗୁଡ଼ିକର ବହୁଳ ପ୍ରସାର ଥିବା ଭଳି, ଅନ୍ୟ କୌଣସି ନାମର ଏଭଳି ବହୁଳ ପ୍ରସାର ନାହିଁ ।

ଏହାର କାରଣ ବୋଧେ, ଏ କାମନା ପରିପୂର୍ତ ଜୀବନରେ ମୁକ୍ତି ପାଇବା ବି ଗୋଟିଏ କାମନା । ମାତ୍ର କାମନାର ବିନାଶ ନ ଘଟିଲେ ମୁକ୍ତି ଅସମ୍ଭବ । ଏଭଳି ପରସ୍ପର ବିପରୀତ ଧର୍ମୀ ଅନୁଚ୍ଛେଦର ପରିପ୍ରକାଶରେ ମନୁଷ୍ୟ ସର୍ବଦା ଅତିଷ୍ଠ । ମୃତ୍ୟୁର ଆରମ୍ଭରୁ ମୁକ୍ତିର ସୂତ୍ରପାତ ହୁଏ ବୋଲି ମଣିଷ ଶ୍ମଶାନର ନାମକରଣ ଏଭଳି ଯଥାର୍ଥରେ କରିଛି ।

କିନ୍ତୁ ମାଆ କୋଳଠାରୁ ଶ୍ମଶାନ ପର୍ଯ୍ୟନ୍ତ ଯାତ୍ରା ସମୟକୁ ଗୋଟିଏ ପୁରୁଷ କୁହାଗଲେ, ସେ ନିର୍ଦ୍ଦିଷ୍ଟ ପୁରୁଷର ସମୟକୁ କ'ଣ କୁହାଯିବ, ବୁଝିପାରି ନଥିଲା ସୁନୀତା । ସେ ସମୟର ପ୍ରତି ବ୍ୟକ୍ତି ବିଶେଷରେ ଫରକ୍ ପଡ଼ିବ ।

ମାତ୍ର, "ସାତ ପୁରୁଷର ଘରେ ପୁତ୍ର ନଥାଇ, ଏ ବଂଶ ଦୀପ କ'ଣ ଲିଭିଯିବ" ବୋଲି, ସୁନୀତା'ର ଶାଶୁ ଯେତେବେଳେ ସୁନୀତା ହାତକୁ ସତ୍ୟନାରାୟଣ ପୂଜାର ଗୋଟା ଗୁଆଟିଏ ଗିଲି ଦେବାପାଇଁ ନିର୍ଦ୍ଦେଶ ଦେଲେ, ସେତିକିବେଳେ ସୁନୀତା ପୁରୁଷର ଯଥାର୍ଥ ଅର୍ଥକୁ ବୁଝି ପାରିଥିଲା ।

ପରେ ପରେ ସୁନୀତା'ର ଗର୍ଭରେ ସନ୍ତାନ ଥାଇ ସ୍ୱାମୀ ଯେତେବେଳେ ତା'ର ମୃତ୍ୟୁ ବରଣ କଲେ, ସେ ଆଉ ପୁରୁଷର ଅର୍ଥକୁ ବୁଝିବା ପାଇଁ ସମର୍ଥ ହୋଇ ପାରିଲା ନାହିଁ । ମନ ଭିତରେ ତା'ର ବହୁ ବିସ୍ମୟର ସନ୍ଦେହ – ଏଡ଼େ ବେଗି କଣ ତେବେ ଗୋଟିଏ ପୁରୁଷ ପୂରିଗଲା ?

ଏ ଜଟିଳ ପ୍ରଶ୍ନର ଉତ୍ତର କାଇଁ ?

ମୋହାଚ୍ଛନ୍ନ ହୋଇ ଦଉଡ଼ି ଗଲା ସେ ନଦୀଗର୍ଭ ଭିତରକୁ । ସେତେବେଳେ ସ୍ୱାମୀ ଶ୍ରୀ ଶ୍ରୀ ରାମାନନ୍ଦଜୀ ସନ୍ଧ୍ୟାକାଳୀନ ଶୁଚି ଶୁଦ୍ଧ ସ୍ନାନରତ । ଏଭଳି ଏକ ଅପ୍ରତ୍ୟାଶିତ ଆକସ୍ମିକତାରେ ବିସ୍ମୟ ବିମୂଢ଼ ହୋଇ, ତାଙ୍କ ନିୟମ ବିରୁଦ୍ଧ ଓ ନୀତି ବିରୁଦ୍ଧ କାର୍ଯ୍ୟ ହେଲେ ବି, ନଦୀଗର୍ଭରୁ ଟେକି ଧରିଲେ ସୁନୀତାକୁ! ଉପାୟ ନାହିଁ । ମାଛଟେ କି କଇଁଛଟେ ହୋଇଥିଲେ ଅବା ଆଖି ବୁଜିଦେଇ ନଜାଣିଲା ପରି ଅନ୍ୟମନସ୍କ ରହିଯାଇ ଥାଆନ୍ତେ! ମଣିଷଟେ ହୋଇ... ମଣିଷଟାକୁ! ହୋଇ ଥାଆନ୍ତୁ ପଛେ ସେ ସନ୍ନ୍ୟାସୀ, ମୃତ୍ୟୁ ମୁଖରୁ ଉଦ୍ଧାର କରିବା ପାପ କର୍ମ ନୁହେଁ । କିନ୍ତୁ ସନ୍ନ୍ୟାସୀ ହୋଇ ଗୋଟିଏ ତରୁଣୀକୁ! ନାଁ - ସନ୍ନ୍ୟାସ ବ୍ରତ ଗ୍ରହଣ କରି ଯିବା ପରେ, ଅନ୍ୟ କୌଣସି ସନ୍ନ୍ୟାସୀ ପକ୍ଷେ ଏ କାର୍ଯ୍ୟ ଆଦୌ ସମ୍ଭବ ନୁହେଁ । ମାତ୍ର ରାମାନନ୍ଦଜୀଙ୍କ ପକ୍ଷେ ଏହା ସମ୍ଭବ ହେଲା ଏଇଥି ପାଇଁ ଯେ, ଜୀବନବ୍ୟାପୀ ସେ ପ୍ରତିଟି ସମସ୍ୟାକୁ ନିଜେ ହିଁ ସମାଧାନ କରିଛନ୍ତି । ତେଣୁ ଏଭଳି ଏକ ସମସ୍ୟାର ସମାଧାନ ଲାଗି, ତାଙ୍କ ନିୟମ ବିରୁଦ୍ଧ କାର୍ଯ୍ୟ ହେଲେ ବି ସେ କାର୍ଯ୍ୟକୁ ସେ ପତିତ ମନେ କଲେନାହିଁ ।

ଗଭୀର ଉଦ୍‌ବେଗ ଓ ଘୋର ଉତ୍କଣ୍ଠାରେ ଦୀର୍ଘ ଚାରି ଘଣ୍ଟା ବ୍ୟାପି ସ୍ୱାମୀଜୀଙ୍କ ଅକ୍ଲାନ୍ତ ପରିଶ୍ରମ ଫଳରେ ସୁନୀତା ଆଖି ମେଲିଲା । ଚତୁଃପାର୍ଶ୍ୱରେ ଦୃଷ୍ଟି ଢାଲି ଢାଲି ପରମ ପୁଲକରେ ପୁଲକିତ ହୋଇଉଠି କହିଲା – ପ୍ରଭୁ! ମୁଁ ଜାଣିଥିଲି ଆତ୍ମହତ୍ୟା ମହାପାପ । କିନ୍ତୁ ଅନ୍ୟ କୌଣସି ଉପାୟରେ ଆପଣଙ୍କ ଦର୍ଶନ ଲାଭକରି ପାରିବିନି ଜାଣି ଏ ହୀନ କର୍ମ କରି ବସିଲି । ପ୍ରଭୁ! ଆପଣଙ୍କ ଦର୍ଶନ ଲାଭକରି ଭାବୁଛି, ଏହାଠାରୁ ପୁଣ୍ୟକର୍ମ କଣ ଅଛି ? ଆପଣ ସେଇ ଅନ୍ତର୍ଯ୍ୟାମୀ ଟି ?

ମୃଦୁ ମନ୍ଦ ପବନ ପରି ସ୍ୱାମୀଜୀ ଟିକିଏ ହସ ପକେଇ କହିଲେ – ପ୍ରଭୁ! ଅନ୍ତର୍ଯ୍ୟାମୀ! ମୁଁ? କଣ ତୁମେ କହୁଛ ମାୟା ? ମୁଁ ତ ବିସ୍ମୟାବର୍ତ୍ତରେ ବୁଡ଼ି ଯାଉଛି ।

ସ୍ୱାମୀଜୀଙ୍କ କଥା ଶୁଣି ବି, ନ ଶୁଣିଲା ପରି ସୁନୀତା ନିରବ ରହିଗଲା । କିନ୍ତୁ ଅପଲକ ନୟନରେ ସେ ଯେଉଁ ଭଳି ଚାହିଁ ରହିଲା, ସେ ଦୃଷ୍ଟିରେ ଭରି ରହିଥିଲା ଅହେତୁକୀ କୌତୁକ । ଦୃଷ୍ଟି ଅପସାରିତ ନକରି କହିଲା – ଆପଣ ପ୍ରଭୁ ନୁହଁନ୍ତି ? ନୁହଁନ୍ତି ତ ଅନ୍ତର୍ଯ୍ୟାମୀ ? କହୁ କହୁ ତା'ର କଣ୍ଠସ୍ୱର ଯେମିତି ଅଧିକ କୌତୂହଳରେ ଦୋହଲି ଉଠିଥିଲା ।

ସ୍ୱାମୀଜୀ ଦୃଷ୍ଟି ତାଙ୍କର ଆନତ କରିଦେଲେ । ଏବଂ ପରେ ପରେ ପୁନଃ ସେଇ ଉତ୍ତରର ପୁନାରାବୃଭି କଲେ – ମୁଁ ପ୍ରଭୁ ନୁହେଁ ମାଆ ! ନୁହେଁ ବି ଅନ୍ତର୍ଯ୍ୟାମୀ...

"ଏ ଦିବ୍ୟ ରୂପରେ ଏ ଗୈରୀକ ବସନ କଣ ଅନ୍ୟ କାହା ପାଖେ ସମ୍ଭବ ପ୍ରଭୁ ?"

"ଖଣ୍ଡେ ଗେରୁଆ ବସ୍ତ୍ର ପରିଧାନ କରି ଦେଇ କେହି କେବେ କଣ ପ୍ରଭୁ ହୋଇପାରେ ?"

"ତେବେ... ତେବେ ଆପଣ କିଏ ? ଆପଣଙ୍କ ରୂପବନ୍ତ ବସ୍ତ୍ର ପରିଧାନରୁ ତ ମନେ ହେଉଛି, ଆପଣ ସେହି ପ୍ରଭୁ...!

"ପ୍ରଭୁ !"... ଓଃ... ବାରମ୍ବାର ମତେ ପ୍ରଭୁ ବୋଲି ସମ୍ବୋଧନ କରନାହିଁ ମାଆ । ମୁଁ ଜଣେ ସାଧାରଣ ମଣିଷ ମାତ୍ର ।

ଆପାଦ ମସ୍ତକ ନିରୀକ୍ଷଣ କରି କରି ବି ସୁନୀତା'ର ହୃଦ୍‌ବୋଧ ହେଲାନାହିଁ । ଦୃଷ୍ଟି ଆହୁରି ନିବିଡ଼ କରି ଆଣି କହିଲା, ମାନୁଛି ମୁଁ ଆପଣ ମଣିଷ ! କିନ୍ତୁ ପ୍ରଭୁ ! ଆପଣ ଯେ କେତେ ରୂପରେ କାହାକୁ କେତେ ପ୍ରକାର ଦେଖା ଦିଅନ୍ତି । ମଣିଷ ରୂପରେ ଆପଣ ମତେ ଦେଖାଦେଲେ ବି, ଆପଣ ଯେ ପ୍ରଭୁ ନୁହଁନ୍ତି, ମଣିଷ ! ଏହା କଣ ବିଶ୍ୱାସଯୋଗ୍ୟ ? ଏଇ ଶୂନ୍‌ଶାନ୍‌ ପରିବେଶ, ପକ୍ଷୀଙ୍କ କଳରବ, ନିଭୃତା ନିଲୟ ପ୍ରଭୁଙ୍କ ବୈକୁଣ୍ଠ ଭବନ ନହୋଇ କଣ ମଣିଷର ବାସସ୍ଥଲୀ ହୋଇପାରେ ? ଆପଣ ଭୁଲାନ୍ତୁ ନାହିଁ ପ୍ରଭୁ ! ଆଖର ତା'ରାରେ ହୃଦୟ ଦେଇ ଦେଖି ସାରିବା ପରେ ଆପଣ କଣ ମୋ ପାଖେ ଲୁଚି ରହି ପାରିବେ ? ମୁଁ କଦାପି କାହାକୁ କିଛି କହିବି ନାଇଁ ପ୍ରଭୁ ! ଆପଣ ତ ଅନ୍ତର୍ଯ୍ୟାମୀ ! ମୋ ପ୍ରଶ୍ନର ଆଉ ପୁନରାବୃଭି କରୁନାହିଁ । ଆପଣ ଉତ୍ତର ଦିଅନ୍ତୁ, ପ୍ରଭୁ ।

ସ୍ୱାମୀଜୀଙ୍କ ହୃଦୟ ତରଳି ଗଲା... । ତାଙ୍କର ଏହି ସୁଦୀର୍ଘ ସ୍ୱାମୀତ୍ୱ ଜୀବନରେ ଏପରି ବଚନ ସେ କାହାଠାରୁ ଶୁଣି ନଥିଲେ । ଶୁଣି ନଥିଲେ ମଧ, ପ୍ରଭୁଙ୍କ ଦର୍ଶନ ଲାଭପାଇଁ ଏପରି ବାଚାଳତା । ସେଥିରେ ପୁନି ଜଣେ ସ୍ତ୍ରୀ । ଅଳ୍ପ ବୟସୀ ଏବଂ ସନ୍ତାନ ସମ୍ଭବା ! ସ୍ୱାମୀଜୀ ବିହ୍ୱଳ ହୋଇ ପଡ଼ିବା କିଛି ଅସ୍ୱାଭାବିକ ନୁହେଁ । ସେ ପ୍ରଭୁ ନ ହୁଅନ୍ତୁ ପଛେ, ପ୍ରଭୁ ଡାକରେ ତାଙ୍କ ଅନ୍ତର ପ୍ରଭୁତ୍ୱରେ ନିର୍ମଳ

ହୋଇଯାଉଛି । ତଥାପି, ସେ ତାଙ୍କ ପ୍ରକୃତିଗତ ମିଷ୍ଟ–ଗମ୍ଭୀର କଣ୍ଠରେ ଉତ୍ତରରେ
କହିଲେ –

"ସତ କରି କହୁଛି, ତୁମ ପ୍ରଶ୍ନ କଣ... ମତେ ଜଣା ନାଇଁ ମାଆ । ମୁଁ
ଜଣେ ସାଧାରଣ ସନ୍ନ୍ୟାସୀ । ଯାହାକୁ ତୁମେ ସନ୍ନ୍ୟାସୀ ବୈକୁଣ୍ଠ ବୋଲି କହୁଛ,
ଏହା ମୋର କ୍ଷୁଦ୍ର ବାସସ୍ଥଳୀ ।"

"ଏ ନଦୀଗର୍ଭ ଭିତରେ... । ଅସମ୍ଭବ... ଅସମ୍ଭବ ।

"ତୁମେ ଭୁଲ କହୁଛ ମାଆ... ଏହା ନଦୀଗର୍ଭ ନୁହେଁ । ଅଚେତ ଅବସ୍ଥାରେ
ତୁମକୁ ମୁଁ ନଦୀଗର୍ଭ ଭିତରୁ, ନଦୀ ପାର୍ଶ୍ୱବର୍ତ୍ତୀ ମୋର ଏ‍ଇ କୁଟୀରକୁ ନେଇ
ଆସିଛି । ତୁମେ ତୁମ ସ୍ୱାଭାବିକ ଅବସ୍ଥା ଫେରି ପାଇଲେ ଠିକ୍ ଜାଣି ପାରିବ । ଆଉ
ଯଦି ଜାଣି ନପାରି, ମୋତେ ଅବିଶ୍ୱାସ କରିବ, ତେବେ ବି ମୁଁ କଣ ପ୍ରଭୁ
ହୋଇପାରିବି ? ତା'ଛଡ଼ା ପ୍ରଭୁଙ୍କ ଦର୍ଶନ କଣ ଏଡ଼େ ସହଜ ମାଆ ?"

ସ୍ୱାମୀଜୀ ଦୀର୍ଘଶ୍ୱାସ ପକାଇଲେ ।

ଦୀର୍ଘଶ୍ୱାସର କାରଣ ଅନୁସନ୍ଧାନ ଦୂରେ ଥାଉ, ସେଥ‍ି ପ୍ରତି ଭୃକ୍ଷେପ
ନକରି ସୁନୀତା ବିଶ୍ୱାସର ଆଖ‍ିରେ ଚାହିଁ ରହି, ଉତ୍ତର ପ୍ରତ୍ୟାଶାରେ ଅସ୍ଥିର ହୋଇ
ଉଠୁଛି । ଅସ୍ଥିର କହିଲେ ଠିକ୍ ହେବନି । ବ୍ୟାକୁଳ ହୋଇ ଉଠୁଛି । ଜୀବନର ଏ‍ଇ
ଅନ୍ତିମ ବେଳାରେ, ନିଜକୁ ଠକେଇ ରଖ‍ି ବଞ୍ଚ ‍ଯିବାଟାକୁ ଗୌରବ ମାଗୁନି ସେ ।
ନିଜ ଆଖ‍ିରେ ପ୍ରଭୁଙ୍କୁ ଦେଖ‍ି, ପ୍ରଭୁଙ୍କ ଦର୍ଶନ ଅସମ୍ଭବ ବୋଲି ଭାବି ସେ ନିରବ
ରହିଯିବ ? କେମିତି ଗୋଟେ ଅକୁହା । ଅପମାନରେ ଅନ୍ତର ଓଦା ହୋଇଯାଇ,
ଆଖ‍ିରୁ ଝରି ପଡ଼ୁଛି ଅଶ୍ରୁ ।

ସୁନୀତା'ର ଅଶ୍ରୁଲ ଆଖ‍ିରେ ଦେବତା'ର ବିଶ୍ୱାସ ନେଇ, ସ୍ୱାମୀଜୀ,
ପୂର୍ବପରି ସମ୍ବନ୍ଧ ପ୍ରକାଶ କରି, ଅବିଶ୍ୱାସର ପରଦା ଆଡ଼େଇବାକୁ ଲାଗିଲେ ।
କହିଲେ – ବିଶ୍ୱାସ କର ମାଆ ମୁଁ ଜଣେ ସାମାନ୍ୟ ସନ୍ନ୍ୟାସୀ । ତୁମ ମନଷ୍କ୍ଷୁର ପ୍ରଭୁ
ମୁଁ ନୁହେଁ । ଯିଏ ବିଲୟ କରି ବିଶ୍ୱାକାରରେ ପରିଦୃଷ୍ଟ. ଯିଏ ମହାପ୍ରଲୟର ବି
ମହାନ୍ ସ୍ରଷ୍ଟା, ଏବଂ ଅନାଦି ବିଶ୍ୱବଦିତ, ସେ‍ଇ ପ୍ରଭୁ କଣ ମଣିଷର ସାମ୍ନାରେ
ଏମିତି ଅକ୍ଲେଶରେ ଉଭା ହୋଇଯାଆନ୍ତି ? ନାଁ ଉଭା ହେଲେ ବି, ତାଙ୍କୁ ପ୍ରଶ୍ନ

ପଚାରି ତାଙ୍କଠାରୁ ଉତ୍ତର ଆଶା କରାଯାଏ ? କଣ କହିବି ମାଆ । ଯେଉଁ ମହିମାମୟଙ୍କ ନିକଟରେ ଆକାଶ ମଧ ଛୋଟ, ସୂର୍ଯ୍ୟ ତେଜହୀନ, ବାୟୁ ବେଗହୀନ, ବେଦ ଯାହାକୁ ଖୋଜି ଖୋଜି ନପାଇ ନେତି ନେତି କହି ଛାଡ଼ି ଦେଇଛି, ସେଇ ପ୍ରଭୁଙ୍କ ଦର୍ଶନ କଣ ଏଡ଼େ ସହଜସାଧ୍ୟ ମାଆ ? ସେ ତ ସ୍ୱପ୍ନର ଅତୀତ । ଜନ୍ମ ଜନ୍ମ ଧରି ଆତ୍ମବିସର୍ଜନ କରୁଥିଲେ ବି, ତାହା ଅସମ୍ଭବ । ତା ଛଡ଼ା ମାଆ! ସଂସାରରେ ଦେହ ଧରି ବଞ୍ଚି ରହିଲେ, କେତେ ପ୍ରକାର ତ ଦୁଃଖ ଅଛି । ତୁମ ମନରେ ଏମିତି କି ଅଦ୍ଭୁତ ପ୍ରକାର ଦୁଃଖ ଯେ, ସେ ଦୁଃଖକୁ ଲାଘବ କରିବା ପାଇଁ ପ୍ରଭୁଙ୍କୁ ପ୍ରଶ୍ନ ପଚାରିବାକୁ ଯାଇ ତୁମେ ଆତ୍ମବିସର୍ଜନ କରୁଥିଲ! ତୁମେ ଯେ ସନ୍ତାନ; ନିଜ ଜୀବନ ସହ, ଆଉ ଗୋଟିଏ ଜୀବନକୁ କେମିତି ତୁମେ କଷ୍ଟକରି ଦେଉଥିଲ ?

ସୁନୀତା ଟିକିଏ ଅଳ୍ପ ହସି, ସବିନୟରେ କହିଲା, କ୍ଷମା କରନ୍ତୁ ସ୍ୱାମୀଜୀ । ମୃତ୍ୟୁର କାରଣଟିକୁ ଜଣାଇ ଦେଲାପରେ, ଆପଣ ବୋଧେ ଏପରି ବିସ୍ମୟବୋଧ କରିବେ ନାହିଁ କି ମୋତେ ଦୋଷ ଦେଇ ପାରିବେ ନାହିଁ । ଯେଉଁଦିନ ମୁଁ ପୁରୁଷକୁ ପ୍ରକୃତ ସମ୍ମାନ ଦେଇ, ପୁରୁଷର ଅର୍ଥକୁ ଯଥାର୍ଥରେ ଉପଲବ୍ଧ କରିଥିଲି, ସେହି ଦିନ ହିଁ ମୁଁ ମୋ ପୁରୁଷଟିକୁ ହରାଇ, ସ୍ୱପ୍ନ ପରି ଗୋଟିଏ ପୁରୁଷକୁ ମୋ ଆଖିର ପରଦାରୁ ଆଡ଼େଇ ଦେଇଗଲି । ବୁଝିଲି, ପୁରୁଷର ଯାହାକିଛି ଅର୍ଥ ହେଉନା କାହିଁକି, ନାରୀ ପାଇଁ ସେ ପୁରୁଷ ଯେ, ଏକାନ୍ତ ଭାବେ ଅପରିହାର୍ଯ୍ୟ, ଏବଂ ନାରୀ ତା' ବିହୁନେ ସର୍ବାହୀନ, ଅଦୃଷ୍ଟ, ଏହା ବିଚାରି ନଦୀରେ ଆତ୍ମବିସର୍ଜନ କରିଥିଲି । ଏହାର ଅନ୍ୟ ଏକ ସାଧୁ ଉଦ୍ଦେଶ୍ୟ ଥିଲା, ଭଗବାନଙ୍କୁ ପ୍ରଶ୍ନ କରିଥାଆନ୍ତି, କଣ ପାଇଁ ନାରୀଟିକୁ ପୁରୁଷ ବିନା ବିକଳାଙ୍ଗ କରି ଦେବା! ସ୍ୱାମୀ ହୀନା ସ୍ତ୍ରୀର ଜୀବନ, ଆତ୍ମା ହୀନ ଶରୀର ପରି । ଜଳ ବିନା ମାଛ ଯେପରି । ଏଭଳି ଏକ ନିରସ ଶୁଷ୍କ ଜୀବନ ସହିତ, ଆଉ ଗୋଟିଏ ଜୀବନକୁ ଜାଣି ଜାଣି କାହିଁକି ସେଇମିତି ଶୁଷ୍କ କରି ବଞ୍ଚାଇ ରଖିବି ? କଣ ପାଇବି ସେଇ ବଞ୍ଚିବାରେ ? ନା ଶାନ୍ତି! ନା ତୃପ୍ତି! ବିନା ସ୍ୱାମୀରେ ସ୍ତ୍ରୀର ଜୀବନ ଯଦି ଏଭଳି ଶ୍ରୀହୀନ । ବିନା ବିତ୍ତଧରେ ସନ୍ତାନର ଜୀବନ ଯେ କିଭଳି ଦୟନୀୟ... ଭାବି ଭାବି ମୃତ୍ୟୁକୁ ହିଁ ଶ୍ରେୟଃ ମଣିଲି ।

ସ୍ୱାମୀଜୀ ନିରବ ରହି ଥିଲେ ବି, ଏହି ଉକ୍ତି ଯେ ପ୍ରକୃତିରେ ସତ୍ୟ, ଓ ମର୍ମାନ୍ତୁକ ହୃଦୟଙ୍ଗମ କରି ଆହୁରି ନିରବ ହୋଇଗଲେ । ସ୍ଥିତିତଟରେ ପ୍ରକ୍ଷାଳନ

ହେଲା ଅତୀତ । ଯୌବନରେ ସ୍ୱାଙ୍କୁ ହରାଇ ବିପନ୍ନୀକ ଜୀବନ ଭାର ଅସହ୍ୟ ହେବାରୁ ତାଙ୍କର ଏଇ ସନ୍ୟାସ ଜୀବନ । ଘର ଦୁଆର ଜମି ବାଡ଼ି ସବୁ ଥାଇ ବି ରାଜ୍ୟ ତାଙ୍କୁ ଶୂନ୍ୟଶୂନ୍ୟ ଲାଗିଥିଲା । ସେ ସେଇ ମୁହୂର୍ତ୍ତରେ ଉପଲବ୍ଧ କରିଥିଲେ, ଏ ସଂସାରରେ ଯଦି କିଛି ସୁଖ ଥାଏ, ତେବେ ପୁରୁଷ ପାଇଁ ସ୍ତ୍ରୀ ଓ ସ୍ତ୍ରୀ ପାଇଁ ପୁରୁଷ । ଜଣକ ଅଭାବରେ ଜଣେ ଜିଇ ରହିବାର ବେଦନା କେବଳ ଅନୁଭବୀ ହିଁ ଜାଣିବ । ପୃଥିବୀ ଯାକର ସୁଖ ତା ଉପରେ ଓଜାଡ଼ି ହୋଇ ପଡ଼ିଲେ ବି, ତାକୁ ତାହା ସୁଖକର ହେବନି । କିନ୍ତୁ ଉପାୟ କଣ ? ଯା ବୋଲି ତ ଆତ୍ମହତ୍ୟା କରିବା ପାଇଁ ଉପଦେଶ ଦେଇ ହେବନି । ସୁଖ ଦୁଃଖ ଘଟାଉ ଥିବା ସେହି ଈଶ୍ୱରଙ୍କଠାରେ ନିଜକୁ ବିଲୀନ କରିଦେଇ ଅବଶିଷ୍ଟ ଜୀବନକୁ ଜିଆଇ ରଖିବାକୁ ବାଧ୍ୟ ହେବ । ସୁନୀତା କ୍ଷେତ୍ରରେ ତାହା ବି ସମ୍ଭବ ନୁହେଁ । ତା'ର ପ୍ରୟୋଜନ ଅଛି ତା'ର ସନ୍ତାନ ପାଇଁ । ସ୍ୱାମୀଜୀ ବୁଝାଇବା ଗଳାରେ କହିଲେ – ମାୟା । ସନ୍ତାନ ପାଇଁ ମାତୃତ୍ୱର ପରଶ ବଡ଼ ଦୁର୍ଲ୍ଲଭ । ପିତୃତ୍ୱର ଦାବି ଏହା ଆଗରେ କିଛି ନୁହେଁ । ମାତୃତ୍ୱର ପରଶ ପାଇ ପାଇ ସନ୍ତାନ ଯେ କି ଭଳି ସତେଜ ସୁନ୍ଦର ହୋଇପାରେ, ତୁମେ ଜନ୍ମ ଦେଲାପରେ ତମରି ସନ୍ତାନ ଠାରୁ ହିଁ ଜାଣି ପାରିବ ।

ସ୍ୱାମୀଜୀଙ୍କ ଆଶ୍ୱାସ ଓ ଅଶ୍ୱାଳନ ବାକ୍ୟରେ ସୁନୀତା ଯଥେଷ୍ଟ ଆଶ୍ୱସ୍ତ ହୋଇ ପଡ଼ୁଥିଲେ ବି, ସମ୍ପୂର୍ଣ୍ଣ ମାତ୍ରାରେ ସେ ଆଶ୍ୱସ୍ତ ହୋଇପାରୁନି । ଧର୍ମ ସମ୍ବନ୍ଧିୟ ଜ୍ଞାନଉତା'ର ନାହିଁ । ମାତ୍ର ତା'ର ହୃଦୟ ଶାସ୍ତ ଏଇ କଥା କହୁଛି – ସ୍ୱାମୀଜୀ ! ମାତୃତ୍ୱର ପରଶରେ ସନ୍ତାନ ସଜୀବ ରହିପାରେ । କିନ୍ତୁ ସତେଜ ରହିବା ପାଇଁ ପିତୃତ୍ୱର ପରଶ ମଧ ଦରକାର । ବିନା ପିତୃତ୍ୱରେ ତାହା କ'ଣ ସମ୍ଭବ ହୋଇପାରିବ ? ବଞ୍ଚିବା ପାଇଁ ମୋତେ ଆଉ ମୋହ ଦେଖାନ୍ତୁ ନାହିଁ ସ୍ୱାମୀଜୀ । ମୋର ପ୍ରଭୁ ଦର୍ଶନ ନହୋଇ ଥାଆନ୍ତୁ ପଛେ, ମରିଯାଇ ଥାଆନ୍ତି ମୁଁ । ବଞ୍ଚାଇ ମୋତେ କେଡ଼େ ବଡ଼ ଭୁଲ କଲେ । ସ୍ୱାମୀଜୀ ! ମୋ ପାଇଁ ମୃତ୍ୟୁ ହିଁ ଶ୍ରେୟ । ଆତ୍ମହତ୍ୟା ମହାପୁଣ୍ୟ ।

ସ୍ୱାମୀଜୀ ଅଟକି ଯାଉ ଯାଉ ମୃଦୁ ହାସ୍ୟ ସହକାରେ କହିଲେ – ହଁ ଆତ୍ମହତ୍ୟା ଯେ ତମପାଇଁ ମହାପୁଣ୍ୟ ଏଥିରେ ସନ୍ଦେହ ନାହିଁ । କାରଣ ବଞ୍ଚିବାର ପଥ ତୁମପାଇଁ ଦୁର୍ଗମ । କିନ୍ତୁ ମାୟା । ଏ ସଂସାରରେ କାହା ପଥ ସୁଗମ କହିଲ ?

ଭାଗ୍ୟ ଆଉ ଦୁର୍ଭାଗ୍ୟ ମଣିଷ ପାଖରେ ଛାଇପରି ଲାଗି ରହିଛି । ଯାହାରି ଭିତରେ ହିଁ ମଣିଷର ଗତି ଓ ସ୍ଥିତି । ଦୁଃଖ ଆସିଲେ ଯେଉଁ ବ୍ୟକ୍ତି ଆତ୍ମହତ୍ୟାକୁ ସର୍ବସ୍ୱ ମଣେ, ତାପରି ଅଜ୍ଞାନୀ କେହି ନାହିଁ । ସେ ବିଚାରିଥାଏ ଶରୀରଟି ତା'ର । ତାକୁ ନିଃଶେଷ କରି ଦେଲେ ଦୁଃଖରୁ ତ୍ରାହି ପାଇଯିବେ । ଆହାଃ । ସେ ଏତିକି ଜାଣିପାରେ ନାହିଁ ଯେ ସେ ନିଜେ ବି ନିଜର ନୁହେଁ । ସେଇ ଅଜ୍ଞାନବଶତଃ ନିଜେ ନିଜର ଟସର ପୋକ ଭଳି ଶତ୍ରୁ ହୋଇପଡ଼େ । ଭାବେ ଆତ୍ମହତ୍ୟା ମୋ ପାଇଁ ମହାପୁଣ୍ୟ । ଆତ୍ମହତ୍ୟା ଯଦି ପୁଣ୍ୟକର୍ମରେ ବିବେଚିତ ହେଉ ଥାଆନ୍ତା, ତେବେ ମଣିଷ କଣ ଏତେ ଦୁଃଖରେ ବଞ୍ଚନ୍ତା ? ଭୋକ ଉପାସରେ ସେ ବଞ୍ଚୁଛି । ଦୁଃଖ ଦୁର୍ଦ୍ଦଶାରେ ବଞ୍ଚୁଛୁ । ମରୁନି କେବଳ ଆତ୍ମହତ୍ୟ ମହାପାପ ବୋଲି । କିନ୍ତୁ ଯେଉଁମାନେ ଅଜ୍ଞାନ, ସେମାନେ ସଂସାରର ସୁଖ ଲାଭପାଇଁ ଆତ୍ମହତ୍ୟା ପରି ନକଲା କାମକୁ ବି କରି ପକାନ୍ତି । ସେଥିପାଇଁ ସେମାନଙ୍କର ଶୋଚନା ବି ନଥାଏ । ଅପ୍ରାପ୍ତ ବସ୍ତୁକୁ ପାଇବା ଲାଗି କଣ କରାଯିବା ଉଚିତ, ସେତିକି ବି ସେମାନଙ୍କ ବୁଦ୍ଧିକି ଯୁଟେ ନାହିଁ । ସୁଖ ଭୋଗର ଆଶାରେ ଦୁର୍ବୁଦ୍ଧିର ବଶବର୍ତ୍ତୀ ହୋଇ ଅତିରିକ୍ତ ମନୁଷ୍ୟତ୍ୱ ହାନି କରି ପକାନ୍ତି । ନିଜ କର୍ମ ଯେ, ନିଜ ସୁଖ ଦୁଃଖର ଉପ୍ପାଦକ, ଏହା ତାଙ୍କର ଧାରଣା ନଥାଏ । ଏଇଭଳି ବିଚାର ବୁଦ୍ଧି ଯାହାର, ସେ ଯେ କେଡ଼େ ଅଜ୍ଞାନ ସହଜରେ ଅନୁମେୟ । ମନୁଷ୍ୟ ଜନ୍ମ ପାଇ ଯାଇ, ଭାବୁଛି ସେ ସାଂସାରିକ ସୁଖ ଛଡ଼ା ଆଉ ତା'ର କିଛି କର୍ତ୍ତବ୍ୟବୋଧ ନାହିଁ । ତେଣୁ ସଂସାର ସୁଖରୁ କିଞ୍ଚିତ୍ ଉଣା ହୋଇଗଲେ, ଆତ୍ମହତ୍ୟା ପରି ହୀନକର୍ମକୁ କହୁଛି, ମହାପୁଣ୍ୟ ।

"ସ୍ୱାମୀଜୀ..." ଏଇତକ ଉଚ୍ଚାରଣରେ ସୁନୀତା କଣ୍ଠରୁ ବହୁ ଆଭାସ ସ୍ୱାମୀଜୀ ବାରି ପାରୁଥିଲେ ବି, ତାକୁ ବୁଝାଇବା ପୂର୍ବରୁ ସୁନୀତା ବିହ୍ୱଳତା ହୋଇ ପଡ଼ିଥିଲେ । ସ୍ୱାମୀଜୀଙ୍କର ଏ ଦୀର୍ଘ ବକ୍ତବ୍ୟ ଘୋର ଅବିଶ୍ୱାସ ଓ ଉନ୍ମାଦର ପ୍ରଲୋପ ପରି ତାକୁ ମନେ ହେଲା । କହିଲା, ସ୍ୱାମୀଜୀ ! ଆପଣଙ୍କ ବକ୍ତବ୍ୟ ଓ ବାକ୍ୟ ମତେ ସବୁ ଅର୍ଥହୀନ ପରି ମନେ ହେଉଛି । ଏତେ ଦୁଃଖ କଷ୍ଟରେ ଯିଏ ବଞ୍ଚୁଛି, କଣ ତା'ର ଲାଭ ହେଉଛି, ତା'ତ କହୁ ନାହାନ୍ତି । ଆତ୍ମହତ୍ୟାକୁ ହୀନକର୍ମ କହି, ଦୁଃଖରେ ମଣିଷକୁ ବଞ୍ଚାଇ ରଖିବା ଆପଣମାନଙ୍କର ଗୋଟେ ଇଏ ଫନ୍ଦ । ମଣିଷକୁ ଦୁଃଖ ଦେଇ ବଞ୍ଚାଇ ନ ରଖିଲେ, ଆପଣମାନଙ୍କର ଗୁରୁତ୍ୱ କମିଯିବ ।

ମହତ୍ତ୍ୱ ରହିବନି । ନିଜର ମହତ୍ତ୍ୱ ବଢ଼ାଇବା ପାଇଁ ମଣିଷ ଉପରେ ଆପଣମାନଙ୍କର ଏଭଳି ଅବିଚାର । ନୁହଁ ?

ସ୍ୱାମୀଜୀ ଏହାର ବା କି ଉତ୍ତର ଦେବେ ? ବରଂ ସୁନୀତା'ର ଏଇ ଅର୍ବାଚୀନବତ୍ ସ୍ପର୍ଦ୍ଧା ଓ କଟୂକ୍ତିରେ କ୍ଷୁବ୍ଧ ନ ହୋଇ ଅତିରିକ୍ତ ଶାନ୍ତ ଗଳାରେ ବୁଝାଇ କହିଲେ – ମାଆ । ଧର୍ମର ବାସସ୍ଥାନ ବିବେକ । ବିବେକ ମନୁଷ୍ୟର ଦିବ୍ୟ ଚକ୍ଷୁ । ତୁମେ ଯଦି ତୁମ ବିବେକ ବଳରେ କହୁଛ, ତୁମେ ଯାହା କରିଛ, ତାହା ଠିକ, ତେବେ ମୋର କିଛି କହିବାର ନାହିଁ । କିନ୍ତୁ ଯୋଉ ପୁରୁଷର ଅଭାବରେ ନିଜକୁ ତୁଚ୍ଛ ମଣି, ଏ ଅପକର୍ମ କରି ବସିଥିଲେ, ସେ ପାପ କର୍ମର ପ୍ରାୟଶ୍ଚିତ ନାହିଁ । ମଣିଷ ଏଇ ଧରାରେ ଅବତୀର୍ଣ୍ଣ ହେଲେ, ମୃତ୍ୟୁ ସୁନିଶ୍ଚିତ । ଈଶ୍ୱର ବି ଦେହ ଧରି ଜନ୍ମହୋଇ ମୃତ୍ୟୁ ଲଭିଛନ୍ତି । ମୃତ୍ୟୁ ତ ଅବଶ୍ୟାମ୍ଭାବୀ । ଏଥିପାଇଁ ସ୍ୱାମୀର ମୃତ୍ୟୁରେ ସ୍ତ୍ରୀ ନିଜକୁ ବିସର୍ଜନ କରିବ କାହିଁକି ? ସ୍ୱାମୀ ସ୍ତ୍ରୀ ହୋଇ ଏ ସଂସାରରେ ବାସକରୁ ଥିଲାବେଳେ, କିଏ ନା କିଏ ଆଗ ମରିବ । ସ୍ତ୍ରୀର ମୃତ୍ୟୁରେ ସ୍ୱାମୀ କଣ ଆତ୍ମହତ୍ୟା କରୁଛି ? ଛି... ଛି... ଏଇଭଳି ଅବିବେକୀ କାର୍ଯ୍ୟ ପାଇଁ, ପୁରୁଷ ପ୍ରତି ସ୍ତ୍ରୀର ଏଇ ଦୁର୍ବଳତା ଯୋଗୁଁ ସ୍ତ୍ରୀ ଯୁଗେ ଯୁଗେ ଅବହେଳିତା ଓ ଅପଯଶା ।

"ଅପଯଶା" – ସୁନୀତା'ର ସ୍ୱର ବିଷତିକ୍ତ ହୋଇଉଠିଲା । କହିଲା, ଏକଣ କହୁଛନ୍ତି ସ୍ୱାମୀଜୀ ? ଏ ସମାଜରେ, ସ୍ତ୍ରୀର ସ୍ଥାନ କେତେ ନିମ୍ନରେ, ତାହା କଣ ଆପଣ ଜାଣନ୍ତି ନାଇଁ ? ସ୍ତ୍ରୀ ମରିଗଲେ ସ୍ୱାମୀର ହୁଏ ପୁନଃ ବିବାହ । ମାତ୍ର ସ୍ୱାମୀ ମରିଗଲେ ସ୍ତ୍ରୀ ହୁଏ ବିଧବା । ଅଖାଦ୍ୟ ଖାଇ ଅଶୋଭନୀୟ ପରିଧାନ ପିନ୍ଧି ଶୁଭ କାର୍ଯ୍ୟରେ ଯୋଗ ନଦେଇ ଅଲକ୍ଷ୍ମୀ ସାଜେ । ଗଳିତ କୁଷ୍ଠରୋଗୀ ଠାରୁ ବି ସେ ଆହୁରି ହୀନ ହୋଇ ପଡ଼େ ସମାଜ ଆଖିରେ । ବୈଧବ୍ୟର ଯନ୍ତ୍ରଣା କିଭଳି ଭୟାବହ ଆପଣ କଣ ଜାଣନ୍ତି ନାହିଁ, ସ୍ୱାମୀଜୀ । ମୁଁ ଆପଣଙ୍କୁ ବୁଝାଇବି ? ସ୍ୱାମୀଙ୍କୁ ହରାଇବାର ଦୁଃଖଠାରୁ ଏ ଦୁଃଖ ଠାକୁ ବଳି ପଡ଼େ ବୋଲି ତ ସ୍ତ୍ରୀମାନେ ଆଗକାଲରେ ସ୍ୱାମୀର ଚିତାରେ ଝାସ ଦେଇ ଦେଉଥିଲେ । ମୃତ୍ୟୁ ପରେ ସତୀ ହେବାର ବାସନା ତାଙ୍କର ଆଦୌ ନଥିଲା । ଏବେ ବି ନାହିଁ । ମୋର ଏଇ ସହନଶୀଳତା'ର ଅଭାବରୁ ହିଁ ମୋ ଆତ୍ମହତ୍ୟାର ସୃଷ୍ଟି । ସ୍ୱାମୀଜୀ କଣ କରିବି କହନ୍ତୁ । ତୃଷାହୀନ ଏ ନିଃସଙ୍ଗ

ଜୀବନ ବଞ୍ଚାଇ ରଖିବାର ମୋର ମୋହ ନାହିଁ । ମୁଁ ଅଜ୍ଞାନ ହୁଏ । ଅବିବେକୀ ହୁଏ । କିନ୍ତୁ ମୋ ନାରୀଜାତି ଏଥିପାଇଁ ଅପଯଶ ହେବ କାହିଁକି ? ଏପରି ବଞ୍ଚିତ – ଆତ୍ମା ଯେ ହାହାକାର । ଏବଂ ଏଇ ହାହାକାରୁ ହିଁ ନାନାଦି କୁକର୍ମର ଜନ୍ମ । ସମାଜର ଏଇ ବଞ୍ଚିବାର କଠୋରତର ଆଘାତକୁ ମଥାପାତି ସହି ନେବୁ କାହିଁକି ? ଏହାର କିଛି ଗୋଟିଏ ସମାଧାନ ନ କଲେ, ଅନ୍ତତଃ ମୋ ପାଇଁ ଏହା ଅମାନ୍ୟ । ଅବୋଧ ଶିଶୁପରି ଚକ୍ଷୁରେ ଅଞ୍ଚଳ ଚାପି କଇଁ କଇଁ ହୋଇ କାନ୍ଦି ଉଠିଛି ସୁନୀତା ।

କଥାଟାର ଅର୍ଥକୁ ଯଥାର୍ଥରେ ହୃଦୟଙ୍ଗମ କରି ସ୍ୱାମୀଜୀଙ୍କ ଅନ୍ତର ବି କାନ୍ଦି ଉଠିଲା । ଦୁଃଖରେ ଛଟପଟ ହୋଇ ଉଠି ସୁନୀତା'ର ମଥା ସ୍ପର୍ଶ କରି କହିଲେ – ମା' ମା' ମା' ତମେ ଏତେ ବ୍ୟସ୍ତ ହୋଇ କାନ୍ଦନି ମା । ଦୁଃଖ ପାଇବାରେ ବି ଗୋଟିଏ ମୂଲ୍ୟ ଅଛି । ସ୍ତ୍ରୀ ଦୁଃଖ ପାଏ ବୋଲି ସ୍ୱାମୀଠାରୁ ମୂଲ୍ୟ ତା'ର ଢେର ବେଶୀ । ସନ୍ତାନର ଉତ୍ପାଦକ ପିତା ମାତା ଉଭୟେ ହେଲେ ବି, ପିତା ଠାରୁ ମାତା'ର ସ୍ଥାନ ଯଥେଷ୍ଟ ଉଚ୍ଚରେ । ସଂସାରରେ ପୁରୁଷ ନିଜକୁ କ୍ଷମତା ସମ୍ପନ୍ନ ବୋଲି ଯେତେ ଜାହିର କଲେ ବି ନାରୀର ମୂଲ୍ୟ ସେ ପାଇ ପାରିବନି । ମନୁଷ୍ୟକୁ ସଂସାରରେ ବାନ୍ଧି ରଖିବାର ବିଧାତା ହେଉଛି ନାରୀ । ସଂସାରକୁ ଅସ୍ୱୀକାର କରା ଯାଇପାରେ । ମାତ୍ର ନାରୀକୁ ନୁହେଁ । ତେଣୁ ତାକୁ ମାଆର ଆସନ ଦିଆଯାଇଛି । ବାଲୁତ ବେଲୁ ବୃଦ୍ଧା ଯାଏ କନ୍ୟାକୁ ମାଆ ବୋଲି ସମ୍ବୋଧନ କରାଯାଏ । ଖାଲି ସେତିକି ନୁହେଁ, ଏ ସଂସାରର ଯିଏ ଅମୂଲ୍ୟ ନିଧିଶିଶୁ, ସେଇ ଶିଶୁର ଅମୂଲ୍ୟ ନିଧି ହେଉଛି, ତା'ର ମାଆ । ଶ୍ରେଷ୍ଠ ଖେଳନା ଠାରୁ ଶ୍ରେଷ୍ଠ ଶିକ୍ଷୟିତ୍ରୀ ପର୍ଯ୍ୟନ୍ତ ଶିଶୁର ସର୍ବସ୍ୱ ହେଉଛି ସେଇ ମାଆ ତା'ର । ସେଥିଲାଗି ଆମର ଗୋଟିଏ ଲୋକ ଉଦାହରଣ ଅଛି – ମାଆ ନାହିଁ ଯାହାର, ନାଆ ନାହିଁ ତାହାର । ତଥାପି ଯେଉଁ ଶିଶୁର ମନରେ ମାଆର ଚିତ୍ରପଟ ନାଇଁ, ସେ ଅନ୍ୟ କାହା ମାଆକୁ ଦେଖିଲେ ସେ ଅନୁଭବ କରି ପାରିବ, ତା ମାଆର ମମତା କିପରି ? ଅନ୍ୟ ଯେକୌଣସି ମାଆଠାରୁ ବି ସେ ମାଆର ମମତାକୁ ପାଇଯାଏ । ଏହା ସଂସାରର ଏକ ସ୍ୱାଭାବିକ ସତ୍ୟ । ତେଣୁ ସମାଜରେ ବିମାତା'ର ସ୍ଥାନ ଅଛି । ସେ ଅନ୍ୟର ସନ୍ତାନକୁ ବି ମାତୃତ୍ୱ ଦେଇ ଜାଣେ । ମାତ୍ର ପିତା ପକ୍ଷେ ଏହା ସମ୍ଭବ ନୁହେଁ । ସେଇ କାରଣରୁ ଅନୁମାନ କରିବା ବିଧେୟ ଯେ, ସ୍ୱାମୀ ଅନ୍ତେ ସ୍ତ୍ରୀର ପୁନଃ ବିବାହ

କେବଳ ପିତୃତ୍ୱ ଲାଗି ହିଁ ଅନ୍ତରାୟ ସୃଷ୍ଟି କରିଥାଏ । ନାରୀ ଯେପରି ସ୍ୱାମୀର ଅନ୍ୟ ସ୍ତ୍ରୀର ସନ୍ତାନକୁ ନିଜର କରିନିଏ, ସେପରି ପୁରୁଷ ଯଦି ଅନ୍ୟ ପିତା'ର ସନ୍ତାନକୁ ନିଜର କରି ନିଅନ୍ତା, ତେବେ ନାରୀ ପୁନଃ ବିବାହ କରନ୍ତା ନାହିଁ କାହିଁକି ? ଏ ସଂସାରରେ ଯେତେ ସବୁ ଦୋଷ ଦୁର୍ବଳତା, ସବୁ ପୁରୁଷ ଲାଗି । ସେ ଟିକିଏ ସରଳ ସହନଶୀଳ ହୋଇ ପଡ଼ିଲେ ନାରୀ ଲାଗି କୌଣସି ଦୁଃଖ ନଥାନ୍ତା । କିନ୍ତୁ ସ୍ୱାର୍ଥପର ପୁରୁଷର ସେ ଜିଜ୍ଞାସା ନାହିଁ କି ସେ ଶିକ୍ଷା ଦୀକ୍ଷା ବି ନାହିଁ । ଏ ସଂସାରରେ ସେ ଏକତରଫା ସୁଖରେ ସାରା ଜୀବନ ମସ୍‌ଗୁଲ୍‌ ।

ସ୍ୱାମୀଜୀ ବ୍ୟକ୍ତ କରୁ କରୁ ମର୍ମାନ୍ତିକ ଦୁଃଖ ଓ ବେଦନାରେ କଣ୍ଠ ତାଙ୍କର ରୁଦ୍ଧ ହୋଇଯାଉଛି । ଦୃଷ୍ଟିଶକ୍ତି ବାଷ୍ପାଚ୍ଛନ୍ନ । ତଥାପି କ୍ଷୋଭ ସରିବାକୁ ନାହିଁ । "କିନ୍ତୁ ସେ ସୁଖ କଣ ସୁଖ ମା' ? ଦୁଃଖ ରୂପକ କଷଟି ପଥରରେ ଯାହାର ଜୀବନ ପରୀକ୍ଷିତ ହୋଇନାହିଁ ସେ ସୁଖୀ ହୋଇପାରେନା । ଜୀବନରେ ଯିଏ ବହୁତ କଷ୍ଟପାଏ ଦୁଃଖ ଭୋଜେ ବୋଲି ତାକୁ ପୁରୁଷ ଠାରୁ ଅଧିକ ମୂଲ୍ୟବାନ କରାଯାଇଛି । ସଂସାର ଭିତରେ ରହି, ଦୁଃଖ କଷ୍ଟ ସହି, ପବିତ୍ର ଜୀବନ କଟାଇବାରେ ବାହାଦୁରି । ଦୁଃଖକୁ ଡରି ଆତ୍ମହତ୍ୟା କରିବା ଅମନୁଷ୍ୟର କାର୍ଯ୍ୟ । ଈଶ୍ୱରଙ୍କ ବିନା ଇଚ୍ଛାରେ ମନୁଷ୍ୟର ଜନ୍ମ ଯେମିତି ଅସମ୍ଭବ ମୃତ୍ୟୁ ବି ସେମିତି ଅସମ୍ଭବ । ସେ ମୃତ୍ୟୁ ନ ଘଟାଇବା ପର୍ଯ୍ୟନ୍ତ ମନୁଷ୍ୟ ଇଚ୍ଛାକୃତ ମୃତ୍ୟୁ ଘଟାଇଲେ ସେ ଆତ୍ମାର ଶାନ୍ତି ନାହିଁ । ବାରମ୍ବାର ଏଇ ସଂସାରରେ ସେ ଏକ ଅତୃପ୍ତ ଆତ୍ମା ହୋଇ ଜନ୍ମ ନିଏ । ତେଣୁ ଏହାକୁ ପାଗଲାମି ଓ ହୀନକର୍ମ ବୋଲି କୁହାଯାଇଛି ।

"ନାଇଁ ନାଇଁ ସ୍ୱାମୀଜୀ । ବିନା ସ୍ୱାମୀରେ ମୁଁ ଏତେବଡ଼ ନିଃସଙ୍ଗ ଜୀବନକୁ ବଞ୍ଚାଇ ପାରିବିନି" କହି, ଖୁବ୍‌ ଜୋରରେ କାନ୍ଦି ଉଠିଲା ସୁନୀତା । ଶାନ୍ତ ହେଲା ପର୍ଯ୍ୟନ୍ତ ସ୍ୱାମୀଜୀ ସୁନୀତା'ର ମୁଣ୍ଡକୁ ଆଉଁଶି ଥାଆନ୍ତି ।

"କାନ୍ଦନା ମା କାନ୍ଦନା । ଦୁଃଖକୁ ଯେମିତି ହେଲେ ସହ୍ୟ କରିବାକୁ ପଡ଼ିବ । ତାଛଡ଼ା ମା ! ତୁମେମାନେ ଏବେ ପାଠଶାଠ ପଢ଼ି ବିଦ୍ୟାର୍ଥିନୀ । ସ୍ୱାମୀ ବିନା ତୁମେ ନିଃସଙ୍ଗ ହେବ କାହିଁକି ? ବିଦ୍ୟା ମନୁଷ୍ୟର ଶ୍ରେଷ୍ଠ ସାଥୀ ପରା ! ବିଦ୍ୟାର୍ଥୀ କେବେ କଣ ନିଃସଙ୍ଗ ହୋଇପାରେ ? ବହି ହାତରେ ଥିଲେ ତା'ର ଶ୍ରେଷ୍ଠ ସାଥୀ ପାଖରେ ଥିଲା ପରି ଲାଗେ । ସେ କେବେହେଲେ ଏକୁଟିଆ ମନେ କରେନା" ।

ଅସମ୍ମତିରେ ସୂଚନା ଦେଇ ପ୍ରତିବାଦ କରି ଉଠିଲା ସୁନୀତା - ଆପଣ ଯେତେ ପ୍ରବୋଧନା ଦେଲେ ବି, ମୋ ମନ ମାନୁନି ସ୍ୱାମୀଜୀ । ବିନା ସ୍ୱାମୀ ପୁରୁଷରେ ନାରୀ ପକ୍ଷହୀନା ପକ୍ଷିଣୀ ପରି । ଯେତେ ପାଠ ଶାଠ ପଢ଼, ଗଡ଼ ଜିଣି, ଏକାକୀ ବଞ୍ଚିବାରେ ଆନନ୍ଦ ନାଇଁ । ବହୁତ କଷ୍ଟ, ବହୁତ କଷ୍ଟ, ସ୍ୱାମୀଜୀ ବହୁତ କଷ୍ଟ । ଗୀତା ଭାଗବତ ହାତରେ ଧରି ବି ମୁଁ ମୋ ମନକୁ ସ୍ୱାଭାବିକ କରାଇ ପାରିଲି ନାହିଁ । ଶେଷରେ ଏଇ ଆମ୍ଭହତ୍ୟାକୁ ହିଁ ଆଶ୍ରୟ କଲି ।

ସ୍ୱାମୀଜୀଙ୍କ ଓଷ୍ଠ ପ୍ରାନ୍ତରେ ଗୋଟିଏ କୌତୁକ-ବିଧ୍ୱସ୍ତ ହାସ୍ୟରେଖା ଫୁଟି ଉଠିଲା । ଏ ଆମ୍ଭଭିମାନିନୀ ଝିଅଟିର ଅବୋଧତା ପ୍ରତି ଗଭୀର ଦୁଃଖ ପ୍ରକାଶ କରି ଅପ୍ରିୟ ସତ୍ୟ ହେଲେ ବି, କହିବା ପାଇଁ କୁଣ୍ଠିତ ହେଲେ ନାହିଁ । ଗଲା ଝାଡ଼ି ଶାନ୍ତ ସଂଯତ ସ୍ୱରରେ କହିଲେ - "ମାଆ, କୃପଣ ଯେପରି ଚାରିଆଡ଼େ ମନ ନଉଥିଲେ ବି, ମନ ତା'ର ଥାଏ ସାଇତା ଧନ ଉପରେ, ପକ୍ଷିଣୀ ସର୍ବତ୍ର ବିଚରଣ କରୁଥିଲେ ବି, ମନ ତା'ର ଥାଏ ଛାଡ଼ି ଆସିଥିବା ଶାବକମାନଙ୍କ ଉପରେ, ଠିକ୍ ସ୍ତ୍ରୀ ଯେତେ ଶିକ୍ଷିତା ହେଲେ, ଗୀତା ଭାଗବତ ହାତରେ ଧରି ବି, ସେ ଜାଣି ପାରେନି ଏ ସଂସାରର ପ୍ରକୃତ ପୁରୁଷ କିଏ । ସେ ପ୍ରକୃତ ପୁରୁଷକୁ ଚିହ୍ନି ନପାରି, ଚିହ୍ନେ କେବଳ ତା'ର ସେଇ ସ୍ୱାମୀ ପୁରୁଷଟିକୁ । ଶରୀରକୁ ଆଲିଙ୍ଗନ ନକରି ଛାୟାକୁ ଆଲିଙ୍ଗନ କରି କରି ଭାବେ ସିଏ - ପାଇଛି ମୁଁ । ଯଥେଷ୍ଟ ପାଇଛି । ମା' ତୁମମାନଙ୍କର ଏଇ ଅକ୍ଷତା ପାଇଁ, ଏଇ ସଲିତା ପାଇଁ ତୁମେମାନେ "ବନିତା"ର ଆଖ୍ୟା ନେଇଛ ।

"କଣ ଆପଣ ଏମିତି କହି ଯାଉଛନ୍ତି ସ୍ୱାମୀଜୀ ? ଘୋର ସହନଶୀଳା, ମହାକଷ୍ଟ ଭୋଗିନୀ ଶକ୍ତିମଦରା ନାରୀ, ସ୍ୱାମୀଜୀଙ୍କ ଏଇ ଉକ୍ତିରେ ଉତ୍କ୍ଷିପ୍ତା ନାଗୁଣୀ ପରି ହିଂସ୍ର ହୋଇଉଠିଛି । କଣ୍ଡେ କଣ୍ଡେ ତା'ର ଅକ୍ରୋଶର ଗୁରୁଭାର ।

ଦୁଃସହ ଏହି ସ୍ୱର ହେଲେବି, ସ୍ୱାମୀଜୀ ଅବିଚଳିତ - "ମୁଁ ଠିକ୍ କହୁଛି ମା' ! ଠିକ୍ କହୁଛି ମୁଁ । ଏତେ ପାଠ ଶାଠ ପଢ଼ି, ଜ୍ଞାନୀ ବୋଲାଇ, ଆଜିଯାଏଁ ବି ତୁମେମାନେ ଜାଣିପାରିଲ ନାହିଁ, ପ୍ରକୃତ ପୁରୁଷ କିଏ ? ସବୁ ଜ୍ଞାନ ବୁଦ୍ଧି କି ତୁମେମାନେ ସୀମିତ କରି ଦେଇଚ ତମମାନଙ୍କ ସଂସାର କ୍ଷେତ୍ରରେ । ସଂସାରର ଏଇ ଲୀଳାଖେଲାରୁ ନିଜକୁ ମୁକ୍ତ ନକଲା ଯାଏଁ ତୁମେ ସେଇ ସ୍ତ୍ରୀ, ବା ପୁରୁଷ -

କ୍ରୀଡ଼ନକ ହୋଇ ରହିଥିବ । ଏହାହିଁ ତୁମମାନଙ୍କ ପରିଚୟ । ଯଦି ଏହା ତୁମମାନଙ୍କ ପରିଚୟ ହୁଏ, ତେବେ ସମାଜର ଅତ୍ୟାଚାର, ସ୍ୱାମୀର ଅତ୍ୟାଚାର ସହିବା ହିଁ ତୁମମାନଙ୍କ କର୍ତ୍ତବ୍ୟ । ଶିକ୍ଷା ଦୀକ୍ଷାର ପ୍ରୟୋଜନ କଣ ? ନାରୀ ଶିକ୍ଷିତ ହେବାରେ ମୂଲ୍ୟ କଣ ? ଶିକ୍ଷା ଯଦି ମନରେ ସାହସ ନ ଦେଲା, ନିଜକୁ ସୁନ୍ଦର ଭାବେ ବଞ୍ଚାଇ ନ ଶିଖାଇଲା, ତେବେ ଶିକ୍ଷିତ ହେବାପାଇଁ ଏତେ ଧ୍ୱନି ହରତାଳ କାହିଁକି ? ନିଜକୁ ସମ୍ମାନାସ୍ପଦ ଭାବେ ବଞ୍ଚାଇବା ପାଇଁ ଶିକ୍ଷା ମାଧ୍ୟମରେ ଜ୍ଞାନ ଆହରଣ କରିବାକୁ ପଡ଼ିଥାଏ । ସକଳ ଶିକ୍ଷାର ମାପକାଠି ହେଉଛି, ଏଇ ଜ୍ଞାନ । ଏହି ଜ୍ଞାନର ନିୟନ୍ତ୍ରଣରେ ହିଁ ଜୀବନର ସୁଖ ଦୁଃଖ ନିୟନ୍ତ୍ରଣ ହୋଇଥାଏ ।

“ସ୍ୱାମୀଜୀ...” ଅନ୍ତରର ଅନ୍ତଃସ୍ଥଳରୁ ସୁନୀତା’ର ଏ ଡାକ, ବଡ଼ କ୍ଷୀଣ, ବଡ଼ କରୁଣ ଶୁଭୁ ଥିଲେ ବି, ଖୁବ୍ ତାତ୍ପର୍ଯ୍ୟପୂର୍ଣ୍ଣ ମନେ ହେଉଥିଲା ।

ଆଶ୍ୱସ୍ତ ହୋଇ ସ୍ୱାମୀଜୀ ମନେ ମନେ ଭାବିଲେ, “ଦୁର୍ବୋଧତା ଦୂର କରିବା ସନ୍ନ୍ୟାସୀର ପରମ କର୍ତ୍ତବ୍ୟ ।” ଏଇ ଦୁର୍ବୋଧତା ଲାଗି ପ୍ରତିଟି ମଣିଷହିଁ ଦୁଃଖୀ ହୋଇଥାଆନ୍ତି । ଦୁଃଖ ତ କାହାର ଦୂର କରି ହେବନାହିଁ । ଦୁର୍ବୋଧତା ହେଲେ ଦୂର ହୋଇଯାଉ । ମୃଦୁ ମନ୍ଦ ସ୍ୱରରେ ସ୍ୱାମୀଜୀ ଆଶ୍ୱାସନା ଦେବାକୁ ଯାଇ କହିଲେ –

“ଆସ ମାଆ, ଆସ । ଘରେ ତୁମକୁ ଛାଡ଼ିଦେଇ ଆସେ । ସାମାନ୍ୟ ସୁସ୍ଥତା ତ ଅନୁଭବ କରିବ । ପଛକଥା ଭୁଲି ଭବିଷ୍ୟତ ପ୍ରତି ଦୃଷ୍ଟି ଦିଅ ।”

ସୁନୀତା ସ୍ଥିର. ଅବିଚଳିତା । ସ୍ୱାମୀଜୀଙ୍କ ପ୍ରତିଟି ବକ୍ତବ୍ୟ ତାକୁ ମନେ ହେଉଛି, ବୈଶାଖ ମଧ୍ୟାହ୍ନର ତୃଷିତ ପଥିକ ପାଇଁ ମଧୁର ଜଳପାନ ପରି ! ! ମଣିଷର ଅଧରରେ ଏଇଭଳି ଅମୃତର ଭାଷା ଥାଇପାରେ, ସୁନୀତା’ର କଳ୍ପନାରେ ନ ଥିଲା । ସ୍ୱାମୀଜୀଙ୍କ କଥା ଶୁଣି, ସେ ଏକ ଅଭିନବ ଆଧ୍ୟାତ୍ମିକ ଭାବରେ ପ୍ରକମ୍ପିତ ଅଜଣା ଏକ ଉତ୍ତେଜନାରେ ଶିହରିତ । ଠିକ୍ ଏତିକି ବେଳେ ସେ ଶୁଣୁଛି, “ଆସ ମା ଆସ ତୁମକୁ ଛାଡ଼ିଦେଇ ଆସେ ।”

ମୁହୂର୍ତ୍ତ ପରେ ମୁହୂର୍ତ୍ତ ବିତି ଚାଲିଛି । ତଥାପି ସୁନୀତା ନିରୁତ୍ତରା । ଧୀରେ ଧୀରେ ଚତୁଃପାର୍ଶ୍ୱରେ ଅଖଣ୍ଡ ନୀରବତା । ସ୍ୱାମୀଜୀ ବ୍ୟସ୍ତ ବିବ୍ରତ ।

"ଆସ ମା ଆସ । ରାତ୍ରି ଅଧିକ ନହେଲେ ବି ନିବିଡ଼ ହୋଇ ଆସିଲାଣି । ଏ କ୍ଷୁଦ୍ର କୁଟୀରରେ ତୁମକୁ ମତେ ଏକାଧିକ ସମୟ ଏକାଠି ଦେଖ, ଦର୍ଶକ ମନରେ ଅନ୍ୟଥା ଉପୁଜି ପାରେ । ମୋ ଗୈରିକ ବସନ ଯେତେ ସଂଯମ ଓ ରୁକ୍ଷ ହେଲେ ବି, ମଣିଷ ଆଖିରେ, ସେ ବସନ ତଳେ ଲୁଚି ରହିଥିବା ଦେହଟି ସାମାଜିକ ଜୀବପରି ଜଘନ୍ୟ । କୈଫିୟତ୍ ଦେଇ ସନ୍ଦେହ ମୋଚନ କରାଯାଇ ନପାରେ ।

ବାଧ୍ୟ ଛାତ୍ରୀଟିଏ ପରି ସ୍ୱାମୀଜୀଙ୍କ ପଛେ ପଛେ ଚାଲିଛି ସୁନୀତା । ସତେ କି ସ୍ୱପ୍ନ... ମହା ସ୍ୱପ୍ନରେ ଶୂନ୍ୟତା ଭିତରେ ଲୁଚି ଯାଇଛି ସେ । ଅହେତୁକି ବିସ୍ମୟ ଓ ଦୁଃଖରେ ସେ ମୂର୍ଚ୍ଛାହତ ପ୍ରାୟ । କେବଳ ପାଦ ଓ ମୁଖ ନୁହେଁ ସମଗ୍ର ଶରୀର ମଧ ତା'ର ଅସାଡ଼ । ବେଦନାରେ କ୍ଲିଷ୍ଟ । ତଥାପି ମନ ଭିତରର ପ୍ରଶ୍ନ ପ୍ରକାଶନ୍ମୋଖୀ । ନିଜ ଅଜଣାରେ ସେ କେତେବେଲେ ପଚାରି ଦେଲାଣି "ସ୍ୱାମୀଜୀ ! ଆପଣଙ୍କ କଥା ମାନି, ମୁଁ ଫେରି ଯାଉଛି ପୁଣି ମୋର ସେଇ ଶୂନ୍ୟ ସଂସାରକୁ । କିନ୍ତୁ ଅଦ୍ୟାପି ମୋ ପ୍ରଶ୍ନର ଉତ୍ତର ପାଇ ପାରିଲିନି ସ୍ୱାମୀଜୀ । ଦୟାକରି ମତେ ସନ୍ଦେହ ମୋଚନ କରନ୍ତୁ ମୋ ପ୍ରଶ୍ନର ଉତ୍ତର ଦେଇ – ପୁରୁଷର ଅର୍ଥ କଣ ତେବେ ବଂଶାନୁକ୍ରମେ ଗଡ଼ି ଆସୁଥିବା ପୁରୁଷ ପୁରୁଷ ଧରି ପୁରୁଷ ! ଏହାକୁ ଯଦି ପୁରୁଷ ବୋଲି ଆମେ ବିବେଚନା କରିବା, ତେବେ ପ୍ରତିଟି ପୁରୁଷରେ ତ ଏହା ପ୍ରଭେଦ ଆସିବ । ପିତା'ର ଅକାଳ ବିୟୋଗରେ ଗୋଟିଏ ପୁରୁଷ ଚାଲି ଯାଉଥିବା ବେଲେ, ଦୀର୍ଘଜୀବୀ ପିତାପାଇଁ ପୁରୁଷର ଅଥାର୍ ଯଥାର୍ଥ ନୁହେଁ । ଯଦି ଏହା ଯଥାର୍ଥ ବୋଲି ଆମେ ବିବେଚନା କରିବା, ତେବେ ସ୍ୱାମୀଜୀ କୁହନ୍ତୁ ତ ଦେଖ, ଏ ବିଶ୍ୱର ନିୟନ୍ତା କଣ ତାହାହେଲେ ସ୍ୱାମୀ ପୁରୁଷ ? ଗୃହକର୍ତ୍ତା ? ବଡ଼ ଆଶ୍ଚର୍ଯ୍ୟ, ସ୍ୱାମୀ ସ୍ତ୍ରୀ ଉଭୟଙ୍କୁ ନେଇ ଯେଉ ଘର, ସେଇ ଘର ଭିତରେ କେବଳ ସ୍ୱାମୀ ହିଁ ସର୍ବସ୍ୱ ! ସ୍ତ୍ରୀ କିଛି ନୁହେଁ ? ସ୍ୱାମୀର ଅନୁପସ୍ଥିତିରେ ସ୍ତ୍ରୀ ମୂଲ୍ୟହୀନ ! ବିକଳାଙ୍ଗ ବିଶ୍ୱମୟଙ୍କର ଯଦି ଏହାହିଁ ଉଦ୍ଦେଶ୍ୟ, ତେବେ ବିନା ସ୍ୱାମୀରେ ସ୍ତୀର ବିସର୍ଜନ ଆତ୍ମହତ୍ୟାର ପାପଭରା କାହିଁକି ବହନ କରିବ ?"

କିଭଳି ଭାଷାଦେଇ ବୁଝାଇବେ ସ୍ୱାମୀଜୀ ? ପ୍ରତିଟି ମଣିଷର ରୂପ ଭିନ୍ନପରି । ଚିନ୍ତାଧାରା ବି ଭିନ୍ନ ଭିନ୍ନ । ତାଛଡ଼ା ସ୍ୱାମୀଜୀ ବୁଝି ପାରୁଛନ୍ତି କେବଳ ନିଃସଙ୍ଗତା ହିଁ ସୁନୀତାକୁ ଦିଗ୍‌ଭ୍ରାନ୍ତ କରାଉଛି । ବାସ୍ତବ ଜଗତଟା ହଜି ହଜି ଯାଉଛି

ତା' ପାଖରୁ । ଈଶ୍ୱରଙ୍କ ଉପରେ ଅଭିମାନ ନକରି, ଦୋଷ ନ ଦେଇ କାହାକୁ ଆଉ ତା କାହାକୁ ସେ ଦୋଷ ଦେବ ? କିନ୍ତୁ ଏଇ ଅଭିମାନରେ ଦୋଷ ଲଦି ଦେବାରେ ନିଜର ଦୁଃଖ ଦୂର ହୋଇ ପାରିବ କି ? ବରଂ ବଢ଼ିବାରେ ଲାଗିବ । ଈଶ୍ୱର ବିଶ୍ୱାସ ମନରୁ ତୁଟିଗଲେ ମଣିଷ ଯେ ସ୍ୱାଭାବିକ ଅବସ୍ଥା ହରାଇ ବସିବ ଏଥିରେ ସନ୍ଦେହ ନାହିଁ । ତେଣୁ ସୁନୀତା ମନରେ ଏଇଲେ ଈଶ୍ୱର ବିଶ୍ୱାସ ଭରିବାହିଁ ସ୍ୱାମୀଜୀଙ୍କ ଏକମାତ୍ର କର୍ତ୍ତବ୍ୟ ଭାବି ସେ ଶାନ୍ତ ସରଳ କଣ୍ଠରେ ଆଧ୍ୟାମ୍ନିକ ଭାବ ଫୁଟାଇ ବୁଝାଇବାରେ ଲାଗିଲେ ।

“ମାଆ ! ଆମେ ବାହାର ଦିଗରୁ ଯାହା କ୍ଷତି ମନେକରୁ, ତାହା ଅନ୍ତର ଦିଗରୁ ହିଁ ଲାଭ । ପ୍ରଭୁ ହେଉଛନ୍ତି, ମଙ୍ଗଳମୟ । ସେ ସୃଷ୍ଟିର ମଙ୍ଗଳ କାମନା ହିଁ କରନ୍ତି । ସୃଷ୍ଟିକୁ ଘୃଣ୍ୟ କରିବା, ଅଶୋଭନୀୟ କରିବା ତାଙ୍କର ଉଦ୍ଧେଶ୍ୟ ନୁହେଁ । ଏ ସଂସାର ଧନୀ ଦରିଦ୍ର, ବିଜ୍ଞ ଅଜ୍ଞ, ଶାସକ ଶାସିକ, ଭକ୍ତ ଭଗବାନଙ୍କ ଭେଦଭାବ ରକ୍ଷ ଚାଲିଥିଲା ପରି, ଜନ୍ମ ମୃତ୍ୟୁ ନିରନ୍ତର ଚାଲିଛି । ଚାଲୁଛି, ଚାଲୁଥିବ ବି । ଏହାରି ଦ୍ୱାରା ହିଁ ସୁଖ ଦୁଃଖର ସୃଷ୍ଟି । କଣ ଏହାର ଉଦ୍ଧେଶ୍ୟ, ସେଇ ବିଶ୍ୱମୟ କର୍ତ୍ତାଙ୍କୁ ହିଁ ଜଣା । ଏଥୁ ନେଇ ଯେତେ ବାଦ ପ୍ରତିବାଦ କଲେ ବି, ଆମେ ତା'ର ସଠିକ ଉତ୍ତର ପାଇବା ନାହିଁ କି ଏହାକୁ ଲଢ଼ିଦେଇ ବି ପାରିବାନି ।

ହେଲେ ମାଆ ! ଈଶ୍ୱରଙ୍କୁ ଆମେ ସବୁ କଥାରେ ଦୋଷ ଦେଇ ତାଙ୍କୁ ଭୁଲ ବୁଝୁଛେ । ଏ ସମାଜରେ ନାରୀ ପାଇଁ ଯେତେ ନିର୍ୟାତନା, ତାକୁ କଣ ଈଶ୍ୱର କେଉଁଠି ଲେଖି ଦେଇଛନ୍ତି ? ମଣିଷ ତା'ର ସ୍ୱାର୍ଥ ସାଧନ ପାଇଁ ସମାଜ ସୃଷ୍ଟି କରି, ସେ ସମାଜରେ ମୁରବୀ ବୋଲାଉ ଥିବା ପୁରୁଷ ଯେତେ ସବୁ ନିର୍ୟାତନା ନାରୀ ଉପରେ ଅଜାଡ଼ି ଦେଇ ସ୍ୱାର୍ଥ ହାସଲ କରି ଚାଲିଛି । କାଳକ୍ରମେ ନାରୀ ସମାଜର ଏଇ ଅତ୍ୟାଚାର ସହି ସହି ସେ ତା'ର ଆଗାମୀ ବଂଶଧର ନାରୀ ପାଇଁ ଏହି ଦୁଃଖ ଲଦି ଦେବାରେ ଲାଗିଛି । ଯାହାକୁ ଆମେମାନେ କହୁଛୁ ସାମାଜିକ ନିୟମ । ସମାଜର ଗୋଟେ ନିୟମ କଣ ? ସମାଜ ତ ସୃଷ୍ଟି କରିନାହିଁ ମଣିଷକୁ, ମଣିଷ ସୃଷ୍ଟି କରିଛି ସମାଜକୁ । ତେବେ ସମାଜର ଦୋଷ ଦୁର୍ବଳତା ରହିଲା କୋଉଠି ? ସାମାଜିକ ନିୟମ ଉପରେ ଏତେ ଗୁରୁତ୍ୱ ଆରୋପ କାହିଁକି ? ଯେଉଁମାନେ ଅବିବେକୀ, ଅଜ୍ଞ, ସେଇମାନେ ହିଁ ମଣିଷର ସୁଖ ସ୍ୱାଚ୍ଛନ୍ଦ୍ୟ ଉପରେ ଗୁରୁତ୍ୱ ନ ଦେଇ ସାମାଜିକ

ଅନ୍ଧ ବୁଦ୍ଧିମାଣ ବେନିୟମ ଉପରେ ଗୁରୁତ୍ୱ ଦେଇ ଭାବନ୍ତି ଆମେ ଠିକ୍ ବାଟରେ ଅଛୁ । ଯଦି ପ୍ରକୃତରେ ମଣିଷର ଶୃଙ୍ଖଳା ରକ୍ଷାପାଇଁ କିଛି ସାମାଜିକ ନିୟମ ଦରକାର, ତେବେ ଏମିତି କଣ ନିୟମ ରଖିବା ଉଚିତ ଯେ, ଯାହାକୁ ମଣିଷ ସହଜରେ ମାନିନେଇ ପାରିବନି । ନାରୀ ବି ତ ମଣିଷ, ତା ପାଇଁ ଏତେ କଠୋର ନିୟମ କାହିଁକି ? ସ୍ୱାମୀର ମୃତ୍ୟୁ ପରେ ତା ଖାଦ୍ୟରେ, ପରିଧାନରେ, ଚାଲି ଚଳଣିରେ ଏତେ ପରିବର୍ତ୍ତନ ଆସିବ କାହିଁକି ? ଖାଲି ପରିବର୍ତ୍ତନ ବି ତାକୁ କୁହାଯିବନି, ହୀନ ଖାଦ୍ୟ, ନିମ୍ନ ମାନର ପରିଧାନ ପିନ୍ଧି କୌଣସି ଶୁଭ କାର୍ଯ୍ୟରେ ଯୋଗ ନ ଦେଇ ଅଛୁଆଁ ମଣିଷର ପରି ବଞ୍ଚିବ କାହିଁକି ? ଜାତି ପ୍ରଥା ଲୋପ ପାଇ ଯାଉଥିଲା ବେଳେ, ବିଧବା ଜାତିର ନିଷ୍ଠୁ କାହିଁକି ? ମନୁଷ୍ୟ ହୋଇ ମନୁଷ୍ୟଦ୍ ଅଧିକାର ଛଡ଼ାଇ ନିଆ ଯିବା କେଡ଼େ ହୀନମନ୍ୟତା'ର ପରିଚୟ, ଏହା କଣ ସମାଜ ବୁଝିବା ଅନାବଶ୍ୟକ ? ସମାଜ, ସମ୍ମାନର ଅଧିକାରୀ ହେବାକୁ ହେଲେ, ନାରୀ ତା'ର ସମ୍ମାନକୁ ଜଳାଞ୍ଜଲି ଦେବ କାହିଁକି ? ପୁରୁଷ କାହିଁକି ଦେବନି ? ନାରୀ ଓ ପୁରୁଷ ଉଭୟଙ୍କୁ ବିଜ୍ଞତାରେ, ସାମର୍ଥ୍ୟରେ ଯୋଉ ସମାଜ ସମୃଦ୍ଧ, ଜନସାଧାରଣଙ୍କ ମଙ୍ଗଳ ନିମିତ୍ତ ଯୋଉଠି ଦୁହିଁଙ୍କ ଅବଦାନ ନିହିତ, ସେଠି ଜଣକୁ କାହିଁକି ନିଜର ନିଜତ୍ୱକୁ ହରାଇବା ପାଇଁ ବାଧ୍ୟ କରାଯିବ ? ଏହା ନିଶ୍ଚିତ ଭାବରେ ଅନ୍ୟାୟ ମାଆ! ଯୁଗ ଯୁଗ ଧରି ନାରୀ ଏହି ଅବମାନନାକୁ ସହ୍ୟକରି ଆସିଥିଲା, ତା'ର ସୌଜନ୍ୟବୋଧ ଯୋଗୁଁ । ସୌଜନ୍ୟବୋଧ ଯେଉଁମାନଙ୍କର ସହଜାତ, ଅସ୍ଥି ମଜ୍ଜାଗତ, ସେମାନେ ସହସ୍ର ଅବମାନନାକୁ ବି ସହ୍ୟକରି ଯାଆନ୍ତି ।

"ମାତ୍ର ଆଜି ସେ ସମୟ ଆଉ ନାହିଁ ମାଆ । ଯୁଗ ବଦଳି ଚାଲିଛି । ସମୟ ବଦଳି ଚାଲିଛି । ମଣିଷ ବି ବଦଳି ଚାଲିଛି । ତା ସହିତ ବଦଳି ଚାଲିଛି ତା'ର ପ୍ରକୃତି ବି । ସେଦିନର ସେଇ ସୌଜନ୍ୟ ବୋଧ ଆଜିର ପ୍ରକୃତିରେ ଅସହ୍ୟ । ପୁରୁଷ ଠାରୁ ନାରୀ ଆଜି ଅଲଗା ନୁହେଁ । ପୁରୁଷର କାର୍ଯ୍ୟକଲାପ ସହିତ ସେଇ କାର୍ଯ୍ୟମାନଙ୍କରେ ନିଜକୁ ସାମିଲ କରି ଚାଲିଛି ସେ ଖୁବ ନିଷ୍ଠାର ସହିତ । ତା'ର ଜୀବନ ଏକ ନୂତନ ରୂପରେ ରୂପାୟିତ ହେବାକୁ ଯାଉଛି । କ୍ରମେ ଏ ଜଗତରେ ସେ ଯେ ସର୍ବମୟୀ କର୍ତ୍ରୀ ନହେବେ କିଏ ଜଣେ! ତେଣୁ ମା ବହିର୍ଜଗତର ସବୁ କିଛି ନିୟମ କାନୁନ ତାହା କ୍ଷଣିକ । ଭଲ ମନ୍ଦର ସ୍ଥାୟିତ୍ୱ ଚିରସ୍ଥାୟୀ । ଭଲ

ହେବାକୁ ହେଲେ ସଂସାରର ସୁଖପାଇଁ ପାଗଳ ନ ହୋଇ, ଦୁଃଖର ଜୀବନକୁ ଆବୋରି ନେଇ ପ୍ରଭୁ ଭକ୍ତ ହୁଅ । ପ୍ରଭୁ ବିରୋଧ ହୁଅନାହିଁ । ଭଗବାନ ପରା ଭାବର ବଶୀଭୂତ । ଆନନ୍ଦର ଆକାର । କୃପାର ମନ୍ଦିର ।"

ଏତେ ବୁଝାଇବା ସତ୍ତ୍ୱେ ବି ସୁନୀତା'ର ମନ ବୁଝିନାହିଁ । ସଂସାରରେ ରହି, ସଂସାର ସୁଖ ପ୍ରତି ଆସକ୍ତି ନହେବା, ମଣିଷ ପକ୍ଷରେ କେଡ଼େ କେଡ଼େ ବଡ଼ ବ୍ୟତିକ୍ରମ ଏବଂ ଅସମ୍ଭବ ଏହା କଣ ପ୍ରକାଶ କରିବାକୁ ପଡ଼ିବ ସ୍ୱାମୀଜୀଙ୍କ ପାଖେ ? । ସେ ଈଶ୍ୱର କଣ ଜାଣେ ନାହିଁ । ଅଲୌକିକ ପ୍ରତ୍ୟାଶା ତା'ର ନାହିଁ । ଉଦ୍ରେକ ବି ହେଉନାହିଁ ।

ସୁନୀତା ମୁଖମଣ୍ଡଳରୁ ଅପ୍ରସନ୍ନ ଭାବ ଲକ୍ଷ୍ୟକରି ସ୍ୱାମୀଜୀ ନମ୍ର ମଧୁର କଣ୍ଠରେ କହିଲେ ମାଆ ! ଗୃହିଣୀମାନଙ୍କର ମନ ଏସଂସାରରେ କେବଳ ତ୍ରିବିଧ ଇଚ୍ଛାରେ ଆସକ୍ତ । ଧନରେ, ଜନରେ ମିଛମାୟା ସଂସାରରେ । ଏଇ ଆସକ୍ତି ଯୋଗୁଁ ତା'ର ଯେତେକ ବିପଦ । ଏଥିରୁ ସେ ମୁକ୍ତ ହୋଇ ପାରୁନି ବୋଲି, ଆଜି ସୁଦ୍ଧା ସ୍ୱାମୀ- ପୁରୁଷଟିକୁ ପ୍ରକୃତ ପୁରୁଷ ବୋଲି ବିଚାରରେ ରଖିଛି ।

ସୁନୀତା ନୟନ ଅଶ୍ରୁରେ ପୂର୍ଣ୍ଣ । ଆଉ ଯୁକ୍ତି କରିବାକୁ ମନ ତା'ର ବଳୁନି କି ସ୍ୱାମୀଜୀଙ୍କ କଥାକୁ ମାନିଯିବା ପାଇଁ ପ୍ରସ୍ତୁତ ହେଉନି । ଖାଲି ହତାଶା ବିଷାଦରେ ରାସ୍ତାରେ ସେ ପାଦ ଥାପି ଥାପି ଚାଲିଛି ସ୍ୱାମୀଜୀଙ୍କ ପଦାଙ୍କ ଅନୁସରଣ କରି କରି... । ବେଳେ ବେଳେ ଏମିତି ଅସ୍ଥିର ହୋଇଉଠୁଛି ଯେ, ଭାବୁଛି, ଓଃ ଜୀବନରେ ଏତେ ବିଷାଦ କୋଉଠୁ ଥାଏ, ଆସେ କେମିତି ଓ କାହିଁକି ?

ସ୍ୱାମୀଙ୍କ ତଥାପି ଧୈର୍ଯ୍ୟ ହରାଇ ନାହାଁନ୍ତି । ପ୍ରତ୍ୟାଗମନର ଏ ବାକ୍ୟାଳାପ ବିଶ୍ରାମ୍ୟାଳାପ ମାତ୍ର । ପ୍ରଭୁଙ୍କ ଗୁଣ ଗାନ କରିବାର ସୁଖ ମୁହୂର୍ତ ଇଏ ! ଭାଗ୍ୟରେ ଥିଲେ ମିଳେ । ଭାତଶ୍ରାଦ୍ଧ ବା ହେବେ କାହିଁକି ? ସ୍ୱାଭାବିକ ଅବସ୍ଥାକୁ ଫେରାଇ ନବାକୁ ଯାଇ ସ୍ୱାମୀଜୀ ସୁନୀତାକୁ ପୁନଃ ବୁଝାଇବାରେ ମନଦେଲେ ।

"ମାଆ ! ଜୀବନ ବ୍ୟାପି ତୁମେମାନେ ଯେମିତି ତୁମ ସ୍ୱାମୀ- ଦେବତାଟିକୁ ଭଲ ପାଅ, ସେମିତି ମୁହୂର୍ତଟିଏ ଯଦି ଭଲପାଇ ପାରତ ପ୍ରକୃତ ପୁରୁଷକୁ, ତେବେ ଜାଣନ୍ତ ପ୍ରେମ କଣ... ପ୍ରତି କଣ... ସୁଖ କଣ...?"

ସୁନୀତା'ର ବିକଳ ଆବେଗ ସ୍ୱର – "ସ୍ୱାମୀଜୀ! ଏତେ ପଚାରିବା ସତ୍ତ୍ୱେ ବି ବର୍ତ୍ତମାନ ସୁଦ୍ଧା ଆପଣ ଫିଟାଇ କହୁନାହାଁନ୍ତି ସେ ପ୍ରକୃତ ପୁରୁଷ କିଏ ? କିଏ ସ୍ୱାମୀଜୀ ? କିଏ... କିଏ... ?"

ସ୍ୱାମୀଜୀ ଅନୁତପ୍ତ । ଦୁଃଖିତ । ବ୍ୟତିବ୍ୟସ୍ତ । ଆହା ! ଏତେ ପାଠଶାଓ ପଢ଼ି ଜ୍ଞାନୀ ବୋଲାଉ ଥିବା ମଣିଷକୁ କହିବାକୁ ପଡ଼ିବ ଯେ, ପ୍ରକୃତ ପୁରୁଷ କିଏ ?

ସ୍ୱାମୀଜୀ ତୀକ୍ଷ୍ଣ କଣ୍ଠରେ ଉତ୍ତର ଦେଲେ – "ଏତିକି ତୁମେ ଜାଣି ପାରୁନ ମା ? ପ୍ରକୃତ ପୁରୁଷ ପରା ହେଉଛନ୍ତି, ପରମବ୍ରହ୍ମ ଈଶ୍ୱର । ଯାହାଙ୍କ ଆଚ୍ଛାଦନରେ ବେଦ ସୁପରିହିତ, ନିର୍ମଳ, ସେଇ ପ୍ରକୃତ ପୁରୁଷ ହିଁ ହେଉଛନ୍ତି ପ୍ରକୃତ ପୁରୁଷ । ଘରର ଗୃହକର୍ତ୍ତା, ସ୍ୱାମୀ ଦେବତା – ପୁରୁଷ ପାଖେ ନିଜକୁ ସମର୍ପି ନଦେଇ ସେଇ ପ୍ରକୃତ ପାଦପଦ୍ମରେ ନିଜକୁ ସମର୍ପି ଦିଅ, ଦେଖିବ ସେ ପୁରୁଷର ପ୍ରୀତି କେଡ଼େ ମହନୀୟ । ସେ ପ୍ରେମ କେଡ଼େ ପବିତ୍ର । ତା'ର ଜାଗା ନାହିଁ, ମୃତ୍ୟୁ ନାହିଁ । ଉଦୟ ନାହିଁ କି ବିଲୟ ବି ନାହିଁ । ସେ ଚିର ଭାସ୍ୱର – ଉଜ୍ଜ୍ୱଳ । ବ୍ରହ୍ମ ବିଦ୍ୟା ଯେମିତି ସବୁ ବିଦ୍ୟାଠାରୁ ଶ୍ରେଷ୍ଠ ସେମିତି ସବୁ ପ୍ରେମଠାରୁ ପ୍ରଭୁ ପ୍ରେମ ହେଉଛି ଶ୍ରେଷ୍ଠ । ତାଙ୍କୁ ଯିଏ ପ୍ରେମ କରି ଶିଖିଛି, ସେ ବୁଝିଛି, ଏ ସଂସାରର ପ୍ରେମ କଣ... ପ୍ରୀତି କଣ... ବଞ୍ଚିବା ଜୀବନର ଆବଶ୍ୟକତା କଣ ? ଅବିବେକୀମାନେ ଏହା ଜାଣି ନପାରି ମୋହମାୟା ସଂସାରର ସୁଖପାଇଁ ଆଜନ୍ମ ଦଉଡ଼ି ଥାଆନ୍ତି । ପାଦହୀନ ବ୍ୟକ୍ତି ପବନ ସହିତ ପ୍ରତିଯୋଗିତା ଚଲାଇ ହାସ୍ୟାସ୍ପଦ ହେଲାଭଳି ଏ ଅନ୍ଧ ଆକର୍ଷଣ ପଛରେ ଦଉଡ଼ି ଦଉଡ଼ି ପ୍ରତି ମୁହୂର୍ତ୍ତରେ କ୍ଷତ ବିକ୍ଷତ ହୁଏ । କ୍ଷତ ବିକ୍ଷତ ହୋଇ ବି ସେ ଜାଣି ପାରେନା ଏହା ଭକ୍ତି ହୀନତା'ରୁ ନୁହେଁ । ଭାଗ୍ୟ ?

"ଭାଗ୍ୟ ବି ତ ପ୍ରଭୁଙ୍କ ଦାନ ମା ! ପ୍ରଭୁଙ୍କୁ ଆଡ଼େଇ ଦେଇ ଦଉଡ଼ିବ କୁଆଡ଼େ ? ପ୍ରଭୁ ଯେ ସୁଖର ସମୁଦ୍ର । ସେଇ ସମୁଦ୍ରରେ ଡୁବ ପକାଇବାକୁ ନ ଦଉଡ଼ି, ମରୀଚିକା ପଛରେ ଦଉଡ଼ କାହିଁକି ?"

ସୁନୀତା'ର କ୍ରନ୍ଦନ କମ୍ପିତ ଓଷ ଧାରରେ ଗୋଟିଏ ଅବୋଧ ହାସ୍ୟରେଖା ଖେଳିଗଲା – "ସ୍ୱାମୀଜୀ ! ଇଏ ଯେ କଳିକାଳ । ଏ କଳିକାଳରେ ଯେ ପ୍ରଭୁ ଅଛନ୍ତି, କାହିଁକି ମୋତେ ବିଶ୍ୱାସ ହୁଏନି ।"

ହସି ଉଠିଲେ ସ୍ୱାମୀଜୀ । ହସ ତ ନୁହଁ । ଉପହାସ ମାତ୍ର । ଅପରାହ୍ନର
ତା'ରା ପରି ମ୍ଲାନ । ଅଥଚ ଉଉପ୍ତ । କହିଲେ "ମା! କୋଉ ଯୁଗେ ଯୁଗେ
ଈଶ୍ୱରଙ୍କ ଏଇ ସଂସାରରେ ବସତି । ତାଙ୍କୁ ପାଇବା ଲାଗି ପ୍ରତି ଯୁଗର ମଣିଷ
ପାଗଲ । ଏଇ କଳିକାଲରେ ମଣିଷମାନେ ପାଗଲ ନହୋଇ କେତେ ପ୍ରକାରର
ଯେ ଦୁଃଖ ଭୋଗୁଛନ୍ତି ତା'ର ଇୟୟଭା ନାହିଁ । ଅଜ୍ଞାନୁ ଅବିବେକୀ ହୋଇ ସଂସାରକୁ,
ନିଜ ଜୀବନକୁ ସେ ସବୁପରି ପ୍ରଭୁଙ୍କୁ ମଧ ତୁଚ୍ଛ ମଣୁଛି । ଏହା ମଣିଷର ପ୍ରକୃତି
ଚରିତ୍ର ନୁହଁ ମା ପ୍ରକୃତ ଚରିତ୍ର ନୁହଁ ।

"ସେ ଜାଣି ପାରୁନି କଳିକାଲର ସ୍ୱଭାବ କେଡେ଼ ଶୋଭନୀୟ । କଳିକାଲ,
କରାଳ, ପାପମୟ, ଦୁର୍ଗୁଣର ଯଶ ସ୍ୱରୂପ ହେଲେ ବି ଏ କାଲରେ ବହୁତ ଦୁର୍ଲ୍ଲଭ୍
ଗୁଣ ଅଛି । ଦେଖ! ମଣିଷର ମୋକ୍ଷ ପାଇଁ ବା ତା'ର ଶାନ୍ତିପାଇଁ ଭକ୍ତି ରୂପକ କର୍ମ
ଥିଲା, ସତ୍ୟରେ ଯୋଗ, ତ୍ରେତାରେ ଯଜ୍ଞ ଓ ଦ୍ୱାପରେ ପୂଜା ବିଧ୍ । ଏହାକୁ କରି
କରି ମଣିଷ ଅତିଷ୍ଠ ହୋଇ ପଡୁଥିଲା ବେଲେ, କଳିକାଲରେ କେବଲ ପ୍ରଭୁଙ୍କ ରାମ
ନାମରେ ତାକୁ ଗତି ମିଳିଲା ।

"ସତ୍ୟଯୁଗରେ ହରିଭକ୍ତ ହୋଇ ଲୋକେ ଯୋଗୀ ବା ବୈରାଗୀ ହୋଇ
ଯାଉଥିଲେ । ତ୍ରେତାରେ ବିଭିନ୍ନ ଯଜ୍ଞ କରି କରି ସଞ୍ଚିତ ପୁଣ୍ୟକୁ ହରିଙ୍କୁ ହିଁ ଅର୍ପଣ
କରି ଦେଉଥିଲେ । ଆଉ ଦ୍ୱାପରେ ପୂଜା ଅର୍ଚ୍ଚନା ଛଡ଼ା ମଣିଷର ଗତି ନଥିଲା ।
କିନ୍ତୁ ଏବେ! କଲି କାଲରେ ମଣିଷ ଯଦି ପ୍ରଭୁଙ୍କୁ ମୁହୂର୍ତ୍ତେ ସ୍ମରଣ କଲା, ତେବେ
ପୁଣ୍ୟବାନ ହୋଇ ତିଷ୍ଠି ରହିଲା । ଏଇ କଳିକାଲରେ ଏଇ ଯୁ ମହିମା! ସେଥିରେ
ଈଶ୍ୱର ନାହାଁନ୍ତି କହି, ଈଶ୍ୱର ବିଶ୍ୱାସୀ ନହେବା, କେଡେ଼ ଭାଗ୍ୟହୀନର କାର୍ଯ୍ୟ
କୁହତ ଦେଖ! ମୁଁ ଜାଣି ପାରୁନି ଏ ଯୁଗର ମଣିଷମାନେ ଏତେ ପାଠଶାଠ ପଢ଼ି,
ଜ୍ଞାନୀ ବୋଲାଇ କାହିଁକି ଭାଗ୍ୟହୀନ ହୋଇ ପଡୁଛନ୍ତି ?"

ସୁନୀତା ସ୍ତବ୍ଧ । ଚକିତ । କଣ୍ଠରେ ଅଶେଷ ବିସ୍ମୟ ଭରି କହିଲା,
"ସ୍ୱାମୀଜୀ! ଆପଣ ଏଇ ଯୋଉ କଥା ସବୁ କହିଗଲେ, କାଁ ଆମେ ତ କୋଉଠି
ଏ କଥାମାନ ପଢ଼ିନାହୁଁ ।"

"କଥା ଅଧାରୁ ସ୍ୱାମୀଜୀ ଶାଣିତ ସ୍ୱରରେ କହିଲେ – କଣ ତୁମେମାନେ
ପଢ଼ୁଛ ମା? କହିଲେ ମତେ ଭୁଲ୍ ବୁଝିବ । ନ କହିଲେ, ତୁମମାନଙ୍କ ଅଜ୍ଞତା

ଦୂରହୋଇ ପାରୁନି । ଅଜ୍ଞତା ଦୂର କରିବା ସନ୍ନ୍ୟାସୀଙ୍କ କର୍ତ୍ତବ୍ୟ ଭାବି, ତୁମକୁ କହିବା ପାଇଁ ବାଧ୍ୟ ହେଉଛି ଯେ, ତୁମେମାନେ ସ୍କୁଲ କଲେଜରେ ଯେଉଁ ପାଠ ପଢୁଛ, ତାହା କଣ ପ୍ରକୃତ ପାଠ ? ତାହା କେବଳ ରୋଜଗାରରେ ପଟ୍ଟା ପାଇଁ ଗୋଟେ ସୀମିତ ଜ୍ଞାନର ସଂକ୍ଷିପ୍ତ ସୂଚନା । ସେ ପାଠ ପଢ଼ି ଦେଇ ତୁମେମାନେ ଭାବୁଛ, ଆମେମାନେ ଖୁବ୍ ପଢ଼ିଛୁ । ସେ ପାଠରେ କଣ ଜ୍ଞାନ ଉଦୟ ହେବ ନା, ବିବେକ କାର୍ଯ୍ୟ କରିବ ? ଜ୍ଞାନପାଇଁ, ବିବେକ ପାଇଁ ପଢ଼ିବାକୁ ହେବ ପ୍ରଭୁଙ୍କ ତତ୍ତ୍ଵକାମୀ ବେଦ ବେଦାନ୍ତ ଆଦି । ବେଦ ପୁରାଣାଦି ଶାସ୍ତ୍ର ପଢ଼ିଲେ ସିନା ଜାଣନ୍ତ । ସେ ସବୁ ପରା ପବିତ୍ର, ପର୍ବତ ସ୍ଵରୂପ । ସେ ପର୍ବତରେ ପ୍ରଭୁଙ୍କ କଥା ଖଣି ହୋଇ ଜମା ରହିଛି । ଏହି ଖଣି ହିଁ ଭକ୍ତିର ପାଠ । ଏହି ପାଠରେ ପହଞ୍ଚିବାକୁ ହେଲେ, ପ୍ରେମ ରୂପକ ପାଦ ଆବଶ୍ୟକ । ଅର୍ଥାତ୍ ସେ ଶାସ୍ତ୍ର ସବୁକୁ ଭକ୍ତିରେ ପ୍ରେମରେ ସଂଗ୍ରହ କରିବା ହିଁ ପ୍ରକୃତ ଉପାୟ । ସେ ସଂଗ୍ରହ ହୋଇଗଲେ, ଅନବରତ ପଢ଼ିବାକୁ ହେବ । ପଠନ ଏକ ଅଧବସାୟ ମାତ୍ର ! ଏହା ଡିଗ୍ରୀରେ ସୀମିତ ନୁହଁ କି ପୁସ୍ତକରେ ସଂକ୍ଷିପ୍ତ ନୁହଁ । ପ୍ରଭୁ ଭକ୍ତି ରୂପକ ପୁସ୍ତକ ଯେତେ ଅଧ୍ୟୟନ କରିବ, ସେତେ ପ୍ରଭୁ ପ୍ରେମ ଲାଭ କରିବ । ଥରେ ସେ ପ୍ରେମ ଦେହ ମନରେ ସଞ୍ଚରି ଗଲେ, ଜାଣିବ, ଏ‌ଇ ସଂସାରରେ ଦୁଃଖ କିଛି ନାହିଁ । ସର୍ବତ୍ର ସୁଖମୟ ଈଶ୍ଵର-ସଂସାର । ଆମେ ଖାଲି ମୋର ବୋଲି ଭାବିଥାଉ ସିନା । ମୋର କଣ ? ମୁଁ ବା କିଏ ? କୋଉଠୁ ଆସିଲି ? କିଏ ମତେ ଆଣିଲା ? ନିଜ ଇଚ୍ଛା ନିଜର କର୍ମ ଅନୁସାରେ ସୁଖ, ଦୁଃଖ, ଜୀବନରେ ଯାହା ଆସୁଛି ଆସୁ । ସବୁତ ସେଇ ପ୍ରଭୁଙ୍କ ଦାନ । ସାରା ବିଶ୍ଵ ତ ହେଉଛି, ପ୍ରଭୁଙ୍କ ବିଭୂତି !"

ବିଶ୍ଵାସ ଅବିଶ୍ଵାସର ଦ୍ଵନ୍ଦ୍ଵରେ, ଆନ୍ଦୋଳିତ ହେଉଥିବା ମନଟା ସୁନୀତା'ର ଆସ୍ତେ ସ୍ଥିର ହୋଇଗଲା ସ୍ଵାମୀଜୀଙ୍କ ବାଣୀରେ । ତା'ର ଏତେ ଦିନର ସଂସ୍କାର ସମ୍ପନ୍ନ ମନ ପୋଡ଼ି ପାଉଁଶ ହୋଇଯାଉଛି । ସେ ଜାଣି ପାରୁନି କି ଗୋଟିଏ ଅଧ୍ୟାମ୍ତିକ ଭାବ ଦେହ ମନରେ ପ୍ରବିଷ୍ଟ ହୋଇ ତାକୁ ଉନ୍ମୁଖ କରି ଦେଉଛି । ଏପରି ଭାବ ତା ପାଇଁ ଅଭିନବ । ଅପୂର୍ବ ! ଧର୍ମ ଭୟର ଶିଖା, ଅଜ୍ଞତା'ର ଅଗ୍ନି ତରଳି ତରଳି ବିନ୍ଦୁଟିଏରେ ଅଟକି ଯାଉଛି ଯେମିତି ! ଏତେ ଦିନଧରି, ଯାହାକୁ ସେ ପୁଣ୍ୟ କର୍ମ ବୋଲି ବିଚାରି ଥିଲା, ଯାହାକୁ ଶ୍ରେଷ୍ଠ ଆସନରେ ବସାଇ ଥିଲା, ସେ ସବୁ

ତୁଚ୍ଛ, ଅପକର୍ମ, ପାପ, ମହାପାପ ସଙ୍ଗେ ସମାନ । କେବଳ ଅକ୍ଷତା । ସ୍ୱାମୀଜୀଙ୍କ ବାଣୀରେ ସେ ସତ୍ୟ ହୋଇଉଠୁଛି । ପ୍ରଭୁଙ୍କ ଦିବ୍ୟରୂପର ଶୋଭା ଚକ୍ଷୁର ପରଦାରେ ଉଦ୍‌ଭାସିତ । ସାରା ଶରୀରରେ ଆଚ୍ଛାଦିତ ହୋଇଯାଇଛି ପ୍ରଭୁ ପ୍ରୀତି । ମନେ ହେଉଛି ତାକୁ, ସେ ଯେମିତି ଅନ୍ୟ ଏକ ଜଗତର ଲୋକ । ଅନ୍ୟ ଏକ ସ୍ତରରେ ତା'ର ଗତି । ପ୍ରକୃତି ତା'ର ରୂପାୟିତ ହୋଇଯାଇଛି ସମ୍ଭବ୍ୟ ପ୍ରେମରେ । ଶରୀର ଉଜ୍ଜ୍ୱଳ ହୋଇ ଉଠୁଛି, ଦିବ୍ୟଜ୍ୟୋତିରେ । ସେ ପ୍ରତୀକ୍ଷିତର ସ୍ୱାମୀଜୀଙ୍କ ଠାରୁ ଆଉ କିଛି ଶୁଣିବାର ଆଶା ନେଇ ।

ସ୍ୱାମୀଜୀଙ୍କ ଓଠ ଚଳ ଚଞ୍ଚଳ – "ପ୍ରଭୁ କୁହନ୍ତି ସେ ହେଉଛନ୍ତି ପିତା ! ପ୍ରକୃତି ହେଉଛି ପିତା । ଜଗତ ତାଙ୍କ ପୁତ୍ର । ଜଗତରେ ବାସ କରୁଥିବା ମଣିଷମାନଙ୍କ ମନ, ବୁଦ୍ଧି, ପ୍ରାଣ ଏକ । ଏହା ଭିନ୍ନ ଭିନ୍ନ ରୂପରେ ବିଚିତ୍ର ହେଲେ ବି, ଏକ ବୀଜ ହିଁ ଏହାର ମୂଳ । ବିଶ୍ୱ ବ୍ରହ୍ମାଣ୍ଡ ବୋଲି ଆମେ ଯାହା ଜାଣୁଛେ, ସେ ହେଉଛି ସେଇ ପ୍ରଭୁ । ସେ ତ ପ୍ରତିଟି ଦିବ୍ୟ ପୁରୁଷ ମା । ପୁରୁଷର ଅର୍ଥ ଖୋଜିବାର ଆବଶ୍ୟକତା କଣ ? ତାଙ୍କର ଲୀଳାଖେଳାର ଖେଳନା ମାତ୍ର ଆମେମାନେ । ଆମମାନଙ୍କର କଣ କିଛି ଗୋଟେ ନିଜସ୍ୱ ଅଛି ଯେ ପ୍ରଶ୍ନକରି ତାଙ୍କଠାରୁ ଉତ୍ତର ପାଇ ପାରିବା ?"

'ହାୟ ସ୍ୱାମୀଜୀ ! ହେ ଭଗବାନ !' ଉଚ୍ଚାରଣ କରି ନିଜକୁ ଧିକ୍କାରିବାକୁ ଲାଗିଲା ସୁନୀତା । ଅନୁଶୋଚନାର ଦୀର୍ଘଶ୍ୱାସ ପରେ ଦୀର୍ଘଶ୍ୱାସ । ତାକୁ ଯେମିତି ମନେ ହେଲା, ସେ ନିଜଠାରୁ ବିଚ୍ଛିନ୍ନ ହୋଇଯାଇଛି । ସେ ହୋଇଉଠୁଛି ଅନ୍ୟନ୍ୟ । ତା'ର ସମଗ୍ର ସତ୍ତା ଲୋପପାଇ ସ୍ୱାମୀଜୀଙ୍କ ବାଣୀରେ ସ୍ପନ୍ଦିତ ହୋଇ ଉଠୁଛି । କ୍ରମେ କ୍ରମେ ତାକୁ ମନେ ହେଉଛି, ଯେମିତି ସେ ଆଉ ରକ୍ତମାଂସର ଶରୀର ହୋଇନାହିଁ । ଏକ ଆଧ୍ୟାତ୍ମିକ ଶକ୍ତିରେ ମହିୟାନ । ତା ଅଣୁ ପରମାଣୁ ସଂଶ୍ଳିଷ୍ଟ ହୋଇଯାଉଛି ସେ ଦିବ୍ୟଶକ୍ତିରେ । ପ୍ରଭୁ ନହୋଇ ସେ ହୋଇଥୋଆନ୍ତୁ ପଛେ ସ୍ୱାମୀଜୀ, ଯିଏ ଅନ୍ୟକୁ ବଞ୍ଚିବାର ପଥ ଦେଖାଇ ଦିବ୍ୟ ଜ୍ୟୋତିରେ ଜୀବନକୁ ଚିହ୍ନି ଶିଖାଏ, ସେ ହେଉଛନ୍ତି ପ୍ରଭୁଙ୍କ ପ୍ରତୀକ ସ୍ୱରୂପ । ନିଜ ଅଜଣାରେ ସେଇ ରାସ୍ତାଟା ଉପରେ ସ୍ୱାମୀଜୀଙ୍କ ଚରଣ ଛୁଇଁ ସୁନୀତା ଆଶୀର୍ବାଦ ଭିକ୍ଷାକଲା, "ସ୍ୱାମୀଜୀ ! ମୋତେ ସେଇ ପବିତ୍ର ପୁରୁଷଙ୍କ ପାଖେ ଧ୍ୟାନ ରଖାଇ, ମୋ ପ୍ରତିଟି ମୁହୂର୍ତ୍ତ ତାଙ୍କରି ସେବାରେ କଟାଇ ଦେବାପାଇଁ ଆଶୀର୍ବାଦ କରନ୍ତୁ ।"

ସ୍ୱାମୀଜୀଙ୍କ ହୃଦୟ ଚମକି ଉଠିଲା । କି ଗୋଟାଏ ସୁଖରେ ସେ ଅଭିଭୂତ ହୋଇ ଯାଉଛନ୍ତି । ସୁନୀତା ସେ ଅନେକାଂଶରେ ସୁଖୀ ହୋଇଉଠିଛି ସ୍ୱାମୀଜୀ ଲକ୍ଷ୍ୟ କରୁଛନ୍ତି । ସେ କିଏ ବା କାହାକୁ ସୁଖ ଦେଇପାରେ ? ସ୍ୱାମୀଜୀ ସୁଖ ଦେଇ ନପାରନ୍ତି, ମାତ୍ର ଦୁଃଖ ଯେ ଦୂରକରି ପାରିଛନ୍ତି, ତାହା ହିଁ ଯଥେଷ୍ଟ ।

"ତଥାପି" କହି, ଦୂରେଇ ଯାଉଥିବା ସ୍ୱାମୀଜୀଙ୍କ କଣ୍ଠରୁ ନିଃସୃତ ହେଉଥିଲା—

ଭକ୍ତି ହୀନଞ୍ଚ ଦୀନଞ୍ଚ ଦୁଃଖ ଶୋକାତୁରଂ ପ୍ରଭୋ !
ଅନାଶ୍ରୟ ମନଥଞ୍ଚ ତ୍ରାହି ମାଂ ମଧୁସୂଦନଂ ।

କର୍ଣ୍ଣ ପଛରେ ସ୍ୱାମୀଜୀଙ୍କର ନାତିଦୂରସ୍ଥ ସଂଲାପ ଅସଂଖ୍ୟ କମ୍ପନ ସୃଷ୍ଟିକରି ସୁନୀତା ଚକ୍ଷୁରେ ଭରି ଦେଉଥିଲା ଅବାରିତ ଅଶ୍ରୁ ।

୦୦

ବିଭକ୍ତିହୀନ ଗଦ୍ୟ

ଦୀର୍ଘ ଦିନଧରି ଗୋଟିଏ ଭଡ଼ାଘରର ଅନୁସନ୍ଧାନରେ ଥିବାବେଳେ, ସ୍ମିତା ହଠାତ୍ ଗୋଟିଏ ଘରର ଠିକଣା ସୂଚେଇ ଦେଇ ଯେଉଁ ଅପୂରଣୀୟ ସାହାଯ୍ୟ କଲେ, ତା'ର କୃତଜ୍ଞତା ବାହୁଲ୍ୟ ମାତ୍ର ।

ଅବଶ୍ୟ ସେଇ ସ୍ମିତାଙ୍କ ଲାଗି ଥିଲା ଏତେ ଚେଷ୍ଟା । କାରଣ ତାଙ୍କ ମାର୍ଜିତ ରୂପରେଖ ଓ ଚାରିତ୍ରିକ ସହୃଦୟତା ପ୍ରତି ମୁଁ ଏତେ ଆକାଙ୍ଷିତ ଯେ, ଯେ କୌଣସି ଗୋଟିଏ ଭଡ଼ାଘରେ ତାଙ୍କୁ ରଖାଇ ତାଙ୍କ ମର୍ଯ୍ୟାଦାହାନି ମୁଁ କରିପାରିବି ନାଇଁ ।

ତେଣୁ ସନ୍ଧ୍ୟା ଯେତେ ବିଳମ୍ବିତ ହୋଇସାରିଥିଲେ ବି, ସେ ସନ୍ଧ୍ୟାର ଆଭରଣରୁ ନିଜକୁ ଉନ୍ମୁକ୍ତ କରି ସ୍ମିତାଙ୍କ ଠିକଣା ଅନୁଯାୟୀ ପହିଞ୍ଚିଲି ଯାଇ ବିଜ୍ଞାପନଦାତା ଶ୍ରୀମତୀ ସଂଯୁକ୍ତା ଦେବୀଙ୍କ ଘରର ଫାଟକ ପାଖରେ । ଘରଟି ସେମିତି କିଛି ପାଖରେ ନଥିଲା । ସହର ଠାରୁ ଦୂର ହେଲେ ବି, ଘରଟିର ମାର୍ଜିତ ଗଠନ କୌଶଳ ଓ ଆଧୁନିକ ପରିପାଟୀ ମୋତେ ଏମିତି ମନ୍ତ୍ରମୁଗ୍ଧ କରି ପକାଇଲା ଯେ, ମନେ ମନେ ମୁଁ ସ୍ଥିର କରିନେଲି, ଯେ କୌଣସି ମାତ୍ରାର ଭଡ଼ାରେ ମୋର ରାଜି ହୋଇଯିବା ଉଚିତ୍ ।

ଲୋଭନୀୟ ପ୍ରଶସ୍ତ ମୋଜାଇକ୍ କରା ବାରଣ୍ଡା ଉପରକୁ ଉଠି ଯାଇ, କଲିଂ ବେଲରେ ଚାପ ଦେବା ଆଗରୁ ମନେ ମନେ ବହୁ କଳ୍ପନାର ନକ୍ସା ଆଙ୍କି ଗଲି – କେଉଁଠି ରହିବ ମନି ପ୍ଲାଣ୍ଟର କୁଣ୍ଡ, ଚଙ୍ଗା ହେବ କେଉଁଠି ସ୍ମିତାଙ୍କ ଝୁଲା ଚଉକି, କୋଉ ପାଖେ ପଡ଼ିବ ସୋଫା କୋଉ ପାଖେ ବସିବେ ସ୍ମିତା ଓ ମୁଁ ବସିବି କୋଉ ପାଖେ...

ଦ୍ୱିଧାହୀନ ଭାବେ ସ୍ୱତଃପ୍ରବୃତ୍ତ ହୋଇ ଏଥର କଲିଂ ବେଲରେ ଅତିଶୀଘ୍ର ଚାପ ଦେଲି । କିନ୍ତୁ ମନ ଭିତରେ ବହୁ ରିକ୍ତତା ଓ ବିତୃଷ୍ଣା ଉଙ୍କି ମାରୁଥିଲା, ଏଭଳି

ଅସମୟରେ ଆସି, ଭଦ୍ରମହିଳାଙ୍କୁ ବିରକ୍ତ କରୁଥିବାରୁ । ମାତ୍ର ସେ ଲଜ୍ଜାଜନକ ପରିସ୍ଥିତିର ପୂର୍ଣ୍ଣଚ୍ଛେଦ ପଡ଼ିଲା, ଯେତେବେଳେ ଜଣେ ମଧ୍ୟ ବୟସ୍କ ଭଦ୍ରବ୍ୟକ୍ତି ଦୁଆର ଖୋଲି, ଘର ଭିତରକୁ ଆସିବା ପାଇଁ ମତେ ସ୍ୱାଗତ କଲେ ।

ମୁଁ ନିରବରେ ଉନ୍ମୁକ୍ତ ଦରଜା ଦେଇ ଡ୍ରଇରୁମ୍‌ର ଗୋଟିଏ ଗୋଟିକିଆ ସୋଫାରେ ନିଜକୁ ଉପସ୍ଥାପନା କଲି । ସାମ୍ନା ସୋଫା ଗ୍ରହଣ କଲେ ଭଦ୍ରଲୋକ । ମେଦହୀନ ଶରୀରର ସୁନ୍ଦର ସ୍ୱାସ୍ଥ୍ୟବାନ ପୁରୁଷ । ପ୍ରଶସ୍ତ ଲଲାଟ । ଘନକୃଷ୍ଣ କେଶରେ ଖୁବ୍‌ ସମ୍ଭ୍ରାନ୍ତୀୟ ଦିଶୁଥାଆନ୍ତି । ମୁଁ ତାଙ୍କୁ ନିରେଖି ଚାହିଁ, କିଛି କହିବା ପାଇଁ ଉଦ୍ୟତ ହେଉଛି, ଠିକ୍‌ ଏତିକି ବେଳେ ସ୍ମିତ ହାସ୍ୟରେ ଘର ବୁଲି ଦେଖିବା ପାଇଁ ଇଙ୍ଗିତ ଦେଲେ ।

ମୁଁ ବି ବିନମ୍ର କଣ୍ଠରେ କହିଲି – ଘର ଦେଖିବାର କୌଣସି ପ୍ରୟୋଜନ ନାହିଁ । ଯେତିକି ଆଖିରେ ପଡ଼ୁଛି, ତାହାହିଁ ଯଥେଷ୍ଟ । ସଂଯୁକ୍ତା ଦେବୀ ଆପଣଙ୍କ ସହଧର୍ମିଣୀ ତ ? କାହାନ୍ତି ସିଏ ?

'ଆସୁଛନ୍ତି' କହି, ସେ ଟିକିଏ ବିଚଳିତ ହେଇ ପଡ଼ିଲେ । ପରେ ପରେ କହିଲେ, 'ଆପଣ ଘର ଦେଖିବେ ନାଇଁ ? ଇଏ କେମିତି କଥା ? ଯଦି ମନକୁ ନପାଏ ?'

– ମନକୁ ବେଶ୍‌ ପାଉଛି । ଏତେ ରାତିରେ ଆପଣମାନଙ୍କୁ ମୁଁ ଡିସଟର୍ବ କରିବାକୁ ଚାହୁଁନି । ଖାଲି ଭଡ଼ାଟା କେତେ କହି ଦିଅନ୍ତୁ ମୁଁ କାଲି ଆସି ଆଡ଼ଭାନ୍ସ ଦେଇ ଚାଲିଯିବି ।

– ଆଶ୍ଚର୍ଯ୍ୟ ! ଘର ନଦେଖି ଭଡ଼ା କଥା ଉଠାଉଛନ୍ତି କେମିତି ? ଯିଏ ଯାହାର ନିଜ ରୁଚି ଅନୁଯାୟୀ ଚଳଣିକୁ ନେଇ ଘର ତିଆରି କରିଥାଏ... । ସେଇମିତି ଆମେ କରିଥିଲୁ ଆମ ରୁଚିରେ । ତା' ଆପଣଙ୍କ ରୁଚିକୁ ପାଇବା କେମିତି ? ଘର ତିଆରି କରି ଥିଲାବେଳେ ଭଡ଼ା ଦେବା ତ ଆମ କଳ୍ପନାରେ ନଥିଲା । ଏବେ ସିନା ଭଡ଼ା ନ ଦେଲେ ନଚଲେ ।

– କାହିଁକି ? ଯୋଜନା ଅନୁଯାୟୀ ଖର୍ଚ୍ଚ ଅଧିକା ହୋଇ ଗଲାକି ? ଭଡ଼ା ନ ଦେଲେ କରଜ ଶୁଝିବା ସମ୍ଭବ ହୋଇ ପାରୁନି...

ଉଦାସ କଣ୍ଠରେ ଭଦ୍ରବ୍ୟକ୍ତି କହିଲେ – ସମସ୍ତେ ଏଇ ଏକା କଥା ଭାବୁଛନ୍ତି । ସମୟ ଚକରେ ମଣିଷର ଗତି କୁଆଡ଼େ କେତେବେଲେ ସେ କଣ ଜାଣିପାରେ ? ଠିକ୍ ହିସାବ ନିକାଶ କରି ଏ ଘର ତିଆରି କରିଥିଲି, ଯେମିତି କାହାଠାରୁ ପଇସାଟିଏ କରଜ କରିବି ନାହିଁ କି ଭଡ଼ା ବାବଦରେ ଦି' ପଇସା ଅଧିକ ଆଣିବି ନାହିଁ । ମାତ୍ର ଏ ଘର ଆଜି ଆମ ପାଇଁ ସମସ୍ୟା ହୋଇ ଠିଆହେଉଛି ! କାହାକୁ କେତେ କି କୈଫିୟତ୍ ଦେବି ?

ମୁଁ ବିସ୍ମୟ ଆଖିରେ ଭଦ୍ରଲୋକଙ୍କ କଥା ଶୁଣି ଯାଉଛି, ଭଦ୍ରଲୋକଙ୍କ କଣ୍ଠ ପୁଣି ଥରେ ବିମର୍ଷ ହୋଇ ଉଠିଲା – ଅଦୃଷ୍ଟ ଦେବତାଙ୍କ କ୍ରୀଡ଼ନକ ଆମେମାନେ । କେତେବେଲେ କି ପରିସ୍ଥିତି ସୃଷ୍ଟିହେବ କହିବ କିଏ ? ଏଇ କାଲିରାତିର କଥା ଦେଖନ୍ତୁ –! କିଏ ଜାଣିଥିଲା ଏମିତି ଗୋଟେ ଘଟଣା ଘଟିଯିବ ବୋଲି ? ଠିକ୍ ଏଇ ସମୟ ହେବ ତ ! କବାଟରେ ନକ ହେଲା । ଦଉଡ଼ି ଗଲେ ସନ୍ତୁ କେଉଁ ଆମ୍ମୀୟ ଆସିବାର ଆଶା ନେଇ । କିନ୍ତୁ କବାଟ ଖୋଲି ଯୋଉ ଅସ୍ୱାଭାବିକ ପରିସ୍ଥିତିର ମୁକାବିଲା ହେଲେ...

– କଣ ହେଲା ?

– ସଂଯୁକ୍ତ ହାତକୁ ଟାଣି ନେଇଯାଇ କେତେଜଣ ଯୁବକ ଛୁରୀ ଦେଖାଇ ଧମକ ଦେଲେ, "ଯାହା ରଖିଛୁ ଦେଇ ପକା.... ନହେଲେ ପ୍ରାଣ ନେଇଯିବୁ"....

ପ୍ରାଣ ଯିବାକୁ ଆଉ କେତେ ଘଡ଼ି ?

ବରଡ଼ା ପତ୍ର ପରି ଭୟରେ ଥରି ଉଠୁଥାଆନ୍ତି ସନ୍ତୁ । ଏତିକିବେଲେ ବଡ଼ ଆଶ୍ଚର୍ଯ୍ୟ ଭାବେ ଘର ଭିତରେ ଗୋଟେ ଅଦ୍ଭୁତ ଶବ୍ଦ ହୋଇ ସନ୍ତୁ ସନ୍ତୁ ବୋଲି କିଏ ଡାକି ଉଠିଲା । ଟୋକା ଗୁଡ଼ାକ ଭୟରେ ସନ୍ତୁଙ୍କୁ ଘର ଭିତରକୁ ଠେଲି ଦେଇ ଦଉଡ଼ି ପଲାଇଲେ । ଓଃ... ଦୈବୀଶକ୍ତି ବଲରେ ସନ୍ତୁ ରକ୍ଷା ପାଇଗଲେ । ନହେଲେ କଣ ଯେ ହୋଇଯାଇ ଥାଆନ୍ତା...

– ଆପଣ କଣ କାଲି ଏଠି ନ ଥିଲେ ?

– ନାଁ – ମୁଁ ଏଠି ନଥାଏ ।

– ଆଉ କୋଉଠି ଥାଆନ୍ତି ?

– ଫାର୍ ଆଉ ଏ ଫ୍ରମ୍ ହିୟର...

– ଓଃ... ସେଇଥ୍ ପାଇଁ! ସଂଯୁକ୍ତା ଦେବୀ ତେବେ ଏଇଠି ଥାଆନ୍ତି ?

– ହଁ ।

– କାହିଁକି ? ଆପଣ ତାଙ୍କୁ ସାଙ୍ଗରେ ନେଇଯାଉ ନାହାଁନ୍ତି ?

– ତା' ସମ୍ଭବ ହୋଇଥିଲେ ଏତେ ଦୁଃଖ ଥାଆନ୍ତା ?

କାହିଁକି ସମ୍ଭବ ହେବନି ପଚାରିବା ଆଗରୁ ଭଦ୍ରବ୍ୟକ୍ତିଙ୍କ ଆଖ୍ ଛଲ ଛଲ ହୋଇଉଠିଲା ।

କଥାଟାକୁ ଲଘୁ କରିବାକୁ ଯାଇ କହିଲି – ସେଇଥ୍ ପାଇଁ ସଂଯୁକ୍ତା ଦେବୀ ବିଜ୍ଞାପନ ଦେଇଛନ୍ତି । ହଠାତ୍ ଆସି ଆପଣ ଯେ ପହଞ୍ଚ ଯିବେ ସେ ଜାଣି ନଥିଲେ । ଯାହାହେଉ ଆପଣ ଆସି ଖୁବ୍ ଭଲ କରିଛନ୍ତି । ଘରଟିକୁ ଭଡ଼ାଦେଇ, ସଂଯୁକ୍ତା ଦେବୀଙ୍କୁ ଏଠି ଏକାକୀ ନ ରଖାଇ ପୁଅ ଝିଅଙ୍କ ପାଖରେ କି କେଉଁ ଆତ୍ମୀୟଙ୍କ ପାଖରେ ରଖାଇଦେଇ ଚାଲିଯାନ୍ତୁ ।

ଆର୍ଦ୍ର କଣ୍ଠରେ ଭଦ୍ରଲୋକ କହିଲେ, ହଁ ଯ଼ା' ତା' ଘରେ ରଖେଇ ଦେବାପାଇଁ କାହାକୁ କହି ସେବା ସହଜ । କିନ୍ତୁ ଯିଏ ରହେ, ତା'ର ଅବସ୍ଥା ଯେ କିଭଳି ଦୟନୀୟ, ଅନ୍ୟ ପକ୍ଷେ କଳ୍ପନା କରିବା ବି ଅସମ୍ଭବ ।

ତଥାପି ସଞ୍ଜୁ ଯେ ସେଥିପ୍ରତି ଚେଷ୍ଟା ଚଲାଇ ନାହାଁନ୍ତି, ଏମିତି ନୁହଁ... । ପ୍ରଥମରୁ ଆମର ପ୍ଲାନିଂ ଲାଇଫ୍ । ପୁଅ ଝିଅ ହୋଇ ଦି'ଟି ! ଝିଅଟି ବାହା ହୋଇଯାଇ, ଅଛି ବମ୍ବେରେ । ଜୋଇଁ ଇଞ୍ଜିନିୟର । ଗୋଟେ ବଡ଼ କମ୍ପାନୀରେ ଗୁଡ଼ାଏ ଦରମା ପାଇ ବେଶ ପ୍ରତିଷ୍ଠିତ । କିନ୍ତୁ ଘରର ନିରାପଦ ମୋଟେ ନାହିଁ ।

ସମୁଦ୍ରକୂଳର ନଅ ମହଲା ଉପରେ ଘର । ଘରଠାରୁ ଅଫିସ୍ କାହିଁ କେତେଦୂର... । ଟେଲିଫୋନ୍ଟି ବ୍ୟତୀତ ଅନ୍ୟ କିଛି ସହାୟତା ନାହିଁ । ଜୋଇଁ ସକାଳ ସାତରୁ ଅଫିସ୍ ଯାଏ ଯେ, ଫେରୁ ଫେରୁ ରାତି ନଅ... ଦଶ... । ଟାୟାର୍ଡ଼ ହୋଇଯାଇଛି କହି, ଡ୍ରିଙ୍କ୍ କରି କରି ଦିନର ଖାଏ ରାତି ବାର ଗୋଟେକୁ । ପୁଣି କୋଉ ଦିନ ଖାଏନା ବି । କିନ୍ତୁ ଜଗି ବସିଥାଏ ଝିଅ । ଇଣ୍ଡିଆନ୍ ହାଉସ୍ ୱାଇଫ୍ ଯେତେବେଲେ ଉପାୟ କଣ ?

ଭଦ୍ରବ୍ୟକ୍ତିଙ୍କ କଣ୍ଠରୁ ତଥାପି ଅବସୋସ ସରୁନି - ବଡ଼ ଦୁଃଖର କଥା ଯେ, ଆଜିର ଯୁବ ସମାଜ ନିଜ ପ୍ରତି ନିଜ ପରିବାର ପ୍ରତି ବଡ଼ ଖାମଖିଆଲି । ଦୁଇଟି ପିଲା, ସେମାନେ ପଢ଼ନ୍ତି କଣ ? ସ୍କୁଲକୁ ଯାଆନ୍ତି କେମିତି ? ଚାକର ବାକର ଏମିତି କି ପୂଜାରୀଟିଏ କି ଠିକା ଚାକରାଣୀଟେ ନ ଥାଇ ଘର ଚଳେ କେମିତି... କିଛି ଜାଣେନି ଜ୍ୱାଇଁ । ଜାଣିବା ପାଇଁ ତା'ର ଟିକିଏ ହେଲେ ବି ଇଚ୍ଛା ନାହିଁ । ଆରେ ! ଇଏତ ବିଲାତ ଆମେରିକା ଦେଶ ହୋଇନି ଯେ ମେସିନ୍ ଲଗେଇ ସବୁ କାମ କରିଦେଇ ନିଜେ ନିଶ୍ଚିନ୍ତ ! ଚୋରି ଜଗିବା ଠାରୁ ଚାଲି ଚାଲି ବଜାର ସଉଦା ଆଣିବା ପର୍ଯ୍ୟନ୍ତ ସବୁ କାମ ତ କରିବ ନିଜେ । ସବୁ କାମଟକ ସ୍ତ୍ରୀ ଉପରେ ପକେଇ ଦେଲେ ଏକାକୀ ସେ କରିବ ବା କେମିତି ? ଉପାୟ ନାହିଁ ଘର ବାହାର ଯେତେ ସବୁ କାମ, ଝିଅ କରି କରି ହାଲିଆ । ଯାକୁ ସହ୍ୟକରି କୋଉ ମାଆ ସେଠି ରହିବ ଭଲା କୁହନ୍ତୁ ଦେଖି !

ବାକି ପୁଅ ! ସେ ତ ସଂସାର ପାତିବାର ସ୍ୱପ୍ନ ବି ଦେଖିନି । ଅତ୍ୟଧିକ ବୁଦ୍ଧି, ଅତ୍ୟଧିକ ବିଦ୍ୟା ତା'ର ସାଂସାରିକ ମୂଲ୍ୟବୋଧକୁ କ୍ଷୁର୍ଣ୍ଣ କରିଛି । ଆପଣ ବିଶ୍ୱାସ କରି ପାରିବେ ନାଇଁ ସେ ଚାରିବର୍ଷ ହେଲା ଇଂଲଣ୍ଡରେ ରହି ମହାଭାରତ ଚରିତ୍ର ମାନଙ୍କ ଉପରେ ରିସର୍ଚ କରୁଛି ।

– ଆଶ୍ଚର୍ଯ୍ୟ ! ମହାଭାରତରେ ତ କେତେ ଚରିତ୍ର... (ମୁଁ ବିସ୍ମୟର ସୀମା ଟପିଲି)

ମୋ ବିସ୍ମୟକୁ ଆହୁରି ବିସ୍ମୟରେ ଉପନୀତ କରାଇ ଭଦ୍ରବ୍ୟକ୍ତି ହସିହସି କହିଲେ – ଏତେ ଚରିତ୍ର ଥାଉ ଥାଉ ସେ ବାଛିଚି ବେଲାଲସେନକୁ । କି ଅଜବ ପିଲା ସେ, ବେଲାଲସେନ ପ୍ରତି ତା'ର ଭୀଷଣ ଉଇକ୍‌ନେସ । ଛୋଟଟିଏ ଥିଲାବେଲେ ମହାଭାରତ ପଢ଼ି ପଢ଼ି, ଆସି ମୋତେ ପଚାରିବ, ଡାଡ଼ୀ ! ଏତେ କମ୍ ଏଜରେ ବେଲାଲସେନ କେମିତି ଏତେ ବଲୁଆ ଥିଲେ ! କ୍ରିଷ୍ଟ ଲର୍ଡ ଯାହା କରିପାରୁ ନଥିଲେ, ସେ କେମିତି କରି ଦେଇ ପାରୁଥିଲେ ?

ମୁଁ ତା'ର ବୁଦ୍ଧି ପରୀକ୍ଷା କରିବାକୁ ଯାଇ କୁହେ – କଣ କରିଦେଇ ଥିଲେ କି ?

ପୁଅ ବ୍ୟସ୍ତ – ଆରେ ତାଙ୍କୁ ଚାନ୍‌ସ ଦେଇଥିଲେ ତ ସେ ସବୁ କିଛି କରିଦେଇ ପାରିଥାଆନ୍ତେ । କୃଷ୍ଣ କଣ ତାଙ୍କୁ କିଛି ଚାନ୍‌ସ ଦେଲେ ? ଯେଉଁ ଦିନ କୃଷ୍ଣ ଯୁଦ୍ଧ ହେବବୋଲି କୌରବମାନଙ୍କ ପାଖରେ ଡିସିସନ୍ ନେଇ ଫେରିଲେ, ସେଇ ଦିନ ଇଭିନିଂରେ ପରା ବେଲାଲସେନଙ୍କ ସହିତ ତାଙ୍କର ମିଟ୍ ହେଲା । ବେଲାଲସେନ କହିଲେ ମୁଁ ଏକାଦିନକେ ସମସ୍ତ କୌରବଙ୍କୁ ନିପାତ କରିଦେବି । ତମେ ଯୁଦ୍ଧପାଇଁ କାହିଁକି କହି କି ଆସିଲ ? କୃଷ୍ଣ ତ ଛାନିଆ ! କହିଲେ ସତେ ? କାଇଁ କେମିତି ନିପାତ କରିଦେବ କହିଲ ସତେ ! ବେଲାଲସେନ କହିଲେ କହିବି କଣ ? "ଏଇ ଦେଖନ୍ତୁ" କହି, ଗୋଟେ ତୀରରେ ସିନ୍ଦୂର ଦେଇ ଛାଡ଼ିଦେଲେ ଯେ, ସେ ତୀର ସବୁ କୌରବମାନଙ୍କ ମୁଣ୍ଡରେ ରେଡ଼୍‌ସ୍ପଟ ଦେଇ ଦେଇ ରିଟର୍ଣ୍ଣ କରିଆସିଲା । ତାଙ୍କୁ ଚାନ୍‌ସ ଦେଇଥିଲେ ସେ କଣ ମାରିଦେଇ ପାରି ନଥାନ୍ତେ ?

ଏତକ କହୁ କହୁ ସେ ଏମିତି ବ୍ୟସ୍ତହୋଇ ପଡ଼ିଥାଏ ଯେ, ସେ ଆଉ ଭଗବାନ ଫଗବାନ କିଛି ହେଲେ ମାନେନାହିଁ । କହେ – ରିୟଲ୍ଲି ଡାର୍ଟୀ ! କୃଷ୍ଣ ତମର ଭାରି ଜେଲସ୍ ଆଣ୍ଡ କ୍ରୁଏଲ ଥିଲେ । ଗଡ୍ ହୋଇ ଏତେ ମିନ... ବେଲାଲସେନକୁ ପ୍ରେଜ୍ କରିବା କୁଆଡ଼େ ଗଲା... ଓଲଟି ତାଙ୍କ ଡେଡ୍ ହେଡ୍ ମାରି ବସିଲେ । Strange ରିୟଲ୍ଲି Strange (ଷ୍ଟ୍ରେଞ୍ଜ)

ପୁଣି ବ୍ୟଥିତ ହୋଇ ଉଠିଲେ । ଏ ମୂଢ଼ତା ମୋର ନିଣ୍ଚୟ । ମୁଁ ଆଦୌ ତା'ର ଫିଲୋସଫି ଭିତରେ ପଶି ପାରେନାହିଁ । ଉତ୍ତର ଦେଇନପାରି ପୁଅକୁ ଶାନ୍ତ କରାଇବାକୁ ଯାଇ କୁହେଁ – ମୁଁ ଜାଣିନି ରେ ବାପା... ପଚାର ତୋ ସ୍ୱାମୀକୁ...

ସନ୍ତୁ ବି ଏତେ ପଢ଼ାପଢ଼ି କରି ଠିକ୍ ଉତ୍ତର ଦେଇ ପାରନ୍ତିନାହିଁ । ସାନ୍ତ୍ୱନା ଦେଲା ସ୍ୱରରେ କୁହନ୍ତି – ସେତେବେଲେ ସେମିତି ବଳୁଆ ପିଲାମାନେ ଜନ୍ମ ହେଉଥିଲେ ରେ ବାପା ! ଦେଖନ୍ତୁ । ଅଭିମନ୍ୟୁ, ବବ୍ରୁ ବାହାନ, ଏମାନେ କଣ କମ୍ ବଳୁଆ ?

ମାଆ ପୁଅଙ୍କ ଭିତରେ ଚାଲେ ଡିସକସନ୍ – ଏବେ ଏମିତି ବଳୁଆ ପିଲା କାହିଁକି ଜନ୍ମ ହଉ ନାହାଁନ୍ତି ମାମା ? ସନ୍ତୁଙ୍କ ମନରେ ଏଭଳି ପ୍ରଶ୍ନ ଯୋଗୁଁ ଅଦ୍‌ଭୁତ ଆନନ୍ଦ ଜନ୍ମେ । ମାତ୍ର କି ଉତ୍ତର ଦେଇ ପାରିବେ ସେ ? ଆନନ୍ଦ ଭିତରେ ଯେଉଁ ବିସ୍ମୟ ଲୁଚି ରହିଥାଏ, ସେ ବିସ୍ମୟରୁ ଜନ୍ମ ନିଏ ଅତି ସାଧାରଣ ଉତ୍ତର –

ସେତେବେଳେ ଐଶ୍ୱରିକ ପ୍ରଭାବ ବେଶୀ ମାତ୍ରାରେ ଥିଲା ମଣିଷମାନଙ୍କ ମନରେ । ତେଣୁ ପିଲାମାନେ ଐଶ୍ୱରିକ ଶକ୍ତିନେଇ ଜନ୍ମ ହେଉଥିଲା । ଏବର ଏଇ ବିଜ୍ଞାନ ଯୁଗରେ ସେ ପ୍ରଭାବ କାଇଁ ଯେ, ଏମିତି ବଳୁଆ ପିଲା କି ବୁଢ଼ିଆ ପିଲା ଜନ୍ମ ହେବେ ?

ପୁଅ ରାଗିଯାଏ । କହେ – କି ଆଶ୍ଚର୍ଯ୍ୟ ! ସାଇନ୍ଓ ଟେଷ୍ଟିଓବ ବେବୀ ତିଆରି କରୁଥିଲା ବେଳେ, ଏନର୍ଜେଟିକ୍ ବେବୀ, କି ବ୍ରେନି ଚାଇଲଡ୍ କାହିଁକି କ୍ରିଏଟ୍ କରାଇ ପାରିବ ନାହିଁ ? ଖାଲି ତମ ଗଡ୍ ସବୁ ପାରିବେ । ଆମ ସାଇନ୍ସ କିଛି ପାରିବ ନାଇଁ ?

– ଯଦି ପାରିବ, ତେବେ ଟେଷ୍ଟଟ୍ୟୁବ୍‌ରେ ସେମିତି ଶକ୍ତିମାନ ପିଲା ତିଆରୁନାଁ ! କରି ଦେଖେଇ ଦେଲେ ସିନା ହେବ, ଖାଲି ଯୁକ୍ତିକଲେ କଣ ହେଇଯିବ ? ଏମିତି ପିଲା ତ ଏ ବିଜ୍ଞାନ ଯୁଗରେ ବିରଳ । ବିଜ୍ଞାନ କରୁଛି ଆଉ କଣ ? ତମେମାନେ ଖାଲି ସାଇନ୍ସ ସାଇନ୍ସ ହଉଛ ସିନା, ସାଇନ୍ସର କି କରାମତି ଅଛି ?

– କଣ କହିଲ ? ଆମ ସାଇଣ୍ଟିଷ୍ଟମାନେ କିଛି କରି ପାରୁନାହାଁନ୍ତି ? ଟି.ଭି. ଟେଲିଫୋନ, ରେଡ଼ିଓ ଏସବୁ କଣ ତମ ଗଡ୍ କରିଛନ୍ତି ? ପ୍ରତି ଘଣ୍ଟାରେ କେତେ ଏରୋପ୍ଲେନ ଚାଲୁଛି, ଜାଣ ? ପାଦରେ ତମ ମୁନି ରଷିମାନେ ଚାଲି ଚାଲି ଯାଉଥିଲା ବେଳେ ଏବେ ସମସ୍ତଙ୍କର ପରା କାର, ସ୍କୁଟର । ଆଉ ସାଇଣ୍ଟିଷ୍ଟମାନେ କଣ ନକଲେ ?

– ତମମାନଙ୍କୁ ଏଇ କାରିଗରୀ ଭାରି ବଡ଼ ଲାଗୁଛି... । ନା ? ମହାଭାରତ ପଢ଼ିଛୁ ପରା, ଯୋଉ ଶକ୍ତି ବଳରେ ସଞ୍ଜୟ ଯୁଦ୍ଧ ଦେଖ ଧୃତରାଷ୍ଟଙ୍କୁ ବର୍ଣ୍ଣନା କରୁଥାନ୍ତି, ସେ ଟ.ଭି. ପାଇଁ ତ କୌଣସି ଯନ୍ତ, ତା’ର, ଆଣ୍ଟିନାର ପ୍ରୟୋଜନ ନଥିଲା । ଆଉ ରାମାୟଣ ଯୁଗରୁ ପରା ଅସୁର ଭଳିଆ ରାବଣର ଏଡ଼େ ସୁନ୍ଦର ପୁଷ୍ପକ ବିମାନ ଥିଲା । ସ୍ୱାସ୍ଥ୍ୟ ଜନିତ ହିତ ଦୃଷ୍ଟିରୁ ମୁନି ରଷିମାନେ କିୟା ଅନ୍ୟମାନେ ଚାଲୁଥିଲେ । ଯେତେ ଚାଲିବ, ଚାଲି ଚାଲି କାମ କରିବ ସେତିକି ହଜମ ଶକ୍ତି ଅଧିକ ହୋଇ ନିରୋଗୀ ହେବ । ସେଇଥି ପାଇଁ ପ୍ରତ୍ୟେକଙ୍କ ପାଇଁ ଗାଡ଼ି ମୋଟର ଆବଶ୍ୟକତା ନାଇଁ ବୋଲି ସେମାନେ ତା’ର ମୂଲ୍ୟ ବୁଝି ଫିଜିକାଲ ଲେବର ଉପରେ ଗୁରୁତ୍ୱ ଦେଉଥିଲେ । ନହେଲେ ସେମାନେ କଣ ଗାଡ଼ି ମୋଟର ଚଢ଼ିପାରି

ନଥାନ୍ତେ ? କଳ କାରଖାନା ନଥାଇ ଯେଉଁମାନେ ମନ୍ତ୍ର ବଳରେ ଯାନ ତିଆରି କରିପାରୁଥିଲେ ସେମାନଙ୍କ ପାଇଁ ଗାଡ଼ି ମୋଟର ବାହାର କରିବା ଗୋଟେ ଆଶ୍ଚର୍ଯ୍ୟ କଥା କଣ ? ତାଛଡ଼ା ଗାଡ଼ି, ମୋଟର ଯିବା ଆସିବାରେ ଯେଉଁ ଏୟାର ପଲ୍ୟୁସନ ବା ବାୟୁମଣ୍ଡଳ ଦୂଷିତ ହୋଇ ନାନା ରୋଗ ବାହାରୁଛି, ସେଥିରେ ସାଇଣ୍ଟିଷ୍ଟମାନେ କାହିଁକି ଯେ ଗାଡ଼ି ମୋଟର ଉପରେ ଏତେ ଗୁରୁତ୍ୱ ଦେଉଛନ୍ତି, ବୁଝି ହେଉନି । ଗାଡ଼ି ମୋଟର ଯେତିକି ସୁବିଧା, ତା'ର ଶହେ ଗୁଣ ଅସୁବିଧା । ଏହାଦ୍ୱାରା ବାୟୁମଣ୍ଡଳ ଦୂଷିତ ହୋଇ ଯାହା ରୋଗ ତ ହେଉଛି ହେଉଛି । ରୋଗଠାରୁ ଆହୁରି ଯନ୍ତ୍ରଣା ଦାୟକ ମଣିଷମାନେ ଯେଉଁ ଅଳସୁଆ ହୋଇ ଯାଇଛନ୍ତି । କ୍ରମାଗତ ଆରାମ ଯେ ହାରାମ ଏକଥା ସାଇଣ୍ଟିଷ୍ଟମାନଙ୍କ ମୁଣ୍ଡରେ ପଶୁନି କାହିଁକି ? ଯଦି ସେମାନଙ୍କର ଦକ୍ଷତା ଅଛି, ତେବେ ବିନା ଯାନ ବାହନରେ ଯାତାୟାତ ନକରି କେମିତି ନାରଦ ଆଦି ମୁନି ଋଷିମାନେ ସ୍ୱର୍ଗ, ମର୍ତ୍ତ୍ୟ, ପାତାଳ ଆଦି ଯିବା ଆସିବା କରୁଥିଲେ, ସେମିତି ମଣିଷ ଦେହରେ ଶକ୍ତି ଖଞ୍ଜନ୍ତୁ ଜାଣିବା ସାଇଣ୍ଟିଷ୍ଟମାନଙ୍କ କରାମତି ! ଗୋଟେ ଯୋଡ଼େ ଟେଷ୍ଟଟ୍ୟୁବ୍ ବେବୀ ତିଆରି କରିଦେଇ କଣନାଁ ସାଇନ୍ସ ଡେଭଲପ୍ କଲାଣି ! ଯଦି କଲାଣି, ତେବେ ବେଲାଲସେନ କି ବବ୍ରୁ ବାହନ କି ଅଭିମନ୍ୟୁ ପରି ବାଳକ କାହାଁନ୍ତି ? ଭଗବାନଙ୍କ ଇଚ୍ଛା ଆଗରେ ସାଇନସ କେତେ ତୁଚ୍ଛ ନଗଣ୍ୟ...

ଇମ୍ପସିବଲ । ତୁମେ ଯେତେ ଯାହା କହିଲେ ବି ମୁଁ ସାଇଣ୍ଟିଷ୍ଟମାନଙ୍କୁ ନଗଣ୍ୟ କହିବି ନାହିଁ! ଟିକେ ଅପେକ୍ଷା କରି ମାମୀ ଦେଖିବ, କେହି ନ କଲେ, ମୁଁ କରିବି... । ଏମିତି ଗୋଟେ ମେଥଡ୍ ବାହାର କରିଦେବି ଯେ, ସେଇ ମେଥଡ୍ ଅନୁଯାୟୀ ପାରେଣ୍ଟସମାନେ ଠିକ୍ ବେଲାଲସେନ, ବବ୍ରୁବାହନ, ଅଭିମନ୍ୟୁଙ୍କ ପରି ଚାଇଲଡ୍ କନସିଭ୍ କରିପାରିବେ । ଖାଲି ପେସେନସ୍ ରଖ ମାମୀ ! ଦେଖିବ ସେତେବେଳେ ସାଇନସର କେମିତି କରାମତି !

ସନ୍ତୁ ବିଦ୍ୟୁପର ହସ ହସି କହନ୍ତି - ଯା ଯା ତୁ ଗୋଟେ ମେଥଡ୍ ତିଆରି କରିବୁ । ନାଁ ? ସେଇ ମେଥଡ୍ ତିଆରି କରିବାପାଇଁ ତୁ ଭଗବାନଙ୍କୁ ଡାକିବୁ, ଏକଥା କଣ ମିଛ ? ଏ ପୃଥ୍ବୀର ସବୁ ସାଇଣ୍ଟିଷ୍ଟମାନଙ୍କୁ ଯାଇ ପଚାର, କିଛି ଗୋଟେ କରିବା ଆଗରୁ ସେ କେତେଥର ଭଗବାନଙ୍କୁ ଡାକନ୍ତି...

ସଂକଳକ : ଡଃ ତନ୍ମୟ ପଣ୍ଡା || ୫୩

ଜୋକ ମୁହଁରେ ଲୁଣ ପଡ଼ିଲାପରି ପୁଅ ଚିନ୍ତାରେ ପଡ଼େ । କୁହେ ସତକଥା ତ ମାମା ! ରାଇଟ୍ ରାଇଟ୍ । ତମେ ଠିକ୍ କଥା କହୁଛ । ତା' ହେଲେ ମାମା ! ଆମେ ଭଗବାନଙ୍କୁ ଦେଖ଼ିପାରୁନ୍ତୁ କାହିଁକି ? ମୁଁ ଭାବୁଛି, ଈଶ୍ୱର ଆଉ ସାଇଣ୍ଟିଷ୍ଟ ବୋଧେ ଏକ । ଗଡ଼ କୋଉ ରୂପରେ କେମିତିକା ଏ ୱାଲର୍ଡରେ ଆପିୟର କରନ୍ତି, ତାହା ମଣିଷ ଜାଣିପାରେନି । ତାଙ୍କର ସେଇ କଳାକୁ ଆମେ କହୁ, ଗଡ଼ ମେଡ଼, ଅନ୍‌ସିନ୍ ପାୱାର ବା ମିରାକିଲ । ସେମିତି ଗୋଟେ ମିରାକିଲ କରି ତାଙ୍କ ଅନ୍‌ସିନ୍ ପାୱାରକୁ କେମିତି କ୍ୟାପଚର କରିଆଣି ବ୍ରେନି ଚାଇଲଡ଼ କ୍ରିଏଟ୍ କରାଇବି ଦେଖ଼ବ । ରିସର୍ଚ୍ଚ କରି କରି ତା'ର ରୁଟ୍ ଯଦି ବାହାର ନକରିଛି, ତେବେ ମୁଁ, ମୁଁ ନୁହଁ । ନଚେତ୍ ଏମିତି ଲେଜିମ୍ୟାନ୍ ଗୁଡ଼ାକ ଜନ୍ମ ହୋଇ ହୋଇ ଏ ୱାଲର୍ଡକୁ ଧ୍ୱଂସ କରିଦେବେ ।

ପୁଅର ଏମିତି କଥା ଶୁଣି, ସଞ୍ଜୁ ଆଶ୍ଚର୍ଯ୍ୟ ହେଲେ ବି, ଖୁସି ହୋଇଯାଆନ୍ତି ଖୁବ୍ । କେମିତି ନହେବେ ? ଈଶ୍ୱର ବିଶ୍ୱାସ ସାଙ୍ଗକୁ ବୈଜ୍ଞାନିକ ମନୋବୃତ୍ତି । ସଞ୍ଜୁ ମତେ ରୁପ୍ ରୁପ୍ କହନ୍ତି – ଯ୍ୟା ସଙ୍ଗେ ଯୁକ୍ତି କରିବା ଉଚିତ୍ ନୁହଁ । କିଏ କହିବ, ରିସର୍ଚ୍ଚ କରି ସେ ସକ୍‌ସେସ୍‌ଫୁଲ ହୋଇଯାଇପାରେ । ଏ ସଂସାରରେ କିଛି ବିଚିତ୍ର ନୁହଁ ।

ମାତ୍ର ତା'ର ଏଇ କଥାବାର୍ତ୍ତା ଶୁଣି, ଲୋକେ ପାଗଲଟେ ବୋଲି କହନ୍ତି । ମତେ ହସ ମାଡ଼େ । ଆରେ ! ମଣିଷର ଏମିତି ପାଗଲାମି ତ ତା'ର ଅସାଧାରଣତା । ଅନ୍‌କମନ୍ ମ୍ୟାନ୍‌ର ବିଶେଷତ୍ୱ ହେଲା, ଏଇଭଳି ମ୍ୟାନ୍‌ନେସ୍ ।

ତା' ସଂସର୍ଗରେ ଆସି ଆସି ମୁଁ ବି ଅଧା ପାଗଲ । ବେଳେବେଳେ ବ୍ୟାସଦେବଙ୍କ କଥା ଭାବି ଆଶ୍ଚର୍ଯ୍ୟ ହୁଏ । ବଦ୍ରିକା ଆଶ୍ରମଟି କୋଉ ଗୋଟାଏ ୟୁନିଭରସିଟି ନାଁ ବିରାଟ ଲାଇବ୍ରେରୀ ଯେ, ସେଠି ଥାଇ ବ୍ୟାସଦେବ ଏତିକି ମୂଲ୍ୟବାନ ଗ୍ରନ୍ଥମାନ ଲେଖ଼ ପକାଇଲେ ! ଏବେ ଏତେ ଲାଇବ୍ରେରୀ... ଏତେ ୟୁନିଭରସିଟି... କାଁ କୋଉ ରିସର୍ଚ୍ଚ ସ୍କଲାରମାନେ ତ ଏମିତି ବହି ଖଣ୍ଡେ ଲେଖ଼ୁନାହାଁନ୍ତି !

ପରେ ପରେ ପୁଣି ଦୀର୍ଘଶ୍ୱାସ ଟୋଲି କହିଲେ – ହଅ... ସମସ୍ତେ ତ ଚାକିରି ଲୋଭରେ ପାଠ ପଢ଼ିଲେ । କିଏ କଣ ମଣିଷର ଉପକାର ପାଇଁ ପାଠ ପଢ଼ିଲେ ଯେ ସେମିତି ବହି ଲେଖ଼ବେ ! ଚାକିରି ପାଇଗଲେ ଗଲା... । କିଏ

କାହିଁକି ପାଠର ଗଭୀର ତତ୍ତ୍ୱ ଉପରେ ଦୃଷ୍ଟି ଦେବ ? ବ୍ୟାସଦେବଙ୍କ ଭଳି ଲେଖିବେ କିଏ ବା କାହିଁକି ?

ଭଦ୍ରଲୋକଙ୍କ କ୍ଷୋଭ ପାଇଁ ମୋର ଧୈର୍ଯ୍ୟ ରହୁ ନଥିଲା । କାରଣ ସେ ପର୍ଯ୍ୟନ୍ତ ମୁଁ ଜାଣିପାରୁନି ଯେ ବ୍ୟାସଦେବ କିଏ ? ମୋ ଅଜ୍ଞତା ପାଇଁ ଯେତେ ଲଜ୍ଜାବୋଧ କରୁଥିଲେ ବି, ବହୁ ଲଜ୍ଜାତେଜି ପଚାରିଲି – ଆଜ୍ଞା ! ବ୍ୟାସଦେବ କିଏ ? ବେଦବ୍ୟାସଙ୍କ ନାଁ ଶୁଣିଛି । ସେ ବହୁ ଗ୍ରନ୍ଥ ରଚନା କରି ଭାଗବତ ଲେଖିଛନ୍ତି ନାଁ କଣ ?

ଭଦ୍ରଲୋକ ଟିକିଏ ହସିଦେଇ ନିରବ ରହିଗଲେ । ତାଙ୍କ ନିରବତା'ର ଅର୍ଥ ଯାହା ହେଉ ନାଁ କାହିଁକି ମୋ ଆତ୍ମସମ୍ମାନ ଉପରେ ଆଞ୍ଚ ଆସିଲା ପରି ମନେହେଲା । ମୁଁ କିଛି କହିଲିନି । ଭାବିଲି ଅଜ୍ଞ ଲୋକର ଗୋଟେ ଆତ୍ମସମ୍ମାନ କଣ ? ବରଂ ଅଜ୍ଞତା ଦୂର ହୋଇଗଲେ ଅନେକାଂଶରେ ମୁଁ ହାଲକା ହୋଇଯିବି ଏଇ ଦୃଢ଼ରୁ । ତେଣୁ ନିରବତା ଭାଙ୍ଗିକରି ସେଇ ପ୍ରଶ୍ନର ପୁନରାବୃତ୍ତି କଲି । ଭଦ୍ରଲୋକ ଏଥର ମୋ ଅଜ୍ଞତା ଦୂର କରିବାକୁ ଯାଇ ତାଚ୍ଛଲ୍ୟ ସ୍ୱରରେ କହିଲେ – ଏତିକି ଜାଣନ୍ତି ନାଇଁ ? ବ୍ୟାସଦେବ ଯିଏ, ସେଇ ବେଦବ୍ୟାସ ପରା ! ବେଦକୁ ଭରା ଭରା କରିଥିଲେ ବୋଲି ତାଙ୍କ ନାଁ ଶେଷରେ ରହିଗଲା ବ୍ୟାସଦେବରୁ ବେଦବ୍ୟାସ ।

– ସେଇ ଏକା ଲୋକ ତେବେ ଭାଗବତ ଲେଖିଥିଲେ ?

– ହଁ ସେଇ ଏକା ଲୋକ ।

– ଏତେ ଗ୍ରନ୍ଥ ରଚନା କରି, ବେଦକୁ ଭରା ଭରା କରି ବି ତାଙ୍କ ମନ କଣ ବୁଝିଲା ନାଁ ଯେ, ପୁଣି ଭାଗବତ ଲେଖିଥିଲେ ?

– ସେଇ ଅବୁଝା ମନରୁ ତ ଭାଗବତର ସୃଷ୍ଟି ।

– ମାନେ ? (ଉଦ୍ଦେଶ୍ୟ ବୁଝିବା ପାଇଁ ପ୍ରଶ୍ନକଲି ମୁଁ)

ଏଥର କଣ୍ଠରେ ତାଙ୍କର ତାଚ୍ଛଲ୍ୟ ତୀବ୍ର ହୋଇ ଉଠିଲା । କହିଲେ କିଛି ତ ଆପଣ ଜାଣନ୍ତି ନାଇଁ... କେତେ କଣ କହି ଆପଣଙ୍କୁ ବୁଝାଇବି ? ଭାଗବତର ଖାଲି ନାଁ ଶୁଣିଛନ୍ତି ନାଁ ପଢ଼ିଛନ୍ତି ? ଯଦି ପଢ଼ି ଥବେ, ସେଥିରେ ସେ ସ୍ପଷ୍ଟ ସୂଚାଇ ଦେଇ ନାହାନ୍ତି... ଏତେ ଲେଖା ଲେଖିକରି ମନ ଶାନ୍ତି ନହେବାରୁ, ଥରେ ବଦ୍ରିକା

ଆଶ୍ରମକୁ ନାରଦ ଆସିଥିବା ବେଳେ ଏହି ଅଶାନ୍ତିର କାରଣ ପଚାରିବାରୁ ନାରଦ ତାଙ୍କୁ ଯାହା କହିଲେ, ସେଇ ନାରଦଙ୍କ କଥା ସେ ଲେଖିଦେଇ ନାହାଁନ୍ତି ଭାଗବତରେ ?

ମୁଁ କୋଉ ଭାଗବତ ପଢ଼ିଛି ଯେ ମୋର ଯିବ ! ମୂର୍ଖଙ୍କ ପରି ତାଙ୍କୁ ଜଲଜଲ ଚାହୁଁଛି, ସେଇ ଗାଇଗଲେ ଗଡ଼ ଗଡ଼ କରି ?

କୃଷ୍ଣ ନିର୍ମଳ ଯଶ ଗୁଣ

ଯେଣୁ ନକଲ ଉଚାରଣ

ଯେ ଧର୍ମେ କୃଷ୍ଣ ତୋଷ ନୋହି

ସେ ଧର୍ମ ନିଉନ ଅଟଇ ।

× × ×

କୃଷ୍ଣର ଯଶ ଗୁଣ ଯେତେ

ପ୍ରାଣୀଙ୍କି କହ ଭାଗବତେ ।

ଲଜାରେ ମୁଁ ଏଡ଼େ ଟିକିଏ ହୋଇଗଲି । ଆଉ କିଛି ପଚାରିବା ପାଇଁ ସାହସ ପାଇଲିନି । ଭାଗବତର ଆବୃତ୍ତିରେ ସନ୍ତୁଷ୍ଟ ହୋଇ ଉଠି, ଆବୃତ୍ତିକି ତା'ରିଫ୍ କରି କହିଲି – ଆପଣଙ୍କର ଯେତେବେଲେ ଏ ବିଷୟରେ ଏତେ ନଲେଜ୍, ଆପଣଙ୍କ ପୁଅ କାହିଁକି ମହାଭାରତ ଚରିତ୍ରମାନଙ୍କ ଉପରେ ରିସର୍ଚ୍ଚ କରିବି ନାହିଁ ?

ଅବସୋସ କଣ୍ଠରେ ଭଦ୍ରଲୋକ କହିଲେ, କଣ ବା ଇଏ ନଲେଜ ? ଯାହା ପିଲାଦିନେ ପଢ଼ିଥିଲେ, ଜେଜେବାପା କହିଥିଲେ, ଶୁଣିଥିଲୁ, ସେଇ ଯାହା ନଲେଜ । ପଢ଼ିବା ସମୟ ତ କଟିଲା ଚାକିରି ଖଟଣିରେ । ବାକି ସମୟ ଘର ଜଞ୍ଜାଳ । ବିନା ଚାକର ପୂଜାରୀରେ ଆମ ଦେଶର ଚଳଣିରେ ଚଳିବା ଏତେ କଷ୍ଟଦାୟକ ଯେ, ଖାଲି ମୁଁ କାହିଁକି କେହିବି ପଢ଼ିପାରି ନଥବେ । ଯଦି ପୁଅ ଚାହୁଁଛି ଏ ଜଞ୍ଜାଳରୁ ମୁକ୍ତହୋଇ ପଢ଼ିବାକୁ, ତେବେ ପଢୁ । ଆମ ବ୍ୟକ୍ତିଗତ ସ୍ୱାର୍ଥସାଧନ ପାଇଁ କାହିଁକି ତାକୁ ଡିସ୍‌ଟର୍ବ୍ କରାଇବୁ ?

ଆଉ ଯେଉଁ ଆମ୍ଭେୟମାନେ ରହିଗଲେ, ସେମାନଙ୍କ ପାଖେ ସଞ୍ଚୁକ୍ର ସ୍ମୃତି କେତେ ଦିନ ଅବା ! ତାଛଡ଼ା ସେ ବି ଜଣେ ସାଧାରଣ ସ୍ତ୍ରୀ ନୁହଁନ୍ତି । ରହିବା

ଖାଇବାର ସୁବିଧା ଟିକକ ହୋଇଗଲେ, ସେ ଯେଉଁଠି ସେଇଠି ରହିଯିବେ ! ସେ ଜଣେ ଲେଖିକା । ଯେତେ ଦୁଃଖ ଦୈନ ଆସୁ, ସେ ସହିଯିବେ ପଛେ, ହୋ ହଲ୍ଲା ହଇଚଇ ଭିତରେ ମୁହୂର୍ତ୍ତେ ଚଲି ପାରିବେନି । ନିର୍ଜନତା ତାଙ୍କୁ ନିହାତି ଲୋଡ଼ା । ଆଜିକାଲିର ପରିବାର ଭିତରେ ସେ ବାତାବରଣ କାଇଁ ? ଅନବରତ ବାଜି ଚାଲିଛି ରେଡ଼ିଓ, ନହେଲେ ଟି.ଭି. । ଏ'ତ ଆଜିକାଲିର ସୌଜନ୍ୟ ! କାହାକୁ ବାରଣ କରିବେ ? କିଏ ବା କାହିଁକି ଶୁଣିବ ତାଙ୍କ କଥା ? ଅତିଷ୍ଠ ହୋଇ ସେମାନଙ୍କ ପାଖରୁ ବି ଚାଲି ଆସିଲେ ।

କିନ୍ତୁ ସେ ଏକାକୀ ରହି ପାରୁଛନ୍ତି କୋଉଠି ? ନାରୀମାନଙ୍କପାଇଁ ସମାଜରେ ନିରାପଦଃ କାଇଁ ? ଯେତେ ସେମାନେ ସଭ୍ୟା ଶିକ୍ଷିତା ହୁଅନ୍ତୁ, ନିଷ୍ଠା ଆଉ ତ୍ୟାଗର ଜୀବନ ଯାପନ କରନ୍ତୁ, ବୟସ ବି ଯେତେ ଅଧିକ ହେଉ, ସଂସାରରେ ସେମାନଙ୍କ ପାଇଁ ଅନୁକୂଲ ଅବସ୍ଥା ନାଇଁ । ଭାରି ଦୁଃଖ ଲାଗୁଛି ଯେ, ନାରୀକୁ ସମ୍ମାନ ଦିଅ, ମର୍ଯ୍ୟାଦା ଦିଅ ବୋଲି ହୁରି ପଡୁଥିବା ବେଳେ ଶାନ୍ତିରେ ସେମାନଙ୍କୁ ଟିକିଏ ରଖେଇ ଦେଉ ନାହାଁନ୍ତି । ଦେଖୁ ନାହାଁନ୍ତି, ସଂଯୁକ୍ତଙ୍କ ଭଲି ଅଶେଷ ମନୋବଲ ଥିବା ସ୍ତ୍ରୀ ଯିଏକ ଲେଖାପଢ଼ାରେ ମନସ୍ତ ସମୟ ବିନିଯୋଗ କରୁଛି, ସେ ଏମିତି ଅସହାୟ ବୋଧ କରୁଥାନ୍ତେ କାଲିର ପରିସ୍ଥିତି ପାଇଁ । ଛି... ଛି... ଟଙ୍କା ପଇସା ଘରଦ୍ୱାର ଥାଇ ସବୁ ଥାଇ ବି, ସ୍ତ୍ରୀ ବୋଲି କେଡ଼େ ଅସହାୟ ସତେ !

ଏ ପର୍ଯ୍ୟନ୍ତ ସଂଯୁକ୍ତା ଦେବୀଙ୍କୁ ମୁଁ ଦେଖି ନଥିଲେ ବି, ତାଙ୍କ ପ୍ରତି ମୋର ଅନ୍ତରରେ ଏକ କଥା ଜାଗି ଉଠୁଥିଲା । ମାତ୍ର ମୁଁ ବା କଣ କରିପାରିବି ? ରାତ୍ରି ବଢ଼ି ଉଠୁଥିବାରୁ କଥାର ମୋଡ଼ ବଦଲାଇ ମୁଁ ନିର୍ଲିପ୍ତ କଣ୍ଠରେ କହିଲି – ତେବେ ମୁଁ ଆସୁଛି... ଭଡ଼ାଟା ଯାହା ହେବ, ଦେବି ।

ଅସହ୍ୟ ହୋଇ ଉଠିଲେ ଭଦ୍ରଲୋକ । କହିଲେ ଇଏ କି କଥା ? ଘର ନଦେଖି ଭଡ଼ା ନ ତୁଟି, ଯାହା ହେବ, ଦେଇଦେବେ ? ବିଶ୍ୱାସ କରନ୍ତୁ ଭଡ଼ା ନେବାପାଇଁ ମୁଁ ମୋତେ ଆଶାୟୀ ନୁହେଁ । ଘର ମନକୁ ପାଇଲା ଏବଂ ଆପଣ ଆସି ରହିଲେ ବୋଲି ଜାଣିଲେ, ବରଂ ମୁଁ ଘରଟି ଆପଣଙ୍କୁ ମାହାଲିଆ ଦେଇ, ରହିବା ବାବଦରେ ଆପଣଙ୍କ ଚାହିଦା ଅନୁଯାୟୀ ଆପଣଙ୍କୁ ଭଡ଼ା ଦେବି ମୁଁ !

ମୁଁ ବିସ୍ମୟର ସୀମା ଟପିଲା – କଣ ଏମିତି କହୁଛନ୍ତି ଆପଣ ?

ଭଦ୍ରଲୋକଙ୍କ କଣ୍ଠ ଉଷ୍ଣ ହୋଇ ଉଠିଲା – ଅବିଶ୍ୱାସ କରୁଛନ୍ତି ? ଦେଖନ୍ତୁ! ଆପଣ ଆସି ରହିବା ଦ୍ୱାରା ସଞ୍ଜୁକୁ ଯେଉଁ ନିରାପଦା ମିଳିବ, ତାହାର ମୂଲ୍ୟ ମୋ ପାଇଁ ଘରଭଡ଼ା ଠାରୁ ଢେର ବେଶୀ ।

କି ଗୋଟାଏ ଅଜଣା ଚିତ୍କାରରେ ମୁଁ ଚହଲି ଉଠି କହିଲି – ମୋତେ ଏପରି ଲଜ୍ଜା ଦିଅନ୍ତୁ ନାହିଁ । ବରଂ ଆଦେଶ ଦିଅନ୍ତୁ ରହିବା ପାଇଁ ଆସି ।

ଉଠି ଠିଆହୋଇ ପଡ଼ିଲେ । ବାରମ୍ବାର ଉଚ୍ଚାରଣ କରିବାରେ ଲାଗିଲେ ଗଡ଼୍ ବ୍ଲେସ୍ ୟୁ... । ମୋର ଠିକ ଆପଣଙ୍କ ପରି ଜଣେ ଭଡ଼ାଟିଆର ପ୍ରୟୋଜନ ଥିଲା ଖୁବ୍ । ଆପଣଙ୍କ ପରି ମାର୍ଜିତ ରୁଚି ସମ୍ପନ୍ନ ନବ ବିବାହିତ ଦମ୍ପତି ମୋ ଘରେ ରହି, ଘରର ଶୋଭା ଦୁଇଗୁଣ ବଢ଼ାଇବା ସଙ୍ଗେ ସଙ୍ଗେ ସଞ୍ଜୁକୁ ଯେଉଁ ନିରାପଦା ସହ ଆତ୍ମ ମର୍ଯ୍ୟାଦା ମିଳିବ, ତାହା ହିଁ ହେବ ମୋ ପାଇଁ ଈଶ୍ୱରଙ୍କର ଅଶେଷ ଆଶୀର୍ବାଦ । ପରେ ପରେ କୋହରେ କଣ୍ଠ ତାଙ୍କର ଥରି ଉଠିଲା – ଏକାକୀ ସଞ୍ଜୁକୁ ଛାଡ଼ି, ଯେଉଁ ନିର୍ବାସନ ଦଣ୍ଡ ଦେଇଛି ମୁଁ, ସେ ପାପର ପ୍ରାୟଶ୍ଚିତ ମୁଁ କେଉଁ ଜନ୍ମରେ କରିବି କେଜାଣି... ? ମାତ୍ର ଆପଣଙ୍କ ଭଲି ଅନ୍ତତଃ ପ୍ରୋଗ୍ରେସିଭ ଦମ୍ପତିଙ୍କର ସହାୟତାରେ ଛାଡ଼ିଦେଇ ତାଙ୍କ ନିରସ ମରୁମୟ ଜୀବନରେ କିଞ୍ଚିତ୍ ହେଲେ ସବୁଜିମା ଉତ୍ପନ୍ନ ହୋଇପାରିବ, ଏହାହିଁ ଆଶା କରୁଛି ।

ସମ୍ମତିର ସୂଚନା ଦେଇ ମୁଁ ତାଙ୍କୁ ଅନେଇ ରହିଛି, ଭଦ୍ରବ୍ୟକ୍ତି ପରଦା ଟେକି ଘରଟିକୁ ଦେଖାଇ ଦେବାର ସୁଯୋଗ ଦେଇ କହିଲେ, ଏଇ! ଘରର ନକ୍ସା ପ୍ରତି ଟିକିଏ ଦୃଷ୍ଟି ଦିଅନ୍ତୁ ନାଁ, ଜାଣିପାରିବେ ସଞ୍ଜୁଙ୍କ ରହିବା ଦ୍ୱାରା ଆପଣଙ୍କ ପାରିବାରିକା ଚଳଣିରେ ଆଦୌ ବ୍ୟାଘାତ ଘଟିବ ନାହିଁ । ବରଂ ସେ ସାମୟିକ ମାତୃତ୍ୱର ପରଶ ଦେଇ, ଆପଣଙ୍କ ଯୁଗ୍ମ ଜୀବନକୁ ବେଶ୍ କିଛି ତରଙ୍ଗାୟିତ କରିବେ ।

ନମ୍ରତା'ର ସହିତ ଶପଥ କଲା ସ୍ୱରରେ ବିଶ୍ୱାସର ସମ୍ମତି ଜଣାଇଲି ମୁଁ ।

ଆଶ୍ୱସ୍ତ ହୋଇ ଭଦ୍ରବ୍ୟକ୍ତି ଉଦ୍ୟତ ହେଲେ ଘର ଭିତରକୁ ଯିବାପାଇଁ । ଯିବା ବେଳେ କହିଗଲେ – ଅପେକ୍ଷା କରନ୍ତୁ ସଞ୍ଜୁକୁ ଡାକିଆଣେ ମୁଁ ।

ଉତ୍କଣ୍ଠିତ ଚିତ୍ତରେ ଡ୍ରଙ୍ଗରୁମ୍‌ରେ ଅପେକ୍ଷା କରି ରହିଥିବା ଅବସରରେ ଘରର ଆସବାବ ପତ୍ର ଉପରେ ଆଖି ବୁଲାଇ ନେଉ ନେଉ ଆବିଷ୍କାର କଲି ଏକ

ନବବିବାହିତ ଦମ୍ପତିଙ୍କ ଯୁଗ୍ମ ଫଟୋ । ଫଟୋ ଖଣ୍ଡିକର ସାଇଜ୍ ଯଥେଷ୍ଟ ଛୋଟ ଓ ଫଟୋଟି ପୁରୁଣା ହୋଇଥିଲେ ବି, ସନ୍ନିକଟ ହୋଇ ଦେଖିଲି, ଯୁବକ ଜଣକ ଏଇ ଭଦ୍ରବ୍ୟକ୍ତି ଏବଂ ଯୁବତୀ ଜଣକ ସଂଯୁକ୍ତା ଦେବୀଙ୍କ ଛଡ଼ା ଅନ୍ୟକେହି ନୁହେଁ । ମାତ୍ର ତେହେରା ତାଙ୍କର କି ପିଲାଲିଆ ! ଏ ତେହେରାରେ ସମୟ କି ପରିବର୍ତ୍ତନ କରିଥିବ, ମନେ ମନେ ଚିତ୍ରିତ କରିବାରେ ତାଙ୍କ ଆଗମନକୁ ଅପେକ୍ଷା କଲି...

ମାତ୍ର କାହାନ୍ତି ସେ ?

ସମୟ ଗଡ଼ି ଚାଲିଛି...

ସଂଯୁକ୍ତା ଦେବୀଙ୍କ ଆସିବାର କୌଣସି ସୂଚନା ନାହିଁ । ଭଦ୍ରବ୍ୟକ୍ତି ବି ଆସୁ ନାହାନ୍ତି । ମନରେ ଯତ୍କିଞ୍ଚିତ ବିସ୍ମୟ ସହିତ ଫେଣ୍ଟିହୋଇଯାଇଛି ଅହେତୁକୀ ଉତ୍କଣ୍ଠା । ଫେରି ଯିବାକୁ ଇଚ୍ଛା ହେଉନି କିଛି ଗୋଟେ ସିଦ୍ଧାନ୍ତ ନକରି । ପୁଣି ଏତେ ସମୟ ଧରି ଆନ୍ତରିକତା ପରେ... । ଉପାୟହୀନ ହୋଇ କବାଟରେ କରାଘାତ କଲି । ମାତ୍ର କାଇଁ କିଏ ?

କେତେ ସମୟ ଏଠି ଏମିତି ଅପେକ୍ଷା କରିଥିବି ? ମୁଁ ବ୍ୟତିବ୍ୟସ୍ତ ହୋଇଉଠିଲି । ଅନ୍ତତଃ କାଲି ସକାଳେ ଆସିବି ବୋଲି କହିଦେଇ ଚାଲିଯାଆନ୍ତି ହେଲେ... । ରାତ୍ରି ବଢ଼ି ଉଠୁଛି, ଅଥଚ ମୋର ଯିବା ସମ୍ଭବ ହୋଇପାରୁନି ।

ଶେଷରେ ଭାବିଲି ଦୁଆର ଖୋଲି ଭିତରେ ପଶିବି । ଅସୌଜନ୍ୟ କରୁଛି ବୋଲି ଅବଶ୍ୟ ନିଜକୁ ଦୋଷୀ ମଣୁଥିଲି, ମାତ୍ର ସାହସ ସଞ୍ଚୟକରି ଦେଖିଲି, ଅନ୍ଧକାରରେ ଆଚ୍ଛାଦିତ ଜଣେ ମହିଳା ପଲଙ୍କସ୍ତ ! ଅସ୍ପଷ୍ଟ ହେଲେ ବି, ବାରିହୋଇ ପଡୁଛି । ଅଟୁଟ ସ୍ୱାସ୍ଥ୍ୟ, କିନ୍ତୁ କ୍ଷୀଣ । ଦୀର୍ଘକେଶ ଝୁଲି ରହିଛି ଶଯ୍ୟାଧାରର ବହୁ ନିମ୍ନକୁ । ସେ ସେ ସଂଯୁକ୍ତା ଦେବୀ ! ଏଥିରେ ସନ୍ଦେହ ନାହିଁ । ମାତ୍ର ଭଦ୍ରବ୍ୟକ୍ତି ଗଲେ କୁଆଡ଼େ ? କାଇଁ କିଛି ସୋର ଶବ୍ଦ ତ ଶୁଭୁନାହିଁ । ମୃତ୍ୟୁପରି ସବୁ ନିରବ ଓ ନିଷ୍କଳ ।

ଅପେକ୍ଷା କରି ରହିଲି ।

ତଥାପି ଅନ୍ଧାର ଲିଭୁନାହିଁ କି ଆସିବାର କୌଣସି ଶବ୍ଦ ଆସୁନି । ମାଉସୀଙ୍କୁ କିଛି ନକହି ମାଉସା ଗଲେ କୁଆଡ଼େ ? ମୁଁ ସ୍ତମ୍ଭୀଭୂତ ହୋଇଗଲି । ମୋ ହାତ

ଗୋଡ଼ ସବୁ କାକର ହୋଇଗଲା... । ଛାତି ଥରି ଉଠିଲା... । ବିକଳରେ ମୁଁ ଡାକି ଉଠିଲି ମାଉସୀ !

କିଏ ? ଭାସି ଆସିଲା ଗୋଟିଏ ସୂକ୍ଷ୍ମ ସ୍ୱର । ଏ ସ୍ୱର ଯେ ମାଉସୀଙ୍କର ଶୁଣି ଆଶ୍ୱସ୍ତ ହୋଇଗଲି । ସେ ସେଇ ଅନ୍ଧାରରେ ବେଡ୍ ସ୍ୱିଚ୍ ଟିପି ସୀମିତ ବେଡ୍ ଲାଇଟ୍‌ଟିକୁ ଜଳାଇ ଖଟରୁ ଓହ୍ଲାଇବାକୁ ଉପକ୍ରମ କଲେ । ମୁଁ ସେତେବେଳେ ଧୀର ପଦକ୍ଷେପରେ ଲେଉଟି ଆସିଲିଣି ଡ୍ରଇଂ ରୁମ୍‌କୁ ।

ସଂଯୁକ୍ତା ଦେବୀ ତାଙ୍କ ଦୀର୍ଘ କେଶକୁ ଗୁଡ଼ାଇ ଗୁଡ଼ାଇ ଡ୍ରଇଂରୁମରେ ମୋତେ ଦେଖି ଭୟ ବିହ୍ୱଳିତ ସ୍ୱରରେ ପଚାରିଲେ "କିଏ ତୁମେ ?"

– ମୁଁ ମାଉସୀ ! ଆପଣଙ୍କ ଘର ଭଡ଼ା ନେବାପାଇଁ ଆସିଛି ।

– ଭଡ଼ାପାଇଁ ଆସିଛ ! ଏତେ ରାତିରେ ତମେ ଘରର ଦୁଆର ଖୋଲି ଘର ଭିତରକୁ ଆସିଲ କେମିତି ? କିଏ ତୁମକୁ ଦୁଆର ଖୋଲିଲା ?

– ମଉସା ।

– ମଉସା ??

– ହଁ ମାଉସୀ ! ମଉସା ଦୁଆର ଖୋଲିଲେ ।

– କାହାଁନ୍ତି ସିଏ ?

– ଘର ଭିତରକୁ ଗଲେ ପରା ! !

– ତମେ ହୋସରେ ଅଛ ତ ?

ଛାତି ଉପରେ ହାତ ପକାଇ ଆଖି ତରାଟି ଚାହୁଁଛି ମୁଁ, ସଂଯୁକ୍ତା ଦେବୀ କାର ଲାଇଟ୍‌ର ସ୍ୱିଚ୍ ଅନ୍ କଲେ । ମୋ ଆଖି ଆକସ୍ମିକ ଆଲୋକରେ ଝଲସି ଉଠିଲା । ଭାବିଲି, ଏ ଉଜ୍ଜ୍ୱଳ ଆଲୋକ ଥିଲାଟି ? ମଉସା ନଚାଲି ଏମିତି ସୀମିତ ଆଲୋକରେ ବସି ରହିଥିଲେ କାହିଁକି ?

ସଂଯୁକ୍ତା ଦେବୀ ମୋତେ କଟମଟ କରି ଚାହିଁ ରହିଛନ୍ତି । ତାଙ୍କ ଚାହାଣୀରେ ମୁଁ ଲଜ୍ଜିତ ହୋଇଯାଇ କହିଲି – ଆପଣ ମୋତେ ଭୁଲ ବୁଝନ୍ତୁ ନାହିଁ ମାଉସୀ । ମଉସା ପରା ସତରେ କବାଟ ଖୋଲିଲେ ।

– ସତରେ ?

– ଆପଣ ବିଶ୍ୱାସ କରୁନାହାଁନ୍ତି ?

– କେମିତି କରିବି ? ସେ କଣ ଆଉ ଅଛନ୍ତି ଯେ ମୋତେ ସତ ଲାଗିବ !
ସେ ପରା ଚାରିମାସ ହେଲା ଏ ଧରାରୁ ବିଦାୟ ନେଲେଣି ।

ମୁଁ ଚମକି ଉଠିଲି । ଯେମିତି ବିସ୍ମୟର ଏ ଏକ ମହାପ୍ଳାବନ । ଅବିଶ୍ୱାସ
ଗଳାରେ ବାରମ୍ୱାର ପ୍ରଶ୍ନ କରିବାରେ ଲାଗିଲି ସତ କହୁଛନ୍ତି ମାଉସୀ ! ମାଉସା
କାହାଁନ୍ତି ?

– ସେ ଥିଲେ, ମୁଁ କଣ ଏମିତି ଅସହାୟ ଭାବେ ପଡ଼ିରହି ଥାଆନ୍ତି ?
ଯାଇ ଘର ବୁଲି ଦେଖୁଆସ କାହାନ୍ତି, କୋଉଠି ଅଛନ୍ତି ସିଏ ?

ମାଉସୀ କାନ୍ଦିଉଠିଲେ । କୋହ ପରେ କୋହ । ଯେମିତି ଆଉ ଥମିବାର
ନୁହଁ । ମୁଁ କଣ କରିବି କିଛି ଜାଣିପାରୁନି । ସାନ୍ତ୍ୱନା ଦେବି ? ମିଥ୍ୟା ସାନ୍ତ୍ୱନା ଦେଇ
ଲାଭ କଣ ? ପତି ବିୟୋଗର ଦୁଃଖ ପରି ଦୁଃଖ ନାହିଁ । ଈଶ୍ୱର ନାରୀପାଇଁ ଏମିତି
ଏ ଦୁଃଖ ଖଞ୍ଜି ରଖିଛନ୍ତି ଯେ, ତା ପାଇଁ ସାନ୍ତ୍ୱନାର ଏପର୍ଯ୍ୟନ୍ତ ଜନ୍ମ ପାଇନାହିଁ ।

କୋହ ରୋକି ସେଇ ଲୁହବୋଳା ଆଖିରେ ମୋତେ ଚାହିଁ ଚାହିଁ
କହିଲେ, ତୁମେ ଯେ କେହି ହୁଅନା କାହିଁକି, ଅବା ମାଉସା ଦୁଆର ଖୋଲିଛନ୍ତି
ବୋଲି ମିଛ କହ ପଛେ, ତୁମେ ଯେ କାଲିର ଅସାମାଜିକ ଲୋକଙ୍କ ଭିତରୁ
ଜଣେ ନୁହଁ, ସେଥିଲାଗି ମୁଁ ଆଶ୍ୱସ୍ତ । କିନ୍ତୁ ମାଉସା ଦୁଆର ଖୋଲିଛନ୍ତି ବୋଲି
ଯୋଉ କହୁଛ, ମୁଁ ତ ଆଦୌ ବିଶ୍ୱାସ କରିପାରୁନି । ଯେତେ ଭାବିଲେ ବି,
ମନରେ ବିସ୍ମୟ ଉଙ୍କି ମାରୁଛି ପଛେ ବିଶ୍ୱାସ ସ୍ଥାନ ପାଇପାରୁନି । ଘରଭଡ଼ାପାଇଁ
ବିଜ୍ଞାପନ ଦେଲାପରେ ମୁଁ ଏମିତି ବ୍ୟସ୍ତହୋଇ ଉଠିଥିଲି ଯେ, ପ୍ରତି ମୁହୂର୍ତ୍ତରେ
ମାଉସାଙ୍କ ଉପସ୍ଥିତି ପାଇଁ ବ୍ୟାକୁଳ ହୋଇ ଉଠୁଥିଲି । କାରଣ ଜୀବନରେ ମୁଁ
କୌଣସି କାର୍ଯ୍ୟ କରିବା ପାଇଁ ସମର୍ଥ ନୁହଁ ବୋଲି ମାଉସା ପ୍ରତିଟି କାମକରି
ଯାଉଥିଲେ । ସାମାନ୍ୟ ରନ୍ଧାବଢ଼ା କରି ଓ ବହିଖଣ୍ଡେ ଧରି, ମୋ ଜୀବନ କଟିଛି ।
ଏକାକୀ ଯେ ବଞ୍ଚପାରିବି, ଏ ବିଶ୍ୱାସ ନ ଥିଲା ବେଲେ, ଘର ପାଇଁ ଉପଯୁକ୍ତ
ଭଡ଼ାଟିଆ ବାଛିବା କି କଷ୍ଟ, କେବଳ ମୁଁ ଜାଣେ । ବିଜ୍ଞାପନ ଦେଇ ମୁଁ ପ୍ରାୟ
ମୃତତୁଲ୍ୟ ଏ ବିଛଣାରେ ପଡ଼ିରହିଛି । ଆଃ... ସତରେ ତୁମକୁ ମାଉସା ଦୁଆର
ଖୋଲି, ଭଡ଼ାଟିଆ ବାଛି ଦେଇଛନ୍ତି !

କଣ କହିବି ଯେ ? ସ୍ତ୍ରୀ ପାଇଁ ଏମିତି ସ୍ୱାମୀ ବୋଧେ ବିରଳ । ସେ ଯେ
ଖାଲି ମୋତେ ସ୍ନେହ କରନ୍ତି, ସେତିକି ନୁହେଁ, କଣ ଟିକିଏ ଲେଖେ ବୋଲି, ଏମିତି

ମୋତେ ସେ ମର୍ଯ୍ୟାଦା ଦିଅନ୍ତି, ମୋ ନିରାପଦା ପାଇଁ ବ୍ୟାକୁଳ ହୁଅନ୍ତି ଓ ସେ ସବୁ ପରି, ମୁଁ ନଖାଇଲେ ସେ ଖାଆନ୍ତି ନାହିଁ । ମତେ ସାଙ୍ଗରେ ଧରି ଖାଇବସନ୍ତି । ଫରୁଆ ଭିତରେ ବନ୍ଧୁଥିବା ଜୀବନଟି ଯେ ଏମିତି ଦିନେ ପଥର ଉପରେ କଟାଡ଼ି ହୋଇପଡ଼ିବ, କିଏ କଳ୍ପନା କରିଥିଲା ? ଏତେ ଦୁଃଖ ଏତେ ଯନ୍ତ୍ରଣା ଭିତରେ ନ ମରି କେମିତି ବଞ୍ଚିଛି କହିଲ ? ଆରଜନ୍ମରେ କେତେ ପାପ କରିଥିଲି ଯେ, ତା'ର ପ୍ରାୟଶ୍ଚିତ ପାଇଁ ବୋଧେ ଏ ଦୁଃଖର ପାହାଡ଼ ମୁଣ୍ଡେଇ ମତେ ବଞ୍ଚିବାକୁ ହେଉଛି । ମାଉସୀ ଆଉ କିଛି କହି ପାରିଲେ ନାହିଁ । କ୍ରନ୍ଦନର କରୁଣ ଆଘାତରେ ସେ ଅସ୍ଥିର...

ତାଙ୍କ କ୍ରନ୍ଦନରେ ମୋ ଚକ୍ଷୁ ଅଶ୍ରୁପ୍ଲାବିତ ହୋଇଉଠିଲା । ଦୁହେଁ ମିଶି କାନ୍ଦୁ ଥିଲେ ଏ ରାତି ପାହିଥିବ ପଛେ ଉଦ୍ଦେଶ୍ୟ ନିହିତ ହୋଇପାରିବ ନାହିଁ । ତା'ଛଡ଼ା ସ୍ତ୍ରୀର ଏପରି କାନ୍ଦଣା ମୁଁ କେବେ ଆଗରୁ ଦେଖିନାହିଁ । ସ୍ୱାମୀ ବିହୀନା ବହୁ ସ୍ତ୍ରୀ ଦେଖିଛି, ମାତ୍ର ଏଭଳି କ୍ରନ୍ଦନରତା ସ୍ତ୍ରୀ ମୋ ଆଖିରେ କେବେ ପଡ଼ିନାହିଁ । ତେଣୁ ମିଥ୍ୟା ହେଉ ପଛେ, ଆଶ୍ୱାସନାପୂର୍ଣ୍ଣ କଣ୍ଠରେ ଲୁହ ପୋଛିଦେଇ କହିଲି – ଥାଉ ମାଉସୀ, ଆପଣ କାନ୍ଦନ୍ତୁ ନାହିଁ । ସଂସାରର ଏ ସୁଖ ଦୁଃଖ କଥା! ଆପଣ ଜଣେ ଲେଖିକା ପରା! ସଂସାର ଯେ ମଣିଷ ପାଇଁ ଏକ ଦୀର୍ଘ ସ୍ୱପ୍ନ ଓ ଦୁଃଖପୂର୍ଣ୍ଣ ଏବଂ ଯାରି ଭିତରେ ଆମମାନଙ୍କ ବସତି! ଆପଣ ଜାଣନ୍ତି ନାହିଁ ଯେ ମୁଁ ପୁତ୍ର ତୁଲ୍ୟ ବୁଝାଇବି ଆପଣଙ୍କୁ! ତା'ଛଡ଼ା ମାଉସୀ! ଆପଣ ଖାଲି ଦୁଃଖର ଦିନଟାକୁ ଦେଖୁଛନ୍ତି କାହିଁକି? ସୁଖର ଦିନଟାକୁ ଟିକିଏ ଦେଖନ୍ତୁ ନା! କେଡ଼େ ସୁନ୍ଦର ସନ୍ତାନ ଦିତି ପାଇଛନ୍ତି ଆପଣ! ଏମିତି ବୁଦ୍ଧିମାନ ପୁଅର ମାଆ ହେବା କେତେଜଣଙ୍କ ଭାଗ୍ୟରେ ଥାଏ? ନିଜେ ଜଣେ ଲେଖିକା ହୋଇ ବି କମ୍ ସମ୍ମାନର ଅଧିକାରିଣୀ ନୁହନ୍ତି! ଆଉ ଜୀବନରେ କ'ଣ ଐଶ୍ୱର୍ଯ୍ୟ ଥାଇପାରେ?

ମୋ ସାନ୍ତ୍ୱନାରେ ଶାନ୍ତ ହେବେ କଣ... ବରଂ ଆଖିରୁ ଶ୍ରାବଣର ଧାରାପରି ଲୁହ ବହିପଡ଼ିଲା । କହିଲେ – ବୁଝିଲ, ସ୍ୱାମୀର ଭଲପାଇବା ଠାରୁ ବଳି ଐଶ୍ୱର୍ଯ୍ୟ ସ୍ତ୍ରୀ ପାଇଁ ଏ ସଂସାରରେ ଅନ୍ୟ କିଛି ନାହିଁ । ସବୁ ଥାଇ ବି ମୁଁ ଆଜି ନିଃସ୍ୱ, ଅସହାୟ, ସର୍ବହରା, କେବଳ ସ୍ୱାମୀ ଭଲପାଇବା ଠାରୁ ଦୂରରେ ଅଛି ବୋଲି!

ସ୍ୱାମୀର ହୃଦୟ ଭିତରେ ସ୍ତ୍ରୀ ସଦା ଲୀନ ହୋଇଯାଇ ରୂପାନ୍ତରିତ ହୁଏ ଏକ ଅପୂର୍ବ–ଅମୂଲ୍ୟ ବସ୍ତୁରେ । ଯାହାପାଇଁ ନାରୀ ହୁଏ ଚରମ ତ୍ୟାଗୀ! ଗଢ଼େ

ଅକ୍ଷୟ କୀର୍ତ୍ତି ! ସହନଶୀଳତାର ନମୁନା ହୁଅ । ଯୁଗେ ଯୁଗେ ସ୍ତ୍ରୀର ଜୀବନ ସ୍ୱାମୀକୁ ନେଇ ହୋଇଛି ସାର୍ଥକ !

ସ୍ୱାମୀ ବିନା ଏ ସଂସାର ପ୍ରଚଣ୍ଡ ଉତ୍ତାପ ଭଳି । ସ୍ୱର୍ଗ ନର୍କ ତୁଲ୍ୟ । ସାରା ବିଶ୍ୱ ବିଷମୟ । ଜୀବନ ବିନା ଦେହ ଯେପରି, ଜଳ ବିନା ମାଛ ଯେପରି, ସ୍ୱାମୀ ବିନା ସ୍ତ୍ରୀ ସେହିପରି । ନିଜର ସନ୍ତାନ, ଯୋଗ୍ୟ ସନ୍ତାନ, ଏମିତି କି ପୃଥିବୀ ଯାକର ସୁଖ ଅଜାଡ଼ି ହୋଇପଡ଼ିଲେ ବି, ବିନା ସ୍ୱାମୀରେ ସେ ସୁଖ, ଶୁଷ୍କ ମରୁଭୂମି ପରି !

ଏତେ ସୁଖରେ ବଞ୍ଚିଥିବା ଜୀବନ ଏମିତି ଦୁଃଖରେ ଯେ କେମିତି ବଞ୍ଚିବ, ମୁଁ ଅନୁମାନ କରିପାରୁନି । ମାନସରୋବରର ଅମୃତମୟ ଜଳରେ ପ୍ରତିପାଳିତ ହଂସୀ ତେବେ କଣ କେବେ ଲବଣ ସମୁଦ୍ରରେ ବଞ୍ଚିପାରେ ? ବଡ଼ ଅସହ୍ୟ ! ବଡ଼ ଅସହ୍ୟ ! ଏ ଅବଶିଷ୍ଟ ଜୀବନକୁ କେମିତି ବିତାଇବି ?

ଧୈର୍ଯ୍ୟଧରି ମୁଁ ସେଠି ଆଉ ମୁହୂର୍ତ୍ତେ ରହିପାରିଲିନି । କୋହ ସମ୍ଭାଳି ନେଇ କହିଲି – ମଉସା ଫିଟେଇଥିବା କବାଟଟି ଆପଣ ବନ୍ଦ କରନ୍ତୁ ମାଉସୀ । ମୁଁ ମଉସାଙ୍କ ପାଖେ ପ୍ରତିଜ୍ଞାବଦ୍ଧ, ଆପଣଙ୍କ ପାଖେ ଆସି ରହିବି । ଆପଣଙ୍କ ଅବଶିଷ୍ଟ ଜୀବନର ଦୁଃଖ କିଛି ପରିମାଣରେ ଲାଘବ କରିବାର ଚେଷ୍ଟା କରିବି ନିଶ୍ଚୟ । ଆପଣ କାନ୍ଦନ୍ତୁ ନାଇଁ ମାଉସୀ । ଏପରି ଅବସ୍ଥାରେ ଛାଡ଼ି ଯିବାପାଇଁ ମୋର ମୋଟେ ଇଚ୍ଛାନାହିଁ । କିନ୍ତୁ ମତେ ଯିବାକୁ ହିଁ ହେବ । ଏତିକି କହି ପ୍ରଣାମ ପୂର୍ବକ ପଦସ୍ଖର୍ କରୁ କରୁ ସକ୍ରିୟ ସେ କବାଟ ବନ୍ଦକଲେ ।

ମୁଁ ରାସ୍ତା ଉପରକୁ ଚାଲି ଆସି ହାତଘଡ଼ିଟିକୁ ନିରୀକ୍ଷଣ କଲି, ସମୟ ଜାଣିବା ପାଇଁ । କେତେଟା ବାଜିଛି ?

ମାତ୍ର ଆକାଶର ମିଲିଛିଆ ଜହ୍ନରେ କ୍ଷୁଦ୍ର ଘଡ଼ିଟିକୁ ଯେତେ ନିରେଖ ଚାହିଁଲି, ସମୟ ଜାଣିବା ସମ୍ଭବ ହୋଇପାରିଲା ନାହିଁ ।

ଭାବିଲି, ସଂସାରର ଏ ଅସାରତାକୁ ପ୍ରତ୍ୟକ୍ଷ କରି ସମୟ ପ୍ରତି ସଚେତନ ହେବାରେ ପ୍ରୟୋଜନ କଣ ? ଯେତେ ବାଜିଛି ବାଜି ଥାଉ ।

ମୁଁ ଘରଆଡ଼େ ମୁହାଁଇଲି ।

୧୦

କବିତା'ର ତତ୍ତ୍ୱବାଣୀ

ପପୁର ବିଦାୟ, ଏଭଳି ବେଦନାୟିତ ହେବ ବୋଲି ମୋ କଳ୍ପନାରେ ନ ଥିଲା । ଅନେକ ଦିନୁ ମୋ ସହିତ କେହି କଥାବାର୍ତ୍ତା କରୁ ନାହାଁନ୍ତି । କାରଣ ସମସ୍ତଙ୍କ ଅନିଚ୍ଛା ସତ୍ତ୍ୱେ ମୁଁ କୁଆଡ଼େ ପପୁକୁ ଆମେରିକା ପଠାଇ ଦେଉଛି !

କିନ୍ତୁ ପପୁ ଆମେରିକା ନ ଯାଇ ଏଠି ଯେ କରିବ କଅଣ ଏଥ୍‌ପ୍ରତି କେହି ଚିନ୍ତିତ ନହୋଇ ମୁଁ ଆମେରିକା କାହିଁକି ପଠାଉଛି ବୋଲି ମୋ ଉପରେ ସମସ୍ତେ ଗୁମ୍‌ । କହା ଆଖି ଲୁହ ଛଳ ଛଳ । କିଏ କ୍ରୋଧ ସମ୍ବରଣ କରି ନପାରି ମତେ ମାର ନମାର ଅବସ୍ଥା । ଆଉ ଯାଙ୍କ କଥା ତ ସୀମାହୀନ । ଘୃଣା, କ୍ଷୋଭ ଆଉ କ୍ରୋଧରେ ସେ ଏମିତି ଗମ୍ଭୀର ହୋଇ ରହିଛନ୍ତି ଯେ, ଟିକିଏ କିଏ କଣ କହି ଦେଲେ ଏ ସବୁର ବରଷି ଯିବ ବର୍ଷା... ।

ତଥାପି ମୁଁ ଅବିଚଳିତ ।

କାହାକୁ କିଛି ନ କହି, ଗତରାତି ଠାରୁ ବର୍ତ୍ତମାନ ସକାଳ ନଅଟା ପର୍ଯ୍ୟନ୍ତ ମୁଁ, ପପୁର ଜିନିଷ ସଜାଡ଼ିବାରେ ବ୍ୟସ୍ତ । ସଜଡ଼ା ସଜଡ଼ି କରୁଥିବା ବେଳେ, ମୁଁ ଭାବୁଛି, ପପୁକୁ ଛାଡ଼ିବାରେ ମୋ ଠାରୁ କିଏ କଣ ଅଧିକ ଦୁଃଖୀ ? ବେଶୀ ବେଦନାୟିତ ?

ଅବଶ୍ୟ ମାନୁଛି ମୁଁ, ପପୁ ଆମର ଏକମାତ୍ର ପୁଅ । ସେ ଆମ ଜୀବର ଜୀବନ । ତା ବିହୁନେ ଆମେ ଯେ ଆମର ସବ୍ବା ହରାଇ ବସିବୁ, ଏଥ୍‌ରେ ଦ୍ୱିମତ ହେବାର ନାହିଁ । ତା ଯିବା କଥା ହେଲେ ମୋ ଦେହ ମନ ହିମଶୀତଳ ହୋଇଯାଇଛି । ମନେ ହେଉଛି ମୋର ଟିକିଏ ହେଲେ ବଳ ନାଁୟ, ଶକ୍ତି ନାଁୟ । ମୁଁ ସମ୍ପୂର୍ଣ୍ଣ ରୂପେ ପରାହତ । ସନ୍ତାନ ବିଚ୍ଛେଦଟା କଣ ମୋ ମନରେ ଧସେଇ ପଶି ଯାଉଛି । ତଦ୍ୱାରା ମନଟା ଯେ ଖାଲି ଖରାପ ହେଉଛି, ସେତିକି ନୁହେଁ, ମନେ ହେଉଛି ଏଇଲେ ଯେମିତି ମୃତ୍ୟୁ ହୋଇଯିବ । ମୁଁ ଊର୍ଦ୍ଧ୍ୱ ମୁଖ ହୋଇ ଈଶ୍ୱରଙ୍କୁ ପ୍ରାର୍ଥନା

କରୁଛି, ପ୍ରଭୁ । ମୃତ୍ୟୁ ଆସୁ, କିନ୍ତୁ ପପୁ ଚାଲିଯିବା ପରେ । ଅଟକି ଗଲେ, କଣ କରିବ ସିଏ ଏଠି ?

କିନ୍ତୁ ମୁଁ ମୁହଁ ଖୋଲି କାହାକୁ କହି ପାରିବିନି । ସମସ୍ତେ ସମାହାରରେ କହି ଉଠିବେ, ମାଆ... ଏଡ଼େ ବ୍ରିଲିୟାଣ୍ଟ ପିଲା ପପୁ, ତା ପାଇଁ ଏଠି ଚାକିରି ଖଣ୍ଡେ ମିଲିବନି ? କିଛି ନ ହେଲେ ଏମ୍. ଫିଲ୍ କରିବ । ଡକ୍ଟରେଟ କରିବ ।

ଠିକ୍ ପାଞ୍ଚ ବର୍ଷ ଆଗରୁ ମୁଁ ଏଇ କଥା ଶୁଣୁଥିଲି ମୋ ବଡ଼ ଝିଅ ପାପା ପାଇଁ । ଫିଜିକ୍ସରେ ପାପା ଯେତେବେଲେ ଫାଷ୍ଟ କ୍ଲାସ୍ ହେଲା, ଘର ଭିତରେ ଖାଲି ଚାଲିଲା ଏଇ ଚର୍ଚ୍ଚା । ଯ଼ା ପଢ଼ିବ ପାପା... ତା ପଢ଼ିବ ପାପା । କମ୍ପିଟେଟିଭ୍ ଦେଇ ଆଇ.ଏ.ଏସ୍ ହେବ । ଡକ୍ଟରେଟ୍ କରି ୟୁନିଭରସିଟିରେ ଲେକ୍ଚରର ହେବ । କିନ୍ତୁ ସେଇ ଚର୍ଚ୍ଚା ଚର୍ଚ୍ଚାରେ ହିଁ ରହିଗଲା । ଯାହା କିଛି କରି ବସିଲା ବେଲକୁ ଅନେକ ବାଧା ବନ୍ଧନ ବାଟ ଓଗାଲି ଠିଆ ହେଉଥିଲା ।

ଭିନ୍ନ ଭିନ୍ନ ଲୋକ ବିଭିନ୍ନ ମତ ଦେଲେ । କିଏ କହିଲା, ଆଜିକାଲି ଏମ୍ଫିଲଟା କିଛି ନୁହେଁ । ପି.ଏଚ୍.ଡ଼ି କଲେ କିଛି ଟିକିଏ ହେଲେ ଅଛି । କିନ୍ତୁ ଯେତେ ସମୟ ଓ ଧୈର୍ଯ୍ୟ ତା ଲାଗି, ସେତିକି ସମୟ ଦେଇ ଧୈର୍ଯ୍ୟର ସହିତ ଡିଗ୍ରୀ ପାଇଲା ପରେ ଚାକିରିରେ ସେମିତି କିଛି ସିଓରିଟି ତ ନାହିଁ । ଆଉ କମ୍ପିଟେଟିଭ୍ ଦେବାକୁ ହେଲେ ଓଡ଼ିଶାରେ ରହି ଦେବା ସମ୍ଭବ ନୁହଁ । ଲାଇବ୍ରେରୀ ନାହିଁ । ସେମିତି ପଢ଼ିବା ପାଇଁ ପରିବେଶ ନାହିଁ । ଏତେ ନାହିଁ ନାହିଁ ଭିତରେ ରହି ପଢ଼ି ପରୀକ୍ଷା ଦେବା ଅପେକ୍ଷା ଦିଲ୍ଲୀ ଚାଲିଗଲେ ଭଲ । କିନ୍ତୁ ଦିଲ୍ଲୀ ଗଲେ ସେ ରହିବ କେଉଁଠି ? ରହିବା ପାଇଁ କୋଉଠି ବନ୍ଦୋବସ୍ତ କରାଗଲେ ବି, ଏତେ କଷ୍ଟ କରି ଏତେ ଖର୍ଚ୍ଚ କରି ପରୀକ୍ଷା ଦେବ, ସକ୍ସେସଫୁଲ ନ ହେଲେ ପଇସା ଗଲା ସମୟ ଗଲା ସବୁତକ ଆକାଂକ୍ଷା ବରବାଦ୍ ହେଲା... । ଶେଷକୁ କିରାଣିଚାକିରି ଖଣ୍ଡେ ବି ମିଲିବ ନାହିଁ ।

ସବୁ ଶୁଣେ ପାପା । ଲୁହ ଛଳ ଛଳ ଆଖି ପୋଛି ତୁନି ହୋଇ ରହେ । ଆଉ ଉପାୟ କଣ ? ପାଠ ପଢ଼ି ଯଦି ଏଇ ଅବସ୍ଥା ମଣିଷର, ତେବେ ନ ପଢ଼ିଲେ ବରଂ ଭଲ । ପି.ଏସ୍.ସି ନ ହେଲା ଯାଏଁ ଆଡହକରେ ଲେକ୍ଚରରସିପ୍ ବି ସମ୍ଭବ ନୁହେଁ ।

ଶେଷରେ ପାପା ପଢ଼ାପଢ଼ିରେ ଡୋରି ବାନ୍ଧିଦେଇ ରୁମାଲରେ ଫୁଲ ପକାଇଲା । ସ୍ୱେଟର ବୁଣିଲା । ଅଯଥା ଗଞ୍ଜର ଆସର ଖୋଲି ସମୟ କାଟିଲା ।

ସେତେବେଳେ ମୁଁ ଅନବରତ ଭାବିବାକୁ ଲାଗିଲି ଯେ ଆଃ ଏତେ କଷ୍ଟ କରି ମୁଁ ପିଲାଟାକୁ ପଢ଼ାଉଥିଲି କାହିଁକି ? ରୁମାଲରେ ଫୁଲ ପକାଇବା ପାଇଁ, ସ୍ୱେଟର ବୁଣିବା ପାଇଁ କଣ ଏତେ ପାଠପଢ଼ା ?

ମନ ଭିତରେ ମୋର ଆମ ଦେଶର ଚଳଣି ଉପରେ ବିଦ୍ରୋହର ନିଆଁ ଝୁଲ ବୁଣି ହୋଇ ଯାଉଥିଲା । ଏତେ ପାଠ ପଢ଼ି ଯଦି ରୋଜଗାରକ୍ଷମ ହୋଇ ପାରିଲା ନାହିଁ, ପୁଣି ପଢ଼ିବାକୁ ପଡ଼ିଲା ଓ ଚାକିରି ପାଇବାର ଅନିଶ୍ଚିତତା ଭିତରେ ବଞ୍ଚିବାକୁ ହେଲା, ତେବେ ପାଠ ପଢ଼ି ଲାଭ କଣ ?

ଏଇ କଥା ଭାବି ଭାବି ମୁଁ ଏମିତି ନୈରାଶ୍ୟରେ ଭାଙ୍ଗି ପଡ଼ିଲି ଯେ, ଆମ୍ମୟମାନେ, ପ୍ରମାଦଗଣି ୟାଙ୍କୁ ପ୍ରବର୍ତ୍ତାଇବାରେ ଲାଗିଲେ, ପାପାକୁ ଜଲଦି ବାହା କରେଇ ଦିଅ ।

ଆଜିକାଲି ନିମ୍ନ ମଧ୍ୟବିତ୍ତ ପରିବାରରେ ଝିଅର ଶିକ୍ଷାର ସମ୍ବଳ କରି କଣ ବାହା ଦେଇଦେବା ଏଡ଼େ ସହଜ ? ଶେଷରେ ମୋ ନୈରାଶ୍ୟଠାରୁ ୟାଙ୍କ ନୈରାଶ୍ୟ ବଲି ପଡ଼ିଲା ।

ପ୍ରସଙ୍ଗ କ୍ରମେ ଦିନେ ଈୟ ମୋତେ ଏକ ରହସ୍ୟ କଥାଭଲି କହିଲେ – ପାପା ପାଇଁ ଗୋଟେ ପ୍ରସ୍ତାବ ଆସିଛି ଯେ ସେ ବାହାଘର ଆଉ କଣ...? ଏକ ପ୍ରକାର କନ୍ୟା ବିତାଡ଼ନ ।

“ମାନେ” ?

ମୋ ପ୍ରଶ୍ନର ଉତ୍ତର ନ ଦେଇ ଏକ ଦୀର୍ଘଶ୍ୱାସରେ ମୌନ ରହିଲେ । ମୁଁ ବ୍ୟସ୍ତ ହୋଇ ଉଠିଲି । କହିଲି, କେମିତି ପ୍ରସ୍ତାବ ? କହନ୍ତୁ... । ଯେଉଁଭଲି ପ୍ରସ୍ତାବ ଆସିଲେ ଆମେ ଏଇଲେ ବାଛ ବିଚାର ନ କରି ପ୍ରତିଟି ପ୍ରସ୍ତାବରେ ରାଜି ହୋଇଯିବା ଉଚିତ୍ । କନ୍ୟା ଜନ୍ମ ହୋଇଛି ଯେତେବେଳେ, ନିଶ୍ଚୟ ବିତାଡ଼ିତ ହେବ ହିଁ ହେବ । ଆଉ ଯଦି ବିନା ଅର୍ଥ ଦାବିରେ ସେ ପ୍ରସ୍ତାବ ଆସିଥାଏ, ତେବେ ଖୁବ୍ ଶୀଘ୍ର ରାଜି ହୋଇଯିବା ଆମ ପକ୍ଷେ ମଙ୍ଗଲକର ।

"ଲତା"!

"ଓଃ... ଏମିତି ଚିହିଁକି ଉଠୁଛ କାହିଁକି ? କହି ଦେଲି ସିନା, ମୋ ଭିତରଟା ଆଦୌ ସମ୍ଭାଳି ହେଉ ନ ଥାଏ ଏତେ ସ୍ୱପ୍ନ ନେଇ ଗଢୁଥିବା ପାପା ଯେ ଏମିତି ସାଧାରଣ ଝିଅ ପରି ବାହା ହୋଇ ଯିବ ଭାବିଦେଲା ବେଳକୁ ହୃଦୟ ବିଦୀର୍ଣ୍ଣ ହୋଇ ଯାଉଥିଲା । କିନ୍ତୁ ମୁଁ ଯଥାସମ୍ଭବ ନିଜକୁ ସ୍ୱାଭାବିକ କରାଇ (ଅନ୍ତରଟା ପଛେ ରକ୍ତାକ୍ତହୋଇ ଯାଉଥାଉ), କହିଲି, କୌଠି ଗୋଟେ ସ୍ଥିର ନକରି ଖାଲି ଭାବି ହେଉ ଥିଲେ, ବାହାଘର ଆଦୌ ହୋଇପାରିବ ନାହିଁ । ବାହା ହବା ଛଡ଼ା ପାପାର ଆଉ କିଛି କର୍ତ୍ତବ୍ୟ ଥିଲାପରି ତ କାଇଁ ଲାଗୁନି ମତେ । ଅଯଥା ଡେରି କରି ଘରେ ବସାଇ ରଖିଲେ ଦୁଃଖ ବଢ଼ିବ ସିନା କମିବ ନାଇଁ । ତା ଛଡ଼ା ପାପା ଝିଅ ବୋଲି କଣ ମଣିଷ ନୁହଁ ? ଏମିତି ଅଦରକାରୀ ଜୀବ ଭଳି ଘରେ ଖାଲି ନୁହଁ ? ଏମିତି ଅଦରକାରୀ ଜୀବ ଭଳି ଘରେ ଖାଲି ବସେଇ ରଖିଲେ କାହା ମନ ସ୍ଥିର ହୋଇ ରହିବ କହ ?

ମୋର ଏ ଲମ୍ବା ବକ୍ତବ୍ୟରେ ଏମିତି ବିରକ୍ତ ହୋଇ ଉଠିଲେ ଯେ ଇଏ, ତାଙ୍କ କଥା ଗୁଡ଼ାକ କ୍ରୋଧରେ ଯେମିତି ଉଭେଇ ଯାଉଥିଲା । କ୍ରୋଧ ଜନିତ ଉତ୍ତେଜିତ ସ୍ୱରରେ କହିଲେ – କିଛି ନ ଜାଣି ନ ଶୁଣି କଣ ଏମିତି କହି ଯାଉଛ ? ତମେ ଖାଲି ପାପାଙ୍କୁ ନେଇ ଚିନ୍ତିତ, ଆଉ ମୁଁ ନୁହେଁ ? ପିଲା ଯାଇ ଚାକିରି କରିଛି ଆମେରିକାରେ । ସେ ଫେରି ଆସିବ ନାଁ କଣ ? ଆମର ଗୋଟିଏ ବୋଲି ଝିଅ, ସବୁଦିନ ଲାଗି ସେ ଆମ ପାଖରୁ ଦୂରରେ ରହିବ, ପାରିବ ତମେ ସମ୍ଭାଳି ? ଯେମିତି ସେମିତି ପ୍ରସ୍ତାବରେ କେମିତି ରାଜି ହୋଇଯିବ ବୋଲି କହୁଛ ?

ନିରବ ନିଷ୍ଫଳ ଖଣ୍ଡେ ଶିଳା ପରି ବସି ଗଲି ମୁଁ । ଅନେକ ସମୟ ବିତି ଗଲା । କିଛି ଭାବି ପାରିଲି ନାହିଁ । ପରେ ପରେ କହିଲି, ଦବା ନବା କଥା କ'ଣ କହୁଥିଲେ ?

"କିଛି ନାହିଁ... । ସେ ଖାଲି ଖୋଜୁଛନ୍ତି ଉଚ୍ଚଶିକ୍ଷିତା ଝିଅଟିଏ । ଏମିତି ହୋଇଥିବ, ଯିଏ ଯାଇ ସେଠି ଚାକିରି ବାକିରି କରି ପାରିବ । ପାପା ଆମର ଫିଜିକ୍ସରେ ଫାଷ୍ଟକ୍ଲାସ ପାଇଥିବା ଜାଣି ସେ ଖୁବ୍ ତତ୍ପର । ଖାଲି ଆମେ ହଁ କରି ଦେଲେ ସେମାନେ ବାହାଘର କରିଦେବେ । ଦେନା ନେବା କଥା ଦୂରେ ଥାଉ,

ସେମାନେ କହୁଛନ୍ତି, ଝିଅ ପାଇଁ ସୁନା ଗହଣା ଗଢ଼ିବା ବି ଦରକାର ନାହିଁ । ଆମେରିକାରେ ଏସବୁର ଚାହିଦା କାଇଁ ଯେ ସେମାନେ ଖୋଜିବେ ?"

"ଶୀଘ୍ର ଯାଇ ସେଠି ହିଁ କରିଦିଅ ।"

"ଏ କଣ ତୁମେ କହୁଛ ଲତା ?"

"ମୁଁ ଠିକ କହୁଛି । ଠିକ୍ କହୁଛି ମୁଁ ।"

"ଅସମ୍ଭବ । ରାଗି ମାଗି ଯାହା କୁହାଯାଏ, ସେ ଆଦୌ ଠିକ୍ ନୁହେଁ । ଆମ ପାଖେ ପଇସା ନାଇଁ ବୋଲି କଣ ଯୋଉଠି ଇଚ୍ଛା ସେଇଠି ବାହା ଦେଇଦେବା ? ଲତା ! ତୁମେ ବ୍ୟସ୍ତ ହୁଅନି ଲତା ! ମୁଁ କିଛି କିଛି ଟଙ୍କା ଯୋଗାଡ଼ କରୁଛି ।"

ମୁଁ ହସି ନ ଉଠିଲେ ବି, ଠିକ୍ ସ୍ୱରରେ କହିଲି ଯୋଉ ଟଙ୍କା ଯୋଗାଡ଼ କରୁଛି ବୋଲି କହୁଛି, ସେ ସବୁ ଯେ ଧାର ଉଧାର ମତେ ଅଛପା ନାହିଁ । ଧାର ଉଧାର କରି ବାହା ଦେଇଦେଲେ ଭାବୁଛିକି ଦାୟିତ୍ୱ ତୁଟିଗଲା ? ଝିଅ ଆସିବ ଯିବ । ପୁନିଅଁ ପର୍ବର ଭାର ଅଛି, ତାକୁ ତୁଲାଇବା । ତା ଛଡ଼ା ଦିହ ପା... ଡେଲିଭରି । ଝିଅ ପାଖରେ ନାଇଁ ନ ଥିବା ଦାୟିତ୍ୱ । କିନ୍ତୁ ସେ ଯାଇ ଆମେରିକାରେ ରହିଲେ, ତମର ଚିନ୍ତା ନାହିଁ । ତାଛଡ଼ା ଝିଅ ଆମର ଚାକିରି କରିବ ସେଠି । ନିଜେ ରୋଜଗାର କଲେ କାହା ପାଖରେ ସେ ଆଶ୍ରୟୀ ହେବନି । ବରଂ ସାହାଯ୍ୟ କରିବାକୁ ଆଗେଇ ଆସିବ । ଯୋଉ ଦେଶରେ ଏତେ ସୁନ୍ଦର ଜୀବନ, ସେ ଦେଶ, ଦୂର ହେଉ, ଆମ ଦେଶ ନ ହେଉ, ପାପା ସେଇଠି ବାହା ହେବ ।

ଇଏ ମୋ ଆଡ଼କୁ ଟିକିଏ ଖାଲି ଚାହିଁ ଦେଇ କହିଲେ – ସତ କହୁଛ ?

ଉଛୁଳି ପଡ଼ୁଥିବା ଲୁହକୁ ଆଖି ଭିତରକୁ ଠେଲି ଦେଇ, ମୁଁ ତାଙ୍କ ଦେହ ଛୁଇଁଲି ।

ସମସ୍ତଙ୍କର ଘୋର ଅନିଚ୍ଛା ସତ୍ତ୍ୱେ, ପାପା ସେଇଠି ବାହା ହୋଇଗଲା । ମୋର ସ୍ପଷ୍ଟ ମନେ ଥିଲା, ସେତେବେଳେ ମଧ ମୋ ଉପରେ ଦୋଷ ଲଦି ଦେଇ ମୋ ସହିତ କେହି କଥାବାର୍ତ୍ତା କରୁ ନଥିଲେ । ଘର ସାରା ଏମିତି ଏକ ଅଶାନ୍ତ, କ୍ରୋଧ ଆଉ ଘୃଣାର ତରବାରି ଧରି ବୁଲୁ ଥାଏ ଯେ, ମୁଁ ପ୍ରତି ମୁହୂର୍ତ୍ତରେ କ୍ଷତ ବିକ୍ଷତ ହେଉଥାଏ ।

କିନ୍ତୁ ସେଠିକି ଯାଇ, ପହଞ୍ଚୁ ପହଞ୍ଚୁ ଟେଲିଫୋନ୍ କଲା ପାପା, ରିସର୍ଚ କରିବା ପାଇଁ ଫେଲୋସିପ୍ ପାଇବା କଥା ଜଣାଇଲା ପାପା, ଏବଂ ସେ ସବୁ ପରି ଆସିଷ୍ଟାଣ୍ଟସିପ୍ ପାଇବା, ଗାଡ଼ି କିଣି ଚଲେଇବା, ଏବଂ ଘରର ସମସ୍ତ ସଭ୍ୟଙ୍କ ପାଇଁ ଆମେରିକା ଜିନିଷର ପାର୍ସଲ ପଠାଇଲା ପାପା, ସମସ୍ତଙ୍କ ମୁହଁରେ ସୁନିଆଁ ଜହ୍ନ ଉଇଁ ଉଠିଲା ।

ମୋ ଅନ୍ତର କିନ୍ତୁ ଟକ ମକ୍ ହୋଇ ଫୁଟି ଉଠୁଥିଲା । ଏଇଥି ପାଇଁ ଯେ, ଏମାନେ କେତେ ଭାରୁ । ସହଜ ସରଳ ସାବଲୀଳ ଗତିର ଜୀବନକୁ ଏମାନେ କେମିତି କଠା ଆଦର୍ଶରେ ଆବଗାହନ କରାଇ ବିପରୀତମୁଖୀ କରାଇ ନିଅନ୍ତି । ଯେଉଁମାନେ ଆଦର୍ଶକୁ ନଚିହ୍ନି ଅଣଆଦର୍ଶକୁ ସର୍ବସ୍ୱ ମଣନ୍ତି ସେମାନଙ୍କ ଆନନ୍ଦ ଉଲ୍ଲାସଟା ଗ୍ରହଣୀୟ ନୁହେଁ ।

ମୁଁ ଆନନ୍ଦିତ ହୋଇ ନ ପାରିବାର କାରଣଟା ହେଉଛି ଆଃ ମୋ ଦେଶରେ ଏସବୁ କଥା କାହିଁକି ସମ୍ଭବ ହୋଇ ପାରିଲା ନାହିଁ ? ଆମ ପିଲାମାନେ ଏସବୁ ସୁବିଧା ସୁଯୋଗ ଆମ ଦେଶରେ ପାଇ ପାରୁଥିଲେ, ସେଠିକି କାହିଁକି ଯାଆନ୍ତେ ? ତଥାପି ସେଦିନ ମୁଁ ସେଇ ମୁହୂର୍ତ୍ତରେ ସେ ଦେଶ ପ୍ରତି ସଶ୍ରଦ୍ଧ ପ୍ରଣତି ଜଣାଇ ପ୍ରତିଜ୍ଞା କରି ଥିଲି, ପୁପୁ ଯାହା ବା ହେଉନା କାହିଁକି, ସେ ସେଇଠିକି ଯିବ ।

ପୁପୁର ଆଶାତୀତ ପରୀକ୍ଷା ଫଳ ଶୁଣି ଯାଙ୍କର ଭାରି ଇଚ୍ଛା, ପୁପୁ କମ୍ପିଟେଟିଭ୍ ଦେଉ । ଆଇ.ଏ.ଏସ୍. ନ ପାଇଲେ ବି ଆଲାଏଡ଼ଟେ ଯଦି ପାଇଯାଏ ଯଥେଷ୍ଟ । ଦରମା ତ ବେଶ୍, କ୍ୱାର୍ଟର ଖଣ୍ଡିଏ, ଟେଲିଫୋନଟିଏ ଥାଇ ଯଦି ନିଜ ଦେଶରେ ଚାକିରି ଖଣ୍ଡିଏ ପାଇଗଲା, ସେଇ ତ ଆମ ପାଇଁ ସ୍ୱର୍ଗ ।

ମୁଁ ହସି ପକେଇଲି ।

ପର ମୁହୂର୍ତ୍ତରେ, ଦୁଃଖରେ ମୋ ଓଠ ଥରି ଉଠିଲା । ଆହା । ବିଚରା ବଡ଼ ଚାକିରିଟାଏ କରି ନ ପାରି, ପୁଅ ପାଇଁ କି ବିକଳ ଅବସ୍ଥା !

ଯଦୁକୁ ଦେଖିଲେ, ମଧୁକୁ ଦେଖିଲେ ଅନ୍ତର ତାଙ୍କର ଦଗ୍ଧ ହୋଇଯାଏ । ମୁଣ୍ଡପୋତି ଘର ଭିତରକୁ ପଶି ଆସି କୁହନ୍ତି, ଆମେ ସିନା ମାଷ୍ଟିଆ ଲୋକ ଯେ ବର୍ଷା ପାଣି କାଦୁଅରେ ଲଟପଟ ହେଉଛେ, ଯଦୁ ଗାଁରେ ବୁଲୁଛି ଜିପରେ । କହୁଛି

ଘରଟାକୁ ଭାଙ୍ଗି ସେ କୋଠା କରିବ । ବୁଝିଲ ଲତା । ଯଦୁ ଅତି ସାଧାରଣ ଛାତ୍ର ଥିଲା । ଆଇ.ଏ.ଏସ୍. ପାଇ ଆଜି ସେ...

ଆଉ ମଧୁ । ମଧୁକୁ ତମେ ଜାଣିନ ବୋଧେ । ଇନ୍‌କମ୍ ଟ୍ୟାକ୍ସ୍ ଅଫିସର ହୋଇଛି । ମତେ କଥା ଦେଇଛି, ଆମ କଲେଜକୁ କିଛି ଡୋନେସନ୍ ଦେବ । ତାକୁ ଘରକୁ ଡାକନ୍ତି ଯେ, ହେଲେ...

ତାଙ୍କର ସେତେବେଳର ସେଇ ଭାବପ୍ରବଣତା ଉପରେ ମୁଁ ବ୍ୟାଘାତ ଘଟାଇବାକୁ ଚାହିଁ ନଥିଲି । କିନ୍ତୁ ପୁପୁ ଆମେରିକା ଯିବା ପ୍ରସ୍ତାବ ଦେଲାବେଳେ, ସେ ମନା କରିବାରୁ କହିଲି, ଦେଖ । ଯଦୁ ତୁମର ହେଉ, କି ମଧୁ ତୁମର ହେଉ, ସିଏ ଯେତେ ଏଠି ବଡ଼ ଚାକିରିଟେ କଲେ ବି, ନିଜର ପାଓ୍ଆରକୁ ମିସ୍‌ୟୁଜ୍ ନ କଲେ କୌଣସି ଚାକିରିର ଚାର୍ମ ନାହିଁ । ଯେଉଁମାନଙ୍କୁ ଦେଖି ତମେ ବଡ଼ ବୋଲି ଭାବୁଛ, ସେମାନେ ଯେ ତାଙ୍କ ଦରମା ଗଣ୍ଠାକରେ ବଡ଼ ହୋଇଛନ୍ତି; ତାହା ଆଦୌ ନୁହେଁ । ପୁପୁ ତମରି ପୁଅ । ସେ ଯେ ତା’ର ପାଓ୍ଆରକୁ ମିସ୍‌ୟୁଜ୍ କରିବ, ମୋର ବିଶ୍ୱାସ ନାହିଁ । ଜୀବନ ଯାକ ସେଇ ଚାକିରି ପଛରେ ଗୋଡ଼େଇ ଘର ଅବସ୍ଥା ଢିଲା... । ସେ ଚାକିରି ବାକିରି ଲାଲସା ଛାଡ଼ି । ପୁପୁ ସେଠିକି ଯାଉ ଆଉ କିଛି ଅଧିକା ପଢ଼ି ଜ୍ଞାନ ଆହରଣ କରୁ । ଏଠି ସେଠିକା ପରି ସ୍କୋପ୍ ଥିଲେ, ମୋର ପୁପୁକୁ ଛାଡ଼ିବା ଦରକାର କଣ ? ପଢ଼ିବା ସଙ୍ଗେ ସଙ୍ଗେ ସେଠି କିଛି କିଛି ଉପାର୍ଜନ କରି ପାରିବ । ଏଠି ସେ ସୁଯୋଗ କାଇଁ ?

ପାପାକୁ ବୁଝାଇ ସବୁ ମୁଁ ଚିଠି ଦେଇଥିଲି । ସେ ଲେଖିଛି ସେଠିକି ଯାଇ ପୁପୁ ପି.ଏର୍.ଡ଼ି. କଲେ, ସେ ଯୋଉ ସ୍କଲାରସିପ୍ ଟଙ୍କା ପାଇବ, ଆମ ଏଠିକା ଚାକିରି ଟଙ୍କାକୁ ବଳି ପଡ଼ିବ । ଷ୍ଟୁଡେଣ୍ଟ ଗୁଡ଼ାକ ଏଠି ଗାଡ଼ି ଚଢ଼ି ଯେମିତି ବୁଲୁଛନ୍ତି, ବୋଉ ! ତୁମେ ମାନେ ଦେଖିଲେ ଆଶ୍ଚର୍ଯ୍ୟ ହେବ ଲୋ । ଚାକିରିର ଅନିଶ୍ଚିତତା ଭିତରେ କେତେ କଷ୍ଟ କରି ପୁପୁ କାହିଁକି କମ୍ପିଟେଟିଭ୍ ଦେବ ? ସେ ତ ଏଠି ପି.ଏର୍.ଡ଼ି କରି ଦେଲେ ଆସିଷ୍ଟସିପ୍ ଥୁଆ । ଆସିଷ୍ଟାଣ୍ଟ ପ୍ରଫେସର ହୋଇଗଲେ କେତେ ସେ ସମ୍ମାନ ଏଠି, ତମେମାନେ ଆଦୌ ବିଶ୍ୱାସ କରି ପାରିବ ନାଇଁ । ମୋର ଏବେ ବି ଇଚ୍ଛା ହୁଏ, ଆଃ ବାପା ହେଲେ ଚାଲି ଆସନ୍ତେ ଏଠିକୁ ।

ପାପା ଚିଠି ଶୁଣି, ମୋ ନିଷ୍ଠୁରି ଜାଣି ବି, ଏକ ମୂର୍ତ୍ତିମାନ ଆତଙ୍କ ପରି ଗତି କରୁଥାନ୍ତି ଇଏ ।

ଏତିକିବେଳେ ଆସି ପହଞ୍ଚ ଗଲେ ଭାଇ । ଯାହାଙ୍କ ହବି ହେଉଛି ଖାଲି ପିଲାଙ୍କୁ ଗେହ୍ଲା କରିବା ! ନିଜର ପିଲାଙ୍କୁ ଗେହ୍ଲା କରି କରି ବଳକା ସମୟଟକରେ ପୁପୁକୁ ଗେହ୍ଲା କରିବା ପାଇଁ ଆସନ୍ତି ସିଏ । ଆସି, ଯେତେବେଳେ ଦେଖିଲେ, ପୁପୁ ଯାଉଛି ଆମେରିକା ସେ ଧୈର୍ଯ୍ୟହରା ହୋଇପଡ଼ି କହିଲେ “ଏଡ଼େ ବ୍ରିଲିୟାଣ୍ଟ ପିଲା ପୁପୁ, କମ୍ପିଟେଟିଭ ଦେଇ ସେ ଖଣ୍ଡେ ଭଲ ଚାକିରି ପାଇ ପାରିବ ନାହିଁ ଏ, ତା' ଭଲି ପିଲାକୁ ପୁଣି ଆମେରିକା ଯିବାକୁ ହେଲା ?”

ଭାଇଙ୍କ କଥା ଶୁଣି ମୋ ବ୍ରହ୍ମ ଜଳି ଗଲା । ଆରେ ଆମେରିକା ଯିବାଟା ଗୋଟେ କଣ ନିର୍ବାସନ ଦଣ୍ଡ ?

କିନ୍ତୁ ଇଏ ଏତେ ଉନ୍ମଦ ହୋଇ ପଡ଼ିଲେ ଯେ, ପ୍ରଚ୍ଛନ୍ନ କ୍ରୋଧଟା ଉଚ୍ଛୁଲି ପଡ଼ିଲା । କହିଲେ – ପଚାର ପଚାର ତମ ଭଉଣୀକି ! କଣ ନାଁ ଅଧିକ ପାଠ ପଢ଼ି ଜ୍ଞାନ ଆହରଣ କରିବ... ଏତେ ପଢ଼ିଲା ! ୟୁନିଭରସିଟିରେ ଫାଷ୍ଟ ହେଲା । ଆଉ ପୁଣି ଅଧିକ ଜ୍ଞାନ କଣ ?

ମୋ ପ୍ରତି ଏ ତାଚ୍ଛଲ୍ୟକୁ ପୁପୁ ସହ୍ୟ କରି ନ ପାରି କହିଲା, କେତେ ଥର ତୁମକୁ ଆଉ ବୁଝାଇବାକୁ ପଡ଼ିବ ଯେ ବାପା କମ୍ପିଟେଟିଭ ଦେଇ, ଯଦି କୃତକାର୍ଯ୍ୟ ନହୁଏ ? ଶେଷକୁ ତମରି ଅବସ୍ଥା ହେବ । ଏତେ ତମେ ଭଲ ଷ୍ଟୁଡ଼େଣ୍ଟହୋଇ କମ୍ପିଟେଟିଭରେ ସକ୍‌ସେସ୍‌ଫୁଲ ହୋଇ ପାରିଲ ନାହିଁ ବୋଲି ସିନା ଏ ପ୍ରାଇଭେଟ କଲେଜରେ ରହି ଏଇଭଲି କାଙ୍ଗାଲ ଅବସ୍ଥା ! ଯୋଉ ଦେଶରେ ମେରିଟ୍‌ର କୌଣସି ମୂଲ୍ୟ ନାହିଁ, ସେଠି ଏତେ ଅନିଶ୍ଚିତତା ଭିତରେ ବାରମ୍ବାର କମ୍ପିଟେଟିଭ ଦେଇ ଅସଫଳତା ସଙ୍ଗେ ସଙ୍ଗେ ଦାରିଦ୍ର୍ୟତାକୁ ଟାଣି ଆଣିବା କଥା ।

ପୁପୁ କଥାରେ ଛୋଟ ପିଲାଙ୍କ ପରି ଅଭିମାନିଆ କଣ୍ଠରେ ଇଏ କହିଲେ, 'ହଉ ତୋ ମନ ଯାହା, ତା' କର... ।” !

ମୋ ଦୟନୀୟ ନିରବତା, ୟାଙ୍କ ଅଭିମାନ ଓ ପୁପୁର ଗ୍ଲାନିରେ, ଭାଇ ପରିସ୍ଥିତିଟାକୁ ହାଲକା କରିବାକୁ ଯାଇ କହିଲେ, ଛାଡ଼ କାହାରି ଦୋଷ ନାହିଁ,

ପୁପୁଟା। ପିଲା ଦିନୁ ନିଜ ସବ୍‌ଜେକ୍ଟ ଉପରେ ଭାଷଣ ଆମ୍ବିସସ୍। ବେଟର ପ୍ରସ୍‌ପେକ୍ଟସ ପାଇଁ ତା ପକ୍ଷେ ଆମେରିକା ଯିବା ହିଁ ଉଚିତ୍। ଯେଉଁଠି କ୍ଷେତ୍ର ପ୍ରଶସ୍ତ ଓ ପ୍ରସ୍ତୁତ ସେଠି ବୀଜବପନ ବାଞ୍ଛନୀୟ। କିଏ କହିବ, ହୁଏତ ସେଠିକି ଯାଇ ସେ ଏମିତି ନାଁ କରିବ ଯେ ଆମ ଦେଶ ତାକୁ ନେଇ ଆସିବା ପାଇଁ ବାଧ୍ୟ ହେବ।

ଭାଇଙ୍କ କଥା ଶୁଣି ଇଏ ହସି ଉଠିଲେ ଅଚ୍ଛ।

କିନ୍ତୁ ଦୁଃସହ ପୀଡ଼ାରେ ମୁଁ ପୀଡ଼ିତ ହୋଇ ଉଠିଥିଲି। ସେ ହସ ଯେ ଉପହାସ ମାତ୍ର, ଏହା ବୁଝିବା ମୋ ପକ୍ଷେ କଷ୍ଟ ସାଧ୍ୟ ନଥିଲା। କାରଣ ଭଲ କଥାଟାକୁ ଉପହାସରେ ଉଡ଼ାଇ ଦେବା ଭାଇଙ୍କର ଗୋଟେ ସହଜାତ ଗୁଣ।

ମୁଁ କିଛି କହିଲି ନାହିଁ। ଏତିକି ବେଳେ ଲୋଡ଼ ସେଡ଼ିଂ ଯୋଗୁ ଲାଇଟ୍ ଲିଭି ଯାଇ ନିରବ ଅନ୍ଧାର ବୋଲା ଆକାଶ, ଆମକୁ ଘେରି ରହିଗଲା ବିଷାଦ ଭର୍ତ୍ତି ବଳୟ ପରି।

ହଠାତ୍ ଭାଇ ଉଠିଲେ, ଚାଲିଯିବା ପାଇଁ। ଚାରିଆଡ଼େ ନିଃସ୍ତବ୍ଧ। ମୋ ମନ ଅଶାନ୍ତ। ପୁପୁ କହିଲା, ବୋଉ। ଯାଆ ମାମୁଙ୍କୁ ଛାଡ଼ି ଦେଇ ଆସିବୁ। ମୁଁ ମହମବତୀଟା ଲଗାଇ ଦେଉଛି।

ପୁପୁ ହାତରୁ ମୁଁ ମହମବତୀଟା ନେଇ ମୁଁ ଭାଇଙ୍କୁ ବଳାଇ ଦେଇ ଆସିବା ପାଇଁ ଗେଟ୍ ପର୍ଯ୍ୟନ୍ତ ଗଲି। ମତେ ଭାରି ଆଶ୍ଚର୍ଯ୍ୟ ଲାଗୁଥିଲା ଯେ, ଅନ୍ୟଦିନ ମାନଙ୍କ ପରି, ଭାଇଙ୍କୁ ଆଜି ମୁଁ ଆଉ ଟିକିଏ ରହ କହି ଅଟକାଉନି। ତାଙ୍କ ଚାଲି ଯିବାରେ ମୋର ଦୁଃଖ ନାଇଁ। ବରଂ ରାଗ ଲାଗୁଛି, ଯାଆନ୍ତୁ।

ଭାଇ ବି ମୋ ଉପସ୍ଥିତି ପ୍ରତି ଆଦୌ ସଚେତନ ନ ଥିଲେ। କ୍ଷିପ୍ର ପାଦରେ ଆଗେଇ ଯାଇ ଗେଟ ଖୋଲୁ ଖୋଲୁ ମୁଁ ଅସମ୍ଭାଳ ହୋଇ କାନ୍ଦି ଉଠିଲି। ଆଖିର ଲୁହରେ ଚେଁ ଚେଁ ଶବ୍ଦକରି କ୍ୟାଣ୍ଡଲଟି ଯେତେବେଳେ ଲିଭିଗଲା, ଭାଇ ଆଉ ପାଦ କ୍ଷିପ୍ର କରି ନ ପାରି କହିଲେ, "କାନ୍ଦି ଲାଭ କଣ? ତୋ' ହୋଇ ଅମ୍ବିସନ୍ ହିଁ ତୋ ଦୁଃଖର କାରଣ। ପୁପୁ ଏଠି ଚାକିରି ଖଣ୍ଡେ ପାଇ ନ ଥାନ୍ତା ଯେ...।"

ଛୋଟ ପିଲାଙ୍କ ପରି କାନ୍ଦି କାନ୍ଦି ମୁଁ ଗେଟ୍ ପାଖରୁ ସେ ଅନ୍ଧାରଟାରେ ଦଉଡ଼ି ଆସିଲି । ପୁପୁ ମୋର ଏଇ ଅବସ୍ଥା ଦେଖ୍ ମୋ ସର୍ବାଙ୍ଗରେ ହାତ ବୁଲାଇ ପକାଇ କହିବାରେ ଲାଗିଛି – "କଣ ହେଲା ବୋଉ... ? କଣ ହେଲା କହଲୋ... ।"

ମୁଁ ଆଦୌ ଜାଣି ପାରୁନି ପୁପୁକୁ କି ଉତ୍ତର ଦେବି ? ମୋର ଏଇ ଅସ୍ଥିର ଚିତ୍ତର ବ୍ୟାକୁଳତା, ଅକାରଣ ବେଦନା ହେତୁରୁ ପୁପୁ ଯଦି ନ ଯାଇ ଅଟକି ଯାଏ ? ଏତେ ସ୍ୱପ୍ନ, ଏତେ ଆଶା, ଏତେ ଆକାଂକ୍ଷା କୁଆଡ଼େ ଉଭେଇ ଯିବ ତ ! ଯଦି ମୋତେ କେହି ପଚାରେ, ପୁପୁ ଆମେରିକା ଯାଉ ଥିଲା ପରା, ଗଲାନି କାହିଁକି ? ମୁଁ କି ଉତ୍ତର ଦେବି ? ଉତ୍ତର ଯାହା ହଉନା କାହିଁକି ମୋର ଡର ନାହିଁ । କିନ୍ତୁ ଏ ଯେଉଁ ଅଦ୍ଭୁତ ପରିବର୍ତ୍ତନ ମୋର ହେଉଛି ସେଥିରେ ମୁଁ କଣ ସୁଖୀ ହୋଇ ପାରିବି ? କଦାପି ନୁହେଁ । ଏଭଳି ଭାବେ ସୁଖକୁ ଫେରେଇ ଆଣିବାଟାକୁ ମୁଁ ସୌଭାଗ୍ୟ ବୋଲି ମନେ କରେନା ।

ତଥାପି ମୁଁ ବୁଝ୍ ରହି ଯାଇ ମୋ ସ୍ୱାଭାବିକ ଅବସ୍ଥା ଫେରାଇ ଆଣି ପାରୁନି । ହୃଦୟ ଭିତରଟା କି ଗୋଟାଏ ଅଜଣା ଅଗ୍ନିରେ ଦହନ ହୋଇଯାଇଛି । ମୁଁ ଅସମ୍ଭାଳ ଅବସ୍ଥାରେ କହି ଉଠିଲି – ପୁପୁ । ତୁ ଆମେରିକା ନ ଗଲେ ହୁଅନ୍ତା ନାହିଁ ?

"ବୋଉ" ପୁପୁ ମୁହଁରେ ଫୁଟି ଉଠିଲା ବେଦନାବୋଧ ଅନ୍ୟମନସ୍କତା । ବାଚାଳଙ୍କ ପରି ଏଁ ଆଁ...ଡଁ...ଡଁ... ହୋଇ ଶେଷରେ କହିଲା, ବୋଉ ! ତୁ କାହା କଥା କାହିଁକି ଶୁଣୁଛୁ ? ଏ ବିଜ୍ଞାନ ଯୁଗରେ ଦୂରତାଟା ବଡ଼ କଥା ନୁହେଁ । ଯେତେବେଲେ ମତେ ଖୋଜିବୁ, ମାତ୍ର ଦେଢ଼ ଦିନରେ ଆସି ପହଞ୍ଚିବି । କାହିଁକି ବ୍ୟସ୍ତ ହେଉଛୁ ?

"ହେଲେ ବାପା ! ମୋର ଏଇ ମନର ଦୂରତା... ।" କୋହରେ ମୋ କଣ୍ଠରୁଦ୍ଧ ହୋଇ ଆଖ୍ ବୁଜି ହୋଇଗଲା । ଆଖ୍ ଖୋଲିଲା ବେଳକୁ ଲାଇଟ୍ ଆସିଯାଇ ଘର ସାରା ଆଲୋକିତ । ଇଏ ମୋ ପାଖରେ ବସି ମତେ ଆଉଁଶୁଛନ୍ତି ।

ମୋ ଆଖ୍ ପୁପୁ ଉଦ୍ଦେଶ୍ୟରେ ପହଁରି ଗଲା କୋଠରିର ଚତୁଃପାର୍ଶ୍ୱ । ଖଟରେ ଶୋଇ ଯାଇଛି ପୁପୁ । ଆଖ୍ ରଖ୍ ମମତା'ର ଅଠରେ । ଆଗରୁ ଏମିତି

କେବେ ମୋ ମାତୃତ୍ୱରେ ଏତେ ମମତା ଜନ୍ମ ନେଇ ନଥିଲା । ଭାବିଲି, ଆହା କୋଉ ଜନ୍ମରେ କି ପାପ କରିଥିଲି । ପୁଅ ଛିଅ ଥାଇ ବି ମୋ କୋଳ ଶୂନ୍ୟ । ସେ ଦେଶକୁ ଯାଇ ସତରେ କଣ ପୁଅ ଆଉ ଫେରି ଆସିବ ? କାନ୍ଦି ଗଡ଼ି ଗଲେ ବି ସେ ଆଉ ଆସିବ ନାହିଁ । ଯୁକ୍ତି କରିବ । ପରେ ବୁଝେଇ କି କହିବ, ବୋଉ କାହିଁକି ଆସିବି କହିଲୁ ? କଣ ଅଛି ସେଠି ? ନାଁ ଖାଇବାରେ ସୁବିଧା ? ନାଁ ବୁଲ୍‌ ବାରେ ସୁବିଧା ? ଆମ ଦେଶରେ ଆମେ ସବୁତକ ପଇସା ଖାଇବାରେ ଖର୍ଚ୍ଚ କରି ବି, ଉଉମ ଖାଦ୍ୟ ଖାଇ ପାରୁନୁ । ପାରୁନି କହିଲେ ଠିକ୍ ହେବନି, ପାଉନି କହ । ଏଠି କେତେ ଜଣ ଲୋକ ସକାଳୁ ଉଠି ଦାନ୍ତ ବ୍ରସ କରି ଫ୍ରୁଟ୍‌ ଜୁସ୍‌ ପିଅନ୍ତି ? ରୋଗୀ କି ଏଠି ଶୁଖିଲା ବାସି ଫଳଟିଏ ପରା ମିଳେନି । ଜିରାରୁ କାଠି, ଧନିଆରୁ ମାଟି, ସୋରିଷରୁ ଗୋଡ଼ି, ଚାଉଳରୁ ପୋକ ବାଛି ବାଛି ଆମ ଦେଶ ସ୍ତ୍ରୀଲୋକମାନେ ପାଚନ ପ୍ରସ୍ତୁତ କଲାବେଳେ ସେମାନେ ସିଧା ପ୍ୟାକେଟ ଖୋଲି ଅଧ ଘଣ୍ଟା ସମୟ ଭିତରେ ରନ୍ଧା ଶେଷ କରନ୍ତି । ଦିନେ ରନ୍ଧା ରଖିଦେଲେ ସପ୍ତାହ ଯାଏଁ ଚିନ୍ତା ନାହିଁ, ଫ୍ରିଜ୍‌ରେ ରହି ଯାଏ । ଏଠି ଯେ ଫ୍ରିଜ୍‌ ନାହିଁ, ମୁଁ ସେ କଥା କହୁନି । ମାତ୍ର ଫ୍ରିଜ୍‌ ଥାଇ ନ ଥିଲା ଭଳି । ପ୍ରତି ମୁହୂର୍ତ୍ତରେ ଯଦି ଲାଇନ ଯାଉଥିବ, ତେବେ ଫ୍ରିଜର ପାଣି ଟିକେତ ଥଣ୍ଡା ହୋଇପାରୁ ନଥିବ, ଖାଦ୍ୟ ସାମଗ୍ରୀ ସତେଜ ରହିବ କେମିତି ? ସେଠି ତିନି ବର୍ଷରେ ଥରେ ତିନି ମିନିଟ ପାଇଁ ବି ଇଲେକ୍‌ଟ୍ରିକ୍‌ ସପ୍ଲାଇ ବନ୍ଦ ରହେନି । ଏସବୁ ଛଡ଼ା ଅଳ୍ପ ଦାମରେ ଗାଡ଼ି କିଣି ଶସ୍ତା ପେଟ୍ରୋଲରେ ଗାଡ଼ି ଚଢ଼ିବା, ଯନ୍ତ୍ରପାତି ସାହାଯ୍ୟରେ ଘର ଚଲାଇବା ଏବଂ ଲାଇବ୍ରେରୀ ଲାଇବ୍ରେରୀ ବୁଲି ବହି ପଢ଼ିବାର ସୁବିଧା ସୁଯୋଗ କାଇଁ ଏଠି ? ଆଉ ଏଠା ୟୁନିଭରସିଟିର ଯୋଉ ଦୁରବସ୍ଥା ସେଠା ଏଲ୍.ପି. ସ୍କୁଲ ଠାରୁ ମଧ ଆହୁରି ହୀନ । ଭାବିଲେ କାନ୍ଦ ମାଡୁଛି । ଆସିବ କଣ ? ଅନାସକ୍ତ ନିରହଙ୍କାର ଭାବ ନେଇ ମୁଁ ତା' କଥାକୁ ସମର୍ଥନ କରିବାକୁ ବାଧ ହେବି ଶେଷରେ । "ହଁରେ ବାପ ଏତେ ଅସୁବିଧା ଭିତରକୁ କାହିଁକି ଆସିବୁ ? ତୁ ସେଇଠି ସୁବିଧାରେ ଥା" – ।

ମୋ ଆଖିରୁ ଏଇ ଭାବନା ସମ୍ଭତିରୁ, ଲୁହ ଖସି ପଡ଼ିଲା । ଚାହିଁ ଦେଖିଲି, ତଥାପି ପୁପୁଟା ଶୋଇଛି । ପାଞ୍ଚ ଫୁଟ ସାଢ଼େ ଏଗାର ଇଞ୍ଚର ସୁନ୍ଦର ସ୍ୱାସ୍ଥ୍ୟବାନ ଯୁବକ । କଳା କଳା ବ୍ୟାକ୍ ବ୍ରସକରା ମୁଣ୍ଡରେ ଗୋଛାଏ ସିଧା ବାଳ । ପ୍ରଶସ୍ତ

କପାଳ ତଳକୁ କଳା ଭ୍ରମୁଁର ଦୁଇଟି ଆୟତ ଆଖି । ଆଉ ତୀକ୍ଷ୍ଣ ନାସିକା ତଳେ ଗୁଞ୍ଜୁରି ଉଠୁଥିବା ସୁନେଲୀ ନିଶ ଟିକକ ତା ସର୍ବାଙ୍ଗ ସୁଶୋଭନର ମୁକୁଟ ଯେମିତି ।

ମୁଁ ଲୋଭେଇ ଉଠୁ ଉଠୁ ଭାବିଲି, ଆହା... କାହିଁକି ପୁଅୁଟା ଏଡ଼େ ବେଗି ଏତେ ବଡ଼ ହୋଇଗଲା ? କାଲି ପରି ଲାଗୁଛି, ଥାକୁଲୁ ଥାକୁଲୁ ହୋଇ କେଡ଼େ କୁନିଟିଏ ଥିଲା । ବଳିଲା ବଳିଲା ଡେଣା, ଢଳ ଢଳ ଆଖି, କୁଞ୍ଚ କୁଞ୍ଚିଆ ବାଲ, ଥଣ୍ଡଲ ପେଟ ଶିଶିର ଧୁଆ ପଦ୍ମଫୁଲର ପାଖୁଡ଼ା ପରି ନରମ ଦୁଇ ପାଦ । ସରୁ ସରୁ ଓଠର କୁନି ପାଟିଟିରୁ ଯେତେବେଳେ ଝରି ପଡ଼ୁଥାଏ ଲାଲର ଗାର, ସତେକି ବେଙ୍ଗଲ ସଟିଫୁଡ଼ ବିଜ୍ଞାପିତ ପୁଅଟି ।

ଆହାରେ ! ପୁଅୁଟା ଏଇଲେ ସେଇମିତି ହୋଇ ଯାଇଥାନ୍ତା ନାହିଁ ? କଣ କ୍ଷତି ହୋଇ ଯାଇଥାନ୍ତା ହେଲେ ! ମୋ କୋଳ ତ ଆଉ ଶୂନ୍ୟ ହୋଇ ରହନ୍ତା ନାଇଁ । ପାଠ ନ ପଢ଼ୁ ନ ପଢ଼େ, ପୂରିଲା କୋଳର ମାଆ ହୋଇ କେଡ଼େ ଗର୍ବ ଅନୁଭବ କରନ୍ତି ମୁଁ । ନ ହେଲେ ଏ ଦେଶର ଚାଲିଚଳଣି, ରୀତିନୀତିକୁ ବଦଲେଇ ଦେଇ, ଶୁଦ୍ଧପୁତ କରି ଦେଇ କହନ୍ତି, ତୁ ଏଠି ରହ ବାପ । ଏଠି ଫୁଟ୍ ଜୁସ୍ ମିଳୁଛି । ଫଳର ଦେଶ କାଶ୍ମୀର ପରା ଆମରି ରାଜ୍ୟରେ । ଆମ ଯୁନିଭରସିଟି ଖରାପ ହେବ କାହିଁକି ? ବିଶ୍ୱ ବନ୍ଦିତ ଯୋଉ ନାଲନ୍ଦା ଯୁନିଭରସିଟି ଥିଲା, ସେ ଦେଶର ଯୁନିଭରସିଟି କେବେ ଖରାପ ହୋଇପାରେ ? ସାରା ବିଶ୍ୱରେ ଏ ଦେଶ ପ୍ରାଚୀନ । ଏ ଦେଶର ସଭ୍ୟତା, ଏ ଦେଶର ସଂସ୍କୃତିର ପୁସ୍ତକମାନଙ୍କୁ ନେଇ ସେ ଦେଶର ଗ୍ରନ୍ଥାଳୟମାନ ସମୃଦ୍ଧ । ଆମ ଦେଶରେ ଲାଇବ୍ରେରୀ ଅଭାବ ହେବ କାହିଁକି ? ତୁ ଏଠି ରହ । ଏଠି ପଢ଼... ।

ହୁଃ... କାହିଁକି ଏକଥା ଭାବୁଛି ମୁଁ ? ଏ ଦରିଦ୍ର ଅନଗ୍ରସର ଦେଶର ଜନନୀ ପକ୍ଷେ ଏ ସୌଭାଗ୍ୟ ତା'ର କାଇଁ ? ଦେଶର ଦ୍ୱିତୀୟ ଶ୍ରେଣୀ ନାଗରୀକ ବୋଲି ମାଆକୁ କହି, ଯୋଉ ଦେଶର ପୁଅ ଖବରକାଗଜରେ ପ୍ରକାଶ କରି ଗର୍ବ ଅନୁଭବ କରେ ସେ ଦେଶର ଜନନୀ ଯେ କେଡ଼େ ତୁଚ୍ଛ, ନଗଣ୍ୟ ସେ ହିଁ ବୁଝେ । ପୁଅର ସୌଭାଗ୍ୟ ପାଇଁ ସେ ଦେଶର ରୀତିନୀତି କୋଉଠୁ ବଦଲାଇ ଦେଇ ପାରିବ ? ସୁଯୋଗ୍ୟ ସନ୍ତାନ ଜନ୍ମ କରି ବି ସେ କୋଳଶୂନ୍ୟା... ।

କେତେବେଳେ ପୁପୁ ମତେ ହଲାଇ ଦେଇ କହିଲାଣି, "ହେ ବୋଉ । ମୁଁ ଯାଉଛି ଲୋ... ।"

"ଯାଉଛୁ" ? ମୋ କଣ୍ଠରେ ପ୍ରଶ୍ନବାଚୀ । ଏତେ ଦିନର ସ୍ୱପ୍ନ ଯେ ସତ୍ୟ ହେବାକୁ ଯାଉଛି, ମୁଁ ସେ ସତ୍ୟକୁ ବରଦାସ୍ତ କରିପାରୁନି । ମୋ ଅନ୍ତର କମ୍ପି ଉଠୁଛି । ମୁଁ ଦୁର୍ବଲ । ମୁଁ ଅସହାୟ । ମୁଁ ଅସ୍ଥିର । ମୋର ଉଚ୍ଛ୍ୱାସ କୁଆଡ଼େ ଉଭେଇ ଉଭେଇ ଯାଉଛି । ହେ ଭଗବାନ ମୁଁ କଣ କରିବି ।

"ଯାଉଛି ବୋଉ ।"

"ଯାଆ... ଯାଆରେ ଧନ"... କହି ତା ହାତକୁ ଟିଫିନ୍ ଡବା ଓ ପାଣି ବୋତଲଟିକୁ ବଢ଼ାଇ ଦେଲି... (ଯେମିତି ତେଇଶି ବର୍ଷ ତଳେ ନୂଆ ହୋଇ ପୁପୁ ସ୍କୁଲ ଯିବା ଦିନ ବହି, ଟିଫିନ୍ ଡବା ଓ ପାଣି ବୋତଲ ବଢ଼ାଇ ଦେଇଥିଲି) ।

୧୧

ଆବେଗର ଉଚ୍ଛ୍ୱାସ

ବିଶିଷ୍ଟ ଶାସ୍ତ୍ରୀୟ ସଙ୍ଗୀତଜ୍ଞ ଅନୀଲ କୁମାରଜୀଙ୍କ ଓଡ଼ିଶା ଆଗମନର ସମ୍ବାଦ ଖବରକାଗଜରୁ ପଢ଼ି, ଭାରି ଇଚ୍ଛା ହେଲା ତାଙ୍କ ପାଖେ ସଙ୍ଗୀତ ଶିକ୍ଷା କରିବା ପାଇଁ । ବହୁଦିନରୁ ପ୍ରକାଶ ପାଇ ନ ଥିବା ମନର ଭାବକୁ ବ୍ୟକ୍ତ କରି ତୁମ ପାଖେ ଅଳି କଲି, 'ଦେଖ ! କୁମାରଜୀ ବେଶ୍ ବୃଦ୍ଧ । ତାଙ୍କ ଭଳି ଶାସ୍ତ୍ରୀୟ ସଙ୍ଗୀତ ବିଶାରଦ କେହି ନାହାଁନ୍ତି କହିଲେ ଚଳେ । ଓଡ଼ିଶା ଆସି ସଙ୍ଗୀତ ଶିକ୍ଷା ଦେବାର କାର୍ଯ୍ୟକ୍ରମ ଯେତେବେଲେ ସେ ରଖିଛନ୍ତି, ମୁଁ ତାଙ୍କ ପାଖେ ଶିଖନ୍ତି ଟିକେ । କ'ଣ କହୁଛ ?'

ମୋ କଥାକୁ ତୁମେ କର୍ଣ୍ଣପାତ କଲନି । କିନ୍ତୁ...

କିନ୍ତୁ କୌଣସି ଗୋଟାଏ ଦୁର୍ବଲ ବେଲାରେ ତମର ମନ କଥାଟା ମୋତେ ଲୁଚାଇ ନ ପାରି କହିଦେଲ – 'ଶୁଭ୍ରା ! ତୁମେ କହୁନ ସିନା ସଙ୍ଗୀତ ଶିଖିବ ବୋଲି, କିନ୍ତୁ ତୁମର ଏ ଯେଉଁ ଚେହେରା, ଯେତେ ବୃଦ୍ଧ ଶିକ୍ଷକ ହେଲେ ବି କୌଣସି ପ୍ରକାରେ ଅମନଯୋଗୀ ହୋଇ ପାରିବନି...'

ତୁମ କଥାରେ ମୁଁ ପ୍ରତିବାଦ କରି ଉଠିଲି । କହିଲି, ଦେଖ, 'ଏ ସବୁ ପାଇଁ ଗୋଟେ ବୟସର ସୀମା ଥାଏ । ଚାଳିଶ ବର୍ଷ ବୟସ, ଦୁଇଟି ବିବାହିତା କନ୍ୟାଙ୍କ ଜନନୀ ହୋଇ, ମୋଠାରେ ଏ କଥା କଳ୍ପନା କରୁଛ କେମିତି ?'

ତୁମେ ହସି ଉଠିଲ । କହିଲ, 'ତୁମ ବୟସ ସଙ୍ଗେ ଚେହେରାର କୌଣସି ସମ୍ପର୍କ ନାହିଁ ଶୁଭ୍ରା । ଦୁଇଟି କନ୍ୟାକୁ ବାହା ଦେଇ ସାରି ବି ତୁମେ ଶୁଭ୍ରତାରେ ଭାଜି ପଡୁଛ । ଖାଲି ସେତିକି ନୁହେଁ, ଅଟୁଟ ସ୍ୱାସ୍ଥ୍ୟ, ସ୍ନିତ ହାସ୍ୟ, ମଣିଷ ସଙ୍ଗେ ମିଶି ପାରିବାର ଶୈଲୀ ଯେ କୌଣସି ବୟସର ପୁରୁଷକୁ ଏମିତି ଆକୃଷ୍ଟ କରିବ ଯେ, ଚେଷ୍ଟା କରି ବି ସେ ସଂଯତ ରହି ପାରିବନି । ତୁମେ ଯାହାକୁ ବୃଦ୍ଧ ବୋଲି କହି ପାଖକୁ ତା'ର ଆଗେଇ ଯାଉଛ, ସେ ତୁମକୁ ପାଇଲେ ଯୁବକ ଠାରୁ ବି ଅଧିକ

ମନେ ହେବ । ପୁରୁଷର ପ୍ରୀତି ରସାଲ ସମୁଦ୍ରର ଗଭୀରତା ମାପିବା ପାଇଁ କୌଣସି ସ୍ତ୍ରୀ ଏ ପର୍ଯ୍ୟନ୍ତ ସକ୍ଷମ ହୋଇପାରିନାହିଁ । ତୁମେ ତ ସ୍ତ୍ରୀ ହିସାବରେ ଏବେ ବି ଶିଶୁ ଅବସ୍ଥାରେ ଅଛ ! ମୁଁ ଯେ କେମିତି ତୁମକୁ ବାହାରକୁ ଛାଡ଼ିବି ଆଦୋ ଭାବି ପାରୁନି ।'

ଏକଥା ଶୁଣି ମନ ମୋର ବିଷାଦରେ ଭରିଗଲା । କାନ୍ଦ କାନ୍ଦ ହୋଇ କହିଲି, ନିଜ ସ୍ତ୍ରୀର ସ୍ୱାଧୀନତାକୁ କୌଣସି ପୁରୁଷ ବରଦାସ୍ତ କରି ପାରିବାର ପ୍ରମାଣ ନାହିଁ । ଏଇ ଚରିତ୍ରର ଅମୋଘ ଅସ୍ତ୍ର ପ୍ରୟୋଗ କରି, ତା'ର ସକଳ ପ୍ରତିଭାକୁ ସ୍ଫୂର୍ତ କରିଦିଅ । ପିଲାମାନେ ପାଖରୁ ଗଲେଣି, କେତେଦିନ ଧରି ଏଇ ଘର କାମରେ ନିଜକୁ ନିୟୋଜିତ ରଖ ପରାଧୀନତା'ର ଶିକାର ହୋଇଥିବି ! କୁହନା.... ?

ତୁମେ ଶୋଚନାସିକ୍ତ କଣ୍ଠରେ ମତେ ସୁଢେଇ ଦେଇ କହିଲ, 'ବୁଝିଲ ଶୁଭ୍ରା ? ତୁମେ ଯାହାକୁ ପରାଧୀନତା ବୋଲି କହୁଛ ସେ ଯେ ଜୀବନର ନିରାପଭା ତୁମେ ଜାଣି ପାରୁନ । ପାଦେ ପାଦେ, ପ୍ରତି ପାଦେ ତୁମରି ପାଖେ ପାଖେ ଅଛି ବୋଲି ତୁମେ ନିଜକୁ ନବୁଝି ମତେ ଭୁଲ ବୁଝୁଛ । ତଥାପି ସେ ଭୁଲ ବୁଝିବାରେ ବି ଜୀବନ ଜିଇଁଛି ମରି ପାରିନି । ଟିକିଏ ମୁଁ କରଛଡ଼ା ଦେଇଦେଲେ ଦେଖିବ, କି ଭଳି ଭୟଙ୍କର ପରିସ୍ଥିତି ସୃଷ୍ଟି ହେବ ?

ମନ ତଥାପି ମୋର ମାନିଲା ନାହିଁ । ଛୋଟ ପିଲା ପରି ଗୁମ୍ ମାରି ବସିଗଲି । ପରେ ପରେ ଘୋଟି ଆସିଲା ଚକ୍ଷୁରେ ବର୍ଷା । ସମୟର ସୁଯୋଗକୁ ଏଭଳି ଭାବେ ଯେ ହତ୍ୟା କରାଯାଏ, ମୋର ଧାରଣା ନ ଥିଲା । ସମୟ ଘୁଞ୍ଚ ଚାଲିଛି । ମୁଁ ତା'ଠାରୁ ଆହୁରି ଘୁଞ୍ଚ ଯାଉଥିବା ଜାଣି ମାନସିକ କ୍ଲାନ୍ତରେ ଭାରସାମ୍ୟ ରକ୍ଷା କରି ପାରୁ ନ ଥିଲି ।

ଏଇ ଅବସରରେ ତୁମ ଆନୁଗତ୍ୟ ସ୍ୱୀକାର କରୁ କରୁ ତୁମେ ଯେ ମୋତେ ଦିନେ ସ୍ୱାଧୀନତା ଦେବ, ଏ ବିଶ୍ୱାସ ମୋର ନ ଥିଲା । ଅଫିସରୁ ସେଦିନ ତମର ଟେଲିଫୋନ ପାଇଲି 'ଶୁଭ୍ରା ! କୁମାରଜୀଙ୍କୁ ସାକ୍ଷାତ୍ କରି ଏଇଲେ ଫେରୁଛି । ତମ ସଙ୍ଗୀତ ଶିକ୍ଷା କଥା ତାଙ୍କ ପାଖରେ ଉପସ୍ଥାପନା କରୁ କରୁ ସେ ଭାରି ଖୁସୀ ହୋଇଗଲେ ଯେ ତୁମଭଳି ସେ ଗୋଟିଏ ଛାତ୍ରୀ ପାଇ ପାରୁଛନ୍ତି ।'

ମନରେ ଘୋର ବିସ୍ମୟ ଏବଂ କୌତୂହଲରେ ମୋ କଣ୍ଠ ଥରି ଉଠିଲା । ପ୍ରଶ୍ନ କଲି, 'କାହିଁକି ? ବୟସ୍କା ଛାତ୍ରୀର କ'ଣ ଅଧିକା ଚାହିଦା ?'

ତୁମେ କହିଲ, 'ବୋଧେ ସେୟା ! ସେ ଏତେ ଖୁସି ହୁଅନ୍ତେ କାହିଁକି ?' ମୁଁ ହସି ଉଠିଲି । ତୁମେ ବି ହସି ଉଠିଲ । ଦୁହିଁଙ୍କ ହସର ଲହର ଗୋଟିଏ ଶୁଣାଗଲା । ଯେମିତି ଅର୍କେଷ୍ଟାର ସ୍ୱରଟିଏ ।

ସତରେ ସେ ଥିଲେ ବୃଦ୍ଧ । ବୟସ ସତୁରିରୁ ସାମାନ୍ୟ ଊର୍ଦ୍ଧ୍ୱ ହେଲେ ବି ଲାଗୁଥାଆନ୍ତି ଅଶୀ ଉପରେ । ବିଡ଼ା ବିଡ଼ା ଧଳା ବାଳ କପାଳ ଛୁଉଁ ଛୁଉଁ ଶିରାଳ ଅଙ୍ଗୁଳି ସାହାଯ୍ୟରେ ତାକୁ ପଛକୁ ଠେଲୁ ଥାଆନ୍ତି । ଗମ୍ଭୀର ମୁଖ ମଣ୍ଡଳରେ ହସର ସୂକ୍ଷ୍ମ ରେଖା ବି ପରିଲକ୍ଷିତ ହେଉନାହିଁ । ତାମ୍ର ବର୍ଣ୍ଣର ସେ ଦୀର୍ଘ ଚେହେରାକୁ ଯେ କେହି ଦେଖିଲେ ଭୟ ପାଇବା ନିହାତି ସ୍ୱାଭାବିକ ।

ଭକ୍ତିରେ, ଭାବରେ, ମଥା ମୋର ନଇଁ ନଇଁ ଗଲା । ପ୍ରଣାମ ଜଣାଇଲି । ସେ ମୋତେ ଚାହିଁ ଅଟକି ଗଲେ । କହିଲେ, 'କିଏ ତୁମକୁ କହିବ ଚାଳିଶ ବର୍ଷ ବୋଲି ? ସେ ଯାହାହେଉ ତୁମର ଯେ କିଛି ଜଞ୍ଜାଳ ଆଉ ନାହିଁ, ସେଥିପାଇଁ ଶିକ୍ଷା ଦେବାକୁ ମୁଁ ରାଜି ହେଲି । ନଚେତ୍‌ ଝିଅମାନଙ୍କୁ ଶିକ୍ଷା ଦେବା ମୁଁ ପ୍ରାୟ ଛାଡ଼ି ଦେଇଛି । ଏହାର କାରଣ ହେଉଛି, ଶିକ୍ଷା ପାଉ ପାଉ ସେମାନେ ସମସ୍ତେ ବାହା ହୋଇ ଯାଇଛନ୍ତି । ସ୍ୱାମୀ ସନ୍ତାନ, ସଂସାର ଆଗରେ ସଙ୍ଗୀତକୁ ତୁଚ୍ଛମଣି ତାକୁ ଶ୍ରେଷ୍ଠ ବିବେଚନା କରୁଛନ୍ତି । ଏହାଦ୍ୱାରା ମୋ ଶ୍ରମ ତ ଯାହା ଅବ୍ୟର୍ଥ ଅକାରଣ ହୋଇ ଯାଉଛି, ସଙ୍ଗୀତର ବି କିଛି ମୂଲ୍ୟ ରହୁନାହିଁ । ଏ ଉତ୍ତର ବୟସରେ ତୁମଠାରୁ ଏହା ଆଶା ନ କରି ରାଜି ହୋଇଛି, ତୁମେ ପାରିବ ତ ?'

କେଜାଣି କାହିଁକି ଏ ସାଧାରଣ ପ୍ରଶ୍ନ ମୋ କର୍ଣ୍ଣକୁହରରେ ଅମୀୟ ଢାଲି ଦେଇଥିଲା । ମୁଁ ସମ୍ମତିର ସୂଚନା ଦେଉ ଦେଉ, କୁମାରଜୀ ଶିକ୍ଷା ଆରମ୍ଭ କରିଦେଲେ । ପ୍ରଥମ ଦିନର ଶିକ୍ଷାଠାରୁ ଦ୍ୱିତୀୟ ଦିନ ଶିକ୍ଷାର ସ୍ୱାଦୁ କ୍ରମଶଃ ମାତ୍ରା ବଢ଼ାଇବାରେ ଲାଗିଲା । ମୁଁ ଏମିତି ଏକ ଗୁରୁଙ୍କୁ କଳ୍ପନାରେ ସୁଦ୍ଧା ଆଣି ନ ଥିଲି । ବିରକ୍ତି ନାହିଁ, ଅଧୈର୍ଯ୍ୟ ନାହିଁ, ଶିକ୍ଷାର ଶୈଳୀ ଏତେ ଆକର୍ଷଣୀୟ ଯେ ମନେ ହେବ ସଙ୍ଗୀତ ଶିକ୍ଷା ଦେବା ତାଙ୍କ ପାଇଁ ଏକମାତ୍ର ଆନନ୍ଦ । ଟିକିଏ ଟିକିଏ ଟେକ୍‌ନିକ୍‌ ଧରାଇ ଦେଉ ଦେଉ ମୁଁ ଯେଉଁ ଧରି ପକାଉଥାଏ, ସେଥିରେ ସେ

ମୋତେ ପ୍ରଶଂସାରେ ପୂରା ପୋତି ପକାଉଥାନ୍ତି । ମୋର ଆନନ୍ଦ କହିଲେ ନ ସରେ ! ଏଇ ଭଳି ଟିକିଏ ଟିକିଏ ସୁଯୋଗ ପଛରେ ମୁଁ ଦୌଡ଼ି ଦୌଡ଼ି ମୋ କିଶୋରୀ ଜୀବନକୁ ବରବାଦ କରି ଦେଇଛି । ତଥାପି କିଛି ପାଇ ନ ପାରିବାର ବ୍ୟର୍ଥ ପ୍ରୟାସ ମୋତେ ଘର କଣରେ ଭର୍ତ୍ତି କରିଦେଲା ପଛେ ମୁଁ ବିଜୟ ହାସଲ କରି ପାରିଲି ନାହିଁ ।

ଏତେଦିନ ପରେ ତାଙ୍କୁ ପାଇ, ମୋ ମନର ଅବସ୍ଥା ଯାହା, ସେ ଆନନ୍ଦକୁ କେହି କଳ୍ପନା କରି ପାରିବେନି । ମନ ପେଡ଼ିରୁ ଗୋଟିଏ ଗୋଟିଏ ପର ଉଡ଼ିବାକୁ ଲାଗିଲେ । ମନେହେଲା, ମୁହୂର୍ତ୍ତକରେ ମୁଁ ଯେମିତି ପୃଥିବୀ ପରିକ୍ରମା କରୁଛି ? ମୋ ଆଖିରେ ଚିପି ହୋଇ ରହିଥିବା ପୃଥିବୀ ଏତେ ବ୍ୟାପକ ଆଉ ବ୍ୟାପ୍ତ ମନେହେଲା, ମୋ ନିଜକୁ ବିଶ୍ୱାସ କରି ପାରିଲିନି । କେତେଥର ମନ ରାଜ୍ୟରେ ପ୍ରଶ୍ନ ଘୂରି ବୁଲିଛି । ସତରେ କ'ଣ ଏଇ ସେ ପୃଥିବୀ ? ତୁମକୁ ଦେଖିଲେ ଭାବିବାକୁ ବାଧ୍ୟ ହୁଏ ଯେ ଆମର ଏ ଦୁଇଜଣିଆ ପୃଥିବୀରେ ଆଉ କାହାର ସ୍ଥାନ ନାହିଁ । ଆମେ କେବଳ ଆମେ । ଆଉ କେହି ନୁହେଁ ।

ମାତ୍ର ଚାରୋଟି ମାସର ଶିକ୍ଷା ପରେ, ବାହାରେ ପ୍ରୋଗ୍ରାମ୍ କରିବା ପାଇଁ ମୁଁ ପୂରା ଉପଯୁକ୍ତ ହୋଇଗଲି । ଗୋଟିଏ ପରେ ଗୋଟିଏ ସଙ୍ଗୀତ ଆସରର ଯେଉଁ ଆୟୋଜନ କଲେ କୁମାରଜୀ, ସେଥିରେ ମୁଁ ଖାଲି ନୁହଁ, ତୁମେ ଯେ କି ଖୁସି ହେଲ, ତାକୁ ପ୍ରକାଶ କରିବା ପାଇଁ ମୋ ପାଖରେ ଭାଷା ନାହିଁ । ଅନ୍ଧକାରର ରୁଦ୍ଧ କୋଠରୀରେ କ୍ରମବର୍ଦ୍ଧିତ ସୃଜନଶୀଳ ହୃଦୟ ନେଇ ମୋତେ ତୁମେ ଫିସ୍ ଫିସ୍ କଣ୍ଠରେ କେତେ ଥର ନ କହିଛ, ଶୁଭ୍ରା ! ଏତେଦିନ ଧରି ତୁମକୁ ଉପଭୋଗ କରୁଥିଲି କେବଳ ସ୍ତ୍ରୀ ଭାବରେ । ଏବେ କିନ୍ତୁ ଗାୟିକା ଭାବେ ତୁମକୁ ପାଇ, ମୋ ଉପଭୋଗର ସୀମା ରହୁନି ।

ତୁମ ଭଳି ମୋ ଅନୁଭବ ବି ଥିଲା, ଠିକ୍ ତୁମରି ପରି ! ତୁମେ ମୋତେ ଡାକୁ ନ ଡାକୁଣୁ ମୁ ମଶାରି ଭିତରେ ପଶି ଯାଉଥିଲି । ସେତେବେଳେ ତୁମ ହାବଭାବ ଦେଖି ମନେ ହେଉଥିଲା, ସତେ ଯେମିତି ତୁମେ ଉଦୟପୁରର ରାଣାପ୍ରତାପ । ପ୍ରତିଟି ଦିନର ମୁହୂର୍ତ୍ତ ଗୁଡ଼ିକ କି ଭଳି ଆନନ୍ଦ ଭିତରେ କଟି

ଯାଉଥାଏ, ତା'ର ସ୍ୱାଦ ନଚାଖିଲେ କେହି କେବେ ବିଶ୍ୱାସ କରି ପାରିବେନି, ସୃଷ୍ଟିରେ ଏଭଳି ଆନନ୍ଦ ଥାଏ ବୋଲି ।

ଏ ଆନନ୍ଦ ମୂଳରେ ଲୁକ୍‌କାୟିତ ହୋଇ ରହିଥିବା କାରଣଟି ଯେ ସଙ୍ଗୀତ ସୃଜନ, ତୁମେ ବିଶ୍ୱାସ କର କି ନାହିଁ ମୁଁ ଜାଣେନା । କିନ୍ତୁ ମୋର ବିଶ୍ୱାସ ଅଟୁଟ । ତୁମେ କି ନା କେଜାଣି । ଯେ କୌଣସି ସୁସ୍ୱାଦୁ ଫଳଠାରୁ ଯୌବନର ସ୍ୱାଦହୀନ ଫଳ ଉକ୍କୃଷ୍ଟ ହେଲାପରି, ମଣିଷର ଯେ କୌଣସି ଉନ୍ନତତର ଆନନ୍ଦ ଅପେକ୍ଷା ଅଧିକ ଆନନ୍ଦ ମିଳେ ସୃଜନରେ । ନଚେତ୍ ଏତେ ବେଦନା ସହି, ନାରୀ କ'ଣ କେବେ ବାରମ୍ବାର ମାଆ ହେବା ପାଇଁ ରାଜି ହୁଅନ୍ତା ?

କିନ୍ତୁ ସେଦିନ ସତରେ ମୁଁ ଏକ ଭୁଲ କରି ପକେଇଲି । ମୁଁ ଆଉ ଜାଣି ପାରିଲି ନାହିଁ ଯେ ତୁମ ବଦଳି ଯାଇଥିବା ମନ ଭିତରେ ଏବେ ବି ପୂର୍ବ ରାଗ ଜିଇଁ ରହିଛି । ସ୍ୱାମୀ ହେଲେ ବି ତୁମେ ପୁରୁଷ । ନିଜ ସ୍ତ୍ରୀକୁ ଆଉ କିଏ, କୌଉ ଉପାୟରେ ଭଲ ପାଇଲେ ବି ତୁମମାନଙ୍କ ପକ୍ଷେ ଅସହ୍ୟ ।

ଜାଣିଥିଲେ ମୁଁ ତ ସେଇଠି ଅଟକି ଯାଇ ଥାଆନ୍ତି । ଆମ ପୃଥିବୀ ସେଇମିତି ହସୋଛ୍ଛଳ ହୋଇ ଥାଆନ୍ତା । ତୁମେ ଦେଖୁ ଥାଆନ୍ତ ମୋ ଓଠରେ ରକ୍ତ କଙ୍ଚ‌ର ଲାଲିମା । ମିଛ ପ୍ରତିବିମ୍ବ ହେଲେ ବି ତୁମ ବକ୍ଷରେ ମୁହଁ ଗୁଞ୍ଜି ତାକୁ ଦେଖିବାର ବୃଥା ପ୍ରୟାସ କରୁଥାଆନ୍ତି ମୁଁ । ତୁମେ ଖୁବ୍ ପାଖରେ ଥାଇ ଦୂରେଇ ଯିବାର ଛଳନା କଲେ ବି ମୋର ମିଥ୍ୟା ଆତ୍ମପ୍ରତ୍ୟୟ ହେଉ ନଥାନ୍ତା । ଦୁହେଁ ଆମେ ଭାବି ଚାଲୁ ଥାଆନ୍ତେ ଆମ ଜୀବନର ସ୍ୱାର୍ଥକତା ।

ହାୟ ! କି ଦୁର୍ଯୋଗ ସେ ଦିନ, ଗୋଟାଏ ଖେୟାଲରେ ମୁଁ କୁମାରଜୀଙ୍କୁ ପ୍ରଶଂସା କରୁ କରୁ କହିଦେଲି – ମୋତେ ସେ ଖୁବ୍ ଭଲ ପାଉଛନ୍ତି ବୋଲି । ଶୁଣୁଶୁଣୁ ମୁହଁ ତମର ବିବର୍ଣ୍ଣ ହୋଇ ଉଠିଲା । ଅନ୍ୟମନସ୍କ ହୋଇ ଏଡେ ଅସଭ୍ୟ ଭାବରେ ତୁମେ ମୋ ପାଖରୁ ଉଠି ଚାଲିଗଲ ଯେ ମୁଁ ତୁମକୁ ଦୋଷ ଦେବି କଣ, ବରଂ ମୁଁ ନିଜେ ନିଜକୁ ଦେଇ ଦୋଷୀ ମନେ କଲି ।

କିନ୍ତୁ ଏହାର କିଛି ମୂଲ୍ୟ ରହିଲାନି । ଗୋଟାଏ ଘଣ୍ଟା ନିରୋଳାରେ ପାଇଥିଲେ କ୍ଷମା ମାଗି ତୁମକୁ ଭୁଲାଭୁଲି କରେଇ ଦେବାର ଚେଷ୍ଟା କରି ଥାଆନ୍ତି ।

କିନ୍ତୁ ଘଣ୍ଟାଏ ତ ଦୂରର କଥା, ମାତ୍ର ପାଞ୍ଚ ମିନିଟ୍ ବି ନିରୋଳାରେ ପାଇ ପାରିଲିନି ।
ଆସି ପହଞ୍ଚ ଗଲେ କୁମାରଜୀ । କୁମାରଜୀଙ୍କ ଉପସ୍ଥିତି ଆକସ୍ମିକ ହେଲେ ବି
ଅଯାଚିତ ନଥିଲା । ଆଶ୍ୱିନ ପୂଜାରେ ଆଗମନୀ ମାଆଙ୍କ ପାଇଁ ଆୟୋଜନ କରୁଥିବା
ଏକ ଭକ୍ତି ସଙ୍ଗୀତ ଆସର ଲାଗି ସେ ବାରମ୍ବାର ଆସି ମୋତେ ଶିକ୍ଷା ଦେଉଥିଲେ ।
କିନ୍ତୁ କୁମାରଜୀଙ୍କ ଆଗମନ ସେଦିନ ଥିଲା ଅଗ୍ନିରେ ଘୃତ ସଂଯୋଗ ସଦୃଶ ।

ମୁଁ ଭୟ ପାଇଗଲି । ଦୁର୍ଯୋଗ ତ ଏକାକୀ ଆସେନି । ଆସେ ତା'ର
ପରିବାର ... କଣ ଯେ କରିବି, କିଛି ଚିନ୍ତା କରି ପାରିଲିନି । ଗୋଡ଼ ଆଗକୁ ଯାଇ
ପାରୁନି । କିନ୍ତୁ ମୁଁ ସ୍ଥିର ନୁହଁ । ମତେ ଯେମିତି ହେଲେ ଯିବାକୁ ପଡ଼ିବ । କାରଣ
ଆଉ ଚାରିଘଣ୍ଟା ପରେ ମୋତେ ଆସରରେ ଉପସ୍ଥିତ ରହି ସଙ୍ଗୀତ ପରିବେଷଣ
କରିବାର କଥା । ଭୟରେ ଛାତି ଥରି ଉଠୁଛି । ଏତିକିବେଳେ ଡାକିଲେ କୁମାରଜୀ ।
ଚମକି ପଡ଼ି ଚାହିଁଲି ତୁମକୁ । ଯିବି କି ନାହିଁ ବୋଲି ଅନୁମତି ନେବା ପାଇଁ । କିନ୍ତୁ
ତୁମେ ଶୋଇ ରହିଥାଅ ଛୋଟ ପିଲାଟିଏ ପରି ଖଟରେ ମୁହଁକୁ ମାଡ଼ି । ଖଟ ବାଡ଼କୁ
ଧରି କେତେ ସମୟ ଠିଆହୋଇ ରହିଲି ତୁମରି ପାଖେ । ଡାକିଲି ବହୁତ । ହାତମାରି
ଉଠାଇଲି । ମାତ୍ର ତୁମେ ଉଠିଲ ନାହିଁ । ଶେଷରେ ଉପାୟହୀନ ହୋଇ ଗଲି
କୁମାରଜୀଙ୍କ ପାଖକୁ । ଚିରାଚରିତ ରୀତିରେ ପ୍ରଣାମ ଜଣାଉ ଜଣାଉ ଲକ୍ଷ୍ୟ କଲି,
କୁମାରଜୀଙ୍କ ମୁଖମଣ୍ଡଳ ବିଷାଦ । ମୋର ଭୟ ବଢ଼ି ଉଠିଲା । କାରଣ ଏହା ବି
ଏକ ଅଶୁଭର ସୂଚନା । ଘର ଭିତରକୁ ପଶୁ ପଶୁ ଯେଉଁ କୁମାରଜୀ ସଙ୍ଗୀତ ଶିକ୍ଷା
ବ୍ୟତୀତ ଅନ୍ୟ କୌଣସି କଥା ପାଟିରେ ଧରନ୍ତି ନାହିଁ, ସେ ଏମିତି ବିମର୍ଷରେ
ଭାବବିହ୍ୱଳ ହୋଇ ପଡ଼ିଥାଆନ୍ତି ଯେ ମୋର ଖୁବ ପାଖକୁ ଆସି ଲୁହ ଛଳଛଳ
ଆଖିରେ କହିଲେ, 'ବେଟୀ! ତୋତେ ମୁଁ ଛାତ୍ରୀ ରୂପେ ପାଇ ନଥିଲି । ପାଇଥିଲି
ଝିଅ ପରି । ତୋତେ ଛାଡ଼ିକି ଯିବି ବୋଲି ଜାଣିଥିଲେ ବି, ଏହା ଯେ ଏତେ
ଶୀଘ୍ର... ମୋର କଳ୍ପନା ନ ଥିଲା । ମୋ ପ୍ରୋଗ୍ରାମ ଅନୁସାରେ ଆହୁରି ଦୁଇମାସ
ରହିବାର ଥିଲା ! କିନ୍ତୁ ଏକମାତ୍ର କନ୍ୟାର ଅସୁସ୍ଥତା ଜନିତ କାରଣରୁ ଟେଲିଗ୍ରାମ
ପାଇ ମୋତେ ଆଜି ରାତିରେ ଟ୍ରେନ୍ ଧରିବାକୁ ପଡ଼ୁଛି ।

କୁମାରଜୀଙ୍କ ଚାଲିଯିବା ଶୁଣି, ବକ୍ଷ ଆନ୍ଦୋଳିତ ହୋଇ ଆଖିରୁ ଲୁହ ଖସି
ପଡ଼ିଲା । ସେ ବିଚଳିତ ହୋଇ ପଡ଼ିଲେ । ବାଷ୍ପ ଗଦ୍ ଗଦ୍ କଣ୍ଠରେ କହିଲେ,

'ବହୁ ଅନିଷ୍ଟତା ଭିତରେ ମଣିଷ ଜୀବନର ଗତି । କଣ କରିବି, ମୋତେ ଯେମିତି ହେଲେ ଯିବାକୁ ପଡ଼ିବ । ଆଉ ଆସିବ କି ନାହିଁ ତା ବି ସନ୍ଦେହ । ଏଥିପାଇଁ ତୁମେ ସଙ୍ଗୀତ ସାଧନାରୁ ବିରତ ହେବନି । ଆଜିର ପୂଜା ପ୍ରୋଗ୍ରାମକୁ ମଧ୍ୟ ମିସ୍ କରିବ ନାହିଁ । ମୁଁ ଆସୁଛି... କହି ମୋ ମଥାରେ ବିଦାୟକାଳୀନ ସ୍ନେହରେ ସ୍ପର୍ଶ ଦେଉ ଦେଉ, ଆସି ପହଞ୍ଚିଗଲ ତୁମେ ।

ତୁମ ସନ୍ଦେହୀ ମନ ଭିତରେ ପ୍ରକୃତ ସନ୍ଦେହର ଲକ୍ଷ ଲକ୍ଷ ବୀଜ ବପନ ହୋଇଗଲା । କୁମାରଜୀ ଡାକୁଛନ୍ତି, ତୁମେ ନ ଶୁଣି ଚାଲିଗଲ ପୁଣି ସେଇ ଖଟ ଉପରକୁ । କୁମାରଜୀ କିଛି ବୁଝି ପାରିଲେନି । ତୁମ ଆଗମନକୁ ଅପେକ୍ଷା କରି କରି ସେ ଚାଲିଗଲେ ।

ଅତି ସଙ୍ଗୋପଣରେ ପାଦ ଟିପି ଟିପି ଘର ଭିତରେ ପଶିଲି ମୁଁ । ଯେତେ ଡାକିଲି, ଖୁସାମତ୍ କଲି ଶୁଣିଲ ନାହିଁ । ପଚାଶ ବର୍ଷ ରହିଲାନି । ବିଶ୍ୱାସ କର, କୁମାରଜୀଙ୍କୁ ନେଇ ମୋତେ ସନ୍ଦେହ କରିବ, ଏମିତି ମୋ ପ୍ରତି ବ୍ୟବହାର କରିବ ବୋଲି ମୋର ଧାରଣା ନଥିଲା । ପୁରୁଷମାନେ ସତେ ଏମିତି କି ଉପାଦାନରେ ଗଢ଼ା, ଯାହାକୁ ନିଜର ବୋଲି ଭାବନ୍ତି, ଯାହାକୁ ନେଇ ସେମାନଙ୍କର ଏତେ ଗର୍ବ, ଗୌରବ, ଯାହା ବିନା ମୁହୂର୍ତ୍ତେ ସୁଖ କରିବା ବି ସମ୍ଭବ ନୁହେଁ, ସେମାନଙ୍କୁ ଏମିତି ବ୍ୟବହାର କରି ପାରନ୍ତି କେମିତି ?

କାନ୍ଦ କାନ୍ଦ ହୋଇ ସେଇମିତି ଖଟକୁ ଆଉଜି ଠିଆ ହୋଇଛି, ଆସି ପହଞ୍ଚିଗଲେ ମୋ ସାନ ଦି' ଭଉଣୀ ସିପ୍ରା ଆଉ ମିତା । ମୋ ନିରାଭରଣ ରୂପ ଦେଖି ସେ ଦୁହେଁ ଅବାକ୍ । ପଚାରିଲେ, 'ଅପା ! ତୁ ପ୍ରୋଗ୍ରାମ୍ କରିବାକୁ ଯିବୁ ନାହିଁ କି ?'

କି ଉତ୍ତର ଦେବି ମୁଁ ?

ପ୍ରତି ମୁହୂର୍ତ୍ତରେ ସ୍ୱାମୀଟିକୁ ନିର୍ଭର କରି ଚଲୁଥିବା ସ୍ତ୍ରୀ କ'ଣ କେବେ ସ୍ୱାମୀର ଅମାନୁଷିକତା ଅନ୍ୟ ଆଗେ ପ୍ରକାଶ କରି ପାରେ ? ମିଥ୍ୟାର ଆଶ୍ରୟ ନେଇ ଭୁଲେଇ ଭଲେଇ କହିଲି, 'ଭାଇଙ୍କ ଦେହ ଭଲ ଲାଗୁନି । ଦେଖନ୍, ଖଟରେ ଶୋଇ ରହିଛନ୍ତି, ମୁଁ ଯିବି କେମିତି ?'

ହାତେ ଲମ୍ବର ଜିଭ କାଢ଼ି ସିପ୍ରା କହିଲା, 'ତୁ ଯିବୁନି ସତରେ ? ପ୍ରୋଗ୍ରାମ କାର୍ଡ଼ରେ ତୋ'ର ନାଁ ଅଛି ଯେ । ତୁ ନ ଗଲେ କ'ଣ ହେବ ଏବେ ?'

‘ହବ ଆଉ କ’ଣ ? ମୋରି ବଦନାମ ହବ । ମୁଣ୍ଡରେ ମୁଣ୍ଡେଇ ବୁଲିଲାଠାରୁ ପରା ଏଇ ଅବସ୍ଥା । ଆଖିରେ ସେ ଘୃଣ୍ୟ ଦୃଶ୍ୟ ଦେଖି ଚୁପ୍ ରହିବାଠାରୁ କ’ଣ ଆହୁରି ଲଜ୍ଜାଜନକ ଯାଇ ବାହାରେ ଗୀତ ବୋଲିବା ! ମୁଁ ଏମିତି ମାଇଚିଆ ହୋଇନି ଯେ, ସବୁ ଦେଖି ଆଖି ବୁଜି ଦେବି ! ସବୁ ଜାଣି ଚୁପ୍ ରହିଯିବି ।’

ମୁହୂର୍ତ୍ତକ ଆଗରୁ ସିପ୍ରା ଆଉ ମିତ୍ରାଙ୍କ ଆଗରେ ଭାଇଙ୍କ ଦେହ ଭଲ ନାହିଁ ବୋଲି ମୁଁ ସଫେଇ ଦେଇଥିଲି, ସେଇ ଭାଇ ସିଂହର ଗର୍ଜନ କରି ବିଛଣାରେ ଉଠି ବସି ଏତକ ବ୍ୟକ୍ତ କଲେ ।

ଭୟ ଓ ଅପମାନରେ ଥରି ଉଠି ସିପ୍ରା ମିତ୍ରାକୁ କହିଲା, ‘ଚାଲ ଚାଲ ମିତ୍ରା ଘରକୁ ଯିବା । ବୋଉ ସିଆଡ଼େ ଆମକୁ ଅପେକ୍ଷା କରି ବସିଥିବ !’

ସେମାନେ ଚାଲିଗଲେ ।

ତାଙ୍କୁ ଭଦ୍ରତା ଦୃଷ୍ଟିରୁ ଅଟକାଇ ରଖ୍ୟ କଥାଟା ପୂରା କହିଲ ନାଇଁ ତ ବରଂ ସନ୍ଦେହର କଳାଧୁଆଁ ପୂରାଇ ଘରକୁ ପଠାଇ ଦେଲ । ଘରକୁ ଯାଇ ସେ ଦୁହେଁ ଯେତେବେଳେ ତୁମ କ୍ଷୋଭକୁ ବୋଉ ଆଗରେ ପ୍ରକାଶ କରିଥିବେ କ’ଣ ମନ ହୋଇଥିବ ବୋଉର ! ଚଉଦ ବର୍ଷ ବୟସରୁ ଗୋଡ଼େ ଗୋଡ଼େ ଜଗି ବସିଥିବା ଝିଅ ଆଜି ତା’ର ଚାଳିଶ ବର୍ଷରେ ଚରିତ୍ରହୀନା ! ପୁଣି ଅନ୍ୟ କାହା ପାଟିରୁ ନୁହଁ, ଜୋଇଙ୍କ ପାଟିରୁ ସେ ଶୁଣିଲା ।

ଛିଃ...ଛିଃ...ଛିଃ... ନିଜର ସ୍ତ୍ରୀକୁ କେତେ ତଳକୁ ଖସାଇ ଦେଉଚ ତୁମେ ? ଏତେଦିନ ଧରି ସଙ୍ଗୀତ ଶିକ୍ଷା ଦେଉଥିବା ଗୁରୁଜୀଙ୍କ ବିଦାୟକାଳୀନ ସ୍ନେହର ସ୍ପର୍ଶ ତୁମ ମନରେ ଏମିତି ଘୃଣା ସୃଷ୍ଟି କରିଦେଲା ? ପ୍ରଣୟ, ପରିଣୟ ଛଡ଼ା ନାରୀ ଆଉ କୌଣସି ପ୍ରକାରେ ସ୍ନେହ ପାଇବାକୁ କ’ଣ ହକ୍ ନୁହଁ ?

ଭାବି ପାରିଲିନି, ଯୋଉ ସ୍ତ୍ରୀକୁ ତମେ ତଳକୁ ଖସାଇ ଦେଇ ପାରୁଛ, ସେ ତୁମକୁ ତଳକୁ ଖସାଇ ଦେବ ବୋଲି ! ଦୋଷ କରିଥିଲେ ନିଶ୍ଚୟ ମୁଁ ଚୁପ୍ ରହି ଯାଇ ଥାଆନ୍ତି । ତୁମକୁ ଅବଜ୍ଞା ବି କରି ନାହିଁ । ତମ ମନରୁ ବରଂ ସନ୍ଦେହ ଦୂର କରିବା ପାଇଁ ନମ୍ର ବ୍ୟବହାରରେ ଯେତେ ବୁଝାଇ କହିଲି ତମେତ କର୍ଣ୍ଣପାତ କଲନି । ମୋ ନରମ ବ୍ୟବହାରର ସୁଯୋଗ ନେଇ ଯେତେବେଳେ ନିମ୍ନସ୍ତରର

ଗାଳି ବର୍ଷଣ କଲ ମୋ ଉପରେ, ମୁଁ ସ୍ତମ୍ଭୀଭୂତ ହେବାଟା ବଡ଼ କଥା ନୁହେଁ, ଅନ୍ୟ କେହି ଶୁଣିଥିଲେ ସେ କଳ୍ପନା କରି ପାରି ନଥାନ୍ତା ଏଡ଼େ ଚରିତ୍ରହୀନା ସ୍ୱାମୀକୁ ଏତେକାଳ ସହି ଆସିଲ କେମିତି ?

ତୁମ ଘୃଣ୍ୟ ବିକାରଗ୍ରସ୍ତ ଗାଳି ଶୁଣି ମୋ ସର୍ବାଙ୍ଗରେ ବିଷ ଚରି ଚରି ଗଲା । ତୁମକୁ ଆଉ କୌଣସି ପ୍ରକାରେ ଏଥରୁ କ୍ଷାନ୍ତ କରାଇ ପାରିବିନି ଜାଣି, ତୁମରି କୁତ୍ସିତ ଚିନ୍ତାଧାରାକୁ ତୁମରି ପାଖରେ ପ୍ରୟୋଗ କରି କହିଲି, 'ଦେଖ! ତୁମେ ଯାହା ଯାହା କହି ଯାଉଛ, ସେ ସବୁ ତୁମ ପାଖକୁ ଫେରି ଆସିବ ଆହୁରି ରଙ୍ଗ ବେରଙ୍ଗ ହୋଇ! କିଏ ବିଶ୍ୱାସ କରିବ ଯେ ତୁମେ ମୋତେ ପ୍ରଶ୍ରୟ ଦେଉନ ବୋଲି ।'

'ଶୁଭ୍ରା' – ଚିତ୍କାର କରି ଉଠିଲ ତୁମେ!

ସେ ଚିତ୍କାର ଅନ୍ୟ ବେଳ ହୋଇଥିଲେ ମୋ କଲିଜା ଥରାଇ ଦେଇ ଥାଆନ୍ତା । କିନ୍ତୁ ସେ ସମୟକୁ ଯେ ମୁଁ ଅନେକ ଦିନୁ ପାର ହୋଇ ଆଉ ଅନ୍ୟ ଏକ ସମୟର ପାହାଚ ଉପରେ ଠିଆ ହୋଇଛି ତୁମେ ଜାଣି ପାରିନ! ତୁମେ ଭାବିଛ ମୁଁ ତମର ସେ ସତର ବର୍ଷର କିଶୋରୀ ସ୍ତ୍ରୀ! ତୁମ ପାଟିରେ ଭୟ ପାଇଯିବ ? ତୁମେ ସବୁ ଜାଣି ପାରନି ଯେ ସ୍ତ୍ରୀ ଥରେ ମାଆ ହୋଇଗଲା ପରେ ନିଜ ସ୍ୱାମୀକୁ ବି ଶାସନ କରିବା ପାଇଁ କ୍ଷମତା ପାଇଯାଏ! ଏଭଳି ଏକ ମିଥ୍ୟା କଟୂକ୍ତିର ଆଶ୍ରୟ ଯେ ମୋ ଶାସନର ଅମୋଘ ଅସ୍ତ୍ର, ତୁମେ ବୁଝି ପାରିଲନି ।

ଧୀରେ ଧୀରେ ମୋ ସହିତ ସମସ୍ତ ସମ୍ପର୍କ ତୁଟାଇ ଦେଇ ଯେତେବେଳେ ମୋ ବିଛଣା ତମ ପାଖରୁ ଅଲଗା କରିବାକୁ ଗଲ, ସେତେବେଳେ ମଧ୍ୟ ଅଶେଷ ଧୈର୍ଯ୍ୟ ଧରି ଛୋଟ ପିଲାଟିଏକୁ ବୁଝାଇଲା ପରି ବୁଝେଇଲି ଖୁବ୍ । ଓଃ, କି ଅବୁଝା ତୁମେ! ବୁଝିବା ଦୂରେ ଥାଉ, ମୁହଁ ଖୋଲି ମୋତେ ସାଫ୍ ସାଫ୍ ଜଣାଇ ଦେଇ ଯେ ଅଶ୍ଳୀଳାର ପନ୍ୟାବ୍ ଗ୍ରହଣ କରିବା ପାଇଁ ତୁମେ ରାଜି ନୁହଁ । କ'ଣ କହିବ ଦୁନିଆ ? କେତେ ତିରସ୍କାର କରିବ ସମାଜ!

ତମ ସହିତ ମୁହୂର୍ତ୍ତିଏ ବ୍ୟର୍ଥତାରେ କଟାଇ ଦେଉ ନଥିବା ମନ ମୋର ଦୁଃଖରେ ଛଟପଟ୍ ହୋଇ ଉଠିଲା । କେତେ କାନ୍ଦିଲି... କ୍ଷମା ମାଗିଲି... ତୁମେ

ଶୁଣିଲ ନାହିଁ । ବରଂ ତମ ଆଖି ତଳେ ଦେଖିବାକୁ ପାଇଲି ଅକ୍ଷମଣୀୟ ଦୋଷରେ ବିକୃତ ଗାର ।

ଭାବିଲେ ଆଶ୍ଚର୍ଯ୍ୟ ଲାଗେ କେମିତି ଏ ସବୁ ହେଲା । ତୁମଠାରୁ ଅଲଗା ହୋଇ ଅନେକବର୍ଷ ବିତି ଗଲାଣି । କେବେ ବି ଥରେ ତୁମେ ପଛକୁ ଫେରି ଚାହିଁଲନି, ମନେ ପକେଇଲନି ପଛଦିନମାନଙ୍କୁ । ବାସ୍ତବିକ ଏ ସମାଜ, ସଂସାରର ନୀତି ନିୟମକୁ ଦୋଷ ଦେଇ ଆମେ ଭୁଲ୍ କରି ବସୁ । ସବୁ ଦୁଃଖ ଦୁର୍ଦ୍ଦଶା, ଏ ଦୁର୍ଦ୍ଦିନ, ସବୁ ପାଇଁ ଯେ ଦାୟୀ ଆମେ ! ଏକଥା କ'ଣ ତୁମକୁ ବୁଝାଇବାକୁ ପଡ଼ିବ ?

୦୦

ନାଁ, ଗାଁ, ଠିକଣା

ଗତରାତିରେ ଶ୍ରୀ ଶ୍ରୀ ଜଗନ୍ନାଥ ମହାପ୍ରଭୁଙ୍କୁ ମୁଁ ପ୍ରତ୍ୟକ୍ଷ ଦର୍ଶନ କରିଛି । ଏହା ଅବଶ୍ୟ ସ୍ୱପ୍ନ, କିନ୍ତୁ ମୋ ଜାଣିବାରେ ଏହାଠାରୁ ବଳି ବାସ୍ତବ ଆଉ କିଛି ନାହିଁ ।

ମୋର ଭାବବିହ୍ୱଳତା କାଟି ନିତ୍ୟକର୍ମ ତୁଟାଇବା ପାଇଁ ଯେତିକି ମୁଁ ତତ୍ପର ହୋଇଉଠୁଛି, ସେତିକି ବିମର୍ଷ ବୋଧ କରୁଛି । ଏଇ ଅବସରରେ ଆସି ପହଞ୍ଚିଗଲା ମୋର ବନ୍ଧୁ ସୁଗତ ।

ସକାଳୁ ସକାଳୁ ତା ଆସିବାର ଅଭିପ୍ରାୟଟା ଜାଣିବାର ଅବସ୍ଥାରେ ନଥିଲି ମୁଁ । ତେଣୁ ସିଧାସଳଖ ପଚାରି ବୁଝିନେଲି ଯେ, ତା'ର କିଛି ଟଙ୍କା ଦରକାର । ମୋଠୁ ନେଲେ ଟିକେଟ କାଟି ଯିବ ତା'ର ସ୍ତ୍ରୀ ପାଖକୁ ।

ନୂଆ ବାହାହୋଇଛି ସୁଗତ । ମୋରି ସହିତ ଅଧାପନା କରି ବି, ସେ ଅଭାବୀ । ଏହାର କାରଣ, ରୀତିମତ ସେ ଘରକୁ ଟଙ୍କା ପଠାଏ ଏବଂ ସ୍ତ୍ରୀ ଚିଠିପାଇ ଅନେକ ସମୟ ତାକୁ ସ୍ତ୍ରୀ ପାଖକୁ ଯିବାକୁ ପଡ଼େ... ।

ସୁଗତ ଠାରୁ ଯେତେବେଳେ ଜାଣିବାକୁ ପାଇଲି, ସୁଗତ ବର୍ତ୍ତମାନ ଷ୍ଟେସନ ଯାଇ ଗାଁକୁ ଯିବାପାଇଁ ତା'ର ଟିକେଟ କାଟିବ, ମୁଁ ମୋର ଉକ୍ରଣ୍ଠାକୁ ସମ୍ଭାଳି ନପାରି ଆଉ କିଛି ଅଧିକ ଟଙ୍କା ହାତକୁ ତା'ର ବଢ଼ାଇ ଦେଇ କହିଲି, ମୋ ପାଇଁ ଖଣ୍ଡେ ଟିକଟ କାଟିଦେବୁ ସୁଗତ ଓଡ଼ିଶା ଯିବାପାଇଁ । ଟିକିଏ ଜଗନ୍ନାଥ ଦର୍ଶନ କରନ୍ତି ।

ସୁଗତ ମୋତେ ଠଙ୍ଗା କଲା । ହସି ହସି ଗଡ଼ିଯାଇ କହିଲା, କେତେଥର ତତେ କହିଛି ବାହାହୋଇ ପଡ଼... ବାହା ହୋଇପଡ଼... । ମୁଁ ସ୍ତ୍ରୀ ଦର୍ଶନ କରି ଯାଉଥିଲା ବେଳେ, ତୁ ଯାଉଛୁ ଜଗନ୍ନାଥ ଦର୍ଶନ କରି । ତୁ ପାଗଳ ହୋଇଯିବୁନି ତ ଆଉ ହେବ କିଏ ?

ହସିଲି ଟିକିଏ । କିଛି କହିଲିନି । ପ୍ରତ୍ୟେକ ମଣିଷର ଯେ କିଛି କିଛି ପାଗଲାମି ଥାଏ, ଏହା କ'ଣ ଅବିଶ୍ୱାସ ଯୋଗ୍ୟ ? ଏଇ ଯେମିତି ତୁ । ଆଠ ଦିନ ତଳେ ଗୁଡ଼ାଏ ଟଙ୍କା ଖର୍ଚ୍ଚ କରି ଯାଇଥିଲୁ । ବିନା ଟଙ୍କାରେ ପୁଣି ଏବେ ଯାଉଛୁ... । ଇଏ କଣ ତୋ'ର ପାଗଲାମି ନୁହେଁ... ମୋ ଜଗନ୍ନାଥ ଦର୍ଶନ ପାଗଲାମି ?

ସୁଗତ ହାତକୁ ଟଙ୍କା ବଢ଼ାଇ ଦେଇ ନିଶ୍ଚିତ ହୋଇଗଲି । ଏଇ ନିଶ୍ଚିନ୍ତତା'ର ଅବଶ୍ୟ ବହୁ ନିର୍ଦ୍ଦିଷ୍ଟ କାରଣ ଅଛି । ଜଗନ୍ନାଥ ଦର୍ଶନର ଆକାଂକ୍ଷା ମୋର ବହୁ ଦିନର । ଯେତେବେଳେ ଜଗନ୍ନାଥ ଦର୍ଶନପାଇଁ ବାହାରୁଛି, ମୋର ବନ୍ଧୁଙ୍କ ଠାରୁ ଦିଲ୍ଲୀରୁ ଓଡ଼ିଶା ଯିବା ଯାତ୍ରା ଅତି ବିରକ୍ତିକର ଓ କ୍ଲାନ୍ତିପୂର୍ଣ୍ଣ ଶୁଣିଶୁଣି ମୋର ମନ ମରିଯାଇଛି । ଆଉ ମନକୁ ଜିଆଁଇ ମୁଁ ଯେତେଥର ଟିକେଟ କାଟିବାକୁ ଯାଇଛି, ରିଜର୍ଭେସନ ନପାଇ ବ୍ୟର୍ଥ ପ୍ରେମିକ ପରି ଫେରିଛି । ତେଣୁ ସୁଗତକୁ ଏଇ ଦାୟିତ୍ୱ ଦେଇଦେବା ପରେ ମୋର ନିଶ୍ଚିନ୍ତତା ସ୍ୱାଭାବିକ ।

ସୁଗତ ଚାଲିଯିବା ପରେ, ମୋର ବିମର୍ଷ ଭାବ କଟିଯାଇ, ଖୁବ୍ ସ୍ୱାଭାବିକ ଅବସ୍ଥାରେ କାଲିର ଯାତ୍ରା ପାଇଁ ମାନସିକ ପ୍ରସ୍ତୁତି ନେଉନେଉ ନିତ୍ୟକର୍ମର ସମାପ୍ତି ଘଟିଗଲା ।

ତା ପରେପରେ ମୁଁ ମୋର ଚିରାଚରିତ କାର୍ଯ୍ୟସୂଚୀରେ ଆଗେଇ ଗଲି । ନିଜ ହାତରେ ବ୍ରେକଫାଷ୍ଟ ତିଆରି କରି ଖାଇବା ଠାରୁ ଘରେ ତାଲା ଚାବି ଦେଇ କଲେଜ ଯିବା ପର୍ଯ୍ୟନ୍ତ ପ୍ରତିଟି ସୁଚାରୁରୂପେ ସମାପନ କରି, ଆସି ସଜାଡ଼ିଲି ଜିନିଷ ପତ୍ର । ଗଭୀର ଉକ୍ଣ୍ଠା, ଅହେତୁକ ଆବେଗ ଓ କ୍ଷିପ୍ର ମନନେଇ ରାତି କେମିତି ପାହିଲା, ମୋତେ ଜଣାନାହିଁ । ଆଖି ଖୋଲି ଦେଖିଲି, ପ୍ରଭାତରେ ଅଯୌକ୍ତିକ ରଙ୍ଗ ତଥାପି ଅମ୍ଲାନ । ସୂର୍ଯ୍ୟ ଆସି ନାହାଁନ୍ତି ମାଥା କୋଳ ଛାଡ଼ି... ।

ଶଯ୍ୟା ତ୍ୟାଗକରି ଉଠିବସିଲି । ସକାଳର ହାଲକା ପବନ ଦେହ ଛୁଇଁ ଛୁଇଁ ଯାଉଛି.... । କି ଗୋଟେ ପବିତ୍ର ଆବେଗରେ ଶୀତେଇ ଉଠି ଭାବିଲି, ଯାତ୍ରାଟା ନିଶ୍ଚୟ ରୁଚିକର ହେବ ।

ଷ୍ଟେସନରେ ପହଞ୍ଚିଲା ମାତ୍ରେ ମୋ ମନରେ ଅନେକ ନୂତନ ପ୍ରତିକ୍ରିୟା । ଯାତ୍ରାର ଅପ୍ରୀତିକର ଗୁଜବ ଠାରୁ ମୁଁ ଦୂରେଇ ଗଲି ଖୁବ୍ । ମନେହେଲା ଅନେକ ଯୁଗ ପରେ ସବୁ କିଛି ପାଇବାକୁ ଯାଉଛି ।

ନୂଆ ମନର ଉପଭୋଗ ନେଇ ଗଭୀର ନିଃଶ୍ୱାସଟିଏ ଛାଡ଼ିଲା ବେଳକୁ ଗାଡ଼ି ଛାଡ଼ି ଦେଲାଣି ।

ମୁଁ ମୋର ସ୍ୱାଭାବିକ ଅବସ୍ଥାକୁ ଫେରିଯାଇ, ଚତୁଃପାର୍ଶ୍ୱରେ ଆଖିବୁଲାଇ ଦେଖିଲି ମୋ ଡାହାଣ ପାଖର ଯାତ୍ରୀ ଜଣେ ବୃଦ୍ଧା ।!

ବୟସ ସତୁରିରୁ କମ୍‌ ହେବନି । ମୁଣ୍ଡର ବାଲ ସବୁ ପାଚିଯାଇ ଝୋଟ । କିନ୍ତୁ ବୃଦ୍ଧାଙ୍କ ମର୍ଯ୍ୟାଦାକୁ ସ୍ପର୍ଶ କରୁନି । ଅବଶ୍ୟ ବୃଦ୍ଧାଙ୍କ ପରିଧାନ ଖୁବ୍‌ ନିର୍ମଲ ଓ ଦାମୀ । ଗୋଡ଼ରେ କଲା ସ୍ଲିପର ହେଲେ ଚପଲ । ହାତରେ କାଶ୍ମୀର ସ୍ଟିଚର ଛୋଟ ବ୍ୟାଗ୍‌ ଟିଏ । ଥବ ବୋଧେ ସେଥିରେ ନୋଟ୍‌ ସଙ୍ଗେ କିଛି ରେଜା ପଇସା... । ଯାହା ସଚରାଚର ସବୁ ବୃଦ୍ଧାଙ୍କର ଆବଶ୍ୟକୀୟ ସାମଗ୍ରୀ । ଏତଦ୍‌ବ୍ୟତୀତ ବୃଦ୍ଧାଙ୍କ ଦୃଷ୍ଟିରେ ଯେଉଁ ଦିବ୍ୟ ଜ୍ୟୋତି ଟିକକ ଥିଲା, ସେଥିରୁ ସହଜରେ ଅନୁମିତ ଯେ, ବୃଦ୍ଧା ଜଣେ ସମ୍ଭ୍ରାନ୍ତୀୟ ।

ସାମ୍ନାରେ ବସିଥିବା ନୀଳୀ ପେଣ୍ଟ ପିନ୍ଧା ଡିଗ୍ରୀଧାରୀ ଯୁବକଙ୍କ ଉପରେ ଦୃଷ୍ଟି ନଦେଇ ବୃଦ୍ଧାଙ୍କ ସହିତ ଆଲାପ ଜମେଇବା ପାଇଁ ମନସ୍ଥ କଲି ।

ବୃଦ୍ଧା କିନ୍ତୁ ନିର୍ବିକାର ଚିତ୍ତରେ ମହାଭାରତ ପଠନରେ ନିମଗ୍ନ । ମୁଁ ତାଙ୍କ ନିମଗ୍ନତା ଉପରେ ଅଯଥା ହସ୍ତକ୍ଷେପ ନକରି, ମୋ କ୍ଷୁଧା ପ୍ରଶମନ ପାଇଁ ବିସ୍କୁଟ୍‌ ପ୍ୟାକେଟ୍‌ଟି ଖୋଲି ଖାଇଲି । କହିବା ବାହୁଲ୍ୟ ଯେ, ଗତ ରାତ୍ରିରେ ଯାତ୍ରାର ଉଦ୍‌ବେଗ ଜନିତ କ୍ଲାନ୍ତ ଯୋଗୁଁ ମୁଁ କିଛି ଖାଇପାରି ନଥିଲି । ବିସ୍କୁଟଗୁଡ଼ିକ ସରିଯିବା ପରେ ପିଇବା ପାଇଁ ପାଣିର ଅନୁସନ୍ଧାନ ଚଲାଇ ନିରାଶ ହେଲି । ସେତିକି ବେଳକୁ ବୃଦ୍ଧା ଜଣକ କୋମଲ କଣ୍ଠରେ ପ୍ରଶ୍ନ କଲେ – ପାଣି ପିଇବ ? ପାଣି... ?

ମୁଁ କୃତ୍ୟ କୃତ୍ୟ ହୋଇ ସମ୍ମତି ଜଣାଉ ଜଣାଉ, ବୃଦ୍ଧା ପାଣି ବୋତଲଟି ତାଙ୍କ ହାତରୁ ମୋ ହାତକୁ ବଢ଼ାଇ ଦେଇ କହିଲେ ଏଇ ନିଅ... ଗ୍ଲାସରେ ଢାଲି ପିଅ । ଗଙ୍ଗା ପାଣି ନାଁ, କାଲେ ପାଟିରେ ବାଜିଯାଇ ଅଇଁଠା ହୋଇଯିବ !

ମୁଁ ଦ୍ୱନ୍ଦରେ ପଡ଼ି ଭାବିଲି, ପିଇବି କି ନାହିଁ ? କାରଣ ଗଙ୍ଗା ଜଳକୁ ମୁଣ୍ଡରେ ଛିଞ୍ଚିବାର ଅଭିଜ୍ଞତା ମୋର ଅଛି । କିନ୍ତୁ ତୃଷା ମେଣ୍ଟାଇବାର ଅଭିଜ୍ଞତା !

ମନାକଲି । କହିଲି, ଗଙ୍ଗାପାଣି ? ପିଇଦେବି ? ସରିଯିବନି ?

ବୃଦ୍ଧା। ଅଳ୍ପ ହସି କହିଲେ – ଏତେ ବଡ଼ ବୋତଲରେ ବୋତଲେ ପାଣି କ’ଣ ସରିଯିବ ? ତା ଛଡ଼ା ତୁମକୁ ଯେତେବେଳେ ଶୋଷ କରୁଛି, ତମେ ସରିଯିବା ଚିନ୍ତା କରୁଛ ?

ବୋତଲଟି ଧରିଛି । ସଫାକାଚ ବୋତଲରେ ସ୍ୱଚ୍ଛ ଗଙ୍ଗାଜଲ । ଭାରି ମୂଲ୍ୟବାନ ମନେହେଲା ମୋତେ । କହିଲି, ଥାଉ... । ଷ୍ଟେସନ ଆସିଗଲେ, ଓହ୍ଲାଇପଡ଼ି ପିଇବା ପାଣି ଯାଇ ପିଇ ଦେଇ ଆସିବି ।

ଏଥର ବୃଦ୍ଧା ଆଉ ଗୋଟିଏ ଖାଲି ବୋତଲ ମୋ ହାତକୁ ବଢ଼ାଇ ଦେଲେ... । କହିଲେ ନିଅ... ପାଣି ଏଥରେ ଭର୍ତ୍ତି କରି ନେଇ ଆସିବ । ମୁଁ ଖାଲି ବୋତଲଟି ଧରି ବସିଛି, ବୃଦ୍ଧା ପୁନଃ ତାଙ୍କ ପଠନରେ ମନୋନିବେଶ କଲେ ।

ବୃଦ୍ଧାଙ୍କ ପଢ଼ା ଦେଖି, ଭାବିଲି ମୋର ବହିଖଣ୍ଡକ କାଢ଼ି, ପଢ଼ିଲେ ହୁଅନ୍ତା । ଏମିତି ପାଟି ଚୁପ୍ କରି ବସି ବସି ସମୟ କ’ଣ କାଟିପାରିବ ? କିନ୍ତୁ ଏତେ ଶୀଘ୍ର ସେ ବନ୍ଦ ସୁଟ୍‌କେଶକୁ ଖୋଲିବା ପାଇଁ ମନ ହେଲାନି । ଦୁନିଆଯାକର ଜିନିଷ ସେଥିରେ ଭର୍ତ୍ତି ହୋଇଅଛି । ସେଥିରୁ ବହି କାଢ଼ି, ବନ୍ଦ କଲା ବେଳକୁ ଅବସ୍ଥା ଅସମ୍ଭାଳ ହୋଇପଡ଼ିବ ଭାବି, ବାହାରେ ଦୃଷ୍ଟି ନିବଦ୍ଧ କଲି ।

ଅପରିଚିତ ରାସ୍ତାରେ ଅନାବନା ବୁଦୁବୁଦିଆ ଜଙ୍ଗଲ ପାଚେରିଘେରା ଭଗ୍ନ ଅଟାଳିକା, ଅପରିଷ୍କୃତ ଲଙ୍ଗଳା ପିଲାଙ୍କ ବିସ୍ମୟ ଚାହାଣି ମତେ ଖୁବ୍ ଆନନ୍ଦ ଦେଉଥିଲା । ଦୀର୍ଘଦିନ ଧରି ମୁଁ ପ୍ରାୟ ଯାତ୍ରା କରିନି କହିଲେ ଚଳେ... । ଦୁଇବର୍ଷ ପୋଷ୍ଟ ଗ୍ରାଜୁଏଟ୍ କରି, ତିନିବର୍ଷ ପି.ଏଚ୍.ଡ଼ିରେ ସମୟ ଦେଇ ଦିଲ୍ଲୀ ୟୁନିଭରସିଟିରେ ଚାକିରି କରିବାର ଆସି ଛଅ ବର୍ଷ ହେଲାଣି, ମୁଁ କୁଆଡ଼େ ଯାଇନି । କୌଣସିଠିକି ଯିବାର ପ୍ରୟୋଜନ ବି ନାହିଁ ଆଉ... । ଖଣ୍ଡେ ଖଣ୍ଡେ ଚିଠି କିମ୍ବା ଟେଲିଗ୍ରାମ‌ତେ ଯଥେଷ୍ଟ । କିଛି ନ ଦେଲେ ବି ଦୁଃଖ ନାହିଁ ।

ସାଫସାଫ ନାନୀ ଲେଖି ଜଣାଇ ଦେଇଛି ଯେ, ଏଣିକି ତୋ ଦାୟିତ୍ୱ ତୁ ନେ । ଆମ ପରିବାର ବଢ଼ି ଗଲାଣି... । ସେମାନଙ୍କ ଜଞ୍ଜାଲ ମୁଣ୍ଡାଇ ଆମେ ହାଲିଆ, ତୁ ଆଉ ଆମକୁ ହାଲିଆ କରନା... ।

ନାନୀଟା ଏତେ ବେଶୀ ମୋ ଠାରୁ ବଡ଼ ନହୋଇ ଯଦି ଅଳ୍ପକିଛି ବଡ଼ ହୋଇ ଥାଆନ୍ତା, ତେବେ ମୁଁ ବି ତାକୁ ସାଫ୍ ସାଫ୍ ଲେଖ ଜଣାଇ ଦିଅନ୍ତି ଯେ, ମୋ ଦାୟିତ୍ୱ ତୁ ନେବାପାଇଁ, ମୁଁ କ'ଣ ତୋତେ ବାଧ୍ୟ କରିଥିଲି ?

କିନ୍ତୁ ନାନୀ ମୋ ଠାରୁ ପ୍ରାୟ ଗୋଟିଏ ଯୁଗ ବଡ଼... । ଠିକ୍ ମାଆ ପରି ସିଏ !

ତମେ ପାଣି ଆଣିବ ପରା ? ଏଇ ସ୍ଟେସନ ଆସିଗଲା ଯେ... ବହି ଉପରେ ଦୃଷ୍ଟି ରଖ୍ ବୃଦ୍ଧା ମତେ ମନେପକାଇ ଦେଲେ ।

ମୁଁ ମୋର ଅନ୍ୟମନସ୍କତା କାଟି, ଗଲି ପାଣି ଆଣିବାକୁ । ବୋତଲରେ ପାଣି ଭରୁଛି, ଟ୍ରେନ୍ର ତୀବ୍ର ହୁଇସିଲ ଶୁଣି ଦଉଡ଼ିଲି ପାଣି ବୋତଲ ଧରି ।

ମୋ ଦୁରବସ୍ଥା ଦେଖ୍, ବୃଦ୍ଧା ଜନକ କହିଲେ, ସେଇଥିପାଇଁ କହୁଥିଲି ଗଙ୍ଗାପାଣି ହଉପଛେ ପିଇନିଅ... । ମନା କଲ... । ଅବଶ୍ୟ ମନା କରିବାର ମାନେ ଅଛି । ଆମଆଡ଼େ ଗଙ୍ଗାପାଣି କାଇଁ ଯେ ? ଗଙ୍ଗାରେ ଗାଧୋଇ ଏ ପାଣି ଆଣିଛି ବୋଲି, ମତେ କିଛି ଲାଗୁନି... ।

"ଗଙ୍ଗା ? ଆପଣ ହରଦ୍ୱାର ଯାଇଥିଲେ ?"

'ହଁ'

'କେମିତି ଲାଗିଲା ସେ ଜାଗା ?

'ଆଃ... ଭାରି ପବିତ୍ର ! ହରିକି ପୌଡ଼ି ଠାରେ ଗଙ୍ଗାମାତାଙ୍କ ଆଲତୀ ଖୁବ୍ ଚମକ୍ରାର ବାପ ! ସେ ଆଲତି ଦେଖିବା ପାଇଁ କେତେ ଲୋକଙ୍କ ଭିଡ଼ ସେଠି ! ଇଲେକ୍ଟ୍ରିକ୍ ଆଲୁଅର କି ବିପୁଲ ସମାବେଶ । ରାତିଟା ଦିଶୁଛି ଦିନ ପରି । ଏମିତି ଆଲୁଅର ଆୟୋଜନ ମୁଁ କୋଉଠି ଦେଖିନି । ଘଣ୍ଟା ଘଣ୍ଟା ଧରି ଘଣ୍ଟ ବାଦନର ତାଳେ ତାଳେ ମୋର ସମସ୍ତ ସତ୍ତା ଲୀନ ହୋଇଯାଉଥିବାର ଅନୁଭବ କଲି... ।

'ଆଉ କୋଉ କୋଉଠିକି ଗଲେ ?'

'ପବନ ଧାମ' ସମ୍ପୂର୍ଣ୍ଣ ମହାଭାରତଟା ଖାଲି ଦର୍ପଣରେ ତିଆରି । କି ପରିଷ୍କାର ପରିଚ୍ଛନ୍ନ ସେ ଘର... । ମାଛ କାଟିପରି ଛୋଟ ଛୋଟ ଖଣ୍ଡ ଦର୍ପଣରେ ରାଧା କୃଷ୍ଣଙ୍କ ବିଗ୍ରହ ଠାରୁ କୃଷ୍ଣ ଅର୍ଜୁନ ମିଳିତ ହୋଇ ଯୁଦ୍ଧକୁ ଯିବା ପର୍ଯ୍ୟନ୍ତ

ଅଶ୍ୱରଥ ଆଦି ସବୁ ଗଢ଼ା ହୋଇଚି । ଯୁଆଡ଼େ ଚାହିଁଲେ, ନିଜର ପ୍ରତିବିମ୍ବ ସହ ସେ ସମସ୍ତଙ୍କ ପ୍ରତିଛବି । ଆଃ ବାପ, ମୁଁ ବିହ୍ୱଳ ହୋଇଉଠିଲି ।

ଆମ୍ର ତୃପ୍ତିରେ ବୃଦ୍ଧାଙ୍କ ନିଃଶ୍ୱାସ କ୍ଷିପ୍ର ହୋଇ ଉଠୁଥିଲା... । ପରେ ନିଃଶ୍ୱାସ ରୋକି କହିଲେ, ଅନେକ ମଠ, ମନ୍ଦିର ବୁଲାବୁଲି କରି ଗଲି ମାନସା ଦେବୀଙ୍କ ପାଖକୁ । ପାଞ୍ଚଟା କି ସାତଟା ହେବ ପାହାଡ଼ର ଶୀର୍ଷରେ ସେ ମନ୍ଦିର । ଆଗେ ଲୋକେ ପାହାଡ଼ ଉଠି ଉଠି ଯାଉଥିଲେ । ଏବେ ଯାଉଛନ୍ତି...

“ରୋପ୍ ୱେ (Rope Way) ରେ” ।

“ହଁ ହଁ ରୋପ ୱେ ନା କଣ ଗୋଟେ କହୁଛନ୍ତି ତାକୁ । କିନ୍ତୁ ମୁଁ ଜାଣିବାରେ ଭାରି ସୁନ୍ଦର ସୁନ୍ଦର ସିଟ୍ ଥିବା ଦୋଲାମାନ ସିଏ । ମୋଟା ଲୁହାର ଦଉଡ଼ି ସାହାଯ୍ୟରେ ସେ ଉପର ତଳ ହୋଇ ଯିବାଆସିବା କରୁଛି ।”

‘ନାଁ, ତାଙ୍କର ମାନସା ଦେବୀ କାହିଁକି ?”

“ବୋଧେ ମଣିଷର ମନସ୍କାମନା ପୂରଣ କରିବାରେ ସେ ସକ୍ଷମ । ତେଣୁ ନା ତାଙ୍କର ମାନସା ଦେବୀ । ନାଲି ସୂତାରେ ଗଣ୍ଠି ଦେଇ ନିଜର ମନସ୍କାମନା ରଖିବାକୁ ହେଉଛି ସେଠି । ସେ ସୂତାକୁ ଯାଇ ଖୋଲିବାକୁ ହୁଏ ।

“ଏହାଛଡ଼ା ମର୍କ୍ୟୁରୀର ଶିବଲିଙ୍ଗ । ତା’ରି ପାଖକୁ ଲାଗି ରୁଦ୍ରାକ୍ଷ ବୃକ୍ଷ । ଦକ୍ଷ ପ୍ରଜାପତିଙ୍କ ମନ୍ଦିର ଆଦି ବହୁ ଦର୍ଶନୀୟ ସ୍ଥାନ ବୁଲାବୁଲି କରି ଫେରିଲା ବେଳକୁ ଏବେ ନୂଆକରି ଗୋଟେ ମନ୍ଦିର କରିଛନ୍ତି, ‘ଭାରତ ମାତା ମନ୍ଦିର’ ଯାହାକୁ ଇନ୍ଦିରାଗାନ୍ଧି ଉଦ୍‌ଘାଟନ କରିଥିଲେ । ସେ ଫଟ ବି ମୁଁ ଦେଖିକି ଆସିଲି । ସେ ମନ୍ଦିରଟା ଭାରି ସୁନ୍ଦର ହେଇଛି । ଖୁବ୍ ରୁଚିପୂର୍ଣ୍ଣ । ସମ୍ପୂର୍ଣ୍ଣ ମାର୍ବଲ ପଥରରେ ତିଆରି ସାତମହଲା ବିଶିଷ୍ଟ ଏକ ମନ୍ଦିର । ପ୍ରଥମ ମହଲାରେ ଭାରତ ମାତା ଅଛନ୍ତି... । ଦ୍ୱିତୀୟ ମହଲାରେ ଦେଶ ପାଇଁ ନିଜକୁ ଉତ୍ସର୍ଗ କରିଥିବା ବ୍ୟକ୍ତିଗଣ । ଯଥା - ମହାମ୍ମାଗାନ୍ଧୀ, ନେହେରୁ, ଶାସ୍ତ୍ରୀଜୀ ଆଦି । ତୃତୀୟ ମହଲାରେ ଅଛନ୍ତି ବୀର ରମଣୀମାନେ । ଝାନ୍‌ସୀ କି ରାଣୀ, ସରୋଜିନୀ ନାଇଡୁ ଆଦି ଅନେକ । ଚତୁର୍ଥରେ ଅଛନ୍ତି, ସପ୍ତ ମହର୍ଷି । ପଞ୍ଚମରେ ଅଛନ୍ତି ସପ୍ତ ସତୀ । ଷଷ୍ଠରେ ଅଛନ୍ତି ବିଷ୍ଣୁ ଓ ସବା ଉପର ମହଲାରେ ଅଛନ୍ତି କୈଲାସପତି ଶିବ । ଉପରକୁ ଯିବାପାଇଁ ଲିଫ୍‌ଟ ଅଛି ।

ବଡ଼ ମନୋରମ ହୋଇଛି ସେ ମନ୍ଦିର ।" ବୃଦ୍ଧା ଏତକ ବ୍ୟକ୍ତ କରିଦେଇ, ପରମ ଆଶ୍ୱସ୍ତିରେ ଛୋଟ ବ୍ୟାଗ୍‌ଟିରୁ ଛୋଟ ଶିଶିଟିଏ କାଢ଼ି, ସେଥିରୁ ଟିପେ ପିପରମେଣ୍ଟ ପାଟିରେ ପକାଇଲେ । କହିଲେ, ପାନ ଫାନ ତ କିଛି ଖାଏନା ମୁଁ, ପାଟିଟା ଖରାପ ଲାଗିଲେ ପିପରମେଣ୍ଟ ଟିକିଏ ପାଟିରେ ପକାଇ ନିଏ । ତମେ ଟିକିଏ ଏଥିରୁ ନବ ପୁଅ ?

ସସମ୍ମାନେ ମନା କଲି ମୁଁ ।

ପରେ ପରେ ଦୀର୍ଘ ସମୟ ଆମେ ନିରବ ରହିଲୁ । କାରଣ ସେତେବେଳକୁ ଦ୍ୱିପହର । ଅକ୍ଟୋବର ହେଲେ ବି ପ୍ରବଳ ଗରମ । ତା ଛଡ଼ା ଯାତ୍ରାରେ କ୍ଲାନ୍ତି, ବରାଦି ଅଖାଦ୍ୟ – ମଧ୍ୟାହ୍ନ ଭୋଜନର ଅତୃପ୍ତି ।

ମୁଁ ଟିକିଏ ଢୁଲେଇ ପଡ଼ିଲି ।

ବୃଦ୍ଧା ସମ୍ପୂର୍ଣ୍ଣ ଶୋଇଗଲେ ।

'ଚା' 'ଗରମ କଫି'ର ଉକ୍ଟ ଆବାଜରେ ଆମେ ଆଖି ଖୋଲିଲା ବେଳକୁ ସନ୍ଧ୍ୟା ଆସନ୍ନ । ଟ୍ରେନ ଦଉଡ଼ିଛି ତୀର ବେଗରେ । ଘଣ୍ଟାକୁ ଚାହିଁ ଦେଖିଲି, ଜମାରୁ ସାଢ଼େ ପାଞ୍ଚଟା । ଅଥଚ ଅନ୍ଧାର ବାହାରକୁ ଆଚ୍ଛନ୍ଦ କରି ନେଲାଣି । ବଡ଼ ଅସ୍ୱସ୍ତି ଲାଗୁଛି । ଟିକିଏ ସତେଜ ଅନୁଭବ କରିବା ପାଇଁ ଗେଟ୍ ପାଖେ ଠିଆ ହୋଇଯାଇ ଅନେକ ସମୟ ଅଟକିଗଲି ସେଠି ।

ପରିବର୍ତ୍ତିତ ଏଭଳି ନୂତନ ଆବହାଓ୍ୱା ଭିତରେ ମୁଁ ଭାବି ଚାଲିଲି ମୋ ନିଜର ବର୍ତ୍ତମାନକୁ । କାରଣ ଅତୀତ ମୋ ପାଇଁ ସ୍ୱପ୍ନ । ଭବିଷ୍ୟତ ଅନିଶ୍ଚିତ । କେତେଥର ସୁଗତ କହିଲାଣି ମୋତେ, ବାହା ହେଇପଡ଼... ବାହା ହେଇପଡ଼ । କି ଆଶ୍ଚର୍ଯ୍ୟ । ବାହାଘର କଣ ଖେଳଘର କଥା ହୋଇଛି ? ଭାବିଲେ ବାହା ହେଇ ପଡ଼ିବ । ବାହା ମତେ କରେଇବ କିଏ ? ଯୋଉ ନାନୀ ମୋର ସର୍ବସ୍ୱ ବୋଲି ଭାବିଥିଲି, ସେ ଏବେ ଧରାଛୁଆଁ ଦଉନି । ପ୍ରସ୍ତାବ ଯେ ଆସୁନାହିଁ, ଏମିତି ନୁହେଁ । କିନ୍ତୁ ଘରଦ୍ୱାର, ବାପା ମାଆଙ୍କ କଥା ପଚାରିଲା ବେଳକୁ ନାନୀ ଚୁପ୍ । ମତେ ବି ସେ କହିନାହିଁ କିଛି । ପ୍ରଥମରୁ ତା ପାଖରେ ଥିଲେ ଅବା ଅନ୍ଦାଜ କରି ଜାଣିପାରିଥାଆନ୍ତି । ସବୁବେଳେ ହଷ୍ଟେଲରେ, କୁଣିଆ ପରି ଘରକୁ ତା'ର ବୁଲିବାକୁ

ଗଲାଭଳି ଯାଏ । ଏଥିରେ ମୋ ବିଷୟରେ ମୁଁ କଣ ବା ଜାଣିବି ? ଯାହା ଜାଣିଛି, ସେ ଖାଲି ସ୍ମୃତି । ଭାସମାନ ବାଦଲ ପରି ଚଳମାନ । ଅଥଚ ସ୍ଥାୟୀହୀନ ।

କଣ ପାଇଁ ନାନୀ ଏମିତି ସବୁ ଗୋପନ ରଖିଛି, ମୁଁ ବୁଝିପାରେନି । ବେଲେବେଲେ ବୋଉ କଥା ପଚାରିଲେ କୁହେ – ଯା... ସେ ମଲାଣି କି ଗଲାଣି କିଏ ଜାଣେ ? ଟିକିଏ ବଡ଼ ହେଲାରୁ ନାନୀ କିଛି ନ ପଚାରି ପଚାରିଛି ଦିନେ ଭିଣୋଇଙ୍କୁ । ସେ ନିରବ ରହିଛନ୍ତି ଓ ମୁଁ ଯେତେବେଲେ ଜିଦ୍ କରିଛି ମୋ ଘରକୁ ମୁଁ ଫେରିଯିବି, ସେ କ୍ରୋଧ ଜର୍ଜରିତ ହୋଇ କହିଛନ୍ତି, ପାଠ ଶାଠ ପଢ଼େଇ ମଣିଷ କଲାରୁ ତୋ ପାଟିରେ ବଡ଼ବଡ଼ କଥା । ଆଇ ମେଡ଼ ଏ ମିଷ୍ଟେକ୍... ମେଡ଼ ଏ ମିଷ୍ଟେକ୍...

ପି.ଜି. କରିବା ପାଇଁ ଦିଲ୍ଲୀକୁ ଆସିଲା ପରେ ଏ ସମ୍ପର୍କରେ ମୁଁ କିଛି କହୁନି ଆଉ । ଗୋଟେ ଯାଯାବର ଜୀବନ ଚାଲିଚି ତ ଚାଲିଥାଉ । କିନ୍ତୁ ଅନିତାକୁ ଆଭଏଡ୍ କରି ପାରୁନି । ନିୟତି ତା ସାଙ୍ଗରେ ମୋ କଲେଜରେ ଦେଖା । କଲିଗ୍ ସିଏ ମୋର ସବୁବେଲେ ମୋତେ କହୁଛି ସିଏ, ତମେ ସତରେ ବଡ଼ ଆଶ୍ଚର୍ଯ୍ୟ । ଏତେ ଥର ବାପା ତମକୁ ଡକାଇ ପଠାଇଲେଣି ତମେ ଯାଉନ, ଆଉ ଯଦି ମୋତେ କୋଉଠି ସେ ବାହାଘର କରେଇ ଦିଅନ୍ତି, ସେତେବେଲେକୁ ପ୍ରହେଲିକା ସୃଷ୍ଟି କରିବ । ତମ ଘର କୋଉଠି, ତମ ବାପା ମାଆ କିଏ, କଣ ? ଏତିକି ତମେ କହିପାରିବନି ? ଯାହାଙ୍କ ପରିଚୟ ଦେଇ ରାଜି କରାନ୍ତି, ସେ ଭଉଣୀ ତ ତୁମର ଆସାମରେ । ସେ ବା ମୋ ପାଇଁ କିଏ ? ତାଙ୍କଠାରେ ମୋର କି ଭରସା ?

ଘୋର ଦୁଃଖ ଆଉ ଲଜ୍ଜାରେ ମୁହଁଟେକି ମୁଁ ଚାହିଁପାରେନି ଅନିତାକୁ । କହେ ବାପା ମରିଗଲା ପରେ, କଣ କଣ ସବୁ ଘଟିଗଲା ମୁଁ କିଛି ଜାଣିପାରିନି ଅନିତା । କଣ କହି ବାପାଙ୍କୁ ତମର ମୁଁ ସାମ୍ନା କରିବି କୁହ ?

ଆଃ... ଅନିତା ଯଦି ଶୁଣେ, ମୁଁ ଜଗନ୍ନାଥ ଦର୍ଶନ ପାଇଁ ଓଡ଼ିଶା ଆସିଛି, କି ଖୁସି ହେବ ସିଏ । କହିବ, ପଚାରି ବୁଲିଲ ତମ ଘର କୋଉଠି... ବାପା ମାଆ କିଏ କଣ... କେହି ନଥିଲେ ତ ଥିବ ତମର ଘର ଦିହ ଖଣ୍ଡକ, କେତେଜଣ ଚିହ୍ନା ପରିଚୟ ଆମ୍ମୟ ସ୍ବଜନ ।

ଆଃ... ଗାଁ ଗାଁ ବୁଲି ନିଜର ପରିଚୟ ପଚାରି ବୁଲିବା କେତେଦୂର ଲଜ୍ଜାଜନକ ଅନିତା କାହୁଁ ଜାଣିବ ? ଯାହା ପାଟିରେ ଅନବରତ ଲାଗିରହିଛି, ସୁଇଟ୍ ଡାଡ୍ଡି, ସୁଇଟ୍ ମମୀ, ସେ କାହୁଁ ବୁଝିବ ପିତୃ ମାତୃହୀନ ହୃଦୟର ବେଦନା ? କିନ୍ତୁ କେତେଦିନ ମୁଁ ଆଉ ଅନିତାକୁ ଭୁତେଇ ରଖିବି ?

ନାଁ ଆଉ ଭାବି ହେଉନି... ।

ମନଟା ସତେଜ ହେବା ପରିବର୍ତ୍ତେ ବଡ଼ ଅସ୍ୱସ୍ତି ବୋଧ ହେଲା । ଦରଜାତାରୁ ଚାଲିଆସି ସିଟ୍‌ରେ ବସିଲା ବେଳକୁ ବୃଦ୍ଧା । ତାଙ୍କର ହାତଗୋଡ଼ ଗୋଟେଇ ପୋଟେଇ ଶୋଇ ଗଲେଣି । ପଚାରିଲି – ନଖାଇ ଶୋଇଯିବେ ?

ସେମିତି ଆଖି ବନ୍ଦକରି ବୃଦ୍ଧା ଉତ୍ତର ଦେଲେ, ଆଜିକାଲି ରାତିରେ ମୁଁ ଆଉ କିଛି ଖାଇପାରୁନି । ଖାଇଲେ ହଜମ ହେଉନି ।

ଅଗତ୍ୟା ମୁଁ ଚୁପ୍ ଚାପ ବୃଦ୍ଧାଙ୍କ ଗୋଡ଼ତଳେ ବସିରହିଲି । କାରଣ ଏତିକିବେଳୁ ମୋ ସିଟ୍‌କୁ ଯାଇ ଶୋଇ ପଡ଼ିବା ମୋ ପକ୍ଷେ ସମ୍ଭବ ନୁହେଁ ।

ତା'ପରେପରେ ସାମାନ୍ୟ ରାତିଭୋଜନ ସାରି ଅର୍ଦ୍ଧନିଦ୍ରା ଓ ଅର୍ଦ୍ଧ ଜାଗରରେ ସକାଳ ହୋଇଗଲା, ବିଶେଷ କିଛି କଷ୍ଟ ଜଣାଗଲାନି ।

କିନ୍ତୁ ସକାଳର ବିକଳ ଭାବ, ଯମପୁରର ଯନ୍ତ୍ରଣାଠାରୁ ବଳିପଡ଼ିଲା । ଲୋକ ଲାଇନ ଲାଗିଛନ୍ତି ଟ୍‌ୱେଲଟ୍‌କୁ, କିନ୍ତୁ ପାଣି ନାହିଁ ଟିକିଏ । ପାଇପ୍ ମୋଡ଼ା ହୋଇ ଖାଲି ସାଁ ସାଁ ଶବ୍ଦ । ଗନ୍ଧରେ ନାକ ଫାଟି ପଡ଼ୁଛି ।

ବୃଦ୍ଧା କହିଲେ, କଣ କରିବା ପୁଅ କହିଲ । ଟିକେଟ୍ ବାବଦରେ ଆଉ ଦଶ କୋଡ଼ିଏ ଟଙ୍କା ଅଧିକା ନିଅନ୍ତେ ହେଲେ ଏମିତି ହଇରାଣ କରନ୍ତେ ନାହିଁ । ବୋତଲଟା ଧର, ଆଗ ଷ୍ଟେସନରୁ ପାଣି ମୁନ୍ଦେ ଆଣିଲେ ପାଟିଟା ଧୋଇବି ଟିକିଏ ।

ସେତିକିବେଳେ ମନେ ପଡ଼ିଗଲା, କି ବିରକ୍ତିକର ଯାତ୍ରା ଇଏ । ତା' ପରେପରେ ମାଡ଼ି ଆସିଲା ହୁହୁ ଖରା । ଦେହ ମୁଣ୍ଡରେ କୋଇଲା ଗୁଣ୍ଡ ଧୂଳି ଭର୍ତ୍ତି ହୋଇ ଅବସ୍ଥା ଖରାପ । ଘୋର ଧୈର୍ଯ୍ୟଚ୍ୟୁତ ଘଟିଲା ମୋର । ତଥାପି ଜଗନ୍ନାଥ ଦର୍ଶନର ଉତ୍ସାହ କମୁନି ।

ଆଗ ଷ୍ଟେସନରେ ଓହ୍ଲାଇପଡ଼ି ଦାନ୍ତ ଘଷି, ଗରମ ଗରମ ବରା, ସମ୍ବର ଖାଇଲା ପରେ ମନ ଭିତରୁ ବିରକ୍ତି ଭାବଟା ଆସ୍ତେ କଟି କଟି ଯାଇ ଆମୃସନ୍ତୋଷ ଫୁଟି ଉଠିଲା । ବୃଦ୍ଧାଙ୍କୁ ପାଣି ବଢ଼ାଇ କହିଲି, କିଛି ଖାଇବା ପାଇଁ ଆଣିଦେବି । ବରା, ସମ୍ବର, ଇଡ଼ିଲି, ପାଚେଡ଼ି । ପୁରି ତରକାରୀ କି କିଛି ମିଠା ।

ନିର୍ଲିପ୍ତ ହସ ହସି, ବୃଦ୍ଧା ବାରଣ କଲେ, ଥାଉ । କିଛି ଦରକାର ନାହିଁ । ପିଲାବେଳେ ଏସବୁ ଖାଇବାକୁ ମନ ହୁଏ । ମନସା ଦେବୀଙ୍କ ଭୋଗ ଗଣ୍ଡେ ଅଛି । ପାତିରେ ପକେଇଦେବି । ଘରକୁ ଗଲେ ତ ଖାଇବା ।

"ଘରେ କିଏ ସବୁ ଅଛନ୍ତି ଆପଣଙ୍କର ।"

"ମୋର ।" ବୃଦ୍ଧାଙ୍କ ମୁହଁ ବିଷଣ୍ଣରେ ମଳିନ ପଡ଼ିଗଲା । ପରେ ପରେ କହିଲେ, "ସମସ୍ତେ ଥିଲେ ବାପ । ଏବେ ଆଉ କେହି ନାହାଁନ୍ତି ମୋର ।"

"ହଁ ଏକା । ଏ ଏକାଟିଆ ଜୀବନକୁ ବୋହି ଚାଲିଛି ତ । କେଜାଣି ଯାର ଶେଷ କେବେ ?" ବୃଦ୍ଧାଙ୍କ ଆଖି ଛଲଛଲ ହୋଇଗଲା ।

ମୁଁ ପ୍ରିୟମାଣ ବୋଧକଲି । ବୃଦ୍ଧା ସଧବା ହୋଇଥିଲେ, ଭାବି ଥାଆନ୍ତି ଅବିବାହିତା ଥିବେ । କିନ୍ତୁ ସାଧା-ବିଧବା । କେମିତି କେହି ନାହାଁନ୍ତି । ଥିବେ ତ କିଏ ହେଲେ । କିଛି ସମୟ ନିରବ ରହିଯାଇ ପଚାରିଲି, ସମସ୍ତେ ଥିଲେ ବୋଲି କହୁଛନ୍ତି । ଆଉ ଗଲେ କୁଆଡ଼େ ?

ଅଛନ୍ତି ଏଇ ପୃଥିବୀରେ । କିନ୍ତୁ ମୋ ପାଖରେ କି ମୋ ପାଇଁ କେହି ନାହାଁନ୍ତି । ପଚାରିଲେ ସେମାନଙ୍କ ଠିକଣା ବି ମୁଁ ଦେଇ ପାରିବିନି । କିନ୍ତୁ ଏତିକି ଆଶ୍ୱସ୍ତ ଯେ ମୋ ପାଖରେ ନଥିଲେ ଅଛନ୍ତି ତ ସେମାନେ । ଆଉ କିଛି ଏ ସମ୍ବନ୍ଧରେ ମୋତେ ପଚାରନି ବାପ । ଆମ ସଂସାର ଆମ ସଂସ୍କୃତ ପ୍ରତି ମୋର ଘୋର ଅଶ୍ରଦ୍ଧା । କିନ୍ତୁ ସେଥିରେ ମୋତେ ବଞ୍ଚବାକୁ ପଡ଼ିବ । ଯା' ବିରୁଦ୍ଧରେ ମୁଁ କହିବି କଣ ?

ଏଇ ମୋ ପାଇଁ ଏକ ଗୋଲକ ଧନ୍ଦା । ଜଣେ ବୃଦ୍ଧାଙ୍କ ମନରେ ସଂସାର ଆଉ ସଂସ୍କୃତି ପ୍ରତି ବୀତଶ୍ରଦ୍ଧା ଭାବ । ଏହା କ'ଣ ବିଶ୍ୱାସଯୋଗ୍ୟ ?

କିନ୍ତୁ ଅବିଶ୍ୱାସର ପ୍ରଶ୍ନ ନାହିଁ । ଯାହା ନିଜେ ଶୁଣୁଛି, ତାକୁ ଅବିଶ୍ୱାସ କରିବି କେମିତି ? ଅଶ୍ରଦ୍ଧା ଅନୁଭବର ତୀକ୍ତତା ନଥିଲେ ବୃଦ୍ଧାଙ୍କ ମୁହଁରୁ କଣ ଏଭଳି ଭାବ ଫୁଟି ଉଠନ୍ତା ?

ବୃଦ୍ଧାଙ୍କ ମନରେ ପଦେ ହେଲେ କଥା ନାହିଁ, କିନ୍ତୁ ଆଖ୍ ତଳର ନିଃଶ୍ଵୁତ ଅଶ୍ରୁ ମୋ ଦୃଷ୍ଟି ଏଡ଼ାଇ ପାରୁନି ।

କହିଲି, ଆପଣ କ'ଣ କହୁଛନ୍ତି ଯେ ?

ସେ ଧୈର୍ଯ୍ୟଧରି ରହିପାରିଲେନି । ଲୁହରେ ଲୁହରେ ଆଖି ପାଟି ତାଙ୍କର ବିଭଙ୍ଗ ଦେଖାଗଲା । ଯେମିତି ଜୀବନର ପ୍ରଥମ ଥର ପାଇଁ ଏଭଳି କାନ୍ଦ ସେ କାନ୍ଦୁଛନ୍ତି ।

ଏଭଳି ପ୍ରଶ୍ନ ପଚାରି ଭୁଲ କଲିକି ମୁଁ ? ମୋ ଅନୁଶୋଚନାର ସୀମା ନାହିଁ ।

ହଠାତ୍ ମୋତେ ଧରି ପକାଇ ସେ କହିଲେ, କହିଲ ପୁଅ ମୋର ଦୋଷ କେଉଁଠି ? ବିନା ଦୋଷରେ ଏତିକି ଦୁଃଖ ପାଇଲେ ସମାଜ ପ୍ରତି ମୋର ଅରୁଚି ଭାବ ଆସିଯିବନି ?

ମଉସା ମରିଗଲା ବେଳକୁ ପିଲା ଦି'ଟା ମୋର ଖୁବ ସାନ ନ ଥିଲେ । କିନ୍ତୁ ସାନ ଥିଲେ ତ । ବଡ଼ ଝିଅଟିକୁ ଷୋହଳ ପଣ୍ଡୁଥିଲା, ପୁଅଟିର ବୟସ ଛ' କି ସାତ । ଝିଅ ଜନ୍ମ ହେଲା ବେଳକୁ ଭାରି ରୋଗା ହୋଇଯାଇଥିଲି ମୁଁ । ମୁଁ ଭଲ ହୋଇ ପୁଅ ଜନ୍ମ ହେଲା ପରେ ପରେ ମଉସା ପଡ଼ିଲେ ରୋଗରେ ! ବହୁତ ଦିନ ଦେଖାଶୁଣା ପରେ ଜଣା ପଡ଼ିଲା କ୍ୟାନସର । ଆଉ କି ବଞ୍ଚିବେ ? କିନ୍ତୁ ଯୋଉତକ ଦିନ ଜୀବ ଅଛି, ଲୋଭ ଅଛି ତ । ଗୋଟିଏ ଗୋଟିଏ ଇଞ୍ଜେକସନ ଦାମ୍ ତିନି ଶହ ଚାରି ଶହ ଟଙ୍କା । ତା ଛଡ଼ା ଔଷଧପତ୍ର, ଫଳମୂଳ କେତେ ପ୍ରକାର ଖର୍ଚ୍ଚ ଜାଣିଥିବ ତ । ପଇସା ଆସିବ କୁଆଡୁ ? ମୋ ପାଖରେ ଯାହା ଥିଲା, ଝଡ଼ାଝୁଡ଼ି ହୋଇଗଲା । ମଉସାଙ୍କ ଘର ଲୋକ ସାହାଯ୍ୟ ସହାନୁଭୂତି ଦେଖାଇବା ପାଇଁ କେହି ଜଣେ ହେଲେ ଆସିଲେ ନାହିଁ । ମୋର ବାପଘରୁ ମୋ ଭଉଣୀଟି ବ୍ୟତୀତ କେହି ନଥିଲେ । ସେ ଭଉଣୀ ବି ଦୂରରେ ।

ଏଇ ଦୁରବସ୍ଥା ବେଳେ ମୋତେ ସାହାଯ୍ୟ କରିବା ପାଇଁ ଯିଏ ଆଗେଇ ଆସିଲେ, ସେ ହେଉଛନ୍ତି ମଉସାଙ୍କ ଜଣେ ସାଙ୍ଗ ଓ ଏକ ସ୍କୁଲରେ ଦୁହେଁ ଶିକ୍ଷକ ଥିଲେ । ସେ ଦିନେ ଔଷଧ, ଇଞ୍ଜେକସନ ଆଦି ଆଣିଲେ ନିଜ ପଇସାରେ ।

ପାଖରେ ରାତି ଦିନ ଜଗି ବସିଥାନ୍ତି । କିନ୍ତୁ ଏତେ ଚେଷ୍ଟା, ଏତେ ଖର୍ଚ୍ଚ, ଏତେ ପରିଶ୍ରମ ସବୁ ବୃଥା ହେଲା । ମଉସା ଚାଲିଗଲେ ।

ସେଇ ଅସହାୟ ଅବସ୍ଥାରେ ମୋତେ ପୂରା ସାହାଯ୍ୟ କରୁଥାଆନ୍ତି ସେ ଶିକ୍ଷକ ଜଣକ । ଏମିତି କି ବର୍ଷ ଦୁଇଟାରେ ସେ ବର ଖୋଜି ଝିଅଟିକୁ ବାହା କରେଇ ଦେଲେ ।

ଝିଅଟି ଚାଲିଯିବା ପରେ, ଛୋଟ ପୁଅଟିକୁ ନେଇ ଥାଏ ମୁଁ । ଯିଏ ଯେତେଗଲେ ବି, ପେଟ ଚାଖଣ୍ଡକ ମୋର ଅଛି ତ । ଲୁଣ ଚାଉଳ ଆଣିବା ଠାରୁ ପୁଅ ସ୍କୁଲ ଯିବା ପର୍ଯ୍ୟନ୍ତ ସବୁ ସେ ବୁଝୁଥାଆନ୍ତି ।

ମାତ୍ର କିଛି ଦିନ ପରେ, ତାଙ୍କ ସାହାଯ୍ୟ ସହାନୁଭୂତି ଗାଁ ଲୋକଙ୍କ ଆଖିରେ ଗଲାନି । ଖବର ଯାଇ ପହଞ୍ଚିଗଲା ଝିଅ ପାଖରେ ।

ଦିନେ, ମୁହଁ ସନ୍ଧ୍ୟାବେଳ । ସେତେବେଳେ ତ ଏବପରି ଇଲେକ୍ଟ୍ରିକ୍ ଲାଇଟ୍ ଏମିତି ନଥିଲା । ମୁଁ ଡିବି ଲଗାଇ ନଥାଏ, ମାଷ୍ଟେ ଆସିଯିବାରୁ ଧାନ ଆଦାୟ ଅମଲର ହିସାବଟା ରଖୁଛି, ଆସି ପହଞ୍ଚିଗଲା ଝିଅ । ମତେ ଚାହିଁଦେଇ କହିଲା, ଛିଃ ବୋଉ । ଆମେ ଯାହା ଶୁଣୁଥିଲୁ, ତା ସତ । ମଉସା ଆସୁଛନ୍ତି ତ ତୋ ପାଖକୁ । ଛିଃ ଛିଃ, ତତେ ବିଷ ଜହର ମିଳୁନି । ପୁଣି ଏ ବୟସରେ ।

"ମୀନା !" ମାଷ୍ଟେ ପାଟିକରି ଉଠିଲେ । ମାଷ୍ଟଙ୍କର ସେ ପାଟି ଥିଲା, ଦୁଃଖର । କିନ୍ତୁ ମୀନା (ମୋ ଝିଅ) ଘୃଣାରେ ପାଟିକୁ ତା'ର ଦ୍ୱିଗୁଣ ଉଚ୍ଚକିତ କରି କହିଲା, ଆପଣ ମତେ ଧମକାନ୍ତୁ ନାହିଁ ମଉସା । ମୁଁ ଛୋଟ ହୋଇ ନାହିଁ । ଆପଣଙ୍କ ଲାଗି ଆମମାନଙ୍କ ମୁଣ୍ଡ ଆଜି ତଳକୁ ।

କିଛି ନକହି, ମାଷ୍ଟେ ଚାଲିଗଲେ । ମୁଁ ଆଉ କହନ୍ତି କଣ । ଖାଲି ଭାବିବାକୁ ଲାଗିଲି, ଏଇ ଝିଅ କୋଉ ବେଗୀ ପର ହୋଇଗଲା । ସେ କଣ ଦେଖିନି, ବାପା ରୋଗରେ ପଡ଼ିଥିଲା ବେଳେ, ମାଷ୍ଟେ କେତେ ସାହାଯ୍ୟ କରୁଥିଲେ । ମୋ ପ୍ରତି ତାଙ୍କର କି ପବିତ୍ର ବ୍ୟବହାର । ଯଦିବା ବାହାର ଲୋକେ କହିଲେ କିଛି, ସେ କଣ ଜାଣିବା ଉଚିତ୍ ନୁହେଁ ଯେ ମାଆ ତା'ର ଦେବୀ ନୁହେଁ ମାନବୀ । ସେ ବୈଷ୍ଣବ, ତା'ର ଦେହ ଅଛି, ମନ ଅଛି, ରକ୍ତ ମାଂସର ଶରୀର । କାହା ଆଶ୍ରୟରେ ଆଶ୍ରିତ

ହେବ ତ ସିଏ । ଯୋଉମାନେ କହୁଛନ୍ତି, ସେମାନେ ବୋଉକୁ ତା'ର ସାହାଯ୍ୟ କରିବାକୁ ଆଗେଇ ଆସୁ ନାହାଁନ୍ତି । କେହି କିଛି ନ କଲେ, ସେ ନିଜେ ଏବେ କଣ କରି ପକେଇଲା । ସେ ତ ମନା କରି ପାରିଥାଆନ୍ତା ମୁଁ ବିଭା ନ ହୋଇ ବୋଉ ପାଖରେ ରହିବି । ମଣିଷର ଏ ପ୍ରଚଣ୍ଡ କ୍ଷୁଧା ଥିଲାବେଳେ, ମୋର ଏ ତ୍ୟାଗପ୍ରତି ଜୀବନକୁ ନିଜର ସନ୍ତାନ ହୋଇ କଲୁଷିତ କରିଦେଲା ।

ଏଇ ଆମର ସମାଜ, ଏଇ ଆମର ସଂସ୍କୃତି, ନୁହେଁ... ।

ସକାଳୁ ସକାଳୁ ଗୋଟେ ଗାଡ଼ି ଆସି ଦୁଆରେ ଥୁଆ ହେଲା । ମୀନା କହିଲା, ମୁଁ ଯାଉଛି, ସାଙ୍ଗରେ ମୁନ୍ନାକୁ ବି ନେଇଯାଉଛି । ସେ ବଡ଼ ହେଲାବେଳକୁ ଅନ୍ତତଃ ଏ ଅପବାଦ ନ ଶୁଣି ସିଏ ।

ମହାପ୍ରସାଦ ଧରି ନିୟମ କରି ଯେତେ କାନ୍ଦିଲେ, ବାରଣ କଲି, ସେ ଶୁଣିଲାନି । ଏଇ ଅବସରରେ ଆସି ପହଞ୍ଚିଗଲେ ଜ୍ୱାଇଁ । ଖୁବ୍ ଧିକ୍କାର କଲେ ସେ ମୋତେ । ଟିକିଏ କ୍ରୋଧ ବୋଲି ଶୁଣିଥିଲି ମୁଁ । କିନ୍ତୁ ବଡ଼ ଚାକିରି କରନ୍ତି ବୋଲି, ଭରସି ତାଙ୍କୁ କେହି କିଛି କହନ୍ତି ନାହିଁ । ମୁଁ ବା କହିବି କଣ । ଯଦି ଝିଅକୁ ଛାଡ଼ି ଦିଅନ୍ତି, କି ଦଶା ହେବ କହିଲ । ଶୋଇଲା ପୁଅକୁ ମୋର କାନ୍ଧରେ ପକାଇ ନେଇ ଚାଲିଗଲେ ।

"କୁଆଡ଼େ ନେଇଗଲେ ।"

ଅସମ୍ଭାଳ ହୋଇ ପଚାରିଲି ମୁଁ ।

"ଆସାମ । ସେତିକିବେଳକୁ ସେଠିକି ତାଙ୍କର ବଦଲି ହୋଇଥିଲା ।"

"ଆସାମ ।" ମୁଁ ଚମକି ପଡ଼ିଲି ।

ତା ପରେପରେ ବୃଦ୍ଧା କହିଲେ, ଦୁଃଖ ସେତିକିରେ ସରିଲା ନାହିଁ ବାପ । ସକାଳୁ ମତେ ଯାଇ ପଡ଼ିଶାକୁ ହସି ହସି କହିବାକୁ ପଡ଼ିଲା ଯେ, ରାତିରେ ମୀନା ଆସିଥିଲା, ମୁନ୍ନାକୁ ସାଙ୍ଗରେ ନେଇ ଚାଲିଗଲା । ସେଠି ରହି ମୁନ୍ନା ପଢ଼ାପଢ଼ି କରିବ ।

ସାଇ ପଡ଼ିଶା ଖୁସୀ ହୋଇ କହିଲେ ତୋ'ର ଦୁଃଖ ଗଲା ଲୋ ମୁନ୍ନା ବୋଉ । ଏଣିକି ତୋ'ର ସୁଖର ଜୀବନ । ସେମାନଙ୍କୁ ଖୁସୀ କରାଇବା ପାଇଁ ମୁଁ

ହସିଲି । ଏ ସୃଷ୍ଟିରେ କାହା ଦୁଃଖ କିଏ ବୁଝୁଛି । ବର ମିଳା... ପିଲା ଦିଟା ପାଖରୁ ଗଲେ । ଆଉ ମୋର ଚିନ୍ତା ନାହିଁ, ମୁଁ ସୁଖୀ ।

ତିନି ଦିନ ପରେ ଶୁଣିଲି, ମାଷ୍ଟେ କୁଅରେ ପଡ଼ି ଭାସୁଛନ୍ତି ।

ପନ୍ଦର ଦିନ ପରେ ଝିଅ ଜ୍ୱାଇଁଙ୍କ ପାଖରୁ ଚିଠି ଆସିଲା, ସେମାନଙ୍କର ଏହା ଶେଷ ଚିଠି । ଆଉ ମୋତେ ଚିଠି ଦେବେନି କି ମୋ ସଙ୍ଗେ କୌଣସି ସମ୍ପର୍କ ରଖିବେ ନାହିଁ । ମୋର ସେମାନେ ବୋଲି, ମୁଁ କାହାକୁ ପରିଚୟ ବି ଦେବିନି ।

ପୁଅ! କାହିଁକି ମୁଁ ପରିଚୟ ଦେବି । ରାଗ ନୁହେଁ । ଅଭିମାନରେ ମୁଁ ଆଡ଼େଇ ହୋଇଗଲି । ସମ୍ପର୍କ ତୁଟିଗଲା । ବେଳେବେଳେ ପୁଅଟାକୁ ମୋର ଖୁବ୍ ମନେପକାଏ । ଯେତେ ହେଲେ ସିଏ ମୋର ତ ।

ଏକ ଅତିନ୍ଦ୍ରିୟ ଅନୁଭୂତି ନେଇ ଶୁଣୁଥିଲି ମୁଁ । ହଠାତ୍ କଥା ତାଙ୍କର ଶେଷ ହୋଇଯିବାର କି ଗୋଟାଏ ଭାବାବେଗ ନେଇ ତାଙ୍କୁ ଚାହୁଁ ଚାହୁଁ ଦେଖିଲି ତାଙ୍କ ଦୁଇ ଆଖି ଭିତରେ ଉଦ୍‌ଭାସିତ ହୋଇ ଉଠୁଛି ଗତ ରାତିରେ ଦେଖୁଥିବା ପ୍ରଭୁ ଜଗନ୍ନାଥଙ୍କ ପ୍ରତିଛବି ।

ଓଃ ଏ କ'ଣ ଦେଖୁଛି ମୁଁ ।

ମୁହୂର୍ତ୍କ ପାଇଁ ନିଜ ପରିଚୟ ପାଇଯିବାର ବାସନାରେ ଉଲ୍ଲସି ଉଠି, ପରେ ହତାଶ ହୋଇଗଲି ।

ମୋ ଅସ୍ପଷ୍ଟ ଉଚ୍ଚାରଣରେ ବୃଦ୍ଧା କହିଲେ, କଣ ହେଲା ପୁଅ । ମୋ ଲାଗି ତମର ଦୁଃଖ ହେଉଛି କି । ଛିଃ, ଦୁଃଖ କରନି । ଏ ସଂସାରରେ କିଏ କାହାର ନୁହେଁ । ହଁ, ତମେ ପୁରୀରେ ଓହ୍ଲାଇବଟି ?

ମୁଁ ହଁ କରୁ କରୁ ବୃଦ୍ଧା କହିଲେ, ମୁଁ ବି ତ ପୁରୀରେ ପହ୍ଲାଇବି । ଗାଁ ଟା ଅଳ୍ପ ଦୂରରେ, ରିକ୍ସାରେ ଚାଲିଯିବା ବାଟ ତ । ଭାବୁଛି, ଆଗ ଟିକିଏ ଜଗନ୍ନାଥଙ୍କୁ ଦର୍ଶନ କରିଦେଇ ଯାଆନ୍ତି । ଯେତେ ତୀର୍ଥବ୍ରତ କର, ଜଗନ୍ନାଥଙ୍କୁ ଦର୍ଶନ ନ କଲେ, କିଛି ପୁଣ୍ୟ ନାହିଁ । ଇଏ ଶ୍ରୀକ୍ଷେତ୍ରଟି ।

ସେତେବେଳକୁ ପୁରୀ ଷ୍ଟେସନ ହୋଇଗଲାଣି ପ୍ରାୟ । ମୁଁ ତାଙ୍କୁ କହିଲି ଆପଣ ଶ୍ରୀକ୍ଷେତ୍ରର ଲୋକ ହୋଇ ତେବେ ହରିଦ୍ୱାର ଯାଇଥିଲେ କାହିଁକି ?

ବୃଦ୍ଧା ଜିନିଷପତ୍ର ସଜ୍ଡ଼ାସଜ୍ଡ଼ି କରୁକରୁ ଉତ୍ତର ଦେଲେ, ଯାଇଥିଲି ବାପ ଗୋଟେ ମନସ୍କାମନା ନେଇ ମନସା ଦେବୀଙ୍କ ପାଖକୁ । ନାଲି ସୂତାରେ ଗଣ୍ଠି ଦେଇ ଆସିଛି, କାଲେ ଫେରି ଆସିବ ପୁଅ ମୋର ମୋ କୋଲକୁ । ଅବଶିଷ୍ଟ କେଇଦିନ କି ଖୁସୀରେ କଟିବ କୁହତ ଦେଖ ।

ମୋ ଦେହ ମନ, କଣ କଣ ହୋଇ ଯାଉଥିଲା । କିନ୍ତୁ ପାଟି ଖୋଲି କିଛି ପହିପାରୁ ନଥିଲି ।

ଷ୍ଟେସନରେ ଓହ୍ଲାଇପଡ଼ି ବୃଦ୍ଧା ପଚାରିଲେ, ତମେ କୁଆଡ଼ିକି ଯିବ ପୁଅ ? ତମ ଘର କଣ ଏଇ ପୁରୀରେ ? କୋଉଠି ?

ମୁଁ ହାତ ହଲେଇ ସୂଚେଇ ଦେଲି, ନାଁ ।

“ତେବେ ତୁମେ କଣ ଜଗନ୍ନାଥଙ୍କୁ ଦେଖିଛ ? ଆସୁନ ମନ୍ଦିର ସାଙ୍ଗ ହୋଇ ଯିବା । ଦର୍ଶନ ସାରି ଫେରିଲେ, ମୁଁ ଯିବି ମୋ ଗାଁକୁ । ତମେ ଯିବ ତମ ଗାଁକୁ... ।”

ପ୍ରସ୍ତାବଟା ଖୁବ୍ ଭଲ ଭାବି ମୁଁ ସମ୍ମତ ଦେଲି । ଏକାଠି ମିଶି ଗଲୁ ଜଗନ୍ନାଥଙ୍କ ଦର୍ଶନ ପାଇଁ । ମୋର ବହୁ ଦିନର ଉକ୍ଣ୍ଠିତ ପ୍ରଭୁ ଜଗନ୍ନାଥଙ୍କୁ ଦେଖି ଆନନ୍ଦର ଆତିଶଯ୍ୟରେ ଆଖିରୁ ମୋର ଧାରଧାର ଲୁହ ବୋହିଗଲା । ଲୁହର ଆଖି ମେଲି ଦେଖିଲା ବେଲକୁ, ଜଗନ୍ନାଥଙ୍କ ଆଖି ଭିତରେ ଉକୁଟି ଉଠୁଛି ଆଉ ଗୋଟିଏ ମୁହଁ, ସେ ଅସ୍ପଷ୍ଟ ହେଲେ ବି, ସେ ମୁହଁ ବୃଦ୍ଧାଙ୍କର ।

ଚମକି ଉଠିଲି । ଏ କି ଅଲୌକିକ ବିସ୍ମୟ । ଅବଶ୍ୟତା ସଙ୍ଗେ ସ୍ଥିର ନିଶ୍ଚଲ ଦୃଷ୍ଟିରେ ଚାହିଁରହିଛି ପ୍ରଭୁଙ୍କ ଆଖିକୁ । ବୃଦ୍ଧା ମତେ ହଲାଇଦେଇ କହିଲେ – ଯିବା ? ଯେତେ ଦେଖିଲେ ତ ମନ ଛାଡ଼ିବ ନାହିଁ । ଯାଙ୍କ ଛଡ଼ା ସଂସାରରେ କିଏ ଅଛି ?

ଦୁହେଁ ଫେରି ଆସିଲୁ ।

ଗୋଟେ ରିକ୍ସା ମୁଲାଇ ବୃଦ୍ଧା ରିକ୍ସା ଉପରକୁ ଉଠିଗଲେ । କହିଲେ, ଯାଉଛି । ସମୟ ଥିଲେ, ଘରଟା ମୋ ସଙ୍ଗେ ଦେଖି ଆସନ୍ତ । ମନ ହେଲେ କେତେବେଲେ ଆସନ୍ତ ମୋ ପାଖକୁ । ଭାରି ଭଲ ଲାଗନ୍ତା ।

ନିଃଶବ୍ଦରେ ମୁଁ ଠିଆ ହୋଇରହି ଭାବୁଛି, ଯିବି କୁଆଡେ । ଯାହାକୁ ଦର୍ଶନ କରିବି ବୋଲି ଆସିଥିଲି, ତାଙ୍କ ଦର୍ଶନ ତ ସରିଲା । ମୋର ଗତି କୁଆଡେ ।

ବାରମ୍ବାର ଏ ପ୍ରଶ୍ନ ମନ ଭିତରେ ଆନ୍ଦୋଲିତ ହୋଇ ବୃଦ୍ଧାଙ୍କ ପ୍ରତି ମମତା ଅଜାଡ଼ି ହେଇ ପଡ଼ିଲା । ବୃଦ୍ଧା ଯାହା ଯାହା କହୁଛନ୍ତି, ସବୁ ତ ମିଶି ଯାଉଛି ମୋ ଜୀବନ କାହାଣୀ ସଙ୍ଗେ... ଗୋଟାଏ ଝଲକରେ ବୃଦ୍ଧାଙ୍କ ରିକ୍ସା ଉପରକୁ ଉଠିଗଲି ।

ବୃଦ୍ଧା ଖୁସି ହୋଇଗଲେ । ଯିବା ବାଟରେ ଆମର ଯେଉଁ ବିଶ୍ରାମାଳାପ ହେଲା, ସେସବୁ ତାଙ୍କର ପୁରୁଣା ସ୍ମୃତି । ଯାହା ମୋର ଅନ୍ଦାଜ କରିବା ବି ସମ୍ଭବ ନୁହେଁ ।

ଘର ହୋଇଗଲାରୁ ବୃଦ୍ଧା ରିକ୍ସାରୁ ଓହ୍ଲାଇପଡ଼ି ମତେ ବାଟ କଢ଼େଇ ନେଲେ, ଆସ ପୁଅ ଆସ । ଏଇପୁ' ପଡ଼ିଆଟା ଦେଖୁଛ, ଏଠ୍ଥିଲା ଗୋଟେ ଶାଳ ବାଡ଼ି । ପୁଅ ଝିଅ ଏଠି ଭାତଡ଼ାଲି ରାନ୍ଧି ମିଛିମିଛିକା ଖେଳ ଖେଳୁଥିଲେ । ଖେଳୁ ଖେଳୁ ପିଟାପିଟି ବି ହୁଅନ୍ତି । ଶେଷରେ ପୁଅ ଚୁପ୍ ରହିଯାଏ । ଝିଅଟା ଟିକେ ବେଶି ବଡ଼ ତ ପୁଅଠାରୁ, ଖୁବ୍ ଶାସନ କରେ ତାକୁ । ଆଜି ଆଉ ସେ ଖେଳାବାଡ଼ିର ପ୍ରୟୋଜନ ନାହିଁ । ଗାଁର କେତେଟା ଟୋକା ଲଗେଇଛନ୍ତି, ଏଠି ଗୋଟେ ହଳର ପକେଇବେ । ମନାକରି ଦେଲି ମୁଁ । କହିଲି, ମଲା ପରେ ତମେମାନେ ଯାହା କରିବ କର । ମୋର ତ ଆଉ କେହି ନାହିଁ ଭୋଗ କରିବ । ଏବେ ଏଇ ଟିକକ ସ୍ମୃତି ମୋର, ବଞ୍ଚିବାର ସାହା ।

ମୁଁ ସେଇ ଖେଳାବାଡ଼ିରେ ଠିଆ ହୋଇ ରହି କୋଡ଼ିଏ ବର୍ଷ ତଳର ଅତୀତକୁ ଫେରି ପାଇଛି । ଯାହା ମୋ ମାନସପଟରେ ଛାୟା ହୋଇଥିଲା, ତାହା ଆଜି ସ୍ପଷ୍ଟ । ମୁଁ ବିଶ୍ୱାସ କରିପାରୁନି, ଏହା ସ୍ୱପ୍ନ ନା ବାସ୍ତବ । କିନ୍ତୁ ମାୟା ଘନେଇ ଆସୁଛି ।

ଆସ ପୁଅ ଆସ, ଘର ଭିତରକୁ ଆସୁନ । ଏଇ ଦେଖ ଏଇଟା ମୋର ଶୋଇବା ଘର । ପୁଅ ଝିଅ ନଥିଲେ କଣ ହେଲା, ତାଙ୍କ ଖଟ ପକାଇ ରଖିଛି । ଯାହାର ଯୋଉ ଖଟ, ତା ଖଟ ପାଖରେ ତା'ର ଫଟୋ । ଦେଖୁନ ଖଣ୍ଡିଆ ଦାନ୍ତରେ କେମିତି ହସୁଛି ପୁଅ । ଏଇ ଫଟୋ ଖଣ୍ଡିକ ତ ତା'ର । ସେତେବେଳେ ଏତେ ଫଟୋ ଉଠା ହେଉଥିଲା, ନାଁ । କାହାକୁ ଉଠେଇ ଆସୁଥିଲା ।

ମୁଁ ଜଡ଼ବତ୍ ଠିଆହୋଇ ରହିଛି, ବୃଦ୍ଧା ଅଶ୍ରୁମୋଚନ କଲେ । ଆଉ କଣ ସେ ଖଣ୍ଡିଆ ଦାନ୍ତ ଥିବ । କେଡ଼େ ବଡ଼ଟିଏ ହୋଇଯିବଣି । କେତେ ବଦଳି ଯିବଣି, ସୁନ୍ଦରଟିଏ ହୋଇଯିବଣି ।

ତାଙ୍କ ଅଶ୍ରୁପାତରେ କି ଗୋଟାଏ ଉତ୍ତେଜନାରେ ମୁଁ କମ୍ପିବାକୁ ଆରମ୍ଭ କରି ଦେଇଛି । କଣ କରିପକେଇବାକୁ ଚାହୁଁଛି, କହି ପକେଇବାକୁ ଚାହୁଁଛି ।

ଏତିକି ବେଳେ ତାଙ୍କୁ ପ୍ରବୋଧନା ଦବାକୁ ଯାଇ ପଟାରିଦେଲି – ଆପଣ ଏବେ ଦେଖିଲେ ଚିହ୍ନିପାରିବେ ଆପଣଙ୍କ ପୁଅକୁ ।

ବୃଦ୍ଧାଙ୍କର ଆଖି ଏକ ଆନନ୍ଦର ସମ୍ଭାବନାରେ ଉଚ୍ଛଳ ହୋଇଉଠିଲା । ବଡ଼ ବଡ଼ ଆଖିକରି ଆକୁଳ କଣ୍ଠରେ କହିଲେ, ହଁ ଚିହ୍ନିବି... ଚିହ୍ନିବି । କିନ୍ତୁ କାଇଁ କିଏ ?

ମୋ କଣ୍ଠରେ ଭୟ ଓ ବିସ୍ମୟର ସ୍ୱର । ଚିହ୍ନିଲେ ମୁଁ ଆପଣଙ୍କ ପୁଅ କି ।

ବୃଦ୍ଧାଙ୍କ ଦୃଷ୍ଟି ପଥରୁ ଅନ୍ତର୍ହିତ ହୋଇଗଲି ମୁଁ । ସେ ବୋଧେ ଦେଖୁଥିଲେ ମୋ ଭିତରେ ତାଙ୍କ ଚପଳ ବାଳକ ପୁଅ । ବିକଳରେ ମୋତେ କୁଣ୍ଢାଇ ପକାଇ, ପିଠି ଅଣ୍ଟା ସବୁ ଅଞ୍ଜାଳି ପକାଇଲେ । ପାର୍ଟଟା ଖୋଲି ଫିଙ୍ଗିଦେଇ ଖୁବ୍ ଜୋରରେ ଦୁଇଚାରି ଥର ମୋତେ ଘୁରାଇ ଦେଇ ପରେପରେ ମୋ ବେକମୂଳ କଳା ଜାଇଟିକୁ ଦେଖି ନେଇ ଚିତ୍କାର କରି ଉଠିଲେ ମୁନ୍ନା –

ମୁଁ କାନ୍ଦି ପକେଇଲି... ।

ଦୁଇ ହାତରେ ପାପୁଲିରେ ବୃଦ୍ଧା ଘୁରାଇ ଆଣିଲେ ନିଜ ମୁହଁ ପାଖକୁ ମୋ ମୁହଁଟିକୁ । ଆଖି ପୁରେଇ ଚାହିଁଲେ ମୁହଁକୁ, ଆଖିକୁ, ଓଠକୁ । ଆଃ, କି ପ୍ରେମ । କି ଉଷ୍ଣ ସେ ଆଦର । କି ନିବିଡ଼ ସେ ଦୃଷ୍ଟି । ମୋ ଅଜ୍ଞାତସାରରେ ପାଟିରୁ ମୋର ଉଚ୍ଚାରିତ ହୋଇଗଲା, ମା'... ।

ପାଗଳପରି କୁଣ୍ଢାଇ ପକାଇଲେ ସେ ମୋତେ । ନିଶ୍ଚିନ୍ତରେ ମୁହଁ ଗୁଞ୍ଜି କୋଳରେ ତା'ର ଶୋଇଗଲି । କି ଶାନ୍ତ । କି ତୃପ୍ତି ।

ଆଖି ଖୋଲି ଚାହିଁଲା ବେଳକୁ ସୂର୍ଯ୍ୟର ରଥ ତୀର ବେଗରେ ଛୁଟି ଚାଲିଛି ଆକାଶ ବୁକୁରେ । ମୁଁ ରାଇଟିଂ ପ୍ୟାଡ଼ ଖୋଲି ଅନିତା ପାଖକୁ ଚିଠି ଲେଖି ବସିଲି, ଗାଁ ନାଁ ଠିକଣା ଦେଇ ।

୦୦

ସୋ ଅହମ୍

ରାତ୍ରି ଅବସାନ ହେଲେ, ପଦ୍ମ, ଚକ୍ରବାକ, ଭ୍ରମର ଓ ନାନା ପକ୍ଷୀଗଣ ଆନନ୍ଦିତ ହେବା ସଙ୍ଗେ ସଙ୍ଗେ ସନାତନ ମଧ୍ୟ ରାତ୍ରି ଅବସାନ ହଉ ହଉ ଘୋର ଆନନ୍ଦରେ ଶଯ୍ୟା ତ୍ୟାଗକରି ପୁଷ୍ପଚୟନ, ଯୋଗାଭ୍ୟାସ, ନିତ୍ୟକର୍ମ ଆଦି ତୁଟାଇ ଦେବ ପୂଜାରେ ଲାଗି ଯାଆନ୍ତି । ଏସବୁ କର୍ମକର୍ମାଦି ସମାପନ କରୁ କରୁ ସୂର୍ଯ୍ୟ ଆସି ମୁଣ୍ଡ ଉପରେ । ଏହି ଉକୃଟ ସମୟରେ ହିଁ ସନାତନ ନିତ୍ୟ ନିୟମିତ ଯାଇ ଉପସ୍ଥିତ ହୁଅନ୍ତି ଗାଁ ଠାରୁ ପାଞ୍ଚ କୋଶ ଦୂରରେ ଥିବା ଶିବ ମନ୍ଦିରରେ ।

ପାଦରେ ପାଦୁକା ନାହିଁ । ମସ୍ତକ ଉପରେ ଛତା ନାହିଁ । ଦେହରେ ବିସ୍ତୃତ ପରିଧାନ ବି ନାହିଁ । ଅଛି କେବଳ ପ୍ରେମ ନିୟମ ବ୍ରତ ଧର୍ମ, ଏବଂ ଅମାୟିକତା । ଯାହାଦ୍ୱାରା ପଥଶ୍ରାନ୍ତ ମନେ ହେଉଛି କିଛି ନୁହଁ ଭଲି... । ପ୍ରଖର ସୂର୍ଯ୍ୟତାପ ମନେ ହେଉଛି, ମେଘ ଛାୟାଢଙ୍କା ସୁଖ ସ୍ୱର୍ଶର ମାର୍ଗ... । ଆଉ ବହୁଥିବା ଝିଞ୍ଚି 'ଲୁ' ଲାଗୁଛି ସୁଶୀତଳ ମୃଦୁ ମଳୟ ଅବା ।

ସନାତନ ଚାଲି ଥାଆନ୍ତି । ସେଇ ପଲ୍ଲବିତ ବଟ ବୃକ୍ଷ, ବୁଦୁବୁଦୁକା ଜଙ୍ଗଲ, ଆବଡ଼ା ଖାବଡ଼ା ରାସ୍ତା, ନାଁ । ଅଜଣା କେଉଁ ବଣୁଆ ଫୁଲର ବାସ୍ନାରେ ବିଭୋର ହୋଇ ହୋଇ.... । ତାଙ୍କୁ ଦେଖିଲେ ଯିଏ କେହି ମନେ କରିବ, ସନାତନ ଏ ଧରାରେ ଯେମିତି ସବୁଠୁ ଶ୍ରେଷ୍ଠ ସୁଖୀ ପ୍ରାଣୀ! "ସୁଖ" ଦେହ ଧରି ଉଭା ହୋଇଛି ଅବା ସନାତନ ରୂପରେ ।

ସନାତନ କିନ୍ତୁ ନିର୍ବିକାର । ସେ ତାଙ୍କ ଜୀବନରେ ସୁଖ କଣ... ଜାଣନ୍ତି ନାହିଁ । କି ଦୁଃଖ ବି କଣ ଜାଣନ୍ତି ନାହିଁ । ଯାହା ଯେତେବେଳେ ଘଟିଯାଏ ସେ ଭାବନ୍ତି ପ୍ରଭୁଙ୍କ କୃପା । ଯେତେ ଦୁଃଖ ଆସିଲେ ବି ତାକୁ ଉଷ୍ଣ ଆଦରରେ ମୁକାବିଲା କରି କହନ୍ତି ଏହା ମଧ୍ୟ ପ୍ରଭୁଙ୍କ ଦୟା ବା ପ୍ରଭୁଙ୍କ ଦାନ ।

ଆଉ ସୁଖ ! ସୁଖର କଣ କିଛି ସଂଜ୍ଞା ଅଛି, ଯାହାକୁ ନିରୂପଣ କରାଯାଇ ପାରେ ? ସିଏ ବା କୋଉ ନିଜ ଇଚ୍ଛାରେ ଆସେ ନାଁ, ଆସିଲେ ଉପଲବ୍ଧ କରି ହୁଏ ? କଳଙ୍କ ଲାଗି ଚନ୍ଦ୍ର ଯେତେ ଜ୍ୟାସ୍ନାୟିତ ହେଲେ ବି, ତା'ର ମହତ୍ତ୍ବ ବାରି ନ ହେଲା ପରି ସୁଖ ଏ ଜୀବନରେ ଏତେ ଦୁଃଖ ଧରି ଆସିଥାଏ ଯେ, ସୁଖବୋଲି ତାହା ଜାଣି ହୁଏ ନାହିଁ ।

ତଥାପି ସନାତନଙ୍କ ପାଇଁ ସବୁ ସୁଖ । ବୋଧେ ଗୁଣବାନ ଲୋକ ପାଇଁ ଏ ସଂସାରରେ ସବୁ ଦୁଃଖ ବି ସୁଖ ତୁଲ୍ୟ । ସେସବୁ ସେମାନଙ୍କୁ ଆପେ ଆପେ ପ୍ରାପ୍ତ ହୁଏ । ଯେମିତି ସମୁଦ୍ରର କାମନା ନଥିଲେ ମଧ ନଦୀମାନେ ଆପେ ଆପେ ଆସି ସମୁଦ୍ରରେ ପଡ଼ନ୍ତି । ଠିକ୍ ସେହିପରି କାମନାହୀନ ମନୁଷ୍ୟ ପାଇଁ ସବୁ ସୁଖ ଆସି ତା' ପାଖରେ ଠୁଳ ହୁଏ ।

ସନାତନ କିନ୍ତୁ ମହତ୍ । ସେ ମାନବ ହେଲେ ବି, ହୃଦୟରେ ତାଙ୍କର ପୃଥିବୀର ହୀନତା କି କଳୁଷତା ନାହିଁ । ପ୍ରାଣରେ ଦେବ ଦୁର୍ଲ୍ଲଭ ଆକାଂକ୍ଷା ଭିନ୍ନ, ପାର୍ଥିବ ମନୁଷ୍ୟର ସ୍ୱାର୍ଥପରତା ଆଦୌ ନାହିଁ । ଗମ୍ଭୀର ମୁଖମଣ୍ଡଲରେ ତାଙ୍କର ଧାରେ ହସ, ଶିଶୁର ହସପରି ତରଳ ଓ ସୁକୋମଳ । ଆଉ ସାମାନ୍ୟ ଟିକିଏ ସୂକ୍ଷ୍ମ ଦୃଷ୍ଟି ପରମ ପବିତ୍ର ଓ ମନ ମୁଗ୍ଧକର ।

ସେ ଯେତେବେଳେ ମନ୍ଦିର ବେଢ଼ାରେ ଉପସ୍ଥିତ ହୁଅନ୍ତି, ତାଙ୍କ ରୂପ ଦେଖି ସମସ୍ତେ ସଙ୍କୁଚି ଯାଆନ୍ତି । ଯେମିତି ସୂର୍ଯ୍ୟଙ୍କୁ ଦେଖି କଇଁ ଫୁଲ ନିମୀଲିତ ହୋଇଯାଏ । ଆଉ ଯିଏ ପୂଜକ, ତା'ର ପୂଜା ଭୁଲି ସସମ୍ଭ୍ରାନେ ଦଣ୍ଡାୟମାନ ହୋଇ ଯଥାମାନ୍ୟ ନିବେଦନ କରେ ।

ସନାତନ ଅତି ପ୍ରସନ୍ନ ହୋଇ ମାନ୍ୟ ଗ୍ରହଣ କରୁ କରୁ ନତ ମାଥାରେ ସେ ନିଜେ ବି ବହୁ ମାନ୍ୟ ଅର୍ପଣ କରି ନିଅନ୍ତି । ସେତେବେଳେ ସେ ଭୁଲି ଯାଆନ୍ତି, ସେ କିଏ, ଅନ୍ୟମାନେ କିଏ ? ଏବଂ ନିଜର କର୍ତ୍ତବ୍ୟ କ'ଣ ? ଯାହା ମନରେ ସର୍ବଦା ପ୍ରଭୁ ଦର୍ଶନର ଅଭିଲାଷ, ଯିଏ ପ୍ରଭୁ ନିର୍ଗୁଣ ପରିପୂର୍ଣ୍ଣ ଆଦିଅନ୍ତ ଶୂନ୍ୟ, ସେ କାହୁଁ ଜାଣିବ ନିଜର କର୍ତ୍ତବ୍ୟବୋଧକୁ । ଏତେ ଅନ୍ୟମନସ୍କତା ସତ୍ତ୍ବେ ବି, ସେଠାରେ ଉପସ୍ଥିତ ହୋଇଥିବା ସମସ୍ତ ବ୍ୟକ୍ତି ଆସି ଉପସ୍ଥିତ ହୁଅନ୍ତି ସନାତନଙ୍କ ପାଖରେ ।

ସେମାନଙ୍କ ସହିତ ଯେଉଁ ଆଲାପ ଆଲୋଚନା ହୁଏ, ଅନ୍ୟମାନେ ସନାତନଙ୍କ ଠାରୁ ଜାଣନ୍ତି ଯେ ଭଗବାନ ସର୍ବଜ୍ଞ । ସେ ପୁଣି ସର୍ବ ଅଜଣା । ସଚ୍ଚିଦାନନ୍ଦମୟ ବ୍ରହ୍ମ ଦେହାଦି ଉପାଧୀ ରହିତ... ଶୁଣି ଅନୁପମ ଅଚନ୍ତି । ସେ ବ୍ୟାପକ । ବଳରହିତ ମଧ୍ୟ । ଇଚ୍ଛାଶୂନ୍ୟ ପୁଣି ଇଚ୍ଛାତୀତ କିମ୍ବା ରୂପ ନାହିଁ । ବେଦ ତାଙ୍କୁ ନିରୂପଣ କରିବାକୁ ଯାଇ "ନେତି-ନେତି" କହି ସ୍ଥିର କରି ପାରିନି । ମାତ୍ର ସେ ଏତେ ସ୍ୱାଧୀନ ହୋଇ ବି ଶତ୍ରୁ ଅଧୀନ ।

ସନାତନଙ୍କ ଶେଷ ବକ୍ତବ୍ୟ ଟିକକରେ ଉପସ୍ଥିତ ମହତ୍ ମଣ୍ଡଳୀ କୃତ୍ୟ କୃତ୍ୟ ହୋଇ ଅଧିକ ଶୁଣିବା ପାଇଁ ଉତ୍କଣ୍ଠ ହୋଇ ଉଠନ୍ତି । ମାତ୍ର ସନାତନ ଯଥାବିଧୀ ଦର୍ଶନ ସାରି ବିନୟ କଣ୍ଠରେ ବିଦାୟ ମାଗି କୁହନ୍ତି, ସୂର୍ଯ୍ୟଙ୍କର ଉତ୍ତରାୟଣ ଘଟିଲେ ଖାଦ୍ୟହାର ମନା । ଯାଏ... ଗଣ୍ଡେ ଯାହା ଭୋଗ ସାରି । ଧର୍ମଜ୍ଞାନ ତ ଅଗାଧ ସମୁଦ୍ର... । ତା'ର କଣ ଏ ଟିକକ କଥାରେ ଶେଷ ହୁଏ ? ଆପଣମାନେ ସୁବିଧାରେ ମୋ କୁଟୀରକୁ ଆସନ୍ତୁ ଆମେ ଧର୍ମଚର୍ଚ୍ଚା କରିବା । ଆଗଭଳି ଭାଗବତ ଟୁଙ୍ଗିଟ ଆଉ ଏବେ ଗାଁରେ ନାହିଁ । ଆମ ଗାଁପରି କୋଉ ଲାଗୁଛି କି ? । କାଶୀ ଛାଡ଼ି ଏଠି ଆସିବାର ମୁଖ୍ୟ ଉଦ୍ଦେଶ୍ୟ ହେଉଛି, ମୋ କୁଟୀରଟି ଭାଗବତ ଟୁଙ୍ଗି କରିବା ପାଇଁ । କିନ୍ତୁ ତା'କଣ ସତେ ସମ୍ଭବ ହେବ ?

"କାହିଁକି ହେବ ନାଇଁ ? ଆପଣଙ୍କ ଇଚ୍ଛାକୁ ଚରିତ୍ର କରିବା ପାଇଁ ଆମେ ଆପଣଙ୍କ ପଛେ ପଛେ ଅଛୁ ।" ସମବେତ ବ୍ୟକ୍ତିମାନେ ମିଳିତ ସ୍ୱରରେ ଆଶ୍ୱାସନା ଦେଲେ ।

"ଆଃ.... କି ସୌଭାଗ୍ୟ" କହି ସନାତନ ଖୁସିହେଲେ । ପ୍ରତ୍ୟାବର୍ତ୍ତନର ମାର୍ଗ, ପରମାନନ୍ଦରେ ପୂର୍ଣ୍ଣହୋଇ ଯାଉଥିଲା ଯେପରି ! କିଏ ଯେମିତି ତାଙ୍କ ଚତୁଃପାର୍ଶ୍ୱରେ କସ୍ତୁରୀ, ଚନ୍ଦନ, କଙ୍କୁମ ବିଞ୍ଚି ଚାଲିଥିଲେ ଅବିରତ । ସନାତନ ବିହ୍ୱଳ ହୋଇ ନିଜ ଭାଗ୍ୟକୁ ନିଜେ ପ୍ରଶଂସା କରି କରି ଘରେ ପହଞ୍ଚିଲେ ।

ଭୋଜନ ସମାପ୍ତ କରି କିଛି ସମୟ ବିଶ୍ରାମ ନିଅନ୍ତି ସନାତନ । ଏ ଅଭ୍ୟାସ ତାଙ୍କର ଆଜିର ନୁହଁ, ଯୌବନରୁ । ଅଣଷଠି ବୟସରେ ପଦାର୍ପଣ କରି ବି ସେ ଯେମିତି ସୁସ୍ଥ ଅଛନ୍ତି, ଅନ୍ୟ ପକ୍ଷେ କଳ୍ପନା କରିବା ବି କଷ୍ଟକର । ରୋଗ ଯେ ଶରୀରକୁ ସ୍ପର୍ଶ କରିନାହିଁ ଏମିତି ନୁହଁ । ଶରୀର ଯେତେବେଳେ ଅଛି, ରୋଗ

ତ ନିଶ୍ଚୟ ହେବ । କିନ୍ତୁ ରୋଗ ରୋଗ ବୋଲି ହୁରି ଛାଡ଼ି, ରୋଗ ହଉ ହଉ ଔଷଧ ଖାଇବା ଆରମ୍ଭ କରି ଦେଲେ ରୋଗ ଶୀଘ୍ର ଛାଡ଼ିଯିବ ସତ, ମାତ୍ର ଆନୁଷଙ୍ଗିକ ଆହୁରି ଅନେକ ରୋଗର ଯେ ଶିକାର ହେବ, ଏକଥା କଣ ଆଜିକାଲି କିଏ ବୁଝୁଛି ? ଜନ୍ମ ହେଲା ପିଲାଠାରୁ ସକ୍ଷମ ବ୍ୟକ୍ତି ପର୍ଯ୍ୟନ୍ତ ରୋଗ ହଉ ହଉ ସମସ୍ତେ ଖାଇଲେ ଆଣ୍ଟି ବାୟୋଟିକ୍ । ଆଣ୍ଟିବାୟୋଟିକ୍‌ର ଅନ୍ୟନାମ ଯେ 'ପଏଜନ' ବା 'ବିଷ', ଏହାକୁ ମାନିବା ପାଇଁ କେହି ରାଜି ନୁହଁନ୍ତି । ପିଲାମାନେ ସ୍କୁଲ କଲେଜ ଯିବେ । ସମସ୍ତେ ଚାକିରି କଲେ ଯିବେ ଅଫିସ, ଘରେ ବିଶ୍ରାମ ନେଇ ରୋଗ ଭଲ କରିବାକୁ କାହାର ଧୈର୍ଯ୍ୟ ବା ଆଗ୍ରହ ଅଛି ? କଳିକାଳର ମଣିଷମାନେ କଣ ଏମିତି ଚାଲାକ ଚତୁର ଯେ ରୋଗ ହଉ ହଉ ଭଲକରି ପକାଇବେ । ଖୁବ୍ ଶୀଘ୍ର ଭଲ କରିବାକୁ ଯାଇ ଦେହ ଖରାପ ଅବସ୍ଥାକୁ ଯାଉଛି, କାହାରି ସେଥିପ୍ରତି ଭୃକ୍ଷେପ ନାହିଁ । ଯୁଆଡ଼େ ଦେଖିବ ଖାଲି ରୋଗ... ରୋଗୀ । ଡାକ୍ତର ଆଉ ଡାକ୍ତରଖାନା । ପୃଥିବୀ ଏଇଥିରେ ଭରପୁର ।

ଆଣ୍ଟିବାୟୋଟିକ୍ ସାଙ୍ଗକୁ ରୋଗ ଆହୁରି ବଢ଼ାଇବା ଲାଗି ପ୍ରଧାନ ଉପାଦାନ ଆଜିକାଲି ଘରେ ଘରେ ଟେଲିଭିଜନ । ଦିନରାତି ଅନବରତ ଦେଖା ଚାଲିଛି ସକାଳ ସମ୍ବାଦପତ୍ରଠାରୁ ରାତ୍ରିର ସାପ୍ତାହିକ ପର୍ଯ୍ୟନ୍ତ... । ଆଉ କ୍ରିକେଟ୍ ଖେଳ ଦିନ, ଖାଇବା ପିଇବା, ଶୋଇବା ସେ ଟେଲିଭିଜନ ପାଖରେ । ଏହାଦ୍ୱାରା ଆଖି ଖରାପଠାରୁ ମୁଣ୍ଡବିନ୍ଧା ପର୍ଯ୍ୟନ୍ତ ତେକେ ଯେ ରୋଗ ମାଡ଼ି ବସୁଛି, ଏହା କଣ ଶିକ୍ଷିତ ସାମ୍ପ୍ରଦାୟକୁ ଅଜଣା ?

ଖାଲି ସେତିକି ନୁହେଁ, ଟେଲିଭିଜନ ନଥିଲେ, ରେଡ଼ିଓଟା ଅନବରତ ବାଜି ଚାଲିଥିବ... । ରେଡ଼ିଓ ଟେଲିଭିଜନ ଯୋଗୁଁ ମଣିଷମାନେ ଆଉ ମଣିଷ ସଙ୍ଗେ ସମ୍ପର୍କ ରଖିବା ଦରକାର କରୁ ନାହାଁନ୍ତି । ଜନ୍ମ ହେଲା ପିଲାକୁ ଟେଲିଭିଜନ ପାଖେ ଶୁଆଇ ଦେଇ, ଘରଣୀମାନେ ଟେଲିଭିଜନ ଦେଖାରେ ମଗ୍ନ । ନିଜର କର୍ତ୍ତବ୍ୟ ପ୍ରତି ଦୃଷ୍ଟି ନ ଦେଇ ଟେଲିଭିଜନ ଦେଖା, ରେଡ଼ିଓ ଶୁଣାରେ ଯଦି ନିଜକୁ ନିୟୋଜିତ କରିବେ, ତେବେ ସୃଷ୍ଟି ଯେ ଧ୍ୱଂସାଭିମୁଖୀ ଏଥିରେ ସନ୍ଦେହ ନାହିଁ ।

ନିଜର ଜ୍ଞାନ ଭୁଲି ଡିଗ୍ରୀ ପଛରେ ଗୋଡ଼ାଇବା, ଜନ୍ମରେ ଯାଇ ପାଦ ଥୋଇବା, ଯନ୍ତ୍ର ଆଶ୍ରୟ ନେଇ ବିଲାସରେ ବଞ୍ଚିବା ଏବଂ ଭଗବାନକୁ କିଛି ନୁହଁ

କହି ବିଜ୍ଞାନକୁ ସର୍ବସ୍ୱ ମଣିବା ଯେ ଧୂସର ଗୋଟିଏ ଗୋଟିଏ ଦିଗ, ଏହାକୁ ଜାଣି ରଖିବା ଉଚିତ୍ । ବିଜ୍ଞାନ ଯଦି ମଣିଷମାନଙ୍କ ପାଇଁ ଏତେ ଉପଯୁକ୍ତ ହୁଅନ୍ତା, ତେବେ କଳି କାଳରେ ମଣିଷମାନେ ବିପଥଗାମୀ ହୋଇ ପଡ଼ିବେ ବୋଲି ଶିବ ପାର୍ବତୀ ମଣିଷର ହିତ ଲାଗି ''ଶାବର ମନ୍ତ୍ର ଦାନ'' ଗ୍ରନ୍ଥ ସୃଷ୍ଟି କରି ଥାଆନ୍ତେ କାହିଁକି ? ତାଙ୍କୁ କଣ ବୈଜ୍ଞାନିକ କୌଶଳ ଅଜଣା ଥିଲା ? ବିଧାତା'ର ବୁଦ୍ଧାମଣ ଆଗରେ ମଣିଷର କୌଶଳ ଯେ କେତେ ତୁଚ୍ଛ... କେତେ ନଗଣ୍ୟ ମଣିଷ ବୋଧେ ଜାଣି ପାରେନି । ନିଜ ଅହଂ ଭାବରେ ବିଜ୍ଞାନର ଅଗ୍ରଗତି ପାଇଁ ତତ୍ପର ହେଉଛି ପଛେ, ବେଦ ବେଦାନ୍ତ, ଉପନିଷଦର ପାଖ ପଶୁନାହିଁ ।

ଘର ଭିତରର ପଙ୍ଖା ପବନ କଣ – ଜାଣନ୍ତି ନାହିଁ ସନାତନ । ଖରା ଥିଲାବେଳେ ବାରଣ୍ଡାରେ ଖଣ୍ଡେ ମସିଣା ପକାଇ ଏବଂ ସନ୍ଧ୍ୟା ହୋଇଗଲେ ଦାଣ୍ଡ ଦୁଆରର ଚମ୍ପା ଗଛ ମୂଳେ ଦଉଡ଼ିଆ ଖଟିଆ ଖଣ୍ଡେ ପକାଇ କ୍ଲାନ୍ତି ମେଣ୍ଟାଉ ମେଣ୍ଟାଉ ଭାବନ୍ତି, ଏଇ ବିଜ୍ଞାନ ସକଳ ଅନର୍ଥର ମୂଳ କାରଣ ହେଲା । ମଣିଷମାନେ ପ୍ରକୃତି ସଙ୍ଗେ ନଚଲି ଯଦି ଯନ୍ତ୍ର ସଙ୍ଗେ ଚଳିବେ, ତେବେ ତ ପ୍ରକୃତିଛଡ଼ା ନିଶ୍ଚୟ ହେବେ । ଅନୁଭବ କରିବାର ଶକ୍ତି, ସୌନ୍ଦର୍ଯ୍ୟ ଉପଭୋଗ କରିବାର ଆବେଗ, ପରସ୍ପର ପ୍ରତି ସ୍ନେହ ଶ୍ରଦ୍ଧା, ଧୈର୍ଯ୍ୟ କ୍ଷମ ହରାଇ ଏଇ ଅନୁଭୂତି ଜୀବ ସଂସାରରେ ବିଚରଣ କରିବେ ।

ବର୍ତ୍ତମାନ ବି କଲେଣି... । ଦେବାଳୟ ଅପେକ୍ଷା ସିନେମା ଗୃହରେ ଭିଡ଼ ବେଶୀ । ଘର ଖାଦ୍ୟ ଅପେକ୍ଷା ହୋଟେଲ ଖାଦ୍ୟରେ ଚାହିଦା ବେଶୀ । ସ୍ୱୟଂ ବିଷ୍ଣୁ ଆର୍ବିଭାବ ହେଲେ ବି, ତାଙ୍କୁ ଦୃଷ୍ଟି ନଦେଇ ଦଉଡ଼ିବେ ସିନେମା ଷ୍ଟାରଙ୍କ ପାଖକୁ... । ଏସବୁ ସ୍ୱଭାବ ଚରିତ୍ର ପ୍ରକୃତିଛଡ଼ା ନୁହେଁ ତ ଆଉ କଣ ?

ସନାତନଙ୍କର ଏ ଭାବନା ଶ୍ରୋତୃବର୍ଗଙ୍କ ପାଖେ ପ୍ରକାଶ ପାଇଲାବେଳେ, ଉତ୍ତର ବୟସ ବ୍ୟକ୍ତିଙ୍କ କାନରେ ଅମିୟ ଢାଳିଲା ପରି ମନେ ହେଉଥିଲା ବେଳେ, ଦୀପ୍ତ ଯୌବନରେ ପଦାର୍ପଣ କରିଥିବା ଯୁବକ କେତେଜଣ ଉତ୍ୟକ୍ତ ହୋଇ ଯୁକ୍ତି ବାଢ଼ନ୍ତି, ଭଗବାନଙ୍କୁ ଦେଖି ଆମେ କି ଆନନ୍ଦ ପାଇବୁ ? ତାଙ୍କ କଥା ଭାବି, ଆମର କି ଉପକାର ହେବ ?

ମୁହଁ ପୋଛିବା ବାହାନାରେ ସନାତନ ଗାମୁଛା ଖଣ୍ଡକ ମୁହଁ ଉପରେ ବୁଲାଇ ଆଣି ଦୁଃଖକୁ ଲୁଚାଇ ପକାନ୍ତି । ଯୁକ୍ତି ନ କରି ମନେ ମନେ ଭାବନ୍ତି – ହଁ ତା ନୁହଁ ଆଉ କଣ ? ଭଗବାନଙ୍କୁ ଦେଖ୍ କିଏ କଣ କିଛି ପାଇଛି ? ଧ୍ରୁବ, ପ୍ରହ୍ଲାଦ ଆଦି କେହି ତ କିଛି ପାଇ ନାହାଁନ୍ତି, ଯାହା ପାଇଛନ୍ତି, ପାଉଛନ୍ତି ସବୁ ଆଜି କାଲିକା ପିଲା । ଟେଲିଭିଜନରୁ, ରେଡ଼ିଓରୁ ନହେଲେ ସିନେମାରୁ ।

କେମିତି ଯେ ଏମାନେ ବିଶୃଙ୍ଖଳିତ ଜୀବନ ନେଇ ବଞ୍ଚ ପାରୁଛନ୍ତି ବଡ଼ ଆଶ୍ଚର୍ଯ୍ୟର କଥା । ଜୀବନରେ ଅଭାବବୋଧ ନଥିଲେ, ମଣିଷମାନେ ବୋଧେ ଏମିତି ବେପରୁଆ ହୋଇ ଯାଆନ୍ତି । ଯାହା ସୁବିଧା ଓ ପରିଶ୍ରମ ହୀନ, ତାକୁ ଇ ଭାବନ୍ତି, ଏହାହିଁ ସୁଖ । କିନ୍ତୁ ଦୁଃଖ ଭିତରେ ନିଜକୁ ନିଃଶେଷ କରି ଦେଇ ଯୋଉ ଆନନ୍ଦ ମିଳେ, ତାହା ଯେ ପ୍ରକୃତ ସୁଖ, ତାହା କାହାକୁ ଏବେ ଜଣା ବି ନାହିଁ । ଯାହା ବା ଜଣା ପଡ଼ନ୍ତା, ପ୍ରଭୁଙ୍କ ପାଶେ ତ ପ୍ରୀତି ନାଇଁ... ଜଣା ପଡ଼ିବ କେମିତି ?

ଶିକ୍ଷିତ ଯୁବ ସମ୍ପ୍ରଦାୟ ଗୋଷ୍ଠୀଙ୍କ ଚିନ୍ତାଧାରା ଯଦି ଏଇଭଳି ହୁଏ, ତେବେ ସନାତନ ଘୋର ଭାବପ୍ରବଣତାରେ ଧର୍ମଜ୍ଞାନ ଚର୍ଚ୍ଚା କରିବେ କାହିଁକି ଓ କାହା ପାଇଁ ? ଚମ୍ପା ଗଛର ମୃଦୁ ମନ୍ଦ ପବନରେ ହଜି ନଯାଇ ମିଛ ଭାବପ୍ରବଣତା ଆଣି ଲାଭ କଣ ?

ତଥାପି ସନାତନ କଣ ପାରନ୍ତି ?

ହବିଷାନ୍ନ ପରେ ସୁଶୀତଳ ଜଳ ସେବନ କରି ଅପେକ୍ଷା କରି ରହି ଥାଆନ୍ତି ସନ୍ଧ୍ୟାକୁ । ସନ୍ଧ୍ୟା ଆସିଲେ ଲୋକମାନେ ଆସିବେ । ପ୍ରଭୁଙ୍କ ଲୀଳାଖେଳା ବର୍ଣ୍ଣନାରେ ମନ ଉତ୍ଫୁଲ୍ଲ ହେବ । ଏଇ ଧର୍ମ ଚର୍ଚ୍ଚା ପ୍ରଭୁ ଗୁଣ ନେବା ଲାଗି ତ ସେ ସଂସାର କଲେନି । ଯୌବନରେ ବିବାହ ପ୍ରସ୍ତାବକୁ ପ୍ରତ୍ୟାଖ୍ୟାନ କରିବା କଣ ସାଧାରଣ କଥା ? ନାଁ ଏତେ ଡିଗ୍ରୀ ଥାଇ ଚାକିରି ନକରି ପ୍ରଭୁଙ୍କ ଶରଣାପନ୍ନ ହେବା ସହଜ କଥା ?

ସର୍ବୋତ୍କୃଷ୍ଟ ଚାକିରି ଛାଡ଼ି, ସର୍ବଶ୍ରେଷ୍ଠ ସୁନ୍ଦରୀମାନଙ୍କୁ ପ୍ରତ୍ୟାଖ୍ୟାନ କରି, ଏଭଳି ଜୀବନଯାପନର ମୂଲ୍ୟ କଣ ବୋଲି କେହି କେହି ପ୍ରଶ୍ନ କଲେ, ସନାତନ କୁହନ୍ତି, ଯିଏ ସୁଖର ବିନ୍ଦୁ ଜଳକୁ ସ୍ପର୍ଶ କରି ନାହିଁ, ତାକୁ ସୁଖ ସମୁଦ୍ରର ଅବଗାହନ କଥା କହିବି କଣ ?

ତଥାପି ଅଜ୍ଞତାକୁ ଦୂର କରିବା ମଣିଷର କର୍ତ୍ତବ୍ୟ ଭାବି, ଗୋଟା ଗୋଟା ଦ୍ୱିପହର ସନ୍ଧ୍ୟା ଓ ରାତ୍ରିରେ ପ୍ରଭୁ ଗୁଣ ବର୍ଣ୍ଣନାରେ ଲାଗି ପଡ଼ନ୍ତି । ସେସବୁ ବକ୍ତବ୍ୟର ସାରାଂଶ ଏୟା ହବ ଯେ, ମଣିଷ ଯେତେ ସୁଖ ସ୍ୱାଚ୍ଛନ୍ଦ୍ୟରେ ବଞ୍ଚିଲେ ବି, ସେ ସମସ୍ତ ସୁଖଠାରୁ ସର୍ବଶ୍ରେଷ୍ଠ ସୁଖ ହେଉଛି ପ୍ରଭୁ ଦର୍ଶନରେ । ମନୁଙ୍କ ଉଦାହରଣ ଦେଇ ସେ କୁହନ୍ତି, ସେ ଏତେ ବଡ଼ ରାଜା ହୋଇ ଦେବ ଦୁର୍ଲ୍ଲଭ ସନ୍ତାନ ପାଇ, ପତିଭକ୍ତା ସ୍ତ୍ରୀ ଶତରୂପାଙ୍କୁ ନେଇ ତଥାପି ସେ ସୁଖୀ ହୋଇ ପାରିଲେ ନାହିଁ ଯେ, ପୁତ୍ର ଉତ୍ତନପାଦଙ୍କୁ ରାଜ୍ୟ ଭାର ଦେଇ ଶତରୂପାଙ୍କ ସହ ପ୍ରଭୁ ଦର୍ଶନରେ ବନଗମନ କଲେ । ତୀର୍ଥରାଜ ନୈମିଷ୍ୟାରଣ୍ୟରେ ଛଅ ହଜାର ବର୍ଷ ଜଳାହାର, ଦର୍ଶହଜାର ବର୍ଷ ପବନ ଆହାର କରି ଶେଷରେ ଏକ ପାଦରେ ଠିଆହୋଇ ତପସ୍ୟା କରି କରି ଅସ୍ଥିସାର ହୋଇ ବି ପ୍ରଭୁ ଦର୍ଶନରୁ ବିଚ୍ୟୁତ ହୋଇ ନଥିଲେ... ।

ଶେଷରେ ପ୍ରଭୁ ମନୁଙ୍କ ପ୍ରଗାଢ଼ ଭକ୍ତିରେ ଅସ୍ଥିର ହୋଇ ଦର୍ଶନ ଦେଇ କହିଲେ ତୁମେ ବର୍ତ୍ତମାନ ଇନ୍ଦ୍ରଲୋକକୁ ଯାଇ ବାସବାସ କରି କିଛିଦିନ ସୁଖରେ କାଳ କଟାଅ । ତା'ପରେ ତୁମେ ଯାଇ ଅଯୋଧାରେ ରାଜା ହେବ, ମୁଁ ତୁମ ପୁତ୍ରରୂପେ ସେତେବେଲେ ଜନ୍ମ ହେବି । ସେହି ମନୁ ଦଶରଥ ଓ ପୁତ୍ର ରାମଚନ୍ଦ୍ର, ବିଷ୍ଣୁ.... । ଏ ଜୀବନରେ ତାତ୍ପର୍ଯ୍ୟ କଣ ସୁଖ ସ୍ୱାଚ୍ଛନ୍ଦ୍ୟର ଜୀବନରେ ସମ୍ଭବ ? ପୁରୁଷ ପୁରୁଷ ଧରି ଏହା ପବିତ୍ର ଚରିତ୍ରରେ ପୂଜିତ ହେଉଥିବ ଏବଂ ଏହାକୁ ପଠନ କରି, ଶ୍ରବଣ କରି ଚଉ ବି ପବିତ୍ର ହେବ । ଭକ୍ତି ସୁଖରେ ଯଦି ଆନନ୍ଦ ନମିଲି, ମିଳନ୍ତା ଯାନ୍ତ୍ରିକ ସୁଖରୁ, ତେବେ ମଣିଷ ତ ଯନ୍ତ୍ର ଜନ୍ମ କରିବା ପାଇଁ ଅହରହ ଉଦ୍ୟମ ଚଳାନ୍ତା । ସନ୍ତାନ ସୃଷ୍ଟି ପାଇଁ ବ୍ୟାକୁଳ ହୋଇ ଟେଷ୍ଟଟ୍ୟୁବ୍ ବେବୀର ଉଦ୍ଭାବନ ଅପେକ୍ଷା ଯନ୍ତ୍ର ସୃଷ୍ଟିକୁ ତ ସେ ଉତ୍କୃଷ୍ଟ ମଣନ୍ତା ।

ମଣିଷ ହୋଇ ଯଦି ସେ ମଣିଷଠାରୁ ସୁଖ ନପାଇଲା, ମଣିଷକୁ ସୁଖ ନ ଦେଲା, ତେବେ ମଣିଷ କଣ ଦେହ ଧାରଣ କରିବ; ଏଇ ଯନ୍ତ୍ରମାନଙ୍କ ପାଇଁ ? ଯେତେ ବଜାର ଯାଅ, ହୋଟେଲ ମୋଟେଲ ବୁଲି ଆସ, ମନ୍ଦିର ବୁଲିବାର ଶାନ୍ତି କାଇଁ ? ପ୍ରଭୁ ଦର୍ଶନ ବ୍ୟତୀତ ତୃପ୍ତି କାଇଁ ? ସ୍ଥାନ ମହିମାରେ ଶାନ୍ତି । ସଙ୍ଗ ମହିମାରେ ତୃପ୍ତି । ଆଉ ପ୍ରଭୁଙ୍କ ଭକ୍ତି ମହିମାରେ ସିଦ୍ଧି.... । ନଜାଣି ନଶୁଣି ମୁନିଋଷିମାନେ କଣ ପବିତ୍ର ସ୍ଥାନ ବାଛି ନେଇ ଥାଆନ୍ତି ନା । ଅଜ୍ଞାତରେ ହରି ପାଦରେ ପ୍ରେମ ଢାଳନ୍ତି ।

"କଣ ଏଇ ବ୍ରାହ୍ମଣ ବୁଢ଼ାଟା ବକ୍ ବକ୍ ହେଉଛି" କହି ଯୁବକମାନେ ସେଠାରୁ ଛତ୍ରଭଙ୍ଗ ଦିଅନ୍ତି... । ଅଟକି ରହନ୍ତି ଯୌବନ ଉତ୍ତରାୟଣରେ ଲଟକି ରହିଥିବା ଭକ୍ତିଯୁକ୍ତ ମହତ ବ୍ୟକ୍ତିମାନେ... । ଯାହାଙ୍କ ହୃଦୟ କେବଳ ପ୍ରଭୁ ଭକ୍ତିରେ ଭରପୂର ! ଯେଉଁମାନେ କେବଳ ସଂସାରର ସୁଖକୁ ସୁଖ ବୋଲି ଅନୁଭବ କରନ୍ତି, ପ୍ରଭୁଙ୍କ ନାମ, ଗୁଣ, ଚରିତ୍ର, ଜନ୍ମ ଓ କର୍ମର କୀର୍ତ୍ତନରେ.... । ଆଖି ଥାଇ ଯଦି ପ୍ରଭୁ ଦର୍ଶନ ନହେଲେ, ସେ ଆଖି ମୟୂର ଚନ୍ଦ୍ରିକା ପରି ନିଷ୍ଫଳ । ଶିର ଥାଇ ଯଦି ପ୍ରଭୁ ପାଦପଦ୍ମରେ ନଲୋଟିଲେ ସେ ଶିର ଲାଭ ତୁମ୍ଭ ତୁଲ୍ୟ ନିରର୍ଥକ । ଆଉ ହୃଦୟ ଯଦି ପ୍ରଭୁ ଭକ୍ତିରେ ସିକ୍ତ ନହେଲେ, ସେ ହୃଦୟ, ଜଡ଼ପରି ହୃଦୟର ନିର୍ଜୀବ... । ଭାବି, ଶ୍ରୋତୃବୃନ୍ଦ ସନାତନଙ୍କ ବାଣୀକୁ ଉତ୍କର୍ଷ ହୋଇ ରହି ଥାଆନ୍ତି... ।

ସନାତନ ପ୍ରଭୁଙ୍କ ଶୋଭା ବର୍ଣ୍ଣନା କରିବାକୁ ଯାଇ ଯେତେବେଳେ କହୁ ଥାଆନ୍ତି, "ସେ ନୀଳ ରୂପଟି ସତେକି ନୀଳ ପଦ୍ମ, ନୀଳମଣି, ନୀଳ ମେଘଠାରୁ ବଳି ସୁନ୍ଦର ! ମୁଖର ହସ ସତେକି ଚନ୍ଦ୍ର କିରଣ ! ପୀତ ପରିଧାନ ଅବା ବିଦ୍ୟୁତ୍ ! ନାଭି ମଣ୍ଡଳ ଅବା ଯମୁନା ଜଳର ଭଉଁରି ! ଆଉ ପାଦପଦ୍ମ ଯୋଡ଼ିକି ସତେ ଯେମିତି ମୁନି ମନରୂପ ମଧୁପର ବାସସ୍ଥାନ ! ପରମ ଶୋଭାର ଏଇ ଅପରୂପ ସାଗର ସଦୃଶ ଯେଉଁ ପ୍ରଭୁ"... ଓଃ ଶୁଣି ପାରନ୍ତି ନାହିଁ ଶ୍ରୋତୃବୃନ୍ଦ... । ତାଙ୍କୁ ମନେହୁଏ ସେଇ ଶୋଭାରେ ଭଣ୍ଡାର ପ୍ରଭୁ ଅବା ଉଭା ହୋଇଛନ୍ତି ସନାତନ ରୂପରେ... । ଗଭୀର ଭକ୍ତିରେ ମୁହ୍ୟମାନ ହୋଇ ଲମ୍ବ ହୋଇ ଗଡ଼ି ଯାଆନ୍ତି ସନାତନଙ୍କ ପାଦ ତଳେ... । ସନାତନ ସେମାନଙ୍କୁ ତତ୍‌କ୍ଷଣାତ୍ ଉଠାଇ ଧରନ୍ତି ମଥାକୁ ଆଉଁଶି ଦେଇ ଦେଇ... ।

ବିଚ୍ଛୁରିତ ଚନ୍ଦ୍ର, କିରଣର ଗଭୀର ରାତିରେ ସେ ଦୃଶ୍ୟ ଦେଖିଲେ ଯେ କେହି ଭାବିବ, ସନାତନ ପ୍ରଭୁ ଶ୍ରୀରାମଚନ୍ଦ୍ର ! ଓ ଶ୍ରୋତୃବୃନ୍ଦ, ଶ୍ରୀରାମଙ୍କ ଭକ୍ତ, ପ୍ରେମୀ ଅଯୋଧ୍ୟାବାସୀ !

୦୦

ମୃତ ବ୍ୟକ୍ତିର ଶୋକ

ଅବଶ୍ୟ ମୃତ୍ୟୁର କୌଣସି ସ୍ଥାନ, କାଳ, ପାତ୍ରର ବିବେଚନା ନାହିଁ । ବୟସର ସୀମା ରେଖା ବି ନାହିଁ । ଏଇ ମୁହୂର୍ତ୍ତରେ ଜନ୍ମ ହୋଇଥିବା ଶିଶୁଟି ପାଇଁ ମୃତ୍ୟୁ ଯେମିତି ନିଶ୍ଚିତ, ଦୀର୍ଘ ବର୍ଷ ଧରି ବଞ୍ଚ ରହିଥିବା ବ୍ୟକ୍ତି ପାଇଁ ମଧ ମୃତ୍ୟୁ ସେମିତି ସତ୍ୟ । ଏଇ ପରିପ୍ରେକ୍ଷାରେ ବିଚାର କଲେ, ମୁଁ ଯୋଉ ବୟସର ହୋଇ ଥିଲେ ବି, ମୃତ୍ୟୁ ମୋ ପାଇଁ ଅବଶ୍ୟାମ୍ଭାବୀ ।

କିନ୍ତୁ ବେଳେ ବେଳେ ଏକଥା ଆଦୌ ବିଶ୍ୱାସ ହୁଏ ନାହିଁ । ସେଇ ଅବିଶ୍ୱାସ ଭିତରେ ମନ ବୁଝାଇ କହେ, ହଅ – ମଲେ ଏବେ ମରିବା, ଜନ୍ମ ହୋଇଛେ ଯେମିତି, ମରିବା ବି ସେଇମିତି ! ଏଥ ପାଇଁ ଏତେ ଦୁଃଖ କିମ୍ଭ ଭୟ କାହିଁକି ?

କିନ୍ତୁ ଏସବୁ ମନ ବୁଝା କଥା ! ଭାବିନେବା ଓ ମୃତ୍ୟୁକୁ ମୁକାବିଲା କରିବା ଆଦୌ ସମାନ ନୁହେଁ । କଳ୍ପନା ଆଉ ଅନୁଭବ ଭିତରେ ଯୋଜନ ଯୋଜନ ଦୂରତ୍ୱ ।

ସେ ଦିନ ମୁଁ ଅଫିସରୁ ଫେରି ମଧାହ୍ନରେ କ୍ଲାନ୍ତ କଟାଉଛି, ହଠାତ୍ ଛାତିର ବାଁ ପଟରେ ଖୁବ୍ ଯନ୍ତ୍ରଣା ଅନୁଭବ କଲି । ସତେ କି ଶତ ସହସ୍ର ପିନ୍ କଣ୍ଟାରେ ମୋ ଛାତି ଭିତରକୁ କ୍ରମାଗତ କିଏ ଫୋଡ଼ି ଚାଲିଛି । ଅସହ୍ୟ ଯନ୍ତ୍ରଣାରେ ଛଟପଟ ହୋଇ ଭାବିଲି, ମରି ଯିବିକି ! ମରିଯିବା ବି ଯେମିତି କିଛି ଅସମ୍ଭବ ନୁହେଁ । ଆଜି କାଲି ହୃଦ୍‌ରୋଗରେ ଏମିତି ପ୍ରାୟ ଅନେକ ମରି ଯାଉଛନ୍ତି । ମୋ ପାଇଁ ଏହା ଅସମ୍ଭବ ହବ ବା କାହିଁକି ?

ମାତ୍ର ମୃତ୍ୟୁ କଥା ଭାବି ଦେଲା ବେଳକୁ ହୃଦୟ ଯନ୍ତ୍ରଣା ଠାରୁ ମନ ଯନ୍ତ୍ରଣା ବଳି ପଡୁଛି । ମଣିଷ ଏମିତି ଏକ ଉପାଦାନରେ ଗଢ଼ା, ମରିବା ପାଇଁ

ତା'ର ଆଦୌ ଇଚ୍ଛା ନାହିଁ । ମୁଁ ମୋର ମୃତ୍ୟୁ କଥା ଭାବି ଦେଇ ଏତେ ବ୍ୟସ୍ତ ବିବ୍ରତ ହୋଇପଡ଼ିଲି ଯେ, ଛାତି ଯନ୍ତ୍ରଣା ବଢ଼ିବାକୁ ଲାଗିଲା । ଖୁବ୍ ବିକଳରେ ପାଟିକରି ମିତାକୁ ଡାକିଲି । ମିତା ରୋଷେଇ ଘର କବାଟଟା କିଳି ଦେଇ ଆସି ପାଖରେ ମୋର ଠିଆ ହେଲା... । କହିଲା, କଣ ହେଲା ? ଏମିତି ପାଟିଟା କରି ଡାକ ପକାଇଲ କାହିଁକି ?

"ମତେ ଭାରି ଅସ୍ୱସ୍ତି ଲାଗୁଛି ମିତା ! ଫୋନ କରି ଭାଇଙ୍କୁ ଟିକିଏ ଡାକିଲ... ଡାକ୍ତରଙ୍କୁ ସଙ୍ଗରେ ଧରି ଆସନ୍ତେ ।"

ଚମକି ପଡ଼ି ମିତା ମତେ ଟିକିଏ ଚାହିଁଲା । ତା' ପରେ ହସ ହସ କହିଲା ଯାଉନ ଭାଇ ଏଇଲେ ଡାକ୍ତର ନେଇ ତମ ପାଖକୁ ଆସୁଛନ୍ତି । ଅଫିସରେ ଫାଇଲ ପତ୍ର ଆଜି ବୋଧେ ନାହିଁ । ସେଇଥି ଲାଗି ଏମିତି ଅସ୍ୱସ୍ତି ଲାଗୁଛି । ନଚେତ୍ ତୁମକୁ ତ ଶଢ଼ି ଟିକିଏ କି କାଶ ଟିକିଏ ହୁଏ ନାହିଁ । ଆଜି ଅସ୍ୱସ୍ତି ଲାଗି ଯାଉଛି କାହିଁକି ?

ମିତା କଥାରେ ମୁଁ ପ୍ରତିବାଦ କରି ପାରିଲି ନାହିଁ । କଥାଚାର ସତ୍ୟତା ଦୃଷ୍ଟିରୁ ନୁହେଁ । ମୋ ଅସ୍ୱସ୍ତି ଜନିତ ଯନ୍ତ୍ରଣାରୁ ମୁଁ ଚୁପ୍ ରହିଗଲି ।

ମିତା ଅଧିକ ମୋତେ କିଛି ନକହି, ମୋ ପାଖରେ ଗଡ଼ିଗଲା... । ସେ ବି କ୍ଲାନ୍ତ ମେଣ୍ଢାଇ ନବାକୁ ଚାହୁଁଛି । ପ୍ରତି ମୁହୂର୍ତ୍ତରେ ଆକସ୍ମିକ ମୃତ୍ୟୁର ଖବର ରଖୁଥିଲେ ବି ବଞ୍ଚିଥିବା ମଣିଷ ପାଇଁ ଏହା ଆଦୌ ବିଶ୍ୱାସ ହୁଏନା । ତା ଛଡ଼ା ମୋ ପରି ନିରୋଗୀ ଦେହ, ସୁନ୍ଦର ସ୍ୱାସ୍ଥ୍ୟ, ବଳିଷ୍ଠ ବପୁରେ ମୃତ୍ୟୁରେ ପ୍ରବେଶ କି ସମ୍ଭବ ? ମିତା ଏକଥା ସନ୍ଦେହ ବା କରିବ କାହିଁକି ?

ଏତେ ଯନ୍ତ୍ରଣା ଭିତରେ ବି ମିତାକୁ ଟିକିଏ ଆଉଁଶି ପକାଇଲି । ଦେହରେ ଜଡ଼ାଇ ଧରୁ ଧରୁ ପୁନି ଅସହ୍ୟ ଯନ୍ତ୍ରଣା । ଯେମିତି ଛାତି ଫାଟି ଯିବ ଏଇଲେ ! ବାଁ ହାତରେ ବି ଖୁବ୍ ଯନ୍ତ୍ରଣା । ଆପ୍ରାଣ ଚେଷ୍ଟା କରି ବି ମୁଁ ନର୍ମାଲ ହୋଇ ପାରୁନି । ଓଃ... କି କଷ୍ଟ ! କି କଷ୍ଟ ! କି... କ...ଷ୍ଟ....

ମୁହୂର୍ତ୍ତ କେତୋଟି ପରେ ସବୁ ଶେଷ ହାଇଗଲା । ମୋ ଶରୀର ଭିତରୁ ଅତି ଆଶ୍ଚର୍ଯ୍ୟ ଭାବରେ ବିଚ୍ଛିନ୍ନ ହୋଇ ଗଲି ମୁଁ । ଶରୀର ମୋ ଜଡ଼ ପାଲଟି ଗଲା... ।

କିନ୍ତୁ ମୋର ଅତି ଆଦରର ଶରୀର ପାଖରେ ମୁଁ ପାଖେ ପାଖେ ଥାଏ । କେତେ ଲୋକ କହିବାର ଶୁଣିଛି ମୁଁ, "ମଲେ ଗଲା... କୋଉ ଆମେ ଆଉ ଦେଖ ଆସୁଛେ ନାଁ ଶୁଣି ଆସୁଛେ ଯେ ଶରୀର ପ୍ରତି ଏତେ ଆସକ୍ତି ଭାବ । କିନ୍ତୁ ମରିଯିବା ପରେ ମୁଁ ତ କୁଆଡ଼େ ଚାଲିଯାଇ ପାରିଲି ନାହିଁ । କିଛି ନଶୁଣି କାଳ ପାଲଟି ଗଲିନାହିଁ । ମୁଁ ଦେଖୁଛି ମହା ନିର୍ଣ୍ଣିନ୍ତରେ ମୋର ପାଖରେ ଶୋଇ ରହିଛି ମିତା । କଣ ଗୋଟେ ଗୀତର ସ୍ୱରଧରି ଅନାଶକ୍ତ ଭାବରେ ଚାହିଁ ରହିଛି ଉପରକୁ । ଆଉ... ମିତା ଜାଣିପାରିନି ମୁଁ ଆଉ ନାହିଁ ବୋଲି! ଯେତେବେଳେ ଜାଣିବ ସେ, କଣହେବ ତା'ର ଅବସ୍ଥା !

ଭାବି ଭାବି ମୁଁ କାନ୍ଦି ପକେଇଲି । ଆମ ଆମ ଭିତରେ ବା ମଣିଷ ମଣିଷ ଭିତରେ ସମ୍ପର୍କ କଣ ଏମିତି! ଏଡ଼େ କ୍ଷଣଭଙ୍ଗୁର!

ମୁଁ ଦେଖିଲି, ହଠାତ୍ ମିତା ଯେମିତି ଅନୁଭବ କଲା, ତା ମନ ତଳରେ ଦିଗନ୍ତ ବ୍ୟାପୀ ବର୍ଷା... । ଆଉ ମନ ଆକାଶରେ ଅନ୍ଧାର ମାଡ଼ିଯାଇ ବର୍ଷାର ତୋଫାନ ବୋହୁଛି ଯେମିତି! ମିତା ମନର ଦୁଆର ଖୋଲି ଦେଇ ଖୁବ୍ ବିକଳରେ ମତେ ଡାକିଲା ଏଇ! ଶୁଣୁଛ! ଶୁଣମ! ମୋ ମନଟା କାହିଁକି ଭଲ ଲାଗୁନି । ଉଠନା... ଚାଲ ଟିକିଏ ବାହାରେ ଯାଇ ବସିବା !

ମିତା କଥା ଶୁଣି ମୋ ଆଖରୁ ଥପ ଥପ ଲୁହ ବୋହି ପଡ଼ିଲା । ମୋ ନିରୁଭରରେ ସେ ବ୍ୟସ୍ତ ହୋଇ ମୋ ଜଡ଼ ଶରୀରଟାକୁ ହଲାଇବାରେ ଲାଗିଛି । ତଥାପି ସେ ଜାଣି ପାରୁନି ଯେ ମୁଁ ମରି ଗଲିଣି ବୋଲି । କାହିଁକି ବା ସେ ଜାଣିବ ? କିନ୍ତୁ ସେଇ ନଜାଣି ବାରେ ବି ଆଖରୁ ତା'ର ପରଦା ଘୁଞ୍ଚାଇ ଲୁହ ମାଡ଼ି ଆସିଲାଣି । କଣ କରିବ କଣ କରିବ ହୋଇ ଛଟ୍ ପଟ୍ ରେ ଦଉଡ଼ିଗଲା ଟେଲିଫୋନ ପାଖକୁ । ବିକଳରେ ଭାଇଙ୍କୁ ତା'ର ଡାଏଲ କରି କହିଲା – ଆସିଲ ଭାଇନା ଟିକିଏ ଦେଖବ, ଇଏ କେମିତି କିଛି ଶୁଣୁ ନାହାଁନ୍ତି କି ଯେତେ ଡାକିଲେ ବି ଉଠୁ ନାହାଁନ୍ତି....

ମୋ ମନ ତଳେ ଶୋକର ବିଗୁଲ! ଇଏ କି ମାୟା ଈଶ୍ୱରଙ୍କର । ମୁଁ ମରି ଗଲିଣି ପଛେ ମିତାକୁ ଜଣାଇ ଦଉ ନାହାଁନ୍ତି । ମୋର ମନ ହେଉଛି, ମିତାକୁ ମୁଁ ଜଣାଇ ଦିଅନ୍ତି, ମୁଁ ଆଉ ନାହିଁ ମିତା... । ମରି ଗଲିଣି ମୁଁ । କିନ୍ତୁ ମୁଁ ତାକୁ କିଛି ହେଲେ କହି ପାରୁନି । ଟିକିଏ ବି କଥା ଓଠ ଫାଙ୍କରୁ ଡେଇଁ ଆସି ପାରୁନି ମୋର ।

ନ ଆସୁ... ଖୁବ୍ ଭଲ । ମୋ ମୃତ୍ୟୁ ଖବର ମୋରି ପାଟିରୁ ଶୁଣି ମିତା କି ଧୈର୍ଯ୍ୟ ଧରି ରହି ପାରିବ ? ଇସ୍ – ଏ ମୃତ୍ୟୁ କାହିଁକି ଆସିଲା ? କି ଅବିବେକୀ ! କି ନିଷ୍ଠୁର । ଆଉ କି ଭୟଙ୍କର ଏ ମୃତ୍ୟୁ ! କଣ ପାଇଁ ତା'ର ଏମିତି ଅପ୍ରତ୍ୟାଶିତ ଆଗମନ ? କାହିଁକି ? କାହିଁକି ? ବାରମ୍ବାର ଏ ପ୍ରଶ୍ନ ମୋ ଅନ୍ତର ଭିତରେ ପ୍ରତିଧ୍ୱନିତ ହୋଇ ବିକଳ ହେଉଥିଲି, ଆଃ... ଯଦି ଥରେ ଦେଖା ପାଆନ୍ତି ନା ଈଶ୍ୱରଙ୍କୁ । ହେଇ ଯାଆନ୍ତା ଗୋଟେ ପଛେ ହାତାହାତି ପଚାରି ବୁଝନ୍ତି ଏ ମୃତ୍ୟୁର ରହସ୍ୟକୁ । ଏ ମୃତ୍ୟୁର ଆବଶ୍ୟକତାକୁ । ନୀତି ନାହିଁ... ନିୟମ ନାହିଁ ଯେତେବେଳେ ଇଚ୍ଛା ସେତେବେଳେ ମୃତ୍ୟୁର ଆଗମନ । କାହିଁକି ଏମିତି ଅନୀତିବାଦୀ ତୁମେ । ଏଇଲେ ଭାଇନା ଆସି ଯେତେବେଳେ ଜାଣିଦେବେ ମୁଁ ମରିଯାଇଛି, ମିତାକୁ ନ କହି କ'ଣ ରହିବେ ?

ଘୋର ସନ୍ଦେହ ଓ ପ୍ରଚୁର ଭୟ ଭିତରେ ଆସି ପହଞ୍ଚ ଗଲେ ଭାଇନା । ଡାକ୍ତର ଡାକି ଆଣିବା ପାଇଁ ମିତା ଭୁଲି ଯାଇଥିଲେ ବି, ସେ ବୁଦ୍ଧି ଖଟେଇ ସାଥିରେ ତାଙ୍କର ଡାକ୍ତର ବିନୋଦ ମିଶ୍ରଙ୍କୁ ନେଇ ଆସିଛନ୍ତି । ବୟସରେ ଯଥେଷ୍ଟ ବଡ଼ ହେଲେ ବି ବିନୋଦ ମୋର ସାଙ୍ଗ ଏବଂ ରହେ ଭାଇଙ୍କ ଘର ପାଖାପାଖି । ଭାଇନା ତାଙ୍କୁ ଡାକି ଆଣିଲା ବେଳେ, ବିନୋଦ ବୋଧେ କିଛି ଗୋଟେ ଶୁଭ ଖବରର ସୂଚନା ବାରି ଆସିଛି ।

କିନ୍ତୁ ଭାଇନାଙ୍କ ନିର୍ଦ୍ଦେଶରେ ସେ ଯେତେବେଳେ ମୋ ଶୋଇବା ଘରେ ପଶିଲା, ମୋତେ ଦେଖିଦେଇ ସେ ଅବାକ୍... ।

ମିତା ବିକଳ ହୋଇ କହୁଛି – ଦେଖିଲେ ବିନୋଦ ବାବୁ! ଏବେ ମୋତେ ସିଏ କହୁଥିଲେ ଟିକିଏ କେମିତି ଅସ୍ୱସ୍ତି ଲାଗୁଛି... ଅଥଚ ଏଇଲେ ଶୁଣୁ ନାହାଁନ୍ତି ସେ କିଛି...

ମିତାକୁ ଅଧିକ କହିବା ପାଇଁ ନଦେଇ ଭାଇନା ତାକୁ ଟାଣି ନେଇଗଲେ ବାହାରକୁ । କହିଲେ – ଦେଖ ବିନୋଦ! କହ କଣ ହେଇଛି...

ମିତା କିନ୍ତୁ ଛାତିପିଟି ହୋଇ ଦଉଡ଼ି ପଳାଇ ଆସିଲା ବାହାରୁ । ସେତେବେଳେକୁ ବିନୋଦ ପାଟିରେ – "ସରି ହି ଇଜ୍ ନୋ ମୋର..."

ନାଇଁ ନାଇଁ ନାଇଁ ଚିକ୍ରାର କରି ଉଠିଲା ମିତା । ତା' ପରେ ପରେ କାନ୍ଦି କାନ୍ଦି ଅବିଶ୍ୱାସ ଗଳାରେ କହିଲା – ଦେଖିଲ ଭାଇନା । ବିନୋଦ ବାବୁ କଣ କହୁଛନ୍ତି... । ସେତେବେଳକୁ ଭାଇନାଙ୍କ ଚେତନା ଭାସି ଭାସି ଯାଉଥିଲା ହେମାଳ ପବନରେ ଖଣ୍ଡେ ଭାସମାନ ବାଦଲ ପରି... । ଅଳିଅଳି ସାନ ଭଉଣୀର ମୁଣ୍ଡଟିକୁ ଚାପିଧରି ଛାତିରେ କ'ଣ ବୋଧେ ପ୍ରବୋଧନା ଦବାକୁ ଚେଷ୍ଟା କରୁଥିଲେ, ଏତିକିବେଲେ ଅଶ୍ରୁ ତାଙ୍କ କଣ୍ଠରୋଧ କଲା । ତାଙ୍କ ଶାନ୍ତ ସଂଯତ ନିରୀହ ମୁହଁଟି ଉପରେ ବିଷାଦ, ହତାଶା, ଦୁଃଖ ଲିପି ହୋଇଗଲା । ଲୁହ ବୁହାଇ ନନ୍ଦନ କଣ୍ଠରେ କହିଲେ – ଥାଉଲୋ ପାଗଲି ତୁ ଆଉ କାନ୍ଦେନା... । ସେ ଆନନ୍ଦରେ ଚାଲିଗଲା ତୋତେ ଠକିଦେଇ ! ତୋ'ର ସେ କେହି ନୁହଁ... ତୋ'ର ସେ କେହି ନୁହଁ...

"କାହିଁକି ମୋତେ ତୁମେ ଏମିତି କହୁଚ କହିଲ ଭାଇନା । ମୋର ଦୋଷ କଣ ? ମୁଁ କଣ କହୁଥିଲି ମରିଯିବାକୁ ? ଏଡ଼େ ବେଗି ବା କାହିଁଖି ମୁଁ ମରିବି ? ମୋର ତ କୌଣସି ବସଭ୍ୟାସ ନଥିଲା । ଶରୀର ପ୍ରତି ଅଯନ୍ କି ଅବହେଲା କରି ନାହିଁତ ଦିନେ ହେଲେ । କାହିଁକି ହାର୍ଟ ଆଟାକ୍ ହେବ, ମୋର ମୃତ୍ୟୁ ଘଟିବ ଏବଂ ତୁମେ ମୋତେ ଭୁଲ ବୁଝିବ ! ମତେ ତମ କଥା କିନ୍ତୁ କିଛି ଭଲ ଲାଗୁନି । କାହିଁକି ତୁମେ ମିତାକୁ ମୋର ଦୋଷ ଦେଇ କହିବ ? ମୁଁ କଣ ଜାଣି ଜାଣି ମଣିଗଲି ? କଣ ମୋର ଅଭାବ କି ଅସୁବିଧା ହୋଇଥିଲା ଯେ, ମୁଁ ମରିବାକୁ ଚାହୁଁ ଥିଲି ? ମରିଗଲି ! ତମେ ସିନା ମିତାକୁ ଏଇଲେ ମୋ ସପକ୍ଷରେ କହନ୍ତ ! ପ୍ରବୋଧନା ଦେଇ ସମ୍ଭାଳନ୍ତ ! ମୋ ଉପରେ ଦୋଷ ଲଦି ତାକୁ ଆହୁରି ଦୁଃଖୀ କରି ଦଉଛ !" ଭାଇନାଙ୍କ କଥାରେ ମନ ମୋର ବିଦ୍ରୋହ କରି ଉଠିଲା ।

କିନ୍ତୁ ମୋ କଥା କେଉ ଶୁଣି ପାରୁଛନ୍ତି ଭାଇନା ? କେଡ଼େ ବେଗି ତାଙ୍କ ପାଖରେ ମୁଁ ମୃତ ବ୍ୟକ୍ତି ହୋଇଗଲି ! ଅନ୍ୟ ଦିନ ହୋଇଥିଲେ, ମୋତେ ସେ ଏତେ ବେଲକୁ ହଲାଇ ହଲାଇ, ହସାଇ ହସାଇ ଉଠାଇ ଦିଅନ୍ତେଣି... । "ଉଠ୍ ଉଠ୍ ହିତେଶ୍ ! ଆଉ ତୁ ଆମକୁ ବୋକା ବନାଇ ଦେନା । କଲେଜ ଫାଜିଲାମି ତୋ'ର ଆମେ ଏ ପର୍ଯ୍ୟନ୍ତ ଭୁଲି ପାରିନାହୁଁ । ତୁଚ୍ଛ କଥାଟାରେ ତୁ ଯେଉଁ ଭୁଆ ବୁଲାଇ ଦଉ, ସେ ସୁନାମ ତୋ'ର ଜାଣିଛୁ ଆମେ ।"

ମୁଁ ଏକଥା ଶୁଣି, ଲାଜରେ ସଙ୍କୁଚି ଯାଇ ଭାବେ, ସତେ ତ ! ଇଏ କି ଫାଜିଲାମି ମୋର ? ଇଏ କଣ ସେତେବେଲର ସେଇ ଇଞ୍ଜିନିୟରିଂ କଲେଜ

ହଙ୍ଗେଲ୍ ହୋଇଛି ଯେ, ଭାଇନା ମୋତେ ର୍ୟାଗିଙ୍ କରିବେ ବୋଲି, ଡରରେ ଅଧାପ୍ରାଣ ହୋଇ ଯିବାର ଅଭିନୟ କରୁଛି ।

ଭାଇନାଙ୍କ ସହିତ ସମ୍ପର୍କ ମୋର ଅନେକ ଦିନର । ମୁଁ ଇଞ୍ଜିନିୟରିଂରେ ଭର୍ତ୍ତି ହେଲା ବେଳକୁ ଭାଇନାଙ୍କର ଥାର୍ଡ଼ଇୟର ଇଞ୍ଜିନିୟରିଂ । ଆଙ୍ଗୁଠି ଆଗରେ ସେ ମୋତେ ବାଟ କଢ଼େଇ ଆଣିଥିଲେ ହଙ୍ଗେଲ୍ ଭିତରକୁ । ତାଙ୍କର ନାଁ କଣ ? ବା ସେ କିଏ ? କିଛି ନଜାଣି ଗୋଡ଼ତଳେ ପଡ଼ିଯାଇ ଡାକିଦେଲି ଭାଇନା ! ମୋତେ ଏଥିରୁ ରକ୍ଷା କର ।

ଇଞ୍ଜିନିୟରିଂ ହଙ୍ଗେଲ୍ ପିଲାମାନଙ୍କର, ନୂଆ ଛାତ୍ରମାନଙ୍କୁ ଯେଉଁ ର୍ୟାଗିଙ୍ କରନ୍ତି ସେ ବିଷୟ ଶୁଣିଶୁଣି ମୁଁ ଏମିତି ଭୟ ପାଇ ଯାଇଥିଲି ଯେ, ତାଙ୍କୁ ଦେଖ୍ ଦେଇ ଭାଇନା ନଡ଼ାକିବା ପାଇଁ ଉପାୟ ନଥିଲା ମୋର । କିନ୍ତୁ ଭାଇନା ସେମିତି କଠୋର ପ୍ରକୃତିର ନୁହଁ । ବରଂ ହସ ଖୁସିର ଜୀବନ୍ତ ଉଦାହରଣ ସିଏ । ପରେ ପରେ ତାଙ୍କ ପାଖରୁ ମୋର ଭୟ କଟିଯାଇ ଶ୍ରଦ୍ଧା ବାଢ଼ିବାକୁ ଲାଗିଲା... । ସେଇ ଶ୍ରଦ୍ଧାରେ ଶ୍ରଦ୍ଧାରେ ସେ ତାଙ୍କ ପାଠ ଶେଷ କରି ହଙ୍ଗେଲ୍ ଛାଡ଼ିଲେ । ଆଉ ମୁଁ ଯେତେବେଳେ ହଙ୍ଗେଲ୍ ଛାଡ଼ି ଚାକିରି କରି ତାଙ୍କ ସଙ୍ଗେ ସାକ୍ଷାତ୍ ହେଲା, ସେତେବେଳେକୁ ଶ୍ରଦ୍ଧା ପରିବର୍ତ୍ତେ ତାଙ୍କୁ ମୋତେ ସମ୍ମାନ କରିବାକୁ ପଡ଼ିଲା ବଡ଼ ଶଳା ଭାବରେ । ମୋର ସାନ ଶଳା ନଥିବାରୁ ସେ ବଡ଼ ହେଲେ ବି ବେଦୀରେ ଏତିକି ଜୋରରେ ସେ ମୋତେ ଶଳା ବିଧା ମାରିଥିଲେ ଯେ, ହଙ୍ଗେଲ୍ ଜୀବନର ର୍ୟାଗିଙ୍ ଠାରୁ ବଳି ପଡ଼ିଥିଲା... । ରାତିରେ ସେଦିନ ମୋ ପାଇଁ ଖଟ ପକାଉ ପକାଉ କହିଥିଲେ, ହିତୁ ! ବାଧାଟା ଖୁବ୍ ଚମକ୍ଦାର ହେଲାରେ; ନୁହଁ ! ଆରେ ଜାଣିଛୁ କି ନାହିଁ ମୁଁ ସବୁବେଳ ପାଇଁ ତୋ ପାଖରେ ସେଇ ଭାଇନା ହୋଇ ରହିଗଲି ।

ସେଇ ଭାଇନାଙ୍କୁ ମୁଁ ଏଇଲେ କିଛି କହି ପାରୁନି । ଜୀବନ ଖୁବ୍ ଶୀଘ୍ର ଲାଇନ୍ ବଦଲାଇ ଦିଏ । ମୋଡ଼ ବୁଲାଇ ଦିଏ ଗତି ପଥର । ସବୁ ଜାଣୁଛି, ସବୁ ମୁଁ କହୁଛି, କିନ୍ତୁ ସେମାନେ କିଛି ମୋ କଥା ଜାଣି ପାରୁ ନାହାଁନ୍ତି । ଶରୀର ସହିତ ଆମ୍ଭାର କି ନିବିଡ଼ ସମ୍ପର୍କ ବୁଝୁଛି ଏଇଲେ । ଅଳ୍ପ ସମୟ ଆଗରୁ ଏଇ ଶରୀରରେ

ଆମ୍ଭ ଥିବାରୁ ମୁଁ, 'ମୁଁ' ହୋଇଥିଲି । ଆମ୍ଭ ବିଚ୍ୟୁତି ହୋଇ ଯିବାରୁ ମୁଁ ଏଇଲେ କେହି ନୁହେଁ । ତାହା ହେଲେ ଭାଇନା ତ ଠିକ୍ କହୁଛନ୍ତି ।

ଆଖି ବୁଲାଇ ଦେଖିଲି, ମିତା ଭୂଇଁଟାରେ ପଡ଼ି ଛଟ୍‍ପଟ୍ ହେଉଛି । ଗୋଡ଼ ହାତ ପିଟି ବିକଳ ହେଉଛି । ଆଃ ମୋରି ଲାଗି ତା'ର ଏତେ ଦୁଃଖ ନା । ମୁଁ ଧୈର୍ଯ୍ୟଧରି ରହି ପାରିଲିନି । ମୋ ପ୍ରିୟ ପ୍ରଭୁଙ୍କୁ ଡାକିଲି; ପ୍ରଭୁ! ମୋ ମିତାକୁ ଏତେ ଦୁଃଖ ଦିଅନି । ମୁଁ ମରିବି ନାଁ । ମରିବାକୁ ମୁଁ ଚାହୁଁନି । କିଏ କିଏ କହନ୍ତି, ମଣିଷ ମରିଗଲେ; ସଂସାର ଦୁଃଖରୁ ତ୍ରାହି ପାଇଯାଏ । ଈଶ୍ୱରଙ୍କ ପାଖକୁ ଚାଲିଯାଏ । ପ୍ରଭୁ! ମୋର ସଂସାରରୁ ତ୍ରାହି ପାଇବା ଦରକାର ନାହିଁ କି ତୁମ ପାଖକୁ ଯିବା ବି ଦରକାର ନାହିଁ । ମୁଁ ମିତା ପାଖକୁ ଯିବି । ମିତାକୁ ନେଇ ସଂସାରରେ ବଞ୍ଚିବି । ଏ ସଂସାର ମୋର ଖୁବ୍ ପ୍ରିୟ । ଏଇ ପ୍ରିୟତା ଲାଗି, ମୁଁ କର୍ତ୍ତବ୍ୟ ପ୍ରତି ଖୁବ୍ ସଚେତନ । ଈଶ୍ୱର ପ୍ରୀତି କେବଳ ଏଇ କାରଣରୁ । କଣ ପାଇଁ ତୁମେ ଏତେ ଶୀଘ୍ର ମୋତେ ନେଇ ଯାଉଛ ମୁଁ ଜାଣି ପାରୁନି । ମୋ ସ୍ତ୍ରୀ, ମୋ ପୁତ୍ର, ମୋ ସଂସାରକୁ ନେଇ କେତେ ସ୍ୱପ୍ନ ଆମର । ବଂଲୋଟାଇପର ଖଣ୍ଡେ ଘର କରି ଥାଆନ୍ତୁ ଆମେ । ଆଗରେ ଥାଆନ୍ତା ଛୋଟ୍ ସୁନ୍ଦର ସବୁଜ ଘାସର ଲନ୍ ଟିଏ ! ଯୋଉଠି ବାବୁନିର ମ୍ୟାରେଜ୍ ପାର୍ଟିର ଆୟୋଜନ ହୋଇ ଥାଆନ୍ତା... । ଘର ଖଣ୍ଡିକର ମାତ୍ରା ମୂଳଦୁଆ ପଡ଼ିଛି । ବାବୁନି ପାଠପଢ଼ାର ବି ମୂଳ ଦୁଆ ଗଢ଼ିଛୁ । ପ୍ରଭୁ! ଏକଣ କଲ ମୋତେ ? ଅସମାପ୍ତ ଘର, ପୁତ୍ରର ଅସମାପ୍ତ ଭବିଷ୍ୟତକୁ ଛାଡ଼ିଦେଇ ମୁଁ ଯିବି ଭାରି କେମିତି ? ମିତା କଣ ପାରିବ ଏତେ କଥା ସମ୍ଭାଳି ? ବାବୁନି କଣ ହୋଇ ପାରିବ ମଣିଷ ?

ମିତା ସେଇମିତି କାନ୍ଦି ଚାଲିଛି... । କପୋତୀର କ୍ରନ୍ଦନଠାରୁ ଆହୁରି କରୁଣ ସେ ବିଲାପ । 'ତମ ବିନା କେମିତି ବଞ୍ଚିବି ଯେ ? ତୁମକୁ ଛାଡ଼ି ମୁଁ ଯେ ଦିନେ ଚଲିବି, ମୋର କଳ୍ପନାରେ ନଥିଲା । ଦିନକ ପାଇଁ ପାଖରୁ କୁଆଡ଼େ ଛାଡ଼ି ନଥିଲ... । ମୁହୂର୍ତ୍କ ପାଇଁ ଗେଟ୍ ପର୍ଯ୍ୟନ୍ତ ଯିବାକୁ ବି ଦେଇ ନଥିଲ... । ଏବେ ରାସ୍ତାରେ ଠିଆ କରାଇଦେଇ ଚାଲିଗଲ । ଘର ତିଆରି କରିବି ମୂଲିଆଙ୍କ ସଙ୍ଗେ । ବାବୁନି କି ପାଠ ପଢ଼େଇବି ଅତି ସାଧାରଣ ସ୍ତ୍ରୀ ଲୋକ ଭାବେ । କୌଣସି କାମ କରେଇ ଦଉ ନଥିଲ, ବୋଧେ ସବୁ କାମ କରିବା ପାଇଁ ଦାୟିତ୍ୱ ନେଇ ଯିବ ବୋଲି ! ଏଇଥ୍ ପାଇଁ ଏତିକି ଭଲ ପାଇଥିଲ ନୁହଁ...?

ମିତା, ଏ କଣ କହି ଯାଉଛ ମିତା! ମୋତେ ଆଦୌ ଭୁଲ ବୁଝନା । ତୁମକୁ ଛାଡ଼ି ଚାଲି ଯିବାକୁ ମୋର କଣ ଇଚ୍ଛା ହେଉଛି ? ମୋ ବିନା ତୁମେ ଯେ ଏକୁଟିଆ ରହ, ମୁଁ ନଥାଇ ତମ ସଙ୍ଗେ କେହି କଥା ପଦେ କହୁ, ମୋତେ ନ ନେଇ ତୁମେ ଏକାକୀ ଯେ କୁଆଡ଼େ ଯାଅ, ମୁଁ ଏ କଥା ଆଦୌ ବରଦାସ୍ତ କରିବି ନାଇଁ ମିତା ।"

ମିତା'ର କାନ୍ଦଠାରୁ ମୋ କାନ୍ଦ ବଳି ପଡ଼ିଲା । ଲୁହ ଲାଲ ଏକାଠି ହୋଇ ଯାଇ ମିତାକୁ ଜାକି କୁଣ୍ଢାଇ ପକାଇ କ୍ଷମା ମାଗିଲି – ମୋତେ କ୍ଷମା କର ମିତା ବିଶ୍ୱାସ କର ମୋତେ । ମୁଁ ଜାଣି ଜାଣି ତୁମକୁ ଛାଡ଼ି ଚାଲି ଯାଇନି । କଣ ଏମିତି ଘଟି ଯାଉଛି, ମୁଁ ବୁଝି ପାରୁନି ।

କିନ୍ତୁ ହାୟ ! ମିତାର କଣ ମୋର ଏ ବିକଳ ଭାବକୁ କିଛି ଜାଣି ପାରୁଛି ? ନାଁ ଅନୁଭବ କରି ପାରୁଛି ମୋର ସର୍ବ! ଆଃ ମଣିଷ କେଡ଼େ ଅସହାୟ, ମଣିଷ କେମିତି କିଛି ନୁହେଁ, ଏଇ ମୃତ୍ୟୁ ହିଁ ସତେଇ ଦେଉଛି । ଦୀର୍ଘ ବାର ବର୍ଷ ଧରି ମୋ ସ୍ତ୍ରୀ, ମୋ ପୁଅ, ମୋ ସଂସାର, ମୁଁ ମୁଁ ଯୋଡ଼ ହଉଥିଲି, ସେଇ ମୁଁ ଯେ କିଛି ନୁହେଁ, ମୋ ସନ୍ତାନ, ମୋ ସ୍ତ୍ରୀ ଯେ ମୋର ନୁହଁ ଆଉ କଣ ଅବିଶ୍ୱାସ କରିବାର ଅଛି କିଛି ? ଏ ଯେ ଜ୍ୱଳନ୍ତ ନମୁନା ?

ଧୀରେ ଧୀରେ ଘର ଭିତରେ ଲୋକ ଭର୍ତ୍ତି ହୋଇଗଲେଣି । ମିତା'ର ବିକଳ କ୍ରନ୍ଦନରେ ସମସ୍ତେ ବ୍ୟଥିତ । ସମସ୍ତେ ଦୁଃଖିତ । ମିତା ସହିତ ସମସ୍ତେ ଅଶ୍ରୁ ଗଡ଼ାଇବାରେ ଲାଗିଛନ୍ତି । କିଏ ବା କି ସାନ୍ତ୍ୱନା ଦେବେ ? ସ୍ତ୍ରୀ ପାଇଁ ଏମିତି ଏଇ ଦୁଃଖ ଖଣ୍ଡି ରଖିଛନ୍ତି । ଯାହାର ସାନ୍ତ୍ୱନା ଦେବାପାଇଁ ଏ ପର୍ଯ୍ୟନ୍ତ ଭାଷା ଜନ୍ମ ପାଇନାହିଁ ।

ଏତିକିବେଳେ ଆସି ପହଞ୍ଚିଗଲେ, ମୋ ଅଜା ଓ ଆଇ । ଅଜାଙ୍କ ବୟସ ଅଠାଅଶୀ । ଆଇଙ୍କ ବୟସ ଏକାଅଶୀ । ଆଇଙ୍କର ଭାରି ଦୁଃଖ ଯେ ସେ ମରୁନାହାଁନ୍ତି କାହିଁକି ? ଏକାଅଶୀ ବର୍ଷ ପରେ ବି ସେ ଦୌଧବ୍ୟ ଭୋଗିବେ ! ଈଶ୍ୱରଙ୍କର ଇଏ ବିଚାର କେଜାଣି ? ତାଙ୍କରି ଆଗରେ ବାପା ଚାଲିଗଲେ । ପରେ ପରେ ବୋଉ.... । କିନ୍ତୁ ଯୋଉତକ ବର୍ଷ ବାପା ଗଲା ପରେ ବୋଉ ଆଇଁଷ ଖାଇଲା ନାହିଁ, ସେତକ

ବର୍ଷ ଆଇ ବି ମାଛମାଂସ ଛାଡ଼ି ଦେଇଥିଲେ । ବୋଉର ମୃତ୍ୟୁ ପରେ ପରେ ଏବେ ଟିକିଏ ଆଇଁଷ ଖାଇବା ଆରମ୍ଭ କଲାବେଳକୁ ମିତା'ର ଏଇ ଅବସ୍ଥା ।

ମୋତେ ନିଏଇ ଚାହିଁ ଚାହିଁ ଆଇ ବାହୁନି ଉଠିଲେ । ଈଶ୍ୱରଙ୍କ ଉଦ୍ଦେଶ୍ୟରେ ତାଚ୍ଛଲ୍ୟ କରି ଉଠିଲେ – ଆହାରେ ଠାକୁର । ତୋ'ର କଣ କମ୍ ବିଚାର ! ଆମେ ଥାଉଁ ଥାଉଁ ଆମରି ଆଗରେ ରାଜା ଟୋକା ଗୁଡ଼ାଙ୍କୁ ଯାହା ନେଇ ଯାଉଛୁ । ମଣିଷ ଗୁଡ଼ାକ ତୋ ଆଖିରେ ପନିପରିବା ପରି, ନାଁ ? ବଜାରକୁ ଆମେ ଗଲାବେଳେ, ବାସି ପରିବା ଛାଡ଼ି, ସଜ ପରିବା ଆଣିଲା ପରି, ତୁ ସତେଜ ମଣିଷମାନଙ୍କୁ ଆଗ ନେଇ ଯାଉଛୁ । ପଚି ସଢ଼ି ଦୁର୍ଗନ୍ଧ ଛାଡ଼ିଲେ ବି, ଆମେମାନେ ତୋ ନଜରକୁ ଆସୁନୁ । ମୃତ୍ୟୁର ଦିନକାଲ ନାହିଁ... । ରୋଗ ବୈରାଗ୍ୟ ନାହିଁ । ହାର୍ଟ ଆଟାକ୍ ଆକ୍ସିଡେଣ୍ଟ ପରି ଦି' ତିନିଟା କଣ ନ ହେଲା କଥା କହିଦେଇ ଭଣ୍ଡେଇ ନେଇ ଚାଲି ଯାଉଛୁ । କିଏ ତୋ ନାଁ ଠକ ନଦେଇ, ଠାକୁର ଦେଲା କେଜାଣି ?

ଅଜା ମୂକ ପାଲଟି ଯାଇଛନ୍ତି... । କଣ କହିବେ କଣ କରିବେ କିଛି ଜାଣିପାରୁ ନାହାଁନ୍ତି । କାନ୍ଦି ପକାଇଲେ ଅବା ଟିକିଏ ଭଲ ଲାଗି ଯାଆନ୍ତା, କିନ୍ତୁ ଆଖିକୁ ଲୁହ ଆସୁନି । ଏତେ ଦୁଃଖରେ କଣ ଲୁହ ଆସେ ଆଖିକୁ ? ଦୁଃଖର ଗୋଟେ ବୋଝ ଲଦି ହୋଇ ପଡ଼ି ବସି ରହିଛନ୍ତି ଚଉକିଟା ଉପରେ ।

ମିତା ସଙ୍ଗେ ଆଇ କାନ୍ଦି କାନ୍ଦି ବୁଝାଉଛନ୍ତି – କେତେ ତୁ ଏମିତି କାନ୍ଦିବୁ ଲୋ ମାଆ ? ତଣ୍ଡି ପଡ଼ିଯିବ ଯେ । ଚେତା ରହିବ ? ବାବୁନିଟା ସ୍କୁଲରୁ ଆସିଲେ ତୋ'ର ଏ ଅବସ୍ଥା ଦେଖ, ଧୈର୍ଯ୍ୟଧରି ପାରିବଟି ସିଏ ! ତୋ'ରି ମୁହଁକୁ ଚାହିଁ ଉଠ । ଆଉ କାନ୍ଦେନା । ଏଇଲେ ଯେତେ କାନ୍ଦିଲେ ବି, କାନ୍ଦ ସରିଯିବ ବୋଲି କଣ ଭାବୁଛୁ? ଜୀବନ ସାରା ପରା କାନ୍ଦୁଥିବୁ ଏମିତି ।

ଆଇଙ୍କର ଶେଷ କଥା ପଦକ ଶୁଣି ପାରିଲେନି ଅଜା । ନିଷ୍ଫଳ ଆଖିରୁ ଲୁହ ଝରି ଆସିଲା ଏତେବେଲେକେ । ଓଠ ଥରି ଉଠିଲା... । କଣ୍ଠ କମ୍ପି ଉଠିଲା । ସେଇ କମ୍ପିତ କଣ୍ଠରୁ ବାହାରି ଆସିଲା ବିଷଣ୍ଣ ରାଗିଣୀ ମୂର୍ଚ୍ଛନା – ଏ ତୁମେ କଣ କଲ ସତେ ଭଗବାନ ? ଏ ବିଚାର ତୁମର ଆଦୌ ଠିକ୍ ହେଲାନି । ଏତେ ସୁସ୍ଥ ସବଳ କାର୍ଯ୍ୟକ୍ଷମ ଲୋକଟାକୁ ନେଇଗଲ ତୁମେ ! କଣ ସେ କ୍ଷତି କରି ପକାଇଥିଲା

ତୁମର ? କିମ୍ବା ତୁମ ସୃଷ୍ଟିର କି କାଳଗ୍ରହ ହୋଇଥିଲା ? ତା'ର ଘର ସଂସାର କଥା ବୁଝି, ଅଫିସ କାମକରି ତୁମକୁ ପୂଜା ଅର୍ଚ୍ଚନା କରି, ସଚ୍ଚୋଟ ମଣିଷ ହୋଇଥିଲା କଣ ଏଇଥି ପାଇଁ ।

ଯିଏ ଦୁର୍ନୀତି କରି ଚାଲିଛି, ଆଉଥାଲ କରୁଛ । ଚୋର ଡକାୟତ ଲକ୍ଷ୍ମିଛରେ ଯାହାର ଆଗ୍ରହ, ତାକୁ ତୁମେ ସେ କାମ କରାଇବା ପାଇଁ ଅଭ୍ୟାସ କରାଉଛ । ଯିଏ କୌଣସି ନୀତି ନିୟମ ନମାନି ଅଳସୁଆମିରେ ପ୍ରତିଟି ମୁହୂର୍ତ୍ତ କଟାଉଛି, ତାକୁ ଦୀର୍ଘଜୀବୀ କରାଇଛ । ସାଧୁ, ସଚ୍ଚୋଟ, ଦକ୍ଷ ଲୋକଙ୍କୁ ଶୀଘ୍ର ମାରି ଦଉଛି । ତାକୁ ତୁମେ ନେଇଯାଇ ତୁମର କୌଣସି କାର୍ଯ୍ୟରେ ନିଯୋଜିତ କରି ଅବଶ୍ୟ ତୁମ ଉଦ୍ଦେଶ୍ୟ ସାଧନ କରି ପାର, କିନ୍ତୁ ତା'ର ସ୍ତ୍ରୀ, ପିଲା, ସଂସାର କଥା ଚିନ୍ତା କଲନି ତ କିଛି ? ସେମାନେ ଚଳିବେ କେମିତି ? ବଞ୍ଚିବେ କାହାଲାଗି ? ଛିଃ... ଛିଃ... ଧିକ୍ ତୁମକୁ । ଶତ ଧିକ୍ ତୁମ ବିଚାରକୁ ।

ଏଇ ଅବିଚାର ଲାଗି ସୃଷ୍ଟି ତୁମର କେତେବେଳେ ସୁନ୍ଦର ନୁହଁ ପ୍ରଭୁ! ନାଁ ତୁମର ମଙ୍ଗଳମୟ । କିନ୍ତୁ ମଙ୍ଗଳର ଧାର ଧରନା ତୁମେ । ତୁମେ କୁଆଡ଼େ କୃପାସିନ୍ଧୁ । ଏଇ ତୁମର କୃପା ? କୃପାର କୃପଣତା'ର ପ୍ରତୀକ ତ ତୁମେ । ସତରେ ତୁମେ କଣ ମୁଁ ଆଦୌ ବୁଝି ପାରେନି । ନିଜକୁ ଏତେ ଦୁର୍ବୋଧ କରିବାରେ ଏତେ ଆଗ୍ରହୀ କାହିଁକି ? ତୁମେ ଏକ ରହସ୍ୟ ! ଅଦ୍ଭୁତ ଚରିତ୍ର ।

ଗେଟ୍ ପାଖରୁ ଗୋଟେ ଅଦ୍ଭୁତ ବିସ୍ମୟରେ ହାତରେ ବ୍ୟାଗ ଝୁଲାଇ ଝୁଲାଇ ଆସି ଘର ଭିତରେ ପହଞ୍ଚିଗଲା ବାବୁନି । କଣ ପାଇଁ ଘରେ ଏତେ ଲୋକ, ଦୁଆରେ ଗାଡ଼ି ଥୁଆ, କିଛି ବୁଝି ପାରୁନି । ପଚାରି ବୁଝିବ ବୋଲି ମିତାକୁ ଖୋଜୁଛି ସିଏ ।

କିନ୍ତୁ ମିତା କାଇଁ ? ସେ ତ ଚେତା ହରାଇ ପଡ଼ି ରହିଛି ଅସଂଖ୍ୟ ସ୍ତ୍ରୀ ଲୋକଙ୍କ ଗହଣରେ । କିଏ ମୁଣ୍ଡରେ ତା'ର ପାଣି ଛିଞ୍ଚି ଦେଉଛି ତ, କିଏ ଆଖିରୁ ଲୁହ ପୋଛି ପକାଉଛି । କିଏ ଦେହ ସାରା ସାଉଁଲି ପକାଇ ଭାବୁଛି; କାଇଁ କୋଉଠି ତ ୟାର ବିଧବା ଲକ୍ଷଣ ଦିଶୁନି । ଏଡ଼ିକି ସୁନ୍ଦର ଦେହକୁ କିଏ ଏଡ଼େ ବେଗି ଅପବିତ୍ର କରିଦେଲା ?

ଏମିତି ଅବସ୍ଥାରେ ମିତାକୁ ଦେଖ, ବାବୁନି ଭାବିଲା, ବୋଧେ ଏଇଥିପାଇଁ ଏତିକି ଭିଡ଼...। କାରଣଟା କଣ କଣ ହେଇଛି ମାମୀଙ୍କର; ବୁଝିବା ପାଇଁ ଯେତେବେଳେ ସିଏ ଦଉଡ଼ିଲା ମୋ ପାଖକୁ; ମୋ ମର ଶରୀର ଦେଖ ଅଟକିଗଲା ସେ ସେଇଠି। ସରୁ ସରୁ ଓଠ ଦିଓଟି ଥରି ଉଠିଲା – କଣ ତୁମର ହେଲା ଡାଡ଼ି?

କିଏ ଜଣେ ଦୁଇଜଣ ଆତ୍ମୀୟ ତାକୁ ଭିଡ଼ିଧରି କାନ୍ଦି ଉଠିଲେ – ହବ ଆଉ କଣରେ ବାପୀ....। ଡାଡ଼ି କଣ ଆଉ ଅଛି? ସେ ପରା ସେ ପୁରକୁ ଚାଲିଗଲାଣିରେ

ଏମିତି ଏକ ନିଷ୍ଠୁର ସତ୍ୟକୁ ମୁକାବିଲା କରିବା ପାଇଁ ବାବୁନିର ଧୈର୍ଯ୍ୟ କାଇଁ? ମାତ୍ର ଦଶ ପୂରି ଏଗାର ବର୍ଷ ବୟସର ବାଳକ ସେ! ତା ଅପରିପକ୍ୱ ମସ୍ତିଷ୍କ ଭିତରେ ସୃଷ୍ଟିର ଏ କଦର୍ଯ୍ୟ କଥା ପଶିବ କାହିଁକି? ମୃତ୍ୟୁ ଯେ ଏମିତି ଆସେ ତା'ର ଧାରଣା କାଇଁ?

ଆଖିରେ ହାତ ଦେଇ ଦେଇ, କାନ୍ଦି ଉଠିଲା ବାବୁନି...। ଆଃ... ପ୍ରଭୁ ହେ ଅବୋଧ ବାଳକକୁ କି ଦୁଃଖ ଦେଉଛ। କିଏ କିଏ ତା'ର ହାତଧରି ଟାଣି ନେଇଗଲେ ସେଇଠୁ। ଆ... ଆ... ଆଉ କୋଉ ବାପ ଅଛି ଯେ, କାନ୍ଦିଲେ ଜାଣିବ...! ମରିଗଲାଣି ପରା। ଯେତେ କାନ୍ଦିଲେ ତୁ, ଆଉ କଣ ସେ ଫେରି ଆସିବ...?

ବାବୁନି ଏଇ ସାନ୍ତ୍ୱନାକୁ ସମ୍ଭାଳି ପାରିଲା ନାହିଁ। ତାଙ୍କ କବଳରୁ ଟାଣି ଓଟାରି ହୋଇ ଆସି ପଡ଼ିଗଲା ମୋ ଉପରେ – କାନ୍ଦ ଆଉ ବିସ୍ମୟରେ ଫେଣ୍ଟା ଫେଣ୍ଟି ହୋଇ ବଡ଼ କରୁଣ ଶୁଭୁଛି ସେ ସ୍ୱର – ତୁମେ ସତରେ ଆଉ ନାହଁ ଡାଡ଼ି? ମଣିଷମାନେ କଣ ଏତେ ଶୀଘ୍ର ମରି ଯାଆନ୍ତି? ଅଜା ତ ତମର ବଞ୍ଚିଛନ୍ତି। ଜେଜେ ବାପା ତ ତମଠୁ ଢେର ବେଶୀ ବର୍ଷଯାଏ ବଞ୍ଚିଥିଲେ। ଡକ୍ଟର ଅଙ୍କଲ ତମଠାରୁ ବଡ଼ ହୋଇ ତ ସିଏ ବଞ୍ଚିଛନ୍ତି। ଆମ ହେଡ଼ ମାଷ୍ଟରଙ୍କର ବାଳସବୁ ପାଚି ଖୋଟ ହୋଇଗଲାଣି। ସେ ବି ତ ବଞ୍ଚିଛନ୍ତି। ତମେ ଡାଡ଼ି କାହିଁକି ମରିଗଲ? ମୋ ଉପରେ ତୁମେ ରାଗିଲ କି ଡାଡ଼ି? ମୁଁ ଦୁଷ୍ଟାମି କଲି ବୋଲି ରୁଷି କି ତମେ ଦୂରେଇ ଗଲ ମୋ ପାଖରୁ...। କିନ୍ତୁ ଡାଡ଼ି ମୁଁ ତୁମଠାରୁ ଆଦୌ ଦୂରେଇ ରହି ପାରିବିନି। କାହା ସଙ୍ଗେ କଥାବାର୍ତ୍ତା ହେବି? କିଏ ମୋତେ ପାଠ ପଢ଼ାଇ ନବ।

ବ୍ୟାଡ଼ମିଣ୍ଟନ ଖେଳିବି ମୁଁ କାହା ସାଙ୍ଗେ ? ଡାଡ଼ୀ ବୋଲି ଆଉ କାହାକୁ ଡାକିବି ମୁଁ ଡାଡ଼ୀ...? ମୁଁ ଆଉ ଦୁଷ୍ଟାମି କରିବିନି ତୁମେ ମୋତେ ଛାଡ଼ି କି ଯାଅନି... ଢାଁ... ଢାଁ... ଢାଁ... ଡା... ଡୀ...

ମୁଣ୍ଡ ପିଟି ଦେଲେ ଭାଇନା – ତୁ ଆଉ ଏମିତି କାନ୍ଦେନାରେ ବାବୁନି ଛାତି ମୋର ଫାଟି ଯାଉଛି । କଣ କହି ତତେ ବୁଝେଇବି କହିଲୁ...? ତୁ ତୁନି ହଅ... ତୁନି ହଅ...

ସେତେବେଳେକୁ କାନ୍ଦି କାନ୍ଦି ମୁଁ ଅସ୍ଥିର । ଆଖରୁ ଲୁହଗୁଡ଼ାକ ପୋଛି ପକେଇ ବାବୁନିକି କୁଣ୍ଢାଇ ଧରି କୋଉ ଅଜଣା ରାଇଜକୁ ଚାଲିଯିବା ପାଇଁ ମନ ହଉଛି । ସେଠି ତାକୁ ବୁଝାଇ ଶୁଝାଇ କାଖୋଇ ପକେଇ କହନ୍ତି, ତୁ କାନ୍ଦନାରେ ବାପାଟା ମୋର ! ମୁଁ ମରିନି... ମରିନାଇଁରେ ମୁଁ । ମରିପାରିବିନି ତତେ ଛାଡ଼ି... ।

ହଠାତ୍ କେମିତି ମୋର ମନେହେଲା, ସୃଷ୍ଟିରେ ଏତେ ଲୋକ ବଞ୍ଚିଛନ୍ତି, ରାସ୍ତା ଘାଟରେ ପୋକ ମାଛିପରି ମଣିଷ ଗୁଡ଼ାକ ସାଲୁବାଲୁ ହଉଛନ୍ତି... କାଇଁ ସେମାନେ ତ କେହି ମରୁ ନାହାଁନ୍ତି । ମୁଁ ମରିବି କାହିଁକି ? ବିକଳ ହୋଇ ଡାକିଲେ ଅବା ଭଗବାନ ମୋତେ ବଞ୍ଚାଇ ଦେବେ ! ମୋର ଦଶବର୍ଷର ପୁଅ, ତିରିଶ ବର୍ଷର ସ୍ୱାକୁ ଛାଡ଼ି କାହିଁକି ମରିବି ମୁଁ ? କେତେ କେତେ ଲୋକଙ୍କ ପାଇଁ କେତେ ପ୍ରକାର ମିରାକିଲ୍, ତ ଘଟାଇଛ, ମୋ ପାଇଁ ନ ଘଟାଇବ କାହିଁକି ?

କିନ୍ତୁ ହାୟ ! କି ବୃଥା ଭାବନା ଇଏ ମୋର ! ମୁଁ ବଞ୍ଚ ପାରିଲି ନାଇଁ କି ବାବୁନି କି ବୁଝାଇ ପାରିଲି ନାହିଁ ।

ବିଧିର ବିଧାନ ପାଇଁ କେତେଜଣ ତତ୍ପର ହୋଇ ଉଠି ମୋ ମର ଶରୀରକୁ ଶ୍ମଶାନକୁ ନେଇ ଯିବାପାଇଁ ଉଚ୍ଛନ୍ନ ହେଲେ । ଆପାଦ ମସ୍ତକ ଗୋଟେ ଧଳା ଚାଦର ମୋ ଉପରେ ଢାଙ୍କି ଦଉ ଦଉ, ମିତା କୋଉଠି ଥିଲା ଦଉଡ଼ି ଆସିଲା... । ଅଭିଯୋଗର ସ୍ୱର ତୋଲି କହିଲା – ଦେଖିଲ ଭାଇନା । କେମିତି ତାକୁ ଘୋଡ଼ାଇ ପକାଉଛନ୍ତି ! ମୁଁ ଟିକିଏ ଦେଖୁଥିଲି ଯେ...

ଜଣେ ଅନାମ୍ନାୟ ସେଠି ମାମଲତ୍କାର ସାଜି ମିତାକୁ ଆକଟ କଲେ – କେତେ ଆଉ ଦେଖିବ ? ବେଳ ବୁଡ଼ି ଗଲାଣି... ଅନ୍ଧାର ହୋଇଯିବ... ସିଆଡ଼େ

ପୁଣି କେତେ କାମ ଯେ... ମିତା ଟିକିଏ ଚାହିଁଲା ତାକୁ... । କିଛି କହିଲାନି । ଚୁପ୍‌
ଚାପ୍‌ ବାବୁନି କି ପାଖରେ ମୋର ବସାଇ ଦେଇ କହିଲା – ତୁ ଜଗିକି ଟିକିଏ ଏଠି
ବସିଥା ବାବୁନି... ମୁଁ ଏଇଲେ ଆସୁଛି... ।

ଯନ୍ତ୍ରର ଶିଶୁଟିଏ ପରି ବାବୁନି ଜଗି ବସିଛି, ଦେଖିଲା ଶାଢ଼ି କାନି ଭିତରେ
କଣ ଗୁଡ଼ାଏ ପୂରାଇ ମାମି ମାଡ଼ି ଆସୁଛି ଡାଡ଼ାଙ୍କ ପାଖକୁ – “ନିଅ... ନିଅ... ଏ
ଚୁଡ଼ି ସିନ୍ଦୂର ପରା ତମର... । ନେଇଯାଅ ଯାକୁ ସବୁ ସାଙ୍ଗରେ... । ତମେ
ଗଳାପରେ ମୋର ଏଥିରେ ଆଉ କିଛି ଅଧିକାର ନାହିଁ ପରା... ଏ ସବୁ ସମ୍ପତ୍ତି
ତମର...” କହି ଶାଢ଼ିର ଅଞ୍ଚଳରୁ ଯେତେ ଚୁଡ଼ି ସିନ୍ଦୂର ସବୁ ଫେଣ ଢାଣ କରି
ପକାଇ ଦେଇ ମୋ ଉପରେ ମିତା ଚାଲିଗଲା...

ତା ପରେ ପରେ ଶୁଭିଲା ମିତା’ର ବିକଟ ଅଟ୍ଟହାସ – “ହା... ହା...
ହା...” ମିତା କଣ ବାୟାଣୀ ହୋଇଗଲା ? ଏ ମାଁ ! ମୁଁ କଣ କରିବି ? ମିତା
ମିତା... ମିତା... । ନାଁ ମିତାକୁ ମୋ ଡାକ ଆଦୌ ଶୁଭୁନି ।

କେତେଜଣ ସ୍ତ୍ରୀ ଲୋକ ମିତାକୁ ଟାଣି ନେଇଗଲେ ଅନ୍ୟ ଘରକୁ ।
ତାପରେ ମୋତେ ନେବାପାଇଁ ଆରମ୍ଭ ହେଲା ପ୍ରସ୍ତୁତି ପର୍ବ... । କିଏ ଆଣିଥିଲା
କେଜାଣି । ଦାଣ୍ଡଘର ଟେବୁଲ ଉପରେ ଥୁଆ ହୋଇଥିବା ବଡ଼ ବଡ଼ ରଜନୀଗନ୍ଧାର
ହାର ଆଣି ଭାଇନାଙ୍କ ହାତକୁ ବଢ଼ାଇ ଦେଇ ଜଣେ କହିଲେ – ଆଗ ପୁଅକୁ ତା’ର
ଦିଅନ୍ତୁ... । ସେ ତା’ ବାପା ବେକରେ ଆଗ ମାଳ ଦବାପରେ ଆମେସବୁ ଦେବା...

ବଡ଼ ଧୈର୍ଯ୍ୟ ସହିତ ବାବୁନି ହାତକୁ ମାଲଟେ ବଢ଼ାଇ ଦେଇ ଭାଇନା
କହିଲେ – ନେ ଡାଡ଼ୀ ବେକରେ ଦେଇଦେଲୁ ବାପା...

ବାବୁନି ପାଦକୁ ମାଡ଼ି ସମସ୍ତେ ଶକ୍ତି ଖଟାଇ ଠିଆ ହୋଇଗଲା... ।
ଯେମିତି କେହି ହେଲେ ତାକୁ ଟିକେ ଘୁଞ୍ଚାଇ ପାରିବେ ନାହିଁ... । ଧୀରେ ଧୀରେ
ମାଟିର ତଳକୁ ତଳକୁ ପଶି ଯାଉଛି ଯେମିତି ସିଏ...

“ଆରେ ଠିଆ ହୋଇ ରହିଲୁ କଣ... ? ପକା... ପକା...” ଏକା
ଥରକେ ଗୁଡ଼ାଏ ପାଟି ଶୁଣାଗଲା... । ତଥାପି ବାବୁନି ସେଇମିତି ଠିଆ ହୋଇଛି ।
ଯେମିତି ଗୋଟାଏ ଦୁଃଖଦର୍ଶିଲାର ମୂର୍ତ୍ତି । ହଲ ନାଇଁକି ଚଲ ନାଇଁ... । ପରେ

ପରେ ବିଚଳିତ ହୋଇ ଫୁଲମାଳଟାକୁ ଫୋପାଡ଼ି ଦେଲା... । ବାଚାଳଙ୍କ ପରି କାନ୍ଦି ଉଠି କହିଲା – ନାଇଁ ନାଇଁ ଡାଡ଼ିଙ୍କୁ ମୁଁ ଫୁଲମାଳ ଦେବିନି... । ଫୁଲମାଳ ପିନ୍ଧାଇ ଦେଲା ପରେ ଡାଡ଼ିଙ୍କୁ ତମେ ନେଇଯିବ ମୋ ପାଖରୁ । ଉଁ ଉଁ ଉଁ... ତୁମେମାନେ ସମସ୍ତେ ଏଠୁଗଲ ଡାଡ଼ିଙ୍କ ପାଖେ ବସି ମୁଁ ଟିକିଏ ଗେଲ ହୁଏ !

ଆଃ କି ପାଥେଟିକ୍.... ଦୁଃଖରେ ମୁଁ ଥରିଉଠୁଥିଲି । ଭଗବାନଙ୍କ ଉରେ ଅଭିସମ୍ପାଦ ବର୍ଷଣ କରି କହିଲି – ଇଏ କି ନିୟମ ତମର ପ୍ରଭୁ ? କାହିଁକି ଜନ୍ମ ଦେଇ ପୁଣି ନେଇଯାଅ ? ଦୁଃଖ ଦେବା କଣ ତମର ଏକମାତ୍ର କର୍ତ୍ତବ୍ୟ ? କାହିଁକି ଏତେ ନିଷ୍ଠୁର ତୁମେ ପ୍ରଭୁ ?

ଆଉ କଣ ଗେଲ ହେବୁରେ ବାପା ମୋ ପାଖେ । ତୁ କି ବାୟା ହେଲୁ । ନିଷ୍ଠୁର ଭଗବାନ ପରା ତୋତୁ ମତେ ଛଡ଼ାଇ ନେଲେରେ ଧନ । ଆଉ ତୁ ମୋ ସଙ୍ଗେ ଗେଲ ହେବୁ କେମିତି ? ଆଃ... ବାବୁ । ବାବୁନିରେ । ସତରେ ତତେ ଛାଡ଼ିକି ଚାଲିଯିବି ମୁଁ ? ଦୁଃଖରେ ଶୀତେଇ ଉଠିଲି । ମୁଁ ଆଉ ଭାବି ପାରିଲି ନାହିଁ ଯେ, ଯୋଉ ଘରକୁ ମୁଁ ଆଶାର ଇଟା ଦେଇ ଦେଇ ଗଢ଼ିଥିଲି, ଆକାଂକ୍ଷାରେ ପଲସ୍ତରାରେ ଲେପିଥିଲି, ସ୍ୱପ୍ନର ଆଲୁଅ ଜାଳିଥିଲି, ସେଇ ଘର ମୋର ଭୁଣ୍ଡି ପଡ଼ିବ ମୋ ଅଭିମାନର ବାସ୍ପରେ ! କଣ ପାଇଁ ଜୀବନର ମହା ଦୌଡ଼... ?

ଭୀଡ଼ ଧୀରେ ଧୀରେ ବଢ଼ିଲାଣି । ଦିନେ କାଳେ ଦୁଆର ଉପରକୁ ଉଠି ନଥିବା ଲୋକ, ଘଣ୍ଟା ଘଣ୍ଟା ଧରି ଠିଆହୋଇଛନ୍ତି ପାଖରେ ମୋର । ଏଇ ହେଉଛି ଅଭାବୀ ମଣିଷର ମନ । ମଣିଷ ପଛେ ପଛେ ମୃତ୍ୟୁ ଲାଗି ରହିଥିଲେ ବି, ତା ସ୍ପର୍ଶରେ ସମସ୍ତେ ଅଧୀର । ସମସ୍ତେ ବିସ୍ମୟ । ସମସ୍ତେ ଦୁଃଖିତ ।

ମାମଲତ୍‌କାର ଭଳି ଭୀଡ଼ ଭିତରୁ କିଏ ଜଣେ ପାଟି କରି ଉଠିଲା, ଓଃ... ଡେରି ହୋଇଯାଇଛି । ପିଲାଟାର ମନ ଭଲ ନାହିଁ । ନଦେଉ ଏବେ ଫୁଲମାଳ... । ଶଳା କି ଭାଇ କିଏ ଜଣେ ଆଗ ଦେଇ ଦେଲେ ହେବନି ? ଅନ୍ଧାର ହୋଇଯିବ ଯେ... ସେଠି ପୁଣି କେତେ କାମ ।

"ସେଠି କାମ" – କେମିତି ଗୋଟେ ହତାଶାରେ ମୁଁ ଓଦା ହୋଇଗଲି । ପିଲା ଦିନୁ ମୋର ମଶାଣିକୁ ଭୟଙ୍କର ଘୃଣା... । ଅବଶ୍ୟ ମଣିଷର ଦୁଇଟି ଆଶ୍ରୟ ସ୍ଥଳ । ଗୋଟିଏ ଶ୍ମଶାନ ଓ ଅନ୍ୟଟି ମାଆର କୋଳ । କିନ୍ତୁ ଏ ଦୁଇଟି ଭିତରେ

ପାର୍ଥକ୍ୟ କେତେ ! ମାଆର କୋଳ ନରମ ନିର୍ଭର ଆଶ୍ରୟସ୍ଥଳୀ ହେଲା ବେଳକୁ ଅନ୍ୟଟି ଆବଡ଼ା ଖାବଡ଼ା ଏକ ଘୃଣ୍ୟ ପରିବେଶ । ଅନ୍ତୁଡ଼ି ଶାଳର ପବିତ୍ର ଦୀପ ଶିଖା ସଙ୍ଗେ କେବେ ତୁଳନା କରାଯାଇ ପାରେ ଶ୍ମଶାନର ଲେଲିହାନ ଶିଖାକୁ ?

କିନ୍ତୁ ଉପାୟ କଣ ? ମୋତେ ସେଠିକି ଏଇଲେ ଯିବାକୁ ପଡ଼ିବ । ସବୁକୁ ଛାଡ଼ି, ଚାଲିବି ମୁଁ ଏକା ଏକା । କିଏ ମୋ କାନ ପାଖରେ ଯେମିତି ମାଇକ୍ ଖଞ୍ଜି ଦେଲା "କେତେ ଦିନକୁ ମନ ବାନ୍ଧିଛୁ ଆଞ୍ଚ... କି ଘେନି ଯିବୁ ତୋ'ର ଛୁଟିଲେ ଘଟ"... । ତଥାପି ମୁଁ ବିଶ୍ୱାସ କରି ପାରୁନି । ଚାଳିଶ ବର୍ଷର ବନ୍ଧନ କଣ ଏମିତି ଛିନ୍ନ ହୋଇଯିବ ? ପ୍ରାଣର ମହକ ଏଭଳି ଭାବେ ଉଭେଇ ଯିବ ? ମୋ ସ୍ତ୍ରୀ ପୁତ୍ର ଠାରୁ ଦୂରେଇ ଯିବି ମୁଁ ? ନାଁ ନାଁ ଏକଥା ମୋ ଦ୍ୱାରା ସମ୍ଭବ ନୁହେଁ ।

ଭାରି ଇଚ୍ଛା ହେଲା, ମୋ ଶରୀର ଭିତରେ ମୁଁ ପଶିଯାଇ ମୋ ଜୀବନକୁ ଫେରି ପାଆନ୍ତି । ଏହି ମୋହ ମାୟାରେ କି ଯେ ଆନନ୍ଦ, ଅନ୍ୟ କୌଣସିଥିରେ ଏ ଆନନ୍ଦ ମୋ ପାଇଁ ନାଇଁ । ଏଇ ଆନନ୍ଦକୁ ଛାଡ଼ି ମୁଁ ଯିବି କାହିଁକି କୁଆଡ଼େ ଯେ ?

ମୋ ଚାଲିଯିବାର ଶେଷ ନିଷ୍ପରି ଶୁଣି, ମିତା ଖୁବ୍ ଜୋର୍‌ରେ ମୁଣ୍ଡ ପିଟିପିଟି କାନ୍ଦିଲାଣି । ବାବୁନିଟି ପାଖରେ ତା'ର ଠିଆ ହୋଇଛି ଅପରାଧୃଟିଏ ପରି ! ଯିଏ ଯେତେ ବୁଝେଇ ଲାଗିଛନ୍ତି ମିତାକୁ, କାହା କଥାକୁ ସେ ଶୁଣୁନାହିଁ । ତା' ହୃଦୟ ଭିତରେ ଯେଉଁ ପଥର ପଡ଼ି ରହିଛି, ଏମିତି ଆଶ୍ୱାସନାରେ ସେ ପଥର କି ଘୁଞ୍ଚିବାର ?

ଆହାହା ମୁଁ ଯଦି ଏଇଲେ ଜିଅଁ ଉଠନ୍ତି, କୁଆଡ଼େ ସେ ପଥର ମିଳେଇ ଯାଆନ୍ତା... । ମୁଁ ଜିଅଁବିନି କି ପଥର ଘୁଞ୍ଚ ପାରିବିନି । ସେ ଜିଅଁଥିବା ଯାକେ ମିତା ଏ ପଥରକୁ ଲଦି ବସିଥିବ । ଓଜନର ଭାରରେ ବି ଖୋଜୁଥିବ ମୋତେ । ନ ପାଇବାର ବ୍ୟର୍ଥତା ନେଇ ବି ଖୋଜି ବୁଲୁଥିବ । ତା'ପରେ ଶୂନ୍ୟକୁ ଚାହିଁ ଚାହିଁ କାନ୍ଦି ପକେଇ କହିବ ତୁମେ କେଉଁଠି ଅଛ କହନ୍ତୁ. । ମୁଁ ଯିବି ସେଠାକୁ । ଏତେ ନିଃସଙ୍ଗ ହୋଇ ମୁଁ ଆଉ ବଞ୍ଚ ଜାଣୁନି । କାହିଁକି ମୋ ଜୀବନକୁ ଆସିଥିଲ ତୁମେ ଏତେ ଅଚ୍ଛଦିନ ଲାଗି ? କାହିଁକି ? କା...ହିଁ...କି ?

କିଏ ଏହାର ଉତ୍ତର ଦେବ ? ମଣିଷ ପକ୍ଷରେ କଣ ଏ ପ୍ରଶ୍ନର ଉତ୍ତର ଦେବା ସମ୍ଭବ ? ଯାହା ପକ୍ଷରେ ସମ୍ଭବ, ସେ ତ ଏଇ ଦୁଃଖର ସ୍ରଷ୍ଟା ! ଈଶ୍ୱର !

ଈଶ୍ୱରଙ୍କ କଥା ଭାବି ମତେ ଭାରି ରାଗ ଲାଗିଲା - ଦୁଃଖ ଲାଗିଲା - ଭୀଷଣ ଦୁଃଖ ମଣିଷ ପାଇଁ କାହିଁକି ଏମିତି ସେ ନିଷ୍ଠୁର ହେବେ ଯେ ? ତଥାପି ସେଇ ନିଷ୍ଠୁର ଭଗବାନଙ୍କୁ ମଣିଷ ଡାକି ଚାଲିଛି ଅହରହ ନିଜର ସୁରକ୍ଷା ଲାଗି । ଦିନ ନାଇଁ ରାତି ନାଇଁ ସେଇ ଗୋଟିଏ ଡାକ । ତାଙ୍କରି ଭରସାରେ ତାଙ୍କରି ବିଶ୍ୱାସରେ ସେ ବଞ୍ଚୁଛି ! ଯୁଗ ଯୁଗ ଧରି ଈଶ୍ୱରଙ୍କର ଶରଣାପନ୍ନ ସେ । ମୁଁ ଚାଲିଯିବା ପରେ ବି ମିତା ଶରଣ ପଶିବ ତାଙ୍କଠି । ସେ ମଣିଷକୁ ଏମିତି ଗଢ଼ିଛନ୍ତି, ସୁଖରେ, ଦୁଃଖରେ, ସହାୟତାରେ ଅସହାୟତାରେ ବିଜ୍ଞତାରେ ନିର୍ବୋଧତାରେ ବି ଡାକି ଚାଲିଥିବ । ତାଙ୍କ ବିନା ମଣିଷ ପାଦେ ଅଗ୍ରସର ହେବା ବି ସମ୍ଭବ ନୁହେଁ ।

ବିଜ୍ଞାନ ଯେତେ ଉନ୍ନତି କଲେବି, ସେ କହୁଛି, "ଗଡ଼" । ନଚେତ୍‌ ବିଜ୍ଞାନ ମଣିଷକୁ ବଞ୍ଚାଇବା ପାଇଁ ଚେଷ୍ଟାକରି ପାରନ୍ତା ନାହିଁ କାହିଁକି ? ଜନ୍ମକୁ ନିଜ ଅକ୍ତିଆରକୁ ଆଣିଲାଣି ପଛେ, ମୃତ୍ୟୁକୁ ପାରୁନି । ମୃତ୍ୟୁକୁ ନପାରିଲେ, ବିଜ୍ଞାନର ଏମିତି କି ଆବଶ୍ୟକତା ? ଏଠି ଯାଗାକିଣି ଘର କରିବାକୁ ମଣିଷ ପାଖରେ ପଇସା ନାହିଁ । ଜନ୍ମକୁ କିଏ ଯାଉଛି ଯାଗା କିଣି ? ମୃତ୍ୟୁକୁ ନିୟନ୍ତ୍ରଣ ନକରି କଣ ନାଁ ବିଜ୍ଞାନ ଅଗ୍ରଗତି କରୁଛି । କି ଅଗ୍ରଗତି ଇଏ ? ସହଜ ସରଳ ସ୍ୱଚ୍ଛଳ ଜୀବନକୁ ଭାରାକ୍ରାନ୍ତ କରିଦେଇ ବୈଜ୍ଞାନିକ ଉନ୍ନତି ହେଉଛି ଉନ୍ନତି... ।

ସୂର୍ଯ୍ୟ ମାଆଙ୍କ କୋଳକୁ ଯିବେ ଯିବେ ହେଲେଣି । ତାଙ୍କ କାର୍ଯ୍ୟସୂଚୀରେ କେବେବି ପରିବର୍ତ୍ତନ ନାହିଁ । କାହା ଦୁଃଖରେ କାହା ନୈରାଶ୍ୟରେ ସେ ଅଟକି ଯିବାର ନୁହଁନ୍ତି । ସେ ତାଙ୍କ ପଥରେ ଗତିଶୀଳ । ଯାହାକୁ କହୁ ଆମେ ସମୟ । ସମୟ ପାଇଁ ଦୁଃଖ ଜନ୍ମ ମୃତ୍ୟୁ, ଉଦୟ ବିଲୟ ସବୁ ସମାନ । ସେଇ ହିଁ ସତ୍ୟ । ସତ୍ୟର ପ୍ରତୀକ ସେଇ !

ଅନ୍ଧାର ହୋଇଯିବା ଭୟରେ ମୋତେ ନେଇଯିବା ପାଇଁ ସମସ୍ତେ ତତ୍ପର । କିଏ ମୁଣ୍ଡ ପାଖେ ତୁଳସୀ ଗଛ ପୋତିଲେଣି ତ କିଏ ତଳେ ବାଲି ଶଯ୍ୟାରେ ଆୟୋଜନ କଲାଣି । ଦୁଃଖରେ ହେଉ କି ଅଭିମାନରେ ହେଉ, ମିତା ନୂଆ ଧୋତି ପଞ୍ଜାବି ଟ୍ରଙ୍କ୍‌ ଖୋଲି ବଢ଼ାଇ ଦେଲାଣି ମୋତେ ପିନ୍ଧାଇ ଦେବା ପାଇଁ । ଆଉ ଚାରିଦିନ ଯାଇଥିଲେ ଆମର ବିବାହ ବାର୍ଷିକୀ ହୋଇଥାଆନ୍ତା । ଏଇ ଧୋତି ପଞ୍ଜାବି ସେ କିଣି ଆଣି ରଖିଥିଲେ ମୁଁ ସେଦିନ ପିନ୍ଧିବି ବୋଲି । ସେ ସବୁବେଳେ

ମୋ ପାଇଁ ବିବାହ ବାର୍ଷିକୀକୁ ଧୋତି ହିଁ କିଣେ । କୁହେ, ଯୋଉ ବର ବେଶରେ ମୁଁ ସେଦିନ ଦେଖିଥିଲି ତୁମ୍କୁ, ଆଜି ବି ଦେଖିବି ସେଇ ବେଶରେ ।

ଭାରି ଭଲ ଲାଗିଲା ମତେ ମିତା ହାତରେ ସେ ଧୋତି ପଞ୍ଜାବି ଦେଖି । ଯାହା ହେଉ ଶେଷ ମୁହୂର୍ତ୍ତରେ ମତେ ସେ ବର ବେଶରେ ଦେଖିବ ତ । ଏଇ ମୁହୂର୍ତ୍ତରେ ଜାଣିଲି ସଂସାରରେ ଦୁଃଖ ସୁଖ ଲାଗି ରହିଛି । ଏତେ ଦୁଃଖରେ ବି ଏ ଏକ ସୁଖର ସ୍ପର୍ଶ ।

ଖାଲି ଏତିକି ନୁହେଁ, ଜୀବନରେ ମୁଁ ଅନେକ ସୁଖ ପାଇଛି । ଏକ ଗରୀବ ଅଶିକ୍ଷିତ ପରିବାରରେ ଜନ୍ମ ହୋଇ ଖୁବ୍ ଉଚ୍ଚ ପଦବୀରେ ଥିଲି । ସ୍ନେହ, ଶ୍ରଦ୍ଧା, ଖାତିରି, ସମ୍ମାନ, କୋଉଠାରେ ମୋର କମ୍ ନଥିଲା । ଏ ବାହାଘର ବାହାବା ଛଡ଼ା, ମିତା ଭଲି ସ୍ତ୍ରୀ, ଆଉ ବାବୁନି ଭଲି ପୁଅ ପାଇ, ମତେ ମନେ ହେଉଥିଲା; ମୋ ଠାରୁ ବଳି ସୁଖୀ ଆଉ କେହି ନାହିଁ । ସଂସାରରେ ଦୁଃଖ ଥିଲେ ବି, ସୁଖ କିଛି କମ୍ ନୁହେଁ । ମିତା'ର ପଦିଏ କଥା ଟିକିଏ ହସ, ସାମାନ୍ୟ ସ୍ପର୍ଶ, ମତେ ସ୍ୱର୍ଗତୁଲ୍ୟ ମନେହୁଏ । ମୁଁ ତାକୁ କୋଡ଼ିଏ ବର୍ଷ ବୟସରେ ପାଇଥିଲେ ବି, ମତେ ଲାଗେ, ଜନ୍ମରୁ ତା ସହିତ ମୁଁ ଯେମିତି ଘନିଷ୍ଠ । ଯୁଗ ଯୁଗାନ୍ତରର ଆମ୍ଭର ଆମ୍ମୀୟ ।

"ରାମ ନାମ ସତ୍ୟ ହେ" – କହି, ଘର ଭିତରୁ ମୋତେ ନେଇଗଲେ ଏକ ଖୋଲା ଗାଡ଼ି ପାଖକୁ । ଲୁହ ପୋଛି ପୋଛି ବିକଳରେ ମୋ ପଛେ ପଛେ ଧାଇଁଛି ବାବୁନିଟା । ଆଃ ବିଚାରା ସିଏ ଜାଣି ପାରୁନି ଯେ, ମୋ ସହିତ ତାକୁ ମଶାଣୀକୁ ଯିବାକୁ ପଡ଼ିବ ! ପୁଅ ହୋଇ ଜନ୍ମ ହେବା ଏଇ ହିଁ ଦୁଃଖ । ଯୋଉ ବାପାକୁ ସିଏ ଏତିକି ସ୍ନେହ ଆଦର କରୁଥିବ, ଭୟ ଓ ଭକ୍ତିରେ ଭଲ ପାଉଥିବ, ସେଇ ବାପାର ମୁହଁରେ ସେ ଅଗ୍ନି ସଂଯୋଗ କରିବ । ଏହାଠାରୁ ବଳି ଦାରୁଣ ଦୁଃଖ ଆଉ କଣ ଅଛି ? ମୁଁ ମୋ ବାପାଙ୍କ ବେଳକୁ ବାହୁନି ବାହୁନି କାନ୍ଦି ଉଠିଥିଲେ – ମତେ କଣ ଏଇଥିପାଇଁ ଜନ୍ମ କରିଥିଲ ବାପା ?

ଆଜି ମୋ ଲାଗି ବାବୁନିର ସେଇ ଏକା ଦୁଃଖ ।

ମୋ ମର ଶରୀରକୁ ଗାଡ଼ି ଭିତରେ ଶୁଆଇ ଦେଲେଣି । ମୋର ଆମ୍ମା ତା ପାଖେ ପାଖେ ଅଛି । ଭାରି ବିକଳ ହେଉଛି ମନ, ମିତାକୁ ଟିକିଏ ଦେଖିବା

ପାଇଁ । ମିତା କଣ ଏତିକି ଆସିବ ? ସେ ତ ଘର ଭିତରେ ରହିଗଲା । ଶରୀରକୁ ଛାଡ଼ି ମିତାକୁ ଦେଖିବା ପାଇଁ ଘର ଭିତରକୁ ଆଉ ଯାଇ ପାରୁନି । ଶରୀର ପ୍ରତି କେଡ଼େ ଲୋଭ ଆମ୍ଭର । ଆଜନ୍ମ ଶରୀରର ଉପକାର କରି ଆସିଛି ସେ । ଶରୀରର ଯନ୍ତଠାରୁ ସୁଶୋଭନ ପର୍ଯ୍ୟନ୍ତ ପ୍ରତିଟି କାର୍ଯ୍ୟ ତା'ର ଅଭ୍ୟାସଗତ... । ଆମ୍ଭର ଶୁଦ୍ଧି ନଥିଲେ, ଶରୀରର ପବିତ୍ରତା କାଇଁ ଆମ୍ଭ ଶରୀର ସହିତ ଏତେ ମାତ୍ରାରେ ଜଡ଼ିତ ଯେ, ଶେଷ ମୁହୂର୍ତ୍ତରେ ବି ସେ ତାକୁ ଛାଡ଼ି କି ଯାଇ ପାରୁନି ।

ଗାଡ଼ି ସ୍ଟାର୍ଟ ହେଲାଣି... । ମିତା ଟିକିଏ ଆସି ଦେଖା ଦିଅନ୍ତାନି... ? ସେ ନିଶ୍ଚୟ ରାଗିଛି ମୋ ଉପରେ । ନ ରାଗିବ ବା କାହିଁକି ? ରାଗ । ଏମିତି ଅଧା ଅପରାରେ ଛାଡ଼ି ଚାଲିଗଲେ କିଏ ରାଗିବ ନାଇଁ ଯେ ?

କିଏ ଯେମିତି ମତେ ଜଣାଇ ଦେଲା – ଏ ରାଗର ଆଉ ମୂଲ୍ୟ କଣ ? ଅଭିମାନର ମୂଲ୍ୟ କଣ ? ଅଶ୍ରୁପାତ ବା ମୂଲ୍ୟ କଣ । ? ଜୀବନର ପ୍ରତିଟି ମୁହୂର୍ତ୍ତ ରହିଯିବ ଅନ୍ତରର ଆଲବମ୍ ଭିତରେ ପୃଷ୍ଠା ପୃଷ୍ଠା ହୋଇ । ଆଉ ସେ ପ୍ରତିଟି ପୃଷ୍ଠା ହିଁ ମନେହେବ ଏଇ ମୋ ଜୀବନ । ଯାକୁ ଇ ମୁଁ ଦେଖୁଥିବି । ରାଗିବି କାହିଁକି ?

ଶ୍ମଶାନରେ ବେଶ୍ ହେ ହଲା... । ସମସ୍ତେ ବାବୁନିକି ଖୋସାମତ୍ କରି ଚାଲିଛନ୍ତି – ଏ ବଳିତାଟା ଟିକିଏ ବାପା ମୁହଁରେ ପକେଇ ଦେଇ ଆ... ।

ବାବୁନି କଇଁ କଇଁ ହୋଇ କାନ୍ଦିକି କହୁଛି, ନାଇଁ... ନାଇଁ ଡାଡ଼ିଙ୍କୁ କଷ୍ଟ ହେବ । ମୁଁ ଏମିତି ଖରାପ କାମ କରିବି ନାହିଁ... ।

ବାବୁନିର କ୍ରନ୍ଦନରେ ସେଠି ଦୁଃଖର କରୁଣ ରାଗିଣୀ ଖେଲି ବୁଲିଲା... । କିଏ କିଏ ଦୁଃଖର ଦୀର୍ଘଶ୍ୱାସ ତୋଲିଲେ । ମଥା ନତ କରି କିଏ କିଏ ବସି ରହିଲେ ଗଭୀର ଉତ୍ତେଜନାରେ ଥରି ଥରି । ଆଜା ଲୁହ ଗୁଡ଼ାକ ପୋଛି ପକାଇ ଦୁଃଖରେ ଦୋହଲି ଗଲେ –, 'ଓହ... ଆମେମାନେ ଥାଉ ଥାଉ ଏ ଭେଣ୍ଟା ଗୁଡ଼ାଙ୍କୁ ଭଗବାନ ନେଇ ଯାଉଛି...'

ଜୁଇ ପାଇଁ କାଠ ସଜାଡ଼ୁ ସଜାଡ଼ୁ, ସେଇ ଦୂରରୁ ଜଣେ କରୁଣ ସ୍ୱରରେ ଆବୃତ୍ତି କଲେ – "ସେହି କାଲ ଯମ ବଡ଼ ନିଦାରୁଣ, ନ ଜାଣଇ ଦୁଃଖ ସୁଖ । ବାଛି ନେବ କଣା ରଖିବ ପାଟିଲା, ଦେବଟି ଦାରୁଣ ଦୁଃଖ ।"

ପରିସ୍ଥିତିକୁ ଆଉ ଦୀର୍ଘ ଦୁଃଖଦ ନକରି ଜଣେ ବୟସ୍କ ବ୍ୟକ୍ତି ବାବୁନି କି କାଖେଇ ପକାଇ ହାତରେ ତା'ର ଜ୍ୱଳାବଳିତା କେରିକ ଧରାଇ ଦେଇ ମୋ ମୁହଁକୁ ଛାଟି ଦେଲେ...

ବାବୁନି ଚିକ୍କାର କରୁଥିଲା – ନାଇଁ... ନାଇଁ... ନାଇଁ...

ଆଃ... କିଏ ଶୁଣୁଛି ତା'ର ବିକଳ ଚିକ୍କାର ? ମଣିଷ ଯେତିକି ସହାନୁଭୂତିଶୀଳ ସେତିକି ନିର୍ଦ୍ଦୟ । ପରିସ୍ଥିତିର ତାଡ଼ନାରେ ସେ ସବୁ କିଛି କରିପାରେ ।

ମୁଁ ଚାହୁଁଛି, ମୋ ଶରୀର ଜ୍ୱଳି ଜ୍ୱଳି ନିଃଶେଷ ହୋଇଗଲା... । ଜଳୁଥିବା ନିଆଁ ଲିଭି ଲିଭି ଆସି, ପାଲଟିଗଲା ପାଉଁଶରେ ।

ଆଖରୁ ମୋର ଲୁହ ଖସି ପଡ଼ିଲା । ଆଃ ସବୁ ଶେଷ । ମୁଁ ଆଉ ମୁଁ ହୋଇ ରହିଲି ନାହିଁ । ଯୋଉ ଶରୀର ବଳରେ ଏତେବେଳେ ଯାଏ ଏଠି ଥିଲି, ଆଉ ରହିପାରିବିନି । ଚାରି ଆଡ଼େ ମୋର ଖାଲି ବିଷାଦରେ ଅନ୍ଧକାର । ସେଇ ଅନ୍ଧକାର ଭିତରେ ମୁଁ ଖୋଜି ଚାଲିଛି ମୋ ପ୍ରିୟ ବାବୁନିକୁ ଟିକିଏ ଆଖି ପକେଇ ଦେଇ ଚାଲିଯିବି ।

କିନ୍ତୁ କାଇଁ ବାବୁନି ? ବାବୁନି ତ ଏଠି କାଇଁ ଦିଶୁନ କୋଉଠି । ନିଃସ୍ତବ୍ଧ ହୋଇ ଅନ୍ୟମାନେ ଠିଆ ହୋଇ ରହିଛନ୍ତି ଖଣ୍ଡେ ଖଣ୍ଡେ ଶିଳା ମୂର୍ତ୍ତିପରି । ପାଟିରେ ଭାଷା ନାହିଁ । ମୁହଁରେ ଲେଶମାତ୍ର ଭାବ ନାହିଁ । ମଶାଣୀର ନିଃସ୍ତବ୍ଧତା ଜଡ଼ି ଯାଇଛି ସେମାନଙ୍କ ଦେହେ ଦେହେ । ବାବୁନି ଏ ଦୃଶ୍ୟ ଦେଖି ସମ୍ଭାଳି ପାରିବ ନାହିଁ ବୋଲି, ତାକୁ ବୋଧେ ନେଇ ଯାଇଛନ୍ତି ଘରକୁ ।

ଘର ! ଘରକୁ ଟିକିଏ ଯିବା ପାଇଁ ମନ ଧାଇଁଲା । ଘରକୁ ଗଲେ ମିତାକୁ ଟିକିଏ ଦେଖି ହେବ ବୋଲି ମନ ଉଚ୍ଛନ୍ନ ହେଲା । ଆଉ ତ ଘରକୁ ଯାଇ ହେବନି, ଆଜି ନଗଲେ । ସେ ଘର କଣ ଆଉ ମୋର ହୋଇ ରହିବ ? ଝୁଲୁଥିବା ନାମ ଫଳକଟା କାଢ଼ି ନେଇ ଅନାବନା ଜିନିଷ ପତ୍ର ଭିତରେ ମଡ଼ା ହୋଇ ରହିଯିବ । ସେ ଘରକୁ ଯିବା ପାଇଁ ମତେ ପ୍ରବେଶ ନିଷେଧ କରାଯିବ । ଏହାକୁ ଅମାନ୍ୟ କରି ଘରକୁ ଗଲେ, ମତେ ଦେଖି ଡରିବେ ସମସ୍ତେ । କହିବେ, ପ୍ରେତ ଆସିଛି । ପ୍ରେତ ! !

ଆଃ... ଏଇ ମୋ ପ୍ରିୟ ଘର । ମୋ ଡ୍ରଇଂରୁମ୍... ବେଡ଼ରୁମ୍... ମୋ ପ୍ରଶସ୍ତ ବାରଣ୍ଡା... ମୋ ଜିନିଷ ସବୁ ଯୋଉଠି ଥିଲାସେଠି ଥୁଆ ହୋଇଛି । ଅଥଚ ମୁଁ ନାହିଁ । ଅଛି । ଆଃ ମୁଁ ନାହିଁ ।

ଘର ପରେ ଘର ଡେଇଁ ଡେଇଁ ଦେଖି ସାରିଲିଣି, ମିତା କି ବାବୁନି କେଉଠି ନାହାଁନ୍ତି । ଗଲେ କୁଆଡ଼େ... ? ମୋତେ ବ୍ୟତିବ୍ୟସ୍ତ ଲାଗିଗଲା । ମଣିଷ ମରିଗଲା ପରେ ବି, ନିଜ ସ୍ତ୍ରୀ ପୁତ୍ର ପ୍ରତି ମନ ବିକଳ ହେଉଛି । କଣ କରିବି ଭାବି ପାରିଲିନି । ଘରର ଅନ୍ୟାନ୍ୟ ଆତ୍ମାୟମାନେ ଅଧା କାନ୍ଦ ଅଧା ମୃତ ଭାବେ ଯିଏ ଯୋଉଠି ଆଉଜି ପଡ଼ିଛନ୍ତି । ମାତ୍ର ମିତା ଓ ବାବୁନି ଦିଶୁ ନାହାଁନ୍ତି ।

ବାରମ୍ବାର ଘର ଭିତରେ ବୁଲିବାକୁ ଭୟ ଲାଗୁଛି । କାଲେ କିଏ ଦେଖି ପକାଇବ । ମୁଁ ତ ଆଉ ମୁଁ ହୋଇ ଏଠି ନାହିଁ । ଏ ଘର ତ ଆଉ ମୋର ନୁହଁ । କି ମିତା ବାବୁନି ବି ମୋର ନୁହଁ । ସମସ୍ତଙ୍କ ଅଜ୍ଞାତରେ ମୁଁ ବୁଲୁଚି ଏଠି... । କେତେ ସମୟ ଏମିତି ବୁଲିବି ?

ପରିଶେଷରେ ସବୁ ଘରକୁ ଯାଇ ଯାଇ ପହଞ୍ଚିଲି ମୋ ଅଫିସ ରୁମ ଭିତରେ । ଯୋଉଠି ମୁଁ ଫାଇଲ ଦେଖେ । ଘରର ନକ୍ସା ଆଙ୍କେ । ଟଙ୍କା ପଇସାର ହିସାବ କରେ । କେବେ କେମିତି ମିତା ହାତ ତିଆରି ଚା ପିଏ ଏଠି ବସି ବସି ।

କିନ୍ତୁ ମିତା ତ କେବେ ଆସେନି ଏ ଘରକୁ । ବାବୁନି ବି... । କଣ କରୁଛନ୍ତି ଦୁହେଁ ଏ ରୁମ୍ ଭିତରେ ? ଅସମ୍ଭବ ବିଷର୍ଣ୍ଣ ବୋଧରେ ମୁଁ ମ୍ରିୟମାଣ ହୋଇ ପଡ଼ିଲି । ଆଖି ପୂରେଇ ଚାହିଁଲି ଦୁହିଁଙ୍କୁ, ଦୁଇଟି ଚଉକିରେ ସାମ୍ନାସାମ୍ନି ବସିଛନ୍ତି ଦୁହେଁ ।

ସତେ କି ଦୁଇଟି ବରଫର କଣ୍ଢେଇ !

ଦୁହିଁଙ୍କ ଆଖିରୁ ଝରି ଝରି ପଡ଼ିଛି ଲୁହ । ଯେମିତି ବରଫର ଧାର । କଣ ମୁଁ ଦେଖୁଛି ? ଏ କଣ ମୁଁ ଦେଖୁଛି ? ସତରେ କଣ ଏମାନେ ବରଫ ପାଲଟି ଗଲେ ? ଉଦୟ ସୂର୍ଯ୍ୟରେ କିୟା ମଧାହ୍ନରେ ରୌଦ୍ର ତାପରେ ବି ଏମାନେ ଆଉ ତରଳିବେ ନାଇଁ ? ତରଳି ପାରିବେ ନାଇଁ ?

ଏକ ଅଦ୍ଭୁତ ଅନୁଭୂତିରେ ମୁଁ ଶିହରି ଉଠିଲି । ମନେ ହେଲା, ଶୂନ୍ୟରେ ଯେମିତି ମୁଁ ଝୁଲୁଛି ଏଠି । ମୁଁ ଏକ ଅକ୍ଷରୀରା । ମୋ ଆଖିରୁ ବୋହି ପଡ଼ୁଥିବା ଲୁହ ଗୁଡ଼ାକ ଆଉ ନ ପୋଛି ମୁଁ ଶୂନ୍ୟରେ ମିଲେଇ ଗଲି... । ଶୂନ୍ୟରେ... ମହାଶୂନ୍ୟରେ...

୦୦

ଉପନଗରୀର ରୂପକଥା

ବେଶ୍ ରାତି ହୋଇଗଲାଣି ।

ସନ୍ଧ୍ୟାବେଳୁ ବିଜୁଳି ଘଡ଼ଘଡ଼ି ସହ ତୁମୁଲ ବର୍ଷା ଲାଗିରହିଛି । ଇଲେକ୍‌ଟ୍ରିକ୍ ଲାଇନ୍ ନାହିଁ... ଟେଲିଫୋନ ଅଚଳ... କେମିତି କାହାକୁ ପଚାରି ବୁଝିବି ପୁପୁନ୍ ଗଲା କୁଆଡ଼େ ?

ବଡ଼ ଅସ୍ୱସ୍ତିକର ବୋଧ କରୁଥିଲି ମୁଁ । ବେଶୀ ଦିନ ନୁହେଁ, ଏଇ ଦିନେ ଦୁଇ ଦିନ ତଳେ ଆଜିକାଲିର ପିଲାମାନଙ୍କୁ ନେଇ ଆମ ଦୁହିଁଙ୍କ ଭିତରେ ବେଶ୍ ଗୋଟାଏ ବଡ଼ ଧରଣର ଯକ୍ତିତର୍କ, ଯୁକ୍ତିତର୍କରୁ ମନୋମାଲିନ୍ୟ ହୋଇ କଥାବାର୍ତ୍ତା ପୂରା ବନ୍ଦ ହୋଇଯାଇଛି ।

କଥାଟା ଅବଶ୍ୟ ନିରାଟ ସତ୍ୟ... ନିହାତି ସାଧାରଣ ମଧ୍ୟ । କିନ୍ତୁ ଏଭଳି ଏକ ଯୁଗସୁଲଭ ଚଳଣି ପାଇଁ ଯୁଗ ଦେଶ ସମାଜ ଶାସକଗୋଷ୍ଠୀ ଦାୟୀ ନ ହୋଇ, ଦାୟୀ ହେବ କାହିଁକି ସ୍ତ୍ରୀ ?

ମୁଁ ଏହାର ପ୍ରବଳ ପ୍ରତିବାଦ କଲି । କହିଲି, ପୁପୁନ୍‌ର ଦାୟିତ୍ୱ ତୁମେ ନିଅ... । ସେ କାହିଁକି ପଢୁନି, ଘର ଭିତରେ ଚବିଶ ଘଣ୍ଟା ନ ରହି ବାହାରକୁ ଯାଉଛି କାହିଁକି ତା'ର ଭବିଷ୍ୟତ କଥା ଚିନ୍ତା କରୁନି, ତମେ ବାପ ହୋଇ ସମାଜର ଜଣେ ଉଚ୍ଚପଦସ୍ଥ ଅଫିସର ହୋଇ, ଏତିକ ବୁଝିପାରୁନା ?

ଏହାର ଉତ୍ତର ହେଲା, "ତମେ ଘରେ ବସି ବସି ଆଉ କରିବ କ'ଣ ? ମୁଁ ରୋଜଗାର କରିବି, ପିଲାଙ୍କ କଥା ବୁଝିବି, ତମେ ଆରାମରେ ବସି ଖାଲି ଅନ୍ଦ୍ରଧ୍ୱଂସ କରିବ । ନୁହଁ ?"

ବିଦ୍ରୂପର ହସ ହସୁ ହସୁ କହିଲି, 'ବିନା ଆହାରରେ ବଞ୍ଚ ରହିବାର ଯଦି ଉପାୟ ଥାଆନ୍ତା, ତେବେ ଡାଲି ବିହୁନେ ଭାତ, ତରକାରୀ ବିହୁନେ ଲୁଣ ପାଣି ଖାଇ ସ୍ୱାମୀମାନେ ଏଭଳି ତାଚ୍ଛଲ୍ୟର ଶିକାର ହୁଅନ୍ତେ ନାହିଁ ।"

ଖାଲି ଗୋଟାଏ ଆଦର୍ଶ ପଛରେ ଧାଇଁ ଧାଇଁ ଆମ ସ୍ତ୍ରୀମାନେ ସ୍ଵାମୀ ଦେବତାଙ୍କର ଯାହା ନିର୍ଯ୍ୟାତନା ସହୁଛନ୍ତି, ତାହା ହିଁ ଶୋଚନୀୟ କଥା । ଯେ ନିଜେ ଅର୍ଥ ଉପାର୍ଜନ କରିବାରେ ଅକ୍ଷମ, ପୁଣି ଯାହାର ସ୍ଵାମୀ ଉପାର୍ଜନରେ ହସ୍ତକ୍ଷେପ କରିବାର ଅଧିକାର ନାହିଁ, ସେ ଘରେ ବସି ବସି ଅଶାନ୍ତିରେ ଯାଇଁତାଇ ଗଣ୍ଡେ ଖାଇ ପେଟ୍ ପୂରାଇବା ଛଡ଼ା କାହାର କି ସାହାଯ୍ୟ କରିପାରିବ ?

ପିଲାଙ୍କୁ ଗାଳିଗୁଲଜ ଦେଇ ପାଠପଢ଼ା ଦାୟିତ୍ୱ ନେବା ଯଦି ମୋର କର୍ତ୍ତବ୍ୟ ବୋଲି ଧରାଯାଏ ତେବେ ସେ କର୍ତ୍ତବ୍ୟ ତ ମୋର ସରିଯାଇଛି ।

ପୁପୁନ୍ ଏମ୍.ଏ. ପାସ୍ କରି ପ୍ରତିଟି କମ୍ପିଟିଟିଭ୍ ପରୀକ୍ଷା ଦେଉଛି । ଯଦି ବା ସେଥିରେ ସେ କୃତକାର୍ଯ୍ୟ ନ ହେବ, ତେବେ ମୋର ଦୋଷ ହେବ କାହିଁକି ?

ଲକ୍ଷ ଲକ୍ଷ ପିଲା ପରୀକ୍ଷା ଦେଉଛନ୍ତି । ସମସ୍ତେ ଯେ କୃତକାର୍ଯ୍ୟ ହେବେ, ଏ ଆଶା କରିବା ବୃଥା । ତମ ଭଳି ଅନ୍ୟ ସବୁ ବାପ ମାଆଙ୍କର ମଧ୍ୟ ଆଶା ଅଛି । ତମ ପୁପୁନ୍ ଯଦି ସକ୍‍ସେସ୍‍ଫୁଲ୍ ହେବ, ତେବେ ତାଙ୍କ ବାବୁଲା ହେବନି କାହିଁକି ? ଆଉ କାହାର ରୀନା ମୀନା ହେବେନି କାହିଁକି ? ତା ଛଡ଼ା... ତମ ପିଲା ଯଦି ପ୍ରତିଦ୍ୱନ୍ଦ୍ୱିତାରେ ବିଫଳ ହେଲେ, ସେ ଦୋଷ କଣ ତୁମ ସ୍ତ୍ରୀର ?

ତମେସବୁ ଅଭିଭାବକମାନେ କେବେ ଥରେ ହେଲେ ଚିନ୍ତା କଲଣି କି, ଯେ ଏଇସବୁ ପ୍ରତିଯୋଗିତାମୂଳକ ପରୀକ୍ଷାରେ ବିଫଳ ହୋଇ ମଧ୍ୟ ପ୍ରତିଭାବାନ୍ ଶିକ୍ଷିତ ଯୁବକମାନେ କରିବେ କଣ ?

ରୋଜଗାର କରି ସ୍ଵାଧୀନ ଭାବେ ଚଳିବା ପାଇଁ ସେମାନଙ୍କର କ'ଣ ମାନ ଡାକୁନି ? ଖଣ୍ଡକୁ ଦି' ଖଣ୍ଡ ସାର୍ଟ ପ୍ୟାଣ୍ଟ କରିବା ପାଇଁ ଅପରାଧୀପରି ସେମାନେ ସଙ୍କୁଚି ଯାଉଛନ୍ତି କାହିଁକି ?

ମୋର ଏ ଦୀର୍ଘ ବକ୍ତବ୍ୟ ଶୁଣି ସେ ଉପହାସରେ ଉଡ଼ାଇଦେଇ କହିଲେ – "ଭଲ ପ୍ୟାଣ୍ଟ ସାର୍ଟ ପିନ୍ଧିଲେ, କେହି ବଡ଼ ହୋଇଯାଆନ୍ତି ନାହିଁ । ବଡ଼ ହେବାପାଇଁ ବୁଦ୍ଧି ଦରକାର, ସାଧନା ଦରକାର ।"

ଇଏ ମୋ ପାଇଁ ଚରମ ବିସ୍ମୟ ।

ଭଲମନର ବିବେଚନା ନ କରି, "ଭାଗ୍ୟ" ଉପରେ ଯେଉଁ ଦେଶରେ ଜୀବନ ଗଡ଼ାଯାଏ, ସେଠି ବୁଦ୍ଧିର ପ୍ରୟୋଜନ କ'ଣ ? ସାଧନାର ବି ଆବଶ୍ୟକତା କ'ଣ ? ବିଦ୍ୟାବୁଦ୍ଧି ଖଟେଇ ବଡ଼ ହେବା ପାଇଁ ପ୍ରକୃତ କ୍ଷେତ୍ର କାହିଁ ?

ପୁପୁନ୍‌ର ବୟସ ଆସି ପଚିଶ ହେଲାଣି । ଏ ବୟସରେ ସେ ଉପାର୍ଜନ କ୍ଷମ ହୋଇ ବାହାସାହା ହୋଇ ପିଲାଛୁଆର ବାପ ହୁଅନ୍ତା–ଦେଶରେ ସୁଖୀ ନାଗରିକଟିଏ ହୋଇ ବଞ୍ଚଥାନ୍ତି । କେଉଁ ଦୁଃଖରେ ସେଇ ବୟସର ପିଲାମାନେ ଆସି ବାରବୁଲା ଫକୀର ପରି, ରାସ୍ତା କଡ଼ରେ ଠିଆହୋଇ, ପାନ କ୍ୟାବିନ ସାମ୍ନାରେ ସାଇକେଲ ଢିରା ଦେଇ କିମ୍ବା ପୋଲ ଉପରେ ଉଦ୍ଦେଶ୍ୟହୀନ ଭାବେ ବସିରହି ସମୟ କଟାଇ ଥାଆନ୍ତେ ?

ଆଃ... ଏପ୍ରଶ୍ନ କାହାକୁ ପଚରା ଯାଇପାରେ ?

ଆଖରୁ ମୋର ବର୍ଷାର ଧାର ପରି ଧାର ଧାର ଲୁହ ନିଗିଡ଼ି ପଡ଼ୁଛି । ମୁଁ ଲୁଗାକାନିରେ ପୋଛିପକାଇ ଭାବୁଛି, ଛି... କାହିଁକି ମୁଁ କାନ୍ଦିଛି ଏତେ ? ଏ ଅନାତ୍ମୀୟ ଦେଶରେ ଲୋତକର ମୂଲ୍ୟ କ'ଣ ?

ଗୋପବନ୍ଧୁ, ମହାତ୍ମା ଗାନ୍ଧିଙ୍କ ପରି ମହାନ୍‌ ମହାନ୍‌ ବ୍ୟକ୍ତିମାନେ ତ ଲୁହ ଢାଳି ଢାଳି ଏ ଦେଶରେ ଦିନେ ନିଃଶେଷ ହୋଇଗଲେ । ଏ ଦେଶ ତ ସେମାନଙ୍କର ଲୁହକୁ ବୁଝିପାରିଲା ନାହିଁ ।

ମ୍ୟୁଜିୟମ୍‌ କକ୍ଷରେ ଭଗ୍ନ ପ୍ରସ୍ତର ମୂର୍ତ୍ତି ଆବଦ୍ଧ ହୋଇ ରହିଥିବା ପରି, କେବଳ ଆବଦ୍ଧ ହୋଇ ରହିଯାଇଛି କେଇଧାଡ଼ି କବିତା ପଙ୍କ୍ତି...

'ମିଶୁ ମୋର ଦେହ ଏ ଦେଶ ମାଟିରେ

ଦେଶ ବାସୀ ଚାଲି ଯାଆନ୍ତୁ ପିଠିରେ ।'

ଦିନ କେଇଟାରେ ମୋର ଅତି ଆଦରର ପୁପୁନ୍‌ ପ୍ରତି ବଡ଼ ନିଷ୍ଠୁର ହୋଇଉଠିଲି । ସବୁବେଳେ ଚିଡ଼ୁ ଚିଡ଼ୁ... କଥା କଥାକେ ଗାଳିଗୁଲଜ... ବାହାରକୁ ଗୋଡ଼ କାଢ଼ିଲେ ପାଟି... ପିତୃମାତୃଭକ୍ତ ରାମଚନ୍ଦ୍ରଙ୍କ ଦେଶରେ ବାପା' ମା'ଙ୍କୁ ମୁହଁ ଖୋଲି ପଦେ ଅଭିଯୋଗ କରିବା ପାଇଁ ସାହସ କାଇଁ ସନ୍ତାନମାନଙ୍କର ?

ଇଷ୍ଟରଭିଉରେ ବାହାନା ଦେଖାଇ ବାହାରକୁ ଯାଇପାରିବୁ ନାହିଁ ବୋଲି ମନା କରିଦେଇଥିଲି ମୁଁ । କିନ୍ତୁ ପୁପୁନ୍‌ର ଆଖି ଦୁଇଟିରେ କି କରୁଣ କାତର ମିନତି । ମୁଁ କିଛି କହିପାରିଲିନି । କୋହରେ କଥା କୁଆଡ଼େ ଉଭେଇଗଲା ।

କ୍ଲାନ୍ତିର ଅତିଶଯ୍ୟରେ ସାରା ରାତି ମୁଁ ମହମବତୀ ଜ୍ୱାଳାଇ ଅପେକ୍ଷା କରିବସିଛି, କିନ୍ତୁ ପୁପୁନ୍‌ କାଇଁ ? ଦୁଃଖ ଓ ବାସ୍ତବତାରେ ମୋତେ ଚତୁର୍ଦ୍ଦିଗ

ଅନ୍ଧକାର ଦେଖାଗଲା । ଦୁଃଖ ଅନ୍ଧାରକୁ ଖୁବ୍ ଭଲପାଏ ନାଁ? ତେବେ କ'ଣ ଏ ଘନ ଅନ୍ଧକାର ମୋର ଚତୁଃପାର୍ଶ୍ୱରୁ ଦୂରେଇ ଯିବନି? ମୁଁ ନାଗସାପ ପରି ଟେକାବାନ୍ଧି ପଡ଼ିରହିଥିବି ଏଠି? ମୋ ନିଦ୍ରାକାତର ଚନ୍ଦ୍ରିଲ ଆଖିପତା ନଇଁ ନଇଁ ପଡ଼ିଥିବା ବେଳେ ଶୁଭିଲା ବାହାର ଦରଜାରେ କରାଘାତ କରି କିଏ ଡାକୁଛି ଯେମିତି... କିଏ?

ଆକୁଳ ଆବେଗରେ ମୁଁ ଦଉଡ଼ି ଯାଇ କବାଟ ଖୋଲି ଡାକି ଉଠିଲି.. "ପୁପୁନ୍...'

ଯ୍ୟାଙ୍କ ଆଖିରେ ବିସ୍ମୟର ଝଲକ । ଘୁଣାରେ କହିଲେ, କ'ଣ ହେଲା? ପୁପୁନ୍ ନାଇଁ କି?

ଉପାୟହୀନ ଛୋଟ ଶିଶୁ ଭଳି ଯ୍ୟାଙ୍କୁ କୁଣ୍ଢାଇପକାଇ କେତେ ଯେ କାନ୍ଦିଲି ।

ସେ କିନ୍ତୁ ନିର୍ବିକାର । ମତେ ଘୁଞ୍ଚାଇଦେଇ କହିଲେ, "ହଃ... ଏଥିପାଇଁ ଏତେ କାନ୍ଦ କାହିଁକି? ପାଖରେ ପଇସା ନାହିଁ । ଭୋକ କଲେ ବଲେ ସେ ଆସିବ ନାଇଁ... । ତଥାପି ପୋଲିସରେ ଗୋଟାଏ ଖବର ଦେଇଦେବା... । ମତେ କେମିତି ଟିକିଏ ଖରାପ ଖରାପ ଲାଗିବାରୁ, ଏତେ ବର୍ଷାରେ ବି ଡ୍ରାଇଭିଂ କରି ରାତିରେ ପଳେଇ ଆସିଲି । କିନ୍ତୁ କିଏ ଜାଣିଥିଲା ପୁଅ ଏମିତି ଗୁଣ କରିଥିବେ ବୋଲି!"

ଆଃ... ହତଭାଗା ପିଲାଗୁଡ଼ାକ କି ଅସମୟରେ ଜନ୍ମ ନେଲେ! କାହାରି ହୃଦୟରେ ସେମାନଙ୍କ ପାଇଁ ସମବେଦନା ନାଇଁ । ନାଁ– କିଏ କହେ ନାଇଁ? ଏଇ ତ ମୋର ହୃଦୟର ଗହୀର କୋଣରୁ କାନ୍ଦଣାର ଲହର ଛୁଟୁଛି... ମୋ ମନର ଆଖିରେ ମୁଁ ଦେଖିପାରୁଛି । ଏଇଠି ତ ବସିଚି ପୁପୁନ୍... ଆଖି ଖୋଲି ସେ ଖୋଜୁଛି ମତେ, ମୁଁ କଣ ତେବେ ମଣିଷ ନୁହେଁ? ସଂସାରର ସବୁ ଆବେଗ, ଆନନ୍ଦ ଉତ୍ତେଜନାକୁ ମୁଁ କଲୁଷିତ କରୁଚି?

ହଠାତ୍ ଅନୁଭବ କଲି, କିଏ ଜଣେ ଅଭିମାନିଆ କଣ୍ଠରେ କାନ ପାଖରେ ମୋତେ କହୁଛି, 'ତୁ କେବଳ ମଣିଷ ନେହୁଁ... ତୁ ମାଆ' ନିରୀହ ନିରୁଦ୍‌ବେଗ ନିରୁଚ୍ଚାପ ଦୃଷ୍ଟିରେ ମୁଁ ନିରେକ୍ଷ ସମ୍ମତି ଜଣାଉଚି 'ହଁ ହଁ, ମୁଁ ମାଆ... । ସେଇଥି ଲାଗି ଅନ୍ତରରେ ମୋର ଏତେ ସ୍ନେହ ସଞ୍ଚିତ ହୋଇ ରହିଛି – ମାଆର ସ୍ନେହ ।

ପୂର୍ବାକାଶରେ ସକାଳ ହୋଇ ଆସିଲାଣି ! ଅବଶିଷ୍ଟ ଗଣ୍ଟକର୍ମକୁ ସମାପ୍ତ କରିବା ଉଦ୍ଦେଶ୍ୟରେ ଇଏ ଗାଡ଼ି ନେଇ ବାହାରି ଗଲେଣି ଅନେକବେଳୁ ।

ଯା। ଭିତରେ ଦୁଇ ଦିନ ଅତୀତ ହୋଇଗଲାଣି । କୌଣସିଆଡ଼େ ପୁପୁନ୍‌ର ଖବର ନାହିଁ । ଗୁଡ଼ାଏ ଦୁଃଖ, ଯନ୍ତ୍ରଣା, ମାନସିକ ଅସ୍ଥିରତାରେ ମୁଁ ଉପାୟହୀନ ଭାବେ ମୂକ ହୋଇ ବସିରହିଛି, ଏତିକିବେଳେ କିଏ ଗୋଟେ କାଳିଆ ସରସର ମୋଟାରୋଟା ହୋଇ ଅଧାବୁଢ଼ା ଲୋକ ଘର ଭିତରକୁ ପଶିଆସି କହୁଛି, "ମା ଚିଠି । ମତେ ଚିହ୍ନି ପାରୁନ କି ? ମୁଁ ତୁମ ଖମାରୀ ବାସୁ ପରା !"

କିଏ ସେ ସେଇ ବାସୁ ଜାଣିବା ପାଇଁ ମୋର ସାମାନ୍ୟ ସୁଦ୍ଧା ଉକ୍ରଣ୍ଠା ନାହିଁ । ଧୈର୍ୟ୍ୟହରା ହୋଇ ଚିଠିଟି ଆଗ ପଢ଼ି ବସିଲି । ଚିଠିଟିରେ ଲେଖା ଅଛି –

ବୋଉ ଲୋ,

ତୁ ଭାବିଥିବୁ, ତତେ ମିଛ କହି ମୁଁ କୁଆଡ଼େ ପଳେଇଗଲି । କିନ୍ତୁ ସତ କହିଛି, ବ୍ୟାଙ୍କର ଗୋଟାଏ ଇଣ୍ଟରଭିଉ ଥିଲା । ଏତେ ପଢ଼ି ପଢ଼ି ପ୍ରସ୍ତୁତ ହୋଇ ଯାଉ ଯାଉ ସେଇ ଯୁ ପ୍ରଶ୍ନ ସେକ୍ସପିଅରଙ୍କ ହାମ୍‌ଲେଟ୍‌ର ବାପା ନାଁ କଣ ? ବାଘା ଯତୀନଙ୍କ ଲାଇଫ୍ ହିଷ୍ଟ୍ରି, ସାରଙ୍ଗୀ ବାଦ୍ୟ କେଉଁ ଗୀତରେ ବ୍ୟବହାର ହୋଇଚି, ମୁଁ କେମିତି କହିଥାଆନ୍ତି କହିଲୁ ? ବାପାଙ୍କୁ ଡରି ମୁଁ ଆଉ ଘରକୁ ଫେରିଲି ନାହିଁ । ବାପା କହିଥାଆନ୍ତେ, "ସବୁ ପିଲାଙ୍କୁ ଏମିତି ପ୍ରଶ୍ନ ପଚରା ଯାଉଚି, ନା ତୋତେ ଏକା ? ପିଲାଏ ତ ପୁଣି ସିଲେକ୍ଟ ହେଉଛନ୍ତି... ।"

ମୁଁ କିନ୍ତୁ ପାରୁନି ବୋଉ ! ବାପାଙ୍କୁ କହିବୁ, ବଡ଼ ହେବାର ଆଙ୍କାଷ୍କା ନେଇ ସେ ଯେଉଁ ଗାଁ ଭୁଇଁ ବିଲବାଡ଼ିକୁ ଆଡ଼େଇ ଦେଇଥିଲେ, ମୁଁ ଠିକ୍ ସେଇ ବଡ଼ ହେବାର ଆଶା ନେଇ ତାଙ୍କରି ପରିତ୍ୟକ୍ତ ଗାଁ ଭୁଇଁ ବିଲବାଡ଼ିକୁ ଆବୋରି ବସିଚି ।

ଏଠି କୃଷିକାର୍ୟ୍ୟରେ ନିୟୋଜିତ ହେବାପାଇଁ, ଇକୋନମିକ୍ସରେ ଏମ୍.ଏ ପୁଅ ଛାତ୍ର ଇଣ୍ଟରଭିଉ ପାଇଁ ଓଡ଼ିଶୀ ନୃତ୍ୟ ଓ ମାହାରୀ ନୃତ୍ୟ ଭିତରେ ପ୍ରଭେଦ କ'ଣ ଜାଣିବା ପାଇଁ ତାକୁ ପ୍ରସ୍ତୁତ ହେବାକୁ ପଡ଼େନା ।

ଏଠି ବି ଲୋକ ବଞ୍ଚଛନ୍ତି ।। ଡିଗ୍ରୀଧାରୀ ସହରୀ ଲୋକଙ୍କ ଠାରୁ ଆହୁରି ଆନନ୍ଦରେ । ଚାକିରି କରି ପେଟ ପୋଷିବାର ଏଠି ବ୍ୟାକୁଳତା ନାହିଁ । ମାସ ଶେଷରେ ହଜାର ହଜାର ଟଙ୍କା ଘରକୁ ଆଣି ମାସ ଆରମ୍ଭରୁ ନିଅଣ୍ଟିଆ ନୈରାଶ୍ୟରେ

ଭାଙ୍ଗିପଡ଼ିବାର ସମ୍ଭାବନା ନାହିଁ । ପାଣି, ପବନ, ଆଲୁଅ ପାଇଁ ଏଠି ଟଙ୍କା ଦବାକୁ ପଡ଼େ ନା । ପ୍ରକୃତି ଏଠି ଚିରଜାଗ୍ରତ ।

ଏ ଭରା କ୍ଷେତ, ମନଲୋଭା ସୋରିଷ କିଆରି, ତାଳତମାଲର ସବୁଜ ବନ, ଶାଳ ମହୁଲର ମାତାଣିଆ ପ୍ରଭାବ, ସ୍ୱଚ୍ଛନୀରା ନଦୀ, ଆଉ ସେଇ ସବୁପରି ନାଲିରଙ୍ଗ ମାଟିଲିପା ନୂଆଁଣିଆ ଚାଲର ଛୋଟ ଛୋଟ ଘରଗୁଡ଼ିକ – ମନେହେଉଚି ମୁନିରୁଷିଙ୍କ ଆଶ୍ରମ ପରି ।

ମତେ ଏଠି ଖୁବ୍ ଭଲଲାଗୁଚି ବୋଉ । ଯେଉ ସୁଖଟିକକ ପାଇବିନି ବୋଲି ଆଶା ହରାଇ ବସିଥିଲି, ସେଇ ସୁଖଟିକକ ଏଇଠାରୁ ପାଇବି ବୋଲି ଆଶା ବାନ୍ଧି ବସିଛି । ମୋର ସବୁ ଆଶା ସ୍ୱପ୍ନ, କାମନା, ଫୁଲ ହୋଇ ଏଠି ପାଖୁଡ଼ା ମେଲିବେ, ସେଇ ପାରିଜାତର ପାଖୁଡ଼ାରେ ମୁଁ ତୋ ପାଖକୁ ଲେଖିବି ଚିଠି ।

ଭାବବିହ୍ୱଳ ହୋଇ ଚିଠିଟାକୁ ଅନେକ ଦୀର୍ଘ କରିଦେଲିଣି । ପଢ଼ି ଭାବୁଥିବୁ, ଖାଲି ମିଛ । ସବୁ ମନଭୁଲା କଥା – ସହରର ଶୋଭା କାଇଁ ଗାଁରେ ?

କିନ୍ତୁ ବୋଉ, ଥରେ ଯଦି ତୁ ଆସନ୍ତୁ ନାଁ, ଦେଖନ୍ତୁ ଏଠି ସୂର୍ଯ୍ୟ କେମିତି ଉଏଁ ଛୋଟ ପିଲାଙ୍କ ଲାଲପେଣ୍ଡୁ ପରି... । ଲୁଚି ଲୁଚି ଛପି ଛପି, ବୂଦା, ଉହାଡ଼ରୁ, ବାଉଁଶବଣରୁ, ସନ୍ଧ୍ୟା କେମିତି ଆସୁଛି ଅବଗୁଣ୍ଠିତ ହୋଇ ଏକ ସଲଜ ନବବଧୂପରି । ତାଳଗଛ ଓ ନଡ଼ିଆଗଛ ସାଙ୍ଗରେ ଏଠି ଜହ୍ନ କେମିତି ଖେଲୁଚି ଲୁଚକାଳି । ଆଃ... ସକାଳଟା କି ପବିତ୍ର ଏଠି !

ମୁଁ ଆଉ ପଢ଼ିପାରିଲିନି । ମୋ ଆଖିରୁ ଝରିପଡ଼ୁ ଥିବା ଅଶ୍ରୁ ଭିତରେ ମୁଁ ଖୋଜୁଥିଲି, 'କାଇଁ ସେ ସପନ ଭୂଇଁ ?'

ମୋ ଭାବାତୁର ଭାବ ଲକ୍ଷ୍ୟକରି ବାସୁ ପଚାରୁଛି – 'କଣ ସବୁ ଲେଖୁଛନ୍ତି ବାବୁ ?'

ଥର ଥର କମ୍ପିତ କଣ୍ଠରୁ ମୋର ଉଚ୍ଚାରିତ ହେଲା, 'ଲେଖିଚି, ମୁଁ ଯିବା ପାଇଁ...'

'କଣ ଯିବ ?' ବାସୁ କଣ୍ଠରେ ଉପହାସ ।

ମୋ ତଣ୍ଟିପାଖରେ କ'ଣ ଗୋଟେ ଅଟକି ଯାଉଥିଲା । ମୁଁ ତାକୁ ଏଡ଼ିଦେଇ ଯେମିତି – କହିଲି, 'ଭାବୁଚି ଯିବି ।'

ସଂକଳକ : ଡ଼ ତନ୍ମୟ ପଣ୍ଡା || ୧୩୭

ଗୃହ ପଞ୍ଜୁରିର ପକ୍ଷୀ

ସ୍ୱାମୀ, ପୁତ୍ର, ସୁନ୍ଦରୀ-ସୁଯୋଗ୍ୟା କନ୍ୟାରତ୍ନ ଲାଭ କରି ବି ହତାଶାରେ ମୁଁ ବେଳେ ବେଳେ ଭାଙ୍ଗି ଭାଙ୍ଗି ପଡୁଥିଲି, "ମୁଁ କିଛି ପାଇ ପାରିଲି ନାହିଁ"...

ହଠାତ୍ ଦିନେ ମୋର ଆଖି ପଡ଼ିଲା ଖବରକାଗଜର ଏକ ଦୁର୍ଲ୍ଲଭ ବିଜ୍ଞାପନ ଉପରେ । ଲେଖା ଥିଲା - "ଆମ ଷ୍ଟିଲ କାରଖାନା ତରଫରୁ ଖୋଲା ଯାଇଥିବା ମହିଳା କଲେଜର ରକ୍ଷଣାବେକ୍ଷଣ ଦାୟିତ୍ୱ ତୁଲାଇବା ନିମନ୍ତେ, ଯେକୌଣସି ବିଷୟରେ ପୋଷ୍ଟ ଗ୍ରାଜୁଏଟ୍ କରିଥିବା ଆଧୁନିକା ରୁଚିସଂପନ୍ନା ଜଣେ ମଧ୍ୟବୟସ୍କା ମହିଳା ପ୍ରାର୍ଥୀ ଆବଶ୍ୟକ କରୁଛୁ... । ଇଚ୍ଛୁକ ପ୍ରାର୍ଥୀ ଚଳିତ ମାସ କୋଡ଼ିଏ ତାରିଖ ସୁଦ୍ଧା ନିମ୍ନ ଠିକଣାରେ ଆବେଦନ କରୁଛୁ..."

ଥରେ କିମ୍ୱା ଦୁଇ ଥର ନୁହେଁ... ଏକାଧିକ ଥର ବିଜ୍ଞାପନଟିକୁ ପଢ଼ି ମୋର ହୃଦ୍‌ବୋଧ ହେଲା ଯେ, ଏହା ଯେପରି ମୋରି ପାଇଁ ଉଦ୍ଦିଷ୍ଟ ଏକ ବିଜ୍ଞାପନ ! ଏକ ସୁଖ ସମୃଦ୍ଧ ଭବିଷ୍ୟତର ଚେତାବନି ଭଳି ଠଉରାଇ ନେଇ ଜୀବନରେ ସବୁ କିଛି ପାଇଗଲା ପରି ଅନୁଭବ କଲି ମୁଁ ।

ଖବରକାଗଜ ଖଣ୍ଡିକୁ ହାତମୁଠାରେ ଚିପି ଧରି ମୁଁ ମୁହ୍ୟମାନ ହୋଇ ପଡ଼ିଛି, ହଠାତ୍ ମନେପଡ଼ିଗଲା ମୋର ରନ୍ଧନ କାର୍ଯ୍ୟ କଥା । ବ୍ୟସ୍ତ ହୋଇ ଉଠି ମୁଁ ଘଣ୍ଟାକୁ ଚାହିଁଲା ବେଳକୁ, ପ୍ରାୟ ଘଣ୍ଟାଏ ବିଳମ୍ୱ ହୋଇଗଲାଣି । ଆଉ ମାତ୍ର ଘଣ୍ଟାଏ ଭିତରେ ମୋତେ ଯେ ମଧ୍ୟାହ୍ନ ଭୋଜନ ପ୍ରସ୍ତୁତ କରିବାକୁ ପଡ଼ିବ, ଏହା ଜାଣି ବି, ମୁଁ ପାକ ପ୍ରସ୍ତୁତିରେ ମନ ନ ଦେଇ ମନେ ମନେ ବିଜ୍ଞାପନଟିକୁ ମନେପକାଇବାକୁ ଲାଗିଲି । ଉଦ୍ଦେଶ୍ୟ, ଯଦି ମୋର ଅକସ୍ମାତ୍ ଖବରକାଗଜ ଖଣ୍ଡିକ କୁଆଡ଼େ ଉଭାନ ହୋଇଯାଏ, ତେବେ ସ୍ମରଣ କରି କରି ଅକ୍ଳେଶରେ ଏକ ଆବେଦନ ପତ୍ର ମୁଁ ପେଶ୍ କରିପାରିବି ।

ଅତୀତରେ ଇତିହାସର ଛାତ୍ରୀ ଥିବା ହେତୁ ତା'ରିଖଟା ଅବଶ୍ୟ ଭୁଲିଯିବା ମୋ ପକ୍ଷେ ସମ୍ଭବ ନୁହେଁ । ତଥାପି ପାଠ ଛାଡ଼ିବାର ଏ ଦୀର୍ଘ ବ୍ୟବଧାନରେ ମୁଁ ମୋ ଉପରୁ ବିଶ୍ୱାସ ତୁଟାଇ ତା'ରିଖଟା ମନେ ମନେ ଉଚ୍ଚାରଣ କରୁଥିଲା ବେଳେ, ଛାତ୍ରୀ ଜୀବନର ଖ୍ରୀଷ୍ଟାବ୍ଦ ମୁଖସ୍ଥ ଥିବାର ସୁଖ୍ୟାତି ମନେପଡ଼ି ଯାଇ, ଏ ତା'ରିଖଟାକୁ ଭୁଲିଯିବା, ମତେ ହେୟ ମନେହେଲା... ।

ତଥାପି, ଆଜିର ତା'ରିଖ ବାର... କୋଡ଼ିଏ ତା'ରିଖ ନିମନ୍ତେ ଆଉ ଆଠ ଦିନ ବାକି ଜାଣି ବି, ମୋତେ ଗଣନା କରିବା ପାଇଁ ଆଙ୍ଗୁଳିର ଯେଉଁ ସାହାଯ୍ୟ ନେବାକୁ ପଡ଼ିଲା, ତାହା ମୋର ଅଙ୍କଜ୍ଞାନର ଅକ୍ଷତା ଦୃଷ୍ଟିରୁ ନୁହେଁ, ଆନନ୍ଦଜନିତ ପ୍ରତିକ୍ରିୟା ଦୃଷ୍ଟିରୁ... ।

ବୋଧହୁଏ ବାରମ୍ବାର ଗଣନା କରି କରି, ଗଣନା ସରିଲା ବେଳକୁ ମୋର ପାକ ପ୍ରସ୍ତୁତ ବି ସରିଯାଇଥିଲା... । ଭୋଜନ ସାମଗ୍ରୀର ବାସ୍ନାରେ ଲୋଭ ସମ୍ବରଣ କରି ନ ପାରି, ନିଦ ମଳ ମଳ ଆଖିରେ ସବା ସାନ ଝିଅ ରୁବି ଡାଇନିଂ ଟେବୁଲ ପାଖେ ବସି ମୋତେ କ୍ଷୀଣ କଣ୍ଠରେ ପ୍ରଶ୍ନ କଲା – "ମୁଁ ଆଗ ଖାଇଦେବି ମା... ?"

ରୁବିର ଏଇ ବ୍ୟତିକ୍ରମରେ ମୁଁ ବିସ୍ମିତ ହେବା ସ୍ୱାଭାବିକ । ମର୍ଣିଂ ସ୍କୁଲରୁ ଫେରିବାର କ୍ଲାନ୍ତି ଯାହାର ତିନିଟା ପର୍ଯ୍ୟନ୍ତ କଟି ନ ଥାଏ, ବେଳେବେଳେ ଏମିତି କି ତାକୁ ଟଣାହୋଇ ଘୋସରା ହୋଇ ଖାଇବା ଜାଗାରେ ବସାହୋଇ ଯାହାକୁ ଖାଇବା ପାଇଁ ବାଧ୍ୟ କରାହୁଏ, ସେ ଯେ ଆପେ ଆପେ ଆସି ଡାଇନିଂ ଟେବୁଲ ପାଖେ ବସି ଖାଇବାକୁ ମାଗୁଛି... । ଏଥିରେ ଯେ କେହି ବିସ୍ମିତ ହୋଇ ଉଠିବା ସ୍ୱାଭାବିକ... । ବିସ୍ମିତ ହେଲେ ବି ମୁଁ ଏକ ଅହେତୁକ ଆନନ୍ଦରେ ଭିଜି ଭିଜି ତା ପାଇଁ ଖାଇବାକୁ ବାଢ଼ିଲି... ।

ପରେ ପରେ ଆସି ପହଞ୍ଚିଲେ ଅଫିସ ଫେରନ୍ତା ସ୍ୱାମୀ ଓ କଲେଜ ଫେରନ୍ତା ପୁତ୍ରକନ୍ୟାମାନେ... । ଗୋଡ଼ ହାତ ଧୋଇ ଖାଇ ବସିବାର ଅବ୍ୟବହିତ ପୂର୍ବରୁ ଭୋଜନ ସାମଗ୍ରୀରେ ଲୋଲୁପ ଦୃଷ୍ଟି ଢାଳି ସମସ୍ତେ ହତଚକିତ ହୋଇଗଲେ ।

ସଂକଳକ : ଡଃ ତନ୍ମୟ ପଣ୍ଡା || ୧୩୯

ଦୃଷ୍ଟିପାତ ମାତ୍ରକେ ସ୍ୱାମୀ ଟିକିଏ ସଂଯତ ବିସ୍ମୟଜନକ ହସ ହସି ଦେଲାପରି ମୋର ମନେହେଲା... । ଅବୋଧ ସନ୍ତାନମାନେ ବାପାର ହସର ଉଦ୍ଦେଶ୍ୟ ବୁଝି ନ ପାରିଲେ ବି, ତାଙ୍କ ହସର ସାହସ ପାଇ ମୋତେ କେନ୍ଦ୍ର କରି ଫୁସୁରୁ ଫାସର ହେବାକୁ... ଲାଗିଲେ... ।

ହେବା କଥା... । ଉତ୍ତମ ଖାଦ୍ୟ ପରିବେଷଣରେ ମୁଁ ଆଜନ୍ମ କୁଣ୍ଠିତ... । ଉତ୍ତମ ଖାଦ୍ୟ ଖାଇ, କେହି କେବେ ବଡ଼ ମଣିଷ ହୋଇଥିବାର ଦୃଷ୍ଟାନ୍ତ ନ ଥିବା କଥା ମୋ ବାଲ୍ୟକାଳେ ମୋ ପିତାଙ୍କ ତୁଣ୍ଡରୁ ବହୁବାର ଶୁଣି ଶୁଣି ଉତ୍ତମ ଖାଦ୍ୟ ପ୍ରତି ମୋର ଘୋର ବିତୃଷ୍ଣା... ।

କିଛି ଆଦର୍ଶ ସୃଷ୍ଟି କରିବାକୁ ହେଲେ, ଅୟସକୁ ବର୍ଜନ କରିବାର ବିଧ ପାଳନ, ଆମ ପରିବାରର ସବୁରି ରକ୍ତଗତ । ସେଇ ପ୍ରଭାବକୁ ପ୍ରଭାବିତ କରାଇ, ମୋ ସ୍ୱାମୀ ଏବଂ ମୋ ସନ୍ତାନମାନେ ଯେ ସାଧାରଣ ମଣିଷଙ୍କ ଠାରୁ ସାମାନ୍ୟ ଅସାଧାରଣ, ମୁଁ ତାହା ଅନାୟାସରେ ସ୍ୱୀକାର କରି ଉତ୍ତମ ଭୋଜନ ପ୍ରସ୍ତୁତିର ପରିବେଷଣରେ ପ୍ରଲୁବ୍ଧ ହୋଇ ସେମାନଙ୍କୁ ସେ ସୁଯୋଗ ଦେଇ ନାହିଁ ।

ମଝିଆଁ ଝିଅ ରୁମା ସବୁକାଲେ ଟିକିଏ ଖାଦ୍ୟଲୋଭୀ... । ଏ'ଭଲି ଉତ୍ତମ ଖାଦ୍ୟ ଖାଉ ଖାଉ ତା'ର ଆତ୍ମତୃପ୍ତିକୁ ଦମନ କରି ନ ପାରି ଚତୁରତା'ର ହସି ହସି କହିଲା – ବାଃ, ମା ଏମିତି ରାନ୍ଧି ଜାଣନ୍ତି... ?

ହସରେ ଫାଟି ପଡ଼ିଲା ରଜତ... "ତୁ କ'ଣ କେବେ ଖାଇନୁ ମା'ଙ୍କର ଏମିତି ରନ୍ଧା... ? ଯେଉଁଦିନ ମା ଗୋଟେ ଭଲ ବହି ପଢ଼ି ନେଇଥୋଆନ୍ତି... ସେଦିନ ମା'ଙ୍କ ରନ୍ଧା ଦେଖିବ... ଚିକେନ୍, ଫ୍ରାଏଡ୍ ରାଇସ୍... ଫିସ୍ ଫ୍ରାଇ... ସବୁ ବଢ଼ିଆ...

ବଡ଼ ଝିଅ ହିସାବରେ ରାକା ଯଥେଷ୍ଟ ସହିଷ୍ଣୁ ହେଲେ ବି ରଜତ୍ ଟିପ୍ପଣୀରେ ତା ଆଖି ଛଲ ଛଲ ହୋଇଉଠିଲା । କହିଲା – ମୁଁ ତ କେତେଥର ଲାଇବ୍ରେରୀରୁ ଭଲ ଭଲ ବହି ଆଣି ମା'ଙ୍କୁ ଦେଇଛି, କିନ୍ତୁ ଏମିତି ରନ୍ଧା କେବେ ତ ଖାଇବାକୁ ଦେଇ ନାହାଁନ୍ତି... ସେ !

ଭଲ ବହି ପଢ଼ି ସାରି ଅନେକ ଭଲ ଭଲ କାର୍ଯ୍ୟମାନ ଖୁସିରେ କରିବାର ବହୁ ଉଦାହରଣ ଅବଶ୍ୟ ଅଛି... । କିନ୍ତୁ ପାକ ପ୍ରସ୍ତୁତିର ଉଦାହରଣ ବିରଳ ।

ଅଭିଯୋଗ କଲା ରୁବି – ଉଁ... ଭଲ ବହି ପଢ଼ି ସାରି ମା' ଆମମାନଙ୍କ ଆଗେ ଖାଲି ଗୁଡ଼େ ଆଦର୍ଶ ବକନ୍ତି...

ପିଲାମାନଙ୍କର ଟିକା ଟିପ୍ପଣୀ ଶୁଣି ଶୁଣି ବିରକ୍ତିର ସୀମା ଟପିଲିଣି ମୁଁ। ମୋ ଆନନ୍ଦଜନିତ ଉତ୍ତେଜନାର କାରଣ ନ ପଚାରି ଯିଏ ଯାହା ଭାବନରେ ବ୍ୟସ୍ତ...। ଅଥଚ ମୋର ମନେହେଉଛି, ଏତେ ମନ୍ତବ୍ୟମାନ ପ୍ରକାଶ ନ କରି ମତେ କିଏ ହେଲେ ପଚାରନ୍ତା... ଚଟାପଟ୍ ଖବରକାଗଜ ଖୋଲି ଦେଖାଇ ଦିଅନ୍ତି ମୁଁ... ଅବଶ୍ୟ ସେମାନଙ୍କ ପ୍ରଶ୍ନକୁ ଅପେକ୍ଷା ନ କରି, ମୋ ଉଦ୍ଦେଶ୍ୟଟା ସେମାନଙ୍କ ଆଗେ ପ୍ରକାଶ କରିଦେଲେ ଯାଆନ୍ତା –। କିନ୍ତୁ ସ୍ୱାମୀଙ୍କର ନିରବ ତାଚ୍ଛଲ୍ୟର ଶିକାର ହେବାକୁ ମନ ବଳୁନି...।

ସବୁଦିନର ଅଭ୍ୟାସ ଅନୁଯାୟୀ ସ୍ୱାମୀ ଖାଇ ସାରି ଖଟରେ ଗଡ଼ି ଗଲେଣି...। କୋଉଥରେ ମତାମତ ହେବା, ଭଲ ମନ୍ଦ ବିବେଚନା କରିବା ତାଙ୍କର ରୁଚି ବିରୁଦ୍ଧ କାର୍ଯ୍ୟ। ତାଙ୍କ ଚିନ୍ତାଧାରା ଅଲଗା। ସେ କୁହନ୍ତି, ଅଯଥା ବାକ୍ୟାଳାପରେ ସମୟ କଟେଇବା ଆଦୌ ଉଚିତ୍ ନୁହେଁ...। ଉଚିତ୍ ଅନୁଚିତ୍ର ମୂଲ୍ୟ ନ ବୁଝି, ତାଙ୍କର ଏ ଶୁଦ୍ଧ ସ୍ୱଭାବ ଲାଗି ମୋ ବଧୂବେଳ ଖୁବ୍ ନୈରାଶ୍ୟରେ କଟିଥିଲା...।

ଅନ୍ୟାନ୍ୟ ନୈରାଶ୍ୟ ଅପେକ୍ଷା, ଏ ନୈରାଶ୍ୟ ମତେ ଏପରି କ୍ଷୁର୍ଣ୍ଣ କରି ପକାଉଥିଲା ଯେ, ପିତାମାତା ମୋ ପାଇଁ ଅଶ୍ରୁ ଝରାଉଥିଲେ...। ଆଜି ଅବଶ୍ୟ ତାହା ସେମାନଙ୍କ ପାଇଁ ଦିହସୁହା ଦୁଃଖ। ସହ୍ୟ କରିବା ଅଭ୍ୟାସରେ ପରିଣତ ହୋଇଗଲାଣି...।

କିନ୍ତୁ ମୋ ପାଇଁ ଏହା ଏବେ ବି ଅସହ୍ୟ ହୋଇଉଠୁଛି। ପିଲାମାନଙ୍କର ଏତେ ଟିକା ଟିପ୍ପଣୀ ସତ୍ତ୍ୱେ ସ୍ୱାମୀଙ୍କର ଏ ନିରବତାକୁ କିଏ ବା ବରଦାସ୍ତ କରିବ? ମୁଁ କାନ୍ଦ କାନ୍ଦ ହୋଇଗଲି...। କିନ୍ତୁ କାନ୍ଦି ପକେଇ ମନ ଶାନ୍ତି କରିବାର ଉପାୟ ନାହିଁ। ଅଶ୍ରୁପାତକୁ ଘୃଣାକରି ତାଙ୍କ ନିରବତାକୁ ସେ ଆହୁରି ଦୀର୍ଘ କରିଦେବେ ଭାବି, ଅଶ୍ରୁପାତକୁ ରୋକିବାକୁ ଯାଇ ଜାଣି ଜାଣି ମୋ ଖାଇବାଟାକୁ ଭୁଲିଗଲି।

ମାତ୍ର ଏଥିରେ କିଛି ସମାଧାନ ହୋଇ ଗଲାପରି ମନେହେଲା ନାହିଁ । ବରଂ କ୍ଷୁଧା, କ୍ରୋଧରେ ପରିଣତ ହୋଇ କୋହ ଉପରେ କୋହ ଉଠି ଅଶ୍ରୁପାତ ବଢ଼ିବାରେ ଲାଗିଲା... ।

ଭୂରି ଭୋଜନ ସାରି ଯିଏ ଯାହା କାର୍ଯ୍ୟସୂଚୀରେ ଆଗେଇ ଯାଇଥିଲେ... । ଅପ୍ରତ୍ୟାଶିତ ମୋର ଏ ବ୍ୟତିକ୍ରମରେ ବିସ୍ମିତ ହୋଇ ଅଶ୍ରୁପାତର କାରଣ ଖୋଜିବାରେ ଲାଗିପଡ଼ିଲି... । ରାକା ପରିସ୍ଥିତିଟାକୁ ସମ୍ଭାଳିନିଯିବା ପାଇଁ ମୋ କ୍ରନ୍ଦନକୁ ରୋକି ରୋକି ସେ ବିଫଳ ହେଲା ।

ସ୍ୱାମୀ ଉଠିପଡ଼ି ଏ ଦୃଶ୍ୟରେ ଅତିଷ୍ଠ ହୋଇଉଠିଲେ । ବ୍ୟସ୍ତତା'ର ସ୍ୱରରେ କହିଲେ – "ଊଃ... କାହିଁକି ଏମିତି କାନ୍ଦୁଚ କହିଲ ? ଟିକିଏ ଶୁଆଇ ଦବନି ତାହେଲେ... ?"

ନିଦ୍ରାଭଙ୍ଗ କଲେ ସ୍ୱାମୀଙ୍କ ବିରକ୍ତିର ସୀମା ରହେ ନାହିଁ । ମଧ୍ୟାହ୍ନ ବିଶ୍ରାମଟା ତାଙ୍କ ଜୀବନର ସବୁଠାରୁ ବଡ଼ ଅଭିଳାଷ । ଏହା ଜାଣି ମଧ୍ୟ ମୁଁ ମୋ କ୍ରନ୍ଦନକୁ ରୋକି ନ ପାରି ଆଦୌ ଦୁଃଖିତ ହେଲି ନାହିଁ । ଘରର ମୁରବି ବୋଲି ନିଜର ସବୁ ସ୍ୱାର୍ଥ ସାଧନରେ ଏତେ ସ୍ୱାର୍ଥପର ହେବା ଉଚିତ୍ ନୁହେଁ । ଘର ଭିତରେ ଆଉ ଚାରିଜଣ ଅଛନ୍ତି, ତାଙ୍କ ଭଲ ମନ୍ଦ ବୁଝିବ ନାହିଁ କାହିଁକି ?

ମୋ ପୁନଃ କ୍ରନ୍ଦନରେ କେଜାଣି କାହିଁକି କାହା କୃପାରୁ କ୍ରୋଧ ତାଙ୍କର ଟିକିଏ ପତଲା ପଡ଼ି ଆସିଲା । ମୋ ଆଡ଼କୁ ଦୃଷ୍ଟି ଢାଲୁ ଢାଲୁ ମୋ ହାତର ଖବରକାଗଜ ଉପରେ ତାଙ୍କର ଆଖି ପଡ଼ିଲା । ମୋ କ୍ରନ୍ଦନର କାରଣ ଯେ ଖବରକାଗଜ, ସେ ଜାଣିପାରି ଅତି ସହଜ ସ୍ୱରରେ କହିଲେ – "ଓ... ଏଇଥିପାଇଁ ଏତିକି କାନ୍ଦ... ମୁଁ ସେ ବିଜ୍ଞାପନ ପଢ଼ିଛି ମ । ସେ ଚାକିରିଟା ତୁମକୁ ମିଳିଯିବ ବୋଲି କାହିଁକି ଭାବୁଚ ? ସେ ପାର୍ଟ ପଲିଟିକ୍‌ସରେ ଆମେ ପଶି ପାରିବାନି । ସେମାନଙ୍କ ପଛରେ ଗୋଡ଼ାଇ ଗୋଡ଼ାଇ ଶେଷରେ ସର୍ବସ୍ୱାନ୍ତ ହେବା ।

ଏହା ଯଥାର୍ଥ ଉତ୍ତର ହେଲେ ହେଁ, ମୋର ଅସାମାନ୍ୟ ଉସ୍ଵାହ ବେଳେ ଏ ଉତ୍ତର ମୋତେ ଅଶେଷ ଆଘାତ ଦେଲା । ମୋର ପ୍ରତିଟି କଥାରେ ଆବେଗ ନ ରଖି, ଆଦର୍ଶବାଣୀ ଶୁଣାଇ ବିପରୀତମୁଖୀ କରି ମୋ ସମସ୍ତ ଇଚ୍ଛା ଶକ୍ତିକୁ ପଣ୍ଡ

କରାଇବାରେ ସେ ଏତେ ଧୁରନ୍ଧର ଯେ, ପିଏଚ୍.ଡି.ର ସ୍କଲାର ଥାଇ ବିବାହ ପରେ ପରେ ମୁଁ ଅକ୍ଷର ମ୍ୟାଟ୍ରିକ୍ୟୁଲେଟ୍ ଗୃହିଣୀଙ୍କ ସଙ୍ଗେ ସମାନ ହୋଇଗଲି । ମୋ ପାଠପଢ଼ା, ଥେସିସ୍ ପେପର ଲେଖାକୁ ମୋ ସଙ୍ଗେ ଚର୍ଚ୍ଚାର ବିଷୟ ନ ରଖି ଚର୍ଚ୍ଚାର ବିଷୟ ହେଲା, ତାଙ୍କ ସ୍ତ୍ରୀ କିପରି ଭଲ ରାନ୍ଧି ଜାଣିଛନ୍ତି... ୟାଙ୍କ ସ୍ତ୍ରୀ କିପରି ଘରକରଣାରେ ପାରଙ୍ଗମ... ଅନ୍ୟମାନଙ୍କ ପରି ଘରକାମ କରିବା ସଙ୍ଗେ ସଙ୍ଗେ ମୁଁ ଗାଇ ଦୁହିଁ ଜାଣୁନି କାହିଁକି... ନୂଆ ନୂଆ ତରକାରୀ ପତ୍ର କରି ଖାଇବାକୁ ନ ଦେଇ ମୁଁ ଲେଖାପଢ଼ାରେ ମନ ଦେଉଛି କାହିଁକି ?

ଏ ସବୁ କାହିଁକିର ଉତ୍ତର ଦେଇ ମୁଁ ତାଙ୍କୁ ବହୁବାର ଚେତେଇ ଦେଇଛି ଯେ, ଏ ସବୁ କାମ କରି ମୋତେ ଆନନ୍ଦ ମିଳୁ ନାହିଁ... ମୋର ଆନନ୍ଦ, ପାଠ ପଢ଼ିବାରେ... ଚାକିରି କରିବାରେ... ନୂଆ ନୂଆ ଅନୁଭୂତି ସଂଗ୍ରହ କରିବାରେ ।

ମୋ ଚେତାବନୀ ଶୁଣି ମୁହଁ ତାଙ୍କର ଫଣ୍ ଫଣ୍ ହୋଇଗଲା । ତାଚ୍ଛଲ୍ୟ ହସ ହସି ସଫେଇ ଦେଲେ – ଘର କାମ ପାଇଁ ଆମେ ଘରଣୀ ଆଣିଛୁ । ପାଠ ପଢ଼ାଇବା ପାଇଁ ନୁହଁ କି ଚାକିରି କରେଇବା ପାଇଁ ନୁହଁ । ତୁମମାନଙ୍କ ପାଇଁ ଅନୁଭୂତି ସଂଗ୍ରହର ଆବଶ୍ୟକତା କଣ ? ଘରକାମ କରିବ... ପିଲାଜନ୍ମ କରିବ... ଏଇଆ ତ ଅନୁଭୂତି ।

ମୁଁ ହସି ଉଠିଥାଆନ୍ତି... । କିନ୍ତୁ ଭାରତୀୟ ପୁରୁଷମାନଙ୍କ ହୀନ ମନ୍ୟତାଟାକୁ ହସରେ ଉଡ଼ାଇ ନ ଦେଇ ଗମ୍ଭୀର ହୋଇଉଠିଲି... । ମୋ ଗମ୍ଭୀରତା ଯେମିତି ସୁଚେଇ ଦଉଥିଲା – ପାଞ୍ଚଆ ତରକାରୀ ରାନ୍ଧି ଖାଇବାକୁ ନଦେଇ, ଯୋଗଣିଖିଆ ଅଲ୍‌ପେଇସା ଡାକି ପଖାଳ ଗଣ୍ଡେ ପିଣ୍ଡାରେ ବାଡ଼ିଦେଇ ହାଣ୍ଡିଶାଳେ ପଶିବୁ... ଖୋସାଣି ଦେଇ କସ୍ତା ଶାଢ଼ି ପିନ୍ଧି କାନି ପାରି ଚୁଲିମୁଣ୍ଡେ ଶୋଇଯିବୁ ନିଶ୍ଚିନ୍ତରେ... । ଇଏ ବି ଅନୁଭୂତି ! ନୁହଁ ?

କୋଉ କୁମାରପୂର୍ଣ୍ଣିମା, ସାବିତ୍ରୀ ବ୍ରତ, ଜନ୍ମଦିନ ଆଦିରେ ଶାଢ଼ି ପଠାଇଲାବେଳେ ଅଭିମାନରେ ମୁଁ ଚିଠି ଲେଖେ – "ଶାଢ଼ି ମୋ ପାଇଁ ପଠେଇବୁ ନାହିଁ... । ଜଣେ ଗୃହିଣୀ ପାଇଁ ଶାଢ଼ି ଅପେକ୍ଷା ଟଙ୍କାର ଆବଶ୍ୟକତା ବେଶୀ... ।"

ଚିଠି ପଢ଼ି ବୋଉ ବିକଳ ହୁଏ – "ଆଃ, କେତେ ଦୁଃଖରେ ପାଠ ପଢ଼ିଥିଲା... ପାଠଗୁଡ଼ାକ ଯାହା କାର୍ଯ୍ୟରେ ଲାଗିପାରିଲା ନାହିଁ..."

ବାପା ବିଦ୍ରୂପ କରି ଉଠନ୍ତି – "ଲାଗନ୍ତା ନାହିଁ କାହିଁକି... ? ଝିଅମାନଙ୍କର ଦୋଷ କ'ଣ... ? ସ୍ୱାମୀମାନେ ତାଙ୍କୁ ଯୋଉ ବାଟରେ ଚଲାଇ ନେବେ ସେମାନେ ଚାଲିବେ... । ଯୋଜନା କରି ସିନା ଚଲନ୍ତେ ! କାନ୍ତୁ ବାଡ଼ ଡିଆସିଲି ଖୋଳରେ ଜନ୍ମ ନିୟନ୍ତ୍ରଣ ପଦ୍ଧତି ଲେଖା ହୋଇ ବି, ବର୍ଷକୁ ବର୍ଷ ପିଲା ! ଯେମିତି ଝିଅ ମାତ୍ରେଇ ସନ୍ତାନ ପ୍ରସ୍ତୁତିର ଗୋଟେ ଗୋଟେ ଯନ୍ତ୍ର !"

ବାପାଙ୍କ କଥାର ସତ୍ୟାସତ୍ୟ ଅନୁଭବ କରି ବି ଭାଗ୍ୟ ବିରୁଦ୍ଧରେ ବୋଉ ବିଦ୍ରୋହ କରି ଉଠେ... "କିଆଁ ତା ଭାଗ୍ୟ ଏମିତି ପୋଡ଼ି ଯାଆନ୍ତା ? ଆମ ଜ୍ୱାଇଁ କ'ଣ ଅଶୀକ୍ଷିତ ନା ଅଜ୍ଞ ? "ସବୁ ଜାଣି, କପାଳକୁ, ଅନ୍ଧାରକାଣି..."

ଅଯଥାରେ ବାପା ବୋଉଙ୍କ ମନରେ ଦୁଃଖ ଦେଇ ଲାଭ ନାହିଁ ଭାବି, ବାପଘରୁ ମୋହ ତୁଟାଇ ସ୍ୱାମୀଙ୍କର ଆଜ୍ଞାବହ ହେଲି । ଭାରତୀୟ ସ୍ତ୍ରୀର ରକ୍ତଗତ ସ୍ୱଭାବ ଲାଗି ବୋଧେ, ସ୍ୱାମୀ ପାଖେ ନିଜକୁ ଆଜ୍ଞାବହ ଦେଖାଇ, ନିଜର ଅଜ୍ଞାନ ଆଜ୍ଞାବହତାକୁ ହସି ହସି ଉପଭୋଗ କରି ଆସିବାକୁ ବାଧ୍ୟ ହେଲି ମୁଁ ।

ମୋର କୃତିତ୍ୱ ମୋର ସୁନାମ ଏବଂ ମୋର ଉଚ୍ଚାଶା କଥା ଚିନ୍ତା କରି କରି, ତାକୁ ଉଚିତ୍ ମୂଲ୍ୟ ଦେବା ପାଇଁ ଚେଷ୍ଟା ଚଲାଇଲା ବେଳେ ଅନୁଭବ କରି ଢେର ବିଳମ୍ବ ହୋଇଗଲାଣି... । ଅଚିରେ ମୋ ଆଶା, କ୍ରମଶଃ ହତାଶାରେ ପରିଣତ ହେବାକୁ ଲାଗିଲା... ।

ଅବଶ୍ୟ, ଆଜି ସେସବୁ ମୋ ପାଇଁ ସ୍ମୃତି ହୋଇଯାଇଥିଲେ ବି, ଏତେଦିନର ବ୍ୟବଧାନରେ ଏଇ ଅହେତୁକ ବିଜ୍ଞାପନଟି ମୋତେ ସ୍ମୃତିପଥକୁ ଠେଲି ନ ନେଇ ବର୍ତ୍ତମାନର ମାନ ରକ୍ଷା ପାଇଁ ମୋତେ ଉଲ୍ଲସିତ କରୁଛି ତଥାପି ସ୍ୱାମୀଙ୍କୁ ଜୋର କରି ପଦେ କହିବା ପାଇଁ ମୋର ସାହସ ନାହିଁ... । ଜଣେ ଅପରାଧିନୀ ପରି ଚାରିଆଡ଼କୁ ଅଶ୍ରୁ ଆଖିରେ ଚାହିଁ ଚାହିଁ ସ୍ୱାମୀଙ୍କ ଆଖିରେ ଆଖି ରଖିଲି ।

ଅକସ୍ମାତ୍ ମୋର ଏଇ ଅଶ୍ରୁଳ ଆଖି, ସ୍ୱାମୀଙ୍କ ଜୀବନସ୍ରୋତର ଗୋଟାଏ ମୋଡ଼ ଭାଙ୍ଗିଦେଲା । ସେ ବିରକ୍ତ ନ ହୋଇ ଧୀର ସ୍ୱରରେ କହିଲେ – 'କଣ ଭାବୁଚ କହ ନ ମତେ... ମୋର ଅଫିସ ବେଳ ହୋଇଯାଉଛି ଯେ –'

ଅଫିସ ଆଲରେ ପ୍ରତିଟି କାର୍ଯ୍ୟକୁ ଏଡ଼େଇଯିବା ବୋଧେ ପ୍ରତିଟି ମୂରବିର ଲକ୍ଷଣ । ଆଉ ଏ ଲକ୍ଷଣକୁ ଚିର ଆୟଉ କରିବାରେ ମୋ ସ୍ୱାମୀ ହେଉଛନ୍ତି ସମ୍ରାଟ ।

କେଜାଣି କାହିଁକି ଏତେ ଦିନର ଧୈର୍ଯ୍ୟର ବନ୍ଧ ଭାଙ୍ଗିଗଲା ମୋର । ଦୁଃଖ ଓ ଅପମାନବୋଧ ଏକତ୍ର ହୋଇଯାଇ କ୍ରନ୍ଦନ ଆକାରରେ ମୁହଁରୁ ମୋର ବାହାରି ଚାଲିଲା ଖାଲି ଅଭିମାନର କର୍କଶ ଭାଷା । ମୋର ଏ ବ୍ୟତିକ୍ରମରେ ସ୍ୱାମୀ ଅପରାଧୀଟି ପରି ଖଟରେ ବସି ବସି ଏକ ବିଦ୍ରୋହିତ ପୌରୁଷର ଦଂଶନରେ ଛଟପଟ ହେଉଥିଲା ପରି ଅଭିନୟ କଲେ । ବୟସର ଆଧିକ୍ୟ ଦୃଷ୍ଟିରୁ ବୋଧେ, ନିରବରେ ଅଫିସ ଯାଇ ମୋ ଆବେଦନ ପତ୍ର ଟାଇପ୍ କରି ଆଣିଲେ ଓ ମୋର ସମସ୍ତ ସାର୍ଟିଫିକେଟ ସହ ଷ୍ଟିଲ କାରଖାନ ମାଲିକଙ୍କ ନିକଟକୁ ଆବେଦନ କରାହେଲା ।

ଅନେକ ଆଶ୍ୱସ୍ତି ଓ ଅସ୍ୱସ୍ତି ମଧ୍ୟରେ ଦିନଗୁଡ଼ିକ କଟି ଯାଉ ଯାଉ ହଠାତ୍ ଦିନେ ପହଞ୍ଚିଲା ତା'ର ଉତ୍ତର – 'ତା ୨୦ରିଖ ଦିନ ସକାଳ ଆଠ ଘଣ୍ଟା ସମୟରେ ଲିଖିତ ପରୀକ୍ଷା ଦେଇ ସନ୍ଧ୍ୟା ସୁଦ୍ଧା ମୌଖିକ ଦେବାକୁ ହେବ ।'

ଘରର ସମସ୍ତ ସଭ୍ୟ ମୋ ପାଇଁ ମନେ ମନେ ପ୍ରମାଦ ଗଣିଲେ ମୁଁ ଏଥରେ ଉଦ୍ଧାର୍ଷ ହୋଇପାରିବି କି ନାଁ ? ମୁଁ ମଧ୍ୟ ସନ୍ଦିହାନ ସେମାନଙ୍କ ପରି । ବହୁ ଅସମ୍ଭବ ମୋ ମୁଣ୍ଡକୁ ଭାରାକ୍ରାନ୍ତ କରିପକେଇଲା । ମୁଁ ବ୍ୟସ୍ତ । ମୁଁ ବିବ୍ରତ । ମନ ଭିତରେ ମୋର ଖାଲି କଳ କଳ ହତାଶା... ହତାଶା ଭାବ । ଚାରିଆଡ଼ରେ ମୋର ରହି ରହି 'ନାହିଁ' 'ନାହିଁ'ର ଶବ୍ଦ ଗୁଞ୍ଜରି ଉଠୁଛି । ଜୀବନରେ ମୁଁ ଯାହାକୁ ସବୁଠାରୁ ସହଜ ବୋଲି ଧରି ନେଇଥିଲି, ଆଜି ମତେ ତାହା କଠିନ ମନେହେଉଛି । କାହିଁକି ଏପରି ବ୍ୟତିକ୍ରମ ? କାହିଁକି... ? କାହିଁକି... ?

ମୁଁ କାଦି ପକେଇଲି । ଲୁହ ଝରୁଥିଲା ମୋର ଅବିଶ୍ୱାସ ପାଇଁ । ୧୮ ବର୍ଷ ଅତୀତ ମୋତେ ଚେତେଇ ଦେଉଥିଲା, 'ଜୀବନଟା କଟେଇ ନବା ଏଡ଼େ ସହଜସାଧ୍ୟ ନୁହେଁ । ସ୍ୱାମୀ, ସନ୍ତାନ, ସଂସାର ପାଇବାର ବ୍ୟାକୁଲତା ସଙ୍ଗେ ସଙ୍ଗେ ଆଉ ଏକ ବ୍ୟାକୁଲତା ଅଛି, ନିଜର କଳାକୃତିକୁ ବିକଶିତ କରିବାରେ... ।" ମୁଁ ବାପାଙ୍କୁ ଯାଇ ନେହୁରା ହୋଇଥିଲି – "ବାପା! ମୁଁ ବିବାହ କରିବି ନାହିଁ । ମୁଁ ମୋର

ପି.ଏଚ୍.ଡ଼ି. କମ୍ପ୍ଲିଟ୍ କରିବି, ତା ପରେ ଚାକିରି ।” ବାପା ତାଙ୍କ ସ୍ନେହର ପାପୁଲିକୁ ମୋ ମଥାରେ ବୁଲାଇ ଦେଇ କହିଥିଲେ – “ଉପଯୁକ୍ତ ବୟସରେ ସନ୍ତାନକୁ ବିବାହ ଦେବାଠାରୁ ବଳି ପୁଣ୍ୟ କାମ ବାପା ମାଆଙ୍କ ପାଇଁ ଆଉ କିଛି ନାହିଁ । ବାହା ହୋଇ ପି.ଏଚ୍.ଡ଼ି. କରିବାରେ ତୋ'ର ଅସୁବିଧା ହେବ କାହିଁକି ? ଆଉ ଯଦି ଅସୁବିଧା ହୁଏ, ସେଇ ଅସୁବିଧା ଭିତରେ ଗତିକରି ତୁ ଯେଉଁ ପି.ଏଚ୍.ଡ଼ି. କରିବୁ ସେଥିରେ ବେଶୀ ଆନନ୍ଦ ମାଆ ! ସଂଘର୍ଷରେ ହିଁ ଜୀବନ ହୁଏ ସୁନ୍ଦର ।”

ମୋ ଅପ୍ରାପ୍ତ ବୟସରେ ବାପାଙ୍କର ସେକଥା ମୋତେ ଏତେ ମଧୁର ଶୁଣାଯାଇଥିଲା ଯେ, ମନେମନେ ଶପଥ କରିଥିଲି ବିବାହ କଲେ ବି ପାଠରୁ ବିଚ୍ୟୁତି ହେବି ନାହିଁ ।

ପରିସ୍ଥିତି ମୋର ଅନୁକୂଳ ହେଲା ନାହିଁ । ଏକ ଅସୁସ୍ଥତା'ର ଜୀବନ କଟାଇ, କୌଣସି କାର୍ଯ୍ୟ କରିବା ପାଇଁ ମୋର ବୋଧେ ସାହସ ହେଉ ନାହିଁ... । ଆଖିରୁ ଲୁହ ପୋଛିଲି... । ମୁହଁରେ ସାହସ ବାନ୍ଧିଲି...

ଦିନର ସୂର୍ଯ୍ୟୋଦୟ ହେଲା ଭଳି, ବହୁ ଚିନ୍ତାଗ୍ରସ୍ତ ମୁହୂର୍ତ୍ତରେ ଅବସାନ ଘଟାଇ ମୋ ମନରେ ସୂର୍ଯ୍ୟୋଦୟ ହେଲା... । ମନରେ ଅଶେଷ ସାହସ ଶକ୍ତି, ମୁଁ ପାରିବି... । ପାରିବି... । ପାରିବି... ।

ଅବିଳମ୍ବେ ମୁଁ ପିତ୍ରାଳୟକୁ ଯାଇ, ଉଇଖିଆ କାଠ ଡବଲ ଭିତରୁ କାଢ଼ିଲି ମୋ ପାଠ ପଢ଼ା ବହି... ହାତ ଲେଖା ନୋଟ । ସ୍ମୃତି ଭିତରୁ ଦୃଷ୍ଟାନ୍ତମାନ ବାହାର କରି ନିଜକୁ ନିଜେ ପ୍ରସ୍ତୁତ କରିବାରେ ଲାଗିପଡ଼ିଲି । କିଛି କ୍ଷଣ ପରେ ମନରେ ଗଭୀର ଆତ୍ମପ୍ରତ୍ୟୟ ଆସିଲା ଯେ, ମୁଁ କିଛି ଭୁଲି ନାହିଁ... ।

ଦିନ ପରେ ଦିନ ପାଠପଢ଼ାରେ ନିଜକୁ ହଜାଇ ଦେଇ ଅନୁଭବ କଲି ବିଚିତ୍ର ଏଈ ଶିହରଣ... । ଏ ଅନାସ୍ୱାଦିତ ଶିହରଣରେ ମୁଁ ଶିହରି ଉଠି ଫେରିଗଲି ମୋ କିଶୋରୀ ବୟସକୁ ଯେମିତି ! ଛାତିରେ ବହି ଚାପି ସ୍କୁଲ କଲେଜ ଯିବାରେ ଯେଉଁ ଆଶାତୀତ ଆନନ୍ଦ, ପ୍ରତିଟି ସ୍ମୃତିରେ ଅହେତୁକୀ ହୃତବସନ୍ତ ମୋ ଚେତନାକୁ ଦୋହଲାଇ ଦେଉଥିଲା । ଦୋହଲାଇ ଦେଉଥିଲା ଆଉ ଏକ ଅଦ୍ଭୁତ ବ୍ୟାକୁଳତା... ଉଚ୍ଛନ୍ନ ହୋଇ ମୁଁ ପ୍ରତିଟି ମୁହୂର୍ତ୍ତକୁ ପଠନରେ ବିନିଯୋଗ କରିବା ପାଇଁ... ।

ଚାହୁଁ ଚାହୁଁ ଦିନ ଆଗତ ହେଲା ଆସି । ଲିଖିତ ପରୀକ୍ଷାରେ ଆଶାତୀତ ସଫଳତା ହାସଲ କଲା ପରି ମନେକଲି । କିନ୍ତୁ ଆଃ ! ମୌଖିକ ପରୀକ୍ଷା ? ଅନୁଭବ କଲି ଅସହାୟ ତୀବ୍ରତା ! ମନେହେଲା ମୃତ୍ୟୁର ଯେମିତି ପୂର୍ବ ମୁହୂର୍ତ୍ତ ଏଇଟା ! ୟାକୁ କହନ୍ତି ରକ୍ତଚାପ ବୃଦ୍ଧି ?

ଜଣେ କେହି ପ୍ରଶ୍ନ କଲେ – କାହାକୁ କହନ୍ତି ଇତିହାସ ? ବାତାବରଣର ଗାମ୍ଭୀର୍ଯ୍ୟ ତୁଳନାରେ ପ୍ରଶ୍ନ ମନେହେଲା ମୋତେ ଖୁବ୍ ସହଜ ।

ଉତ୍ତରରେ କହିଲି – ମାନବ ଜାତିର କୃତିତ୍ୱ କାହାଣୀ ହେଉଚି ଇତିହାସ ।

ମୋ ଉତ୍ତରରେ ପରୀକ୍ଷକ ସ୍ତବ୍ଧ ହୋଇ ଚାହିଁଲି ଟିକିଏ... । ହୁଏତ ଏ ଭଳି ଉତ୍ତର ସେ ମୋଠାରୁ ଆଶା କରି ନ ଥିଲେ... । କିନ୍ତୁ ତାଠାରୁ ଆହୁରି ବିସ୍ମିତ ହେବାକୁ ବାଧ୍ୟ ହେଲେ, ଯେତେବେଳେ ସେ ମୋତେ ସଂକ୍ଷେପରେ କହିଲେ – ନେକ୍ସଟ... ।

ଏଥରକ ଉତ୍ତର ଶୁଭିଲା, ଆହୁରି ସୁନ୍ଦର "ଇତିହାସ ହେଉଛି, ଆମେ କ'ଣ ଓ କାହିଁକିର ଚିତ୍ତାକର୍ଷକ ବିବରଣୀ । ଆମେ କ'ଣ କରୁଛୁ... କାହିଁକି କରୁଛୁ... ଏବଂ କେଉଁ ପରିସ୍ଥିତିରେ ପଡ଼ି ଏହା କରିଥିଲୁ... । "ଗୁଡ଼... ଭେରି ଗୁଡ଼" କହି ପ୍ରଶ୍ନ ସେ ସ୍ଥଗିତ ରଖିଲେ.... ।

ଆଶ୍ୱସ୍ତ ହୋଇ ମୁଁ ଦୀର୍ଘଶ୍ୱାସ ନେଉ ନେଉ, ପ୍ରଶସ୍ତ କପାଳ ଉପରେ ଚନ୍ଦନ ଟିପା ପିନ୍ଧିଥିବା ଦକ୍ଷିଣ ଭାରତୀୟ ପରୀକ୍ଷକ ଜଣକଙ୍କ ସାଧାରଣ ଜ୍ଞାନ ପଚାରୁ ପଚାରୁ ଗୀତା'ରୁ ପଦେ ଆବୃତ୍ତି କରି ତା'ର ସାରମର୍ମ ବୁଝେଇବା ପାଇଁ ଜିଜ୍ଞାସା କଲେ... ।

ଏହା ମୋ ପାଇଁ ଜଟିଳ ହୋଇଥାଆନ୍ତା... । କାରଣ ଗୀତା ପଢ଼ିଥିଲି ଦଶ ବାର ବର୍ଷ ତଳେ... । ପଢ଼ି ପଢ଼ି ଯେତେବେଳେ ମୋର ହୃଦ୍‌ବୋଧ ହୋଇଥିଲା ଯେ, ମୋ ଜୀବନର ଚଳଣି ପାଇଁ ଗୀତା'ର ପ୍ରୟୋଜନ ନାହିଁ... ସେତେବେଳେ ଗୀତା ମୁଁ ଭୁଲିଯାଇଥିଲି ଆପେ ଆପେ... । କିନ୍ତୁ ଯେଉଁ ପଦଟି ମୋର ମୁଖସ୍ଥ ଥିଲା, ଏବଂ ତା'ର ଅର୍ଥ ବି ମୋର ବିସ୍ମୃତ ହୋଇ ନ ଥିଲା, ସେହି ପଦଟି ଆବୃତ୍ତି କରୁ କରୁ ଭଗବାନଙ୍କୁ କୃତଜ୍ଞତା ଜଣାଇ ଅର୍ଥ କହିବାରେ ଲାଗିଲି – କାମନାରୁ

ବିଲାସ... । ବିଲାସରୁ ମୃଢ଼ତା... । ମୃଢ଼ତା'ରୁ ମନୁଷ୍ୟତା ହାନି... । ଯିଏ କାମନା କରେ ନାହିଁ, ସେ ପ୍ରକୃତ ମଣିଷ... । କର୍ତ୍ତବ୍ୟ କରି ଗଲେ ପ୍ରକୃତ ଫଳ ଦିନେ ନା ଦିନେ ମିଳିବ... ।

ମୋ ବ୍ୟାଖ୍ୟା ଶୁଣି ପରୀକ୍ଷକ ଆନନ୍ଦରେ ଉଠିଗଲେ ଚଉକି ଉପରୁ.... ।

× × × ଆଶାତୀତ ଭାବେ କୃତକାର୍ଯ୍ୟ ହେଲି । ଶହେ ନବେ ପ୍ରାର୍ଥୀଙ୍କ ଭିତରୁ ମୁଁ ହିଁ ଏକାକୀ ମନୋନୀତ ହେଲି ।

ଖବରଟା ପାଇ ବାପା ଆନନ୍ଦରେ ଶୀତେଇ ଉଠିଲେ... । କାନ୍ଧ ଉପର ଗାମୁଛାଟାକୁ ଘୋଡ଼େଇ ହୋଇପଡ଼ି, ବେଉକୁ ମାଗିଲେ କାଗଜ କଲମ... । ଆମେରିକାରେ ବସବାସ କରି ରହିଥିବା ମୋ କନିଷ୍ଠ ଭାଇ, ମେମ୍ ଭାଉଜ, ତାଙ୍କ କୁନି କୁନି ଦୁଇ ପୁତ୍ର ମୋହନ ଆଉ ଶୋହନଙ୍କ ପାଖକୁ ମୋ କୃତକାର୍ଯ୍ୟତା ସମ୍ବନ୍ଧରେ ଲେଖାହେଲା ଚିଠି । ଏମିତିକି ବହୁଦିନୁ ସମ୍ବନ୍ଧ ରଖି ନ ଥିବା ମୋ ମାମୁଙ୍କ ଘରକୁ ମିଠେଇ ହାଣ୍ଡି ସହ ଖବରଟା ପ୍ରେରିତ ହେଲା । ଭୋଗ ଲାଗିଲା ଠାକୁରାଣୀଙ୍କ ପାଖେ । ଖବର ଦିଆହେଲା ଆମ ଶୁଭେଚ୍ଛୁ ବନ୍ଧୁମାନଙ୍କ ପାଖକୁ । ଅନେକ ଦିନୁ ହୋଇ ନ ଥିବା ଏକ ଗୃହଭୋଜିର ଆୟୋଜନ କଲେ ବାପା ।

ସ୍ୱାମୀ ପ୍ରକାଶ ନ କରିଲେ ବି ତାଙ୍କ ନିରବତା ଆନନ୍ଦର ସଙ୍କେତ ଦେଉଥିଲା । ଆଉ ପିଲାମାନେ... ?

ପିଲାଙ୍କ ଆନନ୍ଦର ସୀମା ରହିଲା ନାହିଁ । କାହାର କାହା ଫରମାସିକୁ ଖାତିର ନ କରି ରୁବି ତା' ବହି ସୁଟ୍‌କେସ୍‌ଟା ଆଣି ସମସ୍ତଙ୍କ ଆଗେ କଟିଦେଲା – "ଦେଖିଲ! ଏଇ ଭଙ୍ଗା ସୁଟ୍‌କେସ ନେଇ ମୁଁ ଆଉ ସ୍କୁଲ ଯିବି ?"

ରାକା ରୁମା ମା'ଙ୍କର ଚାକିରି ପଇସାରେ ଡ୍ରେସ୍ କିଣିବା ପାଇଁ ବିଚାର କରୁଥିଲା ବେଳେ, ରୁବିର ସୁଟ୍‌କେଶ୍ ଖଣ୍ଡକର ଆଶା ଦେଖ, ହସ ତାଙ୍କର ରୋକିପାରିଲେ ନାହିଁ ।

ମୁଁ ମୋର ଦୁଃସାହସିକ ଅଭିଲାଷରେ କୃତକାର୍ଯ୍ୟ ହୋଇ ଆନନ୍ଦିତ ହେବା ପରିବର୍ତ୍ତେ ସ୍ତବ୍ଧ ହୋଇଯାଇଥିଲି । କ୍ରମେ କେତୋଟି ଦିନ ଅତିକ୍ରାନ୍ତ ହୁଅନ୍ତେ, ପୋଷ୍ଟମ୍ୟାନକୁ ଅପେକ୍ଷା କରି କରି ମହିଳା କଲେଜରେ ଯୋଗ ଦେବାପାଇଁ

ଯେତେବେଳେ ପତ୍ର ହସ୍ତଗତ କଲି, ସେତିକିବେଳେ ମୋ ଆଶାତୀତ ଆନନ୍ଦ ମୁଁ ନିଜେ ଅନୁଭବ କଲି ।

ତା ପରେ ପରେ ଚାଲିଲା, କଲେଜକୁ ଯିବାର ମାନସିକ ପ୍ରସ୍ତୁତି । ମାନସିକ ଭାବେ ପ୍ରସ୍ତୁତ ହେବାରେ ଯେଉଁ ଆନନ୍ଦ ଲାଭ କରୁଥିଲି, ବାସ୍ତବକୁ ଚାହିଁଲା ବେଳକୁ ଆନନ୍ଦ ତ ଦୂରର କଥା । ମୋ ଆଖି ବୁଜି ହୋଇଯାଉଥିଲା ମୋ ଦୁଃସାହସ ଲାଗି । ତାଲା ଚାବି ଦେଇ କେବେ ବି ତ ଏକା ମୁଁ ଗୋଡ଼ କାଢ଼ିନି । ମୁଁ କୁଆଡ଼େ ଗଲେ ପିଲାଙ୍କୁ ସାଙ୍ଗରେ ନେଇଯାଏ । ପିଲାମାନେ ଗଲାବେଳେ ମୁଁ ଘରେ ଜଗି ବସିଥାଏ । ପିଲାମାନେ ବଡ଼ ହୋଇଯିବା ପରେ ମୋର ସବୁଠାରୁ ଦାୟିତ୍ୱପୂର୍ଣ କାମ ହେଲା ଘର ଜଗିବା ।

ରୁବି ଯେତେବେଳେ ଜାଣିଲା, ମୋର ଆଜି କଲେଜ ଯିବା କଥା ସେ ସ୍କୁଲ ଗଲାନି । କହିଲା, ମା' ତ କଲେଜ ଚାଲି ଯାଇଥିବେ ମୁଁ ଏକା ରହିବି କେମିତି ସ୍କୁଲରୁ ଆସି ?

ମୋର ଉପସ୍ଥିତି ରୁମା ଆଉ ରାକା ପାଇଁ ଅବଶ୍ୟ ଆଉ ଜରୁରୀ ନାହିଁ । କିନ୍ତୁ ତାଙ୍କ ବହି ସଜଡ଼ାରେ, ମୁଣ୍ଡ ବନ୍ଧାରେ, ଲୁଗା ଇସ୍ତ୍ରୀ କରିବାରେ ଆଉ ଯେ ସାହାଯ୍ୟ କରିପାରିବନି ସେମାନଙ୍କୁ, ଏହା ସେ ହୃଦୟଙ୍ଗମ କରି ଛଲ ଛଲ ଆଖିରେ ନିଜ ଦୁଃଖ ସମ୍ବରଣ କରିବାକୁ ଯାଇ ରୁବି ଉପରେ ବିରକ୍ତ ହେଲେ – "ଆଉ ତୋ'ର ସୁଟ୍‌କେସ କିଣା ହେବ କେମିତି ।"

ସେମାନଙ୍କୁ ଆଶ୍ୱାସନା ଦେବା ଆଗରୁ ମୁଁ ଅନୁଭବ କଲି ମୋ ସାରା ଶରୀରରେ ପ୍ରଚୁର ଅବସନ୍ନତା । ଘର ଛାଡ଼ି ବାହାରକୁ ଯାଇ ମନ ଫୁର୍ତ୍ତି କରିବାର ଆଉ ଆଗ୍ରହ ନାହିଁ ମନରେ । ସମୟ ମୋ ହାତ ପାହାନ୍ତାରୁ ଖସି ଚାଲିଯାଇଛି ଅନେକ ଆଗରୁ... ।

୦୦

ଶୋଭାଯାତ୍ରା

ସନ୍ଧ୍ୟା ଉତ୍ତୀର୍ଣ୍ଣ ହୋଇଗଲାଣି ଅନେକ ବେଳୁ ।

ବାହାର ଲନ୍‌ର ଶୀତୁଲିଆ ଅନ୍ଧାର ଭିତରେ ଶିବପ୍ରସାଦ ବି ଭୁଲେଇ ପଡ଼ିଛନ୍ତି ଅନେକ ବେଳୁ । ତାଙ୍କ ନିଦୁଆ ଆଖିପତା ତଳେ, ତାଙ୍କ ପ୍ରିୟ ଗାଁଟିର ସ୍ମୃତି ଭାସି ଉଠି, ତାଙ୍କୁ କେମିତି ଗୋଟାଏ ମୋହଗ୍ରସ୍ତ କରି ପକାଉଛି... । ଏମିତି ନିଛାଟିଆ ଅନ୍ଧ ରାତିରେ ବସି ବସି ଗାଁର ସ୍ମୃତିରେ ବୁଡ଼ିଯିବା ପାଇଁ ଭାରି ଭଲ ଲାଗୁଛି ତାଙ୍କୁ । ମନ୍ ତଳର ସବୁ ବେଦନା ଯେମିତି ଅପସରି ଯାଉଚି ଏ ନିରୋଳିଆ ଅନ୍ଧାରରେ ।

ବଡ଼ ଭାବବିହ୍ବଳ ହୋଇ ଶିବପ୍ରସାଦ ଭାବିଲେ ଆଜି ସେ ଗାଁଠାରୁ ଦୂରେଇ ଯାଉଛନ୍ତି ସତ, କିନ୍ତୁ ଗାଁ ତାଙ୍କ ଠାରୁ ଦୂରେଇ ଯାଇନି । ଯିବ ବା କେମିତି ? ସେଇଠି ତାଙ୍କର କିଛିଟା ଶୈଶବଠାରୁ ବାର୍ଦ୍ଧକ୍ୟରୁ ଅର୍ଦ୍ଧେକ । ତେଣୁ ଗୋଟିଏ ପ୍ରିୟ ସଙ୍ଗୀତର ମୂର୍ଚ୍ଛନା ଭାସି ଆସି ମନକୁ ମତୁଆଲା କଲା ପରି ଗାଁର ସ୍ମୃତି ତାଙ୍କୁ ଅତିଷ୍ଠ କରି ପକାଉଛି ରହି... ରହି... ।

ଆଃ... କେଡ଼େ ସୀମିତ କେଡ଼େ ମଧୁର ସେ ଗାଁର ପରିବେଶ! ଗାଁର ପୂର୍ବ ମୁଣ୍ଡରେ ବିରାଟ ହଟା । ହଟା ମଝିରେ କାଚକେନ୍ଦୁ ପରି କଳା ମଚ୍‌ମଚ୍ ପାଣିର ଛୋଟ ଗୋଟିଏ ପୋଖରୀ । ନାଲି କଇଁଫୁଲରେ ସେ ପୋଖରୀର ଦୃଶ୍ୟ ଅବର୍ଣ୍ଣନୀୟ । ପୋଖରୀ ହୁଡ଼ା ଉପରେ ମହାଦେବଙ୍କ ମନ୍ଦିର । ଘଣ୍ଟ ଘଣ୍ଟା ଧ୍ବନିରେ ମନ୍ଦିରର ଚତୁଃପାର୍ଶ୍ବ ଲୋକାରଣ୍ୟ । ମନ୍ଦିର ଡେଇଁଲେ ଗାଁ ଦାଣ୍ଡ । ଦାଣ୍ଡେ ଦାଣ୍ଡେ ଟିକିଏ ପଶ୍ଚିମ ପଟକୁ ମୁହାଁଇଲେ ବଉଳଗଛ ପାଖରେ ଶିବପ୍ରସାଦଙ୍କର ସ୍କେଚ୍‌ରେ ଆଙ୍କିଲା ପରି ନାଲି ରଙ୍ଗ ମାଟିଲିପା ଛପର ଚାଲର ଘରଟି । କେଡ଼େ ଆଦରର ସେ ଘରଟି ତାଙ୍କର... ।

ନିଦୁଆ ଆଖିପତା ତଳେ ବି ଲୁହ ଜକେଇ ଆସିଲା ଶିବପ୍ରସାଦଙ୍କର । ଯେମିତି ତାଙ୍କର ଧ୍ୟାନ ଭଗ୍ନ ହୋଇଗଲା । ମୁଦ୍ରିତ ଚକ୍ଷୁ ଉନ୍ମୀଳିତ ହେଲା । ତଥାପି ସେଇ ବିଷାଦର କାଳିମା ଚତୁଃପାର୍ଶ୍ୱରେ ଲେପି ହୋଇ ରହିଥିଲା ପରି ରହିଛି । ତା'ରି ଭିତରେ ପୁଣି ଦିଶିଯାଉଚି ସେ ଘର ଭିତର ଦୃଶ୍ୟ... ।

ଘର ଭିତରେ ଏକ ପ୍ରକାଣ୍ଡ ଅଗଣା । ଅଗଣା ମଝିରେ ପୁଣ୍ୟର ପ୍ରତୀକପରି ଦଣ୍ଡାୟମାନ ଏକ କଳା ମଚମଚ ତୁଳସୀ ଗଛ । ମୁରୁଜ ଚିତାରେ ଚିତ୍ରିତ ଚଉରା ଆରପଟକୁ ଅରାଏ ଜାଗାରେ ଦି'ଦିତା ଲେଉଟିଆ ପଟାଳି । ପଟାଳି ଧାରେ ଧାରେ ବାରମାସୀ ଉପରମୁହଁ ଲଙ୍କାମରିଚର ଅଶେଷ ଅବଦାନ । ତା'ରି ପାଖରେ ଗାଁ ମାଇପିଙ୍କ ସକାଳେ ସଞ୍ଜେ ବେଶ୍ ଭିଡ଼... ।

କିଛି କ୍ଷଣ ପରେ ଶିବପ୍ରସାଦ ନିଜ ଭିତରକୁ ଫେରି ଆସିଲେ । ପୁଣି ସେଇ ପୁରୁଣା ସ୍ମୃତିର ଦୃଶ୍ୟ... । ବାରିପଟ ପାଚେରି କାନ୍ଥକୁ ଲାଗି କୂଅଟିଏ । ଆଃ, ସେ କୂଅର ପାଣି କି ମିଠା ! ବୈଶାଖ ମାସର ଝାଞ୍ଜିରେ ସେଥିରୁ ମୁଢ଼େ ପାଣି ପିଇ ଦେଲେ, ବେଲ ପଣା ପିଇଲା ପରି ଲାଗେ । ଆଉ ଦି'ଗରା ପାଣି କାଢ଼ି ଦିହରେ ଢାଲି ହୋଇ ପଡ଼ିଲେ, କି କାକର !

ଶିବପ୍ରସାଦ ଶୀତେଇ ଉଠିଲେ ।

ଜୀବନର ଆବଶ୍ୟକତା ଠାରୁ ଅଧିକ ସଂପଦର ପ୍ରୟୋଜନ କ'ଣ... ସେ ଖୋଜି ପାଉ ନାହାଁନ୍ତି ଏ ସହରୀ ଜୀବନରେ । ଏଠି ତାଙ୍କୁ ମନେ ହେଉଛି, ଯେମିତି ତାଙ୍କର ସବୁ ଥାଇ, କିଛି ନାହିଁ... । ଏ ଗୋଡ଼ ଚାଲିବା ପାଇଁ ଯେମିତି ଅଦରକାରୀ, ଏ ହାତ କାର୍ଯ୍ୟ କରିବାକୁ ସେମିତି ଅକ୍ଷମ... ଆଉ ଏ ମନ, ସବୁଥିପାଇଁ ଅଚଳ । ଇସ୍... ଏ'ଏକ ଅଦ୍ଭୁତ ଅନୁଭୂତି ! ଅସହ୍ୟ ପରିବେଶ !

ନିଜର ନିଜତ୍ୱକୁ ସେ ଭୁଲିଗଲେଣି ଏଠିକି ଆସିବା ଦିନୁ । ସେ ତାଙ୍କ ନିଜ ସ୍ୱର ଏଯାଏଁ ଶୁଣିବାକୁ ପାଇନାହାଁନ୍ତି । କାହାକୁ ଟିକିଏ ଡାକିଲା ବେଳକୁ ବାବୁଲା କହୁଚି, ଜେଜେ ! କଲିଂ ବେଲ୍ ଅଛି ପରା !! ପାଦରେ ଚାଲି ଚାଲି ଟିକିଏ ବୁଲି ଆସିବା ପାଇଁ ଗେଟ୍ ଖୋଲିଲା ବେଳକୁ, ଡ୍ରାଇଭର ବିଜୁଳି ବେଗରେ ଦଉଡ଼ି ଆସି କହୁଚି, ଗାଡ଼ି କାଢ଼ିବି ଆଜ୍ଞା ? ଦିଅଁ ପୂଜା ପାଇଁ ବଗିଚାରୁ ଫୁଲ ଗଣ୍ଡେ ତୋଳିଲା ବେଳକୁ ମାଲି ତା' ବିଜୟୀ କଣ୍ଠରେ କହୁଚି ଫୁଲ ତୋଳି ରଖି ଦେଇଛି, ଆଉ ଦରକାର ?

ବଡ଼ ବିଷଣ୍ଣ ମନରେ ଲେଉଟି ଆସନ୍ତି ଶିବପ୍ରସାଦ ନିଜର କୋଠରୀ ଭିତରକୁ... । ଏଇ ଘରର ଚାରି କାନ୍ଥ ଭିତରେ ଯାହା ତାଙ୍କର ଟିକିଏ ସ୍ୱାଧୀନତା । ବସ, ଶୁଅ, ନଟେଟ୍ ଝରକା ଆର ପଟକୁ ଚାହିଁ ଚାହିଁଥାଅ... ତାଙ୍କ ବଞ୍ଚିବା ଜୀବନର ଏତିକ ମାତ୍ର ଯେମିତି କର୍ଉବ୍ୟ !

ନିଜ ଅଜାଣରେ ଗୋଟେ ଦୀର୍ଘଶ୍ୱାସ ବାହାରି ଆସିଲା ଶିବପ୍ରସାଦଙ୍କର ।

କିନ୍ତୁ କାହିଁକି ଏ ଦୀର୍ଘଶ୍ୱାସ ? ମନରେ ଏତେ କ୍ଲାନ୍ତି ? ଏ ଉଦାସ ଉଦାସ ଭାବ ? ସମସ୍ତେ ତ କହୁଛନ୍ତି, ଏଠି ତାଙ୍କର କିଛି ଅଭାବ ଅସୁବିଧା ନାହିଁ । କଳ ମୋଡ଼ିଲେ ପାଣି ଝରୁଛି । ସ୍ୱିଚ୍ ଟିପିଲେ ଆଲୁଅ ଜଳୁଛି । ଗୋଡ଼ ବଢ଼ାଇଲେ ଗାଧୋଇବା ପାଇଁ ଘର । ବୁଲିଯିବା ପାଇଁ ସାମ୍ନାରେ ବଗିଚା । ବହି ପଢ଼ିବା ପାଇଁ ଆଲମାରୀରେ ଥାକ ଥାକ ବହି । ମନ ଖୁସି କରିବା ପାଇଁ ଘର ଭିତରେ ଟି.ଭି. । ଏସବୁ ଛଡ଼ା ଖାଇବା ପିଇବାର ତ ଖୁବ୍ ସୁବ୍ୟଦୋବସ୍ତ... । କିନ୍ତୁ ଏ ସୁଖ ସଂଯୋଗ ତାଙ୍କୁ କାହିଁକି ଆକୃଷ୍ଟ କରିପାରୁନି । ମନେହେଉଛି, ଗୋଟେ କ୍ଷୋଭ ଭିତରକୁ ଠେଲି ପେଲି ହୋଇ ପଶିଥିଲା ପରି... ।

ତାଙ୍କୁ ମନେହେଉଚି, ଯେମିତି ଏ କଳପାଣି ବିଜୁଳିପଙ୍ଖା, ଗାଡ଼ି ବଙ୍ଗଲା ଆଦି ତାଙ୍କର ସକଳ ସ୍ୱାଧୀନତାକୁ ଅପହରଣ କରି ନେଇ ତାଙ୍କୁ ଗୋଟାଏ ଯନ୍ତ ମାନବରେ ପରିଣତ କରାଇ ଦଉଛନ୍ତି ।

ଏଠି ତାଙ୍କର ପାଟି ଫିଟିଲେ, ଭାଷଣ ଦୋଷାବହ । କାହା ସହିତ ସମ୍ପର୍କ ରକ୍ଷା କରିବା ଏକ ନିନ୍ଦନୀୟ କାର୍ଯ୍ୟ । ଯିଏ ଯାହାଠାରୁ ଯେତିକି ଦୂରେଇ ରହିଲା, ସିଏ ସେତିକି ଭଦ୍ର ଓ ଶିକ୍ଷିତ । କାହା ସହିତ କାହାର କାମ ନ ଥିଲେ ଏଠି ଟେଲିଫୋନ୍ ବି ଅଚଳ । ଚାକର ବାକର ପିଅନ ଚପରାସିକୁ ଏଠି ଇଙ୍ଗିତ ଦେଇ କାମ କରାଯାଏ । କାମ ସରିଗଲେ, କାହା ସହିତ କାହାର ସମ୍ପର୍କ ନାହିଁ । ଭିତରେ ସେମାନଙ୍କ ପ୍ରତି ସମବେଦନା ଥିଲେ ବି, ବାହାରକୁ ତାହା ପ୍ରକାଶ ପାଏନା – । ଅର୍ଡ଼ଲି ରାମଚନ୍ଦ୍ର ଦୀର୍ଘ ଛୁଟିରୁ ଫେରିଲା ପରେ, "କାହିଁକି ଆସୁ ନ ଥିଲ" ବୋଲି ପଚାରି ଦେଇ ଶିବପ୍ରସାଦ ଏକ ବିରାଟ ଅପରାଧ କରି ବସି ଥିଲେ ସେ'ଦିନ । ସେହି ମୁହୂର୍ତ୍ତର ପରିସ୍ଥିତିକୁ ସଜାଡ଼ି ଦେବାପାଇଁ, ତୀର ବେଗରେ ପଢ଼ାଘରୁ ଦଉଡ଼ି ଆସି ବାବୁଲି କହିଲା "ଛି ଜେଜେ! ଅର୍ଡ଼ଲି ସଙ୍ଗେ କ'ଣ ଗୋଟେ କଥାବର୍ଭା ?

ମୋତେ ପଚାରୁନା, ଡାଡ଼ାଙ୍କ ଟେବୁଲ ଉପରୁ ରାମଚନ୍ଦ୍ର ଲିଭ୍ ରିପୋର୍ଟ ଦେଖ କହିଦେବି ତୁମକୁ... ସେ କାହିଁକି ଆସୁ ନଥିଲା ।"

ଅପମାନରେ କୁହୁଳି ଗଲେ ଶିବପ୍ରସାଦ । ଚିନ୍ତା କରି କରି ମନେ ମନେ ଗୁଣୁଗୁଣୁ ହୋଇ ଉଠିଲେ, "ହଅ-ଲିଭ୍ ରିପୋର୍ଟ ଦେଖା ହଉଚି... ମଣିଷଟାଙ୍କୁ ତ ଦେଖ ନିରବ ।"

ଏମିତି କେତେ ଅଚାନକ ଘଟଣା ଘଟିଯାଉଚି, ଏଠି ରହିବା ଭିତରେ ପ୍ରତିଟି କାର୍ଯ୍ୟରେ ପାଟି ବନ୍ଦ କରି ଅବୁଝ। ମଣିଷ ପରି ନିରବ ରହି ଯିବାକୁ ପଡୁଚି । ଉପାୟ କ'ଣ ? ଏଇ ତ ସହରି ସଭ୍ୟତା ।

କିଛି ଗାଁର ଜୀବନଟି ମୁକ୍ତ ଆକାଶର ବିହଙ୍ଗର ଜୀବନ ପରି ମୁକ୍ତ । ସେଠି ବଞ୍ଚିବାର ଆନନ୍ଦ ଅଛି । ତମ ମନ ଯାହା ଇଚ୍ଛା ତାହା କରିପାର ସେଠି । ନାଚ, କୁଦ, ଡିଆଁ, ବିନା କାରଣରେ ଯାତାୟାତ କରୁଥିବା ଲୋକଙ୍କୁ ଯେତେ ଇଚ୍ଛା ସେତେ ପ୍ରଶ୍ନ ପଚାରିପାର । ଘଣ୍ଟା ଘଣ୍ଟା ଧରି କାହା ସଙ୍ଗେ କଥା ଜମେଇ ସମୟକୁ ସ୍ୱଚ୍ଛନ୍ଦରେ କଟାଇ ଦେଇପାର । ଖେଳୁଥିବା ଖେଳାଳିଙ୍କୁ ପଚାରିପାର କ'ଣ ଖେଳ ଚାଲିଚି ? ଗାଧୋଇ ଯାଉଥିବା ଲୋକକୁ ତମେ ପଚାରିପାର, କ'ଣ ଗାଧୋଇ ବାହାରିଲ ? ରନ୍ଧା ସାରି ଅଗଣାରେ ଅଳସ ମେଣ୍ଡାଉଥିବା ଗୃହିଣୀକୁ ମଧ ପଚାରିପାର ରନ୍ଧା ସରିଯାଇଛି ? କୌଣସିଥରେ ବିରକ୍ତି ନାହିଁ ବିଦ୍ୱେଷ ନାହିଁ । ସେମାନେ ଜାଣନ୍ତି, ଏହା ପ୍ରଶ୍ନ ନୁହେଁ । ସମ୍ପର୍କ ରକ୍ଷାର ଏହା ଏକ ଆନ୍ତରିକତା'ର ଶୁଭ ସମ୍ଭାଷଣ । କିନ୍ତୁ ସହରୀ ଲୋକଙ୍କଠାରେ ଏହାର ଓଲଟା ପ୍ରତିକ୍ରିୟା । "କାହିଁକି ଅଯଥାରେ ଆମକୁ ଡିସ୍ଟର୍ବ କରୁଛ ।"

ଏଇମାସ କେତେଟା ସହରର ରହଣିକାଳ ଭିତରେ ଶିବ ପ୍ରସାଦଙ୍କ ଜୀବନ ବଡ଼ ଦୁର୍ବିସହ ମନେ ହେଲାଣି । କାହିଁକି ସୁଶୀଳ ପାଖରୁ ଏତେ ବେଶୀ ଦୂରେଇ ଯାଆନ୍ତେ... ବାର୍ଦ୍ଧକ୍ୟ ଏଡ଼େ ବେଶୀ କାହିଁକି ହନ୍ତସନ୍ତ କରନ୍ତା, ସେ ଗାଁ ଛାଡ଼ି ସହରକୁ ଆସନ୍ତେ ? ଗାଁକୁ ଯାଇ ଆସି ଦେହ ଖରାପ ବେଳେ ଚିକିତ୍ସା କରେଇ ଦେଲେ କ'ଣ ହୁଅନ୍ତା ନାହିଁ ? କିଏ ମୁହଁ ଖୋଲି ଏ କଥା କହିବ ଅଶୋକକୁ ? ପିଲାଗୁଡ଼ାକ ବଡ଼ ହୋଇଯିବା ପରେ ମଣିଷର ଜଞ୍ଜାଳ ତୁଟିଯାଏ, ସତ କିନ୍ତୁ ପରାଧୀନତାରେ ଅନିଃଶ୍ୱାସୀ ହୋଇପଡ଼େ । ସୁଶୀଳା ବଞ୍ଚିଥିଲା ବେଳେ

କେତେଥର ଦେଖେଇ ଶିଖେଇ କହିଛନ୍ତି, "ମୋ କଥା ଶୁଣୁ ନ ଥିଲ ସିନା, ଏବେ ବୋହୂକୁ ଡରିମରି ଚଳିବାକୁ ବଡ଼ ସୁଖ ଲାଗୁଚି... ନୁହଁ ?

ଏଇ ତ ଭାରତୀୟ ପୁରୁଷର ବ୍ୟକ୍ତିତ୍ୱ ! ଯୌବନବେଳେ ସ୍ତ୍ରୀ-ମୁଖ ଭୁଲି ସନ୍ତାନକୁ ମଣିଷ କରିବାର ଆନନ୍ଦ ! ସନ୍ତାନ ମଣିଷ ହୋଇଯିବା ପରେ, ମୃତ୍ୟୁପରେ ସନ୍ତାନ ମୁଖାଗ୍ନି ଦବା ପାଇଁ କାଳେ ନାରାଜ ହୋଇଯିବ ବୋଲି ଅବଶିଷ୍ଟ ଜୀବନ ସରେ ତା'ରି ଅଧୀନରେ । ପିତାକୁ ନ ପଚାରି ଆଦର ଯତ୍ନ ନ କରି ତା'ର ଶୁଦ୍ଧକ୍ରିୟାରେ ପୁତ୍ର ଯଦି ଶ୍ରାଦ୍ଧ କରେ ମହାସମାରୋହରେ, ତେବେ ସମାଜ ସନ୍ତୁଷ୍ଟ । ତେଣୁ ଜୀବଦଶାରେ ଭୋକ, ଅପମାନ, ଘୃଣାକୁ ସଂହାର କରି ପିତା ଅପେକ୍ଷା କରି ରହିଥାଏ ମୃତ୍ୟୁ ପର୍ଯ୍ୟନ୍ତ । ଏଯା ଇ ତ ଜୀବନ । ବୋହୂକୁ ନ ଡରି, ବେପରୁଆ ଭାବେ ଚଳିବାର ପରମ୍ପରା କାଇଁ ଶିବ ପ୍ରସାଦଙ୍କର ?

ରାତି ତ କେତେ ହୋଇଯିବଣି । ନିରୁଦ୍ଦେଶ୍ୟ ଭାବେ ଗୁଡ଼ାଏ ବୃଥା ଚିନ୍ତାରେ ଅନେକ ସମୟ କଟେଇ ଦେଲେଣି ଶିବପ୍ରସାଦ । ଚାରିଆଡ଼ରୁ କୋଲାହଳ ଧିମେଇ ଆସିଲାଣି । ଗେଟ୍ ବାହାର ପୋଲ ଉପରେ ବସି ବସି ବାହାଦୁର 'ଦଭାରାମ୍' ବିଡ଼ି ଖଣ୍ଟକରେ ନିଆଁ ଧରାଇ ଧୂଆଁ ଭିତରେ ନିଜକୁ ହଜାଇ ଦେଲାଣି । ଭାରି ଇଚ୍ଛା ହଉଚି ଶିବପ୍ରସାଦଙ୍କର, ଦଭାରାମ୍‌କୁ ପାଖକୁ ଡାକି ଟିକିଏ ଆଲାପ ଆଲୋଚନା କରିବା ପାଇଁ । ତା'ର ଖଣ୍ଡିଖଣ୍ଡି ଓଡ଼ିଆ ଭାଷାର କଥା ଭାରି ଭଲଲାଗେ ତାଙ୍କୁ ଶୁଣିବା ପାଇଁ । କିନ୍ତୁ ଏ ସହର ସଭ୍ୟତାରେ କି ଥ୍ୱାତ୍ମ୍ୟାନ୍ ବାହାଦୁର ସଙ୍ଗେ କଥାବାର୍ତ୍ତା ହେବା ସମ୍ଭବ ? କ'ଣ ଭାବିବ ଅଶୋକ ?

ହାତରେ ଧରିଥିବା ବାଡ଼ିଖଣ୍ଡିକ ଠକ୍‌ଠକ୍ କରି ଘର ପାଚିରି ଚାରିପାଖ ତଦାରଖ କରିବା ପାଇଁ ଚାଲିଗଲାଣି ସେ । ଟେପ୍‌ଟା ହୋଇ ଏଡ଼ିକି ଟିକିଏ ଗେଡ଼ାଲୋକ । କି କ୍ଷମତା ତା'ର ! ଏଇତ ସେଦିନ ଖୁଦୁରୁକୁଣୀ ଓଷା ଲାଗି ଚାରି ପାଞ୍ଚଟା ପିଲା ବାଡ଼ିରେ ପଶି ଫୁଲ ତୋଳୁଥିଲେ, ଦଭାରାମ୍ ଫିଙ୍ଗିଲା ତା'ର ଲାଠିକୁ... ସେ ପାତଲା ଟୋକାଟାର ପ୍ଲାଷ୍ଟିକ୍ ଫୁଲ ଡାଲାଟା ଭାଙ୍ଗି ଦି'ଖଣ୍ଡ ହୋଇଗଲା । ସାରା ରାତି ସୁ ସୁ କରି ଯେଉଁ ହୁଇସିଲ ଫୁଙ୍କୁଛି, ମଣିଷର ପିଲେହି ପାଣି ହୋଇଯାଉଚି । ଚୋରର କଲିଜା କାଇଁ ଚୋରି କରିବାକୁ ?

ହଠାତ୍ ରାସ୍ତାଟା କୋଲାହଲ ଫାଟି ପଡ଼ିଲା ପରି ଲାଗିଲା... । ଶିବପ୍ରସାଦ ବିଚଳିତ ହୋଇପଡ଼ିଲା । ଇଏ କୋଉ ଗାଁ ହୋଇଟି ଯେ, ଏତେ ପାଟିଟ୍ୟେ କରି ଏଇଲେ ସେ ପଚାରି ଥାଆନ୍ତେ – "ଆରେ କ'ଣ ହେଲା କିରେ... ଏମିତି ପାଟିତୁଣ୍ଡ କରି ଦଉଛୁଚ୍ ?"

ନାଁ ନାଁ ଏ ସହର । କାହାକୁ କିଛି ନ ପଚାରି ନିରବ ଦର୍ଶକ ହୋଇ ରହିଯିବା ସଭ୍ୟତା'ର ଲକ୍ଷଣ । କିନ୍ତୁ ମନଟା କୋଉ ବୁଝୁଛି ? ତୁଚ୍ଛାଟାରେ ଏତେ ପାଟି... ଏତେ କୋଲାହଲ.... କାହିଁକି ?

ମନ ଜାଣିଲା ପରି ବାହାଦୁର ଓଠରେ ଫୁଟି ଉଠୁଥିବା ରହସ୍ୟମୟ ହସକୁ ରୋକି ଆସି ଶିବପ୍ରସାଦଙ୍କୁ ଖଣ୍ଡି ଖଣ୍ଡି ଓଡ଼ିଆରେ କହିଲା, "ଯେ ସାଦିକା ପ୍ରୋସେସନ୍ ନହିଁ ପିତାଜୀ ! ଗୋଟେ ୟଙ୍ଗ୍ ଲଡ଼କିକୁ ସିନେମାରେ ମିଶାଇ ଦେବି, ହିରୋଇନ୍ ବନାଇ ଦେବି କହି, ଗୋଟେ କଲେଜ ଲଡ଼କା ସେ ଲଡ଼କୀକୁ ପକଡ଼ ଲିଆଥା କୋଣାର୍କ... ଗୋପାଲପୁର । ପନ୍ଦର ଦିନ୍କା ବାଦ୍ ପୋଲିସ୍ ଆରେଷ୍ଟ କିଆ ଥା । ଲଡ଼କାର ଫ୍ରେଣ୍ଡସ୍‌ମାନେ ଷ୍ଟ୍ରାଇକ୍ କରି ଲଡ଼କାକୁ ଥାନା ସେ ଲେ ଆୟା.... । ଇସ୍‌ଲିଏ ତୋ ୟହି ପ୍ରୋସେସନ୍ ପିତାଜୀ ! ସାଦି ସେ ଭି ବ୍ୟାଣ୍ଡ ପାର୍ଟି ବହୁତ ଆଛା ।

ଶିବପ୍ରସାଦ ଓଠରେ ଶିଶୁସୁଲଭ ହସ ଟିକିଏ ଚହଟି ଉଠିଲା । ମନେମନେ ଗୁଣୁଗୁଣୁ ହୋଇଉଠିଲେ – ପିଲାମାନେ ସିନେମା ଦେଖୁଛନ୍ତି "ଜୋର୍ ଯା'ର... ମୂଲକ ତା'ର" ଏଇ ସାଧାରଣ କଥାରେ ପୁଲିସ୍ କାହିଁକି ଏତେ ଗୁରୁତ୍ୱ ଦେଉଥିଲା ?

ବାହାରେ ଗାଡ଼ି ରହିବାର ଶବ୍ଦ ହେଲାଣି ।

ଅଶୋକ ଆଉ ସୁମିତ୍ରା ଆସିଲେ ବୋଧେ, ଏଇଲେ ସୁମିତ୍ରା ଗରଗର ହୋଇ ଦି'ତିନିଟା ଅର୍ଦ୍ଧଲିଙ୍କୁ ପଠାଇବ, "ଯାଆ ବାପାଙ୍କୁ ଡାକିଆଣ" କହି... । ବାଧ୍ୟ ଶିଶୁ ଭଳି ଏଇଲେ ଶିବପ୍ରସାଦ ଡାଇନିଂ ଟେବୁଲ ଉପରେ ଘୋଡ଼ା ହୋଇ ଥୁଆ ହୋଇଥିବା ଖାଦ୍ୟ ସାମଗ୍ରୀକୁ ଖାଇଦେଇ ଶୋଇବା ପାଇଁ ଚାଲିଯିବେ । ସବୁ ବାଧ୍ୟତା ଭିତରେ ଇଏ ବି ଏକ ବାଧକତା, ଯାହା ଶିବପ୍ରସାଦଙ୍କ ପକ୍ଷେ ନିହାତି ଅସହ୍ୟ ।

ଏମିତି ସେ କେତେ ରାତ୍ର ମଣାରି ଭିତରେ ଆଖ୍ ମେଲି ଲିଭା ଆଲୁଅର କୋଠରୀ ଭିତରେ ପଡ଼ି ରହିଥାଆନ୍ତି... ଜାଣେ କିଏ ?

ପ୍ରାଣ ଓ ପ୍ରଣୟ

ମୋର ଆଦୌ ବିଶ୍ୱାସ ହେଉ ନ ଥିଲା ଯେ ଆମ ଘରର ସାମ୍ନା ଦେଇ ଯେଉଁ ଗାଡ଼ିଟା ଗଲା ଏବଂ ଆମ ଘରପାଖ "ଜୟ ଜଗନ୍ନାଥ" ମନ୍ଦିର ପାଖରେ ଅଟକିଲା, ସେଇ ଗାଡ଼ିଟା ତେଜସ୍ୱିନୀର ।

ମୁଁ କୌତୂହଲ ପରବଶ ହୋଇ ଗାଡ଼ି ପାଖକୁ ଆଗେଇ ଗଲି ଏବଂ ଆବିଷ୍କାର କଲି ଯେ, ତେଜସ୍ୱିନୀ ଗାଡ଼ିରୁ ବାହାରି ଆସ୍ତେ ଆସ୍ତେ ପ୍ରମୋଦବାବୁଙ୍କ ଘରଆଡ଼େ ମୁହାଁଉଛି ।

ଦୀର୍ଘଦିନ ଆମେରିକାରେ ରହି, ହଠାତ୍ ତେଜସ୍ୱିନୀ ଓଡ଼ିଶାର ଏକ ଅର୍ଦ୍ଧ-ସହରାଞ୍ଚଲ ଭିତରକୁ ଯେ ଏତେ ସହଜ ଭାବରେ ପହଞ୍ଚିଯାଇ ପାରିଛି, ସେକଥା ଆଖିରେ ଦେଖି ମଧ୍ୟ ମୁଁ ବିଶ୍ୱାସ କରି ପାରୁ ନ ଥିଲି ।

ହଠାତ୍ ସେ ମୋତେ ଦେଖି ପକେଇ, କୋଟିଏ ଚନ୍ଦ୍ର ପାଇବାର ଉନ୍ମାଦନାରେ ମୋ' ପାଖକୁ ଦଉଡ଼ି ଆସି ବସ୍ତୁତଃ ମୋତେ ନିବିଡ଼ ଭାବରେ ଜଡ଼ାଇ ଧରିଲା ।

ଏଇ ଥିଲା ଆମ ବନ୍ଧୁତ୍ୱର ନିଛକ୍ ନିଦର୍ଶନ ।

ପଚାରିଲି, ପ୍ରମୋଦବାବୁଙ୍କୁ ତୁ କେମିତି ଜାଣୁ କିଲୋ ? କିଛି ସାଇଣ୍ଟିଫିକ୍ ପ୍ରୋଜେକ୍ଟ କରିବା ପାଇଁ ଆସିଛୁ କି ? ସେ ଯେ ଆମର ବିଜ୍ଞାନ ଏବଂ ସଂସ୍କୃତ ବିଭାଗର ମନ୍ତ୍ରୀ !

ତେଜସ୍ୱିନୀ ମୋତେ କିଛି ଉତ୍ତର ଦେବା ଆଗରୁ ମୁଁ ଲକ୍ଷ୍ୟ କଲି, ସେ ସମ୍ପୂର୍ଣ୍ଣ ଅନ୍ୟମନସ୍କ ଓ ଖୁବ୍ ବିଚଲିତ । ମୁଖମଣ୍ଡଲରେ ଉଇଁ ଆସୁଥିବା ତେଜସ୍ୱୀ ସୂର୍ଯ୍ୟକୁ ସତେ ଯେପରି ରାହୁ ଗ୍ରାସ କରି ବିବର୍ଣ୍ଣ କରି ଦେଉଛି ! !

ପଚାରିଲି କଣ ହେଲା…? ଏମିତି ଝାଉଁଲି ପଡ଼ିଲୁ କିଆଁ ? ବାଷ୍ପରୁଦ୍ଧ କଣ୍ଠରେ ମୋତେ ଚାହିଁ ଚାହିଁ ତେଜସ୍ୱିନୀ କହିଲା, ହଉ ଚାଲ୍ ତୋ' ଘରକୁ ।

ସେଇଠି ଦୁଇ ମିନିଟ୍ କଥା ହୋଇ ସାରିଲା ପରେ, ପଚାରି ବୁଲିବା ପ୍ରମୋଦବାବୁ ଘରେ ଅଛନ୍ତି କି ନା । ତା'ପରେ ପ୍ରମୋଦ ବାବୁଙ୍କ ଘରକୁ ଯିବି... ।

ମୋ' ଘରକୁ ଆସିବା ଭିତରେ ତେଜସ୍ୱିନୀ ତା' କଥାବାର୍ତ୍ତା ପୂରା ଦମରେ ଆରମ୍ଭ କରି ଦେଇଥିଲା ।

ଜାଣୁ ? ପ୍ରମୋଦ ବାବୁ ଜଣେ ବିରାଟ ବୈଜ୍ଞାନିକ । ଶିମିଳି ଫୁଲରେ ରେଣୁରୁ ଆଶ୍ଚର୍ଯ୍ୟ ପ୍ରକାରର ଏକ ସୁଗନ୍ଧ ବାହାର କରି, ସେଇ ସୁଗନ୍ଧରେ ମଣିଷ କେମିତି ବିଭିନ୍ନ ପ୍ରକାର ରୋଗରୁ ଆରୋଗ୍ୟ ଲାଭ କରିବ, ସେଇ ବିଷୟ ନେଇ ସେ ଯାଇ ଆମେରିକାରେ ଗବେଷଣା କରୁଥିଲେ ।

ମୁଁ ବି ସେଠି ଗୋଟାଏ ସାଇନ୍ସ ଇନ୍‌ଷ୍ଟିଚ୍ୟୁଟ୍‌ରେ ବୈଜ୍ଞାନିକ ଭାବରେ କାମ କରୁଥିବା କଥା ତୁ ତ ଜାଣିଛୁ । ପ୍ରମୋଦବାବୁଙ୍କର ପ୍ରେସ୍ କନ୍‌ଫରେନ୍‌ସ ଦିନ ନିମନ୍ତ୍ରିତ ହୋଇ ମୁଁ ସେଠିକି ଯାଇ ନ ଥିଲେ ହୁଏତ ପ୍ରମୋଦ ବାବୁଙ୍କ ସହିତ ମୋର ଦେଖା ହୋଇ ନ ଥାନ୍ତା ।

ବୈଜ୍ଞାନିକ ଟେକ୍‌ନିକ୍‌କୁ ସେ ଯେଉଁଭଳି ଶୈଳୀରେ ବର୍ଣ୍ଣନା କରିଗଲେ, ଖାଲି ମୁଁ କାହିଁକି, ପ୍ରେସ୍ ରିପୋର୍ଟରମାନେ ମଧ୍ୟ ବିସ୍ମୟରେ ହତବାକ୍ ହୋଇ ପଡ଼ିଲେ !

ତା' ପରେ ପରେ ମଞ୍ଚରୁ ଓହ୍ଲାଇପଡ଼ି ପ୍ରମୋଦବାବୁ ଯେତେବେଳେ ଆମ ଗହଣରେ ମିଶିଗଲେ, ହଠାତ୍ ତାଙ୍କ ପ୍ରତିଭା ଓ ବ୍ୟକ୍ତିତ୍ୱ ପ୍ରତି ମୁଁ ଆକୃଷ୍ଟ ହୋଇପଡ଼ିଲି ।

ବିକର୍ଷଣ ହିଁ ଚୁମ୍ବକର ଚୁମ୍ବକତ୍ୱ । ଲୁହାକୁ ସିନା ଚୁମ୍ବକ୍ ଆକର୍ଷିତ କରିଥାଏ । ଲୁହ କଣ ଚୁମ୍ବକକୁ ? ପ୍ରମୋଦ ବାବୁ ଓ ମୁଁ କେହି ଲୁହାର ସ୍ଥାନରେ ନ ଥାଇ ମଧ୍ୟ ଦୁଇଟି ବୈଜ୍ଞାନିକଙ୍କର ଯେଉଁ ଆକର୍ଷଣ ଘଟିଲା, ତାହା ଲୌହ-ଚୁମ୍ବକର ନୁହେଁ, ଚୁମ୍ବକ ଆଉ ଚୁମ୍ବକର... ।

ଏଇ ଥିଲା ପ୍ରମୋଦ ବାବୁଙ୍କ ସହିତ ମିଶିବାର ପ୍ରଥମ ସୁଯୋଗ ତା' ପୁଣି ଏକ ବିଦେଶୀ ଭୂଇଁରେ ।

ମନ ଭିତରେ ବଣ୍ଟାଭୂତ ଅସଂଖ୍ୟ ଅଲନ୍ଦର ପ୍ରସ୍ତ ହଠାତ୍ କେଉଁ ଆଡ଼େ ଅପସରି ଯାଇ ଦେଖା ଦେଲା ଜୁଲୁବୁଲିଆପୋକ ଆଲୋକର ଚଳମାନ ନିକୋଣ ।

ଆଶା, ଆକାଂକ୍ଷା, ଉଦ୍ଦୀପନାର ଘନୀଭୂତ ମିଶ୍ରଣରେ ହଠାତ୍ ଜୁଲୁଜୁଲୁଆପୋକ ସବୁଜ ଆଲୋକ ରୂପ ନେଲା, ଗୋଟିଏ ଭଲ ପାଇବାର ବିରାଟ ବୃକ୍ଷ ।

ସେ ବୃକ୍ଷଟି ପ୍ରମୋଦବାବୁଙ୍କର ସହଯୋଗ ଏବଂ ଉପସ୍ଥିତିର ପୌନଃପୁନିକତା ଯୋଗୁଁ ଏତେ ଫଳପୁଷ୍ପରେ ଭରିଗଲା ଯେ, ବୃକ୍ଷଟି ମୋତେ ଭାବିପାରି ନ ଥିଲା ତା'ର ଭବିଷ୍ୟତରେ କେବେ ବିପର୍ଯ୍ୟୟ ଆସିପାରେ ବୋଲି ।

ହଠାତ୍ ଗୋଟାଏ ଶୀତୁଆ ସକାଳରେ ତାଙ୍କଠାରୁ ମୁଁ ଟେଲିଫୋନ ପାଇ, କିଭଳି ଶିହରି ଉଠିଥିଲି, ମୋ' ନିଜ ଛଡ଼ା ଅନ୍ୟ କେହି ଅନୁଭବ କରିପାରିବେ ନାହିଁ ।

ଭୋକିଲା ଭଲ ପାଇବାର ସୁଦୀର୍ଘ ଚଳାପଥରେ ଏଭଳି ଗୋଟାଏ ମରୂଦ୍ୟାନ ମିଳିଯାଇପାରେ ବୋଲି ମୋର ମୋତେ ବିଶ୍ୱାସ ନ ଥିଲା ।

କେମିତି କେଜାଣି... ଜାଣିଲା ପରି ପ୍ରମୋଦବାବୁ କହିଲେ, ତମେ ବୋଧେ ବିଛଣା ଛାଡ଼ିନ ।

ପରିଧାନର ସ୍ୱଚ୍ଛତା ଉପରେ ବହିର୍ଲିଖନ କରି ଯେଉଁ ବ୍ଲାଙ୍କେଟଟା ରହିଛି, ତା'ଭିତରୁ ବାହାରି ଆସିବା ଭଳି, ଏଭଳି ଶୀତ ସକାଳରେ ଅସମ୍ଭବ ନ ହେଲେ ବି ସମ୍ଭବ ନୁହେଁ ।

ମାଉଥ୍‌ପିସ୍ ଓ ଉପରେ ଚାପି କ'ଣ ମୁଁ କହିବାକୁ ଯାଉଛି, ପ୍ରମୋଦବାବୁଙ୍କର ସ୍ୱର ସେପଟରୁ ଶୁଭିଲା – "ଗାଆଁରେ ଥିଲେ, ଏତେବେଳକୁ ଗୁହାଳ ଗୋବର ଗୋଟେଇ, ଘର ଲିପି, ଝୋଟି, ମୁରୁଜ ଦେଇ ଲକ୍ଷ୍ମୀପୂଜା କରିବା ପାଇଁ ସଜ ହୋଇ ସାରନ୍ତାଣି... । ଜାଣିଛ ନା ନାଇଁ... ଆଜି ମାର୍ଗଶିରର ପ୍ରଥମ ଗୁରୁବାର ଯେ !

ପ୍ରମୋଦବାବୁଙ୍କ ଠାରୁ ଏଗୁଡ଼ାକ ଶୁଣି, ମୁଁ ସତରେ ଲାଜେଇ ଯାଇ ଗୋଟିଏ ଧୂଳିକଣା ଭଳି କ୍ଷୁଦ୍ର ହୋଇ ଯାଉଥିଲି । ଆଉ ଭାବୁଥିଲି, ସେ କିପରି ଜାଣିଲେ ମୋ ପରିଧାନର ସ୍ୱଚ୍ଛତା ଓ ବିଛଣା ଇତ୍ୟାଦିର ନକ୍‌ସା ? ସମସ୍ତେ ଆଖିରେ ଦେଖି ଅନୁମାନ କରୁଥିଲାବେଲେ ସେ ବୋଧେ କଥାବାର୍ତ୍ତାରୁ ଅନୁମାନ କରି ନେଉଥିଲେ ।

ଅସ୍ପଷ୍ଟ ସ୍ୱରରେ ମୁଁ କେବଳ ଏତିକି କହିଲି, "ସେଥି ପାଇଁ ତାହା ମୁଁ ଏଇଲେ କାକରା ଛାଣୁଛି..." ଓ ଅବଲୀଳାକ୍ରମେ ମୁଁ ଟେଲିଫୋନ୍ଟିକୁ ଥୋଇଦେଲି ।

'ଓଃ'! ମୋ ଦେହରୁ ବହେ ଝାଳ ବୋହିଗଲା... ।

ଟେଲିଫୋନ୍‌ରେ ଡାକିଦେଇ ସାରିଲା ପରେ ମୋ ଉପରେ କର୍ତ୍ତବ୍ୟ ପରାୟଣତାରେ ଯେଉଁ ମେଘଖଣ୍ଡିକ ଭାସିଉଠିଲା, ସେଥିରେ ମୁଁ ନିରୂପାୟ ହୋଇ ସହସା ବିଛଣା ଛାଡ଼ୁଛାଡ଼ୁ ଶେଯ ଭିତରୁ ପ୍ରାୟ ଡେଇଁପଡ଼ିଲି ।

ମୁଣ୍ଡ ମୁକୁଳା । ଦେହରେ ଖଣ୍ଡେ ଟି ସାର୍ଟ । ଆଉ ନିମ୍ନାଂଶରେ ପରିଧାନ ନ ଥିବା ସଙ୍ଗେ ସମାନ । ଏକାକୀ ଘରେ ରହି, ସ୍ୱାଧୀନତାକୁ ଉପଭୋଗ କରିବାର ଇଏ ବି ଏକ ଲକ୍ଷ୍ୟ... । ଘରସାରା ତ କାର୍ପେଟ.... ତେଣୁ ସ୍ଲିପର ପିନ୍ଧିବାର ବି ଆବଶ୍ୟକତା ପଡ଼େ ନାହିଁ ।

ଯଥାଶୀଘ୍ର ମୁଁ ମୋର ନିତ୍ୟକର୍ମ ଶେଷ କରିନେଇ ଡ୍ରେସିଂ ଟେବୁଲ ପାଖକୁ ଚାଲିଆସିଲି । ନିଜକୁ ସଜେଇବାରେ ପ୍ରତିଦିନ ପାଇଁ ଯାହା, ସେଦିନ ପାଇଁ ତାହା ନୁହେଁ ବୋଲି କହିବା ବାହୁଲ୍ୟ ମାତ୍ର । କ'ଣ ପିନ୍ଧିବି ବୋଲି ଆଲମିରାରୁ ଥାକ ଥାକ ସ୍କର୍ଟ ବ୍ଲାଉଜ୍, ମିଡ଼ି ମ୍ୟାକ୍ସି ପରୀକ୍ଷା କରି କରି ସତରେ ମୁଁ କ୍ଲାନ୍ତ ହୋଇପଡ଼ିଲି । ଏବେ କମ୍ବିନେସନ ଏବଂ ମ୍ୟାଚିଂ ସବୁ ବାହାରି ପଡ଼ିଲାଣି । ସେ, ସଠିକ୍ ପରିଧାନ ବାଛି ଠିକ୍ କରିବା କଠିନ ହୋଇ ପଡ଼ିଲାଣି । କ'ଣ କରିବ ?

ସେ ଯାହା ହେଉ, ନିଜକୁ ଯଥାସମ୍ଭବ ଆକର୍ଷିତ କରିବା ପାଇଁ ଏ ଯେଉଁ ପ୍ରଚେଷ୍ଟା ଥିଲା, ତାହା ବ୍ୟର୍ଥ ହୋଇ ନଥିଲା । ସେଦିନ ପ୍ରମୋଦବାବୁ ଆସି କେତେ ଯେ ପ୍ରଶଂସା କଲେ, ମୁଁ କହି ପାରିବିନି ।

ସେଇ ଅନୁପାତରେ ଘର ସଜାଇବା ମଧ ବେଶ୍ କଠିନ । ଗୋଟିଏ ଲୋକ ଚଲପ୍ରଚଲ କରୁଥିବା ଘରର ସାଜସଜ୍ଜା ସାଧାରଣତଃ ବେଡ୍ ରୁମ୍ ଚାରି କାନ୍ତ ଭିତରେ ଲେସି ହୋଇ ରହିଯାଇ ଥାଏ । ସେ ସବୁକୁ ଯଥାସମ୍ଭବ ଫିଟେଇ, ଡ୍ରଇଂ ରୁମ୍, ଡାଇନିଙ୍ଗ ରୁମ୍ ଓ ସିଟିଂ ସ୍ପେସ୍ ଆଦି ସଜେଇବାରେ ମନୋନିବେଶ କଲି ।

ପ୍ରମୋଦବାବୁ ଘରର ସାଜସଜ୍ଜା ଉପରେ ଟିପ୍ପଣୀ ଦେଇ ଦେଇ ମୋ ଉନ୍ନତ ରୁଚିର ବେଶ୍ କିଛି ପ୍ରଶଂସା କରିଥିଲେ ।

ପ୍ରଶଂସା ତ ପ୍ରାଣକୁ ଆମୋଦିତ କରେ । ଆଉ ଏଇ ପ୍ରଶଂସା ଥିଲା ବିଖ୍ୟାତ ବୈଜ୍ଞାନିକ ପ୍ରମୋଦବାବୁଙ୍କର । ମୁଁ କିଭଳି ଉଲ୍ଲାସିତ ହୋଇଥିଲି, ତୁ ନିଶ୍ଚୟ ଅନୁମାନ କରି ପାରୁଥିବୁ ।

ଏ ଥିଲା ଆମ ଭଲପାଇବାର ଅଙ୍କୁରୋଦ୍ଗମ ବା ଭଲପାଇବାର ଦ୍ୱିତୀୟ ପଟ । ପରେ ତାହା ଗୋଟିଏ ଚାରାଗଛରେ ପରିଣତ ହୋଇଯାଇଥିଲା ।

ଲାବୋରେଟୋରୀ, ପ୍ରେକ୍ଷାଳୟ ଏବଂ ଉଦ୍ୟାନମାନଙ୍କରେ ଆମ ମିଳାମିଶାର ଆସରରେ ହଠାତ୍ ସେ ଚାରାଗଛଟି ଖୁବ୍ ଶୀଘ୍ର ବଢ଼ିଯାଇ ଗୋଟିଏ ହୃଷ୍ଟପୁଷ୍ଟ ଗଛରେ ପରିଣତ ହୋଇଗଲା ।

ସେଇଥିପାଇଁ ମୋ ଆଗରେ ଥିବା ଏକାକୀତ୍ୱର ନିର୍ଜନ ପଥରେ ପ୍ରମୋଦବାବୁଙ୍କୁ ସହଯାତ୍ରୀ ହେବାକୁ ନିମନ୍ତ୍ରଣ କରିଥିଲି । ସେତେବେଳେ ପ୍ରମୋଦବାବୁଙ୍କ ଆଖିରେ ବୁଭୁକ୍ଷାର ପଟଳ, ଦେହରେ ବୈଦୁତିକ ତଡ଼ିତ୍ । ସେ ପ୍ରାୟ ସ୍ତମ୍ଭିତ ହୋଇ ସ୍ନାୟୁ ପାଲଟି ଯାଇଥିଲେ ।

ପରେ ପରେ ଯଥା ସମ୍ଭବ ଶକ୍ତି ସଞ୍ଚୟ କରି ସେ କହିଲେ –

"ଏଥିପାଇଁ କିନ୍ତୁ ତୁମକୁ ଏତେ ମୂଲ୍ୟ ଦେବାକୁ ପଡ଼ିବ ଯେ, ତମେ ହୁଏତ ମୋତେ ଦେଇ ପାରିବ ନାଇଁ ତେଜସ୍ୱିନୀ ! ସେ ମୂଲ୍ୟଟାକୁ ତମେ ଟଙ୍କା ପଇସା, ସୁନା, ରୂପା, ଜମି ବା ହର୍ମ୍ୟ ସହିତ ତୁଳନା କର ନାହିଁ । କାରଣ ସବୁ ପାର୍ଥିବ ସମ୍ପତ୍ତିର ନିର୍ଦ୍ଦିଷ୍ଟତା ଥାଏ । ତମେ ଜାଣ କି ନା କେଜାଣି, ମନ ଦେଇ କେବଳ ମନ ହିଁ କିଣିହୁଏ, ଅର୍ଥ ଦେଇ ନୁହେଁ । ତମେ ମୋତେ ପାଇବାକୁ ହେଲେ ତମର ଗଚ୍ଛିତ ସମ୍ପତ୍ତି ମୋ ଦରକାର ନାହିଁ କିୟ । ସେ ସମ୍ପତ୍ତି ମୋ କାମରେ ଆସିବ ନାହିଁ, ଆସିବ କେବଳ ତମେ ।

ପ୍ରମୋଦବାବୁଙ୍କ କଥାରେ ମୁଁ ଛିଅ ଖୋଜି ପାଉ ନଥିବା ବେଳେ ପ୍ରମୋଦବାବୁ କହି ଉଠିଲେ, ତମକୁ ଏଇ ସୁନ୍ଦର ଆମେରିକା ଛାଡ଼ି ମୋ ସହିତ ଭାରତ ଫେରିଯିବାକୁ ପଡ଼ିବ । ପାରିବ ତମେ ?

ନିଜର କ୍ଷୋଭକୁ ଯଥାସମ୍ଭବ ଗୋପନ ରଖି ପ୍ରମୋଦବାବୁଙ୍କ ପ୍ରଶ୍ନ ପୂର୍ବରୁ ମୁଁ ବାଥରୁମ୍‌ରେ ପଶିଯାଇଥିଲି । ସେତେବେଳକୁ ମୋ ଅଶ୍ରୁଗ୍ରନ୍ଥିରେ କେତେ ଯେ ଲୁହ ଚିପି ହୋଇ ରହିଯାଇଥିଲା, ପୂର୍ବରୁ ତା'ର ସନ୍ଧାନ ଥରକ ପାଇଁ ହେଲେ ପାଇ ପାରି ନଥିଲି ।

ମୋ ଯିବା ପରେ ପରେ ପ୍ରମୋଦବାବୁ ଗାଧୁଆ ଘରେ ପଶିଯାଇ ମୋ ମୁହଁକୁ ପୋଛି ପକାଇଲେ ।

ଚଳଚିତ୍ର ଦୃଶ୍ୟ ଭଳି ମୁଁ ନିବିଡ଼ ଭାବରେ ଲାଖ୍ୟାଇଥିଲି ପ୍ରମୋଦବାବୁଙ୍କ ଦେହରେ । କିନ୍ତୁ ପ୍ରମୋଦବାବୁ ଯେତେବେଳେ କୋମଳ କଣ୍ଠରେ ମୋତେ ଆଶ୍ୱାସନା ଦେବାକୁ ଯାଇ କହିଲେ ନଯିବ ଯଦି ନାଇଁ, ଏତେ କାନ୍ଦ କାହିଁକି ? ସେତେବେଳେ ଯାଇ ମୁଁ ସଂଜ୍ଞା ଫେରି ପାଇଲି ।

ନାରୀର ଏକୁଟିଆ ଜୀବଦରେ ପୁରୁଷର ସାନ୍ନିଧ୍ୟ ଅପରିହାର୍ଯ୍ୟ ହେଲେ ମଧ୍ୟ ଆହୁରି ଅନେକ ଜିନିଷରେ ଏହାର ଅଭାବ ଉପଲବ୍ଧ କରି ହୋଇଥାଏ ।

ମୋ ଜୀବନ ତ ଥିଲା ଏକ ସବୁଜିମାବିହୀନ ଉପତ୍ୟକା । ସେଥିରେ ଅନେକ ଚାରାଗଛ ରୋପଣ କରି ପ୍ରମୋଦବାବୁ ଯଦି ଫେରି ଯାଆନ୍ତି, ସେ ସବୁଜିମାର ଭବିଷ୍ୟତ କ'ଣ ହେବ ?

ତାଙ୍କ ବେକରେ ଓହଲି ପଡ଼ି, ଆଖିରେ ଆଖି ମିଶାଇ କହିଥିଲି, ଆପଣ କ'ଣ ଜାଣନ୍ତି ନାଇଁ ଗାଆଁରେ ମୋର କେହି ଆତ୍ମୀୟ ସ୍ୱଜନ ନାହାନ୍ତି ଏବଂ ବାଡ଼ି ଗୋବାରେ ଗୋବେ ଭୂଇଁ ବି ମୋର ନାଇଁ ବୋଲି ? ମୋ ଗାଆଁରେ ମୁଁ ନିଜେ ହିଁ ବିଦେଶୀ ।

ମାତ୍ର ଆପଣ... ? ଆପଣଙ୍କର ଅବଶ୍ୟ ସେସବୁର ଅଭାବ ନଥିଲେ ବି ଯାହା ଅଭାବ, ତା କ'ଣ ଆପଣ ଜାଣି ପାରୁ ନାହାଁନ୍ତି ? ଆମେ ଦୁହେଁ ଲାଗିପଡ଼ି ନିଷ୍ଠାର ସହିତ ଯଦି ଗବେଷଣା କରିପାରନ୍ତେ, ତେବେ ଆପଣଙ୍କ ପାଇଁ ନୋବେଲ ପୁରସ୍କାର ଆଶ୍ଚର୍ଯ୍ୟର ବିଷୟ ହୁଅନ୍ତା ନାହିଁ ।

ମୁଁ ପୁଣି କହିଥିଲି, ଏଇ ଆଶା ଉଦ୍ଦୀପନା ନେଇ ମୁଁ କେତେ ଯେ ବିନିଦ୍ର ରାତ୍ରି କଟେଇଛି, କେମିତି ବୁଝେଇବି ମୁଁ ଆପଣଙ୍କୁ ? ଆପଣ ଫେରିଯାଇ ହୁଏତ

ସାମାଜିକ ସମ୍ମାନରେ ପୋତି ହୋଇ ଯିବେ । ଆଞ୍ଚଳିକ ସମ୍ବାଦପତ୍ର ଆପଣଙ୍କ ନାଆଁରେ ଉଚ୍ଛ୍ୱସିତ ହୋଇ ସମ୍ବାଦରେ ପୃଷ୍ଠା ମଣ୍ଡନ କରିବ । ହେଲେ ଆନ୍ତର୍ଜାତୀୟ ସ୍ତରରେ ଆପଣ କେତେ ଯେ ନିମ୍ନଗାମୀ ହୋଇଯିବେ, ତାହା ଅନୁମାନ କରି ପାରୁଛନ୍ତି ? ଏଥିରେ ଗୋଟାଏ ଅନନ୍ୟ ବୈଜ୍ଞାନିକର ଯେଉଁ ମୃତ୍ୟୁ ହୋଇଯିବ, ସେ କଥା ଭାବି ମଧ୍ୟ ମୁଁ ଭାବି ପାରୁନାହିଁ ।

ସାମାନ୍ୟ ଗମ୍ଭୀର ହୋଇଯାଇ ମୋତେ ବାଥରୁମରୁ ବେଡ଼ରୁମକୁ ନେଇ ଆସିଥିଲେ ପ୍ରମୋଦବାବୁ । ବେଡ଼ରୁମର ନିବିଡ଼ତା ଭିତରେ ବି ସେମିତି ସେ ଗମ୍ଭୀର ରହି କହିଥିଲେ ।

ତା'ହେଲେ ତମେ କ'ଣ କହୁଚ ତେଜସ୍ୱିନୀ, ମୁଁ ଭାରତକୁ ଫେରି ନ ଯାଇ ଏଠି ରହିଯିବେ ? ମୋର ଯେ ସେ ପଟେ ଅସଂଖ୍ୟ ଆମ୍ମୀୟ ଶୁଭେଚ୍ଛୁ, ମୋର ବୃଦ୍ଧ ବାପା, ଏମାନଙ୍କୁ ଛାଡ଼ି ଏଠି ରହିବା କେବେ ହେଲେ ସମ୍ଭବ ନୁହେଁ । ଯେଉଁ ଆମ୍ମୀୟସ୍ୱଜନଙ୍କ ଅଭାବ ଯୋଗୁଁ ତମେ ଭାରତକୁ ଫେରିଯିବାକୁ ବ୍ୟାତ୍ୟସ୍ତ, ସେଇମାନଙ୍କ ନିବିଡ଼ ବନ୍ଧନରେ ମୁଁ ବନ୍ଦୀ । ସେମାନଙ୍କ ବନ୍ଧନରୁ ମୁଁ ମୁକ୍ତ ହୋଇ ପାରିବି ନାହିଁ । ଏଭଳି ପରିସ୍ଥିତିରେ ଆମର ପ୍ରଣୟ ବୋଧହୁଏ ରକ୍ତାକ୍ତ ହେବାକୁ ବାଧ୍ୟ ।

ସବୁ ଶୁଣିଲି, କିନ୍ତୁ କିଛି ବି କହିପାରିଲି ନାହିଁ । ଅତିଥିଙ୍କୁ ନିମନ୍ତ୍ରଣ କରି ତାଙ୍କୁ ଏଭଳି ଚର୍ଚ୍ଚା କରିବା କେତେଦୂର ଯଥାର୍ଥ, ସେକଥା ଭାବି ଉଠିଯାଇ ଖାଇବା ଟେବୁଲ ପାଖକୁ ପ୍ରମୋଦବାବୁଙ୍କୁ ମୁଁ ପାଞ୍ଚୋଟି ନେଲି, କିନ୍ତୁ କିଚିନ୍ରୁ ସବୁ ଖାଦ୍ୟସାମଗ୍ରୀ ମୁଁ ଏକାକୀ ନେଇ ଆସିବା କଥାରେ ସେ କ'ଣ ରାଜି ହେଲେ ? ବରଂ ସେ ନିଜେ ସେସବୁ ଡାଇନିଂ ଟେବୁଲରେ ଆଣି ରଖିଲେ ଓ ଅନ୍ୟ ଆନୁଷଙ୍ଗିକ କାର୍ଯ୍ୟରେ ସାହାଯ୍ୟ କଲେ । ଖାଇବାବେଳେ ମଧ୍ୟ ପ୍ରତ୍ୟେକ ଖାଦ୍ୟର ସ୍ୱାଦରେ ମୁଗ୍ଧ ହୋଇ ମୋତେ ପ୍ରଶଂସାରେ ପୋତି ପକାଉଥିଲେ ।

ମନେହେଲା, ସତେ ଯେମିତି ମୁଁ ଖୁବ୍ ଗୋଟେ ଦକ୍ଷ ରାନ୍ଧୁଣୀ । ଆମେ ଦୁହେଁ ସେଦିନ କେତେ ଯେ ଖାଦ୍ୟ ଉଦରସ୍ଥ କଲୁ, ତା କହିହେବ ନାହିଁ । ପ୍ରମୋଦବାବୁ କହୁଥାନ୍ତି, ଡାଏଟିଂର ରେସ୍ଟ୍ରିକ୍ସନ୍ ଗୁଡ଼ାକ ଆଜି ଆମେ ମାନିବା ନାହିଁ, ବରଂ ଦେହର ପ୍ରଣାଳୀ ଏଭଳି ବ୍ୟତିକ୍ରମକୁ ସହଜରେ ଗ୍ରହଣ କରିନେବ ।

ପ୍ରମୋଦବାବୁ ଫେରିଯିବେ ଜାଣି ସାରିବା ପରେ ମୁଁ କେତେକ ପର୍ଯ୍ୟଟନସ୍ଥଳ ଦେଖିନେବା ପାଇଁ ତାଙ୍କୁ ଅନୁରୋଧ କଲି । ସେ ସମ୍ମତି ଦେବାରୁ ଆମେ ଦୁହେଁ ନିର୍ଦିଷ୍ଟ ଏକ କାର୍ଯ୍ୟସୂଚୀ ପ୍ରସ୍ତୁତ କରି ଯେତେଗୁଡ଼ାଏ ଜାଗା ବୁଲିବା ସମ୍ଭବ ହୋଇପାରେ, ବୁଲି ଦେଖିଥିଲୁ । ଏଇ ଦିନଗୁଡ଼ାକ ହୁଏତ ମୋ ଜୀବନର ସବୁଠାରୁ ସରସତା'ର ଦିନ ।

ତାପରେ ଆସିଥିଲା ସେଇ କାଳାନ୍ତକ ଦିନ, ଯେଉଁଦିନ ସେ ଫେରିଯିବେ ଭାରତବର୍ଷ ଓ ତାଙ୍କ ଗାଁକୁ... ।

ଯିବା ପୂର୍ବରୁ ମୋତେ ସେ କହିଥିଲେ, ଦେଖ ତେଜସ୍ବିନୀ! ତମେ ବିଦ୍ୟା ଆଉ ବିଜ୍ଞାନର ପରିସୀମାର ଉର୍ଦ୍ଧରେ ଥାଇ ତା'ର ନିମ୍ନ ଅଂଶଗୁଡ଼ାକ ଦେଖି ପାରୁନ । ଜୀବନଦର୍ଶନକୁ ଟିକେ ଅନୁଧ୍ୟାନ କଲେ ଜାଣି ପାରିବ – ସ୍ତ୍ରୀ ଯାହା ହେଉନା କାହିଁକି, ସେ ପୁରୁଷର ଏକ ଅବିଚ୍ଛେଦ୍ୟ ଅଙ୍ଗ । ଏହାକୁ ଯଦି ତମେ ଏକାନ୍ତ ଭାବରେ ହୃଦୟଙ୍ଗମ କରି ନ ପାରିବ, ତା' ହେଲେ ତମେ ନିଜେ ନିଜକୁ ଠକି ଦେବ । ଅନ୍ତତଃ ପକ୍ଷେ ମୋର ତ ଘର ଅଛି, ଆମ୍ମୀୟସ୍ବଜନ ଅଛନ୍ତି । ସେମାନଙ୍କୁ ତମେ କ'ଣ ଆଦରିନେଇ ପାରିବ ନାଇଁ ?

ଆଉ ରହିଲା ଦ୍ବିତୀୟ କଥା, ଆନ୍ତର୍ଜାତିକ ଖ୍ୟାତିଲାଭର ଆଶା । ଆମ ଦେଶରେ ମଧ ଜଣେ ଚେଷ୍ଟା କଲେ ଅତି ନିଷ୍ଠାର ସହିତ ଗବେଷଣା କରିପାରିବାର ସୁବିଧା ଅଛି । ନିଜ ଦେଶରୁ ନିର୍ବାସିତ ହୋଇ କେବଳ ପୁରସ୍କାର ପାଇଲେ ଯେ ଦେଶର ଗର୍ବ ଆଉ ଗୌରବ ହେବ, ସେ କଥା ଠିକ୍ ନୁହେଁ । ସେଇଥିଲାଗି ବହୁ ଭାବି ଚିନ୍ତି ମୁଁ ଫେରି ଯାଉଛି ତେଜସ୍ବିନୀ । କ୍ଷମା କରିବ ତମ ଏକାକୀତ୍ବ ଭିତରେ ତୁମକୁ ପୁଣି ହଜାଇ ଦେଇ ଯାଉଛି ।

କିନ୍ତୁ ସେଥରୁ ମୁକ୍ତ ହେବା ପାଇଁ ମାର୍ଗ ଅଛି । ପ୍ରସ୍ତୁତି ନାହିଁ । ମୋ ପଟୁ ମୁଁ କହି ରଖୁଛି ଯେ ସମୟ ନିର୍ବିଶେଷରେ ତମେ ଯେ କୌଣସି ଦିନ ଭାରତ ଫେରି ଆସିବାକୁ ଭାବିବ । ସେଦିନ ପର୍ଯ୍ୟନ୍ତ ପ୍ରମୋଦ ଥିବ ଅବିବାହିତ । ତମରି ଭଳି ତା'ର ଏକାକୀତ୍ବରେ ସେ ଜ୍ଵଳି ଜ୍ଵଳି ସର୍ବସ୍ବାନ୍ତ ହୋଇଗଲେ ମଧ ତା ଲକ୍ଷ୍ୟପଥରୁ ବିଚ୍ୟୁତ ହେବ ନାହିଁ । ଏଇ ରଖ ମୋ ଘର ଠିକଣା । ହୁଏତ ମନ ପରିବର୍ଦ୍ଧନ କଲେ ତୁମେ ଯେ କୌଣସି ମୁହୂର୍ତରେ ଫେରିଆସି ପାର... ।

ତାଙ୍କର ସେଇ ଶେଷ ବାକ୍ୟ ମୋ ପ୍ରାଣରେ ଯେଉଁ ଦୁଃଖ ଭରି ଦେଇଥିଲା, ସେଥିରେ ମୁଁ ସ୍ବତଃ ନିଃସ୍ବ ହୋଇ ତାଙ୍କୁ ବିଦାୟ ଦେଇଥିଲି ।

ନାରୀର ସମସ୍ତ ଗର୍ବ, ଅହଂକାର ବଡ଼ ହୋଇ ଏକାକୀ ଯାତ୍ରା କରିବାର ଆସ୍ଫାଳନ ପୁରୁଷ-ବିଚ୍ୟୁତ ଜୀବନ ଯାପନ, ସବୁ ଆଶା ଆକାଙ୍କ୍ଷା ଚୁରମାର ହୋଇଗଲା । ନିଜକୁ ଭିକ୍ଷୁଣୀ ଠାରୁ କିଛି ଅଧିକା ବୋଲି ମୁଁ ଭାବିପାରିଲି ନାହିଁ । ଅହଂକାରୀ ମନରେ ଏକ ଅସ୍ୱଚ୍ଛ ଆର୍ତ୍ତନାଦ । ସେଥିରୁ ରକ୍ଷା ପାଇ ପ୍ରକୃତ ନାରୀ ହେବା ପାଇଁ ମତେ ପ୍ରାୟ ଦୁଇ ବର୍ଷ ଲାଗିଗଲା । ତାଙ୍କର ସେଇ ଉନ୍ମୁକ୍ତ ଅନ୍ତରଙ୍ଗ ନିମନ୍ତ୍ରଣ ରକ୍ଷାକରି ମୁଁ ଫେରି ଆସିଛି ପୁଣି ଥରେ ତାଙ୍କ ପାଖକୁ । ଜାଣେନା ସେ କ'ଣ ଅଛନ୍ତି ?

ଦଉଡ଼ି ଦଉଡ଼ି ସେ ସାନ ନଣନ୍ଦ ତୃଷ୍ଟି ଆସି ଖବର ଦେଲା, ଭାଉଜ ! ମନ୍ତ୍ରୀ ଘରେ ଅଛନ୍ତି । ତମର ସାଙ୍ଗ ଏବେ ଯାଇ ଦେଖା କରି ପାରିବେ ।

ସୌଜନ୍ୟ ଦୃଷ୍ଟିରୁ ତେଜସ୍ବିନୀ ସାଥୀରେ ମୁଁ ଆଉ ପ୍ରମୋଦ ବାବୁଙ୍କ ଘରକୁ ଯିବାପାଇଁ ଉଚିତ୍ ମନେ କଲି ନାହିଁ । ମୋ ଆଗରେ ଏକାକୀ ଆଗେଇ ଯାଇଥିଲା ତେଜସ୍ବିନୀ । ପ୍ରମୋଦବାବୁଙ୍କ ଘରେ ସେ ପଶିଲା ପରେ ମୁଁ ବାହାରୁ ବାହାରୁ ନିଜ ଘରକୁ ଫେରିଆସିଲି ।

ଘରେ ଅନେକ କାମ ପଡ଼ି ରହିଥିଲା । ସେଥିରୁ ମୋର କେଉଁଟି ଆଗ କରିବା ଉଚିତ୍ ବୋଲି ଭାବିବାରେ ବେଶ୍ କିଛି ସମୟ ଚାଲିଗଲା । ସ୍ବାମୀଙ୍କର ଫେରିବା ବେଳ ହୋଇ ନ ଥାଏ । ତଥାପି ତାଙ୍କ ପାଇଁ କ'ଣ କ'ଣ କରିବା ଉଚିତ, ଯଦି ସ୍ଥିର କରିନେଇ ମୁଁ ଏଇ ଅବସରରେ ସେସବୁ କରି ନ ନିଏ, ତେବେ ତେଜସ୍ବିନୀ ଆସି ପହଞ୍ଚିଗଲେ ଆଉ ମୋତେ କରିହେବ ନାହିଁ ।

ସ୍ବାମୀଙ୍କ ପାଇଁ ପଠା ହୋଇଥିବା ମଧ୍ୟାହ୍ନ ଭୋଜନରୁ ଅବଶିଷ୍ଟ ସହ ଅନ୍ୟ କେତୋଟି ଜିନିଷ ରାଖିଦେଲେ ତେଜସ୍ବିନୀକୁ ହୁଏତ ଖାଇବାକୁ ଡାକି ଦେଇହେବ । ଏଇ ଉଦ୍ଦେଶ୍ୟ ନେଇ ମୁଁ ରୋଷେଇରେ ମନ ଦେଇଥିବା ବେଳେ ତୃଷ୍ଟି ଦଉଡ଼ି ଦଉଡ଼ି ଆସି କହିଲା ଭାଉଜ ! ମନ୍ତ୍ରୀ ଓ ତମର ସାଙ୍ଗ କହି ପଠେଇଛନ୍ତି, ତମେ ସେଠିକୁ ଯିବ ।

ରାଧା ସେଟିକିରେ ବନ୍ଦ୍ ରଖି ମୁଁ ଯାଇ ପ୍ରମୋଦବାବୁଙ୍କ ଘରେ ପହଞ୍ଚିଲି ।

ଦେଖିଲି, ପ୍ରମୋଦବାବୁଙ୍କ ଆଖିରେ ଲୁହ । ତେଜସ୍ୱିନୀ ସମ୍ପୂର୍ଣ୍ଣ ଅନ୍ୟମନସ୍କା । ଟିକିଏ ପୂର୍ବରୁ ବୋହୁଥିବା ଲୁହକୁ ପୋଛି ଦେଲେ ଯେମିତି ଦେଖାଯିବା କଥା, ଠିକ୍ ସେମିତି ତେଜସ୍ୱିନୀର ମୁହଁ । ହୁଏତ ପ୍ରମୋଦବାବୁଙ୍କର ତାହା ଆନନ୍ଦାଶ୍ରୁ ହେଇ ପାରିଥାଏ; ମାତ୍ର ତେଜସ୍ୱିନୀ ଥିଲା ଦୁଃଖିନୀ ପ୍ରତିମାଟିଏ ।

ତେଜସ୍ୱିନୀର କାନ୍ଧରେ ହାଲକା ସ୍ପର୍ଶ ଦେଇ କହିଲେ, ଏତେ ବ୍ୟସ୍ତ ହୋଇ ବିଚଳିତ ହୋଇ ପଡ଼ିବାର କୌଣସି କାରଣ ଥିଲା ପରି ତ ମୁଁ କାହିଁକି ଜାଣି ପାରୁନି !

ବିବ୍ରତ କଣ୍ଠରେ ତେଜସ୍ୱିନୀ କହିଲା, କୌଣସି କାରଣ ନାହିଁ ? ପ୍ରଖ୍ୟାତ ବୈଜ୍ଞାନିକ ଯଦି ମନ୍ତ୍ରୀ ହୋଇଯାଏ, ତାହା ଦେଶର ଉନ୍ନତି ନା ଅବନତି ?

“ମତେ କ୍ଷମାକର ତେଜସ୍ୱିନୀ, କ୍ଷମାକର ।” ପ୍ରମୋଦବାବୁଙ୍କ କଣ୍ଠରେ ଅସୀମ କାରୁଣ୍ୟର ଝଙ୍କାର । ଯେଉଁ ଗର୍ବ ନେଇ ଗବେଷଣା କରିବା ଲାଗି ସ୍ୱଦେଶକୁ ଫେରିଆସିଥିଲି, ତାହା ମୋତେ ସମ୍ଭବ ହୋଇପାରିଲା ନାହିଁ ।

ଶିମିଳିଫୁଲର ପରାଗରେଣୁ ଗୁଡ଼ିକ ମୁଁ କେଶର ଚକ୍ରୁ ନିଷ୍କାସନ କରିବା ପାଇଁ ଏଠି ଆମ ପାଖରେ ସ୍ୱତନ୍ତ୍ର ବ୍ଲୋୟାର ନାହିଁ । ବିଦେଶରୁ ଇମ୍ପୋର୍ଟ କରି ଆଣିବାକୁ ଏକ୍‌ସଟର୍ଣ୍ଣାଲ ଟ୍ରେଡ଼୍ ମିନିଷ୍ଟ୍ରିକୁ ଲେଖାଲେଖି ବିଭିନ୍ନ ସ୍ତରରେ ସଂଘର୍ଷ କରି ସେଟିକି ଯୋଗାଡ଼ କରିବା ଏତେ କଷ୍ଟକର ହୋଇ ପଡ଼ିଲା ଯେ ସେକଥା ବର୍ଣ୍ଣନାତୀତ ।

ଦେଶରେ ଖର୍ଚ୍ଚକୁ ଠିକ୍ ବାଟରେ କରାଯାଉଚି କି ନାହିଁ, ସେକଥା ବୁଝିବାକୁ ଏଥିରେ ସରକାରୀ କର୍ମଚାରୀଙ୍କ ସଂଖ୍ୟାରୁ ଅଧେଁକରୁ ଅଧିକ ନିୟୋଜିତ । ହିସାବ ରଖୁ ରଖୁ ସରକାର କଳ ସମ୍ପୂର୍ଣ୍ଣ ଅଚଳ... । କୌଣସିଟି ଜିନିଷ ଠିକ୍ ସମୟରେ ହେବାର ସମ୍ଭାବନା ନାହିଁ । ବିଦେଶକୁ ଫେରିଯାଇ ତମ ସହଯୋଗରେ ଗବେଷଣା କରି ନୋବେଲ ପୁରସ୍କାର ପାଇବାର ଯୋଉ ପ୍ରଲୋଭନ ତୁମେ ଦେଖାଇ ଥିଲ, ସେଥିରେ ମୁଁ ସେତେବେଳେ ତମ ସହିତ ଏକମତ ହୋଇ ନଥିଲି ।

ଏଠିକି ଆସି ଅସଫଳତା'ର ଦ୍ୱାରଦେଶରେ ଠିଆ ହୋଇ ଏକମତ ହେବାକୁ ବାଧ୍ୟ ହେଲାବେଳେ ମତେ ପୁନରାୟ ବିଦେଶକୁ ଯିବା ପାଇଁ ଅନୁମତି ମିଳିଲା ନାହିଁ । ବ୍ୟଥଂତାରେ ଭାଙ୍ଗି ପଡ଼ୁଥିବା ବେଳେ ରୁଗ୍‌ଣ ପିତା ମୋର କହିଲେ – ଐଶ୍ୱର୍ଯ୍ୟରୁ ଦୂରେଇ ଯାଇ ତୁ ଯଦି କିଛି କାମ କରି ପାରିଲୁ, ସେଥିରେ ଦେଶ ଯେତେ କୃତଜ୍ଞ ହେବ, ନୋବେଲ ପୁରସ୍କାର ପାଇଲେ ଦେଶ ସେତେ କୃତଜ୍ଞ ହୋଇ ପାରିବ ନାହିଁ । ଗବେଷଣା କରି ଗବେଷଣାର ମାନ ବଢ଼ାଇବା ଓ ନିଷ୍ଠାର ସହିତ ଉନ୍ନତି ପାଇଁ ତୁ ଯଦି ଚେଷ୍ଟା କରୁ, ତା ହେଲେ ତୁ ନହେଲେ ମଧ୍ୟ ଭବିଷ୍ୟତ ବଂଶଧରମାନେ ହୁଏତ କିଛି କରିପାରିବେ । ଏଥିପାଇଁ ବ୍ୟସ୍ତ ନହୋଇ ଗବେଷଣା କରିବା ପାଇଁ ରାସ୍ତାରେ ଥିବା ବାଧା ପ୍ରତିବନ୍ଧକକୁ ଏଡ଼ାଇ ଦେଇ ପାରିଲେ କେତେ ଯେ ଉପକାର ହେବ, ତୁ କେବେ ଭାବିଛୁ ?

ବାପାଙ୍କର ସେ କଥାଗୁଡ଼ାକ ପ୍ରତି ମୁହୂର୍ତ୍ତରେ ମୋତେ ପ୍ରଭାବିତ କଲା... । ସେଇଥି ପାଇଁ ମୁଁ ଆଜି ବିଜ୍ଞାନ ଆଉ ସଂସ୍କୃତି ବିଭାଗର ମନ୍ତ୍ରୀ । ଚେଷ୍ଟା କରିବା ତ ଆମ କର୍ତ୍ତବ୍ୟ । କିନ୍ତୁ କେତେ ଶୀଘ୍ର ଓ କିଭଳି ଫଳ ମିଳିବ, ତାହା ମୁଁ ଜାଣେନା ।

କିନ୍ତୁ ତୁମ ମାନସିକ ଉର୍ବରତା ଓ ଆମ ଦେଶର ଅଧୁନାତନ ପରିବେଶକୁ ଅନୁଧ୍ୟାନ କରି ତମେ ଭବିଷ୍ୟତ ସୂର୍ଯ୍ୟଧର ଏକ ନିର୍ଭୁଲ ନକ୍‌ସା ତିଆରି କରି ପାରିବ । ବିଶ୍ୱାସ ମୋର ଅଛି ।

ବୈଜ୍ଞାନିକ ପ୍ରମୋଦକୁ ତମେ ସ୍ୱାମୀ ରୂପରେ ପାଇ ନପାରି, ଯେଉଁ କଷ୍ଟ ଅନୁଭବ କରୁଛ, ସେଥିରେ ମୁଁ ସମଦୁଃଖୀ, ମାତ୍ର... ମୁଁ ନିରୂପାୟ ।

ରାଜନୈତିକ ଓ ରାଜନୀତିର ସମାବେଶ ତୁମେ କେବେ ଏଠି ଦେଖ ନାହିଁ । ସେଥିଲାଗି ତମେ ପ୍ରମୋଦର ମନ୍ତିତ୍ୱକୁ ଅନୁମୋଦନ କରିପାରୁ ନାହିଁ । ଆଜି ରାଜନୀତିଜ୍ଞ ପ୍ରମୋଦର ସ୍ଥାନ ତୁମ ଆଗରେ କେଉଁଠି, ତାହା ମୁଁ ଜାଣିପାରୁଛି । ତେଣୁ ପୂର୍ବଭଳି ତୁମ ପାଖକୁ ଆଗେଇ ଯିବାର ଆସ୍ପର୍ଦ୍ଧା ମୋର ନାହିଁ ।

ତୁମେ କ'ଣ ଗବେଷଣା ପାଇଁ ପୁଣି ଥରେ ଫେରିଯିବ ଆମେରିକା ? ଓ ପୁଣିଥରେ ତମ ଏକାକିତ୍ୱ ଭିତରକୁ...?

ବିଶ୍ୱାସ କର, ମୋ ଆଡୁ କୌଣସି ପ୍ରତିବନ୍ଧକର ବଳୟ ନାହିଁ । ତୁମ ମାନସିକ ଭାରସାମ୍ୟରେ ମୁଁ ନିମିତ୍ତ ମାତ୍ର; ହେବାକୁ ଚାହେଁ । ବିଚାର ତମ ହାତରେ ।

ତେଜସ୍ୱିନୀ ମୋ' ହାତ ଦୁଇଟିକୁ ତା' କାନ୍ଧ ଉପରକୁ ଉଠେଇ ଦେଇ ଆଲୋକର ତେଜସ୍ୱିନୀ ଗତିରେ ଦଉଡ଼ି ଯାଇଥିଲା ପ୍ରମୋଦବାବୁଙ୍କ ଗୋଡ଼ ତଳକୁ । ପ୍ରମୋଦବାବୁଙ୍କ ପାଦ ଦୁଇଟିକୁ ଛୁଇଁବା ପୂର୍ବରୁ ପ୍ରମୋଦବାବୁ ତାକୁ ତୋଲି ନେଇଥିଲେ ତାଙ୍କ ଛାତି ଉପରକୁ ।

ମୁଁ ଆଉ ସେଠାରେ ରହିବା ଠିକ୍ ହେବନି ଭାବି ଫେରି ଆସିବା ପୂର୍ବରୁ ତାକୁ କହିଲି, ତେଜସ୍ୱିନୀ! ତୋ ପାଇଁ ମୁଁ ଖାଇବାକୁ ତିଆରି କରି ଦେଇଛି । ଯେତେବେଲେ ଇଚ୍ଛା ହେବ, ଆସି ଖାଇନବୁ । ମୁଁ ଅପେକ୍ଷା କରି ରହିଥିବି ।

ଅଳ୍ପ କିଞ୍ଚିତ୍ ଗମ୍ଭୀର ସ୍ୱର ତୋଲି ଉଚ୍ଚର ଦେଲା ତେଜସ୍ୱିନୀ "ମୋ ରାଣ... ତୁ ମନ ଦୁଃଖ କରନା ତାପସୀ । ମୁଁ ଅନ୍ୟ କେଉଁଦିନ ଯାଇ ତୋ ଘରେ ଖାଇନେବି । ଆଜି ମୁଁ ପ୍ରଥମଥର ପାଇଁ ମୋ ଘରକୁ ଆସିଛି । ମୋ ପରିବାର ଭିତରେ ଖାଇବା ମୋର କର୍ତ୍ତବ୍ୟ ।

ଆଖିରେ ସେମିତି ଲୁହ ଥାଇ ପ୍ରମୋଦବାବୁ ହସୁଥିଲେ ।

୦୦

ମୁଁ ଓ ମୋର ଶୈଶବ

ପିଲାଦିନୁ ମୋର ଗୋଟେ ସ୍ୱପ୍ନ ଥିଲା, ଆମେରିକାରେ ବସବାସ କରି ରହିବା ପାଇଁ ।

ଏହାର ଏକମାତ୍ର କାରଣ ହେଉଛି, ମୋର ଜଣେ ମାମୁ, ଓ ଜଣେ କକେଇ, ଆମେରିକାବାସୀ ହୋଇଥିବାରୁ ସେମାନଙ୍କୁ ଯେ ଖାଲି ଖାତିର କରାଯାଉଥିଲା, ସେତିକି ନୁହେଁ, ସେମାନେ ଯେତେବେଳେ ଆମ ଘରକୁ ଆସୁଥିଲେ, ସାକ୍ଷାତ୍ ଦିଅଁ ଦେବତା ଆସୁଥିବା ପରି ଘର ଦୁଆର ସଫା ସୁତୁରା ହୋଇ ଏମିତି ସାଜସଜ୍ଜା ହେଉଥିଲା ଯେ, ଆମକୁ ଏକ ଉସ୍ବ ପରି ମନେ ହେଉଥିଲା ।

ସେମାନଙ୍କ ମନମୁତାବକ ଖାଦ୍ୟ ପରିବେଷଣ ପାଇଁ ଯେତେ ଯେତେ ଖାଦ୍ୟ ପଦାର୍ଥମାନ ମହଜୁଦ୍ ହୋଇ ରହୁଥିଲା, ଆମେମାନେ ସେଥିରୁ ଅତି ଅକ୍ଲେଶରେ ମାଂସ କଷା, ମାଛ ଭଜା ଆଦି ପ୍ରତିଦିନର ଭାତ ଡାଲି ପରି ଖାଉଥିଲୁ ଓ ଖୁବ୍ ନିର୍ମଳ ବିଛଣାରେ ଶୋଉଥିଲୁ... ।

ସେମାନେ ଯେତେବେଳେ ଆସୁଥିଲେ, ସେ ସମୟ ଶୀତ ଦିନର ସମୟ, ଅନ୍ୟ ସମୟର ଉଭାପକୁ ସେମାନେ ସହ୍ୟ କରି ପାରୁ ନ ଥିବାରୁ ଶୀତ ଦିନ ମାନଙ୍କରେ ହିଁ ସେମାନେ ଆସନ୍ତି... । ଏବଂ ଶୀତ ଥାଉ ଥାଉ ଫେରି ଯାଆନ୍ତି ।

ତେଣୁ ସେମାନେ ଆମମାନଙ୍କ ପାଇଁ ଯୋଉ ଉପହାରମାନ ଆଣି ଥାଆନ୍ତି, ସେ ସବୁ ଶୀତ ଜନିତ ପୋଷାକ ପରିଛଦ ଓ ନୀଲ ନୀଲ ଛୋଟ ଛୋଟ କମ୍ବଳଟି ମାନ । ପ୍ରକୃତରେ କହିବାକୁ ଗଲେ, ସେ କମ୍ବଳ ମୋ' ପାଇଁ ଅତ୍ୟନ୍ତ ଆକର୍ଷଣୀୟ ଓ ଲୋଭନୀୟ ଥିଲା । ସେ କମ୍ବଳ ଘୋଡ଼ି ହୋଇପଡ଼ି ମୁଁ ଯେତେବେଳେ ଶୋଇ ପଡ଼ୁଥିଲି, ମତେ ଲାଗୁଥିଲା, ମୁଁ ଯେମିତି ଆମେରିକାରେ ଶୋଇଛି !!

କିନ୍ତୁ ମୋ' ସାନ ଭାଇ ବାବୁଲିର କମ୍ବଳ ପ୍ରତି ଆଦୌ ଆଗ୍ରହ ନ ଥାଏ । ଶୀତ ପୋଷାକ ପିନ୍ଧିଲେ, ତା' ଦେହ କୁଣ୍ଡେଇ ହୁଏ ବୋଲି ମାମୁ ଆସିବା ଆଗରୁ, ସେ ସମସ୍ତଙ୍କୁ ଲୁଚାଇ ଅନ୍ୟ କିଛି ଉପହାର ଆଣିବା ପାଇଁ ଚିଠି ଲେଖି ଦେଇଚି....

ମାମୁ ମାଇଁ ଆସିଲେ । ହୋ ହଲା ହଇଚଇ ଭିତରେ ସେ ଯେତେବେଳେ ସୁଟ୍‌କେଶ ଖୋଲି ଉପହାର ମାନ କାଢ଼ିଲେ, ସେତେବେଳକୁ ମୁଁ ଶୋଇ ପଡ଼ିଥିଲି । ବାବୁଲିଟା ଯେ, ନିଶ୍ଚିନ୍ତ ଭାବରେ ଶୋଇ ପଡ଼ିଥିବ, ତିଳେ ମାତ୍ର ସନ୍ଦେହ ନାହିଁ ।

କିନ୍ତୁ ବାବୁଲି ଖୁବ୍ ଶୀଘ୍ର ଉଠିପଡ଼ି, ମୋ' ନିଦୁଆ ଆଖିର ପତାକୁ ଉଲ୍ଲୁସାଇ ଦେଇ, ମତେ ହଲାଇ ହଲାଇ ନିଦ ଭାଙ୍ଗି ଦେଇ କହିବାରେ ଲାଗିଚି – "ହେ ବେବିନାନୀ! ଦେଖ ମ.... ମାଇଁ ତୋ' ପାଇଁ କେଡ଼େ ବଢ଼ିଆ ବଢ଼ିଆ ଜିନିଷମାନ ଆଣି ଦେଇଛନ୍ତି..."

ମୁଁ ମୋର ନିଦ ମଲ ମଲ ଆଖି ଖୋଲି ଯାହା ଦେଖିଲି, ତାହା ମୋତେ ସ୍ୱପ୍ନ ପରି ମନେ ହେଉଥିଲା – ଆରେ ବାଃ... ବାଃ...! ଝୁମ୍ପୁର ଝୁମ୍ପୁର ବାଳରେ ଢଳଢଳ ନୀଳ ଆଖିର, ପରୀରାଇଜର ରାଜଜେମା ପରି, କି ସୁନ୍ଦର ସୁନ୍ଦର ଗୋରା ଗୋରା ଚିକ୍‌କଣ ଚିକ୍‌କଣ କଣ୍ଢେଇମାନ! ସେମାନଙ୍କର ଦେହରେ ପୁଣି ସାଧବାଣୀ ପୋକ ପରି; ନାଲି ନାଲି ମସୃଣ ଭେଲଭେଟ ଜାମା! ହାତ, ବେକ, ଅଣ୍ଟା, ପାଖରେ ଧଳା ଧଳା ସରୁ ସରୁ ଲେସମାନ ଲାଗି, କି ଅପୂର୍ବ ମତେ ମନେ ହେଲା ଯେ, ମୁଁ ସେ କଣ୍ଢେଇ ଗୁଡ଼ିକୁ ବାରମ୍ବାର ନିରେଖି ନିରେଖି, ମୋର ମନେ ହଉଥିଲା, ଆଃ! ମୁଁ ହେଲେ ଏଇଲେ ଏମିତି କଣ୍ଢେଇ ହୋଇଯାଆନ୍ତି! ମୋର ଏଇ ଅସୁନ୍ଦରିଆ ଛିଟ ଫ୍ରକ୍ ଖଣ୍ଡକୁ ଖୋଲି ପକେଇ ସାଧବାଣୀ ପୋକ ଜାମାରୁ ଖଣ୍ଡେ ପିନ୍ଧି ପକାନ୍ତି! ଓଃ କି ସୁନ୍ଦର ଦିଶନ୍ତି ମୁଁ!

ମୋ ଭାବ ପ୍ରବଣତାରେ ବ୍ୟାଘାତ ଘଟାଇ ସେଟିକିବେଳେ ବାବୁଲି କହୁଚି – ହେଃ : ଦେଖନୁ ବେବିନାନୀ ଆଉ ସବୁ କେତେ ଜିନିଷ ଆସିଛି...! ତୁ ସେଇ କଣ୍ଢେଇ ଗୁଡ଼ାକୁ ଦେଖି ଦେଇ କଣ ଭୋଳ ହୋଇଯାଉଛୁ?

ଟିକି ଟିକି ଛିଟ ଛତା, କଲମ, ପେନ୍‌ସିଲ୍, ଡ୍ରଇଂ ବୁକ୍ ଆଦି କେତେ କଥଣ... । ଡ୍ରଇଂ ବୁକ୍‌ର ପୃଷ୍ଠା ପରେ ପୃଷ୍ଠା ଖୋଲି ଖୋଲି ମୁଁ ଦେଖିବାରେ

ଲାଗିଛି, ବିଲୁଆ, ମୂଷା, ହରିଣ, ଠେକୁଆ, ତାଙ୍କ ପତ୍ର ଫୁଲ ପ୍ରଜାପତି ସବୁକୁ, ଏତିକି ବେଳେ ବାବୁଲି ମୋ ନାକ ପାଖରେ ଗୋଟେ ଶିଶି ଖୋଲି ଧରି କହିଲା – ଶୁଙ୍ଘିଲୁ କେମିତି ବାସ୍ନା । ଅତର.... ଅତର.... । ବାସୁନି ? ଆରେ ବାବା : କି ବାସ୍ନା । ଫରେନ ଅତରଟି ।

ବାବୁଲି ହାତରୁ ଶିଶିଟି ଆଣି, ତା'ର ଠିପି ଖୋଲି ନଉ ନଉ ସତକୁ ସତ ଘର ସାରା ବାସ୍ନା ମହକି ଉଠିଲା । ସେ ବାସ୍ନାରେ ମୁଁ ହଜି ଯାଉ ଯାଉ ଶିଶିଟି ଉପରେ ମୋର ଦୃଷ୍ଟି ଆହୁରି ଗଭୀରତର ହେଲା ଏବଂ ମୁଁ ଭାବିବାକୁ ଲାଗିଲି, ଯୋଉ ଦେଶରେ ଶିଶି ଏତେ ସୁନ୍ଦର ତିଆରି ହୋଇପାରୁଛି ଏବଂ ଅତର ଏତେ ସୁବାସିତ ହୋଇ ଉଠୁଛି, ସେ ଦେଶ ଯେ କି ପ୍ରକାରର ସୁଶୋଭନ ହୋଇ ନଥିବ । କଳ୍ପନାଟା ମୋର ବାସ୍ତବରେ ପରିଣତ ହୋଇଯାଇ ମୋ ଆଖି ଆଗରେ ଏକ ସୁଦୃଶ୍ୟ ସହର ଭାସି ଉଠିଲା... । ଆଉ ସେଇ ସହରରେ ମୁଁ ଅତର, କଣ୍ଢେଇ, ଡ୍ରଇଂବୁକ୍ ଆଦି କିଣି ଏମିତି ଭାବବିହ୍ୱଳ ହୋଇ ପଡ଼ି ସେ ମୋ ସହରଟି ମୋ ଦୃଷ୍ଟିରୁ ଅଦୃଶ୍ୟ ହୋଇଗଲା ।

ଆଉ ଅପେକ୍ଷା ନକରି, ସେ ଅତର ଶିଶି, ଟିକି ଛତା, କଣ୍ଢେଇ ଆଣି ହାତରେ ଧରି ସିଧା ପହଞ୍ଚିଲି ବାପାଙ୍କ ପାଖରେ ।

ବାପା ସେତେବେଳକୁ ମର୍ସିଂଡ୍ଆକରୁ ଫେରୁଥିଲେ । ଦିହ ସାରା ଝାଳ ସର ସର... । ହାଲିଆ ଓ ବ୍ୟସ୍ତ ବିବ୍ରତ । ସେଥି ପ୍ରତି ମୋର ତିଳେ ହେଲେ ଭୃକ୍ଷେପ ନାହିଁ । ମୋ ମନରେ ଆମେରିକା ନିଶା... । ବାପା ଚା' ପିଇବା ପର୍ଯ୍ୟନ୍ତ ବି, ମୁଁ ଅପେକ୍ଷା କରି ପାରିଲିନି । ହାତରେ ଧରିଥିବା କଣ୍ଢେଇ, ଅତରକୁ ବାପାଙ୍କୁ ଦେଖେଇ କହିଲି – ବାପା ଦେଖନି : କି'ସୁନ୍ଦର ଏ କଣ୍ଢେଇ ହୋଇଛି ।

ସେମିତି ଝାଳୁଆ ଦେହରେ ମୋତେ କୋଳକୁ ଉଠାଇ ନେଇ କହିଲେ – ସୁନ୍ଦର ହବନି ? ଇଏ ଆମେରିକା ଜିନିଷ ପରା ! !

ସେ ଦେଶର ଜିନିଷ ଏଡ଼େ ସୁନ୍ଦର... ଦେଶ ତ ଆହୁରି ସୁନ୍ଦର ହୋଇଥିବ ବାପା ।

ବହୁତ ସୁନ୍ଦର... । ବହୁତ ସୁନ୍ଦର... ।

ସେ ଦେଶକୁ କେମିତି ଯିବାକୁ ହେବ କହିଲ ବାପା ? ମାମୁଁ, କକେଇ... ଏମାନେ ସବୁ କେମିତି ଗଲେ... ?

ତୁ ଯିବୁ କି ? ତୋ'ର ମନ ହଉନି ସେ ଦେଶକୁ ଯିବା ପାଇଁ... ?

ମୁଁ ହଁ କରୁ କରୁ ଲାଜେଇ ଗଲି... ।

ବାପା ମୋତେ ଆଶ୍ୱାସନା ଦେଇ କହିଲେ – ଭଲ ପାଠ ପଢ଼... । ମନ ଦେଇ ପଢ଼ିଲେ ଯିବୁ... ।

"ମୁଁ ତ କ୍ଲାସରେ ଫାଷ୍ଟ ହଉଚି ବାପା : ଆଉ ମୁଁ କେମିତି ଭଲ ପଢ଼ିବି ସେ... ?

ମୋ ନୈରାଶ୍ୟଜନକ କଣ୍ଠ ସ୍ୱର ଶୁଣି ହସି ଉଠିଲେ ବାପା । କହିଲେ – ଏଇ ପାଠ ପଢ଼ି, ଏଇ ଛୋଟ ବୟସରେ କିଏ କଣ ଆମେରିକା ଯାଏ ? ତୁ ବଡ଼ ହେଲେ ଯିବୁ ନା ! ଖାଲି ତ କ୍ଲାସରେ ଫାଷ୍ଟ ହୋଇଗଲେ ହେବନି... । ଇଂରାଜୀ ଭାଷାଟାକୁ ଆୟଭ କରିବାକୁ ହବ । ଇଂରାଜୀରେ ଖୁବ୍ ଭଲ ମାର୍କ ରଖ, ଇଂରାଜୀରେ ସବୁବେଲେ କଥାବାର୍ତା କରିବାକୁ ହେବ । ଭାଷା ଉପରେ ଯେତେ ଜ୍ଞାନ ରହିବ, ସେ ଦେଶରେ ରହି ଉନ୍ନତି କରିବା ସେତିକି ସୁବିଧା ହେବ । ତୁ ଇଂରାଜୀରେ ଭଲ ନମ୍ବର ରଖ୍‌ଲୁ.... । ନିଶ୍ଚୟ ଆମେରିକା ଯିବୁ । ଏଥିରେ ଆଉ ସନ୍ଦେହ ଅଛି ?

ଏକଥା ଶୁଣି, ବାପାଙ୍କ କୋଳରୁ ବିଜୁଳି ବେଗରେ ଦଉଡ଼ି ଆସି, ଠିଆ ହେଲି ଯାଇ ମୋ ଠାକୁରଙ୍କ ପାଖରେ । ମୋ ବୁକ୍ ସେଲଫରେ ମୁଁ ମୋର କୃଷ ମୂର୍ତ୍ତିଟିଏ ରଖିଥାଏ । ସେତେବେଲେ ମନ ହୁଏ ମୁଁ ମୁଣ୍ଡିଆମାରେ । ବେଶୀ ମୁଣ୍ଡିଆ ମାରିବା ପାଇଁ ମନ ହୁଏ ପରୀକ୍ଷା ସମୟରେ । କିନ୍ତୁ ସେ ଦିନ ମୁଁ ଅନୁଭବ କରିଥିଲି ପରୀକ୍ଷା ଅପେକ୍ଷା ଏଠି ବ୍ୟାକୁଳତା ଥିଲା ଅଧିକ ।

"ମୁଁ କେମିତି ଆମେରିକା ଯାଏ"... ଠାକୁରଙ୍କୁ ଗୁହାରି ଜଣାଇ ବାପାଙ୍କ କଥାକୁ ବେଦବାଣୀ ପରି ମାନି ନେଲି । କ୍ରମେ କ୍ରମେ ମୁଁ ବଡ଼ ହେବା ବେଲେ ମୋର ସେଇ ଆମେରିକା ଯିବା ଆଶା ଆକାଂକ୍ଷା ଏମିତି ବଲବତ୍ତର ହୋଇ ପଡୁଥାଏ ଯେ, ମୁଁ ଅନବରତ ଇଂରାଜୀ ବହି ପଢ଼ି ପଢ଼ି ଇଂରାଜୀରେ ଏତେ ନମ୍ବର ରଖିଲି, ସମସ୍ତେ ବିସ୍ମିତ ହୋଇ ପଡ଼ିଲେ ।

ବାବୁଲି ପଚାଶ ପଞ୍ଝାବନ ରଖିଲା ବେଳେ, ମୁଁ ରଖିଲି ଅଶୀ ପଞ୍ଝାଅଶୀ । ମୋର ନାହିଁ ନଥିବା ଖୁସି ।

ବାବୁଲି କିନ୍ତୁ ମୋ ଉପରେ ରାଗି ରାଗି ପ୍ରଚଣ୍ଡ! ଅଧା କାନ୍ଦ କାନ୍ଦ କଣ୍ଠସ୍ୱରରେ କହିଲା – ୪ : ଓଡ଼ିଆ ସ୍କୁଲରେ ପଢ଼ି, ଇଂରାଜୀରେ ଏତେ ନମ୍ବର ଭାରି ରଖିଲାବାଲା ।

ବାବୁଲି କଥା ଶୁଣି ମୋ ମନ ଓ ଶରୀରରେ ବିଷାଦ ଭର୍ତ୍ତି ହୋଇଗଲା... । ଭାବିଲି, ସତେ ତ ? ବାବୁଲି ପଢ଼ୁଛି ଇଂଗଲିସ୍ ମିଡ଼ିୟମ୍‌ରେ... । ଏବଂ ମୁଁ ପଢ଼ୁଛି ଓଡ଼ିଆ ମିଡ଼ିୟମ୍‌ରେ । ବାପା ଏମିତି ପ୍ରଭେଦ ରଖ୍ କାହିଁକି ପଢ଼ାଇଲେ... ?

ବାବୁଲି ତା'ର ସ୍କୁଲ ୟୁନିଫର୍ମ ପିନ୍ଧି, ବେକରେ ଟାଇ ବାନ୍ଧି ସ୍କୁଲ ଗଲାବେଳେ ମୁଁ ଯାଉଛି ଯାଚ୍ଛାତା ଖଣ୍ଡେ ଫ୍ରକ୍ ପିନ୍ଧି ପକେଇ । ମୁଁ ଚପଲକୁ ଘୋଷାରି ଘୋଷାରି ଚାଲିଲା ବେଳେ ବାବୁଲି ଜୋତା ପିନ୍ଧି ଚାଲୁଛି ଠିକ୍ ସାଇବଙ୍କ ପରି ଠକ୍... ଠକ୍... ଆଃ...! ତେବେ ମୋ ଓଡ଼ିଆ ସ୍କୁଲ ପଢ଼ାରେ ଏତେ ବେଶୀ ଇଂରାଜୀରେ ନମ୍ବର ରଖିବାର କୌଣସି ମୂଲ୍ୟ ରହିବ ନାଇଁ କି... ?

ମୋ ଆଖ୍ ଲୁହ ଛଳଛଳ ହୋଇ ଉଠିଲା... ।

ଏତିକି ବେଳେ ବାପା ମୋ ମନ କଥା ଜାଣି, ମୋତେ ଆଶ୍ୱାସନା ଦେବାଭଳି, ବାବୁଲିକି ଛିଗୁଲେଇ ଉଠିଲେ । କହିଲେ – ଦେଖୁଛୁ ତ ରଖିଛି । ରଖିଲାବାଲା କଣ ? ଓଡ଼ିଆ ମିଡ଼ିୟମ୍‌ରେ ପଢ଼ି, ଯିଏ ଇଂରାଜୀରେ ଏତେ ନମ୍ବର ରଖ୍ ପାରୁଛି, ସିଏ ବୁଢ଼ିଆ ନା ! ତୋପରି କିଏ ଅଛି ? ନିଜେ ବେଶୀ ନମ୍ବର ରଖ୍‌ବୁ ନାଇଁ । ଆଉ ଯିଏ ରଖିଲା, ଅବିଶ୍ୱାସ କରିବୁ... । ଯାଆ.... ଯାଆ... ପଢ଼ିବୁ ଯାଆ... ।

ଯେତେ ମନ ଦେଇ ପଢ଼ିଲା ବାବୁଲି, ମୋ ପରି ଆଦୌ ଏତେ ଏତେ ବେଶୀ ନମ୍ବର ରଖ୍ ପାରିଲା ନାହିଁ । ଏଥ ନେଇ ବାବୁଲିର ଯେତିକି ମନ ବୁଝା, ମୁଁ ଆନନ୍ଦରେ ସେତିକି ଅସ୍ଥିର... । ଏଇ ଆନନ୍ଦ ଭିତରେ ମୁଁ ଅନେକ କଥା ଭାବି ଚାଲିଥାଏ । କେମିତି ଆମେରିକା ଯିବି... ? ଗଲାବେଳେ କଣ ପିନ୍ଧି କି ଯିବି... ? ଟିକେଟ୍‌ର ଦାମ୍ କେତେ ପଡ଼ିବ ? ସେଠି ରହିବି କୋଉଠି ? ମୋର ଜୋତା

ନାଇଁ । ମତେ କେତେହଳ ଜୋତା ବି କିଣିବାକୁ ପଡ଼ିବ ? ପାଠ ପଢ଼ା ସାରି ଯୋଉ ଚାକିରି କରିବି ସେଥିରୁ ଟିକିଏ ଅଧିକ ସଞ୍ଚୟ, ମୁଁ ଯେତେବେଳ ଗାଁକୁ ଆସିବି, ମତେ ପୁଣି କିଛି କିଛି ଜିନିଷ କିଣି ଆଣି ଅନ୍ୟମାନଙ୍କୁ ଦେବାକୁ ପଡ଼ିବି... । କାହାପାଇଁ କି ଜିନିଷ ଆଣିବି... ଭାବୁ ଭାବୁ ମୋ ମନ ଚହଲି ଗଲା.... । ଛିଃ... ଏସବୁ କଥା କଣ ମୁଁ ଭାବୁଛି ? ଆମେରିକା ନଯାଇ ଏସବୁ କଥା କିଏ ଭାବେ ନା କଣ ?

ପରେ ପରେ ମୁଁ ଅତ୍ୟନ୍ତ ଏକାଗ୍ରତା’ର ସହିତ ପଢ଼ିବାରେ ଲାଗିଲି । ଓ ପଢ଼ୁ ପଢ଼ୁ ମୋର ମ୍ୟାଟ୍ରିକ୍ ସରିବାକୁ ବସିଲା । ଆଶାତୀତ ନମ୍ବର ରଖି ମୁଁ ଫାଷ୍ଟ ଡିଭିଜନ୍ ପାଇ ସାରି କଲେଜରେ ଆଡ୍‌ମିଶନ୍ ନେବା ପରେ ବି, ମୁଁ ବାପାଙ୍କ ପାଟିରୁ ଶୁଣିବାକୁ ପାଇଲି ନାଇଁ ଯେ, ବେବୀଟା ଏତେ ଭଲ ପଢୁଛି ତାକୁ ମୁଁ ଆମେରିକା ପଠେଇ ଦେବି ।

ବାପାଙ୍କର ଏଇ ଅବମାନନାକୁ ମୁଁ ଉପାୟହୀନ ଭାବରେ ହଜମ କରି ନେଲି । ସେ କିଛି କୁହନ୍ତୁ ବା ନକୁହନ୍ତୁ ମୁଁ ଯେ ଆମେରିକା ଯିବି ଏଥିରେ ସଦେହ ନାହିଁ । ଏଇ ଆଶା ଆକାଂକ୍ଷା ମତେ ଏତେ ସାହସ ଦେଲା ଯେ, ଆଇ.ଏସ୍‌.ପି.ରେ ମଧ ମୁଁ ଖୁବ୍ ମାର୍କ ରଖି ଫାଷ୍ଟ ଡିଭିଜନ୍‌ରେ ଉତ୍ତୀର୍ଣ୍ଣ ହେଲି । କିନ୍ତୁ କୋଉଥରେ ଗ୍ରାଜୁଏସନ୍ କରିବି, ଏଇ ଚିନ୍ତାରେ ଭାଗି ପଡ଼ୁ ପଡ଼ୁ, କକେଇ ଆସି ଆମେରିକାରୁ ପହଞ୍ଚ ଗଲେ । ତାଙ୍କୁ ପାଇ ଯାଇ, ମୋ ଆବେଗ ଆଉ ଉଦ୍‌ବେଗର ସୀମା ନାଇଁ । ପ୍ରାୟ ଦୁଇଦିନ ଧରି ମତେ ରାତିରେ କି ଦିନରେ ନିଦ୍ରା ପ୍ରାୟ ହଉ ନ ଥିଲା କହିଲେ ଚଲେ । ସେଇ ଅର୍ଦ୍ଧ ମୁମୁର୍ଷୁ ଓ ଜାଗରଣ ଭିତରେ ମତେ ନିଷ୍ପତ୍ତି ନେବାକୁ ପଡ଼ିଲା ଯେ, ଏତେ ନ ଭାବି ନ ଚିନ୍ତି ମୁଁ କକେଇଙ୍କ ସଙ୍ଗେ ଆମେରିକା ଚାଲି ଯାଇ ସେଇଠି ପଢ଼ିବି ।

ମୋର ଭାବଭଙ୍ଗିରୁ କକେଇ ବେଶ୍ ବୁଝି ପାରୁଥିଲେ ମୋର ଉଦ୍ଦେଶ୍ୟ । ନ ହେଲେ କାହିଁକି ସେ ମୋତେ ପଚାରନ୍ତେ ବେବୀ : ତୋ’ର ପଢ଼ାପଢ଼ି କେମିତି ଚାଲିଛି ? ତୁ ଭବିଷ୍ୟତରେ କିଛି କରିବୁ ନା ଅନ୍ୟମାନଙ୍କ ପରି ବାହାସାହା ହୋଇଯାଇ ରନ୍ଧାବଢ଼ାରେ ମାତିବୁ ?

ମୋ ଆଖି ଲୁହ ଛଳଛଳ ହୋଇ ଉଠିଲା । ପଚାରିଲି – ଇଂଗ୍ଲିସ୍ ଅନର୍ସ ନେଇ ପଢ଼ିଲେ, ଆମେରିକା ଯିବା ପାଇଁ ସୁବିଧା ହେବଟି କକେଇ ?

କକେଇ ମୁଣ୍ଡରେ ହାତ ଦେଲେ । କହିଲେ, ବାୟାଣୀଟେ କି ତୁ ?
ଏଠିକା ଇଙ୍ଗିଲିସ୍ ପାଠ ସେଠି ଦରକାର ହବ କଣ ? ଆମେ ଏତୁ ଇଙ୍ଗିଲିସ୍ ପଢ଼ି,
ଯାଇ କଣ ତାଙ୍କ ଭାଷା ତାଙ୍କୁ ପଢ଼ାଇବା ? ଈଶ୍ୱରମିଡ଼ିଏଟ୍‌ରେ ତୋ'ର ସାଇନ୍ସ
ଥିଲାଟି ?

"ହଁ"...

ତେବେ ଫିଜିକ୍ସ କି କେମିଷ୍ଟ୍ରି ଅନର୍ସ ନେଇ ପଢ଼ନୁ ? ଆମେରିକାରେ
ସାଇନ୍ସର ବେଶୀ ଡିମାଣ୍ଡ ନା !

ବାପାଙ୍କୁ ଯାଇ କହିଲି – ବାପା ! ମୁଁ ଆର୍ଟ୍ସ ନ ପଢ଼ି, ପଢ଼ିବି ସାଇନ୍ସ ।

ବାପା ଆଶ୍ଚର୍ଯ୍ୟ ହୋଇ ମତେ ଚାହିଁ ରହିଲେ ।

ବୋଉ କହିଲା – ସେ ଅଣ୍ଡିରା ପାଠ ଗୁଡ଼ାକ ପଢ଼ି କରିବୁ କଣ ? ବୁଢ଼ୀ
ହେଲାଯାଏଁ ବସି ବସି "ସେଲି" ପରି ରିସର୍ଚ କରିବୁ ?

ସେଲି ମୋ ମାଉସୀଙ୍କ ଝିଅ । ସେ ଫିଜିକ୍ସରେ ଫାଷ୍ଟ କ୍ଲାସ ଫାଷ୍ଟ ।
ଗୋଲଡ଼ ମେଡ଼ାଲିଷ୍ଟ । ବାହା ନ ହୋଇ ରିସର୍ଚ କରିବା ପାଇଁ ଜିଦ୍ କରିବାରୁ,
ସାଇନ୍ସ ପଢ଼ୁଆ ଝିଅଙ୍କ ପାଇଁ ସେ ଉଦାହରଣ ହୋଇ ରହିଗଲେ ।

ତାଙ୍କ ପ୍ରତି ଏ ତାଚ୍ଛଲ୍ୟ ଭାବକୁ ମୁଁ ସହ୍ୟ କରି ନପାରି ବୋଉକୁ କହିଲି
– ମୁଁ ବି ତାଙ୍କରି ପାଠ ପଢ଼ିବି ବୋଉ । ହବ ଯଦି ମୁଁ ରିସର୍ଚ କରିବି ମଧ୍ୟ ।

"କର... । କାହା ଭଲ କଥା ତ ତୁ ଶିଖିବୁ ନାହିଁ । ତା ସାନ ଭଉଣୀ
ଇଙ୍ଗିଲିସ୍‌ରେ ଏମ୍.ଏ. କରି, ଦି ବରଷ ହେଲା ବାହା ହୋଇ ସାରିଲାଣି । ଫସ୍‌ଫାସ୍
ଇଙ୍ଗିଲିସ୍ କହି ସମସ୍ତଙ୍କୁ ଆବାକାବା କରି ଦଉଛି । ତୁ ବଡ଼ ଭଉଣୀ ପରି ଆଖିରେ
ଚଷମା ମାଡ଼ି ମୁଣ୍ଡ ବାଲ ଉପାଡ଼ି ରିସର୍ଚ କର । ବର ଘର ତ ଗଦ୍ ଗଦ୍ ହୋଇ
ତୋ ଉପରେ ପଡ଼ିବେ । ମାଇକିନା ଝିଅ ଗୁଡ଼ାକ! ବାହା ଚୁଡ଼ା ହବା ପାଇଁ
ତମମାନଙ୍କର କେମିତି ମନ ହଉନି କିରେ ? ମୋ କଥା ମାନ୍ । ଇଙ୍ଗିଲିସ୍ ଅନର୍ସ
ନେଇ ପଢ଼ । କିଏ ଆସିଲେ ଗଲେ ଇଙ୍ଗିଲିସ୍‌ରେ ଟିକିଏ କଥାବାର୍ତା କରି ପାରିବୁ ।
ଲେକ୍‌ଚରରେ ଚାକିରିଟିଏ ସୁବିଧାରେ ମିଳିଯିବ । ଯୁଗ ଯାହା ଚାହୁଁଛି ନା ! ସାଇନ୍ସ
ପଢ଼ିବୁ କାହିଁକି ? କାହିଁକି ସେଲି ପରି ହେବୁ ?

ବାପାଙ୍କର ଧୈର୍ଯ୍ୟଚ୍ୟୁତି ଘଟିଲା, କହିଲେ – ଏତେ କଥା ନାଇଁ... । ତୁ ସାଇନ୍ସରେ ଆଦୌ ପାରିବୁ ନାହିଁ । ବି.ଏସ୍.ସି. କଥା ଅଲଗା । ଏମ୍.ଏସ୍.ରେ ପ୍ରାକ୍ଟିକାଲ କଲାବେଲକୁ ପ୍ରାଣ ଛାଡ଼ି ଯିବ । ତା'ଛଡ଼ା ଇଂଗ୍ଲିସ୍ ଜ୍ଞାନ ଯାହାର ଏତେ ଭଲ ସେ ସାଇନ୍ସ୍ ପଢ଼ିବ କାହିଁକି ?

ବୋଉ କଥା ଶୁଣିଲି । ବାପାଙ୍କ କଥା ବି ଶୁଣିଲି । ଦୁହିଁଙ୍କ କଥା ଠିକ୍ । ମୁଁ କିନ୍ତୁ ସେ ଠିକ୍ କଥାକୁ ଶୁଣିବା ପାଇଁ ପ୍ରସ୍ତୁତ ନୁହଁ । ଆମେରିକା ଯିବାର ଆକର୍ଷଣକୁ ମୁଁ ଅଲଂଘନୀୟ କରିବାକୁ ଚାହେଁ । ମୁଁ କିଛି କହିଲି ନାହିଁ । କିନ୍ତୁ ମନେ ମନେ ଭାବୁଥିଲି, ଏସବୁ ସୁନୁ ବାକବାଜ୍ କଥା । ଆମେରିକା ଯିବା ପାଇଁ ଯାହା ପଢ଼ିଲେ ସୁବିଧା ହେବ, ମୁଁ ସେଇୟା ହିଁ ପଢ଼ିବି ।

ବାପା ଯେତେବେଲେ ଜାଣିଲେ ଯେ, ମୁଁ ଫିଜିକ୍ସ ଅନର୍ସ ନେଇ ବି.ଏସ୍.ସି ରେ ଆଡ଼ମିଶନ ନେଲି, ସେ ମୋତେ ଟିକିଏ ଆଖ୍ ଟେକି ଚାହିଁଲେ କେବଲ, କିଛି କହିଲେ ନାହିଁ । ମୋର କିନ୍ତୁ ଇଚ୍ଛା ହଉଥିଲା, ବାପା ଯଦି କିଛି କୁହନ୍ତେ, ତେବେ ମୋର ଆମେରିକାର ଯିବା ଉଦ୍ଦେଶ୍ୟଟା ଖୋଲା ଖୋଲି ଭାବେ କହି ଦିଅନ୍ତି ।

ବୋଉର ପ୍ରତିବାଦକୁ ମଧ ଅପେକ୍ଷା କରିଥିଲି । ସେ କିନ୍ତୁ ପ୍ରତିବାଦ କଲା ନାହିଁ । ଖାଲି ଏତିକି କହିଲା, ଓହୋ ! ଆଜିକାଲି ଝିଅଗୁଡ଼ାକ ଏମିତି ହେଲେଣି । ଯାହା ଭାବୁଛନ୍ତି, ସେୟା କରୁଛନ୍ତି । କାହା କଥା ଶୁଣୁନାହାନ୍ତି ।

ବୋଉର କଥାକୁ ବାପା ସମର୍ଥନ ନ କଲେ ବି, ମତେ ଧମକ ଦେଲା ଭଲି କହିଲେ – ହଉ ଯାହା ପଢ଼ୁଛୁ ପଢ଼ । ଯେମିତି ଖୁବ୍ ଭଲ ମାର୍କ ରଖିବୁ ମନେରଖ । ନ ହେଲେ ଏମ୍.ଏ. ରେ ସିଟ୍ ମିଲିବ ନାହିଁ ଘରେ ବସିବୁ ।

"ଘରେ ବସିବି ! !" – ମୁଁ କିଛି ଭାବିବା ପୂର୍ବରୁ ଭଗବାନଙ୍କୁ ବଡ଼ ବିକଲ ହୋଇ ଡାକିଲି ପ୍ରଭୁ! ପରୀକ୍ଷାରେ ଭଲ ନମ୍ବର ରଖ, ମୁଁ କେମିତି ଫାଷ୍ଟ କ୍ଲାସ୍ ପାଏ ।

ପ୍ରଭୁ ଯେ, ଖାଲି ଡାକ ଶୁଣିଲେ ସେତିକି ନୁହେଁ ମୋ' ମନରେ ଆମେରିକାର ଯିବାର ଅଧିକ ଉସ୍ତାହ ଉଦ୍ଦୀପନା ଦେଇ ପାଠ ପଢ଼ାରେ ଏମିତି ମନ

ଲଗାଇଲେ ଯେ, ୟୁନିଭରସିଟିରେ ବେଷ୍ଟ ଗ୍ରାଜୁଏଟ ଭାବେ ଫାଷ୍ଟ କ୍ଲାସ୍ ଫାଷ୍ଟ ହେଲି ।

ବାପାଙ୍କ ଆନନ୍ଦ କହିଲେ ନ ସରେ । ଖୁସିରେ ଖୁସିରେ ଦୋହଲି ଯାଇ କହି ଉଠିଲେ – ଓଣ୍ଡରଫୁଲ ବେବୀ ! ବଢ଼ିଆ ପଢୁଛୁ ତ ! ରିଯଲ୍ଲି ଆଇ ଆମ ଗ୍ରେଟ୍ ଫୁଲ ଟୁ ୟୁ ।

ବୋଉର କିନ୍ତୁ ନାହିଁ ନ ଥିବା ଦୁଃଖ । ଲୁଗା କାନିରେ ମୁହଁକୁ ପୋଛି ପୋଛି କହିଲା – ଯାଉଚ... ଗ୍ରେଟ ଫୁଲ.... । ଝିଅ ମୋର ପଢ଼ି ପଢ଼ି କଲା କାଠ ପଢ଼ିଗଲାଣି । ଯ୍ଯାଙ୍କୁ ପାଠପଢ଼ାଟା ଦିଶୁଛି । ପଢ଼ା ଦେଖ୍ କୋଉ ବର ଘର ଆସିବ କହିଲା ! ଯୋଉ ବଯସରେ ଯାହାନା ! ବାହାଘର ବଯସରେ ଝିଅ ପାଠ ପଢ଼ୁଛି ! !

ବୋଉ କଥା ଶୁଣି ମତେ ହସ ମାଡ଼ିଲା । ଆମ ବେଶର ମାଆମାନଙ୍କର ଆଉ ସ୍ୱପ୍ନ କଣ କି ? ପିଲାମାନଙ୍କୁ ପାଲିପୋଷି କରେଇ କେମିତି ସେମାନଙ୍କୁ ବାହାଦେବା ସେଇଥିଲାଗି ସେମାନେ ଯେମିତି ସନ୍ତାନବତୀ ହୋଇଥୋଆନ୍ତି ! ଜୀବନର ସାର୍ଥକତା ସେମାନଙ୍କର ସେଇଠି । ପଢ଼ାଶୁଣା ଖାଲି ଗୋଟାଏ ପ୍ରହସନ । ପଢ଼ି ପଢ଼ି ଝିଅ କଲାକାଠ ପଢ଼ି ଯାଉଥିବାରୁ ସେ ଅତି ମାତ୍ରାରେ ଦୁଃଖିତ ।

ଆହା ! ବୋଉ ଆଉ ଜାଣି ପାରୁନାହିଁ ଯେ, ଏଇ ପାଠ ପଢ଼ା ଭିତରେ ମୋର ଲୁଚି ରହିଚି ସକଳ ସୁଖ ! ପାଠ ପଢ଼ି କଲା କାଠ ପଢ଼ି ଯାଇଥବା ଝିଅ, ଯେତେବେଳେ ପହଞ୍ଚିଯିବ ଯାଇ ଆମେରିକାରେ, ରାଜ୍ୟ ଯାକର ଫଳ ରସ ପିଇ, ଏଯାର କଣ୍ଡିସନର ଘରେ ରହି, ଏଯାର କଣ୍ଡିସନର ଗାଡ଼ିରେ ଚଢ଼ି ସେ କଲା କାଠ ପଢ଼ି ଯାଇଥିବା ଝିଅ ତା'ର କେମିତି ଧୋବ ଫରଫର ହୋଇଯିବ ।

ଖୁଡ଼ିଙ୍କ ସଙ୍ଗେ ମାଇଁଙ୍କ ସଙ୍ଗେ ସେ ଦେଶ ବିଷଯରେ କଥା ହେଲେ ସିନା ଜାଣନ୍ତା ! ସେମାନେ ଆସିଲେ, ତାଙ୍କ ଦେଶ କଥା ନ ଶୁଣି, ରାନ୍ଧିବାଡ଼ି ଭଲ ମନ୍ଦ କରି ଖାଇବାକୁ ଦେଇ କହିଲା, ଆମ ଦେଶ ଭଲ ।

କି ଆଶ୍ଚର୍ଯ୍ୟ ! ଖାଲି ଭଲ ବୋଲି କହିଦେଲେ କଣ ହୋଇଯିବ ? ଭଲ ବୋଲି ପ୍ରମାଣ ଦେଲେ ସିନା ହେବ !

ବର୍ଷ ସାରା ଧୂ ଧୂ ଗରମରେ ଅଧିକାଂଶ ସମଯ ବିଦ୍ୟୁତ୍ କାଟ୍ । ମଶା, ମାଛି, ପୋକ, ଜୋକଙ୍କ ଦୌରାମ୍ଯ ସମ୍ଭାଲୁ ସମ୍ଭାଲୁ ଖାଦ୍ୟ ପଦାର୍ଥ ଏତେ ଭେଜାଲ

ଯେ, ଖାଇପାରୁ ନାହିଁ । ଚାରିଆଡ଼େ ଅପରିଷ୍କାର । ଯୁଆଡ଼େ ଚାହିଁବ, ମଣିଷ ଗୁଡ଼ାକ ସାଲୁବାଲୁ ହଉଛନ୍ତି । ରାତି ଦିନ ମଟର, ସ୍କୁଟର, ଲୁନାରେ କାନଅଠଡ଼ା ପଡ଼ି ଯାଇଛି । ଧୂଳି ଯେ ଧୂଳି, ନାକରେ ରୁମାଲ ଦେଲେ ବି ନିଃଶ୍ୱାସ ନେଇ ହଉ ନାହିଁ । ଏଥିରେ କଣ ନା ଆମ ଦେଶ ଭଲ ।

ବୋଉ କଣ ଜାଣୁଛି ?

ବାପା ଯାହା ବଜାରରୁ ଆଣି ରାନ୍ଧିବାକୁ ଦେଲେ, ସେ ତାକୁ ରାନ୍ଧିଲା, ବାଢ଼ିଲା... । ତା'ର ଘର ଭଲ ତ ସେ ଭଲ । ତା'ର କୌଣ ବିଷୟରେ କିଛି ବି ଧାରଣା ନାହିଁ ।

ତେଣୁ କାହା କଥା ମୁଁ ନଶୁଣି, ନିଜର ଆମେରିକା ଯିବା ପ୍ରସ୍ତୁତିକୁ ମୁଁ ଯନ୍ତ୍ରଚାଳିତ ପରି କରି ଯାଉଥିଲି । ବାପା, ବୋଉଙ୍କୁ ଲୁଚାଇ ଲୁଚାଇ ମୁଁ କକେଇ ଓ ମାମୁଙ୍କ ପାଖକୁ ଚିଠି ମଧ୍ୟ ଲେଖିଲି ।

କିନ୍ତୁ ମାସାଧିକ କାଳ ମୁଁ ଚିଠିର ଉତ୍ତର ନ ପାଇ ମନ ଦୁଃଖ କରିବା ସଙ୍ଗେ ସଙ୍ଗେ ମନକୁ ବୁଝାଇବାରେ ଲାଗିଲି ଯେ, ସେମାନଙ୍କୁ ବେଳ କାଇଁ ଚିଠି ଲେଖିବାକୁ ? ସେମାନେ ନିଶ୍ଚୟ ଚିଠିର ଉତ୍ତର ଦେବେ ଟେଲିଫୋନ୍‌ରେ ।

ଯେତେବେଳେ କ୍ରିଂ କିନା ରିଂ ଆସେ, ମୁଁ ଦଉଡ଼ି ଯାଏ ଟେଲିଫୋନ ପାଖକୁ । କିନ୍ତୁ ନା – ଆମେରିକାରୁ କୌଣସି ଖବର ଅନ୍ତର ନାହିଁ ।

ଆବେଗ ଆଉ ଉଦ୍‌ଗେବରେ ଦିନ ଦିନ ଯାଇ, ମାସ ବର୍ଷ କଟିଗଲା ପଛେ କୌଣସି ଉତ୍ତର ପାଇ ପାରିଲି ନାହିଁ । ତିନି ତିନି ଖଣ୍ଡ ଚିଠି ଦେଇ ନିରାଶ ।

ଯା' ଭିତରେ ମୁଁ ଏମ.ଏସ୍‌ସି.ରେ ଆଡ଼ମିଶନ ନେଇ ମୋର ଦି'ଟା ସେମିଷ୍ଟର ସରି ଗଲାଣି । ସେମିଷ୍ଟରରେ ଯେତେ ପ୍ରଭୁତ ପରିମାଣରେ ନମ୍ବର ରଖିଥିଲେ ବି, ସେଥିରେ ମୋର ଆନନ୍ଦ ନଥାଏ । ମୋ' ମନ ଯାଇ ଆମେରିକାରେ ।

ଏଇ ନୈରାଶ୍ୟରେ ନୈରାଶ୍ୟରେ ଦିନେ କଲେଜରୁ ଫେରି, ବାପାଙ୍କ ପାଖକୁ ଆସିଥିବା ଚିଠି ଗୁଡ଼ିକ ଘାଣ୍ଟୁ ଘାଣ୍ଟୁ ପାଇଗଲି ଗୋଟେ ଆମେରିକା ଚିଠି । ଆନନ୍ଦରେ ଅଧୀର ହୋଇ ସେ ଚିଠି ଖଣ୍ଡିକ ଖୋଲୁ ଖୋଲୁ, ପହଞ୍ଚଗଲେ ବାପା । ହାତରୁ ମୋର ଚିଠି ଖଣ୍ଡିକ ଛଡ଼ାଇ ନେଇ ଧମକ ଦେଲେ, ଅନ୍ୟର ଚିଠି ପଢ଼ନ୍ତି ?

ମୋ' ଆଖିରେ ଲୁହ ଭର୍ତ୍ତି ହୋଇଗଲା । କିନ୍ତୁ ମୁହଁ ଖୋଲି ମୁଁ କହି ପାରିଲି ନାହିଁ ଯେ, ଏ'ଟା ତ ମାମୁଙ୍କ ଚିଠି... ଅନ୍ୟର କଣ ? ମାମୁଙ୍କ ଚିଠି ଖୋଲି ପଢ଼ିବା କଣ ମନା ?

ଦୃଷ୍ଟ ଚିଉରେ ବାପା ଚିଠି ଚିରି ଚିରି ଯାଇ ପହଞ୍ଚିଲେ ବୋଉ ପାଖରେ । ଉପହାସ କଣ୍ଠରେ ବୋଉକୁ କହିଲେ – ଆହେ ଏତେ ଦିନକେ ତମ ଆମେରିକା ଭାଇଙ୍କର ଚିଠି ଦବା ପାଇଁ ମନେ ପଡ଼ିଲା ।

ବୋଉ ବସି ବସି ଲହୁଣୀ କାଢୁଥିଲା । ବାପାଙ୍କ କଥାରେ ଟିକିଏ ବିରକ୍ତ ହୋଇ ଉଠି ବିଢ଼ ବିଢ଼ ସ୍ୱରରେ କହିଲା – ଚିଠି ପଢ଼ । ତାଙ୍କର ତ ହେଲେ ଯେତେ ଦିନରେ ବି ମନେ ପଡ଼ିଲା । ତମର କୋଉ ମନେ ପଡ଼ି ଯାଉଛି କି ? କେତେ ଖଣ୍ଡ ତମେ ଚିଠି ଲେଖିଲଣି ତାଙ୍କ ପାଖକୁ ?

ବୋଉ ପାଟିରୁ ଏ କଥା ଶୁଣି ବି, ବାପାଙ୍କ ପାଟିର ଉପହାସ କମୁ ନାଇଁ – ଲେଖିଛନ୍ତି ତାଙ୍କ ଝିଅ ଟିନା ପାଇଁ ତମେ ଏଠୁ ବର ଯୋଗାଡ଼ କରିବ ।

ଲାଗୁଛି ଏଇଥ ପାଇଁ ଯେ, ସେଠି କଣ ବର ମିଳୁ ନାହାନ୍ତି ଯେ, ଏଠୁ ବର ବୁହା ହୋଇଯିବେ ?

ବୁହା ହୋଇ ଗଲା ଭଳିଆ ଯଦି ବ୍ୟବସ୍ଥା ଥାଆନ୍ତା, ତେବେ ଏଠୁ ମୁଁ ବହୁତ ବର ପଠାନ୍ତି । ପାଠଶାଠ ପଢ଼ି, ବେକାର ହୋଇ ବସିଛନ୍ତି ବୋଲି ସିନା ବିଭାହୋଇ ପାରୁନାହାଁନ୍ତି । ସେଠିକି ଗଲେ କେହି ବେକାର ହେବେ ନାହିଁ । ବାହା ଚୂଡ଼ା ହୋଇ ସଂସାର କରିବା କଥା ନା ! ଯୌବନ ଥରେ ଚାଲିଗଲେ, ଆଉ କଣ ଫେରାଇ ଆଣି ହେବ ?

ବାପା ହସି ଉଠିଲେ । କହିଲେ, ଆମେ ବାଃ ? ବହୁତ କଥା ଜାଣିଲଣି ତ ?

ବୋଉ କ୍ରୋଧର ଚରମରେ ପହଞ୍ଚ କହି ଉଠିଲା – ତମେ ଚାକିରି କରୁଛ, ଅଫିସ ଯାଉଛ ବୋଲି ସବୁ ଜାଣୁଛ । ଆମେ କିଛି ଜାଣୁ ନାହୁଁ ବୋଲି ତମମାନଙ୍କର ଧାରଣା । କିନ୍ତୁ ଆମେ ସବୁ ଜାଣୁ । ସବୁ ବୁଝୁ । ସବୁ ହୃଦୟଙ୍ଗମ କରୁ । ଆମମାନଙ୍କ ହାତରେ କ୍ଷମତା କିଛି ନ ଥାଏ ବୋଲି, ଆମେ ମୁହଁ ଖୋଲି କିଛି କହୁନା । ଫଳରେ ତୁମମାନଙ୍କ ଆଖିରେ ଆମେ ନିର୍ବୋଧ ।

ବାପା କଥାଟାକୁ ବୁଲେଇ ଦେଇ କହିଲେ – ତମ ଭାଇ ତ ଆଉ ହ୍ୟୁଷ୍ଟେନରେ ନାହାଁନ୍ତି । କାଲିଫର୍ଣ୍ଣିଆ ଚାଲି ଗଲେଣି । ମୁଁ ଚିଠି ଲେଖୁ ଥାଆନ୍ତି କଣ ?

ବୋଉ କହିଲା – ଆଉ ତମ ଭାଇ ? ତାଙ୍କର ବି ତ ସୋର ଶବ୍ଦ ନାହିଁ ! ସେ ସେଠି ଅଛନ୍ତି ନା ଆଉ କୁଆଡ଼େ ଗଲେଣି ଭାରି ?

ବାପା ଚିଠି ଖଣ୍ଡକ ତନ୍ନ ତନ୍ନ କରି ପଢ଼ି କହିଲେ – ନା... । ସେ ବି ସେଠି ନାହାଁ । ଯାଇ ଆଟଲାଣ୍ଟାରେ ।

ଆଃ... ମୋ କଣ୍ଠରେ ବିସ୍ଫୋରଣ ଘଟିଲା ଯେମିତି ! ମୁହାଁରୁ ରକ୍ତ ଖସିଯାଇ, ହଠାତ୍ ବିବର୍ଣ୍ଣ ହୋଇ ଉଠିଲା ।

ବୋଉ ମୁହାଁକୁ ମୋର ଚାହିଁ ଦେଇ, ଛିଗୁଲେଇ ଉଠିଲା – କିଲୋ ! ଯିଏ ଯୋଉଠି ରହନ୍ତୁ । ତୋ'ର କଣ ଯାଉଛି ? ସେମାନଙ୍କ ପାଖରେ ତୋ'ର ଦରକାର କଣ ?

ମୁଁ ମୋର ଦୁଃଖ, ଅଭିମାନ, ହତାଶାକୁ ପଢ଼ାରେ ଲଦିଦେଇ ମୁଁ ପ୍ରାୟ ନିଶ୍ଚିନ୍ତ ହୋଇଯାଏ । ସେଇ ନିଶ୍ଚିନ୍ତତା ବି ମୋତେ ଖୁବ୍ ବେଶୀ ସୁଫଳ ଦିଏ । ବି.ଏସ୍.ସି. ପରେ ମୁଁ ଏମ୍.ଏସ୍.ସି ରେ ବି ହେଲି ଫାଷ୍ଟ କ୍ଲାସ୍ ଫାଷ୍ଟ ।

ଓଃ ସମସ୍ତଙ୍କର କି ବିପୁଳ ଶୁଭ ସମ୍ଭାଷଣ, ସେଇ ବର୍ଷ ପୁଣି ମୋ' ଭାଗ୍ୟକୁ କନ୍ଭୋକେସନ ହେଲା... । ଓ ମୁଁ ଚାରି ଚାରିଟା ଗୋଲ୍ଡ଼ ମେଡ଼ାଲ ଧରି ଘରକୁ ପେରିଲି । ଫେରିବା ବାଟରେ କିନ୍ତୁ ମୋର ମନ ହଉଥିଲା, ମୁଁ ଯଦି ଆମେରିକା ଯାଇ ନ ପାରିବି, ତେବେ ଏଗୁଡ଼ାକ ମୋର କଣ ହେବ ଯେ ? ଯାଉଛି ବାଟରେ ଫିଙ୍ଗି ଦେବି... ।

ଘରେ ପହଞ୍ଚୁ ପହଞ୍ଚୁ ମୋତେ ଦେଖୁଦେଇ ବାପା ଗୋଟେ ଖୋଲା ହସ ହସି ହସି କହିଲେ ବେବୀ ! ତୁ ଯାଇ ଦିଲ୍ଲୀରେ ପି.ଏଚ୍.ଡ଼ି. କରେ । ଏଠା ଅପେକ୍ଷା ସେଠି ବେଶ୍ ସ୍କୋପ୍ ।

ବାପାଙ୍କର ଏଇ ମତରେ ମୋ' ଦେହ ଜଳି ଉଠୁଥିଲା । ଦାନ୍ତ କଡ଼ ମଡ଼ କରି କହି ପକାଇବାକୁ ମନ ହଉଥିଲା – ବାପା, ଦିଲ୍ଲୀ ଅପେକ୍ଷା ଆମେରିକାରେ ଆହୁରି ବେଶୀ ସ୍କୋପ୍.... । ମୁଁ ଆମେରିକା ଯିବି ।

କେମିତି କହିବି ମୁଁ? ଝିଅ ହୋଇ ନିଜର ଆଶା ଆକାଙ୍ଷା ବାପାଙ୍କୁ ଜଣାଇବା କେଡ଼େ ବଡ଼ ଅନ୍ୟାୟ... ମତେ କଣ ଅଜଣା? ତା'ଛଡ଼ା ବିଦେଶ ଯାଇ ଏକାକୀ ଚଲିବାର ଅଭିଜ୍ଞତା କାଇଁ? ସାହସ ବା କାଇଁ? ବିନା ସାହାଯ୍ୟ ସହାନୁଭୂତିରେ ମୁଁ ଜିଦ୍ କରି ଆଦୌ ଯାଇପାରିବି ନାହିଁ। ଆମ ଦେଶର ବାପ ଝିଅଙ୍କ ଭିତରେ ଯେ, କେତେ ବଡ଼ ଅଲୌକିକ ପ୍ରାଚୀର ଥାଏ, ଏବଂ ସେ ପ୍ରାଚୀର ଆଗରେ ସ୍ନେହ ଶ୍ରଦ୍ଧା ଆନ୍ତରିକତା ସବୁ ମୂଲ୍ୟହୀନ। ଏକଥା ଜାଣି ମୁଁ ଚୁପ୍ ରହି ଯାଇଥିଲେ ଯାଇ ଥାଆନ୍ତା...। କିନ୍ତୁ ଅଭିମାନରେ ମୁଁ ଭାଙ୍ଗିପଡ଼ି କହିଲି – ମୁଁ ଦିଲ୍ଲୀ ଯିବିନାଇଁ....। ଏଠି ରହି ପି.ଏଚ୍.ଡ଼ି. କରିବି।

ଆହା! ମୋର ସେଇ ଅଭିମାନକୁ କେହି ଜାଣି ପାରିଲେ ନାହିଁ। ବରଂ ସମସ୍ତେ ଖୁସି ହୋଇ ଯାଇ ମୋ' ନିଷ୍ପତ୍ତିକୁ ଅନ୍ତର ସହିତ ଅନୁମୋଦନ କଲେ। ସେତେବେଳେ ବି ମୁଁ ଜାଣି ପାରିଲି ନାଇଁ ଯେ, ମୋର ଏଇ ଅଭିମାନର ନିଷ୍ପତ୍ତି, ମୋ' ଜୀବନର ସର୍ବଶ୍ରେଷ୍ଠ ଭୁଲ୍ କରି ବସିବ।

ଏଠି ରହିବ ଦ୍ୱାରା ପ୍ରତିଦିନ ଆସିଲା, ଗୋଟିଏ ଗୋଟିଏ ବିବାହ ପ୍ରସ୍ତାବ। ବାପା ବୋଉଙ୍କର ଆନନ୍ଦ ଦେଖ୍ବ କିଏ? ମୋ ରହଣି ତାଙ୍କ ପାଇଁ ସୁବର୍ଣ୍ଣ ସୁଯୋଗ ଯେମିତି! ଆନନ୍ଦରେ ମସଗୁଲ ହୋଇ ଚାଲିଲା ବର ବଛା...।

ସେମାନଙ୍କ ବଛାବଛି ବେଳେ ମୁଁ ବି ବାଛି ଚାଲିଥାଏ। ଏମିତି ଏକ ବର, ଯିଏ କି ଆମେରିକା ଯାଇ ପାରୁଥିବ। ବର ସଙ୍ଗେ ଯମପୁର ଯିବା ପାଇଁ ବି ଆମ ଦେଶର ବାପା ମାଆମାନେ ଅମଙ୍ଗ ହେବେ ନାହିଁ। ତେଣୁ ମୁଁ ମୋ ବର ସଙ୍ଗେ ଆମେରିକା ଯିବାର ବାସନା ରଖି, ବିବାହ ପ୍ରସ୍ତାବରେ ଉତ୍ସାହିତ ହେବାକୁ ଲାଗିଲି।

କିନ୍ତୁ ଛିଃ... ଛିଃ...। ବୟସର କି କଦର୍ଯ୍ୟ ସ୍ୱଭାବ, ଏତେ ଦିନ ଧରି ଶୁଆ ପରି ଘୋଷି ହେଉଥିବା ମନ ମୋର, ସେ ବର ଦେଖ୍ ଏମିତି ମୋହି ହୋଇଗଲା, ଆମେରିକା ଯିବା କଥାଟାକୁ ନିହାତି ଗୌଣ ମନେ କଲି।

ବର ଦେଖିବାକୁ ଗୋରା ଡେଙ୍ଗା ହୋଇ ଖାଲି ସୁନ୍ଦର ନୁହଁ.... ତା'ର ସୌଜନ୍ୟପୂର୍ଣ୍ଣ ବ୍ୟବହାର ହିଁ ସମସ୍ତଙ୍କୁ ଆକୃଷ୍ଟ କରି ପକାଇଲା। ଆଇ.ପି.ଏସ୍.

ଅଫିସରୁ । ସୌଜନ୍ୟ, ଶାନ୍ତିପୂର୍ଣ୍ଣ ବ୍ୟବହାର ହିଁ ସେମାନଙ୍କ ଚରିତ୍ର । ସେମାନେ ସେଇ ଭଳି ଟ୍ରେନିଂ ନେଇ ଥାଆନ୍ତି । ବାପା ସେଇ ଭଳି ଜୋଇଁ ପାଇ ଯାଇ ଆନନ୍ଦରେ ଉଛୁଳି ଉଠିଲେ ।

ସେମାନଙ୍କର ସେଇ ଆନନ୍ଦ ଉଲ୍ଲାସ ଦେଖି, ମୁଁ ବି ମନେ ମନେ ଭାବିବାକୁ ଲାଗିଲି ଯେ, ହଅ – ମୁଁ ଏମିତି ଗୋଟାଏ କଣ କି ? ମୋ ପାଇଁ ଏ ବର ଠିକ୍ ଅଛି ।

ଶାଢ଼ି ଗହଣା, ପାଟମଠାରେ । ବିମଣ୍ଡିତ ହୋଇ, ବାହାଘର ସରିଗଲା ଗୋଟେ ମହା ଆଶ୍ୱସ୍ତି ଭିତରେ ।

ଓଢ଼ଣାଟା ଖୋଲି ଦେଇ ମୁଁ ବି ଗୋଟାଏ ମହା ଆଶ୍ୱସ୍ତିରେ ନିଃଶ୍ୱାସ ମାରୁଛି, ଏତିକି ବେଳେ ବାବୁଲିଟା ଅଣନିଃଶ୍ୱାସୀ ହୋଇ ଦଉଡ଼ି ଆସି ମୋ ଉପରେ ଦୁଲ କିନା ପଡ଼ିଗଲା... । ପାଟିରୁ କଥା ବାହାରୁ ନାହିଁ । ଆଖି କାନ ସବୁ ନିବୁଜ... ।

ହୋମକର୍ମରେ ମୋ କାମ ସରିଗଲା... । ଟିକିଏ ଖୋଲା ପବନ ପାଇବା ଆଶାରେ ଯୋଉ ପାଟ ଶାଢ଼ିର ଓଢ଼ଣା ଖୋଲି ଦେଇଥିଲି, ସେଇ ପାଟ ଶାଢ଼ିରେ ବାବୁଲିର ମୁହଁ ପୋଛି ପକେଇ ବଡ଼ ଅତର୍କିତ ସ୍ୱରରେ ପଚାରିବାକୁ ଲାଗିଲି – କଣ ହେଲା ବାବୁଲି... ? କ'ଣ ହେଲା... ? କହରେ ଟିକିଏ କଣ ହେଲା... ?

ବାବୁଲି ତଥାପି ଧଇଁ ଧଇଁ ହୋଇ ନିଃଶ୍ୱାସ ନେଉଥାଏ ଓ ମୋ ପାଟଶାଢ଼ିର କାନିରେ ତା ଝାଳ ଗୁଡ଼ାକ ପୋଛି ପୋଛି ମୁହଁକୁ ରଗଡ଼ୁଥାଏ ।

ମୋ କଣ୍ଠରେ ବିଷାଦମୟ ଯନ୍ତ୍ରଣାର ବ୍ୟାକୁଳ ସ୍ୱର – କହ... କହ... କଣ ହେଲା କହ...

ଆଖି ମେଲି ବାବୁଲି ଚାହିଁଲା ମତେ । ଏବଂ ଅଳ୍ପ ସମୟ ପରେ ଉଠି ବସି କହିଲା – ଜାଣିଛୁ ବେବୀ ନାନୀ! ମୋର ଆମେରିକା ଯିବା ହୋଇଗଲା । ମାମୁ ଚିଠି ଦେଇଛନ୍ତି । ସ୍ୱନସର ଲେଟର ବି ପଠେଇଛନ୍ତି । ଲେଖିଛନ୍ତି ଭିସା ପାସପୋର୍ଟ କରି ଦେଇ ଶୀଘ୍ର ଚାଲିଆ... ମୁଁ ତୋ ପାଇଁ ମୋର ୟୁନିଭରସିଟିରେ ଗୋଟେ ସିଟ୍ ରଖିଛି, ଆସିଲେ ମୋରି ପାଖରେ ରହି ପଢ଼ିବୁ ତୁ! କି ମଜା! ଚାଲିଲି ବେବୀ ନାନୀ ମୁଁ ଆମେରିକା....

ଆନନ୍ଦରେ ଅଧୀର ହୋଇ ବାବୁଲିର ଏଭଳି ବ୍ୟତିକ୍ରମ ଦେଖା ଦେଉଥିଲା । କିନ୍ତୁ ମୁଁ ଭାବୁଥିଲି କଣ ? ଏବଂ ମୁଁ ଶୁଣିଲି କଣ ? ଯୋଉ ବାବୁଲି ଆମେରିକା ନେଯାଇ ମୁଁ ଯିବି ବୋଲି ମନେ ମନେ ଖୁସି ହେଉଥିଲି, ସେଇ ବାବୁଲି ଆମେରିକା ଯାଉଛି... ମୁଁ ଯାଉଛି ଓଢ଼ଣୀ ଦେଇ ଶାଶୁଘରକୁ !

ଓ୫.... ଭଗବାନ ! କି ନିଷ୍ଠୁର ତୁମେ ! ମୋ ଆଖିରୁ ଲୁହ ଉଚ୍ଛୁଲି ପଡ଼ିଲା । ମୋ ଫୁସ୍‌ଫୁସ୍‌ରେ ଘୁ ଘୁ ପଶି ମୋ ସମଗ୍ର ଶରୀରରେ ବିସ୍ଫୋରଣ ଘଟିଲା ଯେମିତି ! ମୁଁ ମୋ ଛାତିଟାକୁ ଚାପି ଧରିଛି ବାପା ମାମୁଙ୍କ ଚିଠି ଓ ପାର୍ସଲ ପ୍ୟାକେଟ୍‌ଟା ଧରି ମୋ ସାମ୍ନାରେ ଠିଆ ହୋଇ ଯାଇ ମହା ଖୁସିରେ କହିଲେ – “ନେ ନେ ବେବୀ ନେ । ତୋ ହାହାଘର ପାଇଁ ମାମୁ କେଡ଼େ ବଢ଼ିଆ ଶାଢ଼ି ତୋ ପାଇଁ ପଠେଇଛି... ।”

ଖଣ୍ଡେ ଶିଳା ମୂର୍ତ୍ତି ପରି ଠିଆ ହୋଇ ରହିଛି ମୁଁ ।

ମୋ ସାମ୍ନାରେ ପଡ଼ି ରହିଛି ଶାଢ଼ି ଗୁଡ଼ିକ... । ଯେତେ ନିରେଖ୍ ଚାହିଁଲେ ବି ମତେ ଦିଶୁନି କିଛି । ମୋ ଆଖିରେ ଲୁହର ପରଦା । ମୋ ଦୃଷ୍ଟି ଅସହାୟ... ମୁଁ ଖୋଜୁଛି କାହିଁ ଗଲା ମୋର ସେଇ ପିଲା ଦିନର ଉପହାର-ନୀଳ ଆଖିର ଢଲ ଢଲ ଟିକି କଣ୍ଢେଇ ! ସାଧବାଣୀ ପୋକର ମସୃଣ ନାଲି ନାଲି ଜାମା, ଛୋଟ କମ୍ବଲ ଓ ମହ ମହ ବାସ୍ନା ଅତର ! କାଇଁ... କାଇଁ... ?

୦୦

ମିନତି

ମୁଁ ମିନତି ଘରେ ପହଞ୍ଚିଲାବେଲକୁ ରାତି ପ୍ରାୟ ପାଖାପାଖି ଆଠଟା । ଘର ଚାରିଆଡ଼ ନିର୍ଜନ । କେହି କୁଆଡ଼େ ନାହାଁନ୍ତି । ତେବେ ମିନତି କ'ଣ ନାଇଁ ? ଏପର୍ଯ୍ୟନ୍ତ ଫେରି ନାହିଁ ସେ କଟକରୁ ?

ଘରର ବାରଣ୍ଡା ଉପରକୁ ଉଠିଯାଇ, ମୋର ଅନିସନ୍ଧିସୁ ଆଖି ଯୋଡ଼ିକ ପହଁରିଗଲା ଘରର ଖୋଲାଥିବା ଗୋଟିଏ କୋଠରି ଭିତରକୁ । ଉଣ୍ଟ ଦେଖିଲି, କୋଠରିଟି ଡ୍ରଇଂରୁମ୍ । ଦାମୀ ସୋଫାର ଗୋଟିଏ କଡ଼କୁ ବସି ଝୁଲଉଛି ଦଶ ଏଗାର ବର୍ଷର ପିଲାଟିଏ । ସମ୍ଭବତଃ ସେ ଚାକର ଟୋକା । ତା'ଆଖି ସାମ୍ନାରେ ଟି.ଭି. ଖୋଲା ହୋଇ ରହିଛି । କିନ୍ତୁ ଝୁଲେଇବାରେ କାଲେ ବାଧା ଉପୁଜିବ, ସେଇ ଉଦ୍ଦେଶ୍ୟରେ ସେ ଟି.ଭି. ଟିର ଶଢ ବନ୍ଦ କରିଦେଇଛି । ଟି.ଭି. କିନ୍ତୁ ତା'ର ଦୃଶ୍ୟ ଦେଖାଇ ଚାଲିଛି ।

କିଏ ଦେଖୁଛି ସେ ଦୃଶ୍ୟ ।

ଓଃ... । ଆଜିକାଲି ଚାକରମାନଙ୍କ ସହ୍ୟ କରିବା ସତରେ ଭାରି କଷ୍ଟ । ଉଣେଇଶି, କୋଡ଼ିଏ ହଜାର ଟଙ୍କାର ଯନ୍ତ, ଏଇମାନଙ୍କର ନିମିତ ବ୍ୟବହୃତ ହେଉଛି । ଶୋଚନାରେ ମୁଁ ସିକ୍ତ ହୋଇ ପଡ଼ୁ ପଡ଼ୁ କେତେବେଲେ ପ୍ରଶ୍ନ କରିଦେଲିଣି –

– ମାଆ ଆସି ନାହାଁନ୍ତି କି ?

– ନା ।

– କେତେବେଲେ ଆସିବେ ?

– କେଜାଣି ?

– ସବୁଦିନେ କଣ ଏତିକି ଡେରି ହୁଏ ?

ସଂକଲକ : ଡଃ ତନ୍ମୟ ପଣ୍ଡା || ୧୮୩

– ଆଜି ଟିକିଏ କାହିଁକି ବେଶୀ ଡେରି ହେଲାପରି ଲାଗୁଛି ।

ଏତକ ବଡ଼ ଦୁଃଖରେ କହିଦେଇ ପୁଣି ସେ ଭୁଲେଇବାରେ ମନଦେଲା । ମୁଁ ଇଚ୍ଛା କରିଥିଲେ ବିନା ନିମନ୍ତ୍ରଣରେ ପଶି ଯାଇ, ସୋଫା ଉପରେ ବସିଥାଆନ୍ତି । କିନ୍ତୁ କେଜାଣି କାହିଁକି ମନ ହେଲାନି ।

ବାହାର ବାରଣ୍ଡାରେ ପୂର୍ବପରି ଠିଆହୋଇ ରହିଥିବାବେଳେ ଲକ୍ଷ୍ୟକଲି, କାନ୍ଥକୁ ଲାଗି ଛୋଟ ଖଣ୍ଡେ ସ୍କୁଲ ଥୁଆ ହୋଇଛି । ବୋଧ ହୁଏ ଇଲେକ୍ଟ୍ରିକ୍ ମରାମତି କାମରେ ଆସିଥିବା କୌଣସି ଇଲେକ୍ଟ୍ରିସିଆନର ବ୍ୟବହୃତ ସ୍କୁଲ ଇଏ ! ଅଗତ୍ୟା ସେ ସ୍କୁଲଟିର ମୁଁ ସଦ୍‌ବ୍ୟବହାର କରି ଚାରିଆଡ଼କୁ ଦୃଷ୍ଟି ଢାଲୁ ଢାଲୁ, ଦୃଷ୍ଟିର ଅନ୍ତରାଲରୁ ବହୁ ସ୍ମୃତି ମୁଣ୍ଡ ଟେକିଲା ।

ଏକଦା ମିନତି ଓ ମୁଁ ସହପାଠୀ ଥିଲୁ ।

ଆଜି ଏକଥା କହିବା ପାଇଁ ଖାଲି ଲଜ୍ଜା ନୁହେଁ, ଅବିଶ୍ୱାସ ମଧ ଲାଗୁଛି । କିଏ ବିଶ୍ୱାସ କରିପାରିବ ଯେ ଏଇ ଅର୍ଦ୍ଧଶିକ୍ଷିତା, ବିଧବା, ଅସହାୟ ମହିଲାଟିର ସହପାଠୀ ଥିଲେ, ବିଶିଷ୍ଟ ପେଡ଼ିଆଟ୍ରିକ୍ ଅନୁତା ତରୁଣୀ ମିସ୍ ଡକ୍ଟର ମିନତି ଦାଶ ।

ସମାଜ ପାଇଁ, ସଂସାର ପାଇଁ ଆଜି ମୋର ସତରେ କିଛି ସଭା ନାହିଁ । କିନ୍ତୁ ମିନତି ପାଖରେ ?

ସେ କଣ କେବେ ମାନିନେଇ ପାରିବ ଯେ, ମୁଁ ତା ପାଖରେ ସଉଖୀନ ମଣିଷଟିଏ ମାତ୍ର !

ମ୍ୟାଥମ୍ୟାଟିକ୍ସ ଅପ୍ସନାଲ ଆଉ କମ୍ପଲସରିରେ ଦୁଇଶହରୁ ଦୁଇଶହ ମାର୍କ ମୁଁ ରଖୁଥିଲା ବେଳେ, ମିନତି କାନ୍ଦ କାନ୍ଦ ହୋଇ ଆସି ମତେ କୁହେ, ଶୁଭ ! ମୋ ଦେଇ ଇଞ୍ଜିନିୟରିଂ ପାଠ ଜମା ହବ ନାଇଁ... । ମ୍ୟାଥମ୍ୟାଟିକ୍ସରେ ଏତେ ପୁଅର୍‌ମାର୍କ ରଖି ଇଞ୍ଜିନିୟରିଂ ପାଠକୁ କିଏ ଆଶା କରିପାରେ ? ତୁ ଶୁଭ ଇଞ୍ଜିନିୟରିଂ ପଢ଼ିବୁ... ବାପା ମୋ ତଣ୍ଟି ଚିପିଦେବେ ।

ମିନତିର ବାପା ଥିଲେ ଇଲେକ୍ଟ୍ରିକ୍‌କାଲ ଇଞ୍ଜିନିୟର । ପିଲାଦିନୁ ସେ ଅଙ୍କରେ ଧୁରନ୍ଧରେ । ତାଙ୍କର ପୁଅ ନ ଥିବା ଯୋଗୁଁ, ସେ ତାଙ୍କର ସବୁତକ ଯୋଗ୍ୟତା ଆଶା କରୁଥିଲେ ମିନତି ପାଖରୁ ।

କିନ୍ତୁ ମୋ ଠାରୁ କେହି କିଛି ଆଶା କରୁ ନ ଥିଲେ । ଆମେ ଥିଲୁ ଛଅ ଭଉଣୀ । ମୁଁ ଥିଲି ସବା ବଡ଼ । କେମିତି ସମୟ ପଳେଇ, ଆମେ ଗୋଟିଏ ଗୋଟିଏ ବିଭାହୋଇ ପଳେଇବୁ, ଏଇ ଥିଲା ବାପା ମାଆଙ୍କର ଚିନ୍ତା ।

ବୟସର ସ୍ୱଚ୍ଛତା ଦୃଷ୍ଟିରୁ ହେଉ, ଅବା ଅଜ୍ଞତା'ରୁ ହେଉ, ବାପା ମାଆଙ୍କର ଏଇ ଉଦ୍ଦେଶ୍ୟ ସତରେ ମୁଁ ସେତେବେଳେ ଧରି ପାରି ନ ଥିଲି ।

ମୋ ବାହାଘର ଠିକ୍ ହୋଇଗଲା ପରେ, ମୋତେ ଭାରି ଦୁଃଖ ଲାଗିଥିଲା ଯେ, ମିନତି ବାହା ନ ହୋଇ ମୁଁ ଆଗ ବାହା ହେବି କାହିଁକି ? ମୋ ସ୍ଥାନ ଖାଲି ହୋଇଗଲ. ମୋ ସ୍ଥାନକୁ ପୂରଣ କରିବାକୁ ଯାଇ, କାଲେ ମିନତି ମୋ ଦୁଇଶହ ମାର୍କ ରଖିନେବ, ଏଇ ଥିଲା ମୋର ପ୍ରଚ୍ଛନ୍ନ ଈର୍ଷା ।

ଏକଥା କାହାକୁ କେମିତି କହିବି ? ଆଗ କାହିଁକି ମୁଁ ବାହା ହେବି ବୋଲି କାହାକୁ ବା ପଚାରିବି ? ଚିଡ଼ିଚିଡ଼ା ହୋଇ ଶେଷରେ ଆଇ ପାଖରେ ଯାଇ ଦଶଭୁଜା ଦୁର୍ଗା ଭଳି ଠିଆହେଲି ।

ଆଇ ମୋର ଅଭୂତପୂର୍ବ ହାବଭାବ ଦେଖି ଶଙ୍କିତ ସ୍ୱରରେ ପଚାରି ଉଠିଲା – କିଲୋ ! କଣ ହେଲା ? ଏମିତି ମୂର୍ଖ ଧାରଣା କରିଛୁ କାହିଁକି ?

ଏଭଳି ସତ୍ୟାସତ୍ୟ ମନ୍ତବ୍ୟର ଯୌକ୍ତିକତା ଯାହା ଥାଉନା କାହିଁକି, ଆଇର ଏଇ ମନ୍ତବ୍ୟ ଉପରେ ମୋ ଅଭିମାନର ମୂଲ୍ୟ ଅବା ଭବିଷ୍ୟତର ମହତ୍ତ୍ୱ ନିର୍ଭର କରୁନାହିଁ ଜାଣି, ପ୍ରଚ୍ଛନ୍ନ କ୍ରୋଧରେ ପ୍ରଶ୍ନ କଲି – ଆଚ୍ଛା କହିଲୁ ଆଇ ! ମିନତି ଆଗ ବାହା ନ ହୋଇ ମୁଁ ହେବି କାହିଁକି ।

ପ୍ରକୃତ ସତ୍ୟ ପ୍ରତି ସତ୍ୟନିଷ୍ଠ ନ ହୋଇ ଆଇ ଉତ୍ତରରେ ମୋତେ କହିଥିଲା – ମଲା ! ଯାହାର ବାହା ଜାତକ ଆଗ ଫିଟିଲା ନା ।

ଆଶ୍ଚର୍ଯ୍ୟ ଏକା କ୍ଲାସରେ ପଢ଼ି, ଏକା ବୟସର ହୋଇ, ପ୍ରାୟ ଏକା ସୌନ୍ଦର୍ଯ୍ୟ ଥାଇ, ତା'ର ବାହା ଜାତକ ଆଗ ଫିଟିଲା ନାଇଁ... ମୋର ଫିଟିଗଲା... ।

ଭାରତୀୟ ଚିନ୍ତାଧାରା, ଭାରତୀୟ ସଂସ୍କୃତି ଓ ସେସବୁ ପରି, ଭାରତୀୟ ପରିବାର ଦାରିଦ୍ରତା ଯେ ଜାତକକୁ ନିୟନ୍ତ୍ରିତ କରେ, ସେ ଧାରଣା ବି ମୋର ନ ଥିଲା । ଜାତକ ପ୍ରତି ବୀତଶ୍ରଦ୍ଧା ହୋଇ, ବାଧବାଧକତାରେ ମୁଁ ବାହା ହୋଇଗଲି... ।

କିନ୍ତୁ ପଠନ ପ୍ରତି ଲୋଭ ମୋର ଆଦୌ ଯାଇ ନଥିଲା । ସମସ୍ତଙ୍କ ଅଜ୍ଞାତରେ ମୁଁ ମୋର ଅଙ୍କ ବହି ଦି'ଖଣ୍ଡ, ଅଙ୍କ କଷିବା ପାଇଁ ଖଣ୍ଡେ ଧଳା ମୋଟା ଖାତା ଓ କଲମଟେ ମୋ'ଶାଢ଼ି ଟ୍ରଙ୍କ ଭିତରେ ଲୁଚାଇ ନେଇ ଆସିଥିଲି ।

ନିଜର ପରିଚିତ ପୃଥିବୀ ଛଡ଼ା ଆଉ ଯେ ସଂଖ୍ୟାଧିକ ପୃଥକ୍ ପୃଥିବୀ ଅଛି, ମୁଁ ଜାଣନ୍ତି କାହିଁକି ? ମୋ' ପୃଥିବୀକୁ ଛାଡ଼ି, ଯୋଉ ପୃଥିବୀରେ ଆସି ପାଦ ଥୋଇଲି, ସେ ପୃଥିବୀର ବୋହୂମାନଙ୍କର କୌଣସି ସ୍ୱାଧୀନତା ନାହିଁ । ଦାସଦାସୀଠାରୁ ଆହୁରି ହୀନ ହୋଇ ଚଳୁଥିବା ବେଳେ, ମୋ' ଟ୍ରଙ୍କର ଚାବି ମୋ' ପାଖକୁ କେମିତି ବା ଆସନ୍ତା ?

ଦି'ତିନି ଖଣ୍ଡ ଶାଢ଼ି କାଢ଼ିଦେଇ, ମୋ' ଶାଶୂ ମତେ କହିଲେ, ଲୁଗା ଚିରିଲେ ଯାଇ ଆଉ ଲୁଗା ମାଗିବୁ । ଚାବି ମୁଁ ରଖିଛି ।

ରନ୍ଧାବଢ଼ା, ଖୁଆପିଆ, ଲୁଗାକଚା ଲୁଗାତୋଲା ଆଦି ଯାବତୀୟ ଘରକାମରେ ଲିପ୍ତରହି ମୁଁ ଆଉ ଅଙ୍କ କଷିବାର ସୁଯୋଗ ପାଇ ନାହିଁ । କିନ୍ତୁ ଖାଲି ଟିକିଏ ବହି ଦି' ଖଣ୍ଡକୁ ଦେଖିଦେବାର ଲୋଭ ସମ୍ବରଣ କରି ନ ପାରି, ଦିନେ ଦି' ପହରେ ନିରୋଳିଆ ଦେଖି ସାନ ନଣନ୍ଦକୁ କହିଲି – କୁନି । ବୋଉଙ୍କ କାନିରୁ ଟିକିଏ ମୋ' ଟ୍ରଙ୍କ୍ ଚାବିଟା ଆଣତ ନାଇଁ... ମୁଁ ଦି ଖଣ୍ଡ ବହି ଆଣିଥିଲି... ଖାଲି ଟିକିଏ ଦେଖିଦେଇ ପୁଣି ତମକୁ ଚାବି ସଙ୍ଗେ ସଙ୍ଗେ ଚାବି ଦେଇଦିଅନ୍ତି ।

କୁନି ତା'ର କୁନି କୁନି ଆଖି ଯୋଡ଼ିକ ମିଟ୍ ମିଟ୍ କରି ମତେ କହିଲା, ଭାଉଜ । ସେ ବହି ତମର କଣ ଆଉ ଅଛି ? ବୋଉ ଆମ ହଳିଆ ଲିଙ୍ଗାକୁ ପରା ଦେଇଦେଲା... । ତା' ପୁଅ ବାସୁ ଏ ବର୍ଷ ମାଟ୍ରିକ୍ ପରୀକ୍ଷା ଦେବ ଯେ !

ଏଁ ! ମୋ' ଛାତିଟା ଚାଉଁକିନା ହୋଇଗଲା । କିଏ ଯେମିତି ନିଆଁ ହୁଲାତେ ଖେଞ୍ଚିଦେଲା । ମୁଁ ଛଟପଟ ହୋଇ ଉଠିଲି ।

କିଛି ସମୟ ପରେ ନିଜକୁ ସମ୍ଭାଳି ନେଇ ପଚାରିଲି – ଆଉ ମୋ' ଖାତା... ? କଲମ ମୋର... ?

ମୁଁ ତାକୁ ନେଇ ସେଥିରେ ସିନିମା ଗୀତ ଲେଖିଛି । ଦେଖିବ ? ଆଣିବ ସେ ଖାତା.... ? – ଗେହ୍ଲଇ ହୋଇ କୁନି ଉତ୍ତର ଦେଲା ।

ଆହାହା... ମୋ' ଅଙ୍କ ଖାତାରେ ସିନେମା ଗୀତ ! ବାସୁଦେବ ମୋରି ବହି ନେଇ ମ୍ୟାଟ୍ରିକ୍ ପରୀକ୍ଷା ! ମୁଁ ଅଣ୍ଟର ମ୍ୟାଟ୍ରିକ୍ ହୋଇ ରହିଯିବି । ହେ ଭଗବାନ୍ ! ଏ କଣ କଲ ତମେ ?

ଆଜି ବି ମୋର ସ୍ୱଷ୍ଟ ମନେଅଛି, ସେଦିନର ସେଇ ପ୍ରଜ୍ଵଳିତ ବୈଶାଖର ମଧାହ୍ନ, ମତେ ଲାଗିଥିଲା ଶ୍ରାବଣର ଅମାଅନ୍ଧାର ରାତ୍ରି ପରି !!

ଏକଥା ସେତେବେଳେ ମୋ' ସମସାମୟିକ ଯୋଉ ବୋହୂ ଆଗରେ କହିବି, ସେ ଫୁତ୍କାରରେ ଉଡ଼ାଇଦେଇ କହିବ, ଇଏ ଗୋଟେ ଦୁଃଖ ! ବାହା ହେବାପରେ ମତେ କିଏ ଚିଠି ଖଣ୍ଡେ ପଢ଼ିବାର ଦେଖିନାହିଁ । ଅଥଚ ଇଂରାଜୀରେ ମୁଁ ଏମ୍.ଏ. ପାସ୍ କରିଥିଲି । ଏହା ସତ୍ୟ । ଆମ ସମୟରେ ଶିକ୍ଷା ଉପରେ ଏତେଟା ଜୋର ଦିଆ ନ ଯାଇ, ଦିଆଯାଉଥିଲା ମାନବିକତା ଉପରେ । ଖୁବ୍ ବଡ଼ ଧାରଣାର ତ୍ୟାଗ ହିଁ ଥିଲା ପ୍ରକୃତ ମଣିଷପଣିଆ । ଏ ଧାରଣା ଅବଶ୍ୟ ସମସ୍ତଙ୍କୁ ଆଚ୍ଛନ୍ନ କରି ରଖି ନ ଥିଲା... । ତେବେ ଧାରଣା ପ୍ରାୟ ସମସ୍ତଙ୍କର ଥିଲା ଏୟା ! କେବଳ ମୁଁ କାହିଁକି, ବହୁ ପାଠୋଇ ଝିଅ, ଅଧା ଅପନ୍ତରାରେ ବାହାହୋଇ ଯାଇ କେବଳ ଗୃହିଣୀ ହୋଇ ହିଁ ରହିଯାଉଥିଲେ ।

ଯୁଗ ଆଜି ସମ୍ପୂର୍ଣ୍ଣ ବଦଳି ଯାଇଛି । ଝିଅ ଚାକିରି କରି ନ ଥିଲେ, ବିବାହ ଦେବା ସମ୍ଭବ ହୋଇ ପାରୁନି ।

ଶାଶୂଙ୍କ ଅନ୍ତେ ଗାଁରୁ ଆସି ଯେତେବେଳେ ମୁଁ ଯାଙ୍କ ସହରରେ ରହିବାକୁ ଆରମ୍ଭ କଲି, ଧରା ପଡ଼ିଗଲା ମୋର ନିମ୍ନ ଶିକ୍ଷାର ଅପାରଗତା । କଥା କଥାକେ ଏଇ ସହରୀ ସ୍ତ୍ରୀ ଲୋକ ଇଂରାଜୀ ଭାଷା ବ୍ୟବହାର କରୁଥିଲାବେଳେ, ମୁଁ ମୋ' ଭାଷାରେ ତାଙ୍କ ସହିତ କଥା ହେବାପାଇଁ ବି କ୍ଷମ ହୋଇପାରୁନି ।

ମାନସିକ ଅଶାନ୍ତିରୁ ଉପୁଜିଲା ଶାରୀରିକ ରୋଗ । ହସ୍ପିଟାଲରେ ଯାଇ ପହଞ୍ଚିଲା ବେଳକୁ ଦେଖାଗଲା ମିନତି ସଙ୍ଗେ । ପୂର୍ବରୁ ସ୍ନେହ ସୋହାଗରେ ଅତିରଞ୍ଜିତ ହୋଇ ଆମେ ପୁଣି ଏକ୍ ହୋଇଗଲୁ ।

ସେତେବେଳକୁ ମୁଁ ତିନୋଟି ସନ୍ତାନର ଜନନୀ । ରାଜପୁତ୍ର ପରି ସ୍ୱାମୀ । ମିନତି ମୋତେ ଈର୍ଷା କରୁ କରୁ ହଠାତ୍ ଭଲ ପାଇ ବସି କହିଲା – ଶୁଭ ! ସତରେ

ତୁ ସୁଖୀ ଲୋ ! ଏଡ଼ିକି ସୁନ୍ଦର ସୁନ୍ଦର ଝିଅ ଦୁଇଟି ! ପୁଅଟି ତ ଆହୁରି ଦିବ୍ୟ । ତୁ ବାହା ହୋଇଯାଇ ଖୁବ୍ ଭଲ କଲୁ । ଓ଼ ! ଏକାକୀ ଜୀବନ ମୋର ବଡ଼ ଦୁର୍ବିଷହ ।

ଏ ସଂସାର ବିଚିତ୍ର ।

ଯିଏ ଯାହା ପାଇ ନ ଥାଏ, ତାକୁ ପାଇବାର ବ୍ୟାକୁଳତା ଘାରେ । ଯିଏ ଯାହା ପାଇଥାଏ, ସେ ଜାଣିପାରେନା ସେ ପାଇବାର ସୁଖ । ଏସବୁ ପାଇ ମିନତୀ ଭଲି ଯେ ମୋର ସ୍ୱତନ୍ତ୍ର ସମ୍ମାନ ନାଇଁ... ମିନତି କ'ଣ ବୁଝିବ ସେ କଥା ?

ମିନତି ଆଗରେ ପୁଅଟିର ଆମେରିକା ଯିବା, ଝିଅ ଦୁଇଟିଙ୍କର ବିବାହ, ମିନତି ପାଇଁ ଖାଲି ବିସ୍ମୟ ନୁହେଁ, ଆନନ୍ଦରେ ସେ ପାଗଳ ହୋଇ ଉଠୁଥିଲା... ।

ତା'ର ସେ ଆନନ୍ଦକୁ ବୋଧେ ସହ୍ୟ କରିପାରିଲେ ନାଇଁ ଈଶ୍ୱର ! ସେଦିନ ରାତ୍ରିରେ ନିଭୃତ ପ୍ରହରରେ ମୋ' ମୁଣ୍ଡକୁ ଆଉଁଶି ଆଉଁଶି କହୁଥିଲା, ଶୁଭ ! ଏମିତି ବି ସଂସାରରେ ଘଟେ, ନୁହଁଲୋ !! ଆକ୍ସିଡେଣ୍ଟରେ ମଣିଷ ଚାଲିଯାଏ... ଖାଲି ଶୁଣିଥିଲି । କିନ୍ତୁ ଛାୟାକାନ୍ତ ଯେ... ।

କେମିତି ତୁ ଏବେ ବଞ୍ଚୁବୁ ଛାୟାକାନ୍ତଙ୍କ ବିନା ? ତାଙ୍କୁ ବାଦ୍ ଦେଲେ ତ ତୋ'ର କିଛି ସାରା ନାଇଁ...

ମୁଁ ଖାଲି କାନ୍ଦୁଥିଲି... ଆଉ କାନ୍ଦୁଥିଲି ।

ଚାକିରିର ପୂର୍ଣ୍ଣତା ନାଇଁ... ଘରଦ୍ୱାର ନାଇଁ... ମୁଁ ରହିବି କୋଉଠି ? ଚଳିବି କେମିତି ? ୟୁନିଟ ସିକ୍ସର ସେ ଛଅ ବଖରା ବିଶିଷ୍ଟ ସରକାରୀ କ୍ୱାର୍ଟର ଛାଡ଼ି, ଆସି ରହିଲି ପୁରୁଣା ଭୁବନେଶ୍ୱରର ଜଣେ କଣ୍ଟ୍ରାକ୍ଟରଙ୍କର ଗ୍ୟାରେଜ ଉପର ଘରେ ମାସକୁ ଛଅଶହ ଟଙ୍କା ଭଡ଼ା ଦେଇ । କ୍ରମାଗତ ରୋଗ ହେବା ସ୍ୱାଭାବିକ । ମିନତିର ଚିକିତ୍ସାଧନ ମୁଁ ।

ଓ଼... ମିନତି ଗଲା କୁଆଡ଼େ ? ଏଯାଏଁ ସେ ଫେରି ନାଇଁ କେମିତି ଯେ ?

ଏତିକିବେଳେ ଗେଟ୍ ଖୋଲିବାର ଶବ୍ଦ ଶୁଣି, ଅନାଇ ଦେଖିଲା ବେଳକୁ ମିନତି ଆସୁଛି ।

ସେ ମୋର ଯେତିକି ନିକଟତର ହେଉଛି, ତା' ମୁହଁ ମତେ ସ୍ୱାଭାବିକ ଦେଖା ନ ଯାଇ, କେମିତି ଗୋଟେ ବିରକ୍ତିକର ଥିଲାପରି ଲାଗୁଛି । କଣ ହେଲା ?

ଡେରିରେ ଫେରିବାରୁ ଏ ବିରକ୍ତି ! ନା ଆସୁ ଆସୁ ରୋଗୀକି ଦେଖ୍‌ଦେଇ ଏ ବିରକ୍ତି ! ମୁଁ ଭୟ ପାଇଗଲି ।

କିନ୍ତୁ ମିନତି ମତେ ପାଇଯାଇ ତା'ର ସବୁ ବିରକ୍ତିତକ ଏକା ନିଃଶ୍ୱାସକେ କହିଗଲା – "ଓହୋ ! ରିକ୍‌ସାବାଲାଗୁଡ଼ାଙ୍କର କି ଯେ ଦୌରାମ୍ୟ ! ଯାହା କହିଛନ୍ତି, ସେତିକି ନେବେ । ଗୋଟେ ପଇସା ବି କମଉନାହାଁନ୍ତି । କଟକରୁ ଆସି ବାଣୀବିହାର ଛକରେ ମୁଁ ଘଣ୍ଟେ ହେଲା ଠିଆହୋଇଛି... ଟାଉନ ବସ୍‌ଟିଏ ନାଁଇ । ଯେତେ ନେହୁରା ହେଲି ଗୋଟେ ଲିଫ୍‌ଟ ପାଇଁ... କେହି ଦେଲେ ନାଁଇ । ଶେଷରେ ରିକ୍‌ସାବାଲାଟା କହୁଛି କଣ ନା ନେବି ପନ୍ଦର ଟଙ୍କା । ବାଣୀବିହାରରୁ ସୈନିକ ସ୍କୁଲ କ୍ୟାମ୍ପସ କେତେ ଅବା ବାଟ ? ଅବଶ୍ୟ ରାତି ଟିକିଏ ହୋଇଗଲାଣି । ଯ' ବୋଲି ପନ୍ଦର ଟଙ୍କା ! ଟଙ୍କାଗୁଡ଼ାକ କ'ଣ ମାଟି ଗୋଡ଼ି ହୋଇଛି ଯେ, ଦେଇଦେବି ?"

"ତେବେ କ'ଣ ଚାଲି ଚାଲି ଆସିଲୁ...?" ସଂକୋଚେ ପଚାରିଲି ମୁଁ ମିନତିକୁ ।

"ଆସିବି ନାଁଇ...? ତା' ଶ୍ରମର ମୂଲ୍ୟ ଅଛି । ମୋ' ଶ୍ରମର କିଛି ମୂଲ୍ୟ ନାହିଁ । ଡାକ୍ତର ହେଲେ ବୁଝ୍‌ନ୍ତା କେତେ କଷ୍ଟ ଏ ଜୀବନ ! ପ୍ରତିଦିନ ସକାଳୁ ଯାଉଛି ଯେ, ଫେରୁ ଫେରୁ ରାତି । ଖିଆ ନାଁଇ ପିଆ ନାଁଇ । ଯୋଉ ଅଦ୍‌ଭୂତ ରୋଗୀମାନେ ଆସୁଛନ୍ତି, ସୁଶ୍ରୀ ଖରାପ କରି ଦଉଛନ୍ତି । ଆରେ ଡାକ୍ତରମାନେ କଣ ଦି ! ଦେଖୁ ଦେଖୁ ଦିହ ଭଲ କରିଦେବେ । ସେମାନଙ୍କୁ ସମ୍ଭାଲୁ ସମ୍ଭାଲୁ ନିଜର ଅସମ୍ଭାଲ ଅବସ୍ଥା । ପ୍ରତିଦିନ ଯିବା ଆସିବା କରି ରିକ୍‌ସାରେ ଏତେଗୁଡ଼ା ପଇସା ସାରିବାକୁ କାହାର ଭଲା ମନ ହବ ? ମୋର ମୁଁ ତ ଏଠି ଥିଲି । କଣ ଦରକାର ଥିଲା ଟ୍ରାନ୍‌ସଫର... ପ୍ରତିଦିନ ଯିବାଆସିବା... ସେଠି ପୁଣି ଘର ଖୋଜା... ଚାଲିଛି ଗୋଟେ ପାଲା..." ଚିଡ଼ଚିଡ଼ା ହୋଇ ମିନତି ଘରେ ପଶିଲା ।

"କିରେ ଟିଆଁ ! ତୁ ଅଛୁଟି ? ଯ'ଙ୍କୁ ବାହାରେ ବସେଇଦେଇ ତୁ ଏଠି ଢୁଲ୍‌ଉଛୁ କ'ଣ ? ଭୋକ କଲାଣି ବୋଧେ... ନୁହଁରେ ? ନେ ନେ ତୋ' ଲାଗି ବିସ୍କୁଟ୍ ଆଣିଛି ନେଇ ଖାଆ ।" ବ୍ୟାଗ୍ ଭିତରୁ ଗୋଟେ "ଗୁଡ଼୍‌ଡେ" ବିସ୍କୁଟ ପ୍ୟାକେଟ କାଢ଼ି ଟିଆଁ ହାତକୁ ବଢ଼ାଇଦେଲା ମିନତି ।

ଟିଆଁ ତା'ର ନିରଳସ ଚିତରେ ଉଠି, ଖାଡ଼ଖଡ଼ ହୋଇ ଏକାଥରକେ ତିନି ଚାରି ଖଣ୍ଡ ବିସ୍କୁଟ ଭାସୁ ଭାସୁ କରି ଚୋବେଇବାରେ ଲାଗିଲା । ମିନତି ଚୁପଚାପ ରୋଷେଇ ଘରୁ ଗିଲାସେ ପାଣି ଆଣି ଟିଆଁ ହାତକୁ ବଢ଼େଇଦେଇ କହିଲା – ଧୀରେ ଧୀରେ ଖାଆ... କ'ଣ ମୁଢ଼ି ଭୂଜା ହୋଇଛି ଯେ, ମୁଠା ମୁଠା କରି ଚୋବେଇ ଲାଗିଛୁ । ବିସ୍କୁଟ ଗୁଡ଼ାକ ପରା ! ଗୁଣ୍ଡ ପଶିଯାଇ ଦନ୍ତିରେ ଲାଗିଯିବନି... ? ମିନତି ଏକଥା କହିବା ଆଗରୁ ଟିଆଁ କାଶି ଉଠିଲାଣି ।

ଟିଆଁରି ମୁଣ୍ଡରେ ଛାତିରେ ଟିକିଏ ହାତ ବୁଲାଇ ଆଣି ମିନତୀ ମୋ' ପାଇଁ ଆଣିଥିବା ଜିନିଷ ବ୍ୟାଗରୁ ବାହାର କଲା – "ନେ ଏଇ ବେଲ ଗୁଣ୍ଡ । ଖାଇ ସାରିଲା ପରେ ଦି' ଚାମୁଚ ଖାଇବୁ । ଜୀରା ଜୁଆଣି ମଧ ଆଣି ଦେଇଛି । ଟିକିଏ ଭାଜି ଗୁଣ୍ଡକରି ଦିନକେ ତିନି, ଚାରି, ଥର ସାମାନ୍ୟ ଉଷ୍ଣୁମ ପାଣି ସହିତ ଖାଇବୁ । ଆଉ ହଜମ ହବା ପାଇଁ ଗୋଟେ ମୋଦକ ବରାଦ ଦେଇ ଆସିଛି । କବିରାଜେ, କହିଛନ୍ତି, ପେଟ ଭଲ ରହିବ ।"

ମୁଁ ଯେପରି ଆକାଶରୁ ପଡ଼ିଲି । ଜୀରା, ଜୁଆଣି, ବେଲଗୁଣ୍ଡ, କବିରାଜ ଏସବୁ କ'ଣ ? ମିନତି ଯଦି ମୋତେ କବିରାଜ ଚିକିସ୍ସା କରିବ, ତେବେ ଏତେ ପ୍ରକାରର ଟେଷ୍ଟ ସେ କରୁଥିଲା କାହିଁକି ? ଗତ ସପ୍ତାହରେ ରିକ୍ସା ଖଣ୍ଡକରେ ବୁଲି ବୁଲି, ଯେତେ ପ୍ରକାରର ବ୍ଲଡ଼ ଟେଷ୍ଟ, ବେରିୟମ ଟେଷ୍ଟ, ଇଣ୍ଡୋସ୍କୋପି, କଲୋନସ୍କୋପି କରି ଯାହା ତ ଅର୍ଥ ଶ୍ରାଦ୍ଧ ହେଲା... ହେଲା... । ଯାହା କଷ୍ଟ ! ଅନୁଭବର ତୁଳନା ନାହିଁ ।

ମୁଁ ଧୀର କଣ୍ଠରେ ମିନତିକି କହିଲି – ମିନତି ! ଆଜିକାଲି ଡାକ୍ତରମାନେ କ'ଣ କବିରାଜୀ ଚିକିସ୍ସା କଲେଣି ? ତେବେ ଏବେ ସବୁ ଟେଷ୍ଟ ଆମେ କରୁଥିଲେ କାହିଁକି ?

ମିନତି ମତେ କଟମଟ କରି ଚାହିଁ ଉତ୍ତରରେ କହିଲା – ଡାକ୍ତରୀ ଔଷଧ ଖାଇବୁ ତୁ ? ମରିଯିବୁ ଲୋ... ମରିଯିବୁ । ପ୍ରଫେସର ଆମର ଯୋଉ ଔଷଧ ଲେଖ ଦେଇଛନ୍ତି, ଖାଲି ନିଶା... । ବିଷଗୁଡ଼ାକ । ବିଛଣାରୁ ଉଠି ପାରିବୁନି । ଏକୁଟିଆଟା ରହୁଛୁ... କରିବୁ କ'ଣ ? ସେଇଥିଲାଗି କବିରାଜଙ୍କ ପାଖକୁ ଯାଇ ଆମ ଦେଶୀ ଚିକିସ୍ସାର ଔଷଧ ଆଣିଛି । ଖାଇ ଦେଖ... କମିଯିବ ଆସ୍ତେ ଆସ୍ତେ ।

ଏତେ ତ ସବୁ ଟେଷ୍ଟ ହେଲା... କୋଉଥରୁ କ'ଣ କିଛି ବାହାରିଲା ? ରୋଗ ଥିଲେ ସିନା କିଛି ବାହାରିବ ! ଯାହା କିଛି ତୋ'ର ହଉଛି, ସବୁ ମାନସିକ ଅଶାନ୍ତିରୁ ।

ଏତେ ତ ଭଲ ଷ୍ଟୁଡେଣ୍ଟ ଥିଲୁ । ପଢ଼ାପଢ଼ି କରୁନୁ । ଜାଣିଛୁ ସଂସାର କିଛି ନୁହେଁ । ଜୀବନ କିଛି ନୁହେଁ । କେହି ବି କାହାର କିଛି ନୁହେଁ । ନିଜର ଭାଗ୍ୟ ଭୋଗି ଏ ସଂସାରରୁ ଯିବା କଥା ।

ଏବେ ବାପା କ'ଣ କହୁଛନ୍ତି ଜାଣିଛୁ ଶୁଭ ? କହୁଛନ୍ତି, ମିନୀ ! ତୁ ଇଞ୍ଜିନିୟରିଂ ପଢ଼ି ନ ପାରି ଡାକ୍ତରୀ ପଢ଼ି ଖୁବ୍ ଭଲ କରିଛୁ । ଏ ବୁଢ଼ା ବୟସରେ ମୋତେ କିଏ ଏତେ ଚିକିତ୍ସା କରିଥାଆନ୍ତା ?

ବାପାଙ୍କ କଥା ଶୁଣି ହସ ଲାଗିଲା । ଯିଏ ଯାହା ହବାର ଥିବ, ସେ ସେୟା ହିଁ ହବ । ବାପା ପଢ଼େଇବେ କ'ଣ... ମୁଁ ପଢ଼ିବି କ'ଣ ? ଇଞ୍ଜିନିୟର, ଡାକ୍ତରଙ୍କର ଫରକଟା ଆମକୁ ଜଣାପଡ଼େ । କିନ୍ତୁ ଭଗବାନଙ୍କ ଆଖିରେ ତ ସବୁ ସମାନ ।

ଝିଅ ନିରାପଦରେ ରହିବ ବୋଲି ବାପା ତ ତୋ'ର ବାହା କରେଇ ଦେଇଥିଲେ । ଛାୟାକାନ୍ତ ଚାଲିଯିବା ଦିନ ତୋ'ର ଅସହାୟତା ଦେଖି ମତେ କହିଲେ – ମାଆ ମିନତି ! ତୁମକୁ ଶୁଭ ଲାଗିଲା । ଛାୟାକାନ୍ତକର ସମସ୍ତ ଦାୟିତ୍ୱ ମୁଁ ତୁମକୁ ଦେଇ ଗଲି... । ଶୁଭ ତ କିଛି ପଢ଼ାପଢ଼ି କରିନି । ଏ ଡିଗ୍ରୀ ଯୁଗରେ ସେ ଚଲିବ କେମିତି ?

ମୁଁ ତତେ କହିନାଇଁ ଲୋ ଶୁଭ ! ବହୁତ କାନ୍ଦିଥିଲି ମୁଁ ସେଦିନ ମଉସାଙ୍କ କଥା ଶୁଣି.... । ସେ କ'ଣ ଜାଣିଥିଲେ ତୁ ଏମିତି ଏକୁଟିଆ ହୋଇଯିବୁ... ଆଧୁନିକ ପରମ୍ପରା ଅନୁଯାୟୀ ପିଲାଏ ରହିବେ ଦୂରରେ... ତୋ ଏକାକୀ ଜୀବନରେ ପଢ଼ାଟା ଏତେ ଦରକାରରେ ଆସିବ ବୋଲି !

ମୁଁ ଚୁପ୍ ! ମୋ ଆଖି ଆଗରେ ଦାରୁଣ ଭବିଷ୍ୟତ । ମୋ ପଛ ପାଖରେ ଅନିଶ୍ଚିତ ଅତୀତ । ମୋ ପାଖକୁ ଲାଗି ବସିଛି ମୋର ସହପାଠୀ ଡାକ୍ତର ମିନତି ଦାଶ... ଓ ମୁଁ । ଜୀବନର ପୃଷ୍ଠା ଉଡ଼ି ଉଡ଼ି ଚାଲିଛି... ବାକି ପୃଷ୍ଠାତକ ମୋତେ ସାଉଁଟି ନେବାକୁ ପଡ଼ିବ... ଶୁଭ ମ ! ଉଠ୍ ଉଠ୍ ଚାଲିଲୁ କ'ଣ ଖାଇବୁ । ତୁ ଆସିବୁ ବୋଲି ସକାଳୁ ଛେନା ଛିଣ୍ଡାଇ ତୋ ପାଇଁ ରଖିଛି । ଆଳୁଭଜା ପକେଇଦେଇ ରୁଟି

ସେକି ଚାଲ ତତେ ଖାଇବାକୁ ଦେବି । ବେଗି ବେଗି ଖାଇଲେ ଯିବୁ ତୁ! ଗୁଡ଼ାଏ
ବାଟ ନା !

        ବେଲ ଗୁଣ୍ଡ, ଜୀରା, ଜୁଆଣି ସବୁ ସଯନ୍ତେ ସାଇତି ରଖୁଛି, ମିନତି,
"ଖାଲି ୟାକୁଇ ଖାଇଲେ ହବ ନାଇଁ । ତତେ କିଛି କିଛି ଖାଦ୍ୟ ଖାଇବାକୁ ପଡ଼ିବ ।
ପେଟ ଠିକ୍ ଟାଇମ୍‌ରେ ଖାଦ୍ୟ ନ ପାଇ, ଯେତେବେଲ ଟିକିଏ ପାଉଛି, ଗ୍ରହଣ
କରି ପାରୁନି । ଲୁଜ୍ ମୋସନ୍‌ରେ ସବୁ ବାହାରି ଯାଉଛି । ବୁଝୁଚୁ ନା ନାଇଁ । ନିଜେ
ନିଜର ଡାକ୍ତର ନ ହେଲେ ଅନ୍ୟ ଡାକ୍ତର ଭଲ କରିପାରିବେ ନାହିଁ । ତୁ ତ ଜାଣୁ,
ଛାୟାକାନ୍ତ ଆଉ ଆସିବେ ନାଇଁ । ତୁ ବଞ୍ଚିବୁ । ମରିପାରିବୁ ନାଇଁ । ନିଜ ପ୍ରତି
ଅବହେଲା କରି ଅସୁସ୍ଥତାରେ ବଞ୍ଚି ଲାଭ କ'ଣ ?

        ... ଆମେ ଏମିତି କାନ୍ଦି ପକଉଚୁ କାହିଁକି ? କାନ୍ଦିଲେ କ'ଣ ଦୁଃଖ ଦୂର
ହୋଇଯିବ ? ବରଂ ପୀଡ଼ିତ କରିବ । ଏଣିକି ତୁ ତତେ ନେଇ ବଞ୍ଚିବୁ । କେମିତି
କ'ଣ କଲେ ତତେ ଭଲ ଲାଗିବ, ସେଇଭଲି ଗୋଟେ ଏନ୍‌ଗେଜ୍‌ମେଣ୍ଟ ଖୋଜ୍... ।
ମୁଁ ଭାବୁଛି ତୁ ତୋ'ର ପିଲାଦିନର ହବିକୁ ଫେରିଯାଆ । ଗୁଡ଼ାଏ ଅଙ୍କ କଷେ । ମୁଁ
ତୋ ପାଇଁ ଖାତା, ବହି, କଲମ ସବୁ ଆଣିଦେବି । ଏବେ ଗୋଟେ ସର୍ବଭାରତୀୟ
ସ୍ତରରେ ଅଙ୍କ ପ୍ରତିଯୋଗିତା ହବାର ଅଛି । ଶୁଭଙ୍କରୀ, ସୁଧକଷା, ସାଙ୍କେତିକ,
ଲୀଲାବତୀ ସୂତ୍ର, ନାନା ଅଙ୍କ ଆଦି ସବୁର ପରୀକ୍ଷା ହେବ । ସେଥିରେ ଯିଏ
ସର୍ବୋଚ୍ଚ ନମ୍ବର ରଖବ, ସେ ସେଇ ଅନୁଷ୍ଠାନର ସର୍ବମୟ କର୍ତ୍ତା ହେବ । କିଏ
ଜାଣେ... ତୁ ଏବେ ହୋଇଯାଇ ପାରୁ... । ମିଳିଯିବା ନୋବଲ ଏନ୍‌ଗେଜ୍‌ମେଣ୍ଟ ।
ଦେହ ତ ଆପେ ଆପେ ଭଲ ହୋଇଯିବ । ତୁ ଜାଣି ନାହୁଁ.... ଆମେ ମେଡ଼ିକାଲ
ସାଇନ୍‌ସରେ ଗୋଟେ ଚାପ୍‌ଟର ଅଛି ମସ୍ତିଷ୍କର ଅସ୍ୱସ୍ତିରୁ ଶରୀରର ଅସୁସ୍ଥତା... ।
ଓ... । ତୋ ସଙ୍ଗେ ଗପି କେତେ ଡେରି ହୋଇଯାଉଛି... ଆ ଆ ଖାଇବୁ ଆସିଲୁ... ।

        ସମ୍ପୂର୍ଣ୍ଣ ଅନ୍ୟମନସ୍କ ଭାବରେ ମୁଁ କ'ଣ ଖାଉଛି... ନ ଖାଉଛି ମୁଁ ଜାଣି
ପାରୁନି.... । ଏତିକିବେଲେ ମିନତି ପାଟିକରି ଉଠିଲା – ଆରେ ଏ ଟିଆଁ!
ଦଉଡ଼ିଲୁ... ଦଉଡ଼ିଲୁ... ମାଥାଙ୍କ ଲାଗି ଗୋଟେ ରିକ୍ସା ଡାକି ଆଣିଲୁ... ମାଥା
ଘରକୁ ଯିବେ... ପୁରୁଣା ଭୁବନେଶ୍ୱର.... ଜାଣିଛୁ କି ନାଇଁ...?

ମୁଁ କହିଲି – ଏତେ ରାତିରେ ଏଠି କ'ଣ ରିକ୍ସା ମିଳିବ ଯେ, ତାକୁ ପଠାଉଛୁ ରିକ୍ସା ଡାକି ଆଣିବାକୁ! ମୁଁ ଛକ ପର୍ଯ୍ୟନ୍ତ ଚାଲିଯାଇ ସେଠୁ ଗୋଟେ ରିକ୍ସା ଧରି....

ମିନତି କହିଲା – କାହିଁକି.... ସେ ସେଇ ଛକକୁ ଯିବ ରିକ୍ସା ଡାକିବାକୁ। ସେଇ ଛକରୁ ଯାଇ ଆଣିବ ସେ ରିକ୍ସା।

ମତେ ଭାରି ଅବିଶ୍ୱାସ ଲାଗିଲା। ଅନବରତ ବସି ଯିଏ ଭୁଲଉଛୁ, ସେ ଯିବ ରିକ୍ସା ଡାକିବାକୁ?

କିନ୍ତୁ ଟିଆଁ! ମାରିଲା ଗୋଟେ ଡିଆଁ। ଗୁଣୁଗୁଣୁ କରି କ'ଣ ଗୋଟେ ଗୀତର ବେତାଳିଆ ଲହର ଧରି ଦଉଡ଼ିଲା ସେ ତୀର ବେଗରେ...।

ମୁଁ ଆଶ୍ଚର୍ଯ୍ୟ!

ମିନତି କହିଲା, ତୁ ଜାଣିନୁ ତା'ର ଗୁଣ! ତାକୁ ବାହାରକୁ ପଠେଇଲେ ଇ ସେ ଘରେ ରହିବ। ନ ହେଲେ ବିଭିନ୍ନ ଛଳ ଦେଖେଇ ଗଣ୍ଠିଲି ପୁଟୁଲି ବାନ୍ଧି ବାହାରି ପଡ଼ିବ ଗାଁକୁ। ଯେତେ ବୁଝେଇବି... ଗାଁକୁ କାହିଁକି ଯିବୁ... କ'ଣ କରିବୁ ଗାଁରେ...?

କ'ଣ କହିଲା ଜାଣିଛୁ? କହିଲା, କାହିଁକି... ଗଙ୍ଗା, ରାଜୁ, ଅଜି, ଈଶ୍ୱର, ମୋର ଢେର ସାଙ୍ଗ ଗାଁରେ। ଆମେ ସବୁ ରାଜନୀତି କରିବୁ ବୋଲି ବିଚାର କରିଛୁ। କିଏ ତ ହେଲେ ଗୋଟେ ମନ୍ତ୍ରୀ ହେବ।

କଣ ମୁଁ ବୁଝେଇବି ତାକୁ କହ! ଖାଇବାକୁ ପାଉ ନ ଥିବା ଗରିବ ପିଲାଙ୍କ ଆଶା ଆକାଂକ୍ଷା ଯଦି ଏୟା ହେବ, ସେମାନେ ଆଉ କାମ କରିବେ କ'ଣ? ସେ କ'ଣ କିଛି କରୁଛି? ସବୁ କରୁଛି ମୁଁ ରାନ୍ଧୁଛି, ବାଢ଼ୁଛି, ପ୍ଲେଟ୍ ସଫା କରୁଛି। ମନ ବୁଝିବାକୁ ସିଏ ଗୋଟେ ଅଛି। କିନ୍ତୁ ସେ ଭଲ ମନ୍ଦ ଖାଇ, ଫ୍ୟାନ୍ ତଳେ ଶୋଇ ତା' ମନକୁ ତା'ର ସେ ବୁଝେଇବାରେ ଲାଗିଛି – ସେ ମନ୍ତ୍ରୀ ହେବ।

"ମାଆ! ରିକ୍ସା ଆସିଗଲା... କହୁଥିଲା, ଏତେ ବାଟ ଯିବନି। ମୁଁ କହିଲି, ଚାଲ... ଯେତେ ମାଗିବୁ ଟଙ୍କା ସେତେ ଦିଆହେବ। ... ହେ ହେ...

ସଂକଳକ : ଡ଼ ତନ୍ମୟ ପଣ୍ଡା || ୧୯୩

ଆଇଲା... ।” – ବାହାରକୁ ଯାଇ କି ଖୁସି ଟିଆଁ ! ସତେ କି ଆନନ୍ଦର ଫୁଲରେ ଫୁଟୁଛି ତା’ ମୁହଁରେ...

ମିନତି ରିକ୍‌ସା ଆସି ଦେବାରେ ଟିଆଁ ଉପରେ କୃତଜ୍ଞତଃ ହୋଇ କହିଉଠିଲା – ହଉ ଯାଆ... ଯାଆ... ରୋଷେଇ ଘରେ ତୋ’ ପାଇଁ ଖାଇବାକୁ ବାଢ଼ି ରଖିଦେଇଛି... ଖାଇବୁ ଯାଆ... ମୁଁ ମାଆଙ୍କୁ ବାଟେଇ ଦେଇ ଆସେ ।

ମୁଁ ଟିଆଁକୁ ଚାହିଁ ‘ଥ’ ହୋଇ ଠିଆହୋଇଛି । ଆହା ! ଭଲା ଟିଆଁ ପରି ହେଲେ ମୋ’ ଭାଗ୍ୟଟି ହୋଇଥାଆନ୍ତା । ଟିଆଁ ଯାହା ଓ ଯେମିତି ଖାଇବାକୁ ପାଉଛି, ମୁଁ ମାସକେ ଥରେ ହେଲେ ଏମିତି ଖାଇବାକୁ ପାଉଥାଆନ୍ତି ! ଜୀରା ଜୁଆଣିର ମସଲିଆ ଗନ୍ଧରେ ପେଟକୁ ଭର୍ତି କରିବାକୁ ପଡ଼ିବ ଖାଲି !

ନିରାଶିଆ ହତାଶିଆ ପାଦରେ ଚାଲି ଚାଲି ଆସି, ରିକ୍‌ସାବାଲା ସଙ୍ଗେ ମିନତୀ କଥାବାର୍ତା ହଉଥିବାରୁ ଶୁଣିଲି – ଟଙ୍କା ଠିକ୍‌ରେ ରଖିଲୁ ତ ? ମାଆଙ୍କୁ ଆଉ ଟଙ୍କା ମାଗି ଝିକ୍‌ ଝିକ୍‌ ଲଗେଇବୁ ନାଇଁ ନ ହେଲେ ନେ ଆଉ ପାଞ୍ଚ ଟଙ୍କା।... ମାଆଙ୍କୁ ଠିକ୍‌ରେ ନେଇ ଛାଡ଼ିବୁ... ।

ମୋ” ଆଖି ଆଗରେ ମନ ତଳରେ ବିସ୍ମୟର ପରଦା ଝୁଲୁଛି । ମୁଁ ତାକୁ ଘୁଞ୍ଚାଇ ବିଶ୍ୱାସ କରିପାରୁ ନାଇଁ ଯେ, ଇଏ କଣ ସେଇ ମିନତି ରିକ୍‌ସା ଖର୍ଚ ଅଧିକା ହୋଇଯାଉଛି କହି, ପାଦରେ ଚାଲି ଚାଲି ଏଇଲେ ଆସିଥିଲା !

ବିଚିତ୍ର ବିସ୍ମୟ ଏବଂ ହୃଦୟସ୍ପର୍ଶୀ ପରିସ୍ଥିତି ମୋତେ ବିହ୍ୱଳ କରି ପକେଇଲା... । ରିକ୍‌ସା ଉପରକୁ ଉଠିବି କଣ ? ହୃଦୟ ଭିତରେ ସାକ୍ଷାତ ମିନତୀ ରୂପୀ ମମତାମୟୀ ମିନତିକୁ ମୁଁ ଦେଖିଥିଲି ଏକ ଭିନ୍ନ ମିନତି ରୂପରେ... । ଏଇ ନିର୍ଜନ ସରକାରୀ କ୍ୱାର୍ଟରରେ ଏକାକିନୀ ତପସ୍ୟା-ନିରତା ଦେବୀ ମିନତି ଅବା ସେ ।

୧୧

ବଧୂ ନିର୍ବାଚନ

ଜ୍ଞାନ ହେଉଛି, ବିଜ୍ଞାନର ଅଭିଧାନ । ସବୁ ଜ୍ଞାନ ହେଉଛି, ବିଜ୍ଞାନର ବ୍ୟାକରଣ । ଏ ଜ୍ଞାନ ମନୁଷ୍ୟ ପାଇଁ ଏତେ ଅମୂଲ୍ୟ ନିଧି ଯେ, ଏହା ଆଗରେ ହୀରା, ନୀଳା, ମୋତି, ମାଣିକ ଆଦି ତୁଳନାରେ ଯୋଗ୍ୟ ନୁହେଁ । ଏହି ଜ୍ଞାନ ଲାଭ କରିବା ପାଇଁ ଯୋଗୀ, ସାଧୁ, ସନ୍ତ ଆଦି ସ୍ୱର୍ଗକୁ ସୁଦ୍ଧା ତୁଚ୍ଛା ମଣନ୍ତି । ସେମାନଙ୍କ ମତରେ ଜ୍ଞାନ ହେଉଛି ପବିତ୍ରତା'ର ପରମ ଆଶ୍ରୟ, ଅଞ୍ଜଳିପୂର୍ଣ୍ଣ ଅମୃତ ଏବଂ ମାଣିକର ପାଣି... ।

ଏହାକୁ ମନେ ମନେ ଅନୁଧ୍ୟାନ କରି ମୋହିତ ବାବୁ ସ୍ଥିର କରି ନେଇଛନ୍ତି ସେ, ତାଙ୍କର ସୁଯୋଗ୍ୟ ସନ୍ତାନ ସୋମେନ ପାଇଁ ସେ ଏକ ଜ୍ଞାନମୟୀ ବଧୂ ନିର୍ବାଚନ କରିବେ ।

ଶହ ଶହ ବଧୂ ଦେଖାରେ ଯିଏ ନିର୍ବାଚିତ ହେଲେ, ସେ ହେଲେ ମିସ୍ ସିପ୍ରା !

ସିପ୍ରା ଯେ କେବଳ ବୁଦ୍ଧିମତୀ, ସେତିକି ନୁହଁ, ତା'ର ସୌନ୍ଦର୍ଯ୍ୟ, ତା'ର ଶିକ୍ଷା ଦୀକ୍ଷା, ଉଚ୍ଚବଂଶୀୟ ଗୌରବ ମଧ୍ୟ ଅଛି । ଆହୁରି ମଧ୍ୟ ଅଛି ତା'ର ହସନ୍ତ ଓଷ୍ଠ ଧାର, ସୁନ୍ଦର ଦନ୍ତପଂକ୍ତି, ଲାଳାୟିତ ଭଙ୍ଗୀ ସହ ସ୍ୱପ୍ନପୁରାର ଦୃଷ୍ଟି । କିନ୍ତୁ ଏସବୁ ତା'ର କଥା କୁହା ଚାତୁରୀ ଆଗରେ କିଛି ନୁହଁ । ତା'ର କଥାକୁହା ଶୈଳୀରେ ସବୁ ପ୍ରକାର ବ୍ୟକ୍ତି ମନ୍ତ୍ର-ମୁଗ୍ଧ । ଏମିତି ଜଣେ କେହି ନାହିଁ, ଯିଏ କି ଏକଥାକୁ ଅବିଶ୍ୱାସ ମଣି ଉପହାସ କରିବ ।

ଏଭଳି ଏକ ବଧୂ ନିର୍ବାଚନର ଗୌରବରେ ଗୌରବାନ୍ବିତ ହୋଇ ମୋହିତ ବାବୁ ପ୍ରତି ମୁହୂର୍ତ୍ତରେ ସିପ୍ରାର ଉପସ୍ଥିତି କାମନା କଲେ... ।

ସକାଳ ହଉ ନହଉଣୁ ସିପ୍ରାକୁ ତା'ର ଘରୁ ନେଇ ଆସିବା ପାଇଁ ଡ୍ରାଇଭରକୁ ନିର୍ଦ୍ଦେଶ ଦିଆଗଲା । ଆଧୁନିକ ସିପ୍ରା ଏହାକୁ ପ୍ରତ୍ୟାଖ୍ୟାନ ବା କରିବ କାହିଁକି ?

ସଂକଳକ : ଡ଼ ତନ୍ମୟ ପଣ୍ଡା || ୧୯୫

କିନ୍ତୁ ମାଆ ଆଉ ଜେଜେମା ଏହାକୁ ବାରଣ କରୁଥିଲା ବେଳେ, ସେମାନଙ୍କ ଅଜ୍ଞତାକୁ ଦୂର କରିବାକୁ ଯାଇ ସିପ୍ରା କୁହେ – ବିବାହ ପୂର୍ବରୁ ଆତ୍ମୀୟତା ବଢ଼ି ଉଠିଥିଲେ, ଶ୍ୱଶୁରାଳୟ ଭୟ ରହିବନି... । ଶାଶୂ, ଶ୍ୱଶୁର, ଦିଅର, ନଣନ୍ଦ ଏମାନେ ସମସ୍ତେ ନିଜର ପରି ମନେ ହେବେ, ଶ୍ୱଶୁରାଳୟ ସ୍ୱର୍ଗରେ ପରିଣତ ହୋଇଯିବ ।

ମୋହିତ ବାବୁ ପ୍ରୌଢ଼ ହେଲେ ମଧ ତାଙ୍କର ରୁଚି ଅଲଗା । ସେ ପରମ୍ପରାରୁ ଦୂରେଇ ଯାଇ ଜୀବନର ଉନ୍ନତି କିଛି ନୂଆ ପରମ୍ପରା ସୃଷ୍ଟି କରିବାକୁ ଚାହାଁନ୍ତି ।

ସେ ତାଙ୍କ ସ୍ତ୍ରୀ ମାନମୟୀଙ୍କ ସଙ୍ଗେ ଯୁକ୍ତି କରନ୍ତି ଯେ, ସେତେବେଳର ବୋହୂ ଏବକାର ବୋହୂ ଭିତରେ ବହୁତ ଫରକ । ମୋର ବୟସର ବହୁ ପ୍ରଫେସରଙ୍କୁ ସ୍ୱାମ୍ନା କରି ସେ ତା'ର ପଢ଼ା ସମାପ୍ତି କରିଛି । ସେ ଜାଣିଛି ସଂସାର କ'ଣ...? ମଣିଷ କ'ଣ....? ଜୀବନ କ'ଣ...?

ସେ ଅନଭିଜ୍ଞ କିଶୋରୀ ନୁହଁ ଯେ, ପୁରୁଷକୁ ଆଡ଼ ହୋଇ ଠିଆ ହେବ! ଏବଂ ଶାଶୂକୁ କରିବ ଭୟ! ସ୍ୱାମୀକୁ କହିବ ଲଜ୍ଜା!

ବୟସ ଏବଂ ବିଜ୍ଞତା'ର ଖୋଲ ଭିତରେ ତା'ର ବଧୂତ୍ୱ ଉଜ୍ଜୀବୀତ ହୋଇ ହୋଇ ରହିଥିଲେ ହେଁ ସେଥିରେ ଭୟ ନାହିଁ କି ଭୁଲ୍ ବି ନାହିଁ ।

ଆଉ... ଶିହରଣ ଲୁଟିଯିବ ବୋଲି ତୁମେ ଯୋଉ ସନ୍ଦେହ କରୁଛ, ଜୀବନ ଜିଜ୍ଞାସାରେ ତାହା ଅତୁଟ! ନଚେତ୍ ପଚାଶ ବର୍ଷ ବୟସରେ ବି ସ୍ତ୍ରୀ ସନ୍ତାନସମ୍ଭବା ହୋଇ ପାରନ୍ତା ନାଇଁ । ମନେ ପଡ଼ୁଛି, ବାପା କହୁଥିଲେ ତମ ବୋଉକୁ ଅଠଚାଳିଶ ବର୍ଷ ବୟସ ବେଳେ ତମର ଜନ୍ମ!

ମାନମୟୀ ଆଉ ଯୁକ୍ତି ନକରି ମାନରେ ମାନିନୀ ହୋଇ ଉଠନ୍ତି... । ଏହାର ସୁଯୋଗ ନିଅନ୍ତି ମୋହିତ ବାବୁ । ଫଳରେ ସିପ୍ରା ଆସି ନିତ୍ୟ ନୈମିଭିକ ଭାବେ ପହଞ୍ଚିଯାଏ ମୋହିତ ବାବୁଙ୍କ ଘରେ... ।

ବହୁ ଉତ୍କଣ୍ଠାରେ ଉତ୍କଣ୍ଠିତ ହୋଇ ପରୀକ୍ଷିତ ମୋହିତ ବାବୁ ସିପ୍ରାର ଆଗମନରେ ଉଲ୍ଲସିତ ହୋଇ ଉଠନ୍ତି । ତାଙ୍କ ପ୍ରାଣରେ ଯେମିତି ନବୀନ ଆବେଗ ସଞ୍ଚରି ଯାଏ... । ସେ ଉଷ୍ମ ସମ୍ଭାଷଣରେ ସିପ୍ରାକୁ ସ୍ୱାଗତ କରନ୍ତି... ।

ସିପ୍ରା ଘନିଷ୍ଠ ବନ୍ଧୁ ପରି ଖବର ନିଏ ଦେଶ ବିଦେଶର... । ଟେଲିଭିଜନ ଆଉ ରେଡ଼ିଓର ନିଉଜ୍ ଖୁବ୍ ପ୍ରାଞ୍ଜଳ ଭାବରେ ବର୍ଣ୍ଣନା କରେ । ସେ କିଛି ଦିନ ଅବଶ୍ୟ ଟେଲିଭିଜନରେ କାଜୁଆଲ ପ୍ରେଜେଣ୍ଟର ଭାବେ ନିଉଜ୍ ପରିବେଷଣ କରି ବହୁ ଲୋକଙ୍କର ଆଦରଣୀୟା ହୋଇ ପାରିଥିଲା... । ସେଇ ଦୃଷ୍ଟିରୁ ସିପ୍ରା ପୂର୍ବ ଅଭ୍ୟାସରୁ ବିଚ୍ୟୁତ ନ ହୋଇ ମୋହିତ ବାବୁଙ୍କର ଖୁବ୍ ବେଶୀ ଆଦରଣୀୟା ହୋଇ ଉଠିଛି । ...ସେଥ୍ ନେଇ ସିପ୍ରା ଅଖଣ୍ଡ କ୍ଷମତା'ର ଅଧିକାରିଣୀ ।

ସିପ୍ରା ରୁଚିରେ ବଜାରକୁ ଯାଇ କିଣା ହୁଏ ପର୍ଦ୍ଦା କନା । ସୋଫା କଭର ଏବଂ ଫ୍ଲାଓ୍ୱାର ଭେସ୍ । ସିପ୍ରା କାଟେ ବ୍ୟାଡ଼ମିଣ୍ଟନ୍ କୋର୍ଟ । ଲନ୍ରେ ପୋତେ ସେ ଡୋନୁନିଆର ଚାରା... । ତା'ର ମେନୁରେ ହୁଏ ରନ୍ଧା ।

ସିପ୍ରା ଲାଇଟ୍ର ଲଗାଇ ମୋହିତ ବାବୁଙ୍କ ଓଠରେ ସିଗାରେଟ୍ ଧରାଇ ଧରାଇ କୋଉ ସିଗାରେଟ୍ ଖାଇଲେ ଭଲ... କୋଉ ସିଗାରେଟ୍ ଖାଇଲେ ମନ୍ଦ... ସ୍ମୋକ୍ତା ଆଜିକାଲି କେମିତି ଆଧୁନିକତାରେ ଯାଇନି... ଗୋଟି ଗୋଟି କରି ପଢ଼ି ଶୁଣାଏ ବିଭିନ୍ନ ମ୍ୟାଗାଜିନ୍ରୁ ।

ମୋହିତ ବାବୁ ବିମୋହିତ ହୋଇ ପଡ଼ି ପ୍ରଶଂସାରେ ପୋତି ପକାନ୍ତି ସିପ୍ରାକୁ ।

ସିପ୍ରା ବି ପ୍ରଶଂସାର ସୁଅରେ ଭାସି ଯାଏ... ।

ପ୍ରଶଂସା ପାଇଁ କୋଉ ମଣିଷ ବା ପାଗଳ ନୁହେଁ ।

ବିଶେଷ କରି ଯେଉ ମଣିଷ ପାଖରେ ଗୁଣ ଥାଏ, ଯୋଗ୍ୟତା ଥାଏ, ସେ ତ ବେଶୀ ପରିମାଣରେ ପ୍ରଶଂସା ପାଏନି । ତେଣୁ ସିପ୍ରାର ପ୍ରତିଟି ମୁହୂର୍ତ୍ତ କଟେ ମୋହିତ ବାବୁଙ୍କ ପାଖରେ ।

ଏଥିନେଇ ପରିବାର ଭିତରେ ଭୀଷଣ ବିଶୃଙ୍ଖଳା ଉପୁଜେ... । ମାନମୟୀ ସହ୍ୟ କରି ନପାରି ଉତ୍କଟିତ କଣ୍ଠରେ କୁହନ୍ତି, ଦିନେ ହେଲେ ନିଜର ପିଲାକୁ ତ ପ୍ରଶଂସା କରିବାର ମୁଁ ଶୁଣି ନାହିଁ । ପର ଝିଅକୁ ଘରେ ପୂରାଇ ପ୍ରଶଂସା ଚାଲିଛି... । ଛିଃ... ଛିଃ... କଣ ଭାବୁଥିବ ସୌମେନ!

କଣ ସେ ଭାବିବ ?

କଣ ଭାବିବାର ବା ଅଛି ?

ସେ ଅନ୍ତତଃ ଏତିକି ଜାଣିବା ଉଚିତ ଯେ, ବବା ତା'ର ଉଚ୍ଚ ପ୍ରଶାସକ ନ ହେଲେ ବି ହୃଦୟ ତାଙ୍କର ମହତ୍ । କେତେ ଜଣ ପୁତ୍ରବଧୂଙ୍କୁ ପ୍ରଶଂସା କରନ୍ତି ?

ତା' ଛଡ଼ା ପୁତ୍ରବଧୂ ଯେ ପ୍ରଶଂସା ପାଇଁ ଯୋଗ୍ୟ ନୁହେଁ... ଏକଥା ତ ଅସମ୍ଭବ... ।

ଏକଥା କିନ୍ତୁ ସେ ମାନମୟୀଙ୍କୁ ବୁଝାଇ ପାରନ୍ତି ନାଇଁ । ସବୁ କଥା କଣ କୁହାଯାଏ ? ସ୍ୱାମୀ ହିସାବରେ ସ୍ତ୍ରୀ ଏଇ ଅଜ୍ଞତାକୁ ଉଦାର ଚିତ୍ତରେ ସହି ନ ଗଲେ ସଂସାର ସୁଖକର ହେବନି... । ସ୍ତ୍ରୀର ଅଜ୍ଞତା ବି ବେଳେ ବେଳେ ଭାରି ଭଲ ଲାଗେ । ଘରି ନିବିଡ଼ ଲାଗେ ନିଜର ବିଜ୍ଞତା ସାଙ୍ଗରେ ସ୍ତ୍ରୀର ଅଜ୍ଞତାକୁ ନେଇ ଦଉଡ଼ା ଦଉଡ଼ି ଖେଳ.... ଯୋଡ... ଚାଲେ... ।

ତା' ଛଡ଼ା ମୋହିତବାବୁଙ୍କ ଚିନ୍ତା ଓ ବ୍ୟକ୍ତିତ୍ୱ ସମ୍ପୂର୍ଣ୍ଣ ଭିନ୍ନ ଧରଣର... । ସେ କିଞ୍ଚିଟା ସଂଘାତ ଭିତରେ ବଞ୍ଚିବାକୁ ଚାହାଁନ୍ତି । କାରଣ ସେଇ ସଂଘାତ ହିଁ ତାଙ୍କ ମନରେ ଜିଜ୍ଞାସା ଭରିଦିଏ ।

ବୁଝାଇ କୁହନ୍ତି – ମାନୀ! ମୁଁ ଜାଣୁଛି... ସୌମେନ୍ ସୁଯୋଗ୍ୟ.... ସୁଦର୍ଶନ... ପଦସ୍ଥ ଅଫିସର.... ଏବଂ ଜଣେ ଉଚ୍ଚକୋଟୀର କବି ମଧ୍ୟ ।

କିନ୍ତୁ... ସେ ପ୍ରାୟ ମୂକ !

ତା'ର ମନ ଭିତରେ କେବଳ ଶୂନ୍ୟତା'ର ସଂଲାପ । ସୃଷ୍ଟିର ସେ ଯେମିତି ଗୋଟିଏ ନିରବତା'ର ଜୀବନ୍ତ ପ୍ରତିମା! ପ୍ରତିଟି ମୁହୂର୍ତ୍ତ ତା'ର ବିତେ କେବଳ ନିରବତାକୁ ନିୟନ୍ତ୍ରଣ କରିବାରେ ।

ଅବଶ୍ୟ ଜୀବନରେ ତା'ର କିଛି ବିଡ଼ମ୍ବନା ନାହିଁ । ପ୍ରତା'ରଣା ନାହିଁ । ନାହିଁ ବି କିଛି ହିପୋକ୍ରାସି! କିନ୍ତୁ କଣ ତା'ର ମୂଲ୍ୟ...? କଣ ଅଛି ସେଥିରେ ଗୌରବ ? ଅବା ମହତ୍ ! ଶୁଃ... ଶୁଃ... ସମୟ ଥାଇ ସୁଯୋଗର କେବଳ ଅପବ୍ୟବହାର ମାତ୍ର... ।

ଶୁଣି ପାରନ୍ତି ନାହିଁ ମାନମୟୀ... ।

କ୍ଷିପ୍ର ପାଦରେ ଦଉଡ଼ି ଯାଇ

ଅଶ୍ରୁ ବୁହାନ୍ତି ରହି ରହି ।

ଖାଲି ଆଜି ନୁହଁ,

ମୋହିତ ବାବୁଙ୍କ ସଙ୍ଗେ ଯୁକ୍ତି କରିବାର କ୍ଷମତା ପ୍ରଥମରୁ ହିଁ ନାହିଁ ମାନମୟୀଙ୍କର ।

ପ୍ରଚଣ୍ଡ ପ୍ରତିଭାର ଅଧିକାରୀ ମୋହିତ ବାବୁଙ୍କୁ ଭୟ କରନ୍ତି ମାନମୟୀ । ବୟସ, ଶିକ୍ଷା, ଦୀକ୍ଷା ସବୁଥିରେ ସେ ନ୍ୟୁନ ତାଙ୍କ ଠାରୁ... । ଯୁକ୍ତି କରିବାର ତ ଦୂରର କଥା... ଭରସି ପଦେ କଥାବି କହି ପାରନ୍ତି ନାଙ୍ଗ ସେ ।

ଆଉ... ଆଉ ମୋହିତ ବାବୁଙ୍କର ଯୋଉ ଚରମ ଆକାଂକ୍ଷିତା କନ୍ୟା, ସେଇ କନ୍ୟାଟିର ଉପହାର ଦେଇ ନପାରି ସେ ଚିର ଦୁଃଖିନୀ । ସବୁଥିବା ଭିତରେ ମୋହିତ ବାବୁଙ୍କର କନ୍ୟାଟିଏ ନଥାଇ ତାଙ୍କର ନାହିଁ ନଥିବା ଅଭାବ ବୋଧ ।

ସେଇ ଅଭାବ ବୋଧକୁ ଦୂର କରୁଛି ଯେତେବେଲେ ସିପ୍ରା, ମାନମୟୀଙ୍କର 'ଜୁ' କାଙ୍ଗ ଯୁକ୍ତି ଦେଖାଇ ଆକଟ କରିବାକୁ । ଖାଲି ସେ ଯୋଡ଼ ହସ୍ତରେ ଈଶ୍ୱରଙ୍କୁ ପ୍ରଣାମ କରୁଛନ୍ତି ଏଇଥି ପାଇଁ ଯେ, ଏଥରେ କିଛି ସେମିତି ବିଘ୍ନ ନ ଘଟୁ ।

ବାହାଘରର ଲଗ୍ନ ପାଖେଇ ଆସିଲାଣି.... ।

ହୁଏତ ସେଇଥି ପାଇଁ ସିପ୍ରା ଗାଡ଼ି ପଠେଇଲେ ବି ଆସିବା ପାଇଁ ପ୍ରତ୍ୟାଖ୍ୟାନ କରି ଦଉଛି.... ।

ମାନମୟୀ ଆଶ୍ୱସ୍ତ ହେଲେ । ଓଃ ଯାହା ହଉ, ଝିଅଟାର ଏତେବେଲକୁ ଟିକିଏ ବୁଦ୍ଧି ହେଲା ।

ପୁଅ ପାଖରେ ଏଥର ସେ ଟିକିଏ ସ୍ୱଚ୍ଛନ୍ଦ ହୋଇ ଉଠିଲେ । କହିଲେ ଝିଅଟି ଭାରି ଭଲ... । ବାପାଙ୍କ ମନକୁ ଖୁବ୍ ପାଇଛି.... । କିନ୍ତୁ ତୁ ଯେତେବେଲେ ବାହା ହେବୁ, ବାପାଙ୍କ ଅପେକ୍ଷା ତୋ ମନକୁ ବେଶୀ ପାଇବା ଉଚିତ । କିନ୍ତୁ ସୋମୁ! ସେ ଏତେ ଥର ଆସିଲାଣି... ଘଣ୍ଟା ଘଣ୍ଟା ଧରି ଗପୁଛି ବାପାଙ୍କ ସଙ୍ଗେ, ତୋ'ର କେମିତି ହଉ ନାଙ୍ଗ ତା ସହିତ କଥା ହବା ପାଇଁ?

ସୌମେନ୍ ଟିକିଏ ହସିଦେଲା... ।

କଥାଟ ପ୍ରାୟ କହେ ନାଁ ସିଏ । ଯେତେବେଲେ ଯାହା କୁହେ, କାବ୍ୟ କବିତା ପରି ତା'ର କଥା । ମାନମୟୀ ବେଲେବେଲେ ବୁଝନ୍ତି । ବୁଝନ୍ତି ନାଁ ବେଲେ ବେଲେ, ନ ବୁଝିଲେ ସେ ମୁହଁ ଖୋଲି କହି ପାରନ୍ତି ନାଁ ଯେ, ମୁଁ ତୋ କଥା କିଛି ବୁଝି ପାରୁନାହିଁ ବୋଲି !! କେମିତି କହିବେ ? ଯାହାକୁ କୋଲରେ ଘୁରେଇ କଥା କୁହା ଶିଖେଇ ଥିଲେ, ତାକୁଇ କହିବେ, ମୁଁ ତୋ କଥା ବୁଝୁନାଁ ବୋଲି ।

ଅନ୍ୟ ଦିନ ହୋଇଥିଲେ ସେ ସେଇ ହସ ଟିକକରେ ସନ୍ତୁଷ୍ଟ ହୋଇ ଯାଇ ଥାଆନ୍ତେ । କିନ୍ତୁ କେଜାଣି କାହିଁକି ଆଜି ସେ ହସ ତାଙ୍କୁ ସନ୍ତୁଷ୍ଟ କରି ପାରିଲା ନାହିଁ । ପଚାରିଲେ କହନ୍ କଣ ସେ ଯେ କିଛି... ।

ଓଠ ଖୋଲିଲା ସୌମେନ୍... । କହିଲା, ବୋଉ ! ତୁ ଜାଣିଛୁ କି ନାଁ କଅଁଳ ପତ୍ର ଏବଂ ଚଇତ୍ର ମଲ୍ଲୀ ପରି କୁଆଁରୀ କନ୍ୟାମାନେ ! ତାଙ୍କୁ ଦୂରରୁ ଯେତିକି ଦେଖୁଥିବ, ସେ ସେତିକି ଭଲ ଲାଗୁଥିବେ । ଗଛରୁ ସେ ପତ୍ର ଫୁଲକୁ ତୋଲି ଆଣିଲେ, ତାହା ଯେମିତି ଝାଉଁଳି ପଡ଼େ.... ସେମାନଙ୍କ ପାଖ ପଶିଲେ, ସେମାନେ ସେମିତି ଝାଉଁଳି ପଡ଼ନ୍ତି ।

ତା'ଛଡ଼ା ବୋଉ ! ବାପା କେଡ଼େ ଅଭିଜ୍ଞ କହିଲୁ ! ସେ ଗୋଟେ ଜିନିଷକୁ ପସନ୍ଦ କରିବେ, ମୋର ତାକୁ ଅପସନ୍ଦ ହବ ? ଅଯଥା ତା ସହିତ କଥା ହୋଇ ତା' ପାଖରେ ମୁଁ ଶସ୍ତା ହୋଇଯିବି କାହିଁକି ?

ମାନମୟୀ ବୁଝିଗଲେ ସବୁ । କିନ୍ତୁ ମନେ ମନେ ଭାବିଲେ, ଆଜିକାଲିକା ପାଠ ପଢୁଆ ପିଲାଗୁଡ଼ାକ ଅଙ୍କ କଷିଲା ପରି ଜୀବନଟାକୁ ଜିଆଉଛନ୍ତି । ବୟସ ବେଲେ ଝିଅଟିକୁ ଦେଖିଲେ, କଥା କହିବାକୁ ଯାର ମନେ ହଉ ନାହିଁ ଯେ, କହୁଛି କଣ ନା ତା ପାଖରେ ଶସ୍ତା ହୋଇଯିବି !

ଏଇଭଲି ଯଦି ଏମାନଙ୍କର ଭାବ ଭାବନା, ତେବେ ଏମାନେ ସନ୍ତାନ ସମ୍ଭବା ହଉଛନ୍ତି କେମିତି ? କେମିତି ଏମାନେ ସ୍ୱାମୀ ସ୍ତ୍ରୀ ହୋଇ ଘରସଂସାର କରି ରହିବେ । ପାଠପଢ଼ା ଭିତରେ ଏମାନଙ୍କର ଆବେଗ, ଉଦ୍‌ବେଗ, ଶିହରଣ କଣ ସୀମିତ ହୋଇ ରହିଯାଇଛି... ?

ରହୁ... । ଦୀର୍ଘଶ୍ୱାସ ତୋଳିଲେ ମାନମୟୀ ।

ଛିଃ ତାଙ୍କରି ଠାରୁ ଜନ୍ମ ହୋଇ ତାଙ୍କ ସନ୍ତାନ ଯଦି ଏତେ ସଂଯତ, ତେବେ ସେ କେମିତି ଏତେ ଉଶୃଙ୍ଖଳ ଯେ ? ଏ ପ୍ରବଳ ପ୍ରତାପୀ ସ୍ୱାମୀଟିକୁ ମୁହୂର୍ତ୍ତେ ନ ଦେଖିଲେ, ତାଙ୍କୁ ଜଗତ ଅନ୍ଧାର ଦିଶିବ.... । ସାରା ବିଶ୍ୱ ବିଷମୟ ହୋଇ ଉଠିବ । ସ୍ୱାମୀ ଯେତେ ଗାଳି ଦିଅନ୍ତୁ, ତାଚ୍ଛଲ୍ୟ କରନ୍ତୁ, ତଥାପି ସେ ତାଙ୍କୁ ପଦେ ହସିକରି କଥା ନ କହିଲେ ତାଙ୍କୁ ଭୋକ କରେ ନାହିଁ । ମୃତ୍ୟୁତୁଲ୍ୟ ମନେ ହୁଏ ତାଙ୍କୁ....

ବାହାଘରର ଲଗ୍ନ ସ୍ଥିର ହୋଇ ଗଲାପରେ ବାହାଘରଟା ଭାରି ପାଖାପାଖି ଲାଗେ... । ଗହଣା ଗଢେଇ ରଖି ସାରିଥିଲେ ବି, ବୋହୂ ପାଇଁ ପାଟଶାଢ଼ି କିଣା ହେବ ତ ! ଆଜିକାଲିର ଦିଆନିଆ ସୁଟକେଶରେ ଦୁନିଆ ଜିନିଷ ଦେବାକୁ ହେଉଛି । ଆଗେ ଶାଢ଼ି, ଅଲତା, ସିନ୍ଦୂର ଗୋଟା ହଳଦି ଖଣ୍ଡ ଦେଇ ଦେଉଥିଲେ ଖୁବ୍ ହେଉଥିଲା... । ଯୁଗ ବଦଳିବା ସଙ୍ଗେ ସଙ୍ଗେ ଜୀବନଚର୍ଯ୍ୟା ବି ବଦଳିବାରେ ଲାଗିଛି... ।

ସାତ ଆଠ ଖଣ୍ଡ ହେବ ପାଟ ଆସି ଘରେ ଥୁଆ ହେଲାଣି... ବାରମ୍ବାର ଶାଢ଼ି ଦୋକାନକୁ ଯାଇ ସେ ଗହଲି ଠେଲି ଶାଢ଼ି ବାଛିବା କି ଯେ କଷ୍ଟ : କେବଳ ମାନମୟୀ ହିଁ ଜାଣନ୍ତି...

ଅଭିଯୋଗ କଲେ ମୋହିତବାବୁ କହିବେ, କଣ ପାଇଁ ତମେ ଯାଇ କିଣୁଛ କି ?

ଆଉ କିଣିବ କିଏ ? ବାପ ପୁଅ ତ ଘରୁ ଗୋଡ଼ ବାହାର କରିବନି... । ଶୂନ୍ୟ ଶୂନ୍ୟ ବାହାଘରଟା ହୋଇଯିବ ?

ହସରେ ହସରେ ଫାଟିପଡ଼ନ୍ତି ମୋହିତବାବୁ । କୁହନ୍ତି କି ଯେ କଥା ତୁମେ କହୁଛ ମାନୀ; ମୁଁ ମୋତେ ବୁଝି ପାରୁନି । ଏଇ ପାଟ କେଇଖଣ୍ଡ କିଣି ଆଣିଲେ ବାହାଘରଟା ହୋଇଯିବ ? ନିମନ୍ତ୍ରଣ କାର୍ଡ଼ ଛପା, ଘର ଘର ବୁଲି ବଣ୍ଟା, ଭୋଜି ଭାତ କଲ୍ୟାଣ ମଣ୍ଡପ କି ହୋଟେଲ ଦୁନିଆ ଝମେଲା ଅଛି । କାହିଁକି ତୁମେ ଯାଇ ପାଟଗୁଡ଼ାକ କିଣି ବି ଆଣୁଛ କହିଲ ? ତମ ଚଏସର ପାଟ ସିପ୍ରା ପିନ୍ଧିଲେ ତ ?

* ମୁଁ ତ ସବୁଠାରୁ ଲେଟେଷ୍ଟ ଡିଜାଇନର ଆଣିଛି ।

* ସେ ଯଦି ଓଲଡ୍ ଡିଜାଇନ୍ ଠାଣି ?

* କଣ ତା'ହେଲେ ତମେ କହୁଛ ଯେ ?

* ଯାଇ ଫେରେଇ ଦେଇଆସ । ନ ହେଲେ ସିପ୍ରାକୁ ଡାକି ନେଇ ସାଙ୍ଗରେ ତା'ର ଯାଆ....

* ଏ'ମା ! ବୋହୂଟା ମୋ ସଙ୍ଗେ ବାହାଘର ପାଟ କିଣିବାକୁ ଯିବ ?

* ଓଃ... କେତେଥର ତୁମକୁ କହିବି ଯେ, ସେ ବୋହୂ ନୁହେଁ । ଝିଅ ।

ମୁହାଁ ଶୁଖାଇ ଘର ଭିତରକୁ ପଶି ଗଲେ ମାନମୟୀ । କି ଆଶ୍ଚର୍ଯ୍ୟ ! ବୋହୂଟା ! ଝିଅ କେମିତି ହେବ ?

ମୋହିତବାବୁ ଭୃକ୍ଷେପ ନ କରି ସିଧା ଯାଇ ଡ୍ରାଇଭରକୁ ନିର୍ଦ୍ଦେଶ ଦେଲେ ସିପ୍ରା ଦିଦିଙ୍କୁ ନେଇଆସିବା ପାଇଁ ।

ଗାଡ଼ି ଗଲା....

ତାଟକା ହୋଇ ଠିଆ ହୋଇଥାନ୍ତି ମାନମୟୀ । ଏ'ମା ଲୋ ! ଏ ଯୁଗ କଣ ହେଲା ?

କିନ୍ତୁ ସିପ୍ରାକୁ ନ ଆଣି ଗାଡ଼ି ଯେତେବେଳେ ଫେରିଆସିଲା ମାନମୟୀ ଲକ୍ଷେ ମୁଣ୍ଡିଆ ମାରିଲେ । ଓଃ ପ୍ରଭୁ ! କି କୃତଜ୍ଞତା ଜଣାଇବି ତୁମକୁ ?

ମୋହିତବାବୁ କିନ୍ତୁ ରାଗି ରାଗି ପ୍ରଚଣ୍ଡ – ଅପେକ୍ଷା ନ କରି ଫେରିଆସିଲୁ କାହିଁକି ? ବଜାର ଯାଇଥିଲା... । ବଜାରରୁ ଆସିବା ପର୍ଯ୍ୟନ୍ତ ଅପେକ୍ଷା କରିଥାଆନ୍ତୁ । ଏତେ ତର ତର ହୋଇ ଆସିବା ଦରକାର କଣ ?

ମାନମୟୀ ପରିସ୍ଥିତିଟାକୁ ଲାଘବ କରିବାକୁ ଯାଇ କୁହନ୍ତି – ବାହାଘର ପାଖ ହୋଇ ଆସିଲାଣି କି ନା ! ସେଥିଲାଗି ବୋଧେ ଆସିଲା ନାହିଁ । ବଜାର ଯାଇଛି ବୋଲି ଘରେ ମିଛ କହି ଦେଇଥିବେ ।

ଗୋଟିଏ ନୁହେଁ, ସତରେ ଯେମିତି ଶହେଟା "ହୁଁ" ଏକାଠାରେ ଉଚ୍ଚାରିତ ହୋଇଗଲା ମୋହିତବାବୁଙ୍କ କଣ୍ଠରୁ ।

ଶଙ୍କିତ ପଦରେ ନିମିଷକେ ନିଷ୍କ୍ରାନ୍ତ ହୋଇଗଲେ ମାନମୟୀ । ଯାହା ଭାବୁଛନ୍ତି କରନ୍ତୁ... । ମୋର କଣ ଯାଉଚି ନା ଆସୁଛି ? ଏତିକି ଚିକିଏ ଯାହାର ଅକଲ ନାହିଁ, "ହୁଁ" ଟେ ଫିଙ୍ଗି ଦିଆଯାଇଛି, ତାକୁ କହି ଲାଭ କ'ଣ ? କୋଉ କାଳେ, ଗୁଡ଼ି ଉଡ଼ା ବୟସରେ ଯିଏ ବାହା ହୋଇଛି, ସେ ବାହାଘର ମହତ୍ତ୍ବ ବୁଝିଛି କଣ ? ଫୁଲର ମହକ ଯିଏ ବୁଝିବାକୁ ନାରାଜ... ତାକୁ ବୁଢ଼ା ହଉଛି ପ୍ରାଣର ମହକ କଣ... ?

କିନ୍ତୁ ଲାଗ୍ ଲାଗ୍ ତିନିଦିନ ଧରି ଗାଡ଼ି ଯେତେବେଳେ ଫେରିଆସିଲା, ମାନମୟୀ ମନେ ମନେ ପ୍ରମାଦ ଗଣିଲେ, କେମିତି ବୁଝେଇବେ ଏଇନେ ସ୍ବାମୀଟିକୁ ତାଙ୍କର ? ଆଉ ତ ମିଛ ସତ କହି ଭୁଲେଇ ହେବ ନାଇଁ ।

କ୍ରମାଗତ ଅନୁପସ୍ଥିତିରେ ମୋହିତବାବୁ ଆହାର ତ୍ୟାଗ କଲେ । ଅସ୍ଥିର ପଦଚାରଣାରେ ଘର ଭିତରର ସମସ୍ତ ବ୍ୟକ୍ତିଙ୍କୁ ଭୟଭୀତ କରାଇଲେ । ସମସ୍ତେ ତ୍ରାହି ତ୍ରାହି ଡାକ ଛାଡ଼ି ଲକ୍ଷ୍ୟଭ୍ରଷ୍ଟ ହେଲେ... ।

ଏମିତି ଅଣଆୟଉ ପରିସ୍ଥିତିରେ ନିଜେ ଆସି ଉଭା ହେଲା ସିପ୍ରା !

ସୌଜନ୍ୟ ବିନୟର ଶୀର୍ଷରେ ରହି ସେ ସୂଚେଇ ଦେଲା ଯେ, ଭାରତୀୟଙ୍କ ପାଇଁ ଆଇ.ଏ.ଏସ୍. ଚାକିରିଟା ବଡ଼ ବୋଲି ଆପଣମାନେ ଭାବୁଛନ୍ତି ଗୋଟେ ବୁଦ୍ଧିମତୀ ଝିଅକୁ ବୋହୂ କରି ନେଇ ସୁଖରେ ରଖିବେ । କିନ୍ତୁ ଏ ସୁଖ କଣ ସୁଖ ? ନିଜର ବୁଦ୍ଧି ବିଦ୍ୟାକୁ ଜଳାଞ୍ଜଳି ଦେଇ ମୁଁ ବୋହୂ ସାଜି ଏଠି ରହି ପାରିବିନି । ଆମେରିକାରେ ରେସିଡେନ୍ସିଆଲସିପ୍ ପାଇଥିବା ଜଣେ ଡକ୍ତରଙ୍କ ସଙ୍ଗେ ମୋର ଏନ୍‌ଗେଜମେଣ୍ଟ କରେଇ ଦେଲିଣି.... । ଭିସା, ପାସପୋର୍ଟ ରେଡ଼ି ହୋଇଗଲେ, ମ୍ୟାରେଜ୍‌ ସାର୍ଟିଫିକେଟ ନେଇ ଆମେରିକା ଚାଲିଯିବି... । ସେଠିକି ଯାଇ କିଛି ନା କିଛି ଗୋଟେ କରିବି । ଯୋଉଠି ନିଜକୁ ଉପସ୍ଥାପିତ କରିବାର ସ୍କୋପ୍ ଅଛି, ସେଠିକି ନ ଯାଇ ଏଠି ରହିବି କାହିଁକି ?

କି ଗୋଟେ ଅଜଣା କ୍ଲାନ୍ତିରେ କମ୍ପି ଉଠିଲେ ମୋହିତବାବୁ । ଗେଟ୍‌ ପର୍ଯ୍ୟନ୍ତ ସିପ୍ରାକୁ ବଳେଇ ଦେଇ ଆସି କହିଲେ – ଝିଅଟା ଭାରି ବୁଦ୍ଧିମତୀ । ସତରେ ଏଠି ତୋ' ପାଇଁ କ୍ଷେତ୍ର ନାଇଁ... । କଣ ସେ କରିପାରିବ ଏଠି ?

ମାନମୟୀ କାନ୍ଦି ଉଠିଲେ... ।

କହିଲେ କଣ କହିଲ ? ବୁଦ୍ଧିମତୀ ! ଏତେ ବୁଦ୍ଧି ଯଦି ତାହାର ଥିଲା, ଆମ ସଙ୍ଗେ ଖେଳୁଥିଲା କାହିଁକି ? ଭାବିଲା କି ଇଏ ସିନେମା ଥେଟର ! କଣ ଏଇନେ ମୁଁ ସୋମୁକୁ କହିବି ? କଣ ସେ ଭାବିବ ?

ମୋହିତବାବୁ ଅସ୍ୱସ୍ତିର ଦୀର୍ଘଶ୍ୱାସ ଟୋଲି କାନ୍ଦି ଉଠିଲେ । କହିଲେ, ମାନୀ ! ମୁଁ ବି ସେୟା ଭାବୁଛି ? କେମିତି ମୁହଁ ଦେଖେଇବି ସୌମେନ୍ ପାଖରେ ?

ପଛ ପାଖରୁ ହସିଉଠିଲେ ସୌମେନ୍ । କହିଲା, ତୁଚ୍ଛା କଥାଟାରେ ଆପଣ ବ୍ୟସ୍ତ ହଉଛନ୍ତି ବାବା ? ବୁଦ୍ଧିମତୀ ଝିଅମାନଙ୍କର ଏଇ ତ ଆମର ପରମ୍ପରା । ରାଜକନ୍ୟା ସ୍ୱୟମ୍ୱରରୁ ଫେରିଆସି, ସ୍ୱାଧୀନ ଭାବରେ ଚଳିବ ବୋଲି ରାଜପୁତ୍ରକୁ ବରଣମାଲା ନ ଦେଇ କଟୁଆଳ ପୁଅ ବେକରେ ବରଣମାଲା ପିନ୍ଧାଏ ।

ଠଠ

ଭିଜା ମାଟିର ବାସ୍ନା

ପାଠପଢ଼ାରେ ମନ ଲାଗେ ନାଇଁ ସିନା, କିନ୍ତୁ ପଢ଼ିବା ପାଇଁ ଯୋଉ ବାଧ୍ୟ କରାଯାଏ, ସେଇ ବାଧ୍ୟବାଧକତାରେ ସବୁକିଛି ଭୁଲି ହୋଇଯାଏ... ।

ସବୁ ଭୁଲିବା ଭିତରେ ଲିନିନାନୀଙ୍କୁ ଭୁଲିଯିବାଟା ମୋର ଯେ ଗୋଟେ ଅପରାଧ, ତାହା ମୁଁ ପ୍ରତି ମୁହୂର୍ତ୍ତରେ ହୃଦୟଙ୍ଗମ କରୁଥିଲେ ବି, ସମୟ କରି ଖଣ୍ଡେ ଚିଠି ଲେଖି, ମୁଁ ପୋଷ୍ଟ କରି ଦେଇପାରେନି ।

ଦିନେ ଲିନିନାନୀଙ୍କ ଲାଗି ମନଟା ଖୁବ୍ ଗୋଲେଇଘାଣ୍ଟି ହେଲା । ସକାଳୁ ସକାଳୁ ବିଛଣାରୁ ଉଠି ମୁଁ ସେମିତି ସ୍ଲାଣୁ ହୋଇ ବସିଗଲି । ଯେମିତି ଖୁବ୍ ଗୋଟେ ଅପରାଧର ପ୍ରାୟଶ୍ଚିତ ଖୋଜୁଛି ମୁଁ । ବିନା ପ୍ରାୟଶ୍ଚିତରେ ମୁଁ ପାଦେ ମାତ୍ର ଅତିକ୍ରମ ପାରିବି ନାଇଁ ।

ଘରୁ ଆସିଲାବେଳେ ବୋଉ ମନା କରୁଥିଲା, କଣ ପାଇଁ ଆଉ ଲୁଲୁ ପଢ଼ିବ ଯେ ? ଏତେ ତ ପଢ଼ି ପଢ଼ି ଚାକିରି ବାକିରି କିଛି ହେଲାନି । କୋଉ ପେଟ ତା'ର ଅପୋଷା ରହୁଛି ଯେ, ସେ ପୁଣି ଏତେ କଷ୍ଟ କରି ସେ ପାଠ ପଢ଼ିବ ?

ପାଠ ପଢ଼ିବାର କଷ୍ଟ ପାଇଁ ବୋଉ ଏ ମନା କରିବା ଉଦ୍ଦେଶ୍ୟ ନୁହେଁ । ତା'ର ଉଦ୍ଦେଶ୍ୟ ହେଉଛି, ପାଠପଢ଼ା ଯଦି କିଛି କାମରେ ଆସୁ ନାହିଁ... ତେବେ ଘର ଭିତରେ ରହି କିଛି କାମ ହେଲେ କରୁ । ଅଯଥାଟାରେ ପଢ଼ାରେ ବୁଡ଼ିରହି ସେ କାର୍ଯ୍ୟକ୍ଷମ ହୋଇପାରୁନି କି କାମ କଣ... ସେ ଜାଣିପାରୁନି । ପ୍ରତିଟି କଥାରେ ବାପାଙ୍କୁ ଭରସା କରି କରି ସେ ଅଚଳ ପ୍ରାୟ ।

ଜୀବନବ୍ୟାପୀ ବାପା ଯଦି ସବୁକାମ କରିବା ପାଇଁ କ୍ଷମ ହେବେ, ତେବେ ତାଙ୍କଠାରୁ ଜନ୍ମ ହୋଇ ତାଙ୍କ ପୁଅ କଣ ସବୁ କାମକୁ ଅକ୍ଷମ ହେବ ?

କାମ କରିବା ବି ଗୋଟିଏ ଅଭ୍ୟାସ । ସେଇ ଅଭ୍ୟାସ ନ ରହିଲେ, କାମ ଆଦୌ କରିହେବ ନାହିଁ । ସବୁବେଳେ ମନ ହେବ, ବହି ଖଣ୍ଡେ ଧରି ବସିଯାଆନ୍ତି... ।

ଆଜିକାଲି ତ ଆଉ ଘରକାମ କରିବା ପାଇଁ ଚାକର ବାକର ମିଳୁ ନାହାନ୍ତି । ବହି ଧରି ବସିଗଲେ, ଘରକାମ କରିବ କିଏ ?

ବାପାଙ୍କ ବୟସ ତ କମ୍ ନାହିଁ । ବଢୁଛି । ବାଷଠି ବର୍ଷ ବୟସରେ ସେ କେତେ ପରିବା ମୁଣି ବୋହିବେ ? ଲୁଗା କାଚି ଇସ୍ତ୍ରୀ ପାଇଁ ଧୋବା ଘରକୁ ଦଉଡ଼ିବେ ? ବାଡ଼ିବଗିଚାରୁ ଘାସ ବାଛି, ଟଙ୍କା ଆଣିବା ପାଇଁ ବ୍ୟାଙ୍କରେ କିଣ୍ତୁ ଦେବେ । ଏସବୁ ଛଡ଼ା ତା'ରି ଭିତରେ ଏତେ ଛୋଟ ଛୋଟ କାମ ଲୁଚି ରହିଥାଏ ଯେ, ସେ କାମ ଯିଏ କରେ ସେ ଜାଣେ, ସେ ଛୋଟ କାମର କି ଗୁରୁତ୍ୱ !

ବୋଉର ପ୍ରତିଟି କଥା ସମସ୍ତଙ୍କୁ ଯଥାର୍ଥ ମନେହୁଏ, ସମସ୍ତେ ନିରବ – ସମ୍ମତି ଜଣାଉଥିଲା ବେଳେ, ଏକାକୀ ଲିନିନାନୀ ବୋଉ କଥାକୁ ଖଣ୍ଡନ କରିଦେଇ ଜିଦ୍ ଧରି ବସିଲେ, ହଁ ହଁ ଲୁଲୁ ନିଶ୍ଚୟ ପଢ଼ିବା ପାଇଁ ଯିବ... । ଘର ତମର ଭାଙ୍ଗିଯାଇ ଭୁଶୁଡ଼ି ପଡ଼ିଲେ ବି, ଲୁଲୁ ନ ପଢ଼ି, ତମ ଘରକାମରେ ତମମାନଙ୍କୁ ଆଦୌ ସାହାଯ୍ୟ କରିବ ନାହିଁ ।

ବୋଉ ତୁ ଜାଣିନୁ ଲୋ... ଏ କମ୍ପିଟିସନ ଯୁଗରେ ଯେତେ ଅଧିକ ପଢ଼ିବ, ସେ ଡିଗ୍ରୀରେ ମୂଲ୍ୟ ଅଛି । ବିନା ଡିଗ୍ରୀରେ ସେ କୌଣସି କାମକୁ ଯୋଗ୍ୟ ବିବେଚିତ ହେବ ନାହିଁ । ଏମିତିକି ସେ ଘରେ ବସି କାମ କଲେ ବି, ଅଧିକ ଡିଗ୍ରୀ ପାଇଥିଲେ, ଲୋକେ ତାକୁ ମର୍ଯ୍ୟାଦା ଦେବେ । ବେଶୀ ପଢ଼ାପଢ଼ି କରିଛି ବୋଲି କାମ ପାଇଁ ଅଭ୍ୟାସର କୌଣସି ପ୍ରୟୋଜନ ନାହିଁ । ବେକରେ ପଡ଼ିଲେ ସେ ଠିକ୍ ବଜେଇ ଶିଖିବେ... ।

ଲିନିନାନୀଙ୍କ ଯୁକ୍ତିରେ ବୋଉ ପଶି ପାରିଲା ନାହିଁ... । ତାଙ୍କ ଯୁକ୍ତିରେ ସେ କେତେବେଳେ ପଶି ପାରେନି । ଏମିତି ଦିନେ ଯୁକ୍ତି କରି କରି ଲିଲିନାନୀ ଏମ୍.ଏ. ପର୍ଯ୍ୟନ୍ତ ପଢ଼ିଥିଲେ । ଚାକିରି ବାକିରି କରିବା ପୂର୍ବରୁ ବାହାହୋଇ ପଳେଇଲେ ।

ଘର କାମ କରି, ବର କଥା ବୁଝି, ପିଲା ପାଲି, ସମୟ କଟଉ ଥିଲାବେଳେ, ବୋଉ ବେଳେ ବେଳେ ଚିଢ଼ି ଚିଢ଼ି ହୋଇ କହିଉଠେ – କଣ ପାଇଁ

ସେ ଝିଅ ପଢୁଥିଲା କେଜାଣି...? ଏଇ ଚିରାଚରିତ କାମ କରିବା ପାଇଁ ଏତେ ପାଠର ଦରକାର କଣ? ଆମେମାନେ ପାଠ ନ ପଢ଼ି, ଏଇ କାମଗୁଡ଼ାକ କେଉ କରିଜାଣିଲୁ ନାଇଁ ଯେ, ଏଇ କାମ ପାଇଁ ଏତେ ପାଠ ପଢ଼ା? ନ ପଢ଼ି ଘରେ ବସିଥିଲେ, ମତେ ଘର କାମରେ ହେଲେ ଟିକିଏ ସାହାଯ୍ୟ କରିଥାଆନ୍ତା। ଆଜିକାଲିକା ମାଆମାନେ ଆମେ ଘର କାମ କରି ଯାଉଛୁ ବୋଲି, ତମେ ଝିଅମାନେ ଏତେ ସୁଖ ସୁବିଧାରେ ପଢ଼ି ଯାଉଛ। ପାଠପଢ଼ା କାମରେ ନ ଆସିଲେ ବି, ତମମାନଙ୍କର ଦୁଃଖ ନାହିଁ କି ଶୋଚନା ସୁଦ୍ଧା ନାହିଁ।

କିନ୍ତୁ ବୋଉ ଏଇ କହିବାର ମୂଲ୍ୟ ବା କଣ? ତା' କଥା ଶୁଣୁଚି କିଏ ସେ? ଘରେ ଗୋଟେ ଅଦରକାରୀ ମଣିଷ ପରି ସେ କହି ଚାଲେ ଖାଲି...।

ପାଠପଢ଼ା ସାରି ଦି ବରଷ ଘରେ ବସି ଯେଉ ମାନସିକ ଯନ୍ତ୍ରଣା ଭୋଗିଛି ମୁଁ, ଅଧିକା ପାଠ ନ ପଢ଼ିବା ପାଇଁ ବୋଉ ମତବ୍ୟକ୍ତ କଲାବେଳେ ମୋର ସର୍ବାଙ୍ଗ ବିଷାଦରେ ଭର୍ତ୍ତି ହୋଇଯାଉଛି। ବଜାରରୁ ପରିବା ଆଣିବା, ବ୍ୟାଙ୍କରୁ ଟଙ୍କା ଡ୍ର କରିବା, ପୋଷ୍ଟ ଅଫିସରେ ଚିଠି ପକେଇବା ଆଦି ଯେତେ କାମ କଲେ ବି, ସେ କାମରେ ଯେ କିଛି ମାନସିକ ଶାନ୍ତି ନାହିଁ କି ଆର୍ଥିକ ସଙ୍ଗତି ନାହିଁ ବୋଉକୁ ବୁଝେଇବ କିଏ...?

ବାପା ସବୁ ବୁଝି ପାରୁଥିଲେ ବି, ଅଧିକ ପଢ଼େଇବା ପାଇଁ ବାପା ଟଙ୍କା ଆଣିବେ କୋଉଠୁ? ମାସକୁ ମାସ ହଜାରେ ଦେଢ଼ହଜାର ଟଙ୍କା ଅବସର ଜୀବନରେ କଢ଼ନା କରିବା ବି ସମ୍ଭବ ନୁହଁ...। ନିରୁତ୍ତର ରହି ବାପା ଯେମିତି ବିଷାଦଗ୍ରସ୍ତ ହୋଇ ପଡ଼ିଲେ, ମୋର ମନେହେଲା, ଏଇଲେ ଯେମିତି ମୋର ମୃତ୍ୟୁ ହୋଇଯିବ! ଅଧିକ ପାଠ ପଢ଼ିବାକୁ ଯିବି କଣ....?

ସେଇ ବିପର୍ଯ୍ୟୟ ମୁହୂର୍ତ୍ତରେ ଲିଲିନାନୀ ଅଝା ଭିଡ଼ି ବାପାଙ୍କୁ ଯେମିତି ଆଶ୍ୱାସନା ଦେଲେ, କୋଉ ପୁଅ କାହିଁକି ବାପଙ୍କୁ ତା'ର ଏମିତି ବିଷାଦରୁ ମୁକ୍ତ କରିପାରିବି?

କହିଲେ – ବାପା! ଟଙ୍କା ପାଇଁ ତମେ ଜମା ଚିନ୍ତା କରନି। ସେ ଟଙ୍କାର ଦାୟିତ୍ୱ ମୁଁ ନେଉଛି...। ପାଖରେ ମୋର ଏଇଲେ ଯେଉ ପାଞ୍ଚହଜାର ଟଙ୍କା

ଅଛି, ତାକୁ ତମେ ରଖ... ଲୁଲୁ ଯିବାଆସିବା ଆଡ଼ମିଶନରେ ଖର୍ଚ୍ଚ କର... ପରେ ମୁଁ ବାକି ଟଙ୍କା ଦେଇ ଦଉଥିବି ।

ଲିନିନାନୀଙ୍କ ପାଟିରୁ ଏକଥା ଶୁଣି, ବୋଉ ଛାନିଆ ହୋଇ ଗଲା... । କହିଲା – ଆଲୋ ଝିଅ ତୁ ହୋସ୍‌ରେ ଅଛୁଟି ? ରୋଜଗାରିଆ ପୁଅ ପିଲା ପରି ବାପା ପାଖରେ ଟଙ୍କା ଫିଙ୍ଗି ଦଉଛୁ କଣ ? ଆମେ ତ ଜୀବନସାରା ବାପଠାରୁ ଟଙ୍କା ମାଗି ମାଗି ଆମ ଅଭାବ ପୂରଣ କରୁଛୁ । ତୁ ବାପର ଅଭାବ ପୂରଣ କରିପାରୁଛୁ କେମିତି ?

ଲିନିନାନୀ ହସି ଉଠିଲେ....

ସେ ହସ କି ସ୍ୱଚ୍ଛ ! କି ପବିତ୍ର ! କି ଆପଣାର ଆପଣାର !

ଲୁଗା କାନିକି ଆଙ୍ଗୁଠିରେ ଗୁଡ଼େଇ କହିଲେ – ତମ ଆଉ ଆମ ଭିତରେ ଏତିକି ପ୍ରଭେଦ ବୋଉ ! ପାଠ ପଢ଼ିଥିବା ଆଉ ନ ପଢ଼ିଥିବା ଭିତରେ ଏଇ ! ତମେ ସବୁ ଜାଣିବା ପାଇଁ ମୁଁ କିଛି ଚାକିରି ବାକିରି ନ କରି ଖାଲିଟାରେ ଘରେ ବସିଛି ! ! ନୁହଁ କି.... ?

ବୋଉ ଆଖି ତରାଟି କହିଲା – ନୁହଁ କଣ... ? ପୁଅ ପିଲାଙ୍କ ପାଇଁ ଖର୍ଚ୍ଚ କଲା ପରି ପାଠ ପଢ଼ାରେ ତୋ'ର ଏତେ ଖର୍ଚ୍ଚ କଲୁ... କଣ ସେ ଖର୍ଚ୍ଚରେ ମୂଲ୍ୟ ରହିଲା... ମୋରି ପରି ତ ସେଇ ଘର କାମ କରି, ବର ସମ୍ଭାଳି, ପିଲା ପାଳିଲୁ... ମୁଁ ପାଠ ନ ପଢ଼ି ଯାହା, ତୁ ଏତେ ପାଠ ପଢ଼ି ସେୟା... ।

ଛୋଟପିଲାଙ୍କ ପରି ଲିନିନାନୀ ହସିଉଠି କହିଲେ – ଜମା ସେୟା ନୁହଁଲୋ ବୋଉ... । ମୁଁ ଘର ଛାଡ଼ି ଚାକିରି କରିବାକୁ ଯାଏନି ବୋଲି ସିନା ତମେ ସେ କଥା ଭାବୁଛ । ମୁଁ ଘରେ ଥାଇ, ସକାଳେ ସଞ୍ଜରେ ଟ୍ୟୁସନ୍‌ କରି ତିନିହଜାର ଟଙ୍କା ପ୍ରତି ମାସରେ ରୋଜଗାର କରୁଛି ।

ଆନନ୍ଦରେ ବାପା ଦୋହଲି ଯାଇ କ୍ଷିପ୍ର ସ୍ୱରରେ ବୋଉକୁ କହିଲେ – ଦେଖିଲ... ଦେଖିଲ... ପାଠ ପଢ଼ାର କରାମତି । ଘରେ ବସି ବସି ବଡ଼ି ପକେଇ, ସ୍ୱେଟର ବୁଣି, ଛଅଣା ଦି'ପଇସିଆ କାମ ଗୁଡ଼େ କରି କହୁଛ କଣ ନା ଆମେ ଘର ସମ୍ଭାଳୁଛୁ । ଲିନି କଣ ତା' ଘର ସମ୍ଭାଳୁନାହିଁ... ନା, ଶାଢ଼ି ପିନ୍ଧି, ଗାଡ଼ି ଚଢ଼ି ଖାଲି

ତା ପାଇଁ ଗୁଡ଼େ ଖର୍ଚ୍ଚ କରି ପକେଇ ବାହାରେ ବୁଲୁଛି । ସେଇ ତମରି ପରି ଘରେ ତ ବସିଛି । ପାଠ ପଢ଼ିଛି ବୋଲି ରୋଜଗାର କରି ଜାଣୁଛି.... ତମେମାନେ ନ ପଢ଼ି ଆମରି ପକେଟରୁ ଟଙ୍କା ଝଡ଼େଇ ଚାଲିଛି । ଆଉ ବିରି କିଣା ହେବନି କି ଉଲ୍ କିଣା ହବ ନାଇଁ । ମୁଁ ବଡ଼ି କୁଲା, ଉଲ୍ କଣ୍ଡା ଲୁଚେଇ ରଖ୍ ଦଉଛି ବୁଝିଲ ? ନା ବୁଝିଲ ନାଇଁ ?

ବାପାଙ୍କ କଥା ଶୁଣି ବୋଉର ମୁହଁ ଏଡ଼ିକି ହୋଇଗଲା । ଲୁହରେ ଆଖ୍ ଛଳ ଛଳ ହୋଇଉଠିଲା । ଅଭିମାନିଆ କଣ୍ଠରେ କହିଲା – ହଉ ଆମ ମୂର୍ଖ କାଳ ତ ଗଲାଣି । ତମ ପଣ୍ଡିତ କାଳରେ ପାଠ ପଢ଼ି କଣ ଅଧିକଟେ କରି ପକେଇବେ ମୁଁ ଦେଖ୍ବି ନାଇଁ... ।

ତାଚ୍ଛଲ୍ୟ କରି ଉଠିଲେ ବାପା – ଦେଖୁଛ ତ... ଆଉ ଅଧିକଟେ ଦେଖ୍ବ କଣ ? ଝିଅ ରୋଜଗାର କରି ବାପକୁ ସାହାଯ୍ୟ କରୁଛି ।

ବୋଉ ଚୁପ୍ ହୋଇଗଲା । ବାପା ବି ଚୁପ୍ ହୋଇଗଲେ ।

ଲିନିନାନୀ ଓ ମୁଁ ଚୁପ୍ ହୋଇଯିବା ପରେ ଘରଟା ନିଃସ୍ତବ୍ଧ ହୋଇଉଠିଲା । ସେଇ ନିଃସ୍ତବ୍ଧ ଘରୁ ମୁଁ ଯେତେବେଳେ ବାହାରି ଆସିଲା ବେଡ଼ିଂ ସୁଟ୍‌କେଶ୍ ନେଇ ହଷ୍ଟେଲକୁ, ସେ ଘରେ ଶାନ୍ତି ଆସିଗଲା ଗୋଟେ ବେଦନା ନେଇ... ।

ଲିନିନାନୀ ବୁଝାଇ ବୁଝାଇ କେତେ ଚିଠି ଲେଖ୍ନ୍ତି... ତୁ ବୋଉ ପାଇଁ ଆଦୌ ବ୍ୟସ୍ତ ହଅନା । କିଛିଦିନ ଏକୁଟିଆ ରହିଗଲେ, ବଲେ ସେ ଚୁପ୍ ହୋଇଯିବ । ମନେନାଇଁ ତୋ'ର... ମୁଁ ବାହାହେଇ ଆସିଲା ବେଲେ କେମିତି ମୁଣ୍ଡ ପିଟି ପିଟି କାନ୍ଦୁଥିଲା । ଲିନି ନ ଥିଲେ, ଏ ଘର କଣ ଦିଶିବ... ମୁଁ କେମିତି ଚଲିବି ବୋଲି ଆଖ୍‌ରୁ ଖାଲି ଲୁହ ବୋହି ପଡୁଥିଲା । ତା'ପରେ ସବୁ ତ ଠିକ୍ ହୋଇଗଲା । କାଇଁ ଏବେ କାନ୍ଦୁଛି ?

ବୁଝିଲୁ ଲୁଲୁ ! କୋଉ ମାଆମାନେ ସେମାନଙ୍କ ସନ୍ତାନମାନଙ୍କୁ ପାଖରୁ ଛାଡ଼ିବା ପାଇଁ ଆଦୌ ମଙ୍ଗନ୍ତି ନାଇଁ । ସେଥିରେ ପୁଣି ଆମ ବୋଉ ! ଯିଏ ଦଁ ଦେବତା, କୁଣିଆ ନିମିର ତୀର୍ଥ ବ୍ରତ ଏମିତିକି ସାଇ ପଡ଼ୋଶୀକୁ ତୁଚ୍ଛ ମଣି ଆମରି ସାଙ୍ଗରେ ଲାଗିଥାଏ । ମୁହୂର୍ତ୍ତେ କୁଆଡ଼େ ପାଖରୁ ଦୂରେଇ ଗଲେ ବିକଳ ହୋଇ

ଉଠି କୁହେ – ମୋତେ ଅନ୍ଧପରି ଲାଗୁଛି ଲିନି ଆଉ ଲୁଲୁ ତ ମୋର ଦୁଇଟି ଆଖ୍ତ । ସେମାନଙ୍କ ବିହୁନେ ତ ମତେ ପୃଥିବୀ ଅନ୍ଧାର ଦିଶୁଛି, ମୁଁ ଘରେ ବସିବି କଣ ?

        ଏବେ, ସେଇ ବୋଉ ମୁଁ ଚାରି ପାଞ୍ଚଦିନ ଅଧିକା ତା'ରି ପାଖରେ ରହିଗଲେ, ସେ ସନ୍ଦେହୀ କଣ୍ଠରେ ମୋତେ ପ୍ରଶ୍ନ କରେ – ଜୋଇଁଙ୍କ ସଙ୍ଗେ କଳି ଲାଗେଇ ଏଠିକି ପଳେଇଆସି ନାହୁଁ ତ... ? କାହିଁ ଯିବାର ନାଁ ଧରୁନୁ ତ ! କୋଉଦିନ ଯିବୁ ?

        ଲୁଲୁରେ ! ତୁ ପି.ଏଚ୍.ଡ଼ି. ସାରିଦେଇ ଯେତେବେଳେ ଚାକିରି ପାଇଯିବୁ, ଛୁଟି ନେଇ ଆସି, ଘରେ ଦି ଦିନ ବସିଗଲେ, ବୋଉ ଠିକ୍ ସେଇମିତି ପଚାରିବି... ଆରେ ପୁଅ ! ତୁ ଚାକିରିକୁ ଯିବୁ ନାଁ କି ? କେତେଦିନ ଛୁଟି ନେଇଆସିଛୁ ? କୋଉଦିନ ତୁ ଯିବୁ ମତେ କହିଲୁ...

        ଲିନିନାନୀଙ୍କ ଚିଠିଗୁଡ଼ିକ ମତେ ଏତେ ପବିତ୍ର ପ୍ରେରଣା ଯୋଗାଏ ଯେ, ରାତି ଦିନ ଅହର୍ନିଶ ମୁଁ ବହି ଧରି ପଢ଼ୁଥାଏ, ଲେଖୁଥାଏ ଓ ବିଭିନ୍ନ ଚାକିରି ପାଇଁ ଆପ୍ଲାଇ କରୁଥାଏ ।

        କିନ୍ତୁ ଏଇ କିଛିଦିନ ହେଲା ଲିନିନାନୀ କାହିଁକି ଚିଠି ଦେଇ ନାହାଁନ୍ତି କେଜାଣି ? କଣ ହେଲା ତାଙ୍କର ? ଦେହ ଭଲ ନାଁ ? ମନ ଭଲ ନାଁ ତ ? ଦେହ ମନ ଖରାପ ହେବା ପାଇଁ କିଛି ତ କାରଣ ନାଁ । ଲିନି ନାନୀ ଅସୁସ୍ଥ ହୋଇ ପଡ଼ିବାର କେବେ ବି ତ ମୋର ମନେ ନାଁ । ସେ ସଦା ହସ ହସ ଚିର ପ୍ରଫୁଲ୍ଲ । ତାଙ୍କ ଦେହ କାହିଁକି ଖରାପ ହେବ ?

        ମାତ୍ର ଭିଶୋଇ ଟିକିଏ ବଦ୍‍ରାଗୀ । ଯଦି କଣ ଟେଙ୍ଗିଲା ଭଳିଆ କଥା ଦି ପଦ କହି ଦେଇଥିବେ, ଲିନିନାନୀଙ୍କର ମୁଡ୍‍ ଅଫ୍ ହୋଇ ଯାଇଥିବ । ସେଥିନେଇ ହୁଏତ ଲିନିନାନୀ ଚୁପ୍ ହୋଇ ଯାଇଛନ୍ତି.... ।

        ମୁଁ ବହୁତ ସମୟ ବସି ଭାବିଲି... । କଣ କରିବି, କଣ କରିବି ହୋଇ ଶେଷକୁ ସିଦ୍ଧାନ୍ତ ନେଲି ଯେ, ଲିନିନାନୀଙ୍କ ପାଖକୁ ଚାଲିଯିବି ।

        ଚାଲିଯିବା ପରେ ଜଣାପଡ଼ିବ, ନିରବତା'ର କାରଣ କଣ ? ପ୍ରକୃତରେ ଭିଶୋଇଙ୍କ ସଙ୍ଗେ ରାଗ ରୁଷା ହୋଇଛି... ନା, ଟିଉସନ ପିଲାଙ୍କୁ ନେଇ ବ୍ୟସ୍ତ ଅଛନ୍ତି... ।

ଆମେ ସବୁ ନିମ୍ନ ମଧ୍ୟବିତ୍ତ ପରିବାର ଲୋକମାନେ ଦୁଃଖ ଭୋଗିବାର ମୂଳରେ ହଉଛି, ଆମର ଉଚ୍ଚ ଆଶା । କଣ ଦରକାର ଲିନି ନାନୀ ଟ୍ୟୁସନ କରିବା ? କଣ ଦରକାର ମୁଁ ପି.ଏଚ୍.ଡ଼ି. କରିବା ? ଏବଂ କଣ ଦରକାର ଆମ ଏଇସବୁ କରିବାରେ ବାପା ବୋଉ ଖୁସି ହେବା ? ଭିଣୋଇ ଏଡ଼େ ବଡ଼ ଇଞ୍ଜିନିୟର । ପର୍ଯ୍ୟାପ୍ତ ଟଙ୍କା ତାଙ୍କର । ସେଇ ଟଙ୍କାରେ ପରିବାରଟି ଚଲେଇ ନିଜ ସୁଖ ଶାନ୍ତିରେ ରହିଲେ ହୁଅନ୍ତା ନାହିଁ ? ମୁଁ ରୋଜଗାର କରିବି ମତେ ଲୋକ ଚିହ୍ନିବେ.... ମୁଁ ବଡ଼ମଣିଷଙ୍କ ସଙ୍ଗେ ସମାନ ହେବି... ଏଇ ଆଶା ଆକାଙ୍କ୍ଷାରେ ଆମେମାନେ ଦୁଃଖୀ ହୋଇ ଉଠୁ । ସାରା ଜୀବନ ଆଶା ପଛରେ ଦଉଡ଼ି ଦଉଡ଼ି କଟଡ଼ା ଖାଇଲେ ବି, ଆମମାନଙ୍କର ଚେତା ପଶେନି । ଝାଡ଼ିଝୁଡ଼ି ହୋଇ ପୁଣି ଆଶା ପଛରେ ଦଉଡ଼ୁ ଥାଉ... ।

ସମାଜର ଯାହା କିଛି ଉନ୍ନତି, ସମାଜ ପାଇଁ ଯାହା କିଛି ଅବଦାନ, ସବୁ ଏଇ ନିମ୍ନ ମଧ୍ୟବିତ୍ତ ପରିବାରର । କିନ୍ତୁ ସମାଜ କଣ ସେମାନଙ୍କୁ ଉନ୍ନତ ମାନରେ ରଖେ ? ହୀନ ଦୃଷ୍ଟିରେ ଦେଖ୍ ବଡ଼ଲୋକମାନେ ତା'ର ଫାଇଦା ଉଠାନ୍ତି । ଭିଣୋଇ ଏଇଲେ ଆଡ଼ମିନିଷ୍ଟେଟିଭ୍ ଅଫିସରଟେ ହୋଇଥିଲେ ଲିନି ନାନୀଙ୍କର ଚାକିରି ଥୁଆ ହୋଇଥାଆନ୍ତା । ସେ ପ୍ଲାଣ୍ଟରେ ଖଟି ଖଟି ମୂଲିଆ । ଲିନିନାନୀ ଘରେ ଖଟି ଖଟି ହାଲିଆ । କିଏ କହିବ ହୁଏତ ଜଞ୍ଜାଳ ଭିତରେ ରହି ଲିନିନାନୀ ଚିଠି ଦେବା ପାଇଁ ସମୟ ପାଇ ପାରୁ ନ ଥିବେ ।

ଖୁବ୍ ଶୀଘ୍ର ଶୀଘ୍ର ମୁଁ କାମ ତୁଟାଇ, ରୁମ୍‌ରେ ତାଲା ଦେଇ ବାହାରୁଛି, ଏତିକି ବେଳେ ପୋଷ୍ଟମ୍ୟାନ୍ ଆସି ମତେ ଚିଠିଖଣ୍ଡେ ବଢ଼ାଇଦେଲା ।

ଆରେ! ଏତ ଲିନିନାନୀଙ୍କ ଚିଠି !

ମୁଁ ଆଉ ତାଙ୍କ ପାଖକୁ ଯିବି କ'ଣ ? ତାଲା ଖୋଲି ରୁମ୍‌ରେ ପଶି ଫୁଲ୍ ସ୍ପିଡ଼୍‌ରେ ଫ୍ୟାନ୍‌ଟା ବୁଲାଇ ଚିଠିଖଣ୍ଡକ ଧରି ପଢ଼ିବାରେ ଲାଗିଲି...

ମାତ୍ର ଏ କଣ ?

ଚିଠି ଡେରି କରି ଦେବାର କାରଣଟା ନ ଜଣାଇ ଲିନିନାନୀ ଏମିତି କଣ ଚିଠି ଲେଖିଛନ୍ତି ?

"ବାପଘର ପାଇଁ ଝିଅମାନେ ସତରେ ପର! ନୁହେଁରେ ଲୁଲୁ? ନ ହେଲେ ତୁ ଚିଠି ଖଣ୍ଡେ ଦିଅନ୍ତୁ ନାଇଁ? କାହିଁକି ଦବୁ? ମୁଁ ମନେ ପଡ଼ିଲେ ସିନା! ମାସକୁ ମାସ ଟଙ୍କାଗଣ୍ଡାକ ମୋତୁ ପାଇବା ଯେମିତି ତୋ'ର କର୍ତ୍ତବ୍ୟ, ଏବଂ ମୋ ସହିତ ଅନ୍ୟ କିଛି କର୍ତ୍ତବ୍ୟ ନାଇଁ... ସେଇମିତି ତୁ ରୂପ୍। କେତେବେଲେ ହେଲେ ବି ମୁଁ ମନେ ପଡ଼େନି ତୋ'ର? ଆଉ ତ କେହି ଭାଇଭଉଣୀ ନାହାଁନ୍ତି... ତୁ କାହା କଥା ଭାବୁ? କାହାକୁ ମନେ ପକାଉ? କାହାକୁ ନଖୋଜି, କାହାକୁ ମନେ ନ ପକାଇ ତୁ ସମୟ କଟାଉ କେମିତି? ମତେ ତୁ କହି ପାରୁ ପି.ଏଚ୍.ଡ଼ି କାମରେ ବ୍ୟସ୍ତ ରହି ମୁଁ କାହାକୁ ମନେ ରଖି ପାରୁନି। ଏଟା କଣ କେବେ ସମ୍ଭବ? ପ୍ରେସର କୁକରରେ ସିଟି ଦେଲାବେଲେ ବି ମୁଁ ତୋ କଥା ଭାବେ। ତତେ ମନେ ପକାଏ। ମନେ ମନେ ଠାକୁରଙ୍କୁ ଡାକେ ମୋ ଭାଇଟାକୁ ମୋ ବରଠାରୁ ଆହୁରି ବଡ଼ କରାଇ ଦିଅନ୍ତ ନାଇଁ ପ୍ରଭୁ?

ଚିଠିର ବାକି ଅଁଶତକ ମୁଁ ପଢ଼ିପାରିଲି ନାଇଁ। ଆଖିରେ ଲୁହ ଭର୍ତ୍ତି ହୋଇଯାଇ ମୁଁ ଖାଲି କାନ୍ଦିବାରେ ଲାଗିଲି। ଲିନି ସତରେ ଏକ ସୃଷ୍ଟିର ବ୍ୟତିକ୍ରମ ଝିଅ। ଏକଥା ଲେଖିଛନ୍ତି ସିନା, ଭିଶୋଇଙ୍କ ପ୍ରମୋଶନ ପାଇଁ ସେ ବେଲାଏ ଅରୁଆ ଖାଇ ପନ୍ଦର ଦିନ ଓଷା କରିଥିଲା।

ଭିଶୋଇଙ୍କ ପ୍ରମୋଶନ ପରେ ସେ ଯେ ଖାଲି ଖୁସି ହୋଇଥିଲେ, ସେତିକି ନୁହେଁ... ଗୋଟେ ମୁଦି ବିକି ଏକ ବିରାଟ ଚାଣ୍ଡାଲ ଭୋଜନ (ଦୁର୍ଗା ମଣ୍ଡପରେ ଚଉକି ପକେଇ) କରିଥିଲେ। ଭୋଜନ ପରେ ପାଞ୍ଚ ଟଙ୍କା ଲେଖାଏଁ ଦକ୍ଷିଣା ଦେଇ ପ୍ରଚୁର ପାନ ବି ଖାଇବାକୁ ଦେଇଥିଲେ...।

ଆଜି ସେଇ ଲିନିନାନୀ ତାଙ୍କ ବରଠାରୁ କେମିତି ମୁଁ ବଡ଼ ହୁଏ, ଠାକୁରଙ୍କୁ ଡାକୁଛନ୍ତି....।

ତାଙ୍କ ହୃଦୟରେ ସଦ୍‌ଭାବନା ନ ଥିଲେ କୌଣସି ଝିଅ ଏକଥା କଣ କେବେ ଲେଖିଦେଇ ପାରିବ?

ମୁଁ ପୁଣି କବାଟ ବନ୍ଦ କରି ତାଲା ଦେଇ ଓ ଲିନିନାନୀଙ୍କ ପାଖକୁ ଚାଲିଲି।

ତାଙ୍କ ପାଖକୁ ଯିବାରେ ବିଶେଷ କିଛି ଅସୁବିଧା ନାଇଁ । ଟାଉନ୍ ବସ୍ ପରି ଗାଁକୁ ତାଙ୍କର ଢେର୍ ବସ୍ । ଫ୍ୟାକ୍ଟ୍ରି ଏରିଆ କିଛି ନହେଲେ ବି ରିକ୍ସାବାଲା ବି ମାଙ୍ଗିଯିବେ ଚାଲିଯିବା ପାଇଁ । ମୋ ମନ ଭିତରର ସବୁତକ ଦୁଃଖକୁ ଝାଡ଼ିଝୁଡ଼ି ଦେଇ ଲିନିନାନୀଙ୍କ ଘରକୁ ଯିବା ପାଇଁ କ୍ଷିପ୍ର ପାଦ ବଢ଼େଇଲି ।

ଯିବା ବାଟରେ କେତେ ଅନାବନା ଜଙ୍ଗଲ ମନ ରାଜ୍ୟରେ ଛାଇ ହୋଇଗଲା । ମୋତେ ଆକସ୍ମିକ ଦେଖିଦେଇ କେଡ଼େ ଖୁସି ନହେବ ଲିନିନାନୀ ! ହାତ ଧରି ଘର ଭିତରକୁ ଡାକି କୁଣ୍ଢେଇ ଏଇଲେ ନ୍ୟାନ୍ତ କରି ପକାଇବେ । କହିବେ ହଇରେ ହେ ! ଚିଠି ଦେଲାରୁ ଯାଇ ମନେ ପଡ଼ିଲି, ନୁହଁ ? ମୋ ନିରବତାରେ ସେ ଖୁସି ହୋଇଯାଇ ମୋ ପାଇଁ ଖାଇବାକୁ ବାଢ଼ିବେ ।

ଲିନିନାନୀ ବଢ଼ିଆ ରାନ୍ଧନ୍ତି ।

ସେଇ ରନ୍ଧା ସୁଆଦ ଲାଗେ ସତ । କିନ୍ତୁ ଲିନିନାନୀଙ୍କ ରନ୍ଧା ସୁଆଦ ଲାଗିବା ସଙ୍ଗେ ସଙ୍ଗେ ଦେଖିବାକୁ ବି ଭାରି ଭଲ ଲାଗେ । ବାସ୍ନାରେ ପେଟ ଭର୍ତ୍ତି ହୋଇଯାଏ । ଗୋଟା ଗୋଟା ପୋଟଳ ଭିତରେ ଛେନା କାଜୁ ଆଦି ପୂର ଦେଇ କେମିତି ଗୋଟେ ରକମ ମେଞ୍ଛ ମେଞ୍ଛ ତରକାରି କରିଥାଆନ୍ତି । ଛୋଟ ଛୋଟ ବିନ୍ କାଟି ସେଥ୍ରେ ନଡ଼ିଆ ରସ, ଗରମ ମସଲା ଦେଇ ଧଳା ଧଳା କରି ଅତି ସୁସ୍ୱାଦୁ ତରକାରୀ କରିଥାଆନ୍ତି । ଆଉ ଜହ୍ନ କଖାରୁଫୁଲରେ ପୋଷ୍ଟକ ବଟା ଦେଇ ଯୋଉ ବାଟି ପୋଡ଼ା କରିଥାଆନ୍ତି, ଏତେ ଭଲ ଲାଗେ ଯେ, ବୋଉକୁ ଯାଇ କୁହେ ବୋଉ ! ଏତେ ତେଲ ଖର୍ଚ୍ଚ କରି ତୁ ଫୁଲକୁ ଖାଲି ଭାଜୁଛୁ... ଲିନିନାନୀଙ୍କ ପରି କରୁନୁ... ।

ବୋଉ ହସିଦେଇ କୁହେ – ଯାଉନ୍ତୁ, ମୋ ବଳ ବୟସ ଆସୁଛି... ଭାବି ଚିନ୍ତି ହଜାରେ ରୂପ ଦେଇ ରାନ୍ଧିବାକୁ !

ବୋଉଠୁ ଏକଥା ଶୁଣି ମତେ ଭାରି ଦୁଃଖ ଲାଗେ । ଆହା ! ଏଇ କାଳର କ୍ରୁରତା କେଡ଼େ ନିଷ୍ଠୁର ନୁହେଁ । ବୋଉର ସେଇ ଚଳଚଞ୍ଚଳ ଦେହ, ଆଜି ଶିଥିଲ । ସବୁ କାମରେ ଆଗ୍ରହ ଥିବା ମନ କେମିତି ନିଷ୍ଠୁର ହୋଇ ହୋଇଯାଉଛି । ସେ ବୀତଶ୍ରଦ୍ଧା ହୋଇ ଉଠୁଛି ।

ବସ୍‌ରୁ ଓହ୍ଲାଇପଡ଼ି ଗୋଟେ ଫର୍‌ଲଙ୍ଗ ହବ ବାଟ ଚାଲି ଯାଇ ଲିନିନାନୀଙ୍କ ଘରେ ପହଞ୍ଚିଲି ।

କଲିଂ ବେଲ୍‌ ଟିପୁ ଟିପୁ ଲିନିନାନୀ ଆସି କବାଟ ଖୋଲି ଦେଲେ । ମତେ ଦେଖିଦେଇ ହାତ ଠାରରେ ଭିତରକୁ ଆସିବାକୁ କହିଦେଲେ ଓ ତାଙ୍କ ଶୋଇବା ଘରକୁ ଚାଲିଗଲେ ।

ମତେ ଭାରି ଖରାପ ଲାଗିଲା ।

ଚୁପ୍‌ ଚାପ୍‌ ସୋଫାଟି ଉପରେ ବସି ଭାବିଲି, କାଇଁ ମତେ ଦେଖି ଲିନିନାନୀ ଖୁସି ହେଲେ ନାଇଁ ତ! ମୁଁ ଚିଠି ଦେଉ ନଥିଲି ବୋଲି ମନ ଦୁଃଖର ତ କିଛି ସୂଚନା ନାହିଁ ।

ଘରଦ୍ୱାର, ଜିନିଷପତ୍ର ଏମିତି ସୁନ୍ଦର ଭାବେ ସଜା ହୋଇ ଥୁଆ ହୋଇଛି ଯେ ଯିଏ ଦେଖିଲେ କହିବ, ଶାନ୍ତି ଏଠି ସଂସାରରେ ବିଦ୍ୟମାନ । ଆଉ ଲିନିନାନୀ ମୋ ଲାଗି ମନ ଦୁଃଖ କରୁଥିଲେ କଣ ?

ମୋ ଆଖି ଲୁହ ଛଳଛଳ ହୋଇ ଉଠିଲା । ପେଟରେ ପ୍ରବଳ ଭୋକ ମଧ । ସକାଳୁ ସକାଳୁ ତ ଆସିଛି... କଣ ଖାଇଛି କ ? ଲିନିନାନୀ ଏମିତି କେମିତି ବଦଳି ଗଲେମ ହଠାତ୍‌ ? କଣ ଏମିତି କାମ ପଡ଼ିଲା ଯେ ସଙ୍ଗେ ସଙ୍ଗେ ଶୋଇବା ଘରକୁ ଚାଲିଗଲେ... ।

ସନ୍ଦିଗ୍‌ଧ ଚକ୍ଷୁରେ ଶୋଇବା ଘରକୁ ଚାହିଁଲାବେଳକୁ ଶୋଇବା ଘର ଅନ୍ଧାର । ଝରକା କବାଟ ସବୁ ବନ୍ଦ । ପବନ ଟିକିଏ ପଶିବା ବି ସମ୍ଭବ ନୁହେଁ । ମୁଁ ପଶିବି କେମିତି ?

ଶୋଇବା ଘର କବାଟ ପାଖରୁ ଫେରି ଆସି, ସୋଫାରେ ବସି ସେଇଠୁ ପାଟି କରି ଲିନିନାନୀଙ୍କ ଉଦ୍ଦେଶ୍ୟରେ କହିଲି – ମୁଁ ଯାଉଛି ଲିନିନାନୀ... ।

ଏଁ! କଣ କହିଲୁ? ମୋତେ ଶୁଭିଲାନି । ଆସିଲୁ ଭିତରକୁ... ।

ଅଗତ୍ୟା ସେଇ ଅନ୍ଧାର କଟକଟ ଘର ଭିତରକୁ ପଶିଲି । ଦେଖିଲି ଲିନିନାନୀ ତାଙ୍କ ତାଙ୍କ ବର୍ଷର ପୁଅ ସିକୁକୁ ଗୋଡ଼ରେ ପିଟି ପିଟି ଚାଲିଛନ୍ତି... ।

– ସିକୁର କଣ ହେଲା ଲିନିନାନୀ ?

– କହନା, କହନା । ଏତେ ଯନ୍ତରେ ରଖ୍ ବି ଦେହରେ ରୋଗ ପଶିଯାଉଛି । କାନ ଭିତରେ କଣ ଗୋଟେ ଉଠୁଛି ନା କଣ, ପନ୍ଦର ଦିନ ହେଲା ରାତି ଦିନ ଶୋଉ ନାହିଁ । ଟିକିଏ ନିଃଶବ୍ଦ ହେଲେ ଘାଲେଇ ପଡୁଛି... ନ ହେଲେ ଏମିତି କିଛିକିଛି ରଡ଼ି ଛାଡୁଛି ଯେ, ତା'ର କାନର କଷ୍ଟ ହଉଛି କଣ, ମୋ କାନ ଅତଡ଼ା ପଡ଼ି ଯାଉଛି ।

ଟିକିଏ ରହ । ପିଲାଟାକୁ ଶୁଆଇ ଦେଇ ମୁଁ ବାହାରକୁ ଯାଉଛି... ।

ଲିନିନାନୀଙ୍କ ପ୍ରତି ମୋର ସମସ୍ତ ସନ୍ଦେହ କୁଆଡ଼େ ଶୂନ୍ୟରେ ମିଲେଇଗଲା । ସିଙ୍କୁ ଲାଗି ଯେ ଲିନି ନାନୀଙ୍କର ଏମିତି ବ୍ୟତିକ୍ରମ । ଚିଠି ଦେଉ ନ ଥିଲେ ଏଇଥ୍ ପାଇଁ ।

ଲିନିନାନୀ ବାହାରକୁ ଚାଲିଆସି କହିଲେ – ଓଃ! ଯାହାହେଉ ଟିକିଏ ଶୋଇଗଲା । ତୁ ଆସିଲୁ ବୋଲି ବୋଧେ ଭଗବାନଙ୍କର ମୋ ପ୍ରତି ଦୟା । ନ ହେଲେ ଲୁଲୁରେ ଯୋଉ କଷ୍ଟ ଭୋଗୁଛି, ତତେ ଚିଠି ଲେଖ୍ବି କ'ଣ...?

ତାପରେ ରୋଷେଇ ଘରକୁ ଯାଇ କଣ ଖଡ଼ଖାଡ଼ କରି ଆସି ମୋତେ କହିଲେ – ଗାଧୋଇ ପକା । ସାଙ୍ଗ ହୋଇ ଖାଇବା । ତଉଲିଆ ପାଇଜାମା ଆଣିଛୁ ନା ଦେବି ?

"ସବୁ ଆଣିଛି" କହି ମୁଁ ଗାଧୁଆଘରେ ପଶିଲି । ପରିଷ୍କାର ବାଥରୁମ୍ ସାଆର ପାଣିରେ ଗାଧୋଇ ମନଟା ଭାରି ଖୁସି ଲାଗିଲା ।

ଭାଇ ଭଉଣୀର ସମ୍ପର୍କ ସତରେ ଭାରି ନିବିଡ଼ । ଭଉଣୀ ବଡ଼ ହୋଇଥିଲେ ଭାଇର ମନ, ଭଉଣୀ ତାକୁ ଟିକିଏ କେମିତି ଭଲ ପାଉ, ସ୍ନେହ କରୁ, ପଚାରୁ... ।

ଭାଇ ବଡ଼ ହୋଇଥିଲେ ମଧ ଭଉଣୀର ସ୍ନେହ ଭାଇ ପ୍ରତି ନାହିଁ ନଥବା ! ସେ ବି ସେମିତି ଭାବୁଥିବ, ଭାଇ ଭଲପାଉ, ସ୍ନେହ କରୁ ପଚାରୁ... ।

ମୁଁ ଗାଧୁଆଘରୁ ଆସୁ ଆସୁ ଛୋଟ ତଉଲିଆଟେ, ପାନିଆଟେ ଧରି ଲିନିନାନୀ ମୋ ମୁଣ୍ଡ, ବେକମୂଲ ପୋଛି ପୋଛି କାନ ପାଖରେ ଅଟକିଗଲେ । କହିଲେ –

ହଇରେ ଲୁଲୁ ! ତୋ କାନ ଏବେ କାଟୁଛି ?

ମୁଁ ଆଶ୍ଚର୍ଯ୍ୟ ହୋଇଗଲି । ଲିନିନାନୀ ବାୟାଣୀ ହୋଇଗଲେ ନା କଣ ? କହିଲି – ତମେ କଣ ମତେ ସିଙ୍କୁ ବୋଲି ଭାବିଦେଲଣି ନା କଣ ? ମୋ କାନ କାହିଁକି କାଟିବ ?

– ଆରେ ନାଇଁ... ଏଇ ସିଙ୍କୁ ବୟସରେ ତୋ'ର ବି ଏମିତି କାନ କାଟୁଥିଲା । ସେତେବେଳେ ଡାକ୍ତରମାନେ କାନ ଭିତରେ କଣ ଉଠୁଛି କି ପଡୁଛି ବୋଲି ଜାଣୁଥିଲେ ଯେ କହିବେ ? ବୋଉ ଖାଲି ଗେଣ୍ଡୁ ପତ୍ର ରସ ପକାଇ ତୋ କାନ କାଟିବା ବନ୍ଦ କରିଦେଲା... ।

ଲୁଲୁରେ ଜାଣିଛୁ ? ମୁଁ ବି ସେୟା କରୁଛି । ଦେଖିବୁ ଭଲ ହୋଇଯିବ ।

ମଲା... ଏମିତି ହାଁ ଟା କରି ଅନେଇଛୁ କ'ଣ ମ ? ତୋ'ର ତ ଭଲ ହୋଇଗଲା । ତା'ର ହେବନି କାହିଁକି ?

ତଥାପି ମୁଁ ସେମିତି ହାଁଟା କରି ଅନେଇଛି ଓ ମୋତେ ଦେଖା ଯାଉଛି... ଲିନିନାନୀ ଛୋଟ ହୋଇ ଯାଇଛନ୍ତି । ଛୋଟ ଛୋଟ ବେଣୀ ଯୋଡ଼ିଏ ପକେଇ ରିବନ ଭିଡ଼ିଛନ୍ତି ବେଣୀ ଶେଷରେ । ମୋତେ ତାଙ୍କ ଛୋଟ ଛୋଟ ଗୋଡ଼ଦୁଇଟିରେ ଝୁଲେଇ ପକଉଛନ୍ତି... । ଆଖିରେ ଦୁନିଆଯାକର ନିଦ ଘୋଟିଆସୁଛି... ।

ସେ ନିଦୁଆ ଆଖିପତା ଖୋଲି ଦେଖାଲାବେଳକୁ, ଲିନିନାନୀ ଶାଢ଼ିପଟା ପିନ୍ଧି, କାନ୍ଧରେ ବ୍ୟାଗ ଝୁଲାଇ ହାତରେ ଘଣ୍ଟା ବାନ୍ଧୁଛନ୍ତି ।

– କୁଆଡ଼େ ଯିବ କି ଲିନିନାନୀ ? ଡାକ୍ତରଙ୍କ ପାଖକୁ ?

– ନା, ନା, ଡାକ୍ତରଙ୍କ ପାଖକୁ ଯିବା ଦରକାର ନାଇଁ ଆଉ ।

– ଆଉ କୁଆଡ଼େ ଯିବ ?

ଖୁସିରେ କେମିତି ଗୋଟେ ଅଲଗା ପ୍ରକାରର ଦିଶିଲେ ସେ ମତେ । କହିଲେ – ଗୋଟେ ଜବ୍ ପାଇଛି । ପ୍ରାଇଭେଟ୍ ସେକ୍ଟର । ବାରଟାରୁ ଚାରିଟା । ଦରମା ଦି ହଜାର । ତୁ ସିଙ୍କୁ ପାଖରେ ଟିକିଏ ଥା' କି ମୁଁ ପଳେଇ ଆସିବି... ।

– ସିଙ୍କୁର ଦେହ ଖରାପ । ଆଗରୁ କାହା ପାଖରେ ଛାଡ଼ିକି ଯାଉଥିଲ ?

– ଭିଶୋଇଙ୍କି ତୋ'ର ଟେଲିଫୋନ୍ କରି ଡକାଏ । ସେ ରହନ୍ତି । ତା' ଛଡ଼ା କେତେଟା ଦିନ କି ? ଏଇ ପନ୍ଦର କୋଡ଼ିଏ ଦିନ ହେବ ତ !

– ଟିଉସନ ବି କରୁଛ ?

– ହଁ । ସେ ତ ଯାଇ ସକାଳେ, ସଞ୍ଜେ । କରିବି ନାଇଁ କାହିଁକି ?

– ସେଥିପାଇଁ ଚିଠି ଲେଖିବାକୁ ତମକୁ ସମୟ ନାଇଁ... ସିଙ୍କୁର ଦେହ ଭଲ ନାଇଁ ବୋଲି... ମତେ ଭୁଲାଉଛ, ମୁଁ କାହିଁକି ଚିଠି ଦଉନି ବୋଲି ମନ ଦୁଃଖ କରୁଛ । କଥାଟା ଏଠି, ମୁଁ ଏଣୁ ତେଣୁ କେତେ କଥା ଭାବୁଛି ।

– ଏବେ ତ ଜାଣିଲୁ । ଆଉ ଏଣୁ ତେଣୁ ଭାବିବୁ ନାଇଁ ।

– କିନ୍ତୁ ଲିନିନାନୀ ! କାହିଁକି ଏତେ ପରିଶ୍ରମ କରୁଛ ? କଣ ହେବ ଏତେ ଟଙ୍କା ?

ଲିନିନାନୀ ବ୍ୟସ୍ତ ହୋଇ ଉଠିଲେ । କହିଲେ ତୁ ଏମିତି କହନାରେ ଲୁଲୁ । ମୁଁ ତ ତୋ'ରି ପାଇଁ ଚାକିରି କରୁଛି । ହଜାରେ ବାଇଶ ଟଙ୍କାରେ ହଷ୍ଟେଲରେ ରହି ପି.ଏଚ୍.ଡ଼ି. କରିବା କି କଷ୍ଟ, ମୁଁ ଜାଣୁଛି... ।

ଅଭାବରେ ରହିବା ଆମମାନଙ୍କର ଅଭ୍ୟାସ ହୋଇଥିବାରୁ ଟଙ୍କା କଣ ହବ ଆମର ଧାରଣା ନାହିଁ । ଭଲ ଖାଇବୁ, ଭଲ ଡ୍ରେସ୍ ପିନ୍ଧିବୁ, ଭଲରେ ଚଲିଲେ ସିନା ମନ ଖୁସି ରହିବ । ମନ ଖୁସିରେ ଯାହା କରିବ ସେଥିରେ ଯୋଉ ଆନନ୍ଦ, କଷ୍ଟ କରି କରିବାରେ ସେ ଆନନ୍ଦ ନଥାଏ ।

ଲୁଲୁରେ ଆମେ କେବେ ପରଫିଉମ୍ ଇୟୁଜ କରୁ ? କେବେ ହୋଟେଲକୁ ଯାଇ ଖାଉ ? ଦେଶ ବିଦେଶ ବୁଲିଯିବାର କଳ୍ପନା କରୁ ? ଅର୍ଥର ଅଭାବରେ ଆମେ ସିନା ଏଡ଼େ ହୀନପ୍ରଭ ହୋଇ ବଞ୍ଚିରହୁ... ।

ଆମକୁ ଦେଖିଲେ ଲୋକେ ଦୟା ଦେଖାନ୍ତି । ଆମେ ସଙ୍କୁଚିତ ହୋଇ ରହୁ ସାରା ଜୀବନ । ଆମ ତ୍ୟାଗର ମୂଲ୍ୟ ନଥାଏ । ଆମ ନିଷ୍ଠା ସମ୍ପୂର୍ଣ୍ଣ ନିଷ୍ଫଳଯୋଜନ । ଆମେ ହତଭାଗା କାଙ୍ଗାଳ ଦଳ । ନୁହେଁରେ ?

ନେ, ନେଲୁ ଏ ଟଙ୍କା ରଖ । ଯାହା ମନ ହଉଛି ଖର୍ଚ୍ଚ କର । ଅଭାବରେ ରହିଲେ ମଣିଷର ସ୍ୱଭାବ ନଷ୍ଟ ହୋଇଯାଏ । ମୋର ଇଚ୍ଛା ନୁହଁ ଅଭାବ ଲାଗି ମୋ ଭାଇଟାର ସ୍ୱଭାବ ନଷ୍ଟ ହୋଇଯାଉ । ତୁ ଯେମିତି ଅନ୍ୟମାନଙ୍କ ଠାରୁ ଟିକିଏ ଅଲଗା ହେବୁ, ମୋର ଖାଲି ସେଇ ଚିନ୍ତା ।

ଲୁଲୁ ! ମୋର ଭାରି ଇଚ୍ଛା, ନୂଆ କରି ଆଉଥରେ ଜୀବନଟାକୁ ଗଢ଼ିବା ପାଇଁରେ !

ନୂଆ ଜୀବନରେ ଯେଉଁ ନୂତନତ୍ୱ ଅନୁଭବ ହେବ, ତା'ରି ଆବେଗରେ ହୁଏତ ନିଶ୍ଚୟ ପ୍ରଭୁପ୍ରୀତି ଜାଗିଉଠିବ ! ମତେ ତ ବେଳେ ବେଳେ କାଦ ଲାଗେ ଯେ, ଅଞ୍ଜଳି ଭର୍ତ୍ତି ଫୁଲ ଗଣ୍ଡିଏ ଦେବା ପାଇଁ ବି ଆମେ ଭାବୁ, ଟିକିଏ କମ୍ ଖର୍ଚ୍ଚରେ ହୋଇ ଯାଆନ୍ତା କି । ଭୋଗ ଗଣ୍ଡିଏ କିଣିବା ପାଇଁ ଅଧିକ ଅର୍ଥ ମୂର୍ଚ୍ଛି ହୁଏ ନାଇଁ । ଭଗବାନଙ୍କ ଲାଗି ଯଦି ଆମର ଏତେ ସଙ୍କଟ, କଣ ପାଇଁ ତେବେ ଆମେ ବଞ୍ଚୁ ?

ଏବେ ଗଣ୍ଡିଏ ଅଧିକ ଟଙ୍କା ଦେଖି ପ୍ରଭୁଙ୍କ ଲାଗି ମୋ ଭାବନା ଆର୍ଦ୍ର ହୋଇ ପଡ଼ୁଛି । ତୁ ଯାଇ ମନଇଚ୍ଛା ଭୋଗ ଲଗେଇବୁଟି ମାଆ ଚଣ୍ଡିଙ୍କୁ ।

ଚାକିରି ଲାଗି ଚିଠି ଦେବା ଡେରି ହେଲେ ଜମା ବ୍ୟସ୍ତ ହେବୁନି । ବ୍ୟସ୍ତ ହେବୁନି । ବ୍ୟସ୍ତ ହେବୁ ନାଇଁ ଆଦୌ । ମୁଁ ତୋ'ର ସବୁବେଳେ ପଛେପଛେ ଅଛି । ତୁ ମତେ ନେଇ କଣ ଭାବୁଛୁ କେଜାଣି ! ମୁଁ କିନ୍ତୁ ନିରନ୍ତର ଅନୁଭବ କରୁଛି ଯେ, ଭାଇ ଭଉଣୀର ସମ୍ପର୍କ ଭାରି ନିବିଡ଼ । ଏକ ଆଭ୍ୟନ୍ତରୀଣ ଆବଶ୍ୟକତାରେ ତାହା ପରିପୂର୍ଣ୍ଣ ଯେମିତି !

ଲୁଲୁରେ ! ଟିକିଏ ଥା'କି ! ମୁଁ ଏଇ ସଙ୍ଗେ ସଙ୍ଗେ ଚାଲି ଆସୁଛି.... ।

୦୦

ପଲ୍ଲୀବଧୂ

ପଲ୍ଲୀବଧୂ ଉଚ୍ଚାରଣ କଲାବେଳେ ଦେହରେ ଶିହରଣ ଖେଳି ଯାଏ । ଆଖିରେ ଆଙ୍କି ହୋଇଯାଏ ଅବଗୁଣ୍ଠନବତୀ ବିବାହିତା ଏକ ସୁନ୍ଦରୀ କିଶୋରୀର । ଯେଉଁ କିଶୋରୀ ପ୍ରାଣରେ ଲଜ୍ଜା, ସଙ୍କୋଚ, ଭୟ ଓ ଭକ୍ତି ଭରି ରହିଥାଏ... । ଆନ୍ତରିକତା'ର ଏକ ମୂର୍ତ୍ତିମନ୍ତ ପ୍ରତୀକ ପରି ପ୍ରତ୍ୟୟ ହୋଇ ଜୀବନ ସର୍ବଶ୍ରେଷ୍ଠ ହିତାଙ୍କାଙ୍ଷୀ ରୂପେ ନିବିଡ଼ ଆଶ୍ଲେଷରେ ଆଶ୍ଲେଷି ନେଇ ସାରା ଜୀବନ ବିତାଇ ଦେବାକୁ ମନ ବିକଳ ହୋଇଉଠେ...

ଏହା ହିଁ ପଲ୍ଲୀବଧୂର ସଂଜ୍ଞା ।

"ଯୁଗ ବଦଳୁଛି । ମଣିଷର ଜୀବନଧାରା ମଧ୍ୟ ବଦଳୁଛି । ଯେତେ ଯାହା ବଦଳିଲେ ବି, ଆମ୍ଭ ବଦଳିଗଲେ ଜୀବନ ବିପନ୍ନ, ତେଣୁ ବଧୂଟିର ଆମ୍ଭ କୋମଳ ନ ହୋଇ କଠୋର ହୋଇଉଠିଲେ ସେ ବଧୂ ପରି ଲାଗିବ ନାହିଁ ।"

ପଲ୍ଲୀର ପ୍ରାକୃତିକ ପରିବେଶରେ ଛଳ ଛଳ କଳ କଳ ନିର୍ଝରିଣୀଟି ପରି ଯେଉଁ ବୋହୂଟି ତା'ର ଭିତରେ ଗତି କରୁଥାଏ, ସେ ସମସ୍ତଙ୍କ ପାଖରେ ଆଦରଣୀୟା ହୋଇଉଠେ । ସମସ୍ତେ ତାକୁ ଫୁଲଟିଏ ପରି ଭଲ ପାଆନ୍ତି । ମାଆ ସମାନ ଭକ୍ତି କରନ୍ତି, ଭଗିନୀ ସମାନ ସ୍ନେହ କରୁଥିବା ବେଳେ, ତା'ର ପତି, ପତ୍ନୀ, ରୂପେ ତାକୁ ଆପଣାର କରି ନିଏ ସାରା ଜୀବନ ପାଇଁ ।

କନ୍ୟା ହୋଇ ଜନ୍ମ ନେଲେ, ପିତ୍ରାଳୟ ପରିତ୍ୟାଗ କରି ଶ୍ୱଶୁରାଳୟରେ ଜୀବନ ବିତାଇବା କନ୍ୟାର ଜନ୍ମଗତ କର୍ତ୍ତବ୍ୟ । ସେଇଥରେ ତା'ର ଜନ୍ମ ସାର୍ଥକ ଓ ସେ ପରିତୃପ୍ତ ।

ଏଇ ପରିପ୍ରେକ୍ଷୀରେ ପରିବାରରେ କନ୍ୟାଟିଏ ଜନ୍ମ ହେଲେ, ସେ ଯେ ପରଘର ପାଇଁ ଏହା ଜାଣିପାରି ପରିବାରର ପୁରୁଖାମାନେ କନ୍ୟାଟିକୁ ଉତ୍ତମ କରି

ଗଢ଼ିଥାଆନ୍ତି । ନିଜ ଘରେ ଛାଡ଼ି ଅନ୍ୟ ଘରେ ଚଳିବାର ଯୋଗ୍ୟତା ଦେଇଥାଆନ୍ତି । ପରିବାରର ଭଲମନ୍ଦ ବୁଝି ସୁବିଧା ଅସୁବିଧାକୁ ସୁଧାରି ନେଇ ଆପଣାର କରି ନେବା ହିଁ ଝିଅର କର୍ତ୍ତବ୍ୟ । ସେଥିଲାଗି ଯେଉଁ ସହନଶୀଳତା ଦରକାର ଝିଅ ପାଖରେ ତା'ର ଯେପରି ଅଭାବ ନ ଘଟେ, ସେଥିଲାଗି ବାପା ମାଆ ତତ୍ପର ହୋଇ ଉଠିଥାଆନ୍ତି ।

ଝିଅର ପ୍ରାଥମିକ ଜୀବନର ଏଇ ଶିକ୍ଷା ତାକୁ ଉପଯୁକ୍ତ ମଣିଷ କରି ଗଢ଼ିଥାଏ । ପିତ୍ରାଳୟ ଛାଡ଼ିବା ପରେ ପରେ ଶ୍ୱଶୁରାଳୟକୁ ସେ ସର୍ବସ୍ୱ ମଣେ । ତା'ର ଆଉ ଅବସର ନ ଥାଏ ପଛ ସ୍ମୃତିରେ ମୁହୂର୍ତ୍ତିଏ ଭିଜିଯିବା ପାଇଁ । ସ୍ନେହ ଶ୍ରଦ୍ଧା ଆନ୍ତରିକତା ଦେଇ ସେ ସମସ୍ତଙ୍କ ପାଖରେ ବନ୍ଧା ପଡ଼ିଯାଏ । ତେଣୁ ଝିଅର ବଧୂର ଜୀବନଚର୍ଯ୍ୟା ଖୁବ୍ ମୂଲ୍ୟବାନ୍ ଓ ମହତ୍ଵପୂର୍ଣ୍ଣ ।

ବାଲିରେ ଘର ତୋଲି ଖେଳୁଥିବା ଝିଅଟି ବଧୂରେ ପରିଣତ ହୋଇଯିବା ପରେ କଡ଼ି ବରଗାରେ ଘର ତୋଲେ । ବାଲିଘର ଗଢ଼ି ଭାଙ୍ଗି ନଉଥିବା ଝିଅ ବଧୂ ହୋଇଯିବା ପରେ ତା'ର ଘରେ ପବନ ଟିକିଏ ବୋହିଗଲେ, କାଳେ ଘର ଭାଙ୍ଗିଯିବ ବୋଲି ଜୀବନ ତା'ର ଥରିଉଠେ । ଚାଳରୁ ଖିଅ ନଡ଼ା ଉଡ଼ିଗଲେ, ହୃଦୟ ଉଡ଼ିଗଲା ପରି ଲାଗେ ।

ତା'ର ଅନୁପସ୍ଥିତିରେ ପରିବାର ହତୋସ୍ୱାହ ହୋଇପଡ଼ନ୍ତା । ଘରେ ବୋହୂ ନ ଥିଲେ ଘର ସୁନ୍ଦର ଦିଶେ ନାହିଁ । ଘର କାମ ଅନ୍ୟ କିଏ କଲେ କାହା ମନକୁ ପାଏନି । ଅନ୍ୟ କିଏ ବାଢ଼ିଦେଲେ ଖାଇବା ପରି ଲାଗେନି । ଦେବତା ନ ଥିଲେ ଦେଉଳ ଯେପରି ମୂଲ୍ୟହୀନ, ଘରେ ବୋହୂ ନ ଥିଲେ ଘର ସେମିତି ଗୃହଶୂନ୍ୟ ।

ଧୀରେ ଧୀରେ ବୋହୂଟି ମଧ୍ୟ ଏହା ଉପଲବ୍ଧ କରେ । ସତେ ଯେମିତି ଶ୍ୱଶୁରାଳୟରେ ସେ ବହୁଦିନର ପରିଚିତ । ଅନ୍ୟ କେଉଁଠାରେ ମୁହୂର୍ତ୍ତିଏ କଟାଇଲେ, ସେ ବିବ୍ରତ ହୋଇପଡ଼େ... ।

କେତେ ବେଗି ବଦଳିଯାଏ ସତେ ଏଇ ଝିଅ ।

ଆଖରେ ଦେଖି ବି ବିଶ୍ୱାସ କରି ହୁଏ ନାହିଁ, କନ୍ୟା ଥିଲାବେଳେ, ଭାଇ ଭଉଣୀଙ୍କ ପ୍ରତି ସ୍ନେହ ଶ୍ରଦ୍ଧା, ଆନ୍ତରିକତା, ମାନ ଅଭିମାନ କୁଆଡ଼େ ଉଭେଇଯାଏ ।

ମୋ' ପାଇଁ କାହିଁକି ରିବନ ଆଣି ଦେଲୁ ନାହିଁ ବୋଲି ଯୋଉ ଭାଇକୁ ରାଗି କରି କଥା ହୁଏ ନାହିଁ, ସେଇ ଭାଇ ଶାଶୁଘରେ ପହଞ୍ଚିଲେ, ଅତିଥି ପରି ଚର୍ଚ୍ଚା କରେ । ହାଲିଆ ହୋଇ ବୋହୂ ଥକ୍କା ମାରି ବସି ପଡ଼ୁଥିବାବେଳେ ଝିଅକୁ ପାଖକୁ ଡାକିଲେ ଶୁଣେ ନାହିଁ । ସେଇ ଝିଅ ଶ୍ୱଶୁରଘରକୁ ଗଲା ପରେ ବୋହୂକୁ ପ୍ରଥମେ ଝୁରେ । ଭାଇ-ଭଉଣୀଙ୍କ ପାଇଁ ଜୀବନ ଦେଇ ଦେଉଥିଲାବେଳେ, ସ୍ୱାମୀ ସନ୍ତାନପାଇଁ, ଭାଇ ଭଉଣୀଙ୍କ ମୁହଁ ଅସ୍ୱସ୍ତ ହୋଇଉଠେ... । ସେଇ ଅସ୍ୱସ୍ତା ଭିତରେ ବି, ଆନ୍ତରିକତା ଭରି ରହିଥାଏ । ଦୂରେ ଥାଇ, ପର ହୋଇଯାଇ ମଧ ଅନବରତ ପିତ୍ରାଳୟର ଶୁଭ ମନାସି ଚାଲିଥାଏ । ଏଇ କାରଣରୁ କନ୍ୟାର ଅନ୍ୟ ନାମ ଦୁହିତା । ସେ ଦୁଇ କୂଲର ହିତସାଧନା କରିଥାଏ ।

ପରିବାର କହିଲେ, କନ୍ୟା ଏବଂ ବଧୂକୁ ହିଁ ବୁଝାଏ । ଜୀବନର ଯାହା କିଛି ଦୁଃଖ ଦୈନ୍ୟ, ପରିବାର ତାକୁ ଅମୃତ ତୁଲ୍ୟ ଶୋଷିନିଏ । ସାହସ ଦିଏ । ଶକ୍ତି ଯୋଗାଏ ଓଷା ଉପବାସ କରି ଦୁଃଖ ଦୂର କରିବା ପାଇଁ ଭଗବାନଙ୍କୁ ଡାକେ । ଏଭଳି ଏକ ନିର୍ଭର ଆଶ୍ରୟସ୍ଥଲ ମନୁଷ୍ୟର ଅନ୍ୟ କେଉଁଠାରେ ନାହିଁ କହିଲେ ଅତ୍ୟୁକ୍ତି ହେବ ନାହିଁ । ସ୍ନେହରେ, ଶ୍ରଦ୍ଧାରେ ଆନ୍ତରିକତାରେ ସେ ଯେଉଁ ମନ୍ଦିର ନିର୍ମାଣ କରେ, ଖାଲି ପରିବାରର ସଭ୍ୟ ତା' ହାର ଉପକୃତ ହୁଅନ୍ତି ନାହିଁ, ଦୁଃଖ ଦୈନ୍ୟ ମଧ ଉପକାର ପାଆନ୍ତି । କ୍ଷୁଧତ ହିଆକୁ ଶାନ୍ତ ଶୀତଲ କରିବା ପାଇଁ ପରିବାରର ପଖାଳ ତୋରାଣି ମୁଦିକ ଏତେ ତୃପ୍ତିକରେ ଯେ, ଫାଇଭ୍ ଷ୍ଟାର ହୋଟେଲର ନାମି ଡିସ୍ ତା' ଆଗରେ କିଛି ନୁହେଁ... ।

କିନ୍ତୁ ଆଃ... ! ଆଜି ଏସବୁ ସ୍ୱପ୍ନ ଭଳି ମନେ ହେଉଛି । କାଇଁ ପରିବାର ? କାଇଁ ପଖାଳ ତୋରାଣି....? କାଇଁ ପଲ୍ଲବଧୂ...?

ବଧୂର ସଂଜ୍ଞା ଆଜି ବଦଲି ଯାଇଛି । ଆଜି କନ୍ୟା କିଏ ବଧୂ କିଏ ଜାଣିବା କଷ୍ଟକର । ବିବାହିତ ଝିଅ ଅବିବାହିତା ଝିଅ ସବୁ ସମାନ ଦେଖା ଯାଉଛନ୍ତି । ବଧୂ ମୁଣ୍ଡରେ ଅବଗୁଣ୍ଠନ ଯେ ନାହିଁ, ସେତିକି ନୁହେଁ । ସେମାନେ ଶାଢ଼ି ପିନ୍ଧିବା ପାଇଁ ଲଜ୍ଜା ପ୍ରକାଶ କରୁ ନାହାନ୍ତି । ସାଲୁଆର କମିଜ୍‌ରେ ସେମାନେ ଆଜି ବଧୂ ।

ଯୋଉ ବଧୂର ଓଠଧାରରେ ସ୍ୱତଃ ଫୁଟି ଉଠୁଥିଲା ଗୋଲାପର ଲାଲିମା ସେଇ ଓଠଧାର ଆଜି ଶୁଷ୍କ । ନକଲି ଲିପ୍‌ଷ୍ଟିକ୍‌ର ରଙ୍ଗରେ ରଙ୍ଗିନ । ଲମ୍ବା ବାଳର ଖୋସା ପରିବର୍ତ୍ତେ ନୁଖୁରା ବାଳ ଫର୍‌ ଫର୍‌ ହୋଇ ଉଡୁଛି ।

ଯୁଗ ବଦଳୁଛି । ମଣିଷର ଜୀବନଧାରା ମଧ୍ୟ ବଦଳୁଛି । ଯେତେ ଯାହା ବଦଳିଲେ ବି, ଆମ୍ଭ ବଦଳିଗଲେ, ଜୀବନ ବିପନ୍ନ । ତେଣୁ ବଧୂଟିର ଆମ୍ଭ କୋମଳ ନ ହୋଇ କଠୋର ହୋଇ ଉଠିଲେ ସେ ବଧୂ ପରି ଲାଗିବ ନାହିଁ । ବଧୂ ଅନ୍ତରରେ ଆନ୍ତରିକତା ନ ଥିଲେ, ସେ ସ୍ନେହୀ ସନ୍ତାନ ସୃଷ୍ଟିକରି ପାରିବ ନାହିଁ । ଭଗବାନ ଯାହାକୁ ସୃଜନଶୀଲତା ଦେଇଛନ୍ତି, ସେ ସହନଶୀଲତା ହେବା ଏକାନ୍ତ ଆବଶ୍ୟକ । ସେ ସୁଯୋଗ୍ୟ ସୁସମ୍ପନ୍ନା ହେବା ନିହାତି ଜରୁରୀ । ତେଣୁ ବଧୂଟି ଯେ ଅନ୍ୟ ସମସ୍ତଙ୍କଠାରୁ ପୃଥକ୍‌, ଅନ୍ୟ ସମସ୍ତଙ୍କଠାରୁ ମହାନ୍‌, ଏହା ବଧୂ ନିଜେ ହୃଦ୍‌ବୋଧ ହେବା ଜରୁରୀ । ସେ ପୃଥକ୍ ସଙ୍ଗେ ସମାନ ହେବାପାଇଁ, କନ୍ୟାଙ୍କ ସଙ୍ଗେ ସମାନ ହେବା ପାଇଁ ଇଚ୍ଛାପୋଷଣ କରିବା ସମ୍ପୂର୍ଣ୍ଣ ନିଷ୍ପ୍ରୟୋଜନ । ତା'ର ଆଦର୍ଶ, ତା'ର ଉନ୍ନତି ରୁଚିରେ ସେ ଯେଉଁ ସନ୍ତାନ ସୃଷ୍ଟି କରିବ, ସେଇ ସନ୍ତାନମାନଙ୍କ ଦ୍ୱାରା ହିଁ ବିଶ୍ୱ ସମୃଦ୍ଧ ହେବ । ମାଆଙ୍କ ଭୂମିକା ସେଟିକି ଗୁରୁତ୍ୱପୂର୍ଣ୍ଣ ବୋଲି, ତା'ର ସମ୍ମାନ ସେଥିଲାଗି ସ୍ୱତନ୍ତ୍ର ।

ପଲ୍ଲୀ ଆଜି ହତଶ୍ରୀ । ବଧୂ ଆଜି ସ୍ୱପ୍ନ । ଏହାର ଅଭାବରେ "ପଲ୍ଲୀବଧୂ" ପତ୍ରିକାର ଜୀବଦଶା ସହଜରେ ଅନୁମେୟ । ମୁମୂର୍ଷୁ ପ୍ରାୟ ଏଇ "ପଲ୍ଲୀବଧୂ"ର ଶୋଚନୀୟତା ପ୍ରତି ଦୃଷ୍ଟି ନ ଦେଇ, ଏଇ ଦିବ୍ୟ ଦୃଷ୍ଟିରେ ଦେଖିବା ପାଇଁ ମା' ଦୁର୍ଗାଙ୍କୁ ବିନମ୍ର ପ୍ରଣତି ଜଣାଇ ନେହୁରା ହେଉଛି, ପଲ୍ଲୀବଧୂଙ୍କୁ ସତେଜ ସୁନ୍ଦର କରନ୍ତୁ । ଲୋଭନୀୟ, ଆକର୍ଷଣୀୟ କରାନ୍ତୁ... ।

୦୦

ଯେ ଅଛୁଆଁ ଛୁଇଁ ଦେଲା

ବିସ୍ମିତ ହୋଇ ରୁହିଁ ରହିଛନ୍ତି ଅହଲ୍ୟା ସ୍ୱାମୀ ସଦାନନ୍ଦଜୀଙ୍କ ଆଡ଼େ... । ଇଏ କି ଆଶ୍ଚର୍ଯ୍ୟ ବାଣୀ ଶୁଣାଉଛନ୍ତି ଆଜି ସ୍ୱାମୀଜୀ... ? ଗୀତା, ଭାଗବତ, ବେଦ ଆଉ ବେଦାନ୍ତର ବହୁ ତଥ୍ୟ ସେ ଶୁଣିବାକୁ ପାଇଛନ୍ତି ଏଇ ସ୍ୱାମୀଜୀଙ୍କ ଠାରୁ... । ପ୍ରତିଟି ବାଣୀକୁ ସେ ଆକଣ୍ଠ ପାନ କରିଛନ୍ତି... । ଶ୍ରୀକୃଷ୍ଣଙ୍କର ବାଲ୍ୟ, କୈଶୋର ଆଉ ଯୌବନାବସ୍ଥାର ବହୁ କରୁଣ ମଧୁର ସୁନ୍ଦର ଉପାଖ୍ୟାନମାନ ଶୁଣିଛନ୍ତି ବିଭୋର ହୋଇ । କେତେ ନିର୍ଜନ ସକାଳ, କେତେ ନିରୋଳା ସନ୍ଧ୍ୟା ଆଉ କେତେ ଗଭୀର ରାତ୍ରିର ଆଲିଙ୍ଗନକୁ ଉପେକ୍ଷା କରିଦେଇ ସ୍ୱାମୀଜୀଙ୍କ ଆଦର୍ଶ ବାଣୀକୁ ମଧ୍ୟ ଶୁଣିଛନ୍ତି ଉତ୍କର୍ଷ ହୋଇ । ମାତ୍ର ଆଜିର ଏ ବାଣୀ ! ...ଅହଲ୍ୟାଙ୍କ ପାଇଁ ଏକ ଅଭିନବ ଦିଗର ଦର୍ଶନ ଯେମିତି... ।

ଅଶ୍ରୁସଜଳ ଦୁଇ ଆଖିର ପତାକୁ ଲୁଗା କାନିରେ ରୁପିଦେଇ, ବଡ଼ କରୁଣ ସ୍ୱରରେ ସ୍ୱାମୀଜୀଙ୍କୁ ପ୍ରଶ୍ନ ତୋଳିଲେ ଅହଲ୍ୟା, ଆଚ୍ଛା ସ୍ୱାମୀଜୀ ! ଆପଣ ଏ ଯେଉଁ ବାଣୀ ଶୁଣାଇଲେ, "ସନ୍ତାନ ଯେତେ ବଡ଼ ଭୁଲ୍ କଲେ ବି ମାଆ ତାକୁ କ୍ଷମା ଦେବା ଉଚିତ"... ଏହା କ'ଣ ଜୀବନ ପାଇଁ ବାସ୍ତବରେ ସତ୍ୟ... ? ମୁଁ କିନ୍ତୁ ଏଥିରେ ଆଦୌ ଏକମତ ନୁହେଁ ।

ଉପସ୍ଥିତ ଭକ୍ତବୃନ୍ଦ ସ୍ତବ୍ଧ ହୋଇଗଲେ । ସ୍ୱାମୀଜୀଙ୍କ ବାଣୀରେ ଯୁକ୍ତି... ? ଅହଲ୍ୟା ଆଜି କ'ଣ ପାଗଳି ହୋଇଗଲେ... ? ସ୍ୱାମୀଜୀଙ୍କ ବକ୍ତବ୍ୟକୁ ତ କେବେହେଲେ ଅହଲ୍ୟା ଅବମାନନା କରିନାହାନ୍ତି... । କ'ଣ ଆଜି ତାଙ୍କର ହେଲା... ? ଏଭଳି ବ୍ୟତିକ୍ରମ କାହିଁକି... ? ସମସ୍ତେ ଆଶ୍ଚର୍ଯ୍ୟ ଆଖିରେ ରୁହିଁ ରହିଲେ ଅହଲ୍ୟାଙ୍କୁ ।

ସ୍ୱାମୀଜୀଙ୍କ ସୌମ୍ୟ ବଦନରେ ମଧ୍ୟ ବିସ୍ମୟ ପରିସ୍ଫୁଟ ହେଲା । ଇଏ କି ବ୍ୟତିକ୍ରମ ଆଜି ଅହଲ୍ୟାଙ୍କର... ? ଅହଲ୍ୟା ତ ଅଜ୍ଞ ନୁହଁନ୍ତି... । ପ୍ରତିଟି

ଭକ୍ତଙ୍କ ଅପେକ୍ଷା ଅଧିକ ବୁଦ୍ଧି ତ ଅହଲ୍ୟାଙ୍କର । ତେଣୁ ଏ ବିଚକ୍ଷଣା ନାରୀଟିକୁ ସ୍ୱାମୀଜୀ ମତେ ମନେ ବେଶ୍ ଖାତିର କରନ୍ତି... ଆଜି କିନ୍ତୁ ବଡ଼ ଦ୍ୱନ୍ଦ୍ୱରେ ପଡ଼ିଛନ୍ତି ସ୍ୱାମୀଜୀ । ନାରୀ ହୋଇ ଅହଲ୍ୟା ଏଥିରେ ଏକମତ ନୁହଁନ୍ତି କେମିତି... ? କେମିତି ବୁଝାଇବେ ଏ ମାତୃଭାବର ଇଙ୍ଗିତଟିକୁ... ? ଆଶ୍ଚର୍ଯ୍ୟ ହୋଇ ପଡ଼ିଲେ ସ୍ୱାମୀଜୀ...

ବାସଲ୍ୟ ମମତାରେ ବି ଅହଲ୍ୟା ତ କୃପଣ ନୁହଁନ୍ତି । ସ୍ୱାମୀଜାଙ୍କର ଗୋଟାଏ ଗୋଟାଏ କ୍ଷୁଧିତ ମୁହୂର୍ତ୍ତରେ ଅହଲ୍ୟାଙ୍କ ହାତ ତିଆରି ପାୟସ୍ ଟିକକ କି ତୃପ୍ତି ଦିଏ... । ସ୍ୱାମୀଜୀ ଆଗ୍ରହରେ ଖାଉଥିବାର ଦେଖି, ଆଉ ଟିକିଏ, ଆଉ ଟିକିଏ କହି ଋମୁତ୍, ଋମୁତ୍ ଢାଲି ଚାଲନ୍ତି ଅହଲ୍ୟା... ତଥାପି ସ୍ୱାମୀଜାଙ୍କର ଖିରିପାତ୍ର ଶୂନ୍ୟ ହୋଇଯାଏ... । ମନେ ମନେ ଲଜିତ ହୁଅନ୍ତି ସ୍ୱାମୀଜୀ... । ପର ମୁହୂର୍ତ୍ତରେ ଭାବନ୍ତି, କେତେ ସ୍ନେହ; କେତେ ଶ୍ରଦ୍ଧା ଏ ନାରୀଟିର... ଆଃ । ୟାଙ୍କର କୋଳରେ ଜନ୍ମ ଲାଭ କରି ଥରଟିଏ ମାତ୍ର "ମାଆ" ବୋଲି ଡାକି ଦେଇଥିଲେ ଜୀବନ ସାର୍ଥକ ହୋଇଯାଇଥାନ୍ତା । ଅଥଚ ଏଇ ସନ୍ତାନବତ୍ସଲା ଜନନୀ ହୃଦୟରେ ସନ୍ତାନ ପ୍ରତି କ୍ଷମା ନାହିଁ... ? ଏହା କି ସମ୍ଭବ... ?

କି ଅଦ୍ଭୁତ ସତେ ଅହଲ୍ୟା ! ସନ୍ତାନ ପ୍ରତି ଅନ୍ତରେ କ୍ଷମା ନଥାଇ; ଏ ଆଶ୍ରମର ପରିଚାରିକା କାମକୁ କିପରି ବାଛି ନେଇଛନ୍ତି... ? ଓଳିଏ ନ ରାନ୍ଧିଲେ ମନ ତାଙ୍କର ଦୁଃଖରେ ବିଦୀର୍ଣ୍ଣ ହୋଇଯାଏ କିପରି...

ଆଖିରୁ ଲୁହ ପୋଛି ଅପର ଆଗରେ କୁହନ୍ତି, ଛିଃ... ଏ ନିଆଁଲଗା ଜ୍ୱରଟା କାହିଁକି ମୋତେ ସାଧୁଚି... କିପରି ଆଜି ସ୍ୱାମୀଜୀ ଖାଇଲେ... ? କିଏ ରାନ୍ଧିକରି ଦେଲା ଆଶ୍ରମବାସୀଙ୍କୁ... ? ସ୍ୱାମୀଜୀ ବି ଉପଲବ୍ଧ କରନ୍ତି ଅହଲ୍ୟାଙ୍କ ହାତରନ୍ଧାର ଅଭାବକୁ... ।

ଷାଠିଏ-ସତୁରି ବର୍ଷର ବୃଦ୍ଧା ଅହଲ୍ୟାଙ୍କ ଅନ୍ତର ଏଭଳି ଭାବେ ସ୍ନେହସିକ୍ତ ଯେ, ଆଖିରେ ଚଷମା ଲଗାଇ ରଉଳରୁ ଗୋଟି ଗୋଟି କରି ଧାନ ଖୁଦ ବାଛି ରଖନ୍ତି । ଚିକ୍ ଚିକ୍ ପିତଳ ଥାଲିରେ ସରୁ ଅନ୍ନ, ମେଞ୍ଚ ମେଞ୍ଚ ମୁଗ ଡାଲି, ଚେକା ଚେକା କଞ୍ଚା କଦଳୀ ଭଜା, ଅଗସ୍ତୀ ଶାଗ ରାନ୍ଧି ଯେତେବେଳେ ଅହଲ୍ୟା, ସ୍ୱାମୀଜାଙ୍କ ପାଖରେ ନେଇ ରଖନ୍ତି, ସହୃଦୟତାରେ ସ୍ୱାମୀଜାଙ୍କ ଅନ୍ତର ଉଦ୍‌ବେଳିତ

ହୋଇଉଠେ... । କୃତଜ୍ଞତାରେ ବିଭୋର ହୋଇପଡ଼ନ୍ତି ସେ... । ସେଇ ସ୍ୱାମୀଜୀ, ଅହଲ୍ୟାଙ୍କର ଏଇ ଉପସ୍ଥିତ ହୃଦୟ ନେଇ ବିସ୍ମିତ ଆଉ ବିବ୍ରତ ।

ଯାହାଙ୍କ ପାଖେ ଏଭଳି ଅନାବିଳ ପ୍ରେମ, ଆଶାତୀତ ଆନ୍ତରିକତା ଦେଖିବାକୁ ମିଳେ, ସେଇ କିପରି ନିଜର ମାତୃତ୍ୱ ପ୍ରତି ଚରମ ଅବହେଳା ପ୍ରଦର୍ଶନ କରୁଛନ୍ତି... ? ସତରେ ତା'ହେଲେ ସେ କ'ଣ ତାଙ୍କର ଅକ୍ଷମଣୀୟ ସନ୍ତାନକୁ କ୍ଷମା ଦେଇନାହାନ୍ତି... ? ସେ କ'ଣ ସତରେ ଏତେ ଦୂର ହୃଦୟହୀନା... ? ସ୍ୱାମୀଜୀଙ୍କ ମନରେ ବିସ୍ମୟ ଓ କୌତୂହଳ... । ନା... ଈଏ ତାଙ୍କ ପ୍ରକୃତ ମନର ପରିଚୟ ନୁହେଁ ।

ତେବେ କ'ଣ ଅହଲ୍ୟା ମାତୃତ୍ୱରୁ ବଞ୍ଚିତା... ?

ଭାବନାରେ ଅଟକି ଗଲେ ସ୍ୱାମୀଜୀ... । ଛିଃ... ଏଭଳି ଅସଙ୍ଗତ ଭାବନା କାହିଁକି ସ୍ପର୍ଶ କରୁଛି ମନକୁ... ? ଅବଶ୍ୟ ଅହଲ୍ୟାଙ୍କ ଅତୀତ ସ୍ୱାମୀଜୀଙ୍କୁ ଅଜଣା... । ଯଦିଓ ଏ ଆଶ୍ରମରେ ରହିବାର ଅନେକ ଦିନ ହୋଇଗଲାଣି... ତଥାପି ଥରଟିଏ ହେଲେ ସ୍ୱାମୀଜୀ ପଚରି ଦେଇ ନାହାନ୍ତି ଅହଲ୍ୟାଙ୍କୁ, ତୁମର ଘର କେଉଁଠି ମା... ? କେଉଁଠୁ ଆସିଚ ତୁମେ... ? କିଏ କିଏ ତୁମର ଅଛନ୍ତି ? ନାଁ-କିଛି ହେଲେ ବି ସେ ପ୍ରଶ୍ନ କରିନାହାନ୍ତି ତାଙ୍କୁ... । କେବଳ ପ୍ରଥମ ଦିନର ସେଇ । ଲୁହଧୁଆ ଦୁଇ ଆଖିର ରୂହାଣି ସ୍ୱାମୀଜୀଙ୍କୁ ବିହ୍ୱଳ କରି ପକାଇଚି ଆଜି ପର୍ଯ୍ୟନ୍ତ... । ଅବଶ୍ୟ ଏଭଳି ଜଣେ ଭକ୍ତଙ୍କୁ ପାଇ ସ୍ୱାମୀଜୀ ଆଜି ଗର୍ବିତ... । ମାତ୍ର...

ନାଁ... ନାଁ... ଆଉ ତାଙ୍କୁ ସନ୍ଦେହ କରାଯିବା ଠିକ୍ ହେଉନି... । ବଡ଼ ଉଦାସ ଆଖିରେ ରୁହିଁ ଦେଖିଲେ ସ୍ୱାମୀଜୀ, ସେଇମିତି ନିଷ୍କଳ ହୋଇ ଠିଆ ହୋଇ ରହିଛନ୍ତି ଅହଲ୍ୟା ଉତ୍ତର ପାଇବା ଆଶା ନେଇ...

କି ଉତ୍ତର ଦେବେ ସ୍ୱାମୀଜୀ... ? ଈଏ ତ କିଛି ଗୋଟାଏ ନିଗୂଢ଼ ତତ୍ତ୍ୱ ନୁହେଁ ଯେ, ବୁଦ୍ଧି ଖଟାଇ ସ୍ୱାମୀଜୀ ବୁଝାଇ ଦେବେ ପ୍ରାଞ୍ଜଳ ଭାବେ... । ଈଏ ତ ମାତୃତ୍ୱର ଉଷ୍ମ... । ୟାକୁ କ'ଣ ଭାଷା ସାହାଯ୍ୟରେ ବୁଝାଯାଇପାରେ... ?

ସ୍ୱାମୀଜୀଙ୍କ ନିରବତା ଆଉ ଅହଲ୍ୟାଙ୍କ ମନର ବ୍ୟତିକ୍ରମ ଦେଖି ସ୍ତବ୍ଧ ଭକ୍ତମଣ୍ଡଳି ଗୋଟି ଗୋଟି ହୋଇ ସେ ସ୍ଥାନରୁ ବିଦାୟ ନେଇ ଚାଲିଗଲେଣି ।

କେବଳ ଅଭିମାନରୁଦ୍ଧା ଅହଲ୍ୟା ଉତ୍ତର ପାଇବା ଆଶା ନେଇ ଏକାକୀ ଠିଆ ହୋଇ ରହିଛନ୍ତି ନିଶ୍ଚଳ ଭାବେ... । ସ୍ୱାମୀଜୀଙ୍କ ପ୍ରତିଟି ଉକ୍ତିକୁ ସେ ହୃଦୟ ଦେଇ ଗ୍ରହଣ କରିନେଉଥିଲେ... କିନ୍ତୁ ଆଜି ଏ ଉକ୍ତିରେ...

ସ୍ୱାମୀଜୀ ଦେଖିଲେ, ଆଉ ନିରବ ରହି ପରିସ୍ଥିତିକୁ ଅଧିକ ଗୁରୁଗମ୍ଭୀର କରିବା ଉଚିତ ନୁହେଁ । ଭୟବିଜଡ଼ିତ କଣ୍ଠରେ ସେ ପ୍ରଶ୍ନ ତୋଲିଲେ, ମା । ତମେ କ'ଣ ମାତୃତ୍ୱରୁ ବଞ୍ଚିତା... ?

ଦୁଇ ହାତରେ ପାପୁଲିକୁ ମୁହଁ ଉପରେ ଘୋପି ଦେଇ ଆକୁଳ ଶିଶୁ ପରି କାନ୍ଦି ଉଠିଲେ ଅହଲ୍ୟା... । ସେ କରୁଣ କାତର କ୍ରନ୍ଦନ ଧ୍ୱନି ସ୍ୱାମୀଜୀଙ୍କୁ ବିଚଳିତ କରି ପକାଇଲା... । ଛଅବର୍ଷର ଛୋଟ ଝିଅଟିଏ ଭଳି ଷାଠିଏ ବର୍ଷର ବୃଦ୍ଧା ଅହଲ୍ୟା କ୍ରନ୍ଦନରେ ଅଧୀର ହୋଇ ଉଠିଲେ । ବୋଧହୁଏ, ଏ ଅପ୍ରିୟ ସତ୍ୟ ପ୍ରଶ୍ନ କରିଦେଇ ଭୁଲ୍ କରିଦେଲେ ସ୍ୱାମୀଜୀ... । ଅପ୍ରିୟ ସତ୍ୟ କହିବା ନିର୍ବୋଧତା ହେଲେ ବି, ଉପାୟ କ'ଣ ? କ'ଣ କହି ବା ସେ ସାନ୍ତ୍ୱନା ଦେଇଥାଆନ୍ତେ... ? ମନୁଷ୍ୟକୁ ସାନ୍ତ୍ୱନା ଦେବା କ'ଣ ଏତେ ସହଜ ବ୍ୟାପାର... ?

କ୍ରନ୍ଦନରେ ଅସ୍ଥିର ହୋଇ ସଂଜ୍ଞାହୀନ ଭଳି ଲୋଟି ପଡ଼ିଛନ୍ତି ଅହଲ୍ୟା ଭୂମି ଉପରେ । ବଡ଼ କରୁଣ ଲାଗିଲା ଏ ପରିସ୍ଥିତି ସ୍ୱାମୀଜୀଙ୍କୁ... ।

ନିଜ ଆସନରୁ ଉଠି ଆସି ସ୍ୱାମୀଜୀ, ଅହଲ୍ୟାଙ୍କୁ ତୋଲି ଧରି କହିଲେ, ଉଠ ମା... । ମୁଁ ଆଜି ଆଦୌ ସକ୍ଷମ ହୋଇପାରୁନି ତୁମକୁ ବୁଝାଇବା ଲାଗି । ଏଥିଲାଗି ମୋତେ କ୍ଷମା ଦେଇ ତୁମେ ତୁନି ହୁଅ ମା...

ଆଃ... ସେ ସ୍ପର୍ଶ କେତେ ଆନ୍ତରିକତା'ର... ଅନୁଭବ ନକଲେ ଜାଣିବା କ'ଣ ସମ୍ଭବ ? ନିରୀହ ଗାଭୀଟିର ଆଖି ପରି ଅହଲ୍ୟାଙ୍କ ଦୁଇ ଆଖି ସ୍ଥିର ହୋଇଗଲା ସ୍ୱାମୀଜୀଙ୍କ ଆଖି ଉପରେ । ଅଭିମାନରୁଦ୍ଧି କଣ୍ଠରୁ ବାହାରି ଆସିଲା, "ଠିକ୍ ତୁମ ଭଳି ମୋର ବି ଏକ ପୁତ୍ର ଅଛି ସ୍ୱାମୀଜୀ..."

ମା... ଚମକି ଉଠିଲେ ସ୍ୱାମୀଜୀ, ବିସ୍ମୟ ତାଙ୍କର ଦି'ଗୁଣ ବଢ଼ି ଉଠିଲା । ଭାବନାଗୁଡ଼ିକ ଓଲଟ ପାଲଟ ହୋଇଗଲା । ଅନୁତାପଦଗ୍ଧ କଣ୍ଠରେ କହିଲେ ସ୍ୱାମୀଜୀ, ପୁତ୍ର ସନ୍ତାନର ଜନନୀ ହୋଇ ଏ ଆଶ୍ରମରେ...

ଆଶ୍ରୟପ୍ରାର୍ଥିନୀ ମୁଁ –

ଆଖିରୁ ଅଶ୍ରୁ ପୋଛିଲେ ଅହଲ୍ୟା । କିନ୍ତୁ ଅନ୍ତର ମନ୍ଥିତ କରି ବୋହି ପଡୁଛି ଆହୁରି କେତେ ବେଦନାର ଅଶ୍ରୁ... । ବିଗତ ଦିନର ସ୍ମୃତି ଯେମିତି କଣ୍ଟା ପରି ଫୋଡ଼ି ହୋଇଯାଉଛି ମନରେ । ନାଁ – ଏ ଅଶ୍ରୁ ଯେମିତି ଥମିବାର ନୁହେଁ ।

ସ୍ୱାମୀଜୀଙ୍କ ପାଇଁ ଏହା ଚରମ ବିସ୍ମୟ । ପ୍ରତିଟି କଥା ପଚାରି ଦେଇ ଅସଲ କଥାଟା ଜାଣିଦେବା ପାଇଁ ବ୍ୟଗ୍ର ହୋଇ ଉଠିଲେଣି ସ୍ୱାମୀଜୀ... । କିନ୍ତୁ ଯେ କ୍ରନ୍ଦନରତା । କ୍ରନ୍ଦନର ଆବେଗରେ ସେ ଭାଙ୍ଗି ପଡୁଛନ୍ତି ରହି... ରହି... ।

ନିରବ ବିସ୍ମୟରେ କେତୋଟି ମୁହୂର୍ତ କଟିଯିବା ପରେ ସ୍ୱାମୀଜୀ ଶୁଣିବାକୁ ପାଇଲେ ଭଙ୍ଗା ଭଙ୍ଗା କଣ୍ଠ ତୋଳି କାହାଣୀ ଆରମ୍ଭ କରିଦେଇଛନ୍ତି ଅହଲ୍ୟା... ।

“ବହୁ ଅତୀତରେ ସ୍ୱାମୀ ପୁତ୍ରର ଏକ ଛୋଟ ସଂସାର ଭିତରେ ବୁଢ଼ି ରହିଥିଲି ମୁଁ । ଗୋଟାଏ ଗୋଟାଏ ମଧୁର ଛନ୍ଦରେ ପ୍ରତିଟି ମୁହୂର୍ତ କଟି ଯାଉଥିଲା ଅତି ଆନନ୍ଦରେ । କିନ୍ତୁ ସ୍ୱାମୀଜୀ ! ମୋର ସେ ସୁଖକୁ ବୋଧହୁଏ ସହ୍ୟ କରିପାରିଲେନି ଈଶ୍ୱର । ଗୋଟାଏ ଶାନ୍ତ ସୁନ୍ଦର ସନ୍ଧ୍ୟା ହଠାତ୍ କରୁଣ ହୋଇ ଉଠିଲା ମୋ ପାଇଁ । କିଏ ଜଣେ ଆସି ଖବର ଦେଲା ଆକ୍‌ସିଡେଣ୍ଟରେ ମୃତ୍ୟୁ ଘଟିଛି ସ୍ୱାମୀଙ୍କର । ଉଦୟ ସୂର୍ଯ୍ୟ ଅସ୍ତମିତ ହୋଇଗଲେ ଚିରଦିନ ପାଇଁ । ସେଇ ଅନ୍ଧକାର ଭିତରେ ମତେ ସାରା ଜୀବନ କଟାଇବାକୁ ପଡ଼ିଲା ଏଇ ମାତ୍ର ପୁତ୍ରକୁ ଧରି ।

ଯନ୍ତ୍ରଚାଳିତ ପରି ଟିକେ ଚହଲିଗଲେ ସ୍ୱାମୀଜୀ, କିନ୍ତୁ ଅନୁଭବ କଲେ, ଖୁବ୍ ବେଗି ବେଗି ତାଙ୍କର ସଂଜ୍ଞା ଯେମିତି ଲୋପ ପାଇବାକୁ ଆରମ୍ଭ କରୁଚି । ତଥାପି ଶୁଣିବା ପାଇଁ ମନ ଉଦ୍‌ବେଗ, ଅସ୍ଥିର ।

ଅହଲ୍ୟା କହୁଛନ୍ତି, ସ୍ୱାମୀଜୀ ! ଏ କାହାଣୀ କେଉଁ ଆରବ୍ୟ ଦେଶର ରୋମାଞ୍ଚକର କାହାଣୀ ନୁହେଁ... କି କେଉଁ ରାଜପୁତ୍ରର ଘୋଡ଼ା ଚଢ଼ିଯିବା ବାଟରେ ରାଜକୁମାରୀ ସହିତ ଚୋରିଆଖି ମିଳନର କାହାଣୀ ଏ ନୁହେଁ । ଏ ମୋର ଦୁଃଖ, ନୈରାଶ୍ୟ ଆଉ ବେଦନାର ଗୁରୁଭାର ସମ୍ଭାଳି ନ ପାରିବାର କାହାଣୀ ।

ହୁଏତ ଏ କାହାଣୀ ଶୁଣାଇ ଦେଇ କେତେକାଂଶରେ ମୁଁ ଅସ୍ବସ୍ତି ଅନୁଭବ କରିବି । କିନ୍ତୁ ସ୍ବାମୀଜୀ ଦୁଃଖିନୀର ଏ ଦୁଃଖ କାହାଣୀ ଶୁଣିବାରେ ବିବ୍ରତ ହୋଇପଡ଼ିବେ ନାଇଁ ତ... ଆପଣ...?

ନାଇଁ ମା... ଏମିତି ଭାବନା ମନରେ ପୁରାଅନି । ତୁମେ ଯଦି କାହାଣୀ ଶୁଣାଇ ଅସ୍ବସ୍ତ ହେବ ମୁଁ କ'ଣ ଆଶ୍ବସ୍ତ ହେବି ନାହିଁ? ଭକ୍ତର ଗୁହାରି ଶୁଣି ଶୁଣି ଈଶ୍ବର କେବେ ବ୍ୟସ୍ତ ହୋଇ ପଡ଼ିବାର ଶୁଣିଛ ତୁମେ? କେହି ଅନୁଭବ କରିଛି ତାଙ୍କ ବିବ୍ରତତା ? ଆମେ ତ ଛାର ମଣିଷ ମାତ୍ର... ଦୁଃଖ ତ ଆମମାନଙ୍କର ଚିର ସାଥୀ... ଯାକୁ ନ ଶୁଣିବାର ଅବମାନନା ସମ୍ଭବ ନୁହେଁ ମା'...

ଭାବ ଗମ୍ଭୀରା ଅହଲ୍ୟା ପୂର୍ବପରି କହି ଚାଲିଲେ, ଅଭାବ, ଅନାଟନ, ଦାରିଦ୍ର୍ୟ ଭିତରେ ବଞ୍ଚିବା ପାଇଁ ଏକମାତ୍ର ଆଲୋକବର୍ତ୍ତିକା ମୋର ଦୀପୁ.... । ଭଲ ନାଁ ତା'ର ପ୍ରଦୀପ । ସେଇ ପ୍ରଦୀପର ଶିଖା ତେଜି ତେଜି ଗୋଟିଏ ଶାନ୍ତ ସରଳ ଯୋଗ୍ୟ ପୁତ୍ର ହୋଇ ବାହାରିଲା ଦୀପୁ । ଡାକ୍ତରୀ ପାଶ୍ କରି ବିଦେଶକୁ ଯିବା ପାଇଁ ମନୋନୀତ ହେଲା ସେ.... ।

ଡାକ୍ତର....? ସ୍ବାମୀଜୀଙ୍କ ମନରେ ବିସ୍ମୟର ଏକ ନୂଆ ଆନନ୍ଦ । ଉତ୍କର୍ଷ ହୋଇ ଶୁଣିବାକୁ ଲାଗିଲେ ସ୍ବାମୀଜୀ ।

ସ୍ବପ୍ନାତ୍ଥବା ପରି ଚାହିଁ ରହିଛନ୍ତି ଅହଲ୍ୟା ମୁକ୍ତ ପ୍ରାଙ୍ଗଣ ଆଡ଼େ... ରାତ୍ରି ନିବିଡ଼ ହୋଇ ଆସିଲାଣି । ଆଶ୍ରମବାସୀ ଭୋଜନାଦି ସାରି ଗଭୀର ନିଦ୍ରାରେ ନିଦ୍ରା ଗଲେଣି । ଏ ସ୍ବାର୍ଥପର ଦୁନିଆରେ କିଏ କାହାର ଦୁଃଖ ଶୁଣିବା ପାଇଁ ଉଦ୍‌ବେଗ ହେଉଛି...? କିଏ ଅନୁଭବ କରୁଚି କାହାର ଦୟା ଏଇ କାମ, କ୍ରୋଧ, ମୋହରୁ ମୁକ୍ତି ପାଇବା ପାଇଁ ତ ଦଉଡ଼ି ଆସିଛନ୍ତି ଏ ଆଶ୍ରମକୁ । ସେମାନେ କାହିଁକି ଜାଣିବେ ଯେ, ଏ ଆଶ୍ରମରେ ବି ଦୁଃଖ ଶୋକାଦିର ସମ୍ମୁଖୀନ ହେବାକୁ ହୁଏ ବୋଲି?

ମା... ସ୍ବାମୀଜୀଙ୍କ ହାଲୁକା ଡାକରେ ସଚକିତ ହୋଇ ଉଠିଲେ ଅହଲ୍ୟା... । ଯେମିତି କାହାର ଆଘାତ ପାଇ ତାଙ୍କ କଳ୍ପନାର କାଚଘରଟା ଚୂନା ହୋଇଗଲା... ଅନ୍ୟ ମନସ୍କତା କାଟି ପୁଣି କାହାଣୀର ଖିଅ ଧରିଲେ ଅହଲ୍ୟା...

ସ୍ୱାମୀଜୀ ! ବିଦେଶକୁ ଛାଡ଼ିବା ପାଇଁ ମୋର ଆଦୌ ଇଚ୍ଛା ନ ଥାଏ । ଦୀପୁର ଦୀର୍ଘ ଅନୁପସ୍ଥିତି ମୋତେ କେତେ ଯନ୍ତ୍ରଣାଦାୟକ ଆପଣ ନିଶ୍ଚୟ ଅନୁଭବ କରୁଥିବେ । କିନ୍ତୁ ତା' ତ ଆଉ କରାଯାଏନା ବିଦେଶକୁ ଯିବା ଦିନ ତା' ମୁଣ୍ଡରେ ଚନ୍ଦନର ଟିପା ପିନ୍ଧାଇ ଦେଇ କହିଥିଲି, ବାପା ! ଏ ଟିପା କେବଳ ବିଜୟର ଟିପା ନୁହେଁ... ଏ ଟିପା ହେଉଚି ପୁଣ୍ୟର ଟିପା... । ତୁ ଭାବେ ନା ଯେ ବିଦେଶକୁ ଯାଇ ଗୋରୁମାଂସ ଖାଇ ଜାତି ହରାଇବା ପାଇଁ ମୁଁ ଡରୁଚି ବୋଲି । ସେ ଭୟ ମୋର ନାହିଁ । କାରଣ ତୁ ନିରାମିଷାଶୀ । କିନ୍ତୁ ଗୋଟିଏ କଥାକୁ ମୋର ଖୁବ୍ ଭୟ, ସେଇଟି ହେଲା ଚରିତ୍ର... । ସେ ଦେଶର ଝିଅଗୁଡ଼ାକ ବାପା ବଡ଼ ଡାହାଣୀ । ଦେହର ଡାହାଣୀ ରଙ୍ଗ ଆଉ ମିଠାକଥା କହି ଭୁଲାଇ ଦିଅନ୍ତି ଆମ ଦେଶର ପୁଅମାନଙ୍କୁ.... । ତୁ ବାପା ସେ ଖସଡ଼ାରେ ଯାଇ ଗୋଡ଼ ଖସାଇ ଦେବୁ ନାଇଁ ତ...?

ଦୀପୁ ଚକ୍ଷୁର "ନାଇଁ" ବୋଲି ସୂଚେଇ ଦେଉଥିବା ସେଇ ନିରୀହ ଡୋଲା ଦୁଇଟି ଏବେ ବି ମୋ ମନକୁ ସଙ୍କୁଚିତ କରି ପକାଉଛି କିନ୍ତୁ ସ୍ୱାମୀଜୀ...

ଆଉ କହିପାରିଲେ ନାଇଁ ଅହଲ୍ୟା... । କିନ୍ତୁ ଏତିକିରେ ରହିଗଲେ ମନରେ କି ଶାନ୍ତି ଆସୁଛି ? ସ୍ୱାମୀଜୀଙ୍କୁ କି ଜଣାଇ ହେଉଚି ତାଙ୍କ ଆଦର୍ଶବାଣୀର ବିଫଳତା କିପରି ମୋ ଜୀବନରେ... । କିପରି ଅକ୍ଷମ ହୋଇଛି ପୁତ୍ରକୁ କ୍ଷମା ଦେବା ପାଇଁ.... । ଏ ଭଲି ଭୁଲକୁ କ'ଣ କ୍ଷମା ଦିଆ ଯାଇପାରେ ସ୍ୱାମୀଜୀ...? କୁହନ୍ତୁ ମା... କିଛି ବ୍ୟକ୍ତ ନ କରି ଏତିକି ବେଳୁ ଏମିତି ଅଧୈର୍ଯ୍ୟ ହୋଇ ଉଠୁଛନ୍ତି...?

ସ୍ୱାମୀଜୀ ! ଦୀପୁର ସେ ଛୋଟ ଚିଠି ଖଣ୍ଡିକ ମୋ ମନରେ କେତେ ଯେ ଆନନ୍ଦ ଭରି ଦେଇଥିଲା... କିପରି ବ୍ୟକ୍ତ କରି ବି ଆପଣଙ୍କୁ.... ? ଦୀପୁ ଆସୁଚି.... ଦୀପୁ ଫେରି ଆସୁଚି ପୁଣି ମୋରି କୋଲକୁ... । ସେ' ଦିନଟି ଯାକ ଆନନ୍ଦରେ ମୋ ଗୋଡ଼ ଲାଗୁ ନ ଥାଏ ତଳେ... । ଏତେ ଆନନ୍ଦ ଜୀବନରେ କେବେ ଅନୁଭବ କରି ନ ଥିଲି ମୁଁ । କିନ୍ତୁ ହାୟ ! ସେ ଆନନ୍ଦ ଭିତରେ ଏତେ ଦୁଃଖ ଛପି ରହିଥିଲା ବୋଲି... ଜାଣି ଥିଲା କିଏ...?

ସନ୍ଧ୍ୟା ନଇଁ ଆସୁଥାଏ... ମୁଁ ତର ତର ହୋଇ ଚଉଁରା ମୂଳେ ସଞ୍ଝ ଦେବା ପାଇଁ ଉଦ୍ୟତ ହେଉଛି, ଦୀପୁ ଆସି ମୋ ଗୋଡ଼ ଛୁଇଁ ପ୍ରଣାମ କଲା... ମୁଁ ତାକୁ ତଳୁ ଉଠାଇ ନେଇ ଆଲିଙ୍ଗନ ଧରିଲା ବେଳେ ଦେଖିଲି ପଛ ପାଖେ ତା'ର ଜଣେ ବିଦେଶିନୀ ସୁନ୍ଦରୀ ତରୁଣୀ... । ମୋତେ ଚାହିଁ ଦେଇ ମୃଦୁ ହସି ସେ ଯାହା ବ୍ୟକ୍ତ କଲା ମତେ, ତା' ଭାଷାରେ ସେଥିରୁ ମୁଁ ଯାହା ବୁଝିଲି, ସେ କହୁଛି, "ତମେ ମତେ ଚିହ୍ନି ପାରୁନ...? ଅଥଚ ମୁଁ ତୁମର ବୋହୂ ହୋଇଆସିଚି... ଦୟାକରି ମତେ ସ୍ୱାଗତ କର ମାଆ"...

ସ୍ୱାମୀଜୀ । ସେ ମମତାସିକ୍ତ ଭାଷା ଏବେ ବି ମୋ ହୃଦୟକୁ ସ୍ପର୍ଶ କରୁଛି ବାରମ୍ବାର । କିନ୍ତୁ ଶରୀରକୁ ତା'ର ସ୍ପର୍ଶ କରି ପାରିଲିନି ମୁଁ... । ଅବଗୁଣ୍ଠନ ଟାଣି ଦେଇ ବୋହୂ ବୋଲି ଆଲିଙ୍ଗନ ଧରି ପାରିଲିନି ତାକୁ... । ନିରବରେ ବୋହି ଚାଲିଥାଏ ଆଖିରୁ ଅଜସ୍ର ଅଶ୍ରୁ.... ।

ମୋ କାନ୍ଦ ଦେଖି ସେ ବିସ୍ମିତ ହେବା ସ୍ୱାଭାବିକ... । ତା' ଭାଷାରେ ମତେ ବାରମ୍ବାର ବାରଣ କରୁଥାଏ ନ କାନ୍ଦିବା ପାଇଁ... । କିନ୍ତୁ ସ୍ୱାମୀଜୀ ! ସେ କ'ଣ କାନ୍ଦ...? ମନକୁ ସାନ୍ତ୍ୱନା ଦେଇ ନ ପାରିବାର ଅପାରଗତା ସେ... । କେମିତି ସାନ୍ତ୍ୱନା ଦେବି କୁହନ୍ତୁ ଭଲା... ମୁଁ କ'ଣ ଜାଣିଥିଲି, ଦୀପୁ ସବୁ ଜାଣି କରି ବି ଏଡ଼େ ବଡ଼ ଭୁଲ କରି ବସିବ ବୋଲି...? କେତେ ଆଶା କରିଥିଲି, ବୋହୂଟିଏ ଆସିଲେ, ମତେ ରାନ୍ଧି କରି ଗଣ୍ଡେ ଦେବ ବୋଲି । ନିଜେ ରାନ୍ଧି ବାଢ଼ି ଖାଇବାରେ ଯେଉଁ ବିରକ୍ତି... କିନ୍ତୁ ସ୍ୱାମୀଜୀ ! ସେଇ ବିରକ୍ତି ମୋର ଚିର ସାଥୀ ହୋଇ ରହିଲା... ।

ଦୁଃଖ, ହତାଶା, ଘୃଣା ଆଉ କ୍ଷୋଭରେ ପଥର ପାଲଟିଗଲି ମୁଁ । ଦୀପୁର ବ୍ୟସ୍ତତା, ବୋହୂର ବ୍ୟାକୁଳତା ଶୁଣିବା ପାଇଁ ଓ ଦେଖିବା ପାଇଁ ଧୈର୍ଯ୍ୟ ରହିଲାନି ମୋର... । ଅନୁଭବ କଲି ଦେହରେ ମୋର ପ୍ରଚୁର ତାତି... ଯନ୍ତ୍ରଣାରେ ଛାତିଟା ଯେମିତି ଫାଟିଯାଉଚି.... ମୃତ୍ୟୁର ଯେମିତି ପୂର୍ବ ମୁହୂର୍ତ ଏଇଟା.... ।

ସକାଳର ଆଲୁଅରେ ଆଖି ଖୋଲି ଦେଖିଲି, ଶଯ୍ୟା ଧାରରେ ବସି ରହିଚି ଦୀପୁ... । କମ୍ପିତ ହସ୍ତରେ କ'ଣ ଗୋଟାଏ ଔଷଧ ଧରି ପିଇବା ପାଇଁ ମତେ

ନିବେଦନ କରୁଚି ବୋହୂ... । (ବୋହୂ ବୋଲି ଉଚ୍ଚାରଣ କରିବାରେ ମତେ ଘୃଣା ଲାଗୁଚି ସ୍ୱାମୀଜୀ...) ଉପାୟଶୂନ୍ୟ ଭାବେ ମୁଁ ଚୁପ୍ ଚୁପ୍ ଆଖି ଦୁଇଟିକୁ ବନ୍ଦ କରିଆଣିଲି । କିନ୍ତୁ କାନକୁ ତ ବନ୍ଦ କରିବାର ଉପାୟ ନାଇଁ । ଦୀପୁ ମୋତେ ବୁଝାଇବାରେ ଲାଗିଚି.... "ତୁ ବ୍ୟସ୍ତ ହୁଅନା ବୋଉ... ମୁଁ ଯାହା କହୁଚି ଶୁଣ... ଏ ଝିଅଟିକୁ ଅୟଥା ଦୋଷ ଦେଇ ତୋ ସ୍ନେହରୁ ବଞ୍ଚିତ କରନା ତାକୁ... । ତୋ'ର ସ୍ନେହ ଶ୍ରଦ୍ଧା ଶୁଣି ଶୁଣି ମୋଠାରୁ ସେ କେତେ ଆଶାୟୀ ହୋଇ ଆସିଥିଲା... । କିନ୍ତୁ କାଲିର ବ୍ୟବହାରରେ ସେ ଏକବାରେ ଆଶ୍ଚର୍ଯ୍ୟ... । ମୁଁ ତାକୁ ଭୁଲାଇ ରଖିଚି ଯେ, ବୋଉର ଏମିତି ବେଳେ ବେଳେ ମୁଣ୍ଡ କ'ଣ ହୋଇଯାଏ... ଏବଂ ଏ ରୋଗ ତା'ର ବହୁ ଦିନର... ବାପା ଚାଲିଯିବାର ପରଠାରୁ... । ମୋ କଥା ଶୁଣି, ଭୁଲି ଯାଇ ଚୁପ୍ ରହିବା ଝିଅ ନୁହେଁ ସେ... ସାରା ରାତ୍ରି ଅନିଦ୍ରା ରହି ରୋଗର ଉପଶମ ପାଇଁ ବହି ପଢ଼ି ପଢ଼ି ଔଷଧ ଯୋଗାଡ଼ କରି କହୁଚି, "ତମେ ମାଆଙ୍କର ରୋଗ ଭଲ କରିପାରିନା... ଅଥଚ ଅପରର ରୋଗ ଭଲ କରିବା ପାଇଁ ବିଶେଷ ଯୋଗ୍ୟତା ହାସଲ କରିବାକୁ ବିଦେଶ ଚାଲିଗଲ..." ଛି... ଛି... କି ଅନ୍ୟାୟ କଥା ଏ... ବୋଉ ! ଏଭଳି ଗୋଟିଏ ଝିଅ ପାଇ ମନରେ ତୋ'ର ଦୟା ଆସୁନି ଟିକେ...? ଦେଖ୍‌ଲୁ କେଡ଼େ ଭଲ ଝିଅଟିଏ ଏ... । ଔଷଧ ଧରି ସେଇମିତି ଠିଆ ହୋଇରହିଚି... । ଏମିତି ଠିଆ ହୋଇ ରହିଥିଲା ମାସ ମାସ ଧରି ମୋ ପାଇଁ ଗୋଟାଏ ଦୁର୍ଘଟଣାର ସମ୍ମୁଖୀନ ହୋଇ ଜୀବନ ହରାଉଥିବା ବେଳେ, ଏ ଝିଅଟିର ସହାୟତାରେ ଜୀବନ ଫେରିପାଇଲି ମୁଁ । ତା'ର ସେଇ ସେବା, ଆନ୍ତରିକତା ମୁଗ୍ଧ କଲା ମତେ । ଆରୋଗ୍ୟ ହେବାପରେ ବି ତାକୁ ଛାଡ଼ି ଦେଇ ମୁଁ ଏକାକୀ ଚଲିବା ସମ୍ଭବ ହେଲାନି ଆଉ ।

ଦିନେ ଭାବିଲି, ପ୍ରତିଦିନ ଏମିତି ଜଳିପୋଡ଼ି ମରିବା ଅପେକ୍ଷା ବିବାହ କରିଦେଲେ କ୍ଷତି କ'ଣ ହୁଅନ୍ତା...? ତୋ କଥା ବି ମୋର ମନେପଡ଼ିଲା... । ବିଶ୍ୱାସ କର ବୋଉ । ଏ ଝିଅ ଆଦୌ ଡାହାଣୀ ନୁହେଁ... । ବରଂ ତା'ର ଆଦର୍ଶରେ ଅଭିଭୂତ ହୋଇ ପୁଅ ତୋ'ର ଡାହାଣା ପାଲଟିଗଲା । ତୋ'ର ସେବା ଶୁଶ୍ରୂଷାରେ କିଛି ହେଲେ ଅଭାବ ହେବନି ବୋଉ । ଠିକ୍‌ ତୋ'ରି ପୁଅ ଭଲି ସେ ବି ଗୋଟିଏ ଡାକ୍ତର । ମୋ ଠାରୁ ତା'ର ଯୋଗ୍ୟତା ଆହୁରି ବେଶୀ । ତୋ'ର ମନଲାଖ

ଗୋଟିଏ ବୋହୂ ନେଇ ତତେ ଅବାକ୍ କରାଇ ଦେବି ବୋଲି ଭାବିଥିଲି । କିନ୍ତୁ ବୋଉ ତୁ ମତେ ଅବାକ୍ କରାଇଦେଲୁ ।”

ଆଉ । ଆହତ ଅଭିମାନରେ ମୁହଁ ଫେରାଇ ଆଣିଲି । ମୁଁ କି ଚପଳ ଶିଶୁ । ଆଦର୍ଶ ଶୁଣି ଶୁଣି ନିଜ ଉପରୁ ବିଶ୍ୱାସ ହରାଇବି ? ପ୍ରତ୍ୟେକ ମଣିଷ ଏକ ହେଲେ ବି, ଧର୍ମର ତ ପୁଣି ଗୋଟାଏ ତଫାତ୍ ଅଛି । କାହାକୁ କିଛି ନ କହି ଦିଅଁ ଗଣ୍ଡାକ ଧରି ଉପର ଖଣ୍ଡାକୁ ଚାଲିଆସିଲି ।

ଅନ୍ତର ମନ୍ଥିତ କରି ବୋହି ଚାଲିଥାଏ, ଅନବରତ ବେଦନାର ଅଶ୍ରୁ । ଯାହାକୁ ସହାୟ କରି ମୁଁ ଏ ପର୍ଯ୍ୟନ୍ତ ବଞ୍ଚି ଆସିଥିଲି । ତାକୁଇ ପର ପରିଦେଇ ନିଃସହାୟ ହୋଇଗଲି । ସେ ପରିବେଶ, ସେ ପୁଅ ବୋହୂ ମତେ ସମ୍ପୂର୍ଣ୍ଣ ଅପବିତ୍ର ମନେହେଲା । ସେଠାରେ ଆଉ ଦିଅଁଙ୍କର ସ୍ଥାନ କାଇଁ ? ନିଜର ପୁଅବୋହୂ ବୋଲି ନିଜର ଧର୍ମକୁ ତ ବୁଡ଼ାଇ ଦେବିନି ।

ପ୍ରତିଟି ଦିନ, ପ୍ରତିଟି ମୁହୂର୍ତ୍ତ, ଦୁଃଖ ଯନ୍ତ୍ରଣା ଆଉ ହତାଶା ଭିତରେ ଗତି କରୁଥାଏ । ବାହାର ଲୋକଙ୍କୁ ମୁହଁ ଦେଖାଇବା ପାଇଁ ଆଉ ମୁହଁ ନଥାଏ ମୋର । କିନ୍ତୁ କିଏ କୋଉ ବାଟରେ ଆସି କହି ଦେଇଯାଏ ମୋତେ, “ସକାଳେ ଆଉ ଦୀପୁବାବୁ ପରଟା ସନ୍ତୁଲା ଖାଉନାହାନ୍ତି । ଖାଉଛନ୍ତି, ଅଣ୍ଡା ଆଉ ପାଉଁରୁଟି” । ଆଉ କିଏ କୁହେ ଆସି, “ସାଆନ୍ତାଣୀ ! ଗାଆଁଟା ଯାକରେ ଆଉ ଗୋଟିଏ କୁକୁଡ଼ା ଅଛି ? ସବୁ ତମ ବୋହୂ ସାଆନ୍ତାଣୀଙ୍କ ପେଟରେ । ଯାକୁ ଶୁଣି ଦେଇ ଘୃଣାରେ ମୋ ନାସିକା କୁଞ୍ଚନ ହୋଇଉଠେ । କିନ୍ତୁ ଉପାୟ କ’ଣ ?

ଏଇ ଘରର ଆରପଟେ ଆନନ୍ଦର ହରିଲୁଟ୍ ଚାଲିଚି । ଏପଟେ ଚାଲିଚି ଦୁଃଖର କିଣା ବିକା । ଦୀପୁକୁ ସମର୍ଥନା ଦେବା ପାଇଁ କେତେ ସଭା ସମିତି ଉସ୍ୱବ, କୃତଜ୍ଞତା ଜ୍ଞାପନ । କିନ୍ତୁ ସ୍ୱାମୀଜୀ ! ମୁଁ ? ମୁଁ ?

ମୁଁ ସେଇ ବିଧବା ବ୍ରାହ୍ମଣୀ । ନିଃସ୍ୱ । ଗାଁର ଗୋଟାଏ ମର୍ଯ୍ୟାଦାବିହୀନ ବୃଦ୍ଧା । ଯାହା ଆଖିର ଅଶ୍ରୁରେ ମୂଲ୍ୟ ନାଇଁ । ଯାହାର ତ୍ୟାଗ ପାଇଁ କେହି ହୃଦୟ ଦେଇ ଅନୁଭବ କରିବାର ନୁହେଁ । ନିଜକୁ ଏକାଟିଆ ଭାବେ ବଞ୍ଚାଇ ରଖିବାର କି ମର୍ମ ବେଦନା ।

କେଉଁ ଦିନ, ଦିନ ଯାକରେ ଥରେ, କେଉଁ ଦିନ କିଛି ବି ନୁହେଁ । ନ ଖାଇ ନ ଖାଇ କ୍ଷୀଣରୁ କ୍ଷୀଣତର ହେଲି କ୍ରମେ । କିନ୍ତୁ କ'ଣ ତା'ର ମୂଲ୍ୟ... ? ସେଥିରେ ଶାନ୍ତି ତ ମିଳିଲାନି ବରଂ କ୍ଲାନ୍ତି ବଢ଼ି ଉଠିଲା ଅଧିକ... ।

ପୁଅ ବୋହୂ କିନ୍ତୁ ଦିନେ ହେଲେ ମତେ ଅବହେଲା କରନ୍ତି ନାଇଁ । ଦୀପୁ ମୋ ପାଖେ ବସି ବସି କୁହେ, ବୋଉ ! ଏ ଅପରାଧକୁ ମତେ କ୍ଷମା ନ ଦେଇ ଅଭିଶାପ ଦେଉଛୁ... । ଦୁଃଖରେ ମୋ ଅନ୍ତର ତରଳି ପଡ଼େ ପଛେ ମନକୁ ବଦଳାଇ ପାରେନା ଆଦୌ ।

ବୋହୂ ତା' ଭାଷାରେ ନମ୍ରତା'ର ସହିତ କୁହେ, ଅଛୁତକନ୍ୟା ବୋଲି ମୁଁ ତୁମକୁ ରାନ୍ଧିକରି ସିନା ଦେବିନି ଖାଇବାକୁ, କିଏ ଏ ଫଳ, ପିଜୁଳି... ସେଓ... ବାନାନାରେ ତ କିଛି କ୍ଷତି ନାଇଁ... । ହିନ୍ଦୁ ଗ୍ରନ୍ଥରୁ ପଢ଼ିଛି ମୁଁ, ତମ ରାମଚନ୍ଦ୍ର, ଜାତିହୀନ ଶବରୁଣୀଠାରୁ କୁଆଡ଼େ ଅଇଁଠା ଫଳ ଖାଉଥିଲେ... ।

ତା' କଥା ଶୁଣି ମୋ ବେଦନାକ୍ତ ଅଧର ପ୍ରାନ୍ତରେ ଧାରେ ହସ ଲୋଟିଯାଏ... । କିନ୍ତୁ ହାତ ବଢ଼ାଇ ତା' ହାତରୁ ଫଳର ପ୍ଲେଟ୍ ନେଇ ଆସିପାରେନି । କିଏ ଯେମିତି ମତେ ବାରଣ କରେ, ଏ ମିଠା କଥାରେ ଭୁଲିଯାଆନା– ଆମ ଦେଶର ଶବର ସଙ୍ଗେ କ'ଣ ସେମାନେ ତୁଳନାର ଯୋଗ୍ୟ... ?

କିଛି ଦିନର ବ୍ୟବଧାନ ପରେ, ଦୁଆରେ ଆସି ଥୁଆ ହୁଏ ଗୋଟିଏ ଗାଡ଼ି... । ଏବଂ ସେଇ ଗାଡ଼ିରେ ପୁଅ ବୋହୂ ମିଶି ଡାକ୍ତରଖାନା ଯାଆନ୍ତି... । ଉଭୟ ଡାକ୍ତର... । ଚାକିରି କରିବାରେ ଆଶ୍ଚର୍ଯ୍ୟ ହେବାର କ'ଣ ଅଛି ? ଆଜି କାଲି ତ ଘର ଛାଡ଼ି ବାହାରେ ଚାକିରି କରିବାରେ ଅଧିକ ଗୌରବ ।

ମୁଁ ଆଢ଼େଇ ହୋଇ ରହିଗଲି ସେମିତି ।

ବର୍ଷକର ବ୍ୟବଧାନ ପରେ, ଗୋଟାଏ ଶାନ୍ତ ଅପରାହ୍ନରେ ଘରକୁ ସୁନ୍ଦର କରି ଜନ୍ମ ନେଲା ଏକ ପୁତ୍ର ସନ୍ତାନ । ସ୍ୱାମୀଜୀ ! ସେ'ଦିନ ମୋର କି ସୁଖର ଦିନ ।

ଇତସ୍ତତଃ ହୋଇ ଉଠିଲେ ସ୍ୱାମୀଜୀ । ସନ୍ୟାସୀ ହେଲେ ବି ସଂସାରର ଆନନ୍ଦକୁ ଉପଲବ୍ଧ କରିବା ପାଇଁ କ'ଣ ସେମାନେ ଅକ୍ଷମ.... ? ଆନନ୍ଦରେ ଉଜ୍ଜ୍ୱଳି ଉଠିଲା ସ୍ୱାମୀଜୀଙ୍କ ସୌମ୍ୟ ବଦନ.... ।

କିନ୍ତୁ ସ୍ୱାମୀଜୀ ! ମୋର ଦୁଇ ଆଖିରୁ ବୋହି ଚାଲୁଥାଏ ଶ୍ରାବଣର ଧାରା… ।

ଏଥର, ଆଶ୍ଚର୍ଯ୍ୟର ସୀମା ଟପିଲେ ସ୍ୱାମୀଜୀ । "ତମେ କ'ଣ ସତରେ ଅଦ୍‌ଭୁତ ମା… ? ଏତେ ଆନନ୍ଦ ଭିତରେ ଆଖିରେ ତମର ଅଶ୍ରୁ… ? କାହିଁକି… ?

– ମୁଁ ତ ତାଙ୍କୁ ସ୍ପର୍ଶ କରି ପାରିବନି… ।

ସ୍ୱାମୀଜୀଙ୍କ ମନ, ଦୁଃଖରେ ଭାରାକ୍ରାନ୍ତ ହୋଇଉଠିଲା । କିଛି କହି ନ ପାରି ନିରବ-ବିସ୍ମୟରେ ଚାହିଁ ରହିଲେ କେବଳ…

କିଛିଦିନ ପରେ, ବୋହୂ ଡାକ୍ତରଖାନା ଯିବା ପାଇଁ ନାତିର ଦାୟିତ୍ୱ ନେବାକୁ ମତେ ଅନୁରୋଧ କଲା ଦୀପ… । ମୁଁ ତାକୁ ଛୁଇଁବି ନାଇଁ ବୋଲି ଦୀପୁକୁ ମୁହଁ ଖୋଲି କୁହା ଯାଇପାରେନା । ଏ କଥା ତ ଆଉ ସମ୍ଭବ ନୁହେଁ । ମୁଁ ତାକୁ ବୁଝାଇବା ଢଙ୍ଗରେ କହିଲି; ଦେଖ ବାପା । ମୁଁ ତ ବୁଢ଼ୀ ହେଲିଣି… ପିଲାକୁ ସମ୍ଭାଳି ପାରିବାର ଶକ୍ତି କାଇଁ ଆଉ… ?

ମୋ ଅଭିମାନକୁ ଭ୍ରୁକ୍ଷେପ ନ କରି ଘରକୁ ଆଣିଲେ ଆୟା… । ସେବା ଶୁଶ୍ରୁଷାରେ ହେଲା ନାଇଁ । ପିଲାକୁ ଆଦର ଯତ୍ନରେ ବି ଅଭାବ ନାଇଁ । ମାତ୍ର ତା'ର ଗୋଟିଏ ବଦ୍‌ଗୁଣ ଥାଏ, ଦ୍ୱିପ୍ରହରେ ଘଣ୍ଟାଏ ଦେଢ଼ ଘଣ୍ଟା ପାଇଁ ଯାଏ ସେ ତା'ର ସ୍ୱାମୀ ପାଖକୁ… । ମନା କରିବାର ଉପାୟ ନାଇଁ ମୋର । ସ୍ୱାମୀ ତା'ର ପକ୍ଷାଘାତ ରୋଗୀ । ସେଇ ସମୟରେ ହିଁ ସେ ଖାଏ… । ତା'ର ଅନୁପସ୍ଥିତିରେ ସେଇ ଘଣ୍ଟାଏ ଦେଢ଼ଘଣ୍ଟା ମତେ ପିଲାର ଦାୟିତ୍ୱ ବହନ କରିବାକୁ ପଡ଼େ… । ମାତ୍ର କେବେ ହେଲେ ଥରେ ତାକୁ ଧରି ପକାଇବା ପାଇଁ ଦରକାର ପଡ଼େନି । ସେ ଶୋଇଥିବା ଅବସ୍ଥାରେ ଯାଇ, ପୁଣି ଫେରି ଆସେ ସେଇ ଶୋଇବା ଅବସ୍ଥାରେ । ମାତ୍ର ଗୋଟାଏ ଦିନ…

ଚମକି ପଡ଼ିଲେ ସ୍ୱାମୀଜୀ ! "କ'ଣ ହେଲା ମା… ?

ଶୁଖିଲା ମୁହଁଟା ଉପରେ ଅହଲ୍ୟାଙ୍କ ଅଭ୍ୟସ୍ତ ହାତଟା ପହଁରି ଯାଇ ଅଟକି ଗଲା… ଘନ ଘନ ନିଃଶ୍ୱାସ ବାହାରି ଆସିଲା… ମନର ଦୋଳନ କ୍ଷିପ୍ର ହୋଇଉଠିଲା । ନାଁ… ଆଉ ଗୋପନ କରିବା ସମ୍ଭବ ନୁହେଁ । ପ୍ରକୃତିସ୍ଥ ହୋଇ ଅହଲ୍ୟା କହିଲେ, ଦିନେ ତା'ର ନିଦ ଭାଙ୍ଗିଗଲା… । କାନ୍ଦି କାନ୍ଦି ଅଥୟ ହେଉଥାଏ ସେ । କେତେବାର

ମୋ ଶିଥିଳ ହାତ ଦୁଇଟି ପ୍ରସର ଯାଇଚି ତାକୁ ଧରିନେବା ପାଇଁ... ମାତ୍ର ପାରୁ ନ ଥାଏ ମୁଁ... ଫେରି ଆସୁଥାଏ ହାତ ଦୁଇଟି ତା'ର ଯଥା ସ୍ଥାନକୁ... । ବହୁ ଚେଷ୍ଟା କରି ବି ତାକୁ ସ୍ପର୍ଶ କରି ପାରିଲିନି... । ମନରେ କି ଦୁଃଖ... । ନୈରାଶ୍ୟରେ ଭାଙ୍ଗି ପଡ଼ି ଭାବୁଥାଏ, ଈଶ୍ୱର ମତେ ଏ ଦୁଃଖ ଦେଲେ କାହିଁକି.... ? ନିଜ ଜାତିର ଯଦି ବୋହୂଟିଏ ଆଶିଥାଆନ୍ତି, ମୁଁ.... ? ଦୁଇ ହାତକୁ ସଜୋର ମୁଣ୍ଡରେ ପିଟି ଦେଇ ଆଖି ଦୁଇଟା ବୁଜି ଦେଲାବେଳେ, ଗୁରୁଣ୍ଟି ଗୁରୁଣ୍ଟି ଲେଉଟି ପଡ଼ିଲା ସେ ଖଟ ତଳକୁ... । ଠିକ୍ ସେଇ ଅବସରରେ ବଡ଼ ଆଶ୍ଚର୍ଯ୍ୟ ଭାବେ ଆସି ପହଞ୍ଚିଲା ଦୀପୁ । ପଛେ ପଛେ ତା'ର ଆୟା ବି... ।

ଆଶ୍ଚର୍ଯ୍ୟ ଆଖିରେ ମତେ ଚାହିଁ ରହିଚି ଦୀପୁ... ।"

ଅଭିଯୁକ୍ତ ଆସାମୀ ପରି ସେ ଘରୁ ବାହାରି ଆସିବା ଛଡ଼ା ଅନ୍ୟ ଉପାୟ ମୋର ନ ଥିଲା... । ଧରା ପଡ଼ିଯିବା ଭୟରେ ମୁଁ ସେଠାରୁ ଚାଲି ଆସିଲି ସିନା, କିନ୍ତୁ ଯାହା ଶୁଣିବାକୁ ପାଇଲି, ସେଇ ମୁହୂର୍ତ୍ତରେ ଜୀବନ ହରାଇ ଦେବାକୁ ମନ ହେଉଥାଏ...

ଘୃଣିତ କଣ୍ଠରେ ଦୀପୁ କହୁଥାଏ, ଏଇଠି ଠିଆ ହୋଇରହିଚ, ଅଥଚ ପିଲାଟା ପଡ଼ିଗଲା ପଛେ ଟିକିଏ ଧରି ପକାଇଲ ନାଇଁ ।

ଆୟା କହୁଥାଏ, ସେ'ତ ପୁପୁନ୍ ବାବୁଙ୍କୁ ଆଦୌ ଛୁଇଁ ତ ଦିଅନ୍ତି ନାଇଁ । ଦିନେ ସେ ଖାଇ ବସିଥିବା ବେଳେ ପୁପୁନ୍ ବାବୁ ଗୁରୁଣ୍ଟି ଯାଇ ତାଙ୍କୁ ଛୁଇଁଦେଲେ ଯେ, ସଙ୍ଗେ ସଙ୍ଗେ ବଡ଼ମାଆ (ମୁଁ) ଉଠି ପଡ଼ିଲେ । କେତେଥର ଯାଇ ଗାଧୋଇଲେ... ଗଙ୍ଗା ପାଣିରେ ମୁଣ୍ଡ ଧୋଇଲେ... ଘର ସାରା ତାଙ୍କର ଗଙ୍ଗା ପାଣି ଛିଞ୍ଚିଲେ...

– ଥାଉଥାଉ ତୁ ତୁନି ହୁଅ... ସେ ଯଦି ଆମକୁ ଏଭଳି ଅସ୍ପୃଶ୍ୟ ବୋଲି ଭାବୁଥାଏ, ତେବେ ସେ ଆମ ପାଖେ ରହୁଛି କାହିଁକି... ? ଦିନେ ହୁଏତ ଆମେ ତାକୁ ଛାଡ଼ିବା ପାଇଁ ବାଧ୍ୟ ହେବୁ... । ନଚେତ୍ ସେ ଆମକୁ.... । (ଆୟା ପ୍ରତି ଦୀପୁର ଏ ଅଭିମାନ ସ୍ୱର...)

ମତେ କିନ୍ତୁ ଦୀପୁର ସେ କଥା ପଦକ ଭାରି ବାଧିଲା ସ୍ୱାମୀଜୀ... । ସବୁ ତା'ରି ଅନ୍ୟାୟକୁ ସହି ଯାଇଥିଲି... । କିନ୍ତୁ ୟା'କୁ ପାରିଲିନି.... । ସେଇ ମୁହୂର୍ତ୍ତରେ

ମନସ୍ଥ କରିନେଲି ଘର ଛାଡ଼ିବା ପାଇଁ । କିନ୍ତୁ ସ୍ୱାମୀଜୀ ! ସେ କ'ଣ ଏତେ ସହଜ କଥା...? କୁଆଡ଼େ ଯିବି... କିପରି ଚଳିବି ଏକଥା ଭାବି ଭାବି ଦିନେ ମୋ ଅନ୍ତରଙ୍ଗ ବାନ୍ଧବୀ ସୌମିତ୍ରୀକୁ ଏ ଦୁଃଖ ଜଣାଇଲି... । ମୋ ଦୁଃଖ ଶୁଣି ସୌମିତ୍ରୀ ଲୋତକ ଝରିଲା ସିନା, ପୁଣ ତା'ର ବତାଇ ଦେଲା ଆପଣଙ୍କ ଠିକଣା... ଆଶ୍ୱାସନା କଣ୍ଠରେ କହିଲା, ମାଉସୀ ! ଆପଣ ଚାଲିଯାଆନ୍ତୁ ଏ ଆଶ୍ରମକୁ । ନିଅନ୍ତୁ ଏ ଖବରକାଗଜ ଖଣ୍ଡିକ ଏଥିରେ ଆଶ୍ରମର ସମସ୍ତ ବିବରଣୀ ପ୍ରକାଶ ପାଇଚି... । (ଏବେ ବି ମୋ ଟିଣ ସୁଟ୍‌କେଶ୍ ଭିତରେ ସେ ଖବରକାଗଜ ଖଣ୍ଡିକ ସାଇତା ହୋଇ ଥୁଆ ହୋଇଚି) ଏଠି ରହିବାକୁ ହେଲେ ନିଜର ହାତରୁ ଖର୍ଚ୍ଚ ବହନ କରିବାକୁ ପଡ଼େନା କେବଳ ସ୍ୱାମୀ ସଦାନନ୍ଦଜୀଙ୍କ ପାଖେ ନିଜକୁ ଭକ୍ତ ଭାବେ ଉତ୍ସର୍ଗ କରିଦେଲେ, ସ୍ୱାମୀଜୀ ଭକ୍ତର ସମସ୍ତ ଖର୍ଚ୍ଚ ବହନ କରନ୍ତି... ।

ଏ ବକ୍ତବ୍ୟ ଶୁଣି, ସ୍ୱାମୀଜୀ ପ୍ରୀତ ହୋଇ ଉଠିଲେ । ମୋର କିଛି ପୁଞ୍ଜି ନାଇଁ ମା... । ଏହି ଭକ୍ତମାନଙ୍କର ସାହାଯ୍ୟରେ ଆଶ୍ରମଟି ଚଳେ... । ତାଙ୍କରିମାନଙ୍କ ସୁକର୍ମରେ ମୁଁ ବଞ୍ଚି ପାରିଚି ମା... ।

ଖାଲି ବଞ୍ଚି ନାହାଁନ୍ତି ସ୍ୱାମୀଜୀ ! ଆମମାନଙ୍କୁ ବଞ୍ଚାଇ ପାରିଛନ୍ତି । ଏ ତପୋବନର ମାୟା କ'ଣ କମ୍....? ଦେଖୁନାହାଁନ୍ତି ଜୀବନର ସର୍ବସ୍ୱ ମମତା ତୁଟାଇ କେମିତି ଅଟକି ଯାଇଚି ଏଠି... ।

ମୁଁ ଅନେକ ଦିନୁ ଖୋଜୁଥିଲି, ଏଇମିତି ଏକ ଶାନ୍ତସୁନ୍ଦର ପରିବେଶ... । ଆଉ ଖୋଜୁଥିଲି ମଧ ଠିକ୍ ଆପଣଙ୍କ ଭଳି ଜଣେ ସନ୍ନ୍ୟାସୀଙ୍କୁ... । ଯାହାର ହୃଦୟ ଠିକ୍ ଆପଣଙ୍କ ଭଳି ମହତ୍‌ ହୋଇଥବ... । ଯେଉଁଠାରେ କି ପ୍ରତି ରନ୍ଧ୍ରେ ରନ୍ଧ୍ରେ ଭରି ରହିଥବ ପବିତ୍ରତା । ସ୍ୱାମୀଜୀ ! ଯାକୁ ପାଇବା ପାଇଁ ମୋର କ'ଣ କମ୍ ପ୍ରୟାସ ? ବିଶ୍ୱାସ କରନ୍ତୁ ମୁଁ ଦାଣ୍ଡ ଦୁଆର ଗୋଡ଼ ବାହାର କରେନି । କିନ୍ତୁ କି ଆଶ୍ଚର୍ଯ୍ୟ ଶକ୍ତି ବଳରେ ମୁଁ ଏକାକୀ ଏ ପବିତ୍ରଭୂଇଁ ବୃନ୍ଦାବନରେ ପାଦ ଦେଇ ପାରିଲି । ଈଶ୍ୱର ମୋ ଡାକ ଶୁଣିଛନ୍ତି ସ୍ୱାମୀଜୀ । ସେ ଅସୃଶ୍ୟ ପରିବେଶରୁ ମୁକୁଲି ଆସି ଶାନ୍ତିରେ ନିଃଶ୍ୱାସ ମାରୁଛି ଏଠି । ଏଭଳି ଦୋଷରେ କ'ଣ ପୁଅକୁ କ୍ଷମା ଦିଆଯାଇପାରେ ?

ଏ' କ'ଣ ? ସ୍ୱାମୀଜୀଙ୍କ ଆଖିରେ ଯେ ଅଶ୍ରୁ । ଇତସ୍ତତଃ ହୋଇ ଉଠିଲେ ଅହଲ୍ୟା, ନିଜର ଅଜଣାରେ କେତେବେଳେ ଦରଦୀ କଣ୍ଠରୁ ବାହାରି ଆସିଲା, ଛିଃ ଆପଣ କାନ୍ଦୁଛନ୍ତି ସ୍ୱାମୀଜୀ ? ଏ ଦୁଃଖିନୀର ଦୁଃଖ ଶୁଣି ଆପଣଙ୍କ ଆଖିରେ ଅଶ୍ରୁ ? ମୋର ସକଳ ଦୁଃଖକୁ ଫିଙ୍ଗି ଦେଇ ଆପଣଙ୍କ ଚରଣ ତଳେ ଆଶ୍ରୟ ନେଇ ନିଜକୁ ବଡ଼ ପବିତ୍ର ମନେ କରୁଛି ମୁଁ ।

– କିନ୍ତୁ ମା ! ଯେଉଁ ଚରଣ ଦୁଇଟି ତଳେ ଆଶ୍ରୟ ନେଇ ନିଜକୁ ପବିତ୍ର ମନେ କରୁଚ, ସେଇ ଚରଣ ଦୁଇଟି ଯେ ଅପବିତ୍ର ।

– ସ୍ୱାମୀଜୀ ! ଏ କ'ଣ କହୁଛନ୍ତି ଆପଣ ? (ଯେମିତି ଆକାଶରୁ ପଡ଼ିଲେ ଅହଲ୍ୟା)

– ସତ କହୁଚି ମା । ନିରାଟ ସତ୍ୟ ଏ ।

ମନେ ମନେ ହେଉଚି ପରିହାସ କରୁଛନ୍ତି ଆପଣ । ପରୀକ୍ଷା କରୁଛନ୍ତି ଏ ନିଃସହାୟ ବୃଦ୍ଧାକୁ ।

– ବିଶ୍ୱାସ କରନ୍ତୁ ମା, ଏ ପରିହାସ ନୁହେଁ କି ପରୀକ୍ଷା ବି ନୁହେଁ । ମନୁଷ୍ୟ ଜୀବନର ଏକ ନିରାଟ ସତ୍ୟ ଘଟଣା । ଏ ଆଶ୍ଚର୍ଯ୍ୟ ପୃଥିବୀରେ କିଛି ଅସମ୍ଭବ ଅଛି ମା ?

– ମୁଁ ମୋଟେଇ ବିଶ୍ୱାସ କରି ପାରୁନି ସ୍ୱାମୀଜୀ, ଦୟାକରି ମୋତେ ଚରମ ବିସ୍ମୟରେ ଉପନୀତ କରାନ୍ତୁ ନାହିଁ ।

– ହୁଏତ ମା ସମସ୍ତଙ୍କ ପାଇଁ ଏହା ଚରମ ବିସ୍ମୟ । କିନ୍ତୁ ଏହାର ସତ୍ୟତା ଉପରେ କ'ଣ ଅବିଶ୍ୱାସ କରାଯାଏ ? ଏହା ତ ମୋର ଅଙ୍ଗେ ନିଭାଇବା ଘଟଣା ।

– ସ୍ୱାମୀଜୀ ।

– ବିସ୍ମିତ ହୁଅନ୍ତୁ ନାହିଁ ମା,... ଯଦିଓ ମୁଁ ସନ୍ନ୍ୟାସୀ... ଏବଂ ସନ୍ନ୍ୟାସୀମାନଙ୍କ ପକ୍ଷରେ ପୂର୍ବାଶ୍ରମର ଇତିହାସ ଅନ୍ୟ ଆଗରେ ବୟାନ କରିବା ଅନୁଚିତ୍ ତଥାପି... ତଥାପି ଆପଣଙ୍କ ଆଗରେ ମୁଁ ସତ୍ୟକୁ ଉନ୍ମୋଚନ କରିବାରେ ତିଲେ ହେଲେ କୁଣ୍ଠାବୋଧ କରୁନି... । ମୋ ବ୍ୟକ୍ତିତ୍ୱ ଉପରେ ଆଞ୍ଚ ଆସୁ ପଛେ ମୁଁ ମୋ ଧର୍ମକୁ ଅବଜ୍ଞା କରେ ପଛେ, ତଥାପି ସବୁ ବାରଣକୁ ଉପେକ୍ଷା କରି କହିବା ପାଇଁ ବାଧ

ହେଉଚି, କେବଳ ମନୁଷ୍ୟ ମନର ଅନ୍ଧବିଶ୍ୱାସକୁ ପୋଛି ଦେବା ପାଇଁ.. । ପ୍ରତ୍ୟେକ ମନୁଷ୍ୟ ସମାନ ମା... ଛୁଆଁ ଅଛୁଆଁ କେବଳ ମନର ବିକାର... ଅନ୍ଧବିଶ୍ୱାସର କାରଣ... । କୁହନ୍ତୁ ମା.... କଥା ଦିଅନ୍ତୁ ମତେ, ମୁଁ ମୋର ପ୍ରକୃତ ପରିଚୟ ଦେଲେ ଭୁଲ ବୁଝିବେ ନାଇଁ ତ ମୋତେ...? ଆପଣଙ୍କ ପୁଅପରି ଦୂରେଇ ଦେବେ ନାଇଁ ତ ମୋତେ....? କରିବେ ନାଇଁ ତ ଘୃଣା...?

ସ୍ୱାମୀଜୀ କଥା କରୁଣ ଜଣାପଡ଼ିଲା ଅହଲ୍ୟାଙ୍କୁ । ତଥାପି ମନକୁ ସେ ବୁଝାଇ ନ ପାରି କହିଲେ, ଯାହାହେଲେ ବି ସ୍ୱାମୀଜୀ ଆପଣ ତ ଅଛୁଆଁ ହୋଇ ନ ଥିବେ ।

ମୁଁ ହରିଜନ ମା ।

- ହରିଜନ ! ନିଜ ଅଜଣାରେ ଦି' ପାହୁଣ୍ଡ ପଛକୁ ଘୁଞ୍ଚି ଗଲେ ଅହଲ୍ୟା... । ଏ ଚଲନ୍ତି ପୃଥିବୀଠାରୁ ସେ ଯେମିତି ଦୂରେଇ ଯାଉଛନ୍ତି... । କେତେ ଆଗ୍ରହରେ କେତେ କଷ୍ଟ ସହି ସେ ଆସିଥିଲେ ଏଠିକୁ କେବଳ ଏଇ ଅସ୍ପୃଶତା'ରୁ ରକ୍ଷା ପାଇବେ ବୋଲି । କିନ୍ତୁ ଈଶ୍ୱର ତାଙ୍କୁ ସେଇଠିରେ ଦୁଃଖ ଦେଇ ଚାଲିଛନ୍ତି ଅନବରତ । ଯାହାଙ୍କୁ ସେ ଦେବତା ଭଳି ପୂଜା କରି ଆସୁଥିଲେ, ନିତିଦି ଭୂମିଷ୍ଠ ପ୍ରଣାମ ଜଣାଇ ଉଚ୍ଛିଷ୍ଟ ସେବା କରୁଥିଲେ, ସେଇ ସ୍ୱାମୀଜୀ ହରିଜନ ? ଆଉ ଭାବି ପାରିଲେ ନାହିଁ ଅହଲ୍ୟା.... । ମନ ଭିତରେ ଅବଚେତନାରେ ଅସଂଖ୍ୟ ବୁଦ୍ ବୁଦ୍ ।

ସମ୍ୟୀଭୂତ ହୋଇ ସ୍ୱାମୀଜୀଙ୍କ ଆଗତ ବକ୍ତବ୍ୟକୁ ଅପେକ୍ଷା କରି ରହିଲେ ଅହଲ୍ୟା...

- ବିଶ୍ୱାସ ହେଉନି ମା...?

- କେମିତି ବିଶ୍ୱାସ କରିବି କୁହନ୍ତୁ ସ୍ୱାମୀଜୀ...? ସତରେ କ'ଣ ଏହା ବିଶ୍ୱାସଯୋଗ୍ୟ...? ଆପଣଙ୍କ ପାଟିରୁ ଏହା ଶୁଣି ବି ଶୁଣିପାରୁନି ମୁଁ । ହଠାତ୍ ଅସ୍ୱାଭାବିକ୍ ଭାବେ ଗୟ୍ୟାର ହୋଇ ଉଠିଲେ ଅହଲ୍ୟା... ବୋଧହୁଏ ସ୍ୱାମାଜୀଙ୍କ ଏ ଉକ୍ତିକୁ ସେ ସନ୍ଦେହ କରୁଛନ୍ତି ନିଶ୍ଚୟ ।

ଅହଲ୍ୟାଙ୍କ ଏ ଭାବ, ଏ ମୌନତା ସ୍ୱାମୀଜୀଙ୍କୁ ଅଛପା ରହିଲାନି... । ବହୁ ଚିନ୍ତାକରି ସ୍ୱାମୀଜୀ ସ୍ଥିର କଲେ, ନାଁ ଏହାକୁ ଲୁଚାଇ ରଖ୍, ଅନ୍ଧବିଶ୍ୱାସକୁ

ହତ୍ୟା କରାଯାଇପାରେନା, କରନ୍ତୁ ପଛେ ଅହଲ୍ୟା ଘୃଣା... ସ୍ୱାମୀଜୀ ବୋଲି ନ ମାନନ୍ତୁ ପଛେ ତଥାପି ସେ ସତ୍ୟଟାକୁ ଉନ୍ମୋଚନ କରିବେ, ଛୁଆଁ ଅଛୁଆଁର ଭେଦଭାବକୁ ମନୁଷ୍ୟ ମନରୁ ଘୁଞ୍ଚାଇବେ । ଆଉ ଏଇ ଅହଲ୍ୟାଙ୍କ ଭଳି ଯେଉଁ ନାରୀ, ଛୁଆଁ ଅଛୁଆଁ ଉପରେ ଜୋର ଦେଇ, ନିଜର ପୁଅ, ବୋହୂ, ନାତିକୁ ପର କରିଦେଇ, ଜଣେ ଅଜଣା ଅଶୁଣା ବ୍ୟକ୍ତିର ପରିବେଶକୁ ନିଜର କରି ପବିତ୍ର ମନେ କରୁଛି, ସେଇ ଭଳି ଏକ ନାରୀର ମନରୁ ଯଦି ସେ ପୋଛି ଦେଇପାରିବେ ଏ ଅନ୍ଧବିଶ୍ୱାସକୁ ତେବେ, ସେ ବୋଧେ ଜୀବନର ସମସ୍ତ ସାଧନାର ସିଦ୍ଧି ଲାଭ କରିବେ... । ହୁଏତ ଏହା ତାଙ୍କ ଜୀବନର ସର୍ବଶ୍ରେଷ୍ଠ କୃତି ହୋଇପାରେ । ଅତୀତକୁ ଲୁଚାଇ ରଖିବାରେ କିନ୍ତୁ ଆନନ୍ଦ ନାହିଁ ।

– ମା ! ଦିନେ ମୋ ଉପରେ ସମସ୍ତ ବିଶ୍ୱାସ ଢାଳିଦେଇ ନିଜକୁ ବଞ୍ଚାଇ ରଖିଥିଲେ... । ସେଇ ବିଶ୍ୱାସର ମନୁଷ୍ୟ ଆଜି କ'ଣ କେବେ ଅବିଶ୍ୱାସର କାହାଣୀ ଶୁଣାଇପାରେ... ? ମୁଁ ଏବେଲେ ଆପଣଙ୍କ ଆଖିରେ ଜଣେ ସନ୍ନ୍ୟାସୀ ହୋଇପାରେ, କିନ୍ତୁ ମା ! ମୁଁ କାହିଁକି ସନ୍ନ୍ୟାସୀ ହେଲି, ସେ କଥା ଯଦି ଶୁଣିବେ, ତେବେ କ'ଣ ଅବିଶ୍ୱାସ କରିବେ ? ଆପଣ ପଛେ ଅବିଶ୍ୱାସ କରନ୍ତୁ, କିନ୍ତୁ ଶୁଣିବା ପାଇଁ ଉସ୍ତାହର ଇଙ୍ଗିତ ଦେଲେ ମୁଁ ସୁଖୀ ହେବି ମା...

ଅହଲ୍ୟା ନିରେଖି ଚାହିଁଲେ ସ୍ୱାମୀଜୀଙ୍କୁ । ଆଃ ! କି ସୁନ୍ଦର ପ୍ରଶସ୍ତ ଲଲାଟ... ତୀକ୍ଷ୍ଣ ନାସିକା... ଗୌର କାନ୍ତି ଦୀର୍ଘାଙ୍ଗ ବପୁ ବିଶିଷ୍ଟ ଅତି ଆକର୍ଷଣୀୟ ଚେହେରା । କି ନରମ ଏ କଥା... ସତେ ଯେମିତି ଅମୃତ ଝରୁଛି... । ଇଏ କ'ଣ କେବେ ହେଲେ ହରିଜନ ହୋଇ ପାରନ୍ତି ? କେବଳ ମୋ ମନକୁ ଭୁଲାଇବା ପାଇଁ ହୁଏତ ଏ କଳ୍ପନାର କାହାଣୀ ସୃଷ୍ଟି କରୁଛନ୍ତି....., କିନ୍ତୁ ସତରେ କ'ଣ ମୁଁ ଭୁଲିଯିବି... ?

ନିଜ ଉପରେ ଗଭୀର ବିଶ୍ୱାସ ରଖି ଅହଲ୍ୟା କହିଲେ, ଶୁଣିବା ପାଇଁ ମୋର କୌଣସି ଆପତ୍ତି ନାହିଁ ସ୍ୱାମୀଜୀ... କିନ୍ତୁ ଏ କାହାଣୀ ଶୁଣାଇ ମତେ କ'ଣ ବଦଳାଇ ଦେଇପାରିବେ... ? ଜୀବନର ସମସ୍ତ ପବିତ୍ରତାକୁ ବୁଡ଼ାଇ ଦେଇପାରିବେ ଅସ୍ପୃଶ୍ୟତାରେ... ?

– ଆପଣ ନିଜେ ହିଁ ବୁଝିଯିବେ ମା... । କାହାକୁ ଏ ପର୍ଯ୍ୟନ୍ତ କହିନାହିଁ... । ଜଣ ଜଣକୁ ପରୀକ୍ଷା କରି ଦେଖିଛି, ସମସ୍ତେ ଏକ ଅନ୍ଧ ବିଶ୍ୱାସରେ ହିଁ ଜଡ଼ିତ । କେହି କେବେ ଅଛୁତ୍ ଲୋକକୁ ସ୍ପର୍ଶ କରିବା ପାଇଁ ମନ ବଳାଇ ନାହିଁ କି ତା'ର ହୃଦୟ ଚିହ୍ନିବା ପାଇଁ କେହି କେବେ ବ୍ୟାକୁଳ ହୋଇଉଠିନି... । ମଣିଷ ହୋଇ ମଣିଷଠାରୁ ଦୂରେଇ ରହିବା କେତେଦୂର ହୃଦୟ ବିଦାରକ ତା' କ'ଣ କେବେ ଅନୁଭବ କରିଛନ୍ତି ମା...?

ଅହଲ୍ୟାଙ୍କ, ଅବଗୁଣ୍ଠନ ବିହୀନ ନିସ୍ତେଜ ମସ୍ତିଷ୍କ ଦୋହଲି ଯାଇ 'ନାଇଁ'ର ସୂଚନା ଦେଲା...

ଝର ଝର ହୋଇ ଝରିପଡ଼ିଲା ସ୍ୱାମୀଜୀଙ୍କ ଚକ୍ଷୁରୁ ଅଶ୍ରୁ... । କାହାରି ଏ ଅନୁଭୂତି ନାହିଁ ମା... । ଅଛି କେବଳ ମୋର ସେ କେତେ ଦୂର ମର୍ମନ୍ତୁଦ ଆପଣ ବିଚାର କରନ୍ତୁ ମା...

....ମେଦିନୀପୁରର ହରିଜନ ବସ୍ତିରେ ମୋର ଘର । କିନ୍ତୁ ପିଲାଟି ଦିନରୁ ଅନ୍ୟ ଲୋକର ତତ୍ତ୍ୱାବଧାନରେ କଲିକତାରେ ମୁଁ ଉଚ୍ଚ ଶିକ୍ଷାପାଏ । ପରେ ପରେ ଈଶ୍ୱରଙ୍କ କୃପାରୁ ମୁଁ ହୁଏ ପଦସ୍ଥ ଅଫିସର । ଘର ଦ୍ୱାର ଜାତି କୁଟୁମ୍ବଙ୍କ ସହିତ ମୋର ସମ୍ପର୍କ ନଥାଏ କହିଲେ ଚଳେ, କିନ୍ତୁ ମାଆର ମୃତ୍ୟୁ ଖବର ପାଇ ଚୁପ୍ ରହିଯିବା ତ ସମ୍ଭବ ନୁହେଁ । ଆସେ, ମାଆର ଶୁଦ୍ଧକ୍ରିୟ କରିବା ପାଇଁ ମେଦିନୀପୁର । ମେଦିନୀପୁରର ସମାଜ ପାଖରେ ମୁଁ ଏକାବାରେ ଅପରିଚିତ... । କିନ୍ତୁ ସେମାନେ ମୋର ଉପସ୍ଥିତିରେ ମତେ ଚିହ୍ନି ଯାଇଥାଆନ୍ତି ସମସ୍ତେ... । ଦିନେ ଗୋଟାଏ ଉତ୍ତପ୍ତ ମଧ୍ୟାହ୍ନରେ ମୁଁ କୌଣସି କାମ ସାରି ସାଇ ଭିତରେ ଦେଇ ଫେରୁଥାଏ, ଏତିକିବେଳେ ଜଣେ ସନ୍ନ୍ୟାସୀ... ମୋର ସମ୍ମୁଖସ୍ଥ ହୋଇ ମୋଠାରୁ କିଛି ଭିକ୍ଷା ଚାହିଁଲେ । ବୈଶାଖର ଖରା... ସେଥିରେ ପୁଣି ମଧ୍ୟାହ୍ନ... ପକେଟରୁ କିଛି ଟଙ୍କା ଦେଇ ଅପ୍ୟାୟିତ କରିବା ପାଇଁ ମନ ବଳିଲା ନାହିଁ । ଅନୁରୋଧ କାଲି ଘରକୁ ଆସି କିଛି ଜଳଯୋଗ କରି ଯିବାପାଇଁ । ସନ୍ନ୍ୟାସୀ ଆନନ୍ଦରେ ବିହ୍ୱଳିତ ହୋଇ ଯିବାପାଇଁ ସମ୍ମତି ଦେଉ ଦେଉ ହସି ଉଠିଲେ ଜନତା । କିଏ ଓଦା ଗାମୁଛା କାନ୍ଧରେ ପକାଇ ଦଉଡ଼ି ଆସିଲା ପିଣ୍ଡା ଉପରୁ... । ଘର ଭିତରୁ କିଏ ଦଉଡ଼ି ଆସିଲା ପଖାଳ କଂସା ଛାଡ଼ି... ଆଉ କେତେଜଣ ଟେରିଲିନ୍ ପିନ୍ଧା ଆଧୁନିକ ଯୁବକ ତାସ୍ ଆଡ୍ଡାରୁ

ଓହରି ଆସି, ଦୁର୍ଘଟଣାଟାଏ ଘଟିଗଲା କରି ପାଟିକରି ଉଠିଲେ, କ'ଣ... କ'ଣ.. କହିଲୁ! ସନ୍ନ୍ୟାସୀଙ୍କୁ ଡାକି ନେଉଚୁ ଘରକୁ? ଦି'ଅକ୍ଷର ପଢ଼ିଦେଇ ଚାକିରିଟାଏ କରିଦେଲୁ ବୋଲି ଜାତି, ଗୋତ୍ର ଭୁଲିଗଲୁ... ହାଡ଼ିଟାଏ ହୋଇ ଏଡ଼ିକି ଆସ୍ପର୍ଦ୍ଧା.... ?

ସନ୍ୟାସୀ ଏ ଅଶୋଭନୀୟ ପରିସ୍ଥିତିର ସମ୍ମୁଖୀନ ହୋଇ କ୍ରୋଧ ଜର୍ଜରିତ କଣ୍ଠରେ ମୋତେ ଅଭିଶାପ ଦେବାକୁ ଲାଗିଲେ । ମା ଅଭିଶାପକୁ ମୋର ଭୀଷଣ ଭୟ । ତାଙ୍କର କ୍ରୋଧାଗ୍ନିକୁ ଶୀତଳ କରାଇବା ପାଇଁ ନମ୍ରତା'ର ସହିତ କହିଲି, ସ୍ୱାମୀଜୀ! ଆପଣ କ'ଣ ବିଶ୍ୱାସ କରନ୍ତି ମନୁଷ୍ୟ ମନୁଷ୍ୟ ପାଖରେ ଅସ୍ପୃଶ୍ୟ... ?

ମୋ ଆଦର୍ଶ ବକ୍ତବ୍ୟକୁ ଫୁତ୍କାରରେ ଉଡ଼ାଇଦେଲେ ଜନତା... । ସ୍ୱାମୀଜୀ ଉତ୍‍କ୍ଷିପ୍ତ ହୋଇ କହି ଉଠିଲେ, ହାଡ଼ିଟିଏ ହୋଇ ମତେ ଆଦର୍ଶବାଣୀ ଶୁଣାଉଛୁ... ?

ବାରମ୍ବାର ହାଡ଼ିର ଉଚ୍ଚାରଣରେ ମୁଁ ଉତ୍ତେଜିତ ହୋଇପଡ଼ିଲି ମା... । ପ୍ରତିଶୋଧ ନେବା ଗଳାରେ କହି ଉଠିଲେ, ସନ୍ନ୍ୟାସୀ ମହାଶୟ! ଆପଣ ଭୁଲି ଯାଉଛନ୍ତି ଯେ, ମୁହୂର୍ତ୍ତେ ପୂର୍ବରୁ ମତେ ହାତ ପତାଉ ଥିଲେ ଭିକ୍ଷାପାଇଁ... । ଏଇଲେ ହାଡ଼ିଟିଏ କହି ଘୃଣା କରୁଛନ୍ତି... । ଅସ୍ପୃଶ୍ୟ କହି ଲାଞ୍ଛନା ଦେଉଛନ୍ତି... । କେଉଁଠି ମୋ ଦେହରେ ଅସ୍ପୃଶ୍ୟତା'ର ଛାପ ମରା ହୋଇଚି ଦେଖାଇଲେ... । ମୁଁ ଯଦି କୁହେ, ଆପଣ ଅସ୍ପୃଶ୍ୟ... ଆଉ ଏ ଗୈରିକ ବସନ ଆପଣଙ୍କର ମିଥ୍ୟା ଆବରଣ... ?

ମିଳିତ ସ୍ୱରରେ ହସି ଉଠିଲେ ସମସ୍ତେ.... । ସେ' ତ ହସ ନୁହେଁ ମା... । ତାଚ୍ଛଲ୍ୟ ଭରା ଉପହାସ... । ପରେ ପରେ ବର୍ଷା ଭଳି ଗାଳି ବୃଷ୍ଟି ହୋଇଗଲା ମୋ ଉପରେ । କି କଦର୍ଯ୍ୟ ଭାଷା... ଜୀବନରେ ମୁଁ ପ୍ରଥମ ଥର ପାଇଁ ଶୁଣିଲି । ମଣିଷ ହୋଇ ମଣିଷକୁ ପୁଣି ଏ ଭଳି ବ୍ୟବହାର କରେ । ଏଭଳି କଟୂକ୍ତି ପ୍ରୟୋଗ କରେ... ଏହା ମୋର କଳ୍ପନାର ଅତୀତ ଥିଲା... । କ୍ରୋଧ ଆଉ ଅପମାନରେ ଭାଙ୍ଗି ପଡ଼ିଲି ମୁଁ । ସେଇ ମୁହୂର୍ତ୍ତରେ ମନସ୍ଥ କଲି, ମୁଁ ହେବି ଏକ ସନ୍ନ୍ୟାସୀ । ମନୁଷ୍ୟର ଶ୍ରେଷ୍ଠ ଆସନ ଗ୍ରହଣ କରି ଭୁଲାଇ ରଖିବି ମଣିଷକୁ... ଯେମିତି ସେ ବିଶ୍ୱାସ କରିବ ଯେ, ଅସ୍ପୃଶ୍ୟତା କେବଳ ଅନ୍ଧ ବିଶ୍ୱାସ । ମନୁଷ୍ୟ ପାଖରେ ସବୁ କିଛି ହିଁ ସମ୍ଭବ... ।

ସେଇ ରାତି ରାତି ବୃନ୍ଦାବନ ଅଭିମୁଖେ ଯାତ୍ରାକଲି । ଅସଂଖ୍ୟ ପଦାତିକଙ୍କ ଭିଡ଼ି ଠେଲି ମୁଁ କେବଳ ଜଣଙ୍କୁ ଖୋଜୁଥାଏ, ସେ ହେଉଛନ୍ତି ପ୍ରଭୁ ଶ୍ରୀକୃଷ୍ଣ... । ତାଙ୍କୁ ପାଇବା କ'ଣ ଏଡ଼େ ସହଜ ମା...

ଉତ୍କର୍ଷ ହୋଇ ଶୁଣି ଯାଉଛନ୍ତି ଅହଲ୍ୟା... । କେତେବେଳେ ବିସ୍ମୟରେ ଅବା କେତେବେଳେ ଦୁଃଖରେ ଆଖିପତା ବିସ୍ତାରିତ ହୋଇ ଯାଉଚି ତ ସଙ୍କୁଚି ଯାଉଚି... । କ'ଣ କହିବେ କହିବେ ହୋଇ କହିପାରୁ ନାହାନ୍ତି ଆଉ । ମନଟା ଯେମିତି ସଙ୍କୀର୍ଷ ହୋଇ ଆସୁଚି ଆସ୍ତେ ଆସ୍ତେ...

– ଦିନ ନାଇଁ... ରାତି ନାଇଁ... ଅଖୁଆ ଅପିଆ ରହିଥାଏ ମନ୍ଦିର ପ୍ରାନ୍ତରେ... । କେବଳ ଏତିକି ମାତ୍ର ମିନତି ଜଣାଇବା ପାଇଁ, ସତରେ କ'ଣ ଛୁଆଁ.... ଅଛୁଆଁ ତମେ ଦୁଇଟି ଜାତି ସୃଷ୍ଟି କରିଚ ପ୍ରଭୁ?

କେତେଥର ଏଇ ପ୍ରଶ୍ନ ପଚାରି ମୁଁ ଅପେକ୍ଷା କରିଚି ମା । କିନ୍ତୁ ଉତ୍ତର ମିଳିବା ଆଦୌ ସମ୍ଭବ ହେଲାନି । ଖରା, ବର୍ଷା, ଶୀତ କାକର ଖାଇ ଖାଇ ମାସ ମାସ କଟିଗଲା । ତଥାପି ମୋର ଧୈର୍ଯ୍ୟ ଚ୍ୟୁତିନାଇଁ । ସେଇମିତି ପଡ଼ିରହିଥାଏ ମୁଁ ଗୋଟାଏ ଅଗଣିତ ପଶୁଠାରୁ ବି ହୀନପରି । ମନରେ କି ବ୍ୟାକୁଳତା, କି ଅଭିମାନ । ସେଇ ଚିର ଅଛୁଆଁ ଶ୍ରୀକୃଷ୍ଣଙ୍କ ବିଗ୍ରହ ପାଖକୁ ଛୁଇଁ ଦେବାପାଇଁ ହାତ ମୋର ବାରମ୍ବାର ପ୍ରସାରି ଯାଉଥାଏ; କିନ୍ତୁ ମା ! ତାହା କ'ଣ କେବେ ସମ୍ଭବ ? ଯାହାକୁ ଧରିବା ପାଇଁ ମନା, ସେ ଯଦି ନିଜେ ଧରା ନ ଦେଲା ଆସି, ତେବେ ତାକୁ ବଳକ୍କାର ଭାବେ ଧରିବାରେ ବାହାଦୁରି କାଇଁ?

କିନ୍ତୁ ମା ! ଗୋଟାଏ ନିଶାର୍ଦ୍ଧରେ ଶୁଣିବାକୁ ପାଇଲି କାହାର ଏକ ହତାଶାର ସ୍ୱର । ଚମକି ଚାହିଁଲି; ଏଁ ଏ ଯେ ସେଇ ବୃଦ୍ଧ ସନ୍ୟାସୀ, ଯାହାରି ଲାଗି ଲାଞ୍ଛିତ ହୋଇ ଗୋଟାଏ ହୀନ ନରାଧମପରି ପଡ଼ିରହିଛି ଏଠି । ସେ ପୁଣି କାହିଁକି ମୋ ପିଛା ଧରିଛନ୍ତି ? ଆହତ ଅଭିମାନରେ ମୁହଁ ଫେରାଇ ଆଣିଲି ମୁଁ; କିନ୍ତୁ ଏ ପାଖରେ ସ୍ୱୟଂ ଶ୍ରୀକୃଷ୍ଣଙ୍କ ଦର ହସିତ ମୁହଁ । ହାତ ବଢ଼ାଇ ଡାକୁଛନ୍ତି, ଯେମିତି କାହିଁ କୋଉ ଯୁଗର ମୁଁ ଦାସ ତାଙ୍କର । ବିସ୍ମୟରେ ନିବୁଜ ହୋଇଆସିଲା ମୋ ଦୁଇ ଆଖ । ସେଇ ବୁଜା ଆଖି ଭିତରେ ବି ମୁଁ ଦେଖିବାକୁ ପାଇଲି ପୁଣି ସେଇ ସନ୍ୟାସୀଙ୍କୁ ।

ଭିକ୍ଷାର ଥଲି ଦେଖାଇ କହୁଛନ୍ତି, ଅନେକ ଦିନୁ ମୁଁ କ୍ଷୁଧିତ ବାପା । କିଛି ହାତ ତିଆରି ବ୍ୟଞ୍ଜନ ନାଇଁ ? ସେଇ ଅର୍ଦ୍ଧ ଜାଗରଣ ଅବସ୍ଥାରେ ବି ମୁଁ ପ୍ରତିଶୋଧ ନେବାକୁ ଭୁଲି ନାଇଁ । ଘୃଣିତ କଣ୍ଠରେ ଉତ୍ତର ଦେଲି, ଏ ଅସ୍ପୃଶ୍ୟର ହାତ ତିଆରି ବ୍ୟଞ୍ଜନ ଗ୍ରହଣରେ ଆପଣ ଅପବିତ୍ର ହୋଇଯିବେନି ସନ୍ୟାସୀ ମହାଶୟ ? କିନ୍ତୁ ଏ କ'ଣ ? ସେଇ ବୃଦ୍ଧ ସନ୍ୟାସୀଙ୍କ ଭିତରେ ମୁଁ ଦେଖିବାକୁ ପାଇଲି ଶ୍ରୀକୃଷ୍ଣଙ୍କୁ । ମୋତେ ତୋଳିଧରି କହୁଛନ୍ତି ଆଉ ଅଭିମାନ କରନାଇଁ । ଉଠ ଉଠ ତମେ ଏଥର । ମନୁଷ୍ୟ କ'ଣ କେବେ ଅସ୍ପୃଶ୍ୟ ହୋଇପାରେ ? ଅନ୍ଧାର ଆଲୁଅର ଲୁଚକାଲି ଖେଳ ପରି, ମୋର ଅର୍ଦ୍ଧ ଜାଗରଣ ଅର୍ଦ୍ଧ ନିଦ୍ରିତ ଅବସ୍ଥାରେ ଯାହା ଘଟିଗଲା, ସେ କ'ଣ ମା ଭୁଲିବାର ?

ମୋର ପୁନର୍ଜନ୍ମ ଲାଭହେଲା ଯେମିତି । ଉଠି ବସିଲି, କାଇଁ କେହିତ ନାହାଁନ୍ତି । ଚତୁଃପାର୍ଶ୍ୱ ମୋର ନିରବ-ନିର୍ଜନ; କିନ୍ତୁ ସେ ସ୍ପର୍ଶ, ସେ ଅମୃତବାଣୀ ମୋ ଚେତନା ଗ୍ରନ୍ଥିରେ ଭରିଦେଲା ଅମାପ ଶକ୍ତି । ସେ ସ୍ୱର ଶୁଣାଯାଉଚି ଯେମିତି ଅତି ସ୍ପଷ୍ଟ । ସେ ସ୍ପର୍ଶ ଜଣାଯାଉଚି ଯେମିତି ଅତି ଆପଣାର ।

ଆଖିରେ ମୋର ଲୁହ ଚାଲି ଆସିଲା ।

ଭାବିଲି, ମଣିଷଗୁଡ଼ାଙ୍କର କି ଅଦ୍ଭୁତ ଅହଙ୍କାର ! ଈଶ୍ୱର ଯାହାକୁ ସ୍ପର୍ଶ କରୁଛନ୍ତି, ତାକୁ ମଣିଷ ଅସ୍ପୃଶ୍ୟ କହି ଲାଞ୍ଛିତ କରୁଚି । ମଥା ମୋର ଆପେ ଆପେ ନତ ହୋଇଯାଇ ବିନମ୍ର ପ୍ରଣତି ଜଣାଇଲା, ପ୍ରଭୁ ! ଏ ଅନ୍ଧ ମନୁଷ୍ୟକୁ କ୍ଷମା ଦିଅ ।

ଅହଲ୍ୟାଙ୍କର ମନେହେଲା, ତାଙ୍କର ଦୁଇ ସଙ୍କୁଚିତ ହସ୍ତ ଯେମିତି ତୋଳି ଧରୁଚି ସେଇ ସୁସ୍ମ ସୁନ୍ଦର ଗୋଲ୍ ଗୋଲ୍ ନାତିଟିକୁ ଏବଂ ତା'ର କଅଁଳ ଗାଲରେ ଭାବ ବିହ୍ୱଳ ହୋଇ ଅଜସ୍ର ବୋକଦେଇ ଚାଲିଛନ୍ତି ସେ ।

ତା' ପରେ ପରେ ସ୍ୱାମୀଜୀଙ୍କ ସନ୍ୟାସୀ ଜୀବନ ଆରମ୍ଭ ହୋଇ, ସନାତନ ନାୟକ ସ୍ଥାନରେ କିପରି ସ୍ୱାମୀ ସଦାନନ୍ଦଜୀ ଜନ୍ମନେଲା ଆଉ ଶୁଣିବା ପାଇଁ ଆଗ୍ରହ ନଥିଲା ଅହଲ୍ୟାଙ୍କର । ସେ ଅନୁଭବ କଲେ, ପୂର୍ବପରି ସ୍ୱାମୀଜୀ କାହାଣୀ ଶୁଣାଇଲା ପରେ ସେ ଯେମିତି ଭୂମିଷ୍ଠ ପ୍ରଣାମ ଜଣାନ୍ତି, ଠିକ୍ ସେଇଭଳି ସେ ଭୂମିଷ୍ଠ ହୋଇ ପଡ଼ିଛନ୍ତି ସ୍ୱାମୀଜୀଙ୍କ ଚରଣ ତଳେ ।

୦୦

ମହାଲକ୍ଷ୍ମୀଙ୍କ ରୋଷ

ଜ୍ୟୋସ୍ନା-ଚର୍ଚିତ ରାତ୍ରୀର ନିବିଡ଼ ପ୍ରହର ଘୋଟି ଆସିଛି ବଡ଼ ଦେଉଳରେ ।

ଶଯ୍ୟା ପରେ ଶୋଇ ରହି ଗୋଟାଏ ଅବ୍ୟକ୍ତ ଯନ୍ତ୍ରଣାରେ ଅସ୍ଥିର ହୋଇ ଉଠୁଛନ୍ତି ମା ଲକ୍ଷ୍ମୀ ଠାକୁରାଣୀ । ଛଳ ଛଳ ଆଖି ଦୁଇଟିରେ ଅଶ୍ରୁର ବର୍ଷା ନେଇ ଆସୁଚି ଯେମିତି... । ଉଚ୍ଛ୍ୱସିତ ଆବେଗରେ ସମଗ୍ର ଶରୀରଟି କମ୍ପମାନ । ଚେଷ୍ଟାକରି ବି ସେ ସ୍ଥିର ହୋଇ ପାରୁ ନାହାଁନ୍ତି । ଆଖରେ ନିଦ୍ରା ନାଇଁ... ମନରେ ସ୍ଥିରତା ନାଇଁ, କି ଉପାୟରେ ଏଥରୁ ମୁକ୍ତି ମିଳିବ ଉପାୟ ଖୋଜି ପାଉନାହାଁନ୍ତି ସେ... । ଏ ଭାବ, ଏ ଅସ୍ଥିରତା... ଆଜିର, ଏଇ ମୁହୂର୍ତର ନୁହେଁ । ଏ ଦୀର୍ଘ ଦିନର । ଏତେ ରାତ୍ରି ଯାଏଁ ଅନିଦ୍ରା ରହି ଦୁଃଖରେ ଅସ୍ଥିର ହେବାର କ'ଣ ବା କାରଣ ଥାଇପାରେ... ?

ଏ ସୃଷ୍ଟିର ଯେ ପାଳନକର୍ତ୍ରୀ, ସକଳ ସୁଖ ସୌଭାଗିନୀ, ସେ ଆଜି ଦୁଃଖରେ ଭାଙ୍ଗି ପଡୁଛନ୍ତି । ଏକଥା କ'ଣ କଳ୍ପନାର ଯୋଗ୍ୟ... ? ଆଜି କିନ୍ତୁ ଏହା ବାସ୍ତବ... । ସେଇ ଚଳଚଞ୍ଚଳା, ସଦାପ୍ରସନ୍ନା ଲକ୍ଷ୍ମୀ ଗଭୀର ଦୁଃଖରେ ମ୍ରିୟମାଣା । ଆଖି ଆଗରେ ତାଙ୍କର ସୁନ୍ଦର ପୃଥ୍ୱୀର ବର୍ଣ୍ଣ ବିଷଣ୍ଣ ହୋଇଉଠୁଛି... । ସବୁ ଶୂନ୍ୟ... ସବୁ ମନେ ହେଉଛି ଅନ୍ଧକାରମୟ । ଭଙ୍ଗା କାଚର ଆଇନା ଭଳି ପୃଥ୍ୱୀର ଶୋଚନୀୟ ରୂପକୁ ଦେଖି ଅସହା ହୋଇ ଉଠୁଛନ୍ତି ମା ଠାକୁରାଣୀ । ଏ ରଙ୍ଗହୀନ ବିବର୍ଣ୍ଣ ପୃଥ୍ୱୀର ସେ ଯେ ପାଳନକର୍ତ୍ରୀ... ଭାବିଲା ବେଳେ, ନିଜର ଆମ୍ର ସମ୍ମାନ ହରେଇ ବସିଲା ଭଳି ମନେ ହେଉନି ତାଙ୍କୁ... ।

ଏକ ଦୁରନ୍ତ ଅଭିମାନରେ ଶଯ୍ୟା ତ୍ୟାଗ କରି ଉଠି ଠିଆ ହେଲେ ଲକ୍ଷ୍ମୀ... । ଦେଶଟାକୁ ଥରେ ନୟନ ପୂରାଇ ଦେଖି ନେବାପାଇଁ ମନେ ମନେ ସ୍ଥିର କରି ନେଲେ । କେବଳ ଏଇ ମନ୍ଦିରର ପୂଜା ଅର୍ଚ୍ଚନା ବୁଝି ଦେଲେ ତ ନିଜର କର୍ତ୍ତବ୍ୟ ଶେଷ ହୋଇ ଗଲାନି... । କର୍ତ୍ତବ୍ୟର ପଥ ଦେଲେ ତ ନିଜର କର୍ତ୍ତବ୍ୟ

ଶେଷ ହୋଇ ଗଲାନି... । କର୍ତ୍ତବ୍ୟର ପଥ ତାଙ୍କର ଅସୀମ । ସୃଷ୍ଟିକୁ ସୁଚାରୁ ରୂପେ ଚଲାଇ ନେବା ଜୀବନରେ ତାଙ୍କର ବିରାଟ କର୍ତ୍ତବ୍ୟ ବୋଲି ବାଛି ନେଇଛନ୍ତି ସେ ଏଇ ମୁହୂର୍ତ୍ତରେ ସେ ଦେଖି ଆସିବେ ଦେଶର ପ୍ରକୃତ ରୂପ । ଦିନକୁ ଦିନ ଦେଶର ଅବସ୍ଥା ଆଉ ଭଲ ଆଡ଼କୁ ଗତି କରୁନି... । କ'ଣ ଏହାର କାରଣ ହୋଇପାରେ... ? ନିଜ ଆଖିରେ ଦେଖି ନ ଆସିଲେ ଜାଣିବାର ଉପାୟ ନାଇଁ । ରାତ୍ରୀ ତ ଆହୁରି ଅନେକ ବାକୀ ଅଛି... । ତିଥି ପୂର୍ଣ୍ଣିମା... ଆକାଶ ଛାତିରୁ ଝରି ପଡୁଛି ଝୁରୁ ଝୁରୁ ହୋଇ ଅଜସ୍ର ଜ୍ୟୋସ୍ନା... । ମନ୍ଦ ନୁହେଁ ଏ ପରିବେଶ ପରିଭ୍ରମଣ ପାଇଁ... । ଏତେ ଜ୍ୟୋସ୍ନା... ଏତେ ଆଲୋକ... ଅଥଚ ଆଖିରେ ତାଙ୍କର ଅମାବାସ୍ୟା ରାତ୍ରିପରି ଭୟଙ୍କର ଅନ୍ଧାର ଲିପି ହୋଇଯାଇଛି । ଆଖିକୁ ଥରେ ଦୁଇ ଥର ମକଚି ଦେଇ ବିସ୍ମୟରେ ଅଭିଭୂତ ସେ..., ମନର ପରିବର୍ତ୍ତନ ସଙ୍ଗେ ଚକ୍ଷୁର କି ଆଶ୍ଚର୍ଯ୍ୟ ପରିବର୍ତ୍ତନ । ନାଁ ଆଉ ଅପେକ୍ଷା କରାଯାଇ ପାରେନା– ଏଇ ମୁହୂର୍ତ୍ତରେ ହିଁ ସେ ଦେଖି ଆସିବେ ଦେଶର ପ୍ରକୃତ ରୂପକୁ... ।

        ଧୀରେ... ଅତି ଧୀରେ ସେ ବଡ଼ଦାଣ୍ଡ ଆଡ଼କୁ ଆଗେଇଗଲା । ଜନ ଶୂନ୍ୟ ରାଜ ପଥ ମୃତ୍ୟୁ ଭଳି ସ୍ତବ୍ଧ... । ଗୋଟାଏ ବିକଳାଙ୍ଗ ମୃତ କୃଷ୍ଣ ସାପ ଭଳି ଶୋଇ ରହିଛି ବଡ଼ଦାଣ୍ଡ । ଦେଖିଲେ ଦୁଃଖ ଆସୁଛି... । ଆଖି ବୁଜି ଦେଲେ ବି ମନରେ ବିକାର ଜନ୍ମୁଛି । ଚାରିଆଡ଼େ ଅଳିଆ ଆବର୍ଜନା ଭର୍ତ୍ତି... । ରାସ୍ତା ଉପରକୁ ନିଜର ଆଶ୍ରୟସ୍ଥଳୀ ରୂପେ ବାଛି ନେଇଛନ୍ତି ଗୋମାତା –। ନିମିଲିତ ନୟନରେ ଗୁଡ଼ାଏ କାଗଜକୁ ପାକୁଲି କରିବାରେ ଲାଗିଛନ୍ତି –। ମା ଠାକୁରାଣୀଙ୍କ ଆଖିରୁ ଝରି ପଡ଼ିଲା ଧାର ଧାର ହୋଇ ବେଦନାରେ ଅଶ୍ରୁ –। ସଭ୍ୟ ମନୁଷ୍ୟ ଗୋମାତାକୁ ଏଇ ଆସନ ଦେଇ ଶିଖିଛି ? ଏଇ ତାଙ୍କର ରହିବା ସ୍ଥାନ – ଏଇ ତାଙ୍କର ଖାଦ୍ୟପେୟ ? ଅତୀତର ଗୋମାତାକୁ ନିଜର ଚୟନକକ୍ଷ ଠାରୁ ଆହୁରି ନିରାପଦରେ ରଖୁ ଥିଲା ଏଇ ମଣିଷ.... । ରାତ୍ରିରେ ପ୍ରହରକୁ ପ୍ରହର ଉଠି ଗୃହକର୍ତ୍ତା ଗୋମାତା'ର ଖାଇବା ପିଇବା ଭଲ ମନ୍ଦ ବୁଝୁଥିଲେ । ଲାଳପ ପାଳନରେ ତୃପ୍ତି ଲାଭ କରି ସେ ଅକାତରେ ଦାନ କରୁଥିଲା ଦୁଗ୍ଧ... । କିନ୍ତୁ ଆଜିର ଗୃହକର୍ତ୍ତା ଗୋମାତାକୁ ବାହାରେ ଛାଡ଼ି ଦେଇ ପ୍ରହରକୁ ପ୍ରହର ସିନେମା ଦେଖାରେ ବିଭୋଗର... ।

ଅତୀତରେ ଏଇ ରାସ୍ତାରେ ପାଦ ଥାପିଲା ବେଳେ, ଗୋଟାଏ ଅପୂର୍ବ ଉନ୍ମାଦନାରେ ଦେହରେ ଶିହରଣ ସୃଷ୍ଟି ହେଉଥିଲା... । କାକର-ବତୁରା ଭୋରୁ ପାହାଡ଼ିରେ ଚୂନା ଚୂନା ବାଲି ଗୋଡ଼ି ମାଟି ଉପରେ ପାଦ ଥାପି ବାଟ ଚାଲିବାର କି ଯେ ଆନନ୍ଦ... ଆଜି ତାହା ସ୍ୱପ୍ନ ଭଳି ମନେ ହେଉଛି... । ଏଇ ରାସ୍ତାର ନିର୍ମାଣ ପାଇଁ ମଣିଷ କୋଟି କୋଟି ଟଙ୍କା ଖର୍ଚ୍ଚ କରି ଚାଲିଛି... । ଅଥଚ ଏହାର ସଦ ବ୍ୟବହାର କରି ଶିଖୁନି... । ଆଜିର ମଣିଷମାନଙ୍କ ମନରୁ ରୁଚିଗତ ଶୁଚିତା କ'ଣ କୁଆଡ଼େ ଉଭେଇ ଗଲାଣି... ?

କମ୍ପିତ ପଦ ତୋଲି ଅନେକ ବାଟ ଆଗେଇ ଆସିଲାଣି ମା ଲକ୍ଷ୍ମୀ ଠାକୁରାଣୀ... । ଆଗରେ ଶୁଭୁଛି... ସ୍ୱଚ୍ଛ ଜନତା'ର କୋଲାହଳ... । ଏତେ ରାତିରେ ରାସ୍ତାରେ କୋଲାହଳ ? କାରଣ ଜାଣିବା ପାଇଁ ଉସ୍ସୁକ ପଦ ତୋଲି ସେଇଠି ଠିଆ ହୋଇଗଲେ ମା ଠାକୁରାଣୀ । ପୁଲିସ୍‌ ଖିନ୍‌ ଭିନ୍‌ କରି ପକାଇଲାଣି ସାରା ଗୋଦାମଟା... । ଜନତା ଭିତରୁ କୌତୂହଲୀ କଣ୍ଠରେ ଜଣେ କିଏ କହି ପକାଉଚି... ଖୋଜ ଖୋଜ... ଆହୁରି ଖୋଜ... ପୁଣି ବାହାରିବ କେତେ ଦୁଗ୍ଧ ଡବା, ତେଲଟିଣ ଗହମ ବସ୍ତା... । ବିଗତ ଦିନ ଭଳି ଆଉ ଚୋରା ବେପାର ହୋଇ ପାରିବନି... ଜିନିଷ ମହଜୁଦ୍‌ ରଖି ମନଇଚ୍ଛା ଦର ବଢ଼ାଇ ହେବନି... । ଗୋଟାଏ ହାସ୍ୟରୋଳ ସୃଷ୍ଟି ହୋଇ ଜନତା ରୂପ୍‌ ହୋଇଗଲା... । ନିଜ ଆଖିରେ ଜିନିଷର ସଦ୍‌ ବ୍ୟବହାର ହୋଇ ପାରୁ ନଥିବା ଦେଖି ବଡ଼ ଦୁଃଖ କଲେ ମହାଲକ୍ଷ୍ମୀ... । ଜନତା'ର ଗୁଜବ୍‌ ତା'ହେଲେ ଭ୍ରାନ୍ତ ନୁହେଁ–ସତ୍ୟ । ଏତେ ଜିନିଷ ଗୋଦାମରେ ପଡ଼ି ରହି ନଷ୍ଟ ହୋଇ ଯାଉଚି ପଛେ ମଣିଷ ଖାଇବାକୁ ପାଉନି... । ପୁଲିସର ତଦାରଖରେ, ମହାଲକ୍ଷ୍ମୀ ଅତିଶୟ ଆନନ୍ଦିତ ହୋଇ ଯାଇ ଭାବିଲେ, ଆଃ... ଏ ଆଇନ କାନୁନ୍‌ ଟିକିଏ ଆଗରୁ କାର୍ଯ୍ୟକାରୀ ହୋଇ ନ ଥାଆନ୍ତା... ?

ଆସ୍ତେ ଆସ୍ତେ ଗୋଟିଏ ଛୋଟିଆ ଚାଳ ଘର ଆଡ଼େ ମୁହାଁଇଲେ ମା କମଳା । ଗରିବଙ୍କ ଅନ୍ତର ଜାଣିବା ପାଇଁ ସେ ସଦା ବ୍ୟାକୁଳ... ଅଣଓସାରିଆ ଧସି ଯାଉଥିବା ମାଟିର ବାରଣ୍ଡା ଉପରେ ଠିଆହୋଇ ଲକ୍ଷ୍ମୀ ଦେଖିବାକୁ ପାଇଲେ, ରୂପହୀନ ଅର୍ଦ୍ଧ ଭଗ୍ନ ଘର ଭିତରୁ କୁହୁଡ଼ି ଭଳି ଭାସି ଆସୁଛି ଚେନାଏ ଆଲୋକ... । ଗୋଟିଏ ମହମବତୀର ନିସ୍ତବ୍ଧ ଶିଖାରେ ଜୀର୍ଣ୍ଣବସନା ଝିଅଟିଏ ପଡ଼ି ଚାଲିଚି... ।

ବଞ୍ଚିବାର ପଥ ଖୋଜୁଚି ସେ ଏଇ ନିସ୍ତବ୍‌ଧ ଶିଖା ତେଜ... । ଏପାଖେ ଥାଏ ବହି, ସେ ପାଖେ ଥାଏ ବହି – ମଝି ବହିର ଖୋଲା ପୃଷ୍ଠା ଭିତରେ ହଜି ଯାଇଚି ସେ.... । ଆଃ... କି ସାଧନା... ବଞ୍ଚିବାପାଇଁ କି ବ୍ୟାକୁଳ ପ୍ରୟାସ...

ଯା'କୁ କିନ୍ତୁ ଆଜିର ସମାଜ ଗ୍ରହଣ କରିବା ପାଇଁ ନାରାଜ । ଶୂନ୍ୟ ନୀଡ଼ରେ ପକ୍ଷୀ କଣ୍ଠର କାକଲି ଭଳି ଆଜି ଏହା ଅଗ୍ରହଣୀୟ । ଏହାର ଉଚିତ୍‌ ମୂଲ୍ୟ ହେବା ଦୂରେ ଥାଉ.. ଦୟାପରବଶ ହୋଇ କେହି ସାହାଯ୍ୟ ଦେବା ପାଇଁ ବି ଆଗେଇ ଆସିବେ ନାଇଁ । କେଉଁଠି ଆଲୋକର ଜୁଆର ଛୁଟୁଚି, ଏଠି ଆଲୋକର ଜୀର୍ଣ୍ଣ ଶିଖା । ଆଉ କିଛ ଦିନ ପରେ ହୁଏତ ସରକାରଙ୍କୁ ଦାବି କରାଯିବ ଖାଲି କାଗଜ କଲମ ଖାତା ବହି ଯୋଗାଇ ଦେଲେ ତ ହେବନି – ପଢ଼ିବାପାଇଁ ଆମକୁ ବିଦ୍ୟୁତ୍‌ ଶକ୍ତି ଯୋଗାଇ ଦିଅ – । ପ୍ରତିଟି କଥା ଯଦି ସରକାର ବୁଝିବେ ତେବେ ମନୁଷ୍ୟ ଭିତରେ ଆଉ ସହଯୋଗିତା ରହିଲା କ'ଣ ? ନିଜକୁ ନିଖୁଣ ଭାବେ ଗଢ଼ି ତୋଲିବାର ସୁନ୍ଦର ଆକାଙ୍କ୍ଷା ଆଉ ରହିବ କେଉଁଠି – ?

ନିଜର ଅନ୍ୟମନସ୍କତା କାଟି ଦେଖିଲା ବେଳକୁ କୋଠରୀଟି ଅନ୍ଧକାର । ମହମବତୀଟି ତା'ର ଶେଷ ସତ୍ତା ହରାଇ ବସିଲା ବୋଧେ – । ଦୁଇଟି କ୍ଷୀଣ କଣ୍ଠର ଅସ୍ପଷ୍ଟ କଥନ ଶୁଣା ଯାଉଚି – "ପଢ଼ା ତୋ'ର ସରି ଯାଇଚି ରିନି– ? ମୋର କିନ୍ତୁ ସିଲେଇ ସରି ପାରିନି – । ଆଉ ଟିକିଏ ବଡ଼ ମହମବତୀ ଆଣିଲେ ହେବ– । ଝିଅଟିର ଉପହାସ କଣ୍ଠ – କିନ୍ତୁ ବୋଉ! ବଡ଼ ମହମବତୀଟିର ଦାମ ଯେ ଅଧିକ । ଆଉ ଶୁଣି ପାରିଲେନି ଠାକୁରାଣୀ – ଲୁହ ଛଳ ଛଳ ଆଖିରେ ଫେରି ଆସିଲେ ସେ– ।

ଏତେ ଧନ ବିତରଣ କରିବାରେ ଲାଗିଛନ୍ତି ସେ – ଅଥଚ ସତ୍‌ପାତ୍ରରେ ପଡ଼ି ପାରୁନି । ଯାହାର ଦରକାର ଅର୍ଥ – ସେ ପାଇ ପାରୁନି ଅଥଚ ଦରକାର କରୁ ନ ଥିବା ବ୍ୟକ୍ତି ପାଉଚି ପ୍ରଚୁର ଅର୍ଥ ।

ଭରା ମନ ତୋଲି ଅନ୍ୟ ଏକ ଘରେ ପ୍ରବେଶ କଲେ ମା ଚଞ୍ଚଲା । ଘରଟି ଅନ୍ଧକାର ଭିତରେ ସତ୍ତା ହରାଇ ବସିଚି– । ମାତ୍ର ଘରଭିତର ବିଭିନ୍‌ ରଙ୍ଗର ଆଲୋକରେ ଆଲୋକିତ । ଇସ୍‌ – ମଦ୍ୟପାନର ଉକ୍ଟ ଗନ୍ଧରେ ନାକ ଫାଟି ପଡ଼ୁଚି । ଲିଭିଗଲୋ ଦୀପର ଧୂଆଁ ଘର ସାରା ଲହରେଇ ଲହରେଇ ଖେଲି ବୁଲିଲା

ପରି ହାଲୁକା ଯନ୍ତ୍ର ସଙ୍ଗୀତର ସ୍ୱର ଘର ଭିତରେ ମୃଦୁ ତାଲ ଦେଇ ନାଚି ଚାଲିଛି
– । ଆଲୁକାୟିତ କେଶା ଏକ ସୁନ୍ଦରୀ ରମଣୀର ସୌନ୍ଦର୍ଯ୍ୟକୁ ଲୁଟିବାରେ ଲାଗିଛନ୍ତି
ଦୁଇଟି କ୍ଷୁଧିତ ପୁରୁଷ– । ଜଣେ ନିବିଡ଼ ଆଶ୍ଳେଷ ଭିତରେ ଆଶ୍ଳେଷ ନେଇଥିବା
ବେଳେ ଅପର ପୁରୁଷଟି ରମଣୀ ଉପରକୁ ଫିଙ୍ଗି ଚାଲିଛି ପ୍ରଚୁର ଅର୍ଥ । ଯେମିତି
ଟଙ୍କାର ଝଡ଼ ବୋହୁଚି ଏଠି – । ଲକ୍ଷ୍ମୀଙ୍କର ଆଖି ଆପେ ଆପେ ବୁଜି ହୋଇଗଲା ।
ମୁଦ୍ରିତ ନୟନରେ ବି ସେ ଦେଖିବାକୁ ପାଉଥିଲେ ଦୃଶ୍ୟଟିର ଶେଷ ଅଂଶ –
ଚାରୋଟି କ୍ଷୁଧିକ ଚକ୍ଷୁର ପ୍ରଲୁବ୍ଧ ଦୃଷ୍ଟିକୁ ଏଡ଼ାଇ ଦେଇ ରମଣୀଟି ଆଗେଇ ଆସୁଚି
ଶୂନ୍ୟ ବସନରେ ଦୁହିଁଙ୍କୁ ବିଦାୟ ଦେବା ଲାଗି । ଟଙ୍କା ଗୁଡ଼ାକୁ ଗୋଟାଇନେଇ
ଲୁହା ଆଲମାରି ଭିତରେ ସାଇତି ରଖୁ ରଖୁ ଈଶ୍ୱରଙ୍କୁ ସେ ବଡ଼ ଧନ୍ୟବାଦ୍ ଦେଇ
ଚାଲିଛି – ଠାକୁରେ! ତୁମରି କରୁଣାରୁ ମୋର ଗୋଟିଏ ପାଉଣା ଶହ ଶହ ଟଙ୍କା ।

କରୁଣା ? ଏଇ ମାନକୁ ପୁଣି କରୁଣା– ? ଏଇ ଘୃଣ୍ୟ ବୃତ୍ତି ପାଇଁ ଈଶ୍ୱରଙ୍କ
କରୁଣା– । ଘୃଣାରେ ମୁହଁ ବୁଲାଇ ଆସିଲେ ଲକ୍ଷ୍ମୀ । ଏଇଠି ତେବେ ଅର୍ଥ, ଏଇଠି
ସୁଖ – ଏଇଠି ଆମ୍ ମର୍ଯ୍ୟାଦା– । ବିଷ୍ଣୁଙ୍କ ଉପରେ ଗଭୀର ଅଭିମାନ କରି ଭାଙ୍ଗି
ପଡ଼ିଲେ ମା ଠାକୁରାଣୀ । ଦେଶଟା ଛାରଖାର ହୋଇ ଯାଉଚି – ଟିକିଏ ଚିନ୍ତା ନାଇଁ
– ଟିକିଏ ଶୋଚନା ନାଇଁ । ଯିଏ ମନ ଖୁସିରେ ଆନନ୍ଦରେ ବିଭୋର ହୋଇ
ଡାକିଲା, ତା'ରି ଡାକ ଶୁଣିବ... ଅଥଚ ଦୁଃଖର ଡାକ ଶୁଣିବା ପାଇଁ ତମେ ଶ୍ରବଣ
ଶକ୍ତି ହୀନ । ଛିଃ... ଛିଃ... ଦେଶକୁ କ'ଣ ଏଇମିତି ପାଳନ କରାଯାଏ ?

ରାତ୍ରିର ଘନତା ଆକାଶଟା ଫର୍ଚ୍ଚା ଦିଶିଲାଣି... । ରାତ୍ରିର ଅବଗୁଣ୍ଠନ
ଘୁଞ୍ଚେଇ ସୂର୍ଯ୍ୟ ଚାଲି ଆସିଲେଣି ପ୍ରଭାତକୁ ସାଥୀ କରି... । କି ସୁନ୍ଦର ଆଉ
ମନୋରମ ଏ ପ୍ରଭାତ.. । ଯାକୁ ଉପଭୋଗ କରିବା ପାଇଁ କେହି ନାହାନ୍ତି ।
ଗ୍ରାମ୍ୟବଧୂ ସ୍ନାନ କରିବା ପାଇଁ ନଦୀ ତଟକୁ ଯାଇଥିବାର ଦୃଶ୍ୟ ଏଠି ଦେଖା
ଯାଉନି... । ଫୁଲର ଡାଲା ଧରି କେହି ତୋଳୁନି ଫୁଲ... । ଏ ସ୍ଥାନ ସାରି ଶ୍ଳୋକ
ବୋଲି ବୋଲି କେହି ଯାଉନି ମନ୍ଦିର ଦ୍ୱାର... । ସକାଳ ହୋଇ ସାରି ଥିଲେ ବି
ରାତି ଭଳି ସମସ୍ତେ ନିଦ୍ରିତ । ବିକଳ ପଙ୍ଖା ଘୁରୁଛି... କ୍ଷୀଣ ବିଦ୍ୟୁତ ଆଲୋକରେ
ଶୟନ କକ୍ଷଟି ସକାଳ ଭଳି ଆଲୋକିତ... । କାହିଁକି ଏମାନେ ସ୍ୱାଗତ କରିବେ
ପ୍ରଭାତକୁ? କ'ଣ ଏମାନଙ୍କପାଇଁ ପ୍ରୟୋଜନ ସକାଳର ମୁକ୍ତ ବାୟୁ... । ସୂର୍ଯ୍ୟଙ୍କର

ପହିଲି କିରଣ...? ଏମାନେ ତ ୟାକୁ କୃତ୍ରିମ ଉପାୟରେ ସଂଗ୍ରହ କରି ପାରି ସୁଖରେ, ଆନନ୍ଦରେ ବିଭୋର... । ଏଠି ସକାଳର ଦୃଶ୍ୟ ଯୁଦ୍ଧକ୍ଷେତ୍ର ଭଳି ବୀଭସ୍ସ ସକରୁଣ ।

ସହରଟା ରାତ୍ରିର ଅତ୍ୟାଚାରରେ କ୍ଳାନ୍ତ ଜଣା ପଡୁଛି... ମୂର୍ଚ୍ଛିତ ହୋଇ ପଡ଼ିଛି ଯେମିତି ଧରଣୀ... । ଜନଶୂନ୍ୟ ରାସ୍ତା ଉପରେ ବିକଟ ଚିକ୍ଲାର କରି ଧାଇଁଛି ଦୁଇ ତିନିଟା ଟ୍ରକ୍... । କାହାର ବାଧା ମାନୁନି... କାହାରିକୁ ସେ ଦେଖି ପାରୁନି... । ଏଇ ଟ୍ରକ୍‌ଗୁଡ଼ାକରେ ବୋଧେ ଚୋରା ଚାଉଳ ଚାଲାଣ ହେଉଚି... । ଲକ୍ଷ୍ମୀଙ୍କ ମନର ସନ୍ଦେହକୁ ସତ୍ୟର ରୂପ ଦେଲା ପରି ଟ୍ରକ୍ ପଛେ ପଛେ ପୁଲିସ୍ ଜିପ୍ ଛୁଟିଛି... । ଜିପ୍ ଭିତରୁ କିଏ ଚିକ୍ଲାର... ଧର... ଧର ଆଗ ଟ୍ରକ୍‌କୁ ଧର... । ବିସ୍ମୟରେ ହତ୍‌ବାକ୍ ହୋଇ ପଡ଼ିଲେ ଲକ୍ଷ୍ମୀ । ମଣିଷ ଆଇନ କାନୁନ ମାନୁନି... । ଅପରାଧ, ନିରପରାଧ ମାନୁନି... ଯାହା ଚାହୁଁଛି ତା' କରୁଛି । ଦେଶଟା ଆସ୍ତେ ଆସ୍ତେ ଲକ୍ଷ୍ମୀଛଡ଼ା ହୋଇ ପଡ଼ିଲାଣି... । ଜ୍ଞାନ ବୁଦ୍ଧି ଲୋପ୍ ପାଇଲାଣି... । ଥର ଥର ହୋଇ ଦେହଟା ଥରି ଉଠୁଛି ମହାଲକ୍ଷ୍ମୀଙ୍କର । ଏ ବିପର୍ଯ୍ୟୟ ମୁହୂର୍ତ୍ତରେ କ'ଣ ଯେ କରିବାକୁ ହେବ ଉପାୟ ଖୋଜି ପାଇ ନାହାନ୍ତି... ନିଜ ଆଖିରେ ଏ ସବୁ ଦେଖି କାହାକୁ ଅବିଶ୍ୱାସ କରିବେ ?

ସୂର୍ଯ୍ୟ ଉଠି ଆସିଲେଣି ଅନେକ ଉପରକୁ । ଏଇ ଯେମିତି ସକାଳ ହେଲା... ରାସ୍ତା ଉପରେ ଦୁଇ ତିନିଟା ଲୋକଙ୍କର ପଦ ଚିହ୍ନ ପଡ଼ି ଆସୁଚି... । ଚା' ଦୋକାନରେ ଭିଡ଼ ଜମୁଛି କ୍ରମଶଃ... । କୋଇଲା ଚୁଲିରେ ପ୍ରଥମ ମଲିନ ଆଖିରେ କଲା କୋଚଟା ଚା' କେଟ୍‌ଲିଟି ଥୋଇ ପୁଣି ଥରେ ଢୁଲେଇ ପଡ଼ିଛି ହୋଟେଲ ବାଳକଟି । ମାଲିକର ଡାକରାରେ ବିରକ୍ତ ହୋଇ କାନ୍ତୁଘଣ୍ଟାକୁ ଚାହିଁ ଭାବୁଛି, କେତେ ସମୟ ଏମିତି ହୋଇ ଗଲା ଯେ ଏତେ ଡାକରା ମୋ ଉପରେ... । ଏତେ ଭିଡ଼ ଜମି ଗଲାଣି ହୋଟେଲ ଭିତରେ... । ଜମା ସକାଳ ନଅଟା ତ ବାଜିନି... । ଚୁଲିର ଆଞ୍ଚ କାଲି ଲିଭାଗଲା ବେଳକୁ ରାତି ଗୋଟାଏ ହୋଇଥିଲା... । କେତେ ଘଣ୍ଟା ଏମିତି ଶୋଇ ପଡ଼ିଲି ଯେ....

ନିଦ ମଳ ମଳ ଆଖିରେ ବାଳକଟି ଚା ପରଶିବାରେ ଲାଗିଛି... । ମାତ୍ର କାନ ଅଛି ଲୋକଙ୍କ ରାଜନୀତି ଚର୍ଚ୍ଚାରେ... । ଇଏ ବି ସମାଜର ଶାସକଗୋଷ୍ଠୀଙ୍କ

ଚିହ୍ନିବା ପାଇଁ... ଜାଣିବା ପାଇଁ ଉତ୍କଣ୍ଠିତ : ଆଜିର ମଣିଷ ସମାଜ ପାଇଁ ରାଜନୀତି ଚର୍ଚ୍ଚା ହେଲା ପ୍ରଧାନ ଆଲୋଚ୍ୟ ବିଷୟ । ସମସ୍ତେ ଭାବୁଛନ୍ତି ଆମେ ରାଜନୀତି କଲେ ରାତା'ରାତି ବଡ଼ ହୋଇଯିବୁ । କି ଧନୀ କି ଦରିଦ୍ର ସମସ୍ତେ ଆଶାୟୀ, ବିନା ପରିଶ୍ରମରେ ବିଳାସୀ ଜୀବନ ଯାପନ କରିବା ! ଉସୃଙ୍ଖଳ ମାନବ ସମାଜ ବୁଝି ପାରୁନି ଏଇ କ'ଣ ବଞ୍ଚିବାର ସ୍ୱାଦୁ... ?

ଅଦୂରରେ କେତେଜଣ ସ୍ତ୍ରୀଲୋକ ସୁନ୍ଦର ପୋଷାକ ପିନ୍ଧି ଫୁଲର ହାର ଧରି ଯାଉଛନ୍ତି । ଏ ଅସମୟରେ ଖରାଟାରେ କେଉଁ ମନ୍ଦିରକୁ ଏମାନେ ଯାଉଛନ୍ତି... ? କ୍ଷିପ୍ର ପଦତୋଳି ମହାଲକ୍ଷ୍ମୀ ତାଙ୍କ ପାଖକୁ ଆଗେଇ ଆସିଲେ । ନମ୍ର କଣ୍ଠରେ ଲକ୍ଷ୍ମୀ ପ୍ରଶ୍ନ ତୋଳିଲେ, ଆଚ୍ଛା ଭଉଣୀମାନେ ମନ୍ଦିର ତ ତମେମାନେ ପଛରେ ଛାଡ଼ିଦେଇ ଆସିଲ... ଆଉ କେଉଁ ମନ୍ଦିରକୁ ଏ ଅବେଳରେ ଯାଉଛ ଦର୍ଶନ ପାଇଁ ? ମହାଲକ୍ଷ୍ମୀଙ୍କ ପ୍ରଶ୍ନରେ ସେମାନଙ୍କ ଭିତରେ ଗୋଟାଏ ହସର ଗୁଞ୍ଜରଣ ଖେଳିଗଲା । ହସି ହସି ସେମାନଙ୍କ ଭିତରୁ ଜଣେ କହିଲେ, ମନ୍ଦିରକୁ ଆମେମାନେ ଆଉ ଯାଉନୁ, ସେ ତ ନିର୍ଜୀବ... ସେ କ'ଣ ଆମମାନଙ୍କ ଗୁହାରି ଶୁଣନ୍ତି ? କେବଳ ମନର ବ୍ୟଥାଟା ଜଣାଇ, ଟିକିଏ ଶାନ୍ତ କାମନା ଆଶାରେ ଆମେ ଯାଇଥିଲୁ । ଏବେ ଆଉ ସେଠରେ ବିଶ୍ୱାସ ଆସୁନି । ମନ୍ଦିରରେ ନିୟମିତ ପୂଜା ଅର୍ଚ୍ଚନା ନାଇଁ । ପୂଜାକରି ଖିଆଲ ଖୁସିରେ ମନ୍ଦିରର କାର୍ଯ୍ୟ ସମାପନ ହେଉଛି । ହାତରେ ଘଣ୍ଟା ବାନ୍ଧି, ମନ୍ତ୍ର ଉଚ୍ଚାରଣ ନକରି ଯେଉଁ ଦେବତାଙ୍କ ଆଗରେ ନଡ଼ିଆ ଭଙ୍ଗାଯାଏ... ଭୋଗ ଲାଗେ... ସେ ଆଉ ଭଉଣୀ ଦେବତା କ'ଣ.. ? ଘରର ଖେଳନା କଣ୍ଢେଇ ଭଳି ମନେ ହେଉଛି... । ଆମେ ଯାଉଚୁ, ବାବା ଧର୍ମାନନ୍ଦଙ୍କ ପାଖକୁ... । ସେ ତ ନିଜେ କହୁଛନ୍ତି, ଶ୍ରୀକୃଷ୍ଣଙ୍କ ଅବତା'ର ବୋଲି । ଆମର ଦୁଃଖ ସୁଖ ବୁଝିବା ପାଇଁ ତାଙ୍କ ଘରର ଦରଜା ସର୍ବଦା ମୁକୁଳିତ... । ତାଙ୍କୁ ଆମେ ପୂଜା କରୁ... ପ୍ରତ୍ୟହ ମାଲା ପିନ୍ଧାଉ... । ସେ ଆମର ସାକ୍ଷାତ ଈଶ୍ୱର... । ଘଣ୍ଟା ଧରି ତାଙ୍କ ସହିତ ଆଲାପ ଆଲୋଚନା କରି ଆମେ ଯେଉଁ ଆନନ୍ଦ ପାଉ... ମନ୍ଦିରକୁ ଯାଇ ମୂକ ଭଗବାନଙ୍କୁ ଗୁହାରି ଜଣାଇବାରେ ସେ ଆନନ୍ଦ ଆମେ ପାଇପାରୁନୁ... । ତମେ ଯଦି ଇଚ୍ଛା କରୁଛ, ଆସ ଭଉଣୀ ଆମେ ତୁମକୁ ନେଇଯିବୁ ଆମ ବାବାଙ୍କ ପାଖକୁ.. । ମୃଦୁ ହସି ନିରବରେ ପଦାଙ୍କ ଅନୁସରଣ କରୁ କରୁ ମହାଲକ୍ଷ୍ମୀ କୌତୂହଲ

କଣ୍ଠରେ ପଚାରିଲେ, ଭଉଣୀ ତମ ବାବା କ'ଣ ମଣିଷର ମନସ୍କାମନା ପୂରଣ କରି ପାରୁଛନ୍ତି... ?

– ନିଶ୍ଚୟ... ନିଶ୍ଚୟ... । ସେ କଥା ପଚାରୁଛ ଭଉଣୀ...? ବର୍ଷ ବର୍ଷ ଧରି ମନ୍ଦିରକୁ ଦଉଡ଼ି ଯେଉଁ କାର୍ଯ୍ୟ ମୋର ହୋଇପାରି ନଥିଲା... ମାତ୍ର ଗୋଟିଏ ଦିନରେ ସେ କାର୍ଯ୍ୟ ମେଜିକ୍ ଭଳି ହୋଇଗଲା...

ହତାଶରେ ଭାଙ୍ଗି ପଡ଼ିଲେ ଠାକୁରାଣୀ... । ଇସ୍... ଈଶ୍ୱର ଯାହା କରିପାରୁ ନାହାନ୍ତି, ମଣିଷ ତାହା କରି ପାରୁଚି ?

– କିଛି ନଭାବି ମୋତେ ସେ ଗୋପନ ତଥ୍ୟଟି କହିବ କି ଭଉଣୀ... ?

ଆଦୌ ଗୋପନ ନୁହେଁ... । ଏହା ମୋର ବ୍ୟକ୍ତ କରିବାରେ ଗୌରବ... । "ଏଇ କିଛି ଦିନ ହେଲା ମୋର ବୋହୂଟିଏ ଆସିଛି... । ତା'ର ମୋର ନିତ୍ୟ ଝଗଡ଼ା ହେବା ଫଳରେ ସେ ମତେ କଥା କହିବା ବନ୍ଦ୍ କରିଦେଲା... । ବାବାଙ୍କୁ ମୋର ଗୁହାରି ଜଣାଇଲା । ବାବା ଶାସନ କଣ୍ଠରେ ଯାହା କହିଲେ' ତା'ର ଅର୍ଥ ହେଲା, ତମେ ଶାଶୁଙ୍କୁ ସେବା କର... କଥା ପଛେ କୁହନା । ମୋର ତ ଭଉଣୀ ସେତିକି ଦରକାର ଥିଲା.... । ବାବାଙ୍କ କଥା ପଦକ ମତେ ଔଷଧ ଭଳି କାମ ଦେଲା... । ସବୁ ଜମିଟକ ବାବାଙ୍କ ନାଁରେ କରିଦେଲି ।

ହସି ଉଠିଲେ ମା ଠାକୁରାଣୀ... । ଇସ୍... ଏଇଭଳି ମୂର୍ଖ ଭକ୍ତଙ୍କର ଭଣ୍ଡ ବାବା.. । କାହିଁକି କଳି ଲାଗୁଚ... ଦୋଷ କାହାର... ବୁଝିବା ଦୂରେ ଥାଉ ଜମି ପାଇବା ଲୋଭରେ ଶାଶୂର ସପକ୍ଷ ନେଇ ବୋହୂ ମୁଣ୍ଡରେ ଦୋଷ ଲଦି ଶାଶୂଙ୍କୁ ସେବା କରିବା ପାଇଁ ପରାମର୍ଶ ଦିଆହଉଛି । ଇସ୍ ମଣିଷ ଗୁଡ଼ାକ କେତେ ସ୍ୱାର୍ଥବାଦୀ... ଈଶ୍ୱର ନିନ୍ଦୁକ ହୋଇ ଯାଇଛନ୍ତି ଭାବିଲେ ଏ ବିଶ୍ୱରୁ ବିଦାୟ ନେବାକୁ ମନ ହେଉଛି... । ଏଇ ମଣିଷମାନଙ୍କର ସୁବିଧା ଅସୁବିଧା ବୁଝିବା ପାଇଁ ଆମେମାନେ ତାଙ୍କୁ ସତର୍କ ପ୍ରହରୀ ଦେଇ ଜଗି ଥାଉ... । ଅଥଚ ସେମାନେ ଈଶ୍ୱରଙ୍କୁ ଡାକିବା ପାଇଁ ବି ନାରାଜ... । ଅଳ୍ପ ପରିଶ୍ରମରେ ଯେଉଁଠି କାମ ହାସଲ ହୋଇଯିବ ସେଇଥିନେଇ ମଣିଷ ଆଜି ପାଗଳ... ଈଶ୍ୱରଙ୍କ ଅବତା'ର କହି, ମଣିଷ ଭୁଲାଉଚି ମଣିଷକୁ । କେଉଁ ଅଲୌକିକ ମାୟା ଦେଖି ଏମାନେ ଆକୃଷ୍ଟ ହେଉଛନ୍ତି ?

ଭାବନାରେ ଭାବନାରେ ବହୁ ପଥ ଅତିକ୍ରମ ଗଲେଣି ମା ଠାକୁରାଣୀ । ଅଦୂରରୁ ଭାସି ଆସୁଛି ଡାକବାଜି ଯନ୍ତ୍ର ଭିତରେ ସିନେମା ସଙ୍ଗୀତର ସ୍ୱର... । ବିରାଟ ସାମିଆନା ଟଙ୍ଗା ହୋଇଛି... ଦୁଆର ସାମ୍ନାରେ ଅନେକ ଗାଡ଼ି ମୋଟର ବି ଥୁଆ ହୋଇଛି... । ଏ ନିଶ୍ଚୟ ବିବାହ ଉସ୍ତବ... । ଆଜିର ବିବାହ ଉସ୍ତବରେ ପୁରୋହିତର ମନ୍ତ୍ର ଉଚ୍ଚାରଣ, ବିବାହର ବିଧି ବିଧାନ ନଗଣ୍ୟ... । ପ୍ରଧାନ ହେଉଛି ନିମନ୍ତ୍ରଣ କାର୍ଡ଼ ଡାକବାଜି ଯନ୍ତ୍ର... ଚଉକି ଟେବୁଲ ଆଉ ଚା ଜଲଖିଆ... । ଏସବୁ ଭିତରେ ଗୁରୁତ୍ୱପୂର୍ଣ୍ଣ ଭୂମିକାଟି ହେଉଛି ଯୌତୁକ... । ଯିଏ ଯେତେ ଯୌତୁକ ଦେଇ ପାରିଲା, ସିଏ ସେତେ ସୁଯୋଗ୍ୟ ଜାମାତା ପାଇପାରିଲା । ସାମାନ୍ୟ ଦୂରରେ ଠିଆ ହୋଇ ଉସ୍ତବଟିକୁ ଦେଖିବା ପାଇଁ ମନା ବଳାଇଲେ ମହାଲକ୍ଷ୍ମୀ... । ବହୁ ଆଡ଼ମ୍ବରରେ ବର ଆସିଲା... । ପୁରୋହିତର ସାମାନ୍ୟ ଶ୍ଲୋକପାଠ ପରେ ହସ୍ତ ଗଣ୍ଠିର ସମୟ ଆଗତ ହେଲା.. । ବରପକ୍ଷ ବ୍ୟକ୍ତିଙ୍କ ଭିତରେ ଗୋଟାଏ ଆଲୋଚନା ଚାଲିଲା ଅସ୍ପଷ୍ଟ ଭାବେ... । ତା'ପରେ ପାଟି ତୁଣ୍ଟ.... କଳି ତକରାଲ ଆରମ୍ଭ ହୋଇଗଲା ଜୋରସୋରରେ... । "ସୁଟ୍‌ର ନାଇଁ... ଟିସଟ ଘଡ଼ି ନାହିଁ... ସୁଟ୍‌ ପାଇଁ ଟେରିନ୍‌ କନା ବଦଳରେ ଓୟାସ ଆଣ୍ଡ ଓୟାୟାର... ବିବାହ ନହେଲେ କୋଉ ଭାସି ଯାଉଛି ଆମର । ହାତରେ ଦଶ ହଜାର ଟଙ୍ଗା ଗୁଞ୍ଜି ନିଷ୍ଠିତ"... ବରପିତା ଆଖି ଉପରୁ ଚଷମାଟା କାଢ଼ି ଦେଇ ଗର୍ଜନ ଛାଡ଼ିଛନ୍ତି... । ସାଙ୍ଗେ ସାଙ୍ଗେ ଗାଡ଼ି ସ୍ଟାର୍ଟ ହୋଇଗଲା, ବସିଗଲେ ବରଯାତ୍ରୀ ଦଲ... । ଇସ୍‌... ଗାଡ଼ିପାଖେ ବର ପିତା'ର ଗୋଡ଼ ଧରି କି କାକୁତି ମିନତି.... "ଝିଅ ମୋର ଅଭିଆଡ଼ି ରହିଯିବ... ଯାହା ଚାହୁଁଛନ୍ତି ସବୁ ଦେବାକୁ ରାଜି ହେଉଛି... ମୋର ଘରହାର ବିକି ସର୍ବସ୍ୱାନ୍ତ ହେବି ପଛେ ଆପଣ ଫେରି ଆସନ୍ତୁ"... । କନ୍ୟା ପିତା ମୁଣ୍ଡ କେଡ଼ି ଦୁଃଖରେ ଅଧୀର ।

ଆଃ... ଆଜିର କନ୍ୟା ପିତା ମାତା ଅଭିଶପ୍ତ । ନିଜେ ସୃଷ୍ଟି କରିଥିବା ସନ୍ତାନ ନିଜ ପାଇଁ ସମସ୍ୟା... । ନଗଦ ଅର୍ଥର ମୋହରେ ସମସ୍ତେ । ମୋହଗ୍ରସ୍ତ... । କନ୍ୟାର ଗୁଣ, ଯୋଗ୍ୟତା, ସୌନ୍ଦର୍ଯ୍ୟ, ଆଉ ବଂଶ ମର୍ଯ୍ୟାଦା ବିବାହ ବଜାରରେ ଚାହିଦା ନାହିଁ । ଯାହାକୁ ନେଇ ଏଇ ବିଶ୍ୱର ସୃଷ୍ଟି, ତା'ରି ମୂଲ୍ୟ ଆଜି ଏତେ ନିମ୍ନରେ...? ତା'ରି ସମାଜର ନିଷ୍ଠୁରତା... । ଉଚିତ୍‌ ଅନୁଚିତ୍‌ ପ୍ରତି କେହି ଚିନ୍ତା

କରୁନାହାନ୍ତି । ଯିଏ ପଦସ୍ଥ ଅଫିସର ହେଲା, ସେଇ ଗ୍ରହଣ କଲା ଯୌତୁକ... । ନିଜର କ୍ଷମତା ବଳରେ ତା'ରି ସ୍ତ୍ରୀ ପାଇଲା ଚାକିରି... । ଅଥଚ ଗରିବ ଘରର ଝିଅଟିଏ ଯୋଗ୍ୟତା ପତ୍ର ହାତରେ ଧରି ନାଁ ଚାକିରି ପାଇ ପାରିଲା । ନାଁ ବିବାହ କରି ପାରିଲା... ? ଦୁଃଖରେ ମରିଗଲେ ବି ତା କଥା ବୁଝିଲା ନାଇଁ ସମାଜ... । ଗୋଟିଏ ପରିବାର ସ୍ୱାମୀ ସ୍ତ୍ରୀ ଉଭୟେ ରୋଜଗାର କରୁଥିବା ସ୍ଥଳେ ଆଉ ଗୋଟିଏ ପରିବାର ବେକାର । ଗୋଟିଏ ପରିବାର ଭିତରୁ ଜଣେ ଚାକିରି କରି ସାରିବା ପରେ ଅନ୍ୟମାନଙ୍କୁ ବିଚାରକୁ ନିଆଯିବା ଉଚିତ୍ । ବେକାର ସମସ୍ୟା ବଢ଼ିବାରେ ଲାଗିଛି.... କଳାବଜାରୀ ସଂଖ୍ୟା ମୂଳପୋଛ ହେଉନାହିଁ । ଏତେ ଧନ ଅକାତରେ ବିତରଣ କରିବା ପରେ ବି ମନୁଷ୍ୟ ସୁଖ ଖୋଜି ପାଉନି କେଉଁଠି ଔଷଧ ଅଭାବରେ କାହାର ମୃତ୍ୟୁ ଘଟୁଚି... ଆଉ କିଏ ଭେଜାଲ ଔଷଧ ବ୍ୟବସାୟ କରି କୋଟିପତି । ଅର୍ଥର ପ୍ରକୃତ ସଦ୍ ବ୍ୟବହାର ହୋଇପାରୁନି ବର୍ଷକରେ ଗୋଟିଏ ଫସଲ କରି ମନୁଷ୍ୟ ଯେଉଁ ସୁଖ ଶାନ୍ତି ପାଉଥିଲା ଆଜି ବର୍ଷକରେ ତିନି ତିନିଟା ଫସଲ କରି ବି ଅଭାବ ମନୁଷ୍ୟର ପାଖ ଛାଡୁନି । ଅଭାବଗ୍ରସ୍ତ ହୋଇ ଶେଷରେ ମଣିଷ ମନ୍ଦିରରୁ ମୂର୍ତ୍ତି ଚୋରି କରିବାକୁ କୁଣ୍ଠାବୋଧ କଲାନି... ।

ଆଗରେ ଦିଶୁଚି ହରିଜନ ବସ୍ତି । କଣ ଏମାନଙ୍କର ଉନ୍ନତି ହୋଇଚି ? ସେଇ ଦାରିଦ୍ର୍ୟ ଭିତରେ ବୁଡ଼ି ରହିଛନ୍ତି ଏମାନେ । ସରକାର ଏମାନଙ୍କ ପାଇଁ ଅନେକ ଯତ୍ନ କରୁଚି । ଚାକିରି ଦେଇଚି ସହରାଞ୍ଚଳରେ ଚାଳ ଘର ପରିବର୍ତ୍ତେ କୋଠାଘର ଗଢ଼ି ତୋଳିଛି । କିନ୍ତୁ ଦିନକର ମଜୁରି ଟଙ୍କା ଯାଉଚି ନିଶା ପାଣି ସେବନରେ । ସିନେମା ଦେଖାରେ ସମସ୍ତ ପଇସା ଖଟାଇ ଅକର୍ମା ହୋଇ ପଡ଼ୁଛନ୍ତି । ମନରେ ତାଙ୍କର ଭଲ ମଣିଷ ହେବା ବଡ଼ ମଣିଷ ହେବାର ଉଚ୍ଚାଙ୍କାଂକ୍ଷା କାଇଁ ? କୋଠାଘରେ ରହି ବି ଦାରିଦ୍ର୍ୟର ସ୍ପଷ୍ଟ ଛାପ । ଅପରିଷ୍କାର ଅପରିଚ୍ଛନ୍ନତାରେ ବୁଡ଼ି ରହିଛନ୍ତି । ଏଇ ହରିଜନ ବସ୍ତିର ଶୁଚିତା ଉପରେ ଲୋଭେଇ ଉଠି ଦିନେ ଠାକୁରାଣୀ ଶ୍ରୀୟା ଚଣ୍ଡାଲୁଣୀର ଦ୍ୱାରସ୍ଥ ହୋଇଥିଲେ । ନୁଆଁଣିଆ ଓଲି ତଳର ରଙ୍ଗମାଟି ଲିପା ଝୋଟି ଉପରେ ଠିଆ ହୋଇପଡ଼ି ପରମ ସୁଖ ଅନୁଭବ କରିଥିଲେ । ଆଜି ସେଇ ଚାଳର ଓଲି ନାଇଁ କି ମଣିଷର ଆତ୍ମା ଶୁଦ୍ଧି ନାଇଁ । ମନୁଷ୍ୟକୁ ଯେତେ ସୁବିଧା ସୁଯୋଗ ଦିଆଯାଇଚି, ସେତିକି ସେ ହୋଇପଡୁଚି କର୍ମକାତର ଜ୍ଞାନ ଶୂନ୍ୟ ।

ସଂକଲକ : ଡଃ ତନ୍ମୟ ପଣ୍ଡା || ୨୫୩

କୃଷକ ଘରକୁ ଯାଇ, ତା'ର ଶୋଚନୀୟତା ଦେଖିବା ପାଇଁ ଆଉ ମନ ବଳିଲା ନାଇଁ ଠାକୁରାଣୀଙ୍କର । ତା'ର ପରିବାର ତାକୁ ସାହାଯ୍ୟ କରିବା ପାଇଁ ନାରାଜ । ପୁଅ ତା'ର ପଦସ୍ଥ ଅଫିସର ହେବା ପାଇଁ ଆଶାୟୀ । ସହରରେ ରହି ପାଠ ପଢ଼ିବା ପାଇଁ ତା'ର ଭୀଷଣ ସଉକ୍ । ହାତରେ ପୁଞ୍ଜି ନାଇଁ । ମନରେ ସନ୍ତୋଷ ନାଇଁ । ପୁଅ ମାଗୁଛି ସ୍କୁଟର କିଣିବା ପାଇଁ ଟଙ୍କା । ଝିଅର ଦରକାର ସିନ୍ଥେଟିକ୍ ଶାଢ଼ି । ବୋହୂ କହୁଚି, ମୁଁ ସହରରେ ରହିବି ମୋ ପାଖକୁ ସରୁ ଅରୁଆ ଚାଉଳ, ଖାଣ୍ଡି ଗୁଆଘିଅ ଓ ଭଜା ମୁଗଡ଼ାଲି ନେଇ କରି ଆସ । ସବୁର ଅଭାବ ପୂରଣ କରି କରି ସେ ଆଜି ନିଃସ୍ୱ । ଦିନରେ ବକତେ ଭାତ ରାତିରେ କେଇ ଖଣ୍ଡ ଶୁଖ୍ଲା ରୁଟି ଖାଇ ସେ କର୍ମକରି ଚାଲିଛି । ତା' ଜେଜେ ବାପାଙ୍କ ପଖାଳ କଂସାଟା ଦେଖିଲେ ଆଖିରୁ ଝରି ପଡ଼ୁଛି ଧାର ଧାର ଅଶ୍ରୁ ।

ଯେ କର୍ମ କରି ଚାଲିଛି, ତା ପ୍ରତି ସହୃଦୟତା ନାଇଁ । ଯେ ଅନ୍ୟାୟ କରି ଧନୀ ହୋଇ ପାରୁଚି, ତା'ର ପ୍ରଶଂସା ପାଇବାରେ ସମସ୍ତେ ପାଗଲ । ଅନ୍ୟାୟ କରିବା ପାଇଁ ଆହୁରି ସୁଯୋଗ ଦିଆଯାଉଚି ତାକୁ । ସମସ୍ତେ ଆଜି କ୍ଷମତା ପାଗଲ, ସ୍ୱାର୍ଥଖୋର । ଦେଶକୁ ଉନ୍ନତ ପଥକୁ ଆଗେଇ ନବାର ପ୍ରବୃଭି ଆଜି ସୁପ୍ତ । ଦୟା, କ୍ଷମା, ସ୍ନେହ, ଶ୍ରଦ୍ଧା ଦୂରର କଥା ଅପରର ଭଲ ମନ୍ଦ ବୁଝିବାକୁ ବି ଏ ସ୍ୱାର୍ଥପର ଦୁନିଆରେ କାହାରି ବେଳନାହିଁ ।

ମଧ୍ୟାହ୍ନର ଖରା ନଇଁ ଆସିଲାଣି । କ୍ଲାନ୍ତ ପଦ ତୋଲି ମହାଲକ୍ଷ୍ମୀ ଅଟକିଗଲେ ଆଉ ଗୋଟିଏ ପ୍ରାସାଦର ବାହାରେ । ଏ ମନୋରମ ପ୍ରାସାଦର ଶୋଭା ଅବର୍ଣ୍ଣନୀୟ । ଗେଟ୍‌ରେ ଝୁଲୁଛି ନାମ ଫଳକ । ଏ ନାଁ, ତ ସହରର ଜଣାଶୁଣା । ବିଶିଷ୍ଟ ବ୍ୟବସାୟୀ । ମାତ୍ର ଏ କ'ଣ ଗେଟ୍ ଭିତରେ ପୁଲିସ୍, ଗୃହକର୍ତ୍ତା ଫେରାର । ଘର ଖାନତଲାସ ଚାଲିଛି । କିଲୋ କିଲୋସୁନା ଗୃହକର୍ତ୍ତା କୋଇଲା ବସ୍ତାରେ ଲୁଚାଇ ପକାଉଛନ୍ତି ଭୃତ୍ୟା, ମାଲିକାଣୀଙ୍କ ଆଦେଶ ପାଇ ଅଫିମ ଗୁଲାମାନ ଫିଙ୍ଗି ଚାଲିଛି ବାହାରକୁ । ମଦ ବୋତଲ ଉପରେ କାଠ ଡାବଲ ଘୋଡ଼ାଇ ଦେଇ, ସଦ୍ୟ ଚାକିରି କରୁଥିବା ବଡ଼ପୁଅ ଆଲ୍‌ସିସିଅନଟାକୁ ଚଢ଼ାଇ ଦେଉଛି । ଡାବଲ ଉପରକୁ । କଲେଜ ପଢ଼ୁଆ ମ୍ୟାକସି ପିନ୍ଧା ଝିଅ ଟଙ୍କାର ବିଡ଼ି ଧରି ଦଉଡ଼ୁଛି ବ୍ୟାଥରୁମ୍‌କୁ । ପଛେ ପଛେ ପୁଲିସ୍ ଖୋଲ ଖୋଲ । ଖୋଲିବା ପରେ ସବୁ ଶେଷ । ସେପ୍‌ଟିକ୍ ଲାଟ୍ରିନ୍ ଭିତରେ

ଟଙ୍କାର ବିଡ଼ା ପକାଇ ଦେଇ ଫ୍ଲାସ୍ କରି ଦେଉଛି ଚେନ୍‌ଟାଣି । ଲାଟ୍ରିନ୍‌ର ସଁ ସଁ ଶବ୍ଦ ଶୁଣି, ପୁଲିସ୍ ବିସ୍ମିତ । ଏତେ କମ ସମୟ ଭିତରେ ଫ୍ଲାସ୍ କରିବା କ'ଣ ବା ପ୍ରୟୋଜନ ? ଚାଙ୍କି ଖୋଲି ନିଶ୍ଚୟ ବାହାରିବ ଏଥ୍‌ରୁ ଟଙ୍କା ସୁନା ଯେତେ ସବୁ ଚୋରା ମାଲ । ଶୋଇବା ଘର ଫ୍ୟାନ ବେଡ଼୍‌ର ପ୍ଲାଷ୍ଟିକ୍ କଭର ଭିତରୁ କଡ଼ା ଚାଲିଛି ଉଚ ଅଙ୍କର ନୋଟ୍ ମାନ । ସାଇତା ହୋଇଥିବା ପୁରୁଣା ଚିଠିର ଲଫାପା ଭିତରେ ବି ଟଙ୍କା ।

ଇସ୍... ଧନ ତା'ହେଲେ ଏଇ ପୁଞ୍ଜିବାଦୀ କୁବେରମାନଙ୍କ ହାତରେ ? ତେଲିଆ ମୁଣ୍ଡରେ ତେଲ ଭଲି, ଧନୀ ହାତରେ ଧନ । ଏଇ ବିବେକହୀନ ଅର୍ଥ ଲୋଭୀ ମନୁଷ୍ୟର ଆସନ ଆଜି ଉଚରେ ? ଅର୍ଥର ଏଇଭଲି ସଦ୍ ବ୍ୟବହାର କରୁଛନ୍ତି ଏମାନେ... ? ଯେ ନ୍ୟାୟରେ ଚଲୁଛି... ସେଇ ନିଃସ୍ୱ... ସେଇ ଦରିଦ୍ର... । ଅଭାବ ଅନାଟନ ତା'ର ଚିରସାଥୀ ?

ବେଦନାକ୍ରାନ୍ତ ଚିତ୍ତରେ ଲକ୍ଷ୍ମୀ ଶେଷରେ ମନସ୍ତ କଲେ ସରସ୍ୱତୀଙ୍କ ପାଖକୁ ଯାଇ ମିନତି ଜଣାଇବେ । "ଭଉଣୀ ! ମୋର ଅପର୍ଯ୍ୟାପ୍ତ ଧନ ଆଜି କୁବେର ପାଖରେ । ଅର୍ଥର ସଦ୍ ବ୍ୟବହାର ହୋଇ ପାରୁନି । ଆଜି ସମସ୍ତେ ଅର୍ଥାନ୍ଧ । କାହାରି ଜ୍ଞାନ ନାଇଁ, ଭକ୍ତି ନାଇଁ, ସ୍ନେହ ନାଇଁ, ଶ୍ରଦ୍ଧା ନାଇଁ, ପଶୁ ତୁଲ୍ୟ ମଣିଷ ମାତ୍ର । ତମରି କରୁଣା ନ ହେଲେ ଦେଶ ଆଉ ଟିଷ୍ଟି ପାରିବନି । ପ୍ରତିଟି ମନୁଷ୍ୟର ମସ୍ତିଷ୍କରେ ଭରି ଦିଅ ସଦ୍‌ବୁଦ୍ଧି ବିଦ୍ୟା ଜ୍ଞାନ ଆଉ ନମ୍ରତା । ଅହଙ୍କାର ନ ଦେଇ ତମେ ବିନୟୀ ଭାବ ବିତରଣ କର ଭଉଣୀ । ଅର୍ଥର ସଦ୍‌ବ୍ୟବହାର କରି ଶିଖନ୍ତୁ ସମସ୍ତେ । ଏଟିକି କ'ଣ ଏ ବିପର୍ଯ୍ୟୟ ମୁହୂର୍ତ୍ତରେ ମୋ ଲାଗି ସହୃଦୟତା ଦେଖାଇ ପାରିବନି ?

କିନ୍ତୁ ଏ କଣ, ସରସ୍ୱତୀ ତ ନାହାନ୍ତି । ଗଲେ କୁଆଡ଼େ ସିଏ ? ସେ'ତ ନିଜର ଆଲୟ ଛାଡ଼ି କୁଆଡ଼େ ଯାଆନ୍ତି ନାଇଁ । କିଏ ଆଉ ସାହାଯ୍ୟ କରିବ ମତେ ? ଆଖ୍‌ରୁ ଧାର ଧାର ଅଶ୍ରୁକୁ ପୋଛି ଚାଲିଛନ୍ତି ଠାକୁରାଣୀ ଜଗନ୍ନାଥଙ୍କ ପାଖକୁ । ସେଇ ପ୍ରଭୁ ଅନ୍ତର୍ଯ୍ୟାମୀ ସରସ୍ୱତୀଙ୍କ ଗମନ ପଥ ଅନୁସନ୍ଧାନ କରି କହି ପାରିବେ ।

ଦ୍ୱାରବନ୍ଧ ପାଖେ ଲକ୍ଷ୍ମୀଙ୍କର ପାଦ ଦୁଇଟି ଅଟକି ଗଲା, ସରସ୍ୱତୀ ତ ଏଇଠି ପ୍ରଭୁଙ୍କର ପଦ ସେବା କରୁଛନ୍ତି । ଅଭିମାନରେ ଗୁମୁରି ଉଠିଲେ ମହାଲକ୍ଷ୍ମୀ । କେତୁଟା ଦିନ ବା ହେଲା ମନ୍ଦିର ଛାଡ଼ିବାର ଏଇ ଟିକକ ଅନୁପସ୍ଥିତିକୁ ମୋର ସମ୍ଭାଳି ନ ପାରି ସରସ୍ୱତୀଙ୍କୁ ଡକାଇ ଆଣିଛନ୍ତି । ମୁଁ କାହିଁକି ଗଲି, କୁଆଡ଼େ ଗଲି, ଜାଣିବା ପାଇଁ ତାଙ୍କର ଯଦି ଆଗ୍ରହ ନାଇଁ ତେବେ ଦେଶଟା ଛାରଖାର ହୋଇଯାଉ ମୋର ଯାଏ କେତେ ଆସେ କେତେ ? ମତେ ବି ଶୋଇ ଆସେ ରହି ସିଂହାସନରେ ମୁଁ ବି କରିଜାଣେ ପ୍ରଭୁଙ୍କର ପଦସେବା ।"

ଧୀର ପଦ ତୋଳି ଲେଉଟି ଆସିଲେ ଠାକୁରାଣୀ । କ୍ଲାନ୍ତ ଶ୍ରାନ୍ତ ହୋଇ ବୁଲୁଛନ୍ତି ମାତ୍ର ଟିକିଏ ଶାନ୍ତିପାଇଁ । କେଉଁଠି ଟିକିଏ ସେ ଦେଖିନେବେ ନ୍ୟାୟ ଅନ୍ୟାୟର ତା'ରତମ୍ୟ । ମନୁଷ୍ୟର ସଦିଚ୍ଛା ପୂରଣ କିନ୍ତୁ ନାଁ ଆଉ ଏ ସବୁ ଚକ୍ଷୁରେ ଦେଖିବା ସମ୍ଭବ ନୁହେଁ ସ୍ୱପ୍ନରେ ବି ନୁହେଁ । ସ୍ୱୟଂ ଈଶ୍ୱର ଯେଉଁଠି ସ୍ୱାର୍ଥ ପାଗଲ ମନୁଷ୍ୟ ତ ଛାର ମାତ୍ର । ସେ କାହିଁକି ନିଜର ସୁଖକୁ ଜଳାଞ୍ଜଲି ଦେବ ? ଅପରର ଦୁଃଖ ବୁଝିବ ?

ଦୁଃଖ, ଗ୍ଲାନି, ହତାଶା ଆଉ କ୍ଲାନ୍ତିର ବୋଝବୋହି ଫେରି ଆସିଲେ ମନ୍ଦିର ଭିତରକୁ । ଏତେ ଦିନ ଧରି ଘୂରି ଘୂରି କିଛି ଶାନ୍ତି ପାରିଲେନି । ଯୋଉ ଦୁଃଖରେ ଅଧୀର ହୋଇ ଏ ଘରୁ ପାଦ କାଢ଼ିଥିଲେ, ସେହି ଦୁଃଖର ବୋଧ ବୋହି ଫେରି ଆସିଲେ ।

କିନ୍ତୁ ମନ୍ଦିର ଦ୍ୱାରଦେଶରେ ପ୍ରଭୁ ବଳରାମ । ଅସନ୍ତୋଷରେ ଅସ୍ଥିର ସେ । ଲକ୍ଷ୍ମୀଙ୍କୁ ଆଉ ଘରେ ପୂରେଇବା ପାଇଁ ରାଜି ନୁହଁନ୍ତି । ଘରର ବୋହୂ ହୋଇ ଯଦି ବାହାରେ ବୁଲିବ ତେବେ ଘର ଲୋକମାନେ ଚଳିବେ କିପରି ? ଏଇ କେତେ ଦିନର ଅନୁପସ୍ଥିତିରେ ମନ୍ଦିରର ଯେଉଁ ଅବ୍ୟବସ୍ଥା ସକାଳ ଧୂପ ମଧାହ୍ନରେ, ମଧାହ୍ନ ଧୂପ ରାତ୍ରିରେ । ଏ ଅନୀତିକୁ ଆଉ ସମ୍ଭାଳିବା ଅବସ୍ଥାରେ ନାହାନ୍ତି ବଳରାମ । କ୍ରୋଧରେ ଜର୍ଜରିତ ହୋଇ ପ୍ରତି ମୁହୂର୍ତ୍ତରେ ସେ ଭାବୁଛନ୍ତି ଜଗନ୍ନାଥଙ୍କୁ ପଚାରିବେ ଲକ୍ଷ୍ମୀ କ'ଣ ଘରେ ନାହିଁ ? କିନ୍ତୁ ପର ମୁହୂର୍ତ୍ତରେ ଏ ପ୍ରଶ୍ନ ଜଗନ୍ନାଥଙ୍କ ପ୍ରତି ଅଶୋଭନୀୟ ହେବ ଭାବି ନିରବ ରହି ଯାଇଛନ୍ତି । ଘରର ବୋହୂ ଘରେ ନ ରହି ଆଉ ଯିବ କୁଆଡ଼େ ସିଏ ? ଏଭଳି ପ୍ରଶ୍ନ ପଚାରି ମନରେ ଦୁଃଖ ଦେବା ଠିକ୍

ହେବନି ଭାବି ଅବସ୍ଥାରେ ସେ ମା ବିମଳାଙ୍କୁ ପ୍ରଶ୍ନ କଲେ ଆଚ୍ଛା ବିମଳା, ଲକ୍ଷ୍ମୀ କଣ ଆଉ ଘରେ ରହୁନି କି ? ମନ୍ଦିରରେ ଏମିତି ଅବ୍ୟବସ୍ଥା କାହିଁକି ? ବଳରାମଙ୍କ ପଛପଟେ ଠିଆ ହୋଇଥିଲେ ମହାଦୁର୍ଗା ବିମଳା ।

ବିମଳା ଏ ପ୍ରଶ୍ନରେ ବିଚଳିତ ନ ହୋଇ ମୃଦୁ ହସି କାରଣଟା ସ୍ପଷ୍ଟଭାବେ ଜଣାଇ ଦେଲେ । "ଦେଶର ଅବ୍ୟବସ୍ଥାକୁ ସହ୍ୟ କରି ନ ପାରି ଲକ୍ଷ୍ମୀ ବର୍ତ୍ତମାନ ବାହାରେ । ତେଣୁ ମନ୍ଦିରର ଅବ୍ୟବସ୍ଥା ହେବା ସ୍ୱାଭାବିକ୍ । ଦେଖୁ ନା ଘିଅ ବଦଲରେ ଡାଲଡା । ଡାଲଡା ବଦଲରେ ବାଦାମତେଲ ଦିଆଯାଇ ତରକାରୀ ରନ୍ଧା ଚାଲିଛି । ଅନ୍ନରେ ଧାନ ଆଉ ଗୋଡ଼ି ଭର୍ତ୍ତି । ଡାଲିରେ ପାଣି ଅଧିକରୁ ଅଧିକ ବଢ଼ି ଚାଲିଛି ।"

ମା ବିମଳାଙ୍କଠାରୁ ନିର୍ଭିକ ବାଣୀ ଶୁଣି ବଳରାମଙ୍କ ଅଭିମାନ ସ୍ୱରଟା କ୍ରୋଧାର୍ଦ୍ଦ ଶୁଣାଗଲା, କିରେ, ଲକ୍ଷ୍ମୀ କେତେ ଦିନ ହେଲା ଘରେ ନାହିଁ କହିଲୁ ?

ପ୍ରଭୁ ଅନ୍ତର୍ଯ୍ୟାମୀ ନିରୁତ୍ତର ।

କଣ ବା ତାଙ୍କୁ ଅଜଣା ? ସବୁ ଜାଣି, ସବୁଥିରେ ସେ ଚୁପ୍ ପ୍ରତ୍ୟେକ କଥାକୁ ସମ୍ଭାଳି ନେଇ ପରିସ୍ଥିତିକୁ ଲାଘବ କରିବା ପ୍ରଭୁଙ୍କ ଅଭ୍ୟାସ । ବଡ଼ ଭାଇଙ୍କ କଥାରେ ଜଗନ୍ନାଥ ବିଚଳିତ ନ ହୋଇ ମୃଦୁ ହସି ନିରବ ରହିଲେ ।

ବଳରାମ କିନ୍ତୁ ସମ୍ଭାଳି ଯିବା ସମ୍ଭବ ନୁହେଁ । ବିରକ୍ତ ସ୍ୱରରେ ଜଗନ୍ନାଥଙ୍କୁ କହିଲେ, ସବୁଥିରେ ଚୁପ୍ ରହିଯିବା ସହିଷ୍ଣୁତା'ର ପରିଚୟ ଦେବନି ଜଗନ୍ନାଥ ! ଏହା ସହିଷ୍ଣୁତା ନୁହେଁ, କାପୁରୁଷତା । ଘରର ବୋହୂ ହୋଇ ସେ ବୁଲିବ ବାହାରେ । ଘରର ସୁବିଧା ଅସୁବିଧା ନ ବୁଝି, ବୁଝିବ ବାହାରର ? ଏଇଭଳି ସ୍ୱାଧୀନତାକୁ ହୁଏତ ତ ବରଦାସ୍ତ କରିପାରୁ । ମାତ୍ର ମୁଁ ନୁହେଁ ।

ଆଖ୍ଖି ଟେକି ଜଗନ୍ନାଥ ଚାହିଁଲେ ଲକ୍ଷ୍ମୀଙ୍କୁ । କ୍ଳାନ୍ତ ଶ୍ରାନ୍ତ ମଳିନ ବାସନା ହୋଇ ଠିଆ ହୋଇଛନ୍ତି ଲକ୍ଷ୍ମୀ । ଦୁଃଖ ଆଉ ଅନୁଶୋଚନାରେ ଦଗ୍ଧ ସେ । ଆଖିରେ ଆଖିଏ ଲୁହ । ପଣତକାନିରେ ପୋଛିଦେଇ କେତେ କ'ଣ କହି ଦେବା ପାଇଁ ବ୍ୟାକୁଳ ହେଉଛନ୍ତି । ମାତ୍ର ଏହା କଣ ସତେ ସମ୍ଭବ ? ସାମ୍ନାରେ ସ୍ୱାମୀ ଆଉ ଦେଢ଼ଶୁର । ପାଟି ଫିଟାଇଲା ମାନେ ଅବମାନନା । ଯେତେ ସେ ନ୍ୟାୟରେ ଥାଆନ୍ତୁ ଅବା ନିର୍ଦ୍ଦୋଷ ହୋଇ ଥାଆନ୍ତୁ ଏହା ତ ଆଉ କରାଯାଇ ପାରେନା...।

ଜୀବନରେ ଅନେକ ନିର୍ବୋଧ ଆଶା ନେଇ ମନୁଷ୍ୟର ଦ୍ୱାରସ୍ଥ ହେଉଛନ୍ତି ସେ । ପ୍ରତିଟି ଥର ଧୋକା ଖାଇ ବି ସେ ନିରବ ନୁହଁନ୍ତି ମନୁଷ୍ୟ ପାଇଁ । ଦୁଃଖ ଶୋକରେ ମଣିଷ ବଞ୍ଚୁ, ଅନୀତି କରି ଚାଲୁ... ରୋଗ ... ଏଠି କଠୋରତା ତାଙ୍କ ପାଖେ ସମ୍ଭବ ନୁହେଁ । ମଣିଷର ଦୁଃଖ ବୁଝିବାକୁ ସେ ନିଶ୍ଚୟ ଯିବେ, କିନ୍ତୁ କିଏ ଜାଣିଥିଲା, ପରିସ୍ଥିତି ଆସି ଏ ଜଟିଳ ସମସ୍ୟା ଧାରଣ କରିବ ବୋଲି ? ପୂର୍ବଭଳି ଜଗନ୍ନାଥ ନିରବ ରହି ଯାଇ କ୍ରୋଧକୁ ଦ୍ୱିଗୁଣ ବଢ଼ାଇବେ । ଘରେ ପ୍ରବେଶ କରିବାକୁ ଅନୁମତି ଦେବେ ନାହିଁ.... ଏକଥା ଜାଣିଥିଲେ ହୁଏ ତ ଲକ୍ଷ୍ମୀ ଯାଇ ନଥାନ୍ତେ କିନ୍ତୁ ବାହାରକୁ ଯିବା ପାଇଁ ପ୍ରତିଟି ଥର ଯେ ତାଙ୍କୁ ଅନୁମତି ନେବାକୁ ହେବ, ଭାବିଲାବେଳେ ବଢ଼ି ଉଠୁଛି ତାଙ୍କର ଅସ୍ୱସ୍ତି । ତାଙ୍କର ମୂଳ ଇଙ୍ଗିତ କ୍ଷମା ମାଗିବାର ଅନୁନୟ କାରୁଣ୍ୟରେ ଯେମିତି ସୂଚାଇ ଦେଉଚି, "ମୋର ସୁଖ ମୋର ସ୍ୱାଚ୍ଛନ୍ଦ୍ୟ ପାଇଁ ଘର ଛାଡ଼ି ନ ଥିଲି ପ୍ରଭୁ... ଯାଇଥିଲି ତମରି ସୃଷ୍ଟିର ମନୁଷ୍ୟମାନଙ୍କ ଦୁଃଖ ବୁଝିବା ପାଇଁ । ଅନ୍ତର୍ଯ୍ୟାମୀ ହୋଇ ତମେ ଯଦି ଜାଣି ପାରିବ ନାହିଁ ମନର କଥା, ତେବେ କିଏ ଆଉ ଜାଣିବ କାହାକୁ ଜଣାଇବି ମୁଁ ? ତମେ ଯଦି ବୁଝୁଥାଆନ୍ତ ଏମାନଙ୍କ ଦୁଃଖ ଦୁର୍ଦ୍ଦଶା ତେବେ ମୁଁ ସାମାନ୍ୟ ସ୍ତ୍ରୀ ହୋଇ କାହିଁକି ଘର ଛାଡ଼ି ବାହାରକୁ ଗୋଡ଼ କାଢ଼ନ୍ତି ? ଏହା ମୋର ଦୋଷ ? ଏହା କ'ଣ ମୋର ହୃଦୟହୀନତା ନୁହଁ ଏମିତି ନିରବ କାହିଁକି ? ବାହାରେ ଘୁରି ମୁଁ କ୍ଲାନ୍ତ, ଶୀଘ୍ର ଭିତରକୁ ଯିବା ପାଇଁ ଆଦେଶ ଦିଅ ପ୍ରଭୁ ।

କିନ୍ତୁ ଲକ୍ଷ୍ମୀ ଦୁଇ ହାତରେ ଅବଗୁଣ୍ଠନ ତୋଲି ଠିଆ ହୋଇ ରହିଛନ୍ତି ମୂକ ଶିଳାମୂର୍ତ୍ତି ପରି । ଦୀର୍ଘରୁ ଦୀର୍ଘତର ହେଉଚି ତାଙ୍କର ଅସ୍ୱସ୍ତି । କିନ୍ତୁ କିଏ ଆଦେଶ ଦେବ ତାଙ୍କୁ ଭିତରେ ପ୍ରବେଶ କରିବାକୁ ବଳରାମଙ୍କ ନିରବତା ଅସାଢ଼କରି ପକାଉଚି ଜଗନ୍ନାଥଙ୍କୁ । ଜଗନ୍ନାଥ ମନେ ମନେ ଭାବୁଛନ୍ତି, ଏହି ଦିଷଟିନି ଦିନର ଅନୁପସ୍ଥିତିକୁ ସହ୍ୟ କରି ନ ପାରି ଏତେ କ୍ରୋଧ । ଦୀର୍ଘ ଅନୁପସ୍ଥିତି ସମ୍ଭାଳି ନେବା ପାଇଁ ସାହସ ଅଛି ତ ? ତଥାପି ବଳରାମଙ୍କ ଆଦେଶ ପାଇଁ ଜଗନ୍ନାଥ ପ୍ରତୀକ୍ଷିତ । ଦୁଇଟି ବଡ଼ ବଡ଼ ପ୍ରଶ୍ନିକ ନୟନ ତୋଲି ଚାହିଁ ରହିଛନ୍ତି ବଳରାମଙ୍କୁ ।

ଏ ଜଟିଳ ପରିସ୍ଥିତିର ସମ୍ମୁଖୀନ ହୋଇ ବଳରାମ ହଠାତ୍ ସଚକିତ ହୋଇ ଉଠିଲେ । ଲକ୍ଷ୍ମୀଙ୍କର ଏ ସ୍ୱଳ୍ପ ଅନୁପସ୍ଥିତିରେ ମନ୍ଦିରର ଏତିକି ଅବ୍ୟବସ୍ଥା ।

ଦୀର୍ଘ ଅନୁପସ୍ଥିତିରେ କ'ଣ ଯେ ନ ହେବ ତାହା ଚିନ୍ତା କରିବାର ସମୟ ଏ । ଡାଲ୍‌ଡ଼ା ବାଦାମ ତେଲ ପରିବର୍ତ୍ତେ ଅଗରା ମଞ୍ଜିର ତେଲ ଯେ ନ ପଡ଼ିବ ତରକାରୀରେ କିଏ ମନା କରିବ ? ଏଇମିତି ଦିନେ ଲକ୍ଷ୍ମୀଙ୍କ ଉପରେ ରୋଷ କରି ଦି'ଭାଇ ଯାହା ହୀନସ୍ତା ହୋଇଚୁ, ଭାବିଲା ବେଳକୁ ମୁଣ୍ଡ ଟେକି ହେଉନି । ସେଇଥିଲାଗି ଲକ୍ଷ୍ମୀ ପୁରାଣର ସୃଷ୍ଟି । ସ୍ତ୍ରୀ ମହଲରେ ଲକ୍ଷ୍ମୀଙ୍କର ସ୍ଥାନ ଅତି ଉଚ୍ଚରେ । ପୁଣି ଯଦି ତା'ରି ପୁନରାବୃଭି ହୁଏ ତେବେ କି ହାସ୍ୟାସ୍ପଦ ହୋଇ ପଡ଼ିବ । ଲକ୍ଷ୍ମୀ ଯଦି ଫେରି ଆସେ ଏଇ ମୁହୂର୍ତ୍ତରେ ପୁଣି ଫେରି ଆସିବ ଆମ ସୁଖର ଅତୀତ । ସମୃଦ୍ଧ ହୋଇ ଉଠିବ ଆମର ଏ ଭଗ୍ନ ବର୍ତ୍ତମାନ । ଧୀରେ ଧୀରେ ଉଠି ଠିଆ ହେଲେ ବଳରାମ । ତାଙ୍କ ନିରବତା ଯେମିତି କହୁଥିଲା ତମେ ଫେରି ଆସ ଲକ୍ଷ୍ମୀ... ତୁମକୁ ଛାଡ଼ି ଏକାକୀ ରହିବା ଆମ ପକ୍ଷେ ମଙ୍ଗଳ ନୁହେଁ । ମୁହଁର ବିରକ୍ତି ଭାବକୁ ପୋଛି ନେଇ ସେ ସ୍ଥାନ ପରିତ୍ୟାଗ କରି ଭିତରକୁ ଚାଲିଗଲେ ବଳରାମ ।

ଜଗନ୍ନାଥଙ୍କର ମନେ ହେଲା, ତାଙ୍କ ଜୀବନରେ ଏଇଟି ଯେମିତି ସର୍ବଶ୍ରେଷ୍ଠ ମୁହୂର୍ତ୍ତ । ଯାକୁ ଆଉ ଉପେକ୍ଷା କରାଯାଇ ପାରେନା । ଲକ୍ଷ୍ମୀଙ୍କୁ ଆଶ୍ୱାସନା ଦେବାର ପ୍ରକୃତ ସମୟ ଏ । ଧୀରେ ଧୀରେ ଅଗ୍ରସର ହୋଇ ଆଶ୍ଲେଷି ନେଲେ ଲକ୍ଷ୍ମୀଙ୍କୁ ।

ଅଭିମାନ ଆଉ ଅଶ୍ରୁର ଆବେଗରେ ଲକ୍ଷ୍ମୀଙ୍କ କଣ୍ଠ ରୁଦ୍ଧ ।

– ଛିଃ, ତମେ କାନ୍ଦୁଛ ଲକ୍ଷ୍ମୀ ?

– ଜାଣେନା କାହାପାଇଁ ମୋର ଏ ଲୋତକର ସୃଷ୍ଟି । ଅଶ୍ରୁର ଗୋଟିଏ ଅଶ୍ରୁ ଯଦି ଦରିଦ୍ର ମଣିଷର ଉପକାରରେ ଆସନ୍ତା, ତେବେ ସତ କହୁଛି ପ୍ରଭୁ, ତମର ସକଳ ନିଯ୍ୟାତନାକୁ ହସି ହସି ସହ୍ୟକରି ଯାଆନ୍ତି... ।

ସମବେଦନାରେ ଭାଙ୍ଗି ପଡ଼ି ସହାନୁଭୂତିର କଣ୍ଠରେ ଜଗନ୍ନାଥ କହି ଉଠିଲେ, ତମ ସହିତ ମୁଁ ବି ଏ ଦେଶ କଥା ଚିନ୍ତା କରିବି ଲକ୍ଷ୍ମୀ.... ତମେ ଆଉ ଦୁଃଖ କରନି – ମୋ ରାଣ, ତୁନି ହୁଅ... ।

୦୦

ପାଖୁଡ଼ା

ସକାଳ ହେବାର ବହୁ ଆଗରୁ ନିକୁଞ୍ଜ ବାବୁ ନିଜର ନିତ୍ୟକର୍ମ ତୁଟାଇ ଗୋଟାଏ ଅର୍ଦ୍ଧଲିଖିତ ପ୍ରବନ୍ଧର ପୂରଣରେ ମନୋନିବେଶ କରିଛନ୍ତି । ଟେବୁଲ ସାରା ଅସ୍ତବ୍ୟସ୍ତ ହୋଇ ପଡ଼ିରହିଛି ଗୁଡ଼ାଏ ପୁରୁଣା ଛାପା ଅକ୍ଷର ଆଉ ହସ୍ତାକ୍ଷରର ପୃଷ୍ଠା ସବୁ... । କିଛି ଗୋଟାଏ ଲେଖିବା ଆଗରୁ ଶହେଟା ପଢ଼ିବା ପାଇଁ ବ୍ୟାକୁଳ ହୁଅନ୍ତି ସେ । ପଢ଼ିବା ସମୟରେ ହିଁ ତାଙ୍କ ମନରେ ଉଦ୍ରେକ ହୁଏ ଅନେକ ଲେଖାର ବ୍ୟାକୁଳତା... । ସେଇ ବ୍ୟାକୁଳତାକୁ ପାଇବା ପାଇଁ ସେ ଅନେକ ସମୟ ପଢ଼ି ପଢ଼ି ଶେଷରେ ଲେଖନୀ ଚଲାନ୍ତି ଅତି ଆଶ୍ଚର୍ଯ୍ୟ ମାର୍ଗରେ । ଉନ୍ନତ ପ୍ରବନ୍ଧ ଲେଖକ ହିସାବରେ ନିକୁଞ୍ଜ ବାବୁଙ୍କର ବେଶ୍ ସୁନାମ । ମାତ୍ର କବିତାକୁ ତାଙ୍କର ପସନ୍ଦ ଅତ୍ୟଧିକ । ଅନେକ ସମୟ ସେ କବିତା ଲେଖାରେ ହିଁ ନିଜକୁ ନିୟୋଜିତ କରନ୍ତି । ପ୍ରବନ୍ଧ ପୂରଣର ତାଗିଦା ମନ ଭିତରେ ଥାଇ ମଧ୍ୟ ସେ ଦୁଇଟି କବିତା ଲେଖି ପୂରଣ କରି ସାରିଲେଣି... । ନାଁ ଏଥର ସେ କବିତା ନ ଲେଖି ପ୍ରବନ୍ଧ ଲେଖିବେ । ସମ୍ପାଦକଙ୍କର ତାଗିଦା ଓ ନେହୁରା ପତ୍ର ମଧ୍ୟ ଟେବୁଲ ଉପରେ ଆଶ୍ରୟ ନେଇଚି । ବ୍ୟସ୍ତତାରେ ଲେଖନୀର ମୃଦୁ ଚାଳନାବେଳେ ଶଗାସରେ ବାରମ୍ବାର କରାଘାତ ନିକୁଞ୍ଜ ବାବୁଙ୍କୁ ବ୍ୟସ୍ତ କରି ପକାଇଲା ।

ନିଶ୍ଚୟ ଏ ଡାକରା ନିର୍ମଳାଙ୍କର । କାହିଁକି ସେ ଜାଣି ଜାଣି ବ୍ୟସ୍ତ କରାନ୍ତି ନିକୁଞ୍ଜ ବାବୁଙ୍କୁ ? ସକାଳୁ ଘର ଝଡ଼ା, ଲୁଗା ସଫା, ପାଣି ରଖା, ଆଉ ମେହେନ୍ଦାଣୀକୁ ପାଣି ଦେବା କାମ ବି ତୁଟାଇ ଦେଇ ଥାଆନ୍ତି ନିକୁଞ୍ଜ ବାବୁ, ନିର୍ମଳା ଉଠିବା ଆଗରୁ । ତଥାପି ନିର୍ମଳା, ନିକୁଞ୍ଜ ବାବୁଙ୍କର ଲେଖିବା ମୁହୂର୍ତ୍ତ ଗୁଡ଼ାକ ଆଦୌ ସହ୍ୟ କରି ପାରନ୍ତି ନାହିଁ । ଯେ କୌଣସି ଉପାୟରେ ସେ କିଛି ନା କିଛି ଅଭିଯୋଗ ବାଢ଼ି ସେ ସମୟତକ ନଷ୍ଟ କରି ଦିଅନ୍ତି ଅତି ନିର୍ଦ୍ଦୟ ଭାବରେ । ସବୁ ଜାଣି ମଧ୍ୟ ନିର୍ମଳାଙ୍କୁ ଉପେକ୍ଷା କରିବା, ନିକୁଞ୍ଜ ବାବୁଙ୍କ ସମସ୍ତ ଶକ୍ତିର ବାହାରେ ।

କ୍ରୋଧ ଓ ବିରକ୍ତିକୁ ଚାପି ଦେଇ ସ୍ଥିର ଚିତ୍ତରେ ନିକୁଞ୍ଜ ବାବୁ ଗ୍ରବାୟକୁ ଆସ୍ତେ ମୁକୁଳାଇ ଧରି ପ୍ରଶ୍ନ ତୋଳିଲେ, ନିର୍ମଳାଙ୍କୁ... "କ'ଣ କିଛି କହିବାର ଅଛି ?"

"ନ ଥିଲେ ତମ ପାଖକୁ ଆସନ୍ତି କାହିଁକି ?"

"କୁହ... କୁହ ତେବେ ଶୀଘ୍ର କ'ଣ କହିବ... ଲେଖାଟା ମୋର ଅଧାରେ ଅଛି ଯେ..."

"ଲେଖା... ଲେଖା ଦେଖାଇ ନିଜ ଦୋଷରୁ ତମେ ମୁକ୍ତି ପାଇଯିବ ବୋଲି ମତେ ଡରାଉଚ...? ଆହେ ! କି ଲେଖା ନିଜ ଲେଖୁଚ ? ଏ ଲେଖାରୁ ତୁମକୁ କେତେ ସୁନା କି ରୂପା କି ଟଙ୍କା କି ପଇସା ମିଳୁଚି ? ଲେଖୁ ଲେଖୁ କେତେ ଲୋକ ବଡ଼ ହୋଇ ଯାଇଛନ୍ତି କହିଲ ? ଯଦି ଲେଖୁ କରି ବଡ଼ ହୋଇ ଥାଆନ୍ତ, ତେବେ ଏ ଖଣ୍ଡିଆ ଘରେ ରହି କୋଠା ଘରର ଦୃଶ୍ୟ ଲେଖୁ ମନର ଓରିମାନା ମେଣ୍ଟାନ୍ତ ନାଇଁ । ନଈକୂଳକୁ ନ ଯାଇ ନଈର ଶୀତଳତା ଅନୁଭବ କରୁଚ, ନୁହଁ ? ଯେତି କହିଲ, ଖାଲି ମିଛ ଗୁଡ଼େ ଲେଖୁ ଲେଖୁ ସମୟ ନଷ୍ଟ କରନି, ଏଇ ସମୟରେ ତ କଲେଜ ପିଲାଙ୍କୁ ପଢ଼ାନ୍ତ ଯଦି ଟଙ୍କା ଆସି ଘରେ ଲହଡ଼ା ଭାଙ୍ଗନ୍ତା । ଟଙ୍କାର ଲହଡ଼ା ଦେଖ଼ିବାକୁ ମନ ବଳୁନି – ମିଛର ଲହଡ଼ା ଭିତରେ ଉବୁ ଟୁବୁ ହେବାକୁ ମନ ଧାଉଁଚି । ତମରି ଭଳି ପ୍ରଫେସର ତ ରାଉତରାଏ ବାବୁ... ବାଡ଼ି ବଗିଚା ଥାଇ ଦି ମହଲା କୋଠା ତୋଳି ଭଡ଼ା ଲଗେଇ ସାରିଲେଣି । ତମ ଦେହି ହେଲା ନାଇଁ... ମୋ କଥାକୁ ଫୁତ୍କାରରେ ଉଡ଼ାଇ ଦଉଛ । କଥାଟା ମୋର ନ ଶୁଣି, କ'ଣ ନା – ଲେଖାଟା ଅଧାରେ ଅଛି ।

ନିକୁଞ୍ଜ ବାବୁ କଣ୍ଠ ସ୍ୱରକୁ ବହୁ ନିମ୍ନ କରାଇ କହିଲେ "କଥାଟା ନ କହି ଏମିତି ରାଗୁଚ କାହିଁକି ? କୁହ କ'ଣ ହେଲା ?"

"ମତେ ପଚାରୁଚ କାହିଁକି ? ପଚାର ତମ ଝିଅକୁ ସକାଳୁ ସକାଳୁ ସିଏ ଏମିତି କାନ୍ଦୁଚି କାହିଁକି ?"

ବିସ୍ମୟରେ ନିକୁଞ୍ଜ ବାବୁଙ୍କ ଆଖ଼ି ଡାଲୁରେ ଖୋଷି ହୋଇଗଲା । ନିନା କାନ୍ଦୁଚି...? ଗୋଟିଏ ବୋଲି ଝିଅ ନିନା... କେତେ ଗେଲ ବସର ସେ ନିର୍ମଳାଙ୍କର ।

ସେ କାନ୍ଦିଲେ ଯେ ନିର୍ମ୍ମଳା ସହ୍ୟ କରିବେ ନାଇଁ... ଏ କଥା ନିକୁଞ୍ଜ ବାବୁ ବେଶ ଉପଲବ୍ଧ କଲେ ।

ନରମ କଣ୍ଠରେ ନିକୁଞ୍ଜ ବାବୁ ନିନାକୁ ପଚାରିଲେ, "ହଇଲୋ ମା' ନିନା ! କ'ଣ ହେଲା କି ? କାନ୍ଦୁଚୁ ତୁ ?"

"କି ଲୋ କହୁନୁ (ପଛ ପାଖରୁ ନିନାକୁ ଭିଡ଼ି ଆଣି ନିକୁଞ୍ଜ ବାବୁଙ୍କ ପାଖକୁ ଠେଲି ଦେଇ) ଏତେ ବେଳକୁ ତ କ'ଣ ଚୁପ୍ ଆଉ ତ ଲେମ୍ବୁ ରସ ନିଗିଡ଼ି ପଡୁନି (କାନକୁ ମୋଡ଼ି ଦେଇ) କିଲୋ କହ – ଠିଆଟା ହୋଇଚ କ'ଣ ?"

"ଉଁ... ଉଁ... ମୋର ସବୁ କଣ୍ଠେଇ ଗୁଡ଼ାକ ବାପା ରୂପେଇକୁ ଦେଇ ଦେଲେ..."

"ଶୁଭିଲା ? ଝିଅ କ'ଣ କହୁଛି ?"

ରୂପେଇ ବାଡ଼ି ସଫା କରିବା ମେହେନ୍ତ୍ରାଣିର ଝିଅ । ସେ ତା' ମାଆର ଅନୁପସ୍ଥିତିରେ ଆସି ବେଳେ ବେଳେ ବାଡ଼ି ସଫା କରିଦିଏ । ତା'ଠାରୁ କାମ ହାସଲ କରିବା ଉଦ୍ଦେଶ୍ୟ ନେଇ ତାକୁ ଖୁସି କରାଇବା ପାଇଁ ନିକୁଞ୍ଜ ବାବୁ କେବେ କେମିତି ଖଣ୍ଡେ ନିନାର ପୁରୁଣା ଫ୍ରକ୍ ତାକୁ ଦେଇ ଦିଅନ୍ତି । ରୂପେଇ ଓଠରେ ହସ, ଆଉ ମନରେ କୃତଜ୍ଞତା ଭରି ଚାଲିଯାଏ ।

ୟା' ବୋଲି ରୂପେଇକୁ ନିନାର କଣ୍ଠେଇ ?

ଛିଃ... ଛିଃ... ନିର୍ମ୍ମଳା କ୍ରୋଧରେ ଅଗ୍ନି ଶର୍ମା ପାଲଟି ଗଲେ । ନିକୁଞ୍ଜ ବାବୁଙ୍କ ମୁହଁକୁ ଖାଲି ଚାହିଁ ଥାଆନ୍ତି ପୁଣି ଆଖି ଫେରାଇ ଆଣୁ ଥାଆନ୍ତି । ପୁଣି ଚାହିଁ ଥାଆନ୍ତି ଆଖି ଫେରାଇ ଆଣୁ ଥାଆନ୍ତି ।

ଗୋଟା ଗୋଟା ଦ୍ଵିପହର ଲାଗି ସେ ଧଳା ବଲିତା କନାରେ ଆଖି, କାନ, ନାକ ତିଆରି ଜାତ ଜାତିକା କଣ୍ଠେଇ କରି ଦେଉଥିଲେ । କିଏ ରାଜା... ରାଣୀ ବି କିଏ । ପାଟମନ୍ତ୍ରୀ କଟୁଆଲ ପୁଅ ବି ବାଦ୍ ଯାଇ ନଥିଲେ । ଗଲା ବରଷ ବାଲିଯାତ୍ରାରୁ ଯେତେ କିସମର ମାଟି କଣ୍ଠେଇ (ପିଲାକୁ ଗୋଡ଼ରେ ରଖି ଶୁଥାଉ ଥିବାର ରାଧା କୃଷ୍ଣଙ୍କ ଯୁଗଳ ମୂର୍ତ୍ତି ରାଧା ଏକାକୀ ଦୋଳିରେ ଝୁଲୁଥିବା କଣ୍ଠେଇ.... କୁଲେଇ ଧରି ପାଛୁଟୁ ଥିବାର କଣ୍ଠେଇ ଇତ୍ୟାଦି) କିଣେଇ ଦେଇଥିଲେ । ଆଉ

ମାଧ ଚିତ୍ରକାରକୁ ବରାଦ ଦେଇ ବାଘ, ସିଂହ, ମିରିଗ, ହରିଣ, ବିରାଡ଼ି, କୁକୁରଙ୍କର ଅସଂଖ୍ୟ କଣ୍ଢେଇ କିଣି ରଖୁଛନ୍ତି କ'ଣ ଏ ରୂପେଇ ଲାଗି ?

"ଉଠୁ ଉଠୁ ଟିକିଏ ଡେରି ହୋଇଗଲା ବୋଲି ଘରଟାୟାକ ଜିନିଷ ତମେ ରୂପେଇକୁ ଦେଇ ଦେଲ ?"

"ନାଇଁ ମ ଘରଟାଜାକ କ'ଣ ଦେଲି ? ମସିଆ ମସେଇ ବଜାର କଣ୍ଢେଇ ଗୁଡ଼ାକ ଯା'ଡ଼େ ସିଆଡ଼େ ପଡ଼ି ଅସନା ଦିଶୁଥିଲା । କହିଲି, ଫିଙ୍ଗି ଦେବୁ କାହିଁକି ତୁ ନେଇ ଯା ରୂପେଇ..."

"କ'ଣ ତୁମ ମନରେ ? ପଚାରିଲି ନାଇଁ ନିନାକୁ ନ ହେଲେ ମତେ ପଚାରି ଥାଆନ୍ତ... ଏଇ ଘରେ ତ ଶୋଇଥିଲି । କୋଉ ମରି ଯାଇଥିଲି..."

ଉଃ... ନିକୁଞ୍ଜ ବାବୁ ବଡ଼ ବ୍ୟସ୍ତ ହୋଇ ପଡ଼ିଲେ । କିଛି କହି ନ ପାରି, ସେଠାରୁ ଚାଲି ଆସିବା ପାଇଁ ଉଦ୍ୟତ ହେଉ ହେଉ ନିର୍ମ୍ମଲା ପୁଣି ଆରମ୍ଭ କରି ଦେଲେ ।

"ବୁଝିଲ ! ମତେ ଏଥର ତମେ ଡାଇଭୋର୍ସ କରିଦିଅ । ମୁଁ ତମ ଅଧୀନରେ ରହି ଚଲିବା ପାଇଁ ହାତ କାଟି ଲେଖି ଦେଇନି । ଏମିତି ତମର ମନ... ଯାହା ଚାହିଁବ, ତା କରିବ । ସେଦିନ ସେମିତି ଚାକର ଟୋକାଟାର ହାତ ଧରି ଟାଣି ଟାଣି ଆଣି ଘରେ ପୂରେଇ ଦେଇ କହିଲ, "ଛିଃ... ଛିଃ... ମାଆଙ୍କ କଥା ଧରନ୍ତି ? କ'ଣ ଦୋଷ କରି ଦେଇଥିବୁ ବୋଲି ପଦେ କହି ଦେଇଥିବେ । ଏଥ୍ପାଇଁ ଯିବୁ ଭାରି ?" ଯିବନି କ'ଣ ମୋ ପାଖରେ ରହି ଦାଉ ସାଧିବ ? ମୋତେ ପଦକୁ ପଦ ଜବାବ ଦେଲା, ଚଟକଣାଟାଏ ପକେଇ ଦେଲାରୁ ମୋର ହେଲା ଦୋଷ ? ତାକୁ କଅଁଳ କଥା କହି ଜାଣୁଛ... ମତେ କହିଲା ବେଳକୁ ପଦେ ଜିଭ ଲେଉଟୁ ନାଇଁ ? ଆରେ..."

ନିର୍ମ୍ମଲାକୁ ବୁଝାଇବା ପାଇଁ ନିକୁଞ୍ଜବାବୁ ଆଉ ସମର୍ଥ ନୁହଁନ୍ତି । ଥରେ ନିର୍ମ୍ମଲା ରାଗିଲେ ଆଉ ନିସ୍ତାର ନାଇଁ । ନିକୁଞ୍ଜ ବାବୁଙ୍କ ଚଉଦ ପୁରୁଷ ଗାଲି ଖାଇ ଯିବେ । ଏ ଗାଲି ତ କିଛି ନୁହେଁ ।

ମୁଁ ଯାଉଛି । ମୋର କ'ଣ ବାପ ଘର ନାଇଁ । ଭାଇ ଭଉଣୀ ଘରେ ଗଣ୍ଡା ଗଣ୍ଡା । ତମଭଳି ଆମର ଏମିତି ନିଉଚ୍ଛୁଣା ଘର ନୁହଁ, ଖୁଣ୍ଟ ଭଳି ଗୋଟେ ପୁଅ

ପୋଷ୍ୟ... କରା ପୁଅଟା ପୁଣି ଅନ୍ଧ... । ଗାଁରେ ଜମିତକ ଖାଇ ଠେଙ୍ଗା ଧରି ବସିଚ... (ନିକୁଞ୍ଜବାବୁ ଗାଁକୁ ଗଲେ, କାଲେ ଚାଉଳ ଡାଲି ମାଗିବେ ବୋଲି, 'ନିଭୃତ୍'ଙ୍କ ହାତରେ ସତର୍କ ପ୍ରହରୀ ଭଳି ସବୁବେଳେ ଠେଙ୍ଗା....) ତମେ ସିନା କୁଆଡ଼େ ଯାଇ ପାରିବ ନାହିଁ... ମୋର ଯିବାକୁ ଅନେକ ରାସ୍ତା । ମୁଁ ତୁମକୁ ଡରି ମରି କାହିଁକି ଥିବି ମଁ ?"

ନିକୁଞ୍ଜ ବାବୁ ନିର୍ବାକ । ସେ କିଛି କହିବା ଆଗରୁ ନିର୍ମଳାଙ୍କ ବକ୍ତବ୍ୟ ରେଲ ଗାଡ଼ି ଭଳି ଦଉଡୁଛି । ନା ସେ ରହିବାର... ନା ସେ କମିବାର....

"ଜାଣିଚ ତ ମୁଁ ସକାଳୁ ଟିକିଏ ଶୋଇପଡ଼େ । ଉଠ, ନ ଉଠୁଣୁରୁ କିଆଁ ଏତେ କାନ୍ଥ କରି ବସ ? ଲେଖାତ ତମର ପାହାଡ଼ ପ୍ରମାଣ ଗଦା ହୋଇଚି – ସେଥିରେ ହାତ ନଦେଇ କଣ୍ଢେଇ ଗୁଡ଼ାକରେ କାହିଁକି ଏତେ ନିଜର ତମର ? ଘର ତମର ଏମିତି ମଇଳା ହୋଇଯାଇଛି ? ଘର ତ ମଇଳା ହୋଇଯିବ ବୋଲି ଆଣ୍ଠୁକୁଢ଼ା ହୋଇ ବସିଚ ଏ ଯାଏଁ । ପିଲା କେଁ କଲେ ତମ ଲେଖା ହୋଇ ପାରିବ ନାଇଁ ବୋଲି ଆଉ କୋଉଥରେ ମନ ନଦେଇ ସେଇ ଲେଖାରେ ମନ ପ୍ରାଣ ଢାଲି ଦେଇଚ । ଜାଣିଚ, ଏ ମାସରେ କାଗଜ ଆଉ କାଲି କେତେ ଆସିଚି ? ରଖିଚ ହିସାବ ତା'ର ? ସବୁ... ସବୁ ହିସାବ ମୋର ପାଟିରେ ମୁଖସ୍ଥ । କେତେ ଟଙ୍କାର କାଗଜ କିଣା ହୋଇଚି... କବିତା ଲେଖି କେତେ ଟଙ୍କା ପାଇଚ.... କୋଉ ସମ୍ପାଦକ ଚିଠି ଦେଲା ବେଲେ ଟଙ୍କାଟିଏ ସୁଦ୍ଧା ପଠାଇ ଦେଇଛି ? ସେ ଗୁଡ଼ାକ ମୁଣ୍ଡରେ ପଶି ଯାଉଚି । ଘର ଜିନିଷ ପରକୁ ଦେଲା ବେଲକୁ ମୁଣ୍ଡରେ କ'ଣ କମ ବୁଝି ? ପ୍ରଫେସରଟାଏ ତ....

ନିର୍ମଳାଙ୍କର ଏ ତାଚ୍ଛଲ୍ୟ ନିକୁଞ୍ଜବାବୁଙ୍କ ଭାରି ବାଧିଲା ! ବିନୟ ହୋଇ କରୁଣ କଣ୍ଠରେ କହିଲେ,

"ହଉ, ଏଥର ଆଉ ତମ ଜିନିଷ କାହାକୁ କିଛି ଦେବିନି । କାହିଁକି ଏମିତି ପାଟି କରୁଚ ?"

କ'ଣ କହିଲ ? ପାଟି ? ମୋ ପାଟି ତୁମକୁ ଏମିତି ଦିଶିଲା ? କ'ଣ ଏମିତି କହି ଦେଲି ଯେ, ବାଧ ଯାଉଚି ? କହୁଚି, ଚୁପ୍ କରି ଯାଇ ରୂପେଇ ପାଖରୁ କଣ୍ଢେଇଟକ ନେଇ ଆସ"...

ନିକୁଞ୍ଜ ବାବୁ ନିଜକୁ ବଡ଼ ନିଃସହାୟ ମନେ କଲେ । ଉପାୟହୀନ ହୋଇ ବ୍ୟସ୍ତ କଣ୍ଠରେ କହିଲେ, "ଆରେ ଭଗୀ, ଚା' କପେ ଆଣିଲୁ ମୋ ପାଇଁ"....

"ଆଉ ମୋ ପାଇଁ ? ଏମିତି ତମେ ପୂଜାରୀକୁ ବରାଦ ଦେଇ ଜାଣ ? ଭାରି ରାଗ ଦେଖୁଚି । ପୂଜାରୀଟା ଯେମିତି ତମର ନିଜର ଲୋକ ସେ' ତ ମୋ ବାପ ଘରୁ ଆସିଚି । ତମେ ତାକୁ ଚିହ୍ନ ଥିଲ, ନାଁ ଜାଣିଥିଲ ? ତା ଉପରେ ତମର ଏମିତି ଅଧିକାର... ମୋର ନାଇଁ ? ଯାଆ କହୁଚି, ଆଗ ଯାଇ ମେହେନ୍ତର ସାଇରୁ କଣ୍ଡେଇଟକ ଆଣ ତେବେ ଯାଇ ଚା'କି ଜଳଖିଆ, ନହେଲେ ସବୁ ଚା' ତକ ଯାଇ ନଲାରେ ଢାଳିଦେବି ।"

ନିର୍ମଳାଙ୍କ ପାଇଁ ଚା' ତକ ନଲାରେ ଢାଳି ଦେବା କିଛି ବିଚିତ୍ର ନୁହେଁ । ଏମିତି ଥରେ ଲାଗିଥିଲା ବେଲେ ନିକୁଞ୍ଜବାବୁ ବଜାରରୁ ମାଛ ଆଣି ଘରେ ପଶୁ ଥିଲେ । ହାତରୁ ତାଙ୍କର ମାଛ ମୁଣି ଛଡ଼ାଇ ନେଇ ମାଛତକ ବାଡ଼ିକଟ ନର୍ଦ୍ଦମାକୁ ଫିଙ୍ଗି ଦେଇ ଥିଲେ, ଚା'ତ ସାମାନ୍ୟ ମାତ୍ର...

ଅଗତ୍ୟା ନିକୁଞ୍ଜବାବୁ ପରିସ୍ଥିତିକୁ ଲାଘବ କରିବା ପାଇଁ କଅଉ ହଲକ ଗୋଡ଼ରେ ଗଲାଇ ରୂପେଇ ପାଖକୁ ବାହାରି ପଡ଼ିଲେ । ତରଲ ଲୁହା ପରି ଚାଇଁ ଚାଇଁ ଖରା ମୁଣ୍ଡରେ ଲେସି ହୋଇ ଯାଉଚି । ଦେହରୁ ବୋହି ଯାଉଚି ଅଜସ୍ର ସ୍ୱେଦ... ମାସଟା ଶେଷ ବୈଶାଖ... ନିଶ୍ଚୟ ।

ବାଟରେ ଦେଖା ହେଲା ସହକର୍ମୀ ବ୍ରଜବାବୁଙ୍କ ସଙ୍ଗେ । ବ୍ରଜ ମିଶ୍ରଙ୍କ କୌତୂହଲ ଭାରି ଭାରି... କଣ୍ଠ... "କୁଆଡ଼େ ଏମିତି ଖରାତାରେ ବାହାରି ପଡ଼ିଛନ୍ତି ନିକୁଞ୍ଜବାବୁ ?" ସାମାନ୍ୟ ଟିକିଏ ହସି ଦେଇ ନିକୁଞ୍ଜ ବାବୁଙ୍କର ସହଜ ଉତ୍ତର... "ନାଇଁ ଟିକେ ବଜାର ଆଡ଼େ"... "ବଜାର ? ଆଉ ଶ୍ରୀମତୀ ଘର କଣ୍ଟାଉ ଥିଲେ ମେହେନ୍ତର ସାଇକୁ ଯିବା ପାଇଁ ।"

ଅପ୍ରତିଭ ହୋଇ ନିକୁଞ୍ଜବାବୁଙ୍କ କଣ୍ଠରୁ ସ୍ୱରିଲା ନାହିଁ । ଆମୋଗ୍ଲାନିରେ ରୂପ ରହି ଗୋଟାଏ ନିର୍ବୋଧ ମେଷ ଭଲି ବ୍ରଜବାବୁଙ୍କ ମୁହଁକୁ ଚାହିଁ ରହିଲେ । ନିର୍ମଳାଙ୍କ ଲାଗି ବାହାରେ ସମସ୍ତଙ୍କ ପାଖରେ ଏମିତି ନିକୁଞ୍ଜବାବୁଙ୍କୁ ମୁଣ୍ଡ ନୁଆଁକାଇବାବୁ ପଡ଼େ । କେତେଥର ସେ ନିର୍ମଳାଙ୍କ ବୁଝାଇ କହି ନାହାନ୍ତି, ଯାହା

କହୁଚ ତୁନି ତୁନି କହ, ପାଖ ପଡ଼ୋଶୀ ଶୁଣିଲେ କ'ଣ କହିବେ ? ନିର୍ମଳାଙ୍କ ବିଚାର କିନ୍ତୁ ସମ୍ପୂର୍ଣ୍ଣ ଓଲଟା । ସେ କୁହନ୍ତି,

"କ'ଣ କହିବେ ? ମୋ ନାଁରେ କେଶ୍ କରିବେ ? ମୁଁ ସେମାନଙ୍କ ଜାଗିର ଖାଇ ଚଲୁନି ମୁଁ, ସେମାନଙ୍କୁ ଡରି ଚଲିବି । ମୋ ଘରେ ମୁଁ ପାଟି କଲି ସେମାନଙ୍କର ଯାଏ କେତେ ଆସେ କେତେ ? ନୂଆ ବୋହୂ ହେଇଚି ଯେ, ରୁ... ରୁ...ମାରିବି । ଚୋର କି ତସ୍କର ନୁହେଁ ମୁଁ । କାହାକୁ ଡରିବା ଏ ଜୀବନରେ ନୁହେଁ ।"

ନିକୁଞ୍ଜବାବୁ ନିରବ ରହନ୍ତି । ପ୍ରତ୍ୟେକ କଥାକୁ ଯିଏ ଯୁକ୍ତିରେ ଖଣ୍ଡନ କରିଚି, ତାକୁ ବୁଝେଇବା ସହଜସାଧ୍ୟ ନୁହେଁ । ବାହାରେ ନିର୍ମଳାଙ୍କ ଲାଗି ଏଭଳି ଅପମାନ ନିକୁଞ୍ଜ ବାବୁଙ୍କର ଦିହସୁହା ହୋଇ ଗଲାଣି ।

ବାହାରେ ମୁଣ୍ଡ ନୁଆଁଇବା ଠାରୁ ନିର୍ମଳାଙ୍କ ପାଖେ ମୁଣ୍ଡ ନୁଆଁଇବା ଅଧିକ କଷ୍ଟକର କି ନୁହେଁ କଳନା କରୁ କରୁ ରୂପେଇ ଘର ପାଖେ ପହଞ୍ଚିଗଲେ ନିକୁଞ୍ଜବାବୁ ।

"ଆଲୋ ମା ରୂପେଇ ଅଛୁ କି ?

"ଆସୁଚି ବାବୁ..."

ରୂପେଇ ଆସିବାରୁ, ଖୁବ୍ ଧୀରକଣ୍ଠରେ ନିକୁଞ୍ଜବାବୁ କହିଲେ "ଯେଉ କଣ୍ଢେଇ ଦି'ଟା ତତେ ସକାଲେ ଦେଇ ଦେଇଥିଲି, ତାକୁ ଦେଇଯ‍ିକା... ନିନା ଦେଇ କାନ୍ଦୁଛନ୍ତି ! ଆଉ ଏ ପଇସା ରଖ, ଯାହା ହେଲେ ତୁ କଣ୍ଢେଇ କିଣି ଦେବୁ ।"

ଅଧା ହସ (ପଇସା ପାଇ) ଅଧା କାନ୍ଦ (ଭଣ୍ଢେଇ ଦେଇଦେବା ଲାଗି) ହୋଇ ରୂପେଇ ଦଉଡ଼ିଲା ଘରକୁ । ଲେଉଟି ଆସି ନିକୁଞ୍ଜବାବୁଙ୍କୁ ବଢ଼େଇ ଦେଲା ଦୁଇଟି ଯାକ କଣ୍ଢେଇ... ଆଉ ଅନ୍ୟ ହାତ ମୁଠାରୁ ଚାରୋଟି ଅଣ୍ଡା, "ମାଆ ଦେଇଚି ବାବୁ, କୁକୁଡ଼ା ତମର ଦେଇଥିଲା । ମତେ କହିଥିଲା ଗଲାବେଲେ ନେଇ ଯିବାକୁ, ମୁଁ ଭୁଲି ଯାଇଥିଲି ।"

କ୍ଷୁଦ୍ର ବସ୍ତିର କେଉଁ ଅନ୍ତରାଲରେ ରୂପେଇ ନିଷିଦ୍ଧ ହୋଇଗଲା ନିକୁଞ୍ଜ ବାବୁଙ୍କ ଆଖିରେ ପରଦା ଉପରୁ । ନିର୍ଜୀବ କଣ୍ଢେଇ ଦୁଇଟିରେ ରୂପେଇର ସଜୀଵ

ଯେମିତି ଅନୁଭବ କରୁଥିଲେ ନିକୁଞ୍ଜ ବାବୁ । ମନରେ ତାଙ୍କର କାନ୍ଦ କାନ୍ଦ ଭାବ । ଅବ୍ୟକ୍ତ ଏକ ଯନ୍ତ୍ରଣାରେ କାତର ହୋଇ ନିକୁଞ୍ଜବାବୁ ଲେଉଟି ଆସିଲେ ।

ରାସ୍ତାଟା ଯେମିତି ସରୁନି ଯଛା । କଠୋର ହଳକ କାଣି ଆଙ୍ଗୁଠିରେ ଘସି ହୋଇ ହୋଇ ମଳି ଚମ ଉକୁଟି ଗଲାଣି । ଝାଲରେ ପଞ୍ଚାବିଟା ଓଦା ହୋଇ ମନେ ହେଉଚି ଯେମିତି ଆସ୍ତତଳକୁ ଲମ୍ବି ଗଲାଣି ଆଉ ଚକ୍ଷୁ ଦୁଇଟା ଖରାର ତେଜରେ ଦୃଷ୍ଟି ଶକ୍ତି ହରାଇ ଅନ୍ଧକାରରେ ପୂର୍ବରୁଚି ବି ଯେମିତି....

ନିକୁଞ୍ଜ ବାବୁ ଚାଲିଛନ୍ତି....

ରାସ୍ତାକଡ଼ର ପାନ ଦୋକାନର ଟ୍ରାଞ୍ଜିଷ୍ଟରରୁ ଭାସି ଆସୁଚି ହିନ୍ଦୀ ଚିତ୍ର ସଙ୍ଗୀତ...

କୌଶୋରରେ ରେକର୍ଡ଼ ସଙ୍ଗୀତର ଗାୟକ ଥିଲେ ନିକୁଞ୍ଜବାବୁ । ଏବେ ବି ତାଙ୍କ ମନର ଲିଭିନି ସଙ୍ଗୀତର ମୂର୍ଚ୍ଛନା । କିନ୍ତୁ ଏଭଳି ସଙ୍ଗୀତ... ଛିଃ... ଛିଃ... ମନେ ପଡ଼ିଗଲା ତାଙ୍କ ସଙ୍ଗୀତରୁ କିୟଦ ଅଂଶ....

"କହଇ ମନ ଆରେ ମୋ ବୋଲ କର

କଳା ଶ୍ରୀମୁଖ ବାରେ ଦେଖିବା ଚାଲ..."

ଆହା... ହା... ହା... କି ଭାବ... କି ଭାଷା... କଳା ଶ୍ରୀମୁଖଙ୍କୁ ଦେଖି ନଥିଲେ ବି ଏ ଗୀତରୁ ପଦେ ଶୁଣି ଦେଲେ, ଦେଖିଲା ପରି ମନେହୁଏ । ଆଉ ଏ ଯେଉଁ ଅର୍ଥହୀନ ତର... ତର... ତର....

ନିକୁଞ୍ଜ ବାବୁଙ୍କ ମନଟା କେମିତି ଗୋଟାଏ ଉଦାସ ଅପରାହ୍ନ ଭଳି ମନେ ହେଲା । ଘରୁ କି ବାହାରୁ ସେ ନିମିଷକ ପାଇଁ ହେଲେ ଶାନ୍ତି ପାଇପାରୁ ନାହାନ୍ତି । ଜୀବନଟା କ'ଣ କେବଳ ଗୁଡ଼ାଏ ଅଶାନ୍ତିର ସମଷ୍ଟି ମାତ୍ର ? କିଏ ତା'ର ଉଉର ଦେବ ? ଯିଏ ଅନୁଭବୀ ।

ବଳିତା କନାର କଣ୍ଢେଇ ଦୁଇଟା ହାତ ମୁଠା ଭିତର ଝାଲରେ ଭିଜି ଭିଜି ଲୋଚାଲୋଚି ହୋଇଗଲାଣି । ଏ କଣ୍ଢେଇ ଦେଖିଲେ, ନିର୍ମଳା ପୁଣି ଅଗ୍ନିଶର୍ମା ପାଲଟି ଯିବେ । ପାଖ ଦୋକାନରୁ ନେଇ ଯିବେ କି ଦୁଇଟା ପ୍ଲାଷ୍ଟିକ କଣ୍ଢେଇ ?

ରାସ୍ତା ଉପରୁ ଦୃଷ୍ଟି ତାଙ୍କ ଲମ୍ବିଗଲା ଦୋକାନ ଭିତରେ ସଜ୍ଜିତ ଥିବା କଣ୍ଢେଇ ଉପରକୁ । ନିରୀକ୍ଷଣ କରି ଲାଜେଇ ଗଲେ ସେ ଇସ୍.... କଣ୍ଢେଇ

ଗୁଡ଼ାକ କି ଟିକି ଟିକି ଅଥଚ ବୁକୁ ତାଙ୍କର ସବୁ କି ଉନ୍ନତ । ଖାଲୁଆ ହାତ ତାଙ୍କର ମୁଠା ମୁଠା ହୋଇଗଲା କି ଗୋଟାଏ ଉତ୍ତେଜନାରେ ।

ଘରେ ପହଞ୍ଚି ଯାଇ ରୋଷକ୍ରାନ୍ତା ନିର୍ମଳାଙ୍କୁ କହିଲେ, "ନିଅ ତୁମର ନିଧି ସମ୍ପତ୍ତି କଣ୍ଠେଇ..."

"ଆଉ ଇଏ ?"

"ଅଣ୍ଡା । ରୂପେଇ ମାଆ ଦେଲା ।"

"କେତେ ପଇସା ? ବଜାର ଦରରୁ ଊଣା ହେଲେ ରଖ୍‌ବ । ନଚେତ୍‌ ସଫା କହୁଛି ଫେରାଇ ଦେବି"

"ଓଃ... ଫେରାଇବ କ'ଣ ଆମ କୁକୁଡ଼ାର ଅଣ୍ଡା । ଆମ କୁକୁଡ଼ା ?"

"ହଁ । ଯେଉ ଦି'ଟା ଥିଲା ମୁଁ ତାକୁ ରୂପେଇ ମାଆକୁ ଦେଇ ଦେଇଥିଲି । ଆମ ଘରେ ରହି କାହିଁକି ଅସନା କରିବେ ତା' ଘରେ ରହି ଅଣ୍ଡା ଦେଲେ ଆମକୁ ଦେଇ ଦେବ ବୋଲି ତାକୁ କହିଥିଲି ।

"ସତେ ? ମୁଁ ଖୋଜି ଖୋଜି ନ୍ୟାନ୍ତ । ଭଗିଆ ଆଉ ନରିକୁ ପଚାରି ପଚାରି ଥକିଲି ପଛେ ଜମା କହିଲେ ନାଇଁ । ଭାବିଲି କଟ୍‌ସ କି ବିଲୁଆ ନେଇ ଯାଇଥିବ । ଅବା ସହି ନ ପାରି ସାଇ ପଡ଼ିଶା ମାରି ଖାଇ ଦେଇଥିବେ....."

ନିକୁଞ୍ଜ ବାବୁ ମୁରୁ ମୁରୁ ହସୁଛନ୍ତି ।

"ହସୁଛ ? ଲାଜ ନାଇଁ ? ସବୁ ତ ଏମିତି ଗୋଟି ଗୋଟି କରି ଦେଇ ଦେଲ ମତେ ରଖ୍‌ତ କାହିଁକି ? ରୂପେଇ ବାପାକୁ ମତେ ଦେଇ ଦଉନ... ତମ ଘର ଅସନା ନ ହୋଇ ତମକୁ ଗୋଟିଏ ଗୋଟିଏ ପୁଅ ଆଣି ଦେଇ ଦେଉଥିବ ।"

ନିକୁଞ୍ଜ ବାବୁଙ୍କ ଗମ୍ଭୀର ମୁଖମଣ୍ଡଳରୁ ହସର ଚୂନା ଚୂନା ଭଗ୍ନାଂଶ ଗୁଡ଼ିକ ଛିଟିକୁ ପଡ଼ିଥିଲା ନିର୍ମଳାଙ୍କ ଉପରକୁ । ନିର୍ବିକାର ଚିତ୍ତରେ ନିର୍ମଳା ସେଗୁଡ଼ାକ ଝାଡ଼ି ଦେଉଥିବା ବେଳେ ନିଜ ଅଧର ଫାଙ୍କରୁ ୫ରି ପଡ଼ିଲା ହସର କେତୋଟି ନରମ ପାଖୁଡ଼ା ।

୦୦